동아시아 아동문학사

원종찬(元鍾讚) ● 인하대 한국어문학과 교수. 아동문학평론가. 계간 『창비 어린이』 편집위원장과 한국아동청소년문학학회 회장을 역임했으며, 현재는 한국작가회의 이사로 활동하고 있다. 저서로 『아동문학과 비평정신』, 『동화와 어린이』, 『한국근대문학의 재조명』, 『한국아동문학의 쟁점』, 『북한의 아동문학』 등이 있고, 엮은 책으로는 『현덕 전집』, 『한국아동문학총서 1~50』, 『동아시아 한국문학을 찾아서』 등이 있다.

김영순(金永順) ● 바이카(梅花)여자대학 아동문학과에서 『植民地時代の日韓児童文学交流史研究—朝鮮総督府機関紙「毎日申報」子ども欄を中心に』로 박사학위를 받았다. 저서로 『한일아동문학 수용사 연구』, 『일본 아동문학 탐구—삶을 체험하는 책읽기』가 있으며, 번역서로 그림책 『우리 가족』(하세가와 슈헤이), 『임금님의 이사』(보탄 야스요시) 등이 있다. 『민담의 숲을 거닐다—세계 전래동화 속의 숨은 상징세계 탐험』, 『조선의 습속』을 공동번역하였다.

두전하(窦全霞, Dou Quanxia) ● 중국 저장사범대학(浙江师范大学) 인문대학(人文学院) 아동문학 전공 교수. 중국 산둥사범대학(山东师范大学) 한국어과를 졸업했고, 한국 인하대학교에서 한국어학 석사학위, 한국문학 박사학위를 취득하였다. 논문으로 「이주홍과 장톈이의 아동문학 비교 연구」, 「카프와 좌련 시기의 아동문학론 고찰」, 「한 · 중 동화와 『이상한 나라의 앨리스』 모티프—『웅철이의 모험』과 『아리스 아가씨』를 중심으로」 등이 있으며, 번역서로 『용감하다 꼬끼오(小公鸡历险记)』, 『설국몽』(雪国梦)』(근간) 등이 있다.

류티씽(Lưu Thị Sinh) ● 청운대학교 베트남학과 조교수. 베트남 하노이 출생. 하노이국립대학교 국문학과 졸업한 후 동방학과 전임강사를 역임했으며, 인하대학교 한국학과 박사과정을 수료했다. 베트남에서는 『한국의 전설』을 공저하고 『한국의 민담』을 공역했고, 한국에서는 『귀뚜라미 표류기』, 『엄마를 찾아서』, 『코코넛 신랑』 등을 번역했다.

동아시아한국학연구총서 24

동아시아 아동문학사

2017년 5월 17일 1판 1쇄 인쇄 / 2017년 5월 25일 1판 1쇄 발행

지은이 원종찬 김영순 두전하 류티씽 / 펴낸이 임은주 / 펴낸곳 도서출판 청동거울 / 출판등록 1998년 5월 14일 제406-2002-000128호 / 주소 (10881) 경기도 파주시 문발로115 (파주출판도시) 세종출판벤처타운 201호 / 전화 031) 955-1816(관리부) 031) 955-1817(편집부) / 팩스 031) 955-1819
전자우편 cheong1998@hanmail.net / 네이버블로그 청동거울출판사

책값은 뒤표지에 있습니다. 잘못 만들어진 책은 바꾸어 드립니다.

ISBN 978-89-5749-197-3 (93800)

이 도서의 국립중앙도서관 출판시도서목록(CIP)은 서지정보유통지원시스템 홈페이지(http://seoji.nl.go.kr)와 국가자료공동목록시스템(http://www.nl.go.kr/kolisnet)에서 이용하실 수 있습니다.
(CIP제어번호: CIP2017011738)

이 저서는 2007년도 정부재원(교육부 학술연구조성사업비)으로 한국연구재단의 지원을 받아 연구되었음(NRF-2007-361-AM0013).

동아시아한국학연구총서 24

동아시아 아동문학사

원종찬 · 김영순 · 두전하 · 류티씽 지음

청동거울

| 간행사 |

인하대학교 한국학연구소는 2007년부터 '동아시아 상생과 소통의 한국학'을 의제로 삼아 인문한국(HK) 사업을 수행하고 있다. 상생과 소통을 꾀하는 동아시아한국학이란, 우선 동아시아 각 지역과 국가의 연구자들이 자국의 고유한 환경 속에서 축적해 온 '한국학(들)'을 각기 독자적인 한국학으로 재인식하게 하고, 다음으로 그렇게 재인식된 복수의 한국학(들)이 서로 생산적으로 소통할 수 있는 방법을 구성해내는 한국학이다. 우리는 바로 이를 '동아시아한국학'이라는 고유명사로 명명하고 있다. 따라서 동아시아한국학은 하나의 중심으로 수렴된 한국학을 지양하고, 상이한 시선들이 교직해 화성(和聲)을 창출하는 복수의 한국학을 지향한다.

이런 목표의식 하에 한국학연구소는 한국학이 지닌 서구주의와 민족주의적 편향성을 극복하기 위한 방법으로 근대전환기 각국에서 이뤄진 한국학(들)의 계보학적 재구성을 시도하고 있다. 주지하듯이 한국에서 자국학으로 발전해온 한국학은 물론이고, 구미에서 지역학으로 구조화된 한국학, 중국·러시아 등지에서 민족학의 일환으로 형성된 조선학과 고려학, 일본에서 동양학의 하위 범주로 형성된 한국학 등 이미 한국학은 단성적(單聲的)인 방식이 아니라 다성적(多聲的)인 방식으로 존재하고 있다. 우리는 그 계보를 탐색하고 이들을 서로 교통시키고자 한다. 다시 말해 본 연구소는 동아시아적 사유와 담론의 허브로서 동아시아한국학의 방법론을 정립하기 위해 학문적 모색을 거듭하고 있다.

더욱이 다시금 동아시아 각국의 특수한 사정들을 헤아리면서도 국경을 넘어서는 보편적 가치를 모색할 필요성이 절실해지는 이즈음, 상생과 소통을 위한 사유와 그 실천의 모색에 있어 그간의 학문적 성과를 가름하고 공유하는 것은 여러 모로 의미가 있으리라 여겨진다. 이에 우리는 복수의 한국학에 대한 계보학적 탐색, 상생과 소통을 위한 동아시아한국학의 방법론 정립, 연구 성과의 대중적 공유라는 세 가지 지향점을 중심으로 지속적으로 축적되고 있는 연구 성과를 세 방향으로 갈무리하고자 한다.

본 연구소에서는 상생과 소통을 위한 동아시아한국학 연구에 있어 연구자들에게 자료와 토대를 정리해 연구의 기초를 제공하고, 또한 현재 동아시아한국학 연구의 범위와 향방을 보여줄 뿐만 아니라 그 연구 성과들을 시민들과 공유하는 것까지 고려하는 방향으로 총서를 발행하고 있다. 모쪼록 이 총서가 동아시아에서 갈등의 피로를 해소하고 새로운 상생의 방법을 모색하는 데 일조할 수 있기를 기대한다.

인하대학교 한국학연구소

| 머리말 |

동아시아 아동문학사를 펴내며

이 책은 아동문학 연구 입문자들에게 동아시아 각국 아동문학의 역사에 대한 기초 지식을 제공해서 시야를 동아시아로 확장하려는 데 뜻이 있다. 엄밀한 의미에서 아동문학은 근대의 산물이다. 동아시아 여러 나라는 근대화 과정에서 식민지와 반식민지 또는 침략과 저항의 역사를 공유한다. 이 때문에 동아시아 여러 나라의 아동문학은 상호 영향 관계가 뚜렷할 뿐더러 전개 과정에서 유사점이 적지 않다. 마땅히 유의미한 차이점에 대해서도 주목해야 할 것이다.

그간 대부분의 아동문학 연구자들은 동아시아를 괄호치고 자국문학과 세계문학의 관계에만 눈길을 주었다. 어린이책 출판물의 경우도 대동소이하다. 세계 아동문학 전집은 주로 서구의 정전(正典)에 자국의 대표작을 곁들인 형태로 발행되었다. 동아시아 편은 비중도 적을뿐더러 근대의 정전이 아니라 신화, 전설, 민담 등 옛이야기가 주종을 이뤘다. 이런 문제점은 정보의 부재에서 기인한다. 서구 아동문학의 역사에 관한 책은 여러 권 존재하지만, 동아시아 아동문학의 역사에 관한 책은 한 권을 찾아보기 힘들다. 이는 한국뿐 아니라 동아시아 여러 나라의 공통된 사정이다.

인하대학교 대학원 한국학과는 지난 십년 간 '동아시아 아동문학론' 강의를 개설해 왔다. 일본 아동문학은 더러 참고서적을 찾아볼 수 있었으나 다른 나라는 그렇지 않았다. 중국, 베트남 아동문학에 관해서는 유학생의 도움을 받아 정보를 취하는 수밖에 없었다. 이런 임시방편적인 문제점을 해결하고자 이 책을 기획하게 되었다. 집필진은 모두 국내 학술지에 동아시아 각국 아동문학에 관한 논문을 꾸준히 발표해 왔고, 동아시아 아동문학의 대표작들을 번역 출간하는 일에 종사해 왔다.

원래는 동아시아 각국의 대표적인 아동문학사 저술을 나라별로 한 권씩 발행하는 게 최상이라고 여겼지만, 출판 여건이 허락지 않았다. 결국 동아시아 각국 아동문학 전공자들의 힘을 모아서 한 권에 모두 담아내는 것으로 정했다. 선택된 나라는 한국과 밀접한 관계를 지니면서 상대적으로 아동문학이 발전한 나라들이다. 아동문학의 발생 순서로 치자면 일본, 중국, 한국, 베트남이 되어야 자연스럽겠지만, 관례상으로 한국 편을 맨 앞에 두었다. 나라 순서를 바꿔 읽더라도 문제는 없다.

이 책은 동아시아 아동문학사의 정보 부재를 한 권으로 해결하려고 했기에, 연구서인지 번역서인지 경계가 다소 모호하다. 정보 제공의 차원이라면, 새로운 연구보다는 기존의 권위 있는 연구 성과를 온전히 담아내는 것이 훨씬 유용하다. 따라서 어느 정도 편역의 성격을 지니더라도 새로운 내용보다는 각국 아동문학사 연구 성과를 균형 있게 소개하는 쪽으로 방향을 잡았다. 물론 자료의 취사선택과 서술은 전적으로 필자들의 몫이다. 보다 정확한 인용을 바란다면 말미에 제시한 참고문헌을 적극 활용해야 할 것이다.

베트남 편은 기존 연구 성과가 충분치 않은 탓에 집필자가 무척 힘들여 서술해야 했다. 거의 새로운 연구 성과라고 할 수 있다. 한국 편은 아동문학사 저술이 이미 존재하기에, 그것과 다른 새로운 시각의 내용을 제공하는 데 초점을 두었다. 다만 필자가 현재 단독으로 아동문학사 저술을 집필 중에 있으므로 여기에 제공된 것은 필자의 여러 논문들을 거두어 재정리한 것임을 알려드린다. 근대를 중심에 놓고 현대까지 포괄하기로 시기를 정했기 때문에, 북한 아동문학에 관한 것도 뒤에 덧붙였다. 각 편의 부록은 나라별로 흐름을 이해하는 데 도움이 될 수 있다고 여겨지는 원문 자료를 몇 개씩 골라 집필자들이 번역 또는 현대어로 옮긴 것이다.

이런저런 제약으로 이 책은 이렇듯 독특한 성격을 지니게 되었는데, 독자의 양해를 구한다. 제목도 '동아시아 각국 아동문학사'라고 해야 더 정확하다는 점을 말씀드린다. 부족한 지면을 감안해서 전방위적인 통사 체계보다는 상호 비교에 도움이 되는 시기별 공통의 요소들을 추출하고 전후 사정을 해명하는 데 주안점을 두었다. 이를테면 '형성 과정, 장르 정착, 프롤레타리아 아동문학의 대두와 이념 논쟁, 협력과 저항, 전쟁 및 전후 아동문학장의 변화, 현대적 과제' 등이 그런 공통의 요소들이다. 모쪼록 이 책을 계기로 동아시아 아동문학에 더 많은 눈길이 주어지고 비교문학적 연구 성과들이 알차게 이어지기를 기대한다.

2017. 2. 28.
원종찬

| 차 례 |

제1부_한국의 아동문학 ● 원종찬

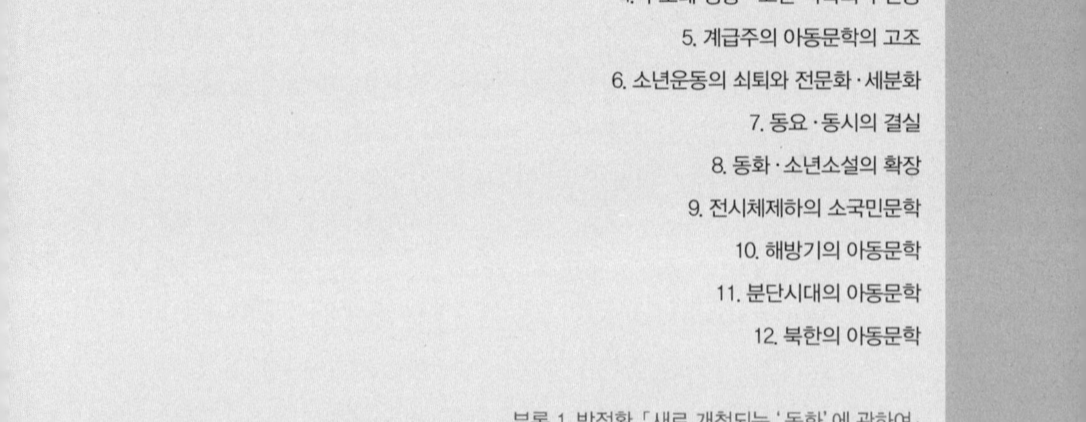

1. 아동문학의 정착

한국 아동문학은 아래로부터의 근대적 개혁을 도모한 동학농민혁명을 잇는 천도교 사회운동을 배경으로 한다는 점, 아동문학의 성립 전제라고 할 수 있는 근대적 제도의 미비점을 소년운동을 통해 돌파했다는 점, 그리하여 소년문예가들의 활약이 두드러졌고, 운동성과 이념성이 매우 강했으며, 일본으로부터 영향을 받았음에도 동심주의 양상이 일본과는 사뭇 다르다는 점 등이 특징이다. 최남선의 『소년』(1908)을 저수지로 하는 물줄기의 하나는 『청춘』으로 이어지면서 신문학운동의 주도층을 확산시켰고, 또 다른 하나는 『붉은저고리』, 『아이들보이』, 『새별』 등으로 이어지면서 유소년 독자층을 만들어냈다. 이광수에 의해서 제기된 자녀(子女) 문제는 김기전을 비롯한 천도교 사회운동 세력에 의해서 아동(兒童) 문제로 새롭게 비약했고, 소년운동을 기반으로 창간된 방정환의 『어린이』(1923)는 마침내 예술로서의 아동문학을 성립시켰다.

근대이행기로 접어들어 아동에 대한 근대적 인식이 확대됨에 따라 그들을 위한 읽을거리가 증가했다. 그런데 『소년』, 『붉은저고리』, 『아이들보이』, 『새별』 등은 최남선 또는 이광수가 편집과 집필을 전담했기 때문에 다른 필자의 참여는 거의 이루어지지 못했다. 당시 최남선은 시가(詩

『붉은저고리』 창간호와 『아이들보이』 5호.

歌), 이광수는 소설(小說) 창작에 열의를 보이고 있었다. 그러므로 이들이 아동의 읽을거리를 만들었다고 하더라도 '동요시인'이나 '동화작가'와 같은 아동문학가로 명명하기는 어렵다. 창작상의 획기적인 전환은 1920년대의 '소년운동'과 『어린이』를 발판으로 활동한 '색동회'에 의해서 이루어졌다. 소년운동은 지속적인 아동 독자를, 『어린이』는 성인문학으로부터 독립된 '아동문학 장(場)'을, 그리고 색동회는 아동문학의 '전문작가 군(群)'을 보장하는 것이다.

본디 '아동기'를 구획한 근대적 '아동관'은 산업화·도시화의 산물로서 도시중산층을 기반으로 하는 근대적 핵가족과 학교제도의 질서를 반영하는 것이다. 전근대사회의 아동은 단지 '작은 어른' '작은 노동력'에 지나지 않았기 때문에 장유유서(長幼有序)의 가부장적 질서 아래 놓일 수밖에 없었다. 그러나 근대사회의 아동은 노동으로부터 분리되어 학교제도에 편입되는 관계로 성인과 구분되는 독자적인 생애주기로서 그들만의 균질한 '아동기'를 경험하게 된다. 아동문학은 바로 이러한 근대사회의 아동을 위해 만들어진 것이다. 그렇다면 식민지조선의 아동은 어떠한 상황에 놓여 있었던가?

한국 아동문학의 근대적 기반은 터무니없이 취약했다. 그렇기 때문에 한국 아동문학은 성립 단계에서 매우 독특한 면모를 띠게 되었다. 이를테면 부모나 교사를 매개자로 해서 중산층가정의 아이들이 자국의 아동문학을 향유하는 일반적인 발전 경로는 식민지조선의 상황에서 기대하기 어려웠다. 한국 아동문학은 천도교 사회운동의 일환으로 전개된 소년운동의 요청에 의해서 생명을 부여받았다. 즉 소년운동을 응집시키는 강력한 표현 도구로서 아동문학이 주목되었던 것이다. 거꾸로 소년운동은 제도적 기반이 허약한 아동문학에 활력을 불어넣어주었다. 형성기의 아동문학과 소년운동은 단순한 동반 관계 이상으로 상호 의존적이고 구조적으로 맺어진 관계였다.

천도교소년회를 이끈 방정환은 소년운동의 실천 방략으로 아동문학의 제작과 보급에 앞장섰다. 그는 일본 유학 중 천도교청년회 동경지회장과 개벽사 특파원으로 활동하는 한편으로, 당시 일본문단에서 커다란 파장을 불러온 '동심'의 문학에 관심을 보였다. 그리하여 1921년 2월 『천도교회월보』에 그의 '동화선언'이라 할 수 있는 「동화를 쓰기 전에—어린애 기르는 학부형과 교사에게」라는 글을 발표하고 오스카 와일드의 동화 「왕자와 제비」를 번안해서 실었다. 방정환은 "어린애는 詩人이고 歌人"이라면서 "邪氣업난天使갓흔 이 어엽븐詩人"에게 "갑잇난선물을손슈맨들기爲하야 이 새로운 조그만 藝術에붓을대인다"고 밝혔다. 그가 말하는 "새로운 조그만 藝術"은 "神聖한童話" "童話藝術"이라고도 표현되었다. 이와 같은 동심 지향과 예술 지향의 표현은 일본 대정기(大正期)를 장식한 『빨간새(赤い鳥)』의 동심주의에서 영향 받은 것이라고 할 수 있다. 일본을 풍미한 동심주의가 식민지조선으로 건너와서 그대로 뿌리를 내린 것은 아니지만, 아동문학이 자기를 내세우며 역사의 한 획을 긋는 데에서 동심주의는 적잖은 역할을 했다. 예술적 동화의 필요성을 절감한 방정환은 세계 각국의 명작동화를 번안해서 『사랑의 선물』(1922)을 펴내기에 이른다. "학대밧고, 짓밟히고, 차고, 어두운속에서 우리처럼, 또, 자라는, 불상한어린령들을위하야, 그윽히, 동정하고아끼는, 사랑의첫선물로, 나는, 이책을짜엇습니다." 고 밝힌 이 동화집은 폭발적인 독자 반응을 불러왔다.

방정환이 펴낸 『사랑의 선물』.

방정환은 천도교소년회 창립(1921.5), '어린이날' 선포(1922.5.1), 조선소년운동협회 결성(1923.4)을 주도하고 '어린이'라는 용어를 새롭게 각인시키면서 아동문학의 기수로 떠올랐다. 소년운동은 아동문학의 든든한 밑받침이 되어 그 사회적 영향력을 확산시켰다. 소년운동과 아동문학의 굳건한 결합은 다른 나라에서 찾아보기 힘든 현상으로서 특기할 만한 것이다. 당시의 신문들도 전국 각지의 소년회 소식과 함께 동요·동화 작품들을 비중 있게 다루었다. 소년회의 회합은 동요 부르기, 동화 들려주기, 동극 공연 등으로 성황을 이루었다. 이와 같은 활동은 제도권 학교에서는 누릴 수 없었거니와 오히려 감시와 탄압의 대상이었기 때문에, 한국 아동문학은 출발 당시부터 강력한 운동성과 이념성을 띠게 되었다. 일제강점기의 아동문학은 문학예술의 한 영역이면서도 민족해방운동과 긴밀한 관계에 있었다.

2. 소년운동 고양기의 아동잡지

1920년대에는 전국 각지로 퍼져나간 소년회의 기운을 타고 아동잡지들이 속속 발간되었다. 이미 일본과 중국에서는 50권, 100권짜리 '아동문학총서' 시리즈들이 나오는 수준이었지만, 이 땅에서는 엄두조차 낼 수 없었다. 식민지조선에서 단행본으로 나온 아동문학 창작집이나 이론서는 다섯 손가락 안에 꼽힐 정도였다. 아동문학 작가들은 주로 소년운동의 기관지격인 아동잡지를 통해서 아동독자와 만났다. 오늘날 정전으로 꼽히는 근대 아동문학 작품은 예외 없이 아동잡지 또는 일간지에 발표된 것들이다. 따라서 아동잡지의 중요성이 다른 어느 나라보다 큰 편이다. 특히 식민지시대 3대 아동잡지라 일컬어지는 『어린이』(1923~1935), 『신소년』(1923~1934), 『별나라』(1926~1935)는 지향하는 바가 뚜렷하고 운동성 또한 강했다. 이들 아동잡지와 더불어 문학사의 계보가 지어지곤 했다.

1) 『어린이』와 색동회

『어린이』는 창간에서 폐간에 이르기까지 소년운동과 운명을 같이했다. 편집자들은 지면을 통해 수시로 소년회에 가입할 것을 주문했으며, 전국 각지의 소년회 활동을 생생하게 전했다. 독자통신란은 거의 소년회 회원들의 차지였다. 일제는 경계를 늦추지 않았다. 검열 때문에 3월 1일로 예고된 창간호는 3월 20일이 되어서야 나올 수 있었다. 신문형태로 매월 1일과 15일 2회 발행하는 것을 계획했으나, 검열을 거치느라 기일을 맞추기 어렵게 되자 1924년 1월호부터는 책자 형태로 월 1회 발행하기로 방침을 바꿨다.

어린이

『어린이』 창간호.

최남선 시대의 『소년』, 『붉은저고리』, 『아이들보이』, 『새별』 등과 비교해볼 때, 『어린이』의 새로움은 '문예' 중심의 종합교양지라는 점이다. 근대적인 지식·정보를 제공하는 계몽적 내용은 그대로 지속되는 한편으로 그때까지 볼 수 없었던 창작 동요·동화·동극 등 아동문학(소년문학)이 새로 추가되었다. 방정환은 기성사회의 주문대로 아이들이 크는 것을 막아야 한다면서 '감정 해방'과 '즐거움'의 가치를 역설했다. 즉 소년운동은 '문예'를 필요로 하는데, 아동에게 주는 것은 동요·동화·동극 같은 새로운 종류여야 하니까, 성인문학과 구분되는 아동문학을 일으켜야 한다고 본 것이다.

『어린이』의 가장 큰 공로는 아동문학을 고유 장르로 정착시킨 점이다. 『어린이』가 창간될 무렵에는 아동문학이란 것이 오늘날처럼 자명하게 주어져 있지 않았다. '동심'이 아니고서는 동요·동화·동극에 속하는 작품을 어린이가 아닌 어른 작가의 손으로 지어낸다는 게 그리 쉬운 일이 아니었다. 사실 『어린이』의 권위는 여러 방면의 전문필자를 동원할 수 있는 개벽사의 상징자본과 이어져 있다. 방정환은 일찍부터 차상찬, 박달성, 김기전, 이정호, 신영철 같은 개벽사 편집자들과 이익상, 김기진, 박영희, 송영, 박팔양, 정지용, 이태준 같은 작가·시인들을 『어린이』의 필자로 데려왔다. 일간지 기자들, 소년운동 지도자들, 『신소년』, 『별나라』 편집진도 빠뜨리지 않았다. 그러나 장르 개척의 선구성은 동경 유학생들로 구성된 색동회의 몫이었다. 색동회는 방정환, 정순철, 윤극영, 고한승, 마해송, 정인섭 같은 동요·동화·동극 전문가와 조재호, 진장섭, 손진태, 최진순 같은 교육학자·역사학자·민속학자를 망라하고 있었다. 이 가운데 방정환, 정순철, 윤극영, 고한승, 마해송 등이 새로운 동요·동화·동극의 창작을 선두에서 이끌었다. 『어린이』 창간 당시부터 창작동요와 '동요 짓는 법'을 잇달아 발표한 『동아일보』 기자 유지영이 이들과 함께 했다. 유지영도 동경에서 음악을 전공했다. 당시 이들의 공통점은 '동심'을 앞세웠다는 사실이다.

한편, 『어린이』는 소년회의 기관지 성격이었기에, 학교 밖에서 이뤄지는 민족·민중교육의 교과서나 다름없었다. 『어린이』가 문예 못지않게 많은 힘을 쏟은 분야는 민족의 자긍심을 심어주는 역사인물 이야기였다. 색동회의 손진태는 「고주몽 이야기」(1923.10), 「유리 이야기」(1923.11), 「명장 강감찬」(1925.5) 등을 '역사동화'라는 이름으로 내놓았다. 이밖에도 개벽사의 신영철, 차상찬, 박달성, 이돈화, 김기전 등이 '사화' '사담' '역사' 등의 꼭지명을 달고 이충무공, 을지문덕, 김덕령, 신숭겸, 임경업, 홍경래, 남이장군, 이율곡, 서화담, 정몽주, 김정호, 단군, 최수운, 평강공주, 박문수, 김삿갓, 오성과 한음 등 훗날 국민적 교양으로 자리잡은 수많은 역사인물 이야기를 들려주었다. 당시 학교에서는 우리 역사 속의 영웅·위인에 대해 배울 수 없었다. 『어린이』는 일본 역사를 뜻하는 '국사' 교육의 맞은편에서 조선 역사 교육의 명맥을 이어나갔다. 검열 때문에 전문 또는 부분 삭제되는 경우도 많았다. 1920년대 아동잡지의 역사

인물 이야기는 애국계몽기 시대의 역사전기소설을 잇는 것이다.

2)『신소년』과 조선어학회

창간 당시『신소년』의 편집인은 이문당의 대표 김갑제지만, 실질적인 편집자는 신명균이었다. 즉 이문당에서 서적 판매에 도움이 될 만한 아동잡지를 발행하기로 하고 학교훈도이자 조선교육협회 간부인 신명균에게 신소년사의 일을 부탁한 것이다. 신명균은 '주시경 학파'의 만형으로서 일생동안 한글학자·대종교인의 삶에 투신했다. 식민지시대의 한글운동은 '연구'와 '보급'의 두 방면으로 전개되었는데, 이를 위해 제도권과 비제도권, 합법과 비합법의 경계를 수시로 넘나들어야 했다. 조선어학회의 주요 사업들, 예컨대 한글날 제정, 조선어사전 편찬, 한글 맞춤법 통일안 발표, 외래어 표기법 및 조선어 표준말 모음 등은 민족사회운동 단체들의 광범한 지지와 연대 속에서 전개되었지만, 한편으로는 일제당국과 협의해서 해결해야 하는 문제들이 적지 않았다. 그 때문에 조선어학회는 학무국 산하 각종 조사위원회와 사정위원회에 참여해서 어문정책을 이끌어내곤 했다. 그러나 일제 말의 '조선어학회사건'(1942)에서 알 수 있듯이 한글운동은 이를 독립운동의 일환으로 보고 경계했던 일제의 대대적인 탄압으로 귀결될 수밖에 없었다.

조선어연구회와 조선교육협회의 간부로 일하던 신명균은 아동잡지의 필요성을 누구보다 절감했고,『신소년』이 민족어와 민족의식을 진작시키는 데 큰 도움이 될 수 있으리라고 여겼다. 신명균이 편집 및 발행인이 되면서 필진과 지면에 눈에 띄는 변화가 주어졌다. 신소년사 사원 가운데 지속적으로 글을 발표한 이는 신명균, 이호성, 맹주천 세 사람인데, 이들은 한글학자 또는 대종교인이었다. 조선어연구회 회원이자 대종교 신자인 정열모, 이병기, 김덕규 등도 합류했다. 정열모는 신명균 못지않게 많은 글을 발표했으며, '본사 기자'라고 소개된 핵심 성원이었다. 조선교육협회 · 조선어연구회 · 대종교라는 주요 필진의 공분모가 마련되면서 민족어와 민족의식을 진작시키려는 지향이 한층 뚜렷해졌다. 그리하여 초창기의 학습과 입시 관련 꼭지는 감소하고 문예란이 더욱 활성화되었으며, 색동회 회원을 비롯한 작가 · 시인들의 참여와 소년문예가들의 투고 활동이 점점 증가했다.

『신소년』의 초기 동인들은 대부분 1900년 이전에 출생한 이들로 연배가 높은 편이었다. 이에 비할 때, 『어린이』의 색동회는 방정환을 빼고는 모두 1900년 이후에 출생한 이들이다. 1899년생인 방정환도 1889년생인 신명균보다 열 살이나 아래였다. 전원 동경 유학생으로 구성된 색동회의 『어린이』에 비해서 『신소년』은 모더니티가 약했고, 아동문학에 대한 전문성도 부족했다. 이런 취약성은 1925년 동경 유학에서 돌아온 정열모의 참여로 전기를 맞이했다. 동요는 정열모, 동화는 맹주천이 책임지는 역할 분담이 이뤄진 것이다. 독자투고란도 동요는 정열모, 작문은 맹주천이 담당했다.

『신소년』 표지.

『신소년』 동인은 전문 작가 · 시인이 아닐뿐더러 창작에 전념할 수 있는 형편이 아니었기에 외부 필자를 초대하는 데 적극적이었다. 1920년대에는 정지용과 권환의 참여가 두드러졌다. 정지용과 권환은 『신소년』을 빛나게 해주었을 뿐만 아니라 이후의 아동문학에도 적지 않은 영향을 끼쳤다.

정지용은 유학 중에 일본의 유명한 시인이자 『빨간새(赤い鳥)』 동요운동을 이끈 기타하라 하큐슈(北原白秋)를 사숙했

다. 그는 기타하라 하큐슈처럼 민요와 동요에 관심을 기울이는 한편, 다양한 고유어·토속어를 채집·활용해서 새로운 표현방법을 개척하려고 노력했다. 그는 시상을 주도면밀하게 설계하고 시어 하나하나에 심혈을 기울이는 엄격한 태도로 창작에 임했다. 『신소년』에 발표된 그의 동요는 1926~27년에 집중되는데, 「넘어가는 해」, 「겨울밤」(이상 1926.11), 「눈 먼 딸레」, 「굴뚝새」, 「3월 삼질날」(이상 1926.12), 「산소」, 「종달새」(이상 1927.3), 「산 너머 저 쪽」, 「할아버지」(이상 1927.5), 「산에서 온 새」, 「해바라기씨」(이상 1927.6) 등이다. 그는 조선동요연구협회(1927.9.1)의 창립회원으로 참여했다.

카프작가로 잘 알려진 권환은 1930년 7월 카프 중앙집행위원으로 선출되었고, 카프 제1차(1931), 제2차사건(1935)에 연루되어 검거된 바 있다. 『신소년』에 발표된 그의 작품은 모두 본명 권경완(權景完)으로 되어 있다. 주목되는 작품은 「아버지」(1925.7~9), 「언밥」(1925.12), 「마지막 웃음」(1926.2~4) 등 세 편 가량인데, '고학생 계열 소년소설'이 '계급주의 소년소설'로 나아가는 모습을 여실히 보여준다. 이것들은 『별나라』 창간 이전에 발표된 것이므로 계급주의 아동문학의 발생과 전개에 나름대로 영향을 끼쳤을 것이라고 보인다.

3) 『별나라』와 카프

지금까지는 『별나라』라고 하면 곧바로 계급주의 아동문학을 떠올려왔다. 하지만 초기 『별나라』는 배후가 매우 취약했다. 초기 『별나라』에는 필자 이름 앞에 '꽃별회'라고 소속을 밝힌 것들이 적지 않다. 『별나라』의 초기 필진은 '꽃별회'와 긴밀한 관계에 있었던 것이다. '꽃별회' 회원 가운데 유도순, 김도인, 최병화, 안준식, 주요한, 양재응(양고봉), 염근수, 강병주, 한정동, 윤기항 등이 초기 『별나라』의 필자로 자주 등장했다. 이들은 '별탑회'라든지 『습작시대』 동인과도 겹치고 있는바, 상대적으로 배후가 든든하지 못했다고 볼 수 있다. 초기 동인들은 『어린이』, 『신소년』을 뒤따르면서 동심주의 풍의 작품을 발표했다. 방정환, 연성흠, 이정호 등 『어린이』의 주요 필진도 1920년대 『별나라』에 자주 초대되었다.

그러나 1930년대 『별나라』는 백팔십도 바뀐 모습이다. 카프 계열의 작가들은 물론이고 수많은 소년문예가들이 1930년 벽두부터 계급주의 성향의 작품을 쏟아내기 시작했다. 『별나라』는 1928년경 카프작가 송영, 박세영 등이 편집에 가담하면서 계급주의 아동문학을 주도한 것으로 알려졌는데, 계급주의가 전면에 등장한 것은 1930년경이었다. 이 무렵 카프작가들이 대거 『별나라』에 참여했다. 『신소년』도 이주홍, 이동규 등이 편집에 가담하면서 계급주의 양상을 띠게 되는데, 획기적 시점은 역시 1930년이었다. 당시 이주홍은 아동문학 운동선상에서 '1929년과 1930년의 차이'가 얼마나 결정적이었는지를 다음과 같이 밝히고 나섰다.

> 조선의 문학운동에 있어서 특히 아동문학운동의 영역에 있어서 지난 1930년은 확실히 투쟁의 일 년이었다. 1929년이 초보적, 계몽적 자연발생적임에 반해서 30년은 보다 일보 전진한 목적의식적 ××의 활기에 찬 조선아동문학운동사상에 획할 일 년이었다. (…중략…)
>
> 그런데 아동문학운동사상으로 보아 1929년만 하더라도 우리는 그 속에서 하등 명확한 계급적 이데올로기를 엿보지 못했다. 아니 어느 모에서든지 조그마한 소재를 추출할 수 있다 하더라도 그것은 혹은 민족적 혹은 인도주의적 무저항주의적 사상으로서의 손에도 닿지 않을만한 눈곱 이하이요 전체로 보아서는 그야말로 팥죽 이상의 혼돈이었다. (이주홍, 「아동문학운동일년간」, 『조선일보』, 1931.2.13~14)

이러한 진술은 계급주의 아동문학의 추이를 비교적 정확하게 잡아낸 것이다. 『별나라』의 위상 변화와 계급주의 아동문학의 발생 문제는 아동문단의 좌우 대립 문제와 관련해서 매우 중요하다. 『어린이』와 『별나라』를 좌우 대립관계로 파악하는 것은 실상과 거리가 멀다. 1920년대 『어린이』와 1930년대 『별나라』의 차이점을 말하는 것은 문학사의 흐름을 왜곡한다.

『별나라』 표지.

계급주의는 1930년대 전반기에 『별나라』, 『신소년』, 『어린이』 순으로 세 아동잡지를 휩쓸고 지나간 하나의 시대사조였다. 1930년을 고비로 운동의 주도권이 『어린이』에서 『별나라』로 바뀌는데, 이는 시대의 중심축이 '동심주의'에서 '계급주의'로 이동했기 때문이다. 1920년대에는 『신소년』, 『별나라』가 『어린이』의 동심주의를 따라갔고, 1930년대에는 『어린이』가 『별나라』, 『신소년』의 계급주의를 따라갔다. 1920년대의 『어린이』가 현실을 등진 동심주의 일색이 아니었음은 물론이다. 1920년대의 동심주의는 아동문학의 성립을 추동한 '역사적 동심주의'라고 이름 붙일 수 있다. 1930년대의 계급주의도 리얼리즘을 견인한 역사성을 지닌다.

3. 동요황금기

—부재와 상실의 정조

식민지시대의 동요는 민족 정서를 대변하는 국민애창곡의 성격을 지니고 있었다. 교과서는 일본어 창가로 채워졌으며, 나약함과 병적 퇴폐성을 이유로 동요는 학교에서 불온한 노래라고 배척되었다. 조선어 동요는 일본어 창가와 긴장관계에 있었다. '동심주의'도 일본에서와는 성격이 달랐으니, 일본 동심주의의 근원인 '창가에서 동요로'라는 모토(motto)가 식민지조선으로 건너와서는 정치적 효과를 발휘했다. 동요는 반(半)합법적 경계에 위치한 소년회의 회합 분위기를 고양시켰으며, 폭발적인 전파력을 가지고 입에서 입으로 건네졌다. '동요황금기'는 애상적인 노래가 운동가요·저항가요로 기능하는 식민지시대 특유의 동요 위상과 관련해서 내용이 주어진다.

근대적 과제를 안고 있는 식민지조선은 근대 문명에 대한 반발 심리에서 비롯된 『빨간새』풍의 동심주의가 배양되기에 적합한 토양은 아니었다. 하지만 근대적 단계로 진입한 상황에서 근대사조의 발흥과 유입은 불가피한 일이었다. 동심주의는 낭만주의에서 파생한 근대사조의 하나였고, 식민지조선은 일본과 거의 절대적인 영향관계에 있었다. 중요한 것은 일본의 동심주의를 어떻게 수용했느냐 하는 점이다. 일본 창작동요의 여러 양상 가운데 식민지조선에서 가장 특화된 것은 '부재와 상실의 정조'였다.

날 저무는 하늘에
별이 삼형제
빤짝빤짝 정답게 지내더니

웬일인지 별 하나
보이지 않고
남은 별이 둘이서
눈물 흘린다.

—방정환, 「형제별」 전문(『어린이』, 1923.9)

방정환이 색동회를 조직하고자 윤극영을 찾아가서 부른 노래가 바로 이것이었다. 둘이 나누는 대화중에 「형제별」은 일본 노래를 방정환이 번역한 것이라는 말이 나오는데 아직까지 원작이 찾아지지 않는다. 일본 곡에 방정환이 새로 가사를 지어 붙였을 가능성이 크다.

동요는 창가와의 대비 속에서 이해되었다. 창가는 공리(公利)·이지(理智)·비시적(非詩的)인 데 비해 동요는 순수·정감·예술적이라는 것이다. 식민지조선의 동요운동은 일본과 동심주의 동요관을 공유했을지라도 부분적일뿐더러 효과에서 차이가 났다. '창가에서 동요로!'라는 구호가 예술적 의미뿐 아니라 정치적 의미를 띠었기 때문이다. 일제는 대한제국 시기의 창가집을 모두 불허 조치하고, 총독부가 편찬한 교과서로 창가를 가르쳤다. 1920년대의 보통학교 창가집은 '의식창가, 문부성창가, 일본의 전래동요' 들로 구성되었으며, 대부분 일본어 가사였고 조선어 가사로 된 것도 일부 포함되었지만 일본 곡이었다. 학교에서 가르치는 창가는 황국신민화 정책의 도구였다. 이런 관제창가의 반대편에 동요가 자리했던 것이다.

동요의 확산과 유행은 1920년대 동심주의에 내포된 사회성의 일면을 말해준다. 동요는 아이들을 훈육의 대상으로 삼은 딱딱한 창가와는 질감이 달랐다. 같이 웃고 울며 보듬어주는 정감의 세계였다. 일본 동심주의 작품의 특징은 '착하고 연약하고 순수한 어린이의 이미지'를 드러낸 점이다.[1] 즉 『빨간새』의 동심주의는 '착함, 연약함, 순수함'의 이미지로 요약되는데, 이중에서 특히 '연약함'의 이미지가 우리 상황과 잘 맞아떨어졌다. '연약함'의 이미지는 나라를 잃은 피해자의 처지에서 공감되었다.

푸른 하늘 은하수
하얀 쪽배엔
계수나무 한 나무
토끼 한 마리
돛대도 아니 달고
삿대도 없이
가기도 잘도 간다
서쪽 나라로

—윤극영, 「반달」 1절(『어린이』, 1924.11)

보일 듯이 보일 듯이
보이지 않는
당옥 당옥 당옥 소리
처량한 소리

1 가와하라 카즈에, 양미화 옮김, 『어린이관의 근대』, 소명출판, 2007, 105면.

떠나가면 가는 곳이
어디이드뇨?
내 어머님 가신 나라
해 돋는 나라

—한정동, 「두루미(당옥이)」 1절(『어린이』, 1925.5)

『어린이』에 가장 많은 노래를 발표한 작곡가가 윤극영이었고, 가장 많은 동요를 발표한 동요시인이 한정동이었다. 1924년은 노래로 지어진 창작동요의 원년에 해당한다. 이때부터 윤극영이 작사 · 작곡한 노래가 『어린이』에 선보이기 시작했다. 「설날」(1924.1), 「반달」, 「새떼」(1927.10) 등이 그것이다. 유지영의 「고드름」(『어린이』, 1924.2), 방정환의 「귀뚜라미 소리」(『어린이』, 1924.10), 「늙은 잠자리」(『어린이』, 1924.12) 등도 유명하다. 노래로는 「고드름」이 더 많이 입에 오르내렸지만, 읽는 시로서는 방정환의 작품이 돋보인다.

귀뚜라미 귀뚜르르 가느단 소리
달님도 추워서 파랗습니다

울 밑에 과꽃이 네 밤만 자면
눈 오는 겨울이 찾아온다고

귀뚜라미 귀뚜르르 가느단 소리
달밤에 오동잎이 떨어집니다.

—방정환, 「귀뚜라미 소리」 전문(『어린이』, 1924.10)

수수나무 마나님

좋은 마나님
오늘 저녁 하루만
재워 주세요

아니 아니 안 돼요
무서워서요
당신 눈이 무서워
못 재웁니다

잠잘 곳이 없어서
늙은 잠자리
바지랑대 갈퀴에 혼자 앉아서
추운 바람 슬퍼서
한숨 쉴 때에
감나무 마른 잎이 떨어집니다.

—방정환, 「늙은 잠자리」 전문(『어린이』, 1924.12)

이 작품들에도 약자의 이미지가 짙게 투영되어 있다. 이와 같은 자연친화성과 약자에 대한 동정심은 새로 동요를 지으려는 이들에게 표본으로 작용했다. 1925년경부터 『어린이』의 독자현상문예를 통해 이른바 '소년문예가'들이 속속 얼굴을 내밀었다. 윤석중(「오뚜기」, 1925.4), 서덕출(「봄편지」, 1925.4), 최영해(「꼬부랑 할머니」, 1925.4), 천정철(「팔려가는 소」, 1925.4), 윤복진(「별 따러 가세」, 1925.9), 최순애(「오빠 생각」, 1925.11), 신고송(「우체통」, 1925.11), 이정구(「나는 가요」, 1925.12), 최경화(「수레」, 1925.12), 이원수(「고향의 봄」, 1926.4) 등등. 이들 소년문예가들이야말로 실질적인 동요운동의 최전선이었다.

소년운동을 지도한 색동회가 부모 세대라면, 독자문단을 장식한 소년문예가들은 자식 세대에 속한다. 자식 세대는 소년문예운동을 일으켰고, 소년문예운동은 동화(픽션) 쪽이 아니라 거의 동요창작운동이었다. 소년운동 안에서 소년문예운동이 일어난 것은 '소년운동을 위하고 문예를 중심으로 한다'는 『어린이』의 발간 취지에 비추어 자연스러운 일이었다. 그렇지만 소년문예운동이 아동문학의 수용에 그치지 않고 창작으로 나아간 것은 매우 이례적인 현상이다. 아동문학은 어린이가 읽지만 어른이 만드는 근대제도의 산물인데, 근대제도의 결여가 창작자와 수용자의 경계를 지워버린 독특한 아동문학을 성립시킨 것이다. 여기에서도 '어린이의 마음' 곧 동심의 역할을 주목해야 한다. 십대 후반의 소년문예가들이 동심주의를 통과하지 않은 자연발생적인 창작을 했다면 '수염난 총각'들의 소년시가 되었을 것이기 때문이다.

4. 쿠오레 경향

—고난 극복의 주인공

식민지시대에는 전국 각지에서 동화회(童話會)가 성황을 이루었다. 동화회는 동화구연자가 일인극처럼 행하는 무대공연의 성격을 띠고 있었기에, 스토리가 선명한 서양의 메르헨이나 전래동화가 여기 적합했다. 번안물이 주종을 이룬 만큼 창작자보다 구연자의 역할이 훨씬 컸는데, 구연자는 대부분 소년운동의 지도자였다. 구연된 자료를 동화의 이름으로 아동잡지에 소개하면서 개인 창작의 요소가 증대되었다. 방정환, 고한승, 마해송 등은 이런 과정을 밟으며 창작동화를 개척했다. 동화구연자 단독의 일인극을 벗어나 각자 배역을 정해서 공연을 하면 동화극이 되었다. 동화극은 대개 동요 가창을 포함한 종합예술이었다. 그 대본이 아동잡지에 소개되면서 동극 장르가 탄생했다. 방정환, 마해송, 송영, 신고송, 윤석중 등의 동극 대본은 주로 소년운동의 학예회에서 공연되었다. 소년회에서 먼저 구현된 동화, 동극과 달리 소년소설은 처음부터 독서 행위를 통해 수용되었으므로 창작에 대한 작가적 전문성이 요구되었다. 신문학운동 초기부터 작가로 활동하던 방정환은 「동생을 찾으러」, 「칠칠단의 모험」 등 장편 연재로 인기를 끌었고, 개벽사의 『학생』을 편집하던 이태준은 스토리보다 개성적인 성격 창조에서 진가를 발휘했다.

한국 아동문학은 자유분방한 주인공이 공상세계에서 모험을 즐기는 '피노키오 경향'보다는 헌신적인 주인공이 현실세계에서 역경을 딛고 일어서는 '쿠오레 경향'이 압도했다. 이런 고난 극복형 서사는 어른의 요구를 앞세운 데에서 비롯된 것이지만, 식민지 현실에 대한 자각과 더불어 격려와 용기를 북돋았다.

1) '엄마 찾아 삼만 리'와 '십삼 월의 이야기'

동화의 세계는 단지 이야기로만 존재할 뿐이지 실제로는 경험할 수 없는 비현실적인 인물·사건·배경을 지니고 있다. 거인, 엄지소년, 반쪽이, 아기장수, 도깨비, 말하는 동물, 움직이는 무생물 등이 나오는 이야기, 선악 대비가 뚜렷하고 착한 이가 복을 받는 이야기, 다시 말해 동화는 과장·환상·의인화 수법을 기본으로 한다. 이에 비해 소년소설은 주로 소년이 주인공으로 등장하는 근대소설의 하나로서 현실세계 어디에선가 벌어지고 있을 법한 허구의 세계이다. 상대적으로 동화가 어른의 보살핌 속에 놓여 있는 유년독자를 대상으로 한다면, 소년소설은 사회적 현실에 발 딛고 있는 소년독자를 대상으로 한다. 이처럼 동화와 소년소설은 아동문학 안에서 오랫동안 별개로 존재하고 있었다.

아동문학의 개척기에는 번역의 비중이 매우 컸다. 방정환이 번역한 『사랑의 선물』(1922)은 당대 최고의 베스트셀러였는데, 여기에는 동화와 소년소설이 모두 포함되어 있다. 하지만 국내 창작은 십대 독자를 향한 소년소설이 대세였다. 장편이나 연재물도 거의 소년소설이 차지했다. 한국 아동문학에는 『피터 팬』, 『피노키오의 모험』, 『오즈의 마법사』와 같은 종류가 비어 있다. 그렇기 때문에 우리나라에 일찍 번역되어 국민적 사랑을 받은 『쿠오레(일명 '사랑의 학교')』의 영향을 살펴볼 필요가 있다.

아동잡지의 편집자들은 '이 달의 이야기'를 하나씩 싣거나 주인공 엔

리코의 일기를 부분 발췌하는 식으로 『쿠오레』를 소개했다. 전문은 신문 지상을 통해서 장기간 연재되었고 책으로도 발행되었다. 『동아일보』는 1925년 8월 24일부터 1926년 1월 6일까지 「학교 일기」(번역자 미상, 총 49회)라는 제목으로, 다시 1929년 1월 23일부터 5월 23일까지 「사랑의 학교」(이정호 역, 총 98회)라는 제목으로 전문을 연재한 바 있다. 또한 계급주의 소년운동의 중심인물 고장환은 『쿠오레』(1928)라는 제목으로, 천도교 소년회의 중심인물 이정호는 『사랑의 학교』(1929)라는 제목으로 단행본을 내놓았다. 고장환의 번역은 '이 달의 이야기' 10편을 뽑은 부분 번역이고 이정호의 번역은 완역이라는 차이가 있지만, 사회주의 계열과 민족주의 계열을 가리지 않고 『쿠오레』가 적극 수용되었음을 알 수 있다. 두 책 모두 방정환이 서문을 썼다.

일본에서는 비교적 일찍부터 『쿠오레』와 『피노키오의 모험』을 모두 수용했다. 콜로디의 『피노키오의 모험』(1883)은 이탈리아에서 『쿠오레』보다 3년 먼저 나온 장편동화다. 우리의 경우, 해외 아동문학은 대부분 일본을 거쳐서 국내에 수용되었는데, 해방 전에는 『피노키오의 모험』이 번역된 사례를 찾아볼 수 없다. 『쿠오레』는 인고와 희생의 요소가 두드러진 소년소설이고 『피노키오의 모험』은 자유와 일탈의 요소가 두드러진 장편동화라고 할 때, 우리 아동문학은 '쿠오레 경향'이 압도적이었다. 아동문학에서 바로 연상되는 것은 『피노키오의 모험』임에도 당시 형편이 그러했다. 학령 전 아동, 곧 유년독자의 기반이 취약했기 때문이다.

국내에서 적극 수용된 『쿠오레』.

한국 아동문학에 새겨진 『쿠오레』의

영향은 역사적 의미를 지닌다. 『쿠오레』와 식민지시대 아동문학의 친연성은 '엄마 찾기(가족에 대한 헌신)', '나라 찾기(이웃과 민족에 대한 헌신)', '고학생(실력양성 · 자조자강 · 고난극복의 조선적 입신출세)' 모티프로 폭넓게 나타나고 있다. 특히 방정환의 「만년 샤쓰」(『어린이』, 1927.3)에서 보는 창남이의 헌신적인 이웃사랑 이야기와 송영의 「옷자락은 깃발같이」(『어린이』, 1929.5)에서 보는 죽음을 무릅쓴 소년회원의 무용담은 『쿠오레』에 나오는 '이 달의 이야기'의 외전(外典)이라고 해도 과언은 아니다.

『어린이』에 연재되어 선풍적인 인기를 끈 방정환의 탐정소설 역시 쿠오레적 성격이 짙다. 즉 방정환의 「동생을 찾으러」(『어린이』, 1925.1~10)와 「칠칠단의 비밀」(『어린이』, 1926.4~1927.12)은 조선 아이들을 잡아다가 인신매매를 꾀하는 중국과 일본의 범죄 집단을 상대로 소년주인공의 구출활동을 그린 것이다. 두 작품 모두 가족 찾기 모티프이며, 민족의식을 고양시키려는 의도가 분명히 드러나 있다. 이 작품들은 경찰의 비협조적인 태도라든지 일본인 범죄 집단 두목이 나오는 탓에 연재가 중단되곤 했다. 또 다른 방정환의 탐정소설 후속작들은 파급력을 경계한 일제당국의 금지조처로 결국 중단되고 말았다.

『쿠오레』의 외전격인 '십삼 월의 이야기'는 계급주의 아동문학으로 가는 길목에서도 계속되었다. 송영은 일제의 탄압에 대한 고발자의 눈으로 학교 선생님의 이야기를 썼다. 소년의 편지글 형식을 빌린 「쫓겨가신 선생님」(『어린이』, 1928.1)은 '의식화 교사'를 제도권 밖으로 축출하는 실상을 보여준다. 이 작품을 싣고 나서 방정환은 당국에 불려 다니는 고초를 겪지만, 『어린이』는 검열과 숨바꼭질을 벌이며 「옷자락은 깃발같이」를 비롯한 송영의 작품들을 계속 싣고자 했다.

2) 이태준의 성격 창조

1920년대의 소년소설은 대개 미담가화에 속하는 것들이다. 이 미담가화들은 동화처럼 비현실성을 지닌 것도 아니고 근대소설처럼 현실성을 지닌 것도 아닌 절충적 모습이었다. 이는 창작동화가 완전히 자리를 잡지 않았을 뿐만 아니라 근대소설 역시 확립 도정에 놓인 시대적 제약 때문이라고 할 수 있다. 신경향파 경향의 소년소설도 비슷한 양상이었다. 미담가화를 깨뜨린 점에서는 한발 나아갔으나, 동정을 분노로 바꾸고 희망을 절망으로 바꾸었을 따름이지 작가의 주관감정은 더욱 증폭되어 나타났다. 이태준은 이와 같은 문제점을 해결하는 데 적잖은 역할을 했다. 그의 작품은 '이야기'보다 '성격' 창조가 두드러졌다. 이태준의 몫은 정지용이 '동요'에서 '동시'로 넘어가는 데 기여한 것에 비견할 만하다.

「어린 수문장」(『어린이』, 1929.1)은 그의 첫 소년소설로서 당대의 여느 작품과 달리 소년주인공의 성격 묘사가 탁월하다. 주인공의 복잡한 내면을 에피소드로 간결하게 제시하는 이태준의 성격 묘사는 아동을 대상화하는 것이 아니라 주체의 면모를 지닌 존재로 파악했다는 점에서 중요하다. 여기에 와서 소년소설은 성인소설의 축소·번안이 아니라 성장기 고유의 문제에 직핍하는 자신만의 둥지를 짓게 되었다고 할 수 있다.

아이가 주인공이지만 「어린 수문장」은 어미개와 분리된 새끼개의 비극을 보인 것이고, 「불쌍한 삼형제」(『어린이』, 1929.7·8 합본)는 어미까치와 분리된 새끼까치의 비극적인 운명을 보인 작품이다. 동화 「슬퍼하는 나무」(『어린이』, 1932.7)는 새가 떠나버린 나무의 슬픔을 그렸다. 새끼개, 새끼까치, 나무 등에 작가의 고아의식('엄마 찾기' 모티프)이 투영된 것인데, 아이의 무심한 행위가 비극을 초래하는 두 겹의 장치로 인해 일방적인 타자성에서 벗어나 상호관계를 성찰하게 만든다.

소년소설 「불쌍한 소년 미술가」(『어린이』, 1929.2), 「슬픈 명일 추석」(『어린이』, 1929.5), 「쓸쓸한 밤길」(『어린이』, 1929.6), 「눈물의 입학」(『어린이』, 1930.1) 등은 우리 아동문학의 전형에 해당하는 고난극복의 서사이고 '엄마 찾기'와 '고학생' 모티프가 결합된 것들이다. 이것들은 작가의 전기와 부합하는 내용이다. 소년의 성장을 도모하는 소년소설은 입신출세의 문제와 부딪치게 된다. 식민지시대 소년소설에 '고학생' 모티프가 많은 것은 사회현실의 직접적인 반영이기도 하지만 입신출세를 개인의 영달보다는 대의명분 쪽에 두려는 작가의식과 관계가 있다. 반봉건·반외세의 근대적 과제를 안고 있는 시대 상황을 고려할 때, 학교 공부는 신분적 속박으로부터의 해방과 민족의 실력 양성이라는 이중의 의미를 지닌다. 부모 없는 '고아'와 마찬가지로 혼자 힘으로 일어서야 하는 '고학생'도 국권상실이라는 시대적 결락에 대한 상징성을 띠고 있다.

한편, 이태준의 짤막한 유년동화들은 간결한 대화만으로 시적 분위기를 만들어내는 독특한 스타일의 작품들로 이후 하나의 계보를 이루었다. 「몰라쟁이 엄마」(『어린이』, 1931.2)와 「꽃장수」(『어린이』, 1933.6)는 아기와 엄마가 나누는 대화 장면으로 되어 있다. 아기와 엄마 사이를 이어주는 깊은 신뢰감, 전체적으로 밝고 따뜻한 분위기를 이끄는 긍정성 등은 유아·유년 대상의 동화가 지니는 특성이다. 아기와 전차 차장과의 대화로 되어 있는 「엄마 마중」(『어린이』, 1933.12)은 '엄마 찾기' 모티프로 애틋한 울림을 전한다. 이태준의 아동문학은 1930년대 후반의 현덕에게 적지 않은 영향을 주었다.

3) 마해송의 「바위나리와 아기별」

식민지시대 아동문학이 주로 십대 소년들과 마주했기 때문이라고 보이는데, 창작동화의 성과는 소년소설에 비해 빈약한 편이다. 소년문예가들의 참여로 황금기를 이룬 동요에 비해서도 동화는 명목상의 대표성을 지녔을 따름이다. 1920년대에 발표된 동화는 번안과 창작의 경계가 모호했다. 당시에 동화라고 하면 신데렐라나 백설공주, 또는 혹부리 영감과 도깨비를 떠올렸다. 천일야화, 서유기, 흥부놀부, 콩쥐팥쥐 같은 이야기도 당연히 동화로 각광 받았다. 우리 토양에서 이것들에 견줄 만한 창작동화가 나오기란 쉽지 않았다.

방정환, 고한승, 마해송, 맹주천 같은 이들은 옛이야기를 어린이에게 직접 구연하면서 동화적 변개를 시도했고, 이를 아동잡지에 발표하면서 동화작가로 나아갔다. 전래동화 쪽에서는 방정환을 앞선 자가 없었고, 창작동화 쪽에서는 방정환과 마해송이 앞서거니 뒤서거니 했다. 그런데 창작동화는 전래동화만큼 눈길을 끌지 못했다. 창작동화로 주목되는 방정환의 「사월 그믐날밤」, 고한승의 「나비와 장사꽃」(이상 『어린이』, 1924.5), 마해송의 「바위나리와 아기별」(『어린이』, 1926.1), 맹주천의 「천년 묵은 홰나무」(『신소년』, 1926.12) 같은 것에 대한 독자의 호응은 그리 크지 않았던 것으로 보인다. 이것들보다는 번안에서 창작으로 무게중심이 움직인 방정환의 「노래 주머니」(『어린이』, 1923.3~4), 「이상한 샘물」(『어린이』, 1923.7), 「양초 귀신」, 「시골쥐 서울 구경」(이상 『어린이』, 1926.10), 고한승의 「백일홍 이야기」(『어린이』, 1923.11) 같은 것이 훨씬 인기가 좋았다.

마해송은 '최초의 창작동화 「바위나리와 아기별」의 작가'로 알려져 있다. 하지만 이 작품의 연보를 '1923년 『샛별』'이라고 서술하는 것은 잘못이다.[2] 게다가 해방 전까지 마해송은 「어머님의 선물」(『어린이』, 1925.12)의 작가로 더 유명했다. 윤석중이 엮은 『조선아동문학집』(1938)에서도 「어머님의 선물」이 선택되었다. 「어머님의 선물」은 신데렐라와 콩쥐팥쥐에서 보는 '계모학대형' 모티프를 지니고 있는 데다 죽은 어머니

---

2 졸고, 「아동문학사의 잘못된 연표—'바위나리와 아기별'의 서지사항을 중심으로」, 『한국아동문학의 쟁점』, 창비, 2010.

에 대한 사무치는 그리움을 담고 있어 「엄마 찾아 삼만 리」에 눈물짓던 아이들이 아주 좋아하는 유형이다. 뿐만 아니라 어린 주인공이 자기가 처한 환경을 극복해야 하는 입사식 구조라서 아이들이 공감하는 전래동화를 닮아 있다.

이에 비해 의인동화인 「바위나리와 아기별」은 여성성과 남성성을 지닌 두 개체의 애틋한 사랑이야기로 되어 있다. 그런데 남녀의 사랑이야기로 읽기에는 캐릭터가 유아적이고 나약하다. 바위나리와 아기별 모두 자기중심의 나르시시즘에 빠진 동심적 캐릭터로 그려져 있다. 또한 문장이 당시로서는 낯설게 여겨질 만큼 탐미적이고 묘사적이다. 이런 시적 분위기는 일본 『빨간새』의 예술적 동화운동이 지향했던 것으로, 우리한테서는 좀체 찾아보기 힘들다. 「바위나리와 아기별」은 오가와 미메이(小川未明)의 「빨간 초와 인어(赤い蠟燭と人魚)」(1921)와 비교해볼 때 봉건적 가부장제 비판 같은 현실적 요소의 장점이 없지 않지만 분위기 면에서 규모가 작다. 「빨간 초와 인어」는 타락해가는 문명과 대결하는 '사상으로서의 동심'이 중핵을 이루는 데 비해, 「바위나리와 아기별」은 작고 여리고 수동적인 '약자에 대한 동정심'이 도드라져 있다.

요컨대 「바위나리와 아기별」은 『빨간새』 풍의 예술적 상징동화를 식민지조선의 상황으로 가져와서 실험한 종류에 가깝다. 잘 살펴보면, 오가와 미메이의 「작은 빨간꽃(小さな赤い花)」(1921)을 모델로 한 듯하다. 「바위나리와 아기별」은 아이들보다는 '동심 지향의 어른'에게 더욱 호소력이 컸던 『빨간새』의 동화 색채를 지닌 거의 유일한 창작동화라고 할 수 있다. 이런 성격은 식민지조선에 뿌리내리기 쉽지 않았다. 마해송도 이런 성격을 지속하기는 어려웠는지 다른 방향으로 나아갔다. 「토끼와 원숭이」, 「떡배 단배」 같은 신랄한 현실 풍자의 경향이 그것이다.

5. 계급주의 아동문학의 고조

식민지조선의 어린이는 온전히 어린이일 수만은 없었다. 그들은 여전히 '작은 노동력'으로서 가족의 생계를 나누어 맡았고, 근대 국가를 완성할 주역으로서 어른과 짐을 나눠야 했다. '일하는 아이들'이 주된 대상일 수밖에 없었던 식민지시대의 아동문학은 유년물보다 소년물이 훨씬 발달했고, 판타지보다 리얼리즘이 두드러졌다. 카프(KAPF)가 결성되고 사회주의가 고조되자 소년문예운동은 방향전환을 선언하면서 목적의식과 계급성을 앞세웠다. 염군사(焰群社) 계열의 송영, 박세영이 『별나라』 편집진에 합류하고, 신진 카프작가 이주홍, 이동규가 『신소년』 편집을 맡게 되면서 계급주의 아동문학은 전성기를 맞이하게 된다. 1920년대에는 가난한 아이들에 대한 시혜적·온정주의적 결말이 주조를 이뤘으나, 1930년대에 접어들면서는 탐욕스러운 지주와 공장주에 저항하는 노동자·농민의 아이들이 대거 작품에 등장했다. 그런데 투쟁을 앞세우다보니 동심과는 거리가 먼 증오의 표현이 남발되는 문제점이 나타났다. '착한 아이' 콤플렉스에서 벗어난 것은 리얼리즘의 진전이라 할 수 있겠으나, 어린이의 욕망을 어른의 이념으로 대체한 계급주의 아동문학은 도식성에서 자유롭지 못했다. 그렇긴 해도 계급주의 전성기를 '아동문학의 겨울'이라고 명명한 일본에서와는 달리, 식민지조선에서는 송영, 이주홍, 김우철, 이원우, 현동염, 홍구 등 주요 작품을 생산한 작가들이 적지 않다. 계급주의 아동문학은 1920년대 감상적 낭만주의와 동심주의를 극복하는 데 기여했으며, 1930년대 후반 현덕으로 대표되는 높은 수준의 리얼리즘을 낳는 데 밑거름이 되었다.

1) 시대사조의 변화

1930년대 초반 수년간은 계급주의가 대세였다. 계급주의를 아동문단 일각의 현상이라고 한다든지 동심주의와 계급주의로 문단이 양분되었다고 말하는 것은 아동문학사를 왜곡할 소지마저 있다. 성인문학에서의 계급문학은 문단 일각의 현상, 또는 국민문학파·절충파와 문단을 양분·삼분한 대립항으로 보는 것이 타당할 것이나, 아동문학에서의 계급주의는 사정이 다르다. 1930년대의 계급주의는 1920년대의 동심주의를 대체하는 시대사조로 떠올랐다.

1920년대에는 카프작가 송영도 『어린이』에 작품을 발표했거니와, 『별나라』는 방정환을 동인으로 대우했다. 『신소년』은 색동회를 비롯한 정지용과 권환을 수용함으로써 빛이 났다. 그런데 1930년대에는 『어린이』도 손에 망치를 들고 우뚝 서 있는 소년직공을 표지로 삼을 만큼 『신소년』, 『별나라』를 따라갔다. 요컨대 1920년대 동심주의에서 1930년대 계급주의로의 전환은 범문단적 현상이라 할 수 있기에, 어느 쪽에서 흐름을 주도했느냐 하는 판도의 변화가 두드러졌던 것이지 성인문단처럼 양분·삼분되어 서로 대립했던 것은 아니다. 일부 소아병적인 소년문예가들이 『어린이』와 『아이생활』을 부르주아 아이들이 보는 잡지라면서 무차별하게 공격했으나, 이는 지엽적이고 말초적인 현상에 지나지 않는다.

성인문학 쪽과 달리 아동문학 쪽에서 유독 계급주의가 강세를 보인

이유는 이러하다. 첫째, 1920년대에 가장 큰 영향력을 행사한 방정환·천도교·『어린이』·색동회 계열은 사회주의와 계급문학에 열려 있었는바 국민문학파처럼 계급주의에 적극 반대한 세력이 아동문학 쪽에서는 나타나지 않았다. 둘째, 식민지조선의 아동문학은 소년운동을 기반으로 전개되었는바 처음부터 강렬한 사회성·운동성·이념성을 지니고 있었다. 셋째, 소년운동과 아동문학이 만나면서 소년문예운동이 일어났는바 소년문예가들의 이상주의적 기질, 자기 과시, 모방 심리 등이 계급주의를 더욱 부채질했다. 당시 소년문예가군에 속해 있던 강소천, 황순원, 김광균, 장수철 등도 유행에 휩쓸려 계급주의 작품을 생산했다. 넷째, 카프의 한 축을 이룬 염군사 계열의 송영과 박세영이 『별나라』 편집을 맡았는바 카프는 문예대중화 노선을 채택한 뒤 아동문학에 전폭적인 힘을 실어주었다. 이와 같은 요인들이 상호작용하면서 1930년경 솟구치기 시작한 계급주의 아동문학은 1934~5년경 『어린이』, 『신소년』, 『별나라』의 폐간, 소년운동의 침체, 카프의 해산 등과 더불어 급속히 가라앉는다.

2) 소년문예운동의 방향전환

계급주의는 계급을 중시하는 사상이나 태도를 가리킨다. 이러한 사상과 태도를 지닌 문학 경향은 '프롤레타리아 문학'이라는 이름으로 역사에 등장했다. 아동문학에서도 마찬가지다. 그런데 '프롤레타리아 아동문학'이라는 말은, 사회주의 혁명이론과 결부된 이념적 지향은 분명할지라도, 농민의 자녀가 대부분이고 작품도 농촌을 배경으로 하는 것들이 압도적인 상황에 비추어 실제와 어긋나는 문제점을 안고 있다. 그 때문에 보통은 '계급주의 아동문학'이라는 용어를 많이 쓴다. '계급주의 아동문학'은 식민지시대 프롤레타리아 아동문학의 성격을 단적으로 드러내줄뿐더러 실상과도 맞아떨어진다. '계급주의'란 말에는 '계급환원론'처럼 얼마간 부정적인 평가가 주어져 있다.

1920년대 『신소년』에 실린 권환의 작품 같은 것은 계급 문제를 주목했으되 계급주의라고 하기는 어렵다. 가난한 아이들의 비참한 삶을 그린 작품은 1920년대에도 꾸준히 나타났다. 하지만 이는 식민지 현실의 자연스러운 반영이라고 해야 할 것이다. 계급주의는 사회주의 혁명운동의 일환으로 뚜렷한 목적의식 아래 제작된 것을 가리킨다. 여기에서는 유산자에 대한 무산자의 대타의식, 곧 투쟁성이 핵심이다. 계급주의 아동문학은 노동자와 농민에 대한 연대의식을 가지고 조직적 실천을 도모했기에, 산발적이지 않고 집중적인 양상을 보였다.

계급주의는 1920년대 후반에 두 가지 안팎의 요인과 더불어 여건이 조성되었다. 안으로는 동심주의의 폐해가 드러나면서 이를 바로잡을 균형자가 요구되는 상황이었고, 밖으로는 사회운동과 보조를 맞춘 소년운동이 계급이론을 수용하면서 방향전환을 꾀하고 있었다. 이미 성인문단에서는 계급문학을 표방한 카프가 조직되었으며, '자연생장에서 목적의식으로'라는 기치를 내걸고 방향전환이 이뤄진 시점이었다. '사회운동·성인문학·아동문학', 그리고 '소년운동·소년문예운동·아동문학'은 긴밀한 관계에 있다. 사회운동, 성인문학, 소년운동 쪽에서는 1926~7년경부터 방향전환을 촉구하는 목소리가 터져 나왔다. 그러나 소년문예운동 쪽은 그렇지 않았다. 뒤에 계급주의 아동문학을 주도한 이들조차 1920년대에는 주로 동심주의에 기대어 창작하고 있었다. 계급주의는 1930년에 이르러 일제히 모습을 드러냈다.

이와 같은 비약은 일본 프롤레타리아 아동문학의 영향에서 비롯되었을 가능성이 크다. 1929년 5월 일본의 나프(NAPF, 전일본무산자예술연맹)는 기관지 『전기(戰旗)』의 부록으로 『소년전기(少年戰旗)』를 펴내기 시작했다. 1930년에는 초계급적 아동관과 동심예술론을 혹독하게 비판하면서 아동문학의 계급성과 사회성을 해명했다고 평가되는 마키모토 구스로(槇

本楠郎)의 평론집 『프롤레타리아 아동문학의 제문제(プロレタリア兒童文學の諸問題)』와 『프롤레타리아 동요강화(プロレタリア童謠講話)』가 출간되었다. 마키모토 구스로는 카프작가와도 교류했다. 그는 첫 창작동요집 『붉은 깃발(赤の旗)』(1930)을 펴내면서 표지에 '프롤레타리아 동요집'이라는 한글 부제를 병기했고, 권두에 임화가 한글로 번역한 동요 「싸락눈」을 수록했다. '작가의 말'에서 카프 동경지부의 이북만과 임화에게 사의를 표하는 대목도 보인다. 카프는 두 차례의 방향전환 과정에서 모두 동경파가 주도권을 행사할 만큼 나프의 이론을 추수했다. 일본 프롤레타리아 아동문학의 전개는 국내 소년문예운동의 지도자들에게 큰 자극이 되었을 것이다.

1930년부터 식민지조선에서도 동심의 계급성을 논하면서 소년문예운동의 방향전환을 주장하는 글들이 잇달아 나타났다. 정홍교의 「동심설의 해부—소년문예운동의 비판, 금후 소년운동의 전제」(『조선강단』, 1930.1), 김성용의 「동심의 조직화—동요운동의 출발 도정」(『중외일보』, 1930.2.24~26), 신고송의 「동심의 계급성—조직화와 제휴함」(『중외일보』, 1930.3.7~9), 송완순(구봉학인)의 「프롤레타리아 동요론」(『조선일보』, 1930.7.5~7.22), 유백로의 「소년문학과 리얼리즘—프롤레타리아 소년문학운동」(중외일보』, 1930.9.18~26), 안덕근의 「프롤레타리아 소년문학론」(『조선일보』, 1930.10.18~11.7) 등이 여기에 해당한다.

소년운동의 기관지격이던 『어린이』, 『신소년』, 『별나라』는 1920년대 후반부터 농촌과 공장에서 일하는 소년소녀들의 생활상을 소개하는 글들을 내보내고 있었는데, 1930년경부터 그네들의 목소리를 직접 담은 생활수기, 편지, 일기, 보고문 등의 비중이 현저히 높아져 갔다. 나름대로 현실적 색채를 띠고 있던 『어린이』도 1931년 방정환 사후에는 급속히 변화한다. 신영철이 편집을 맡게 되면서 카프 계열의 참여가 한층 두드러졌고, 농촌과 공장 소년들의 목소리가 비약적으로 강화되었다.

『어린이』가 배출한 동요시인이고 소년문예가로 활약한 윤석중, 윤복진, 이원수 등은 계급주의 작가·시인으로 분류되지는 않지만, 이들도 계급적 현실의 문제를 다루면서 계급주의와 연대했다. 윤석중의 「공장언니의 추석」(『조선일보』, 1928.9.29), 「거지행진곡」(『동아일보』, 1929.5.27), 「언니 심부름」(『동아일보』, 1930.9.29), 윤복진의 「스무하루 밤」(『중외일보』, 1929.5.22), 이원수의 「헌 모자」(『어린이』, 1929.3 ; 검열에 의해 삭제), 「벌소제—비오는 날의 레포」(『어린이』, 1932.8) 같은 것들은 동심주의 동요들과 확실히 차별된다. 『어린이』 1930년 8월호에는 윤석중의 「두고두고 벼르던 날」, 윤복진의 「기차가 달려오네」, 이원수의 「잘 가거라」 「보리방아 찧으며」 등이 나란히 실려 있기도 하다. 1931년에는 『어린이』 등단 소년문예가들의 모임 '기쁨사' 동인이 주축이 되어 신흥아동예술연구회를 창립하려다가 일제당국이 대회를 불허하는 통에 무산된 적이 있다. 여기에 카프작가 신고송, 승응순 등이 참여하고 있었으니, 윤석중과 이원수도 계급주의 작가·시인들과 뜻을 함께 했음을 알 수 있다.

3) 동요·동시의 도식성

1930년대 초반의 계급주의 동요·동시는 천편일률의 양상이었다. 운문은 십대 소년문예운동의 주된 영역이기에 더 한층 흑백논리가 횡행했다. '어른=속악' 대 '어린이=순수'라는 구도가 '유산자=악' 대 '무산자=선'이라는 구도로 바뀐 모양이었다. 김병호는 「동요강화」(『신소년』, 1930.11)에서 동심의 계급성을 드러내기 위해 프롤레타리아와 부르주아 아동의 감정 차이를 이렇게 설명했다. "달을 보면 부르주아 아동은 부르게 먹은 배를 거머쥐고 노래를 부르며 놀러나갈 생각을 하며 다만 달이 밝고 좋다는 것만 느껴질 것이다. 그러나 프로 아동은 달밤에 아버지가 들에 나가 논에 물괴는 것을 연상할 것이요, 밤늦게 돌아오실 아버지를 마중 나갈 때 길이 어둡지 않는 것을 즐거워할 것이다." 이동규는 「동요를 쓰려는 동무들에게」(『신소년』, 1931.11)에서 이렇게 설명했다. "배고파 우는 아이에게는 장난감을 주어도 우는 것 같이, 배고픈 사람에게 보이고 느끼게 되는 꽃은 결단코 기쁘게 나나타지는 아니할 것이니 이것으로 보아도 우리는 가난한 그 동무들이 '푸른 하늘 은하수' 하고 노래 부르며 쓰는 그 정신의 거짓됨을 알 것이다." 양 극단을 대비시키면서 아동의 감정을 과장·왜곡한다는 느낌을 지울 수 없다. 동요 창작에 나타난 계급주의의 전형적인 사례는 다음과 같다.

미운 놈 아들놈이
좋은 옷 입고
지개 진 나를 보고
욕하고 가네.

쳐주자니 우는 꼴
보기도 싫고
욕하자니 내 입이
더러워지네.

엣다 그놈 가다가
소똥을 밟아
미끄러져 개똥에
코나 대어라.

—신고송, 「우는 꼴 보기 싫어」 전문(『별나라』, 1930.6)

논두렁에 혼자 앉아

쌀을 베다가
개구리를 한 마리
찔러 보고는
미운 놈의 모가지를
생각하였다.

논두렁에 혼자 앉아
꼴을 베다가
붉은 놀에 낫 들고
하늘을 보며
북편 쪽의 깃발을 생각하였다.

—손풍산, 「낫」 전문(『별나라』, 1930.10)

이 공장에 꼬마가 주먹 쥐고 나왔다.
저 공장에 꼬마가 쇠메 메고 나왔다.
이 학생 꼬마 학생 광고 들고 나왔다.
참다 참다 못하여 오늘이야 나왔다.

이 집에 나무꾼 낫을 들고 나왔다.
저 집에 머슴이 작대 들고 나왔다.
우리 집 누나도 악을 쓰고 나왔다.
우리 동무 편동무 오늘이야 나왔다.

—정청산, 「나왔다」 전문(『별나라』, 1931.1)

너희들 주먹들은 하이얀 주먹
우리들 주먹들은 시꺼먼 주먹

하얗고 이쁜 주먹 조악한 주먹
싸우자고 덤비면 무엇을 하니
매 맞고 아프다고 우지나 마라.

우리들 주먹들은 커다란 주먹
너희들 주먹들은 조그만 주먹
꺼멓고 힘센 주먹 커다란 주먹
너희들이 마음껏 놀려대었지
뉘 주먹이 세인가 싸워를 볼까.

—홍구, 「주먹싸」 전문(『신소년』, 1932.2)

앞집영감 배는요 풍선배구요
뒷집영감 배는요 홀태배지요.

풍선배는 놀아도 □ □ □ □ □
홀테배는 일해도 주름살 늘죠

삐삐삐삐 선동이 부는 풍선은
늘다늘다 못해서 탁 터졌지요

앞집영감 저 배도 늘어만 가단
풍선처럼 될 것을 우리는 알죠.

—박세영, 「풍선」 전문(『신소년』, 1932.6)

지주와 공장주, 그들의 자녀를 적대시하면서 투쟁의식을 고취하려는 공통점이 드러나 있다. 「낫」은 살벌하다고 아니할 수 없고, 「나왔다」와

「주먹쌈」은 편을 가르는 선동성이 두드러진다. 「우는 꼴 보기 싫어」와 「풍선」은 아이들이 조롱하는 말로 되어 있지만, 구전동요처럼 해학적 · 풍자적이지 않고 직설적이라서 화자의 목소리가 다소 거슬린다. 착취계급에 대한 투쟁의 관념이 이와 같은 생경한 표현을 낳았다. 계급주의는 계급환원론이나 계급결정론과 뗄 수 없는 관계였다. 예컨대 정청산의 「어린이날은 광고날이라지」(『별나라』, 1931.5), 「가거라」(『별나라』, 1932.4) 등은 어린이날과 소년회를 맹렬히 비난하는 내용이다. 일터의 조합소년부를 부추기고자 기존의 소년회를 아예 적대적으로 바라본 것이다.

4) 소년소설의 리얼리즘

십대 독자의 투고 활동은 동요·동시·소년시 또는 생활수기 같은 논픽션 쪽으로 몰렸고, 동화와 소년소설은 상대적으로 전문성을 확보한 성인작가의 손에 맡겨졌다. 대부분 생경한 주관감정의 토로에 그친 동시 쪽과 다르게 소년소설은 가열한 객관현실의 묘사를 동반했다. 도식성과 설교성이라는 공통의 한계에도 불구하고 계급주의 소년소설은 리얼리즘의 교두보를 쌓았다고 볼 수 있다.

계급주의가 맹위를 떨치던 시기에는 1920년대를 특징지은 '동정과 구원'의 시각이 '분노와 저항'의 시각으로 바뀐다. 이렇게 되자 피해자 · 수혜자에 머물지 않는 저항적 투사의 형상이 많이 나왔다. 계급주의 소년소설은 가난의 원인을 파고들면서 더 한층 궁핍한 시대현실로 바짝 다가섰다. 이주홍의 소년소설을 비롯하여 오경호의 「어린 피눈물」(『신소년』, 1930.4), 이동규의 「이쪽 저쪽」(『신소년』, 1930.10), 현동염의 「백삼포 여공」(『신소년』, 1931.10), 적파의 「꿀단지」(『별나라』, 1932.1), 구직회의 「가마장」(『별나라』, 1932.3), 김우철의 「등피알 사건」(『신소년』, 1932.4), 안평원의 「물 대기」(『신소년』, 1932.10), 홍구의 「채석장」(『신소년』, 1933.2), 김우철의 「오월의 태양」(『신소년』, 1933.5~7) 등은 계급주의 소년소설의 대표작들이다.

동화는 단순성, 과장성을 특징으로 하기에 계급적 도식성에 갇힌 것들이 많다. 생태적 먹이사슬 구조를 뒤바꿔서 약자가 집단으로 강자를 물리친다든지 의인화된 동식물이 못된 유산자를 골탕 먹이고 착한 무산자에게 도움을 준다든지 하는 것들이 많다. 계급투쟁에 관한 분명한 알레고리로 읽히는 것들은 상찬되었지만, 재래의 동화에 대해 봉건적 관념이라거나 비현실적 이야기라고 비판하는 분위기가 워낙 드셌기 때문에 동화의 특성을 살린 흥미로운 이야기가 뻗어나길 여지는 협소했다. 급기야 동화도 실생활을 다뤄야 한다는 주장이 나타나면서 의인동화를 제외한 생활이야기는 거의 소년소설에 흡수되는 형국이었다. 중국의 '조언수어(鳥言獸語) 논쟁'[3] 같은 계기가 없었다는 점이 한계라면 한계였다.

계급주의 작가 가운데 이주홍은 운동성과 문학성을 겸비하여 적잖은 독자들의 사랑을 받았다. 그는 카프작가로 『신소년』을 편집하면서 계급주의 경향의 작품을 왕성하게 발표했다. 동요, 동화, 동극, 소년소설, 평론 등 아동문학의 모든 장르에 걸쳐 활약했으며, 작곡과 그림에도 능했다. 계급주의 경향의 아동잡지나 작품집의 표지와 삽화는 그가 도맡다시피 했다. 그의 작품은 '웃음'의 자질이 두드러졌고, 관념적 설교가 아니라 체험적 실감을 전하는 '묘사력'이 탁월했다. 이 두 요소가 아동성과 문학성을 꿰차면서 각별한 '재미'를 보장했다.

그는 드물게도 동화와 소년소설의 서로 다른 특성을 제대로 파악한

3 1931년 중국에서 의인화 수법으로 창작된 동화와 우화 작품을 교과서에 수록해야 하는지를 둘러싸고 교육계와 문학계에서 벌어진 논쟁을 가리킨다. 한쪽에서 '새와 동물들이 말하는(조언수어)' 괴이한 작품을 무의미한 환상으로 폄하하면서 추방할 것을 주장하자, 루쉰(魯迅)을 비롯한 중국좌익작가연맹의 주요 작가들은 '조언수어' 부류의 작품을 적극 옹호함으로써 동화의 교육적 가치와 장르적 특성을 새롭게 주목하는 결과를 낳았다. 이 논쟁을 거쳐서 좌련 시기 중국아동문학에서 동화의 위치는 보다 확고해졌다. (두전하, 「한 · 중 · 일 프롤레타리아 아동문학 연구」, 인하대학교 대학원 박사학위 논문, 2015, 참조.)

작가였다. 「개구리와 두꺼비」(『신소년』, 1930.5), 「우체통」(『신소년』, 1930.7), 「호랑이 이야기」(『신소년』, 1934.2), 「군밤」(『신소년』, 1934.2) 등은 계급주의에 입각해 있더라도 해학성이 돋보이기에 즐거움의 계보에서 살펴볼 수 있는 동화들이다. 그의 소년소설은 '아동문학의 최서해적 경향'이라고 함직하다. 1930년 『신소년』에 잇달아 선보인 「청어 뼉다귀」, 「잉어와 윤첨지」, 「돼지 콧구멍」 등이 모두 그러하다. 지주의 횡포에 울분을 삭이지 못하는 소작인 아들딸들의 행동과 감정 변화를 생생하게 묘사했다.

6. 소년운동의 쇠퇴와 전문화 · 세분화

크게 보아서 식민지시대 아동문학은 1935년 이전과 이후의 아동문학으로 나뉜다. 『어린이』, 『신소년』, 『별나라』 등이 1934~5년경 모두 폐간되었다. 이 아동잡지들은 소년운동과 함께 성장하면서 자기성격을 드러냈는데, 소년운동의 쇠퇴 기운이 완연해진 시점에 이르러 운명을 다하게 된 것이다. 소년운동은 근대제도가 불충분한 조건에서 아동문학을 추동한 가장 중요한 기반이었다. 소년운동이 부재하는 상황은 전혀 새로운 국면이었다. 소년운동의 지원이 끊긴 아동문학은 자력으로 아동독자를 획득해야 했다. 그리하여 이념성과 운동성을 중시하는 흐름은 약해지고 문학성과 대중성을 중시하는 흐름이 한층 강해졌다. 또한 1930년대에는 식민지공업화가 본격화되면서 교육열이 높아지고 개인적 교양주의가 확산되었다. 바야흐로 일상의 근대성에 기초한 매체 경쟁의 시대가 도래한 것이다. 소년운동 지도자와 소년문예가들의 활동은 수그러들고, 숙련된 전문작가와 등단제도를 거친 신진작가들의 활동이 두드러지기 시작했다.

이런 점들을 고려한다면, 1930년대 중반 이후의 '문학성'과 '대중성'은 시대적 의미를 지닌 것이라고 할 수 있다. 이와 관련된 새로운 경향이 고개를 들었다. 먼저 문학성을 뒷받침하는 것으로 전문화·세분화 경향을 들 수 있다. 초창기 아동문학에는 일본 것을 베끼고, 성인 문단을 뒤쫓고, 번안인지 창작인지 알 수 없는 정체불명의 것들이 흔했다. 그런데 새로운 수준의 근대성에 적응하려니까 개척기 특유의 이식성·추종성·혼류성에서 벗어나 자기정체성을 확립해야 했다. 이전에는 창작자와 수용자가 한데 뒤섞인 모습이었으나, 전문작가와 아동독자가 선명히 분리되었을 뿐만 아니라, 독자의 요구에 따라 갈래가 여러 층위로 분화되어 갔다. 한편, 대중성과 관련해서는 장편 판타지·탐정소설·모험소설·역사소설·소녀소설·학교소설 등 독자의 흥미나 취향을 좇는 장르문학이 성행했다. 식민지시대의 장편 서사는 전작(全作)이 아니라 모두 신문과 아동잡지의 연재물이었다. 독자 확보가 절실한 상황이고 보니, 통속성을 앞세운 장편 연재가 어느 때보다 큰 비중을 차지했다. 명징한 캐릭터를 앞세운 단편 연작이 그 뒤를 따랐다. 1935년 『동아일보』에 집중 발표된 이무영의 '경재' 시리즈나 1938년에서 1939년 사이 『소년조선일보』에 집중 발표된 현덕의 '노마' 시리즈가 대표적이다. 동요·동시 방면에서는 시인의 개성적 색채가 뚜렷해졌다.

7. 동요 · 동시의 결실

1) 방정환 이후 윤석중의 행보

방정환 사후에 소년운동이 가라앉으면서 아동문학은 위기에 봉착하는데, 윤석중은 이 어려운 시기를 어느 때보다 풍성한 결실로 이끌었다. 그는 강소천, 박영종, 현덕, 권태응 등을 차례로 발견했고, 오장환, 이무영, 이영철, 조풍연 등을 유년문학으로 이끌었으며, 정우해, 임원호, 권오순, 강승한, 장수철, 한인현, 모기윤 등을 데뷔시켰다. 이광수, 주요한, 김동환, 심훈, 정지용, 이태준, 박태원, 채만식, 주요섭, 김내성 등 내로라하는 성인문단의 작가를 어린이 곁으로 불러오는 데에서도 발군의 실력을 과시했다. 1930년대 개벽사의 『어린이』, 조선중앙일보사의 『소년중앙』, 조선일보사의 『소년』, 『소년조선일보』, 그리고 식민지시대의 아동문학을 총결산한 『조선아동문학집』 등이 그의 손으로 엮어져 나왔다. 조선중앙일보사 사장은 여운형이고, 1930년대 조선일보사는 신간회 기관지 격이었다. 문단 좌우합작 면에서도 그는 개벽사의 방정환을 잇는 구도에 있었다.

윤석중이 1933년 『어린이』를 편집할 무렵 『신소년』과 『별나라』는 계급주의가 한창이었고 '수염난 총각'들 일색이었다. 이에 대한 반작용과 윤석중의 성향이 만나면서 후기의 『어린이』는 유년 지향으로 나아갔다. 유년문학의 토대는 여전히 취약한 편이었다. 조선주일학교연합회 발행의 『아이생활』이 그나마 유년독자에 관심을 보이는 정도였다. 기독교 색채가 짙은 『아이생활』은 이렇다 할 성과를 보이지 못했다. 비록 폐간을 막을 수는 없었으나 윤석중이 주재한 『어린이』는 아동문학의 영역을 유년 쪽으로 확장하고 1930년대의 방향을 선취한 점에 의미가 있다.

1930년대 후반기를 장식한 『소년』, 『소년조선일보』는 이전처럼 동인지 성격이거나 투고작 위주가 아니라 전문적인 작가·시인의 활동무대로 기능했는바, 일정한 수준과 다양성에 기초한 새로운 문단질서가 자리를 잡았다. 첫째, 문단의 좌우 협력 분위기 속에서 윤석중의 작품 중심 편집방침이 빛을 발했다. 작품성에 관한 한 윤석중은 좌우파를 가리지 않았다. 둘째, 1920년대에 소년문예가로 출발한 동요시인들의 기량이 물오르면서 뛰어난 성과가 이어졌다. 윤석중, 이원수, 윤복진 등은 1930년대 동시단의 중심에 자리했다. 셋째, 1930년대 신인들의 독특한 자질이 한껏 발휘되었다. 강소천, 박영종, 김영일 등은 이전 세대와는 다른 새로운 감수성을 들고 나왔다. 넷째, 비중 있는 작가들의 장편 연재가 호응을 받는 가운데 장편 판타지가 출현했다. 주요섭의 장편동화 「웅철이의 모험」은 상징동화에 잠식된 일본보다 빠른 성과라고 할 수 있다. 다섯째, 최병화, 이영철, 노양근, 현덕, 이구조, 송창일, 정우해, 정명남, 김기팔 등 아이들의 생활상에 눈길을 주는 작가들의 활약이 두드러졌다. 일상을 다룬 유년물이 증가하면서 '생활동화·사실동화'의 자리가 생겨났다.

2) 부르는 '노래'에서 읽는 '시'로

1930년대의 동요·동시는 윤석중, 윤복진, 이원수 등의 활약에 강소천, 박영종, 김영일 등이 가세함으로써 한층 다채로워진 양상을 보인다. 이들은 자기색채가 뚜렷하고 표현욕구 또한 강했으므로 곡(曲)에 의존하는 가사가 아니라 '읽는 시'를 쓰는 데 힘을 기울였다. 1930대를 대표하는 동요시인들의 대표작은 설사 '동요'의 형식을 지녔을지라도 '동시'라고 하는 편이 더 잘 어울린다. 이른바 자유시 형식의 등장이 중요한 것은 아니다. 1920년대 말부터 아동잡지에 '소년시'라는 이름을 붙이고 나온 것들은 대개 정형률을 벗어난 자유시 형식이지만 입에 오르내리는 가편이 없다. 일찍이 『금성』 동인이 '동시'라는 이름으로 발표한 것들도 지나치게 서술적이라 형식미가 없기는 마찬가지다. 비록 '동요'의 이름으로 발표되었을지라도 정제된 호흡으로 시어를 가다듬고 가락을 고르면서 눈으로 감상하는 가편을 지어낸 정지용이 동시의 선두였다. 그 다음 차지는 1930년대에 동요·동시집을 여러 권 펴낸 윤석중이었다. 그는 방정환이 「늙은 잠자리」에서 선보인 대화체 구사를 발랄한 개구쟁이 입말체로 바꾸면서 갑갑한 정형률의 옷을 벗어던졌다. 그러면서도 대구와 반복의 간결한 형식미를 놓치지 않았는데, 이는 정지용의 영향이라고 할 수 있다.

난 밤낮 울 언니 입고난
헌톨뱅이 찌께기 옷만 입는답니다.

아, 이, 죄끼두 그러쵸,
아, 이, 바지두 그러쵸.
그리구, 이 책두 언니 다 배구 난 책이죠,
이 모자두 언니가, 적어 못쓰게된 모자죠.

어떠케 언니의 언니가 될순 없나요?

—윤석중, 「언니의 언니」 전문(『어린이』 1933.5)

서울 출신의 윤석중은 자연보다 생활에 밀착한 소재를 즐겨 다뤘다. 도덕관념의 간섭을 받지 아니하는 아이들의 감정 표현에 능해서 약동하는 생명력이 느껴지는 시편이 많다. 「'집 보는 아기' 노래」, 「담모퉁이」, 「잠 깰 때」, 「키대보기」, 「넉 점 반」 같은 것들이 모두 그러하다. 한편 「언니 심부름」, 「허수아비야」, 「우리집 콩나물죽」, 「언니의 언니」 등에서 보는 생생한 경아리 말투는 윤석중 동시의 중요한 특징 중 하나이다. "헌톨뱅이 찌께기" "쬐끼" 같은 어휘는 이른바 표준말로 규정되는 교양 있는 중산층 가정의 언어와 거리가 멀다. 속된 어휘와 억양을 살려 쓴 덕에 훨씬 아이답고 서민적인 느낌을 준다.

윤복진의 동요는 윤석중처럼 개구쟁이 목소리를 지녔지만, 배경이 시골이라서 토속적 체취가 짙은 편이다. 유년 대상의 동요 방면에서 두 시인은 짝을 이뤘다고 할 수 있다.

산모랭이 귀염낭게 귀염이 두개
새까맣게 익어가는 귀염이 두개

산골에 때때중이 흔들어 보고
산밑에 까까중도 흔들어 보고

산모랭이 귀염낭에 귀염이 두개
새까맣게 익어가는 귀염이 두개

—윤복진, 「귀염」 전문(『소년』 1938.10)

윤복진에게는 시골 정취가 잘 어울린다. 자연친화적이면서도 관조(觀照)나 환시(幻視)가 아니라 아이들의 놀이세계로 들어간 것이 강소천, 박목월, 김영일 등과 다른 점이다. 그러나 어린이의 호기심과 장난스러운 눈에 초점이 잡혀 있는 탓에, 이원수나 권태응에게서 보는 것과 같은 농촌 어린이의 삶에서는 비껴나 있다. 「동리 의원」, 「중중 때때중」, 「씨 하나 묻고」, 「당나귀」, 「숨바꼭질」, 「하나 둘 셋」 등 그의 대표작들이 대개 그러하다. 그가 훗날 월북했다고 해서 경향성을 가져다붙이려는 해석은 무리라고 여겨진다. 그는 자연과 어우러진 아이들의 일상을 반복과 대구의 간결한 형식에 담아 생동감 있게 표현했다.

이원수는 계급주의가 가라앉고 유년·동심 지향이 대세를 이루는 분위기에서도 불우한 소년의 목소리를 이어갔다. 가난으로 월사금을 못내는 서민층 아이거나 농촌에서 힘들게 일하는 아이들의 삶과 이어진 목소리였다. 수난의 민족 현실에 비추어 볼 때, 대다수 아이들의 처지를 대변하는 목소리라고 할 수 있다.

이 치운 날도
언니는 지게지고 나무 가셨다.
호— 호— 손불면서 나무가셨다.

솔밭 부는 바람은
우우— 우우—
골짜구니 개울은
꽁— 꽁 얼어서
춥단 말도 못한다는
저산 골짜기

해야!

하늘공중 높이 뻔적이는 해야,

좀 더 내려와서

나무하는 우리언니 쬐드려라.

—이원수, 「나무간언니」 전문(『소년』 1940. 10)

이 작품의 시적 화자는 아우로 되어 있으나 추운 날 산에 나무하러 간 언니(형)에게 초점이 주어져 있다. 입이 얼어붙고 춥다는 말조차 바람소리가 지워버리는 한겨울의 골짜기로 나무하러 간 언니의 모습이 눈에 선하다. 힘겹게 일하는 아이들이 다수인 시대에 이런 목소리는 동정과 연민에 그치지 아니하고 연대의 마음을 불러일으킨다. 이원수는 사상적으로 계급의식을 수용하면서 자기세계를 쌓아올렸는데, 천편일률의 구호와 도식에 빠져들지 않고 호소력 있는 가편을 많이 낳았다. 「찔레꽃」, 「잘 가거라」, 「그림자」, 「보리방아 찧으며」, 「교문 밖에서」, 「이삿길」, 「벌소제」, 「자전거」, 「보오야 넨네요」 등이 그러하다. 그는 계급주의를 앞세워 방정환을 청산의 대상으로 삼기보다는 고통 받는 아이들의 마음을 어루만지는 '동정과 연민'의 시각을 견지했다.

3) 유아 취향과 퇴행의 유토피아

훗날 이원수와 경향을 달리하며 남한 아동문단의 맹주로 활약하게 되는 강소천은 일제 말에 동요시집 『호박꽃 초롱』(1941)을 펴냈다. 이 동요시집은 일제가 우리말을 탄압하면서 황국신민화를 강요하던 때에 나온 것이기에 의미가 각별하다. 강소천의 동요 세계는 1930년대 전반기의 '투쟁적 아동'과 대비되는 후반기의 '동심적 아동'을 대표한다. 겉보기에 소년문학에서 유년문학으로 중심이 이동한 듯하지만, 실제 유년독자를 염두에 두었다기보다는 동심 탐구의 경향이 유년문학의 외양을 띠게 된 것이다. 시적 화자와 내포독자가 이중적이거나 추상화되면서 동심의 정체가 한층 모호해진 면이 없지 않다. 동요시집 『호박꽃 초롱』에서 동심이 발현되는 시적 공간을 보면, '집안의 아기'와 '울타리 안의 자연'으로 대상이 좁혀져 있다. 둘 이상의 아이가 나오거나 울타리 밖에서 동무들과 함께하는 시편은 거의 없다. 시집 전체가 시인의 내면세계를 그려낸 듯하다. 1930년대의 동심은 이렇듯 내향적 속성을 지닌 것들이 적지 않다. 한편, 1930년대 후반기로 갈수록 '아기'라는 시어의 빈도수가 부쩍 높아진다. 젖먹이가 아동문학의 수혜자일 수 없으니, 유아 취향이 확대되고 있음을 보여주는 지표라고 하겠다.

물한모금
입에물고
하늘한번
처다보고

또한모금
입에물고
구름한번
처다보고

—강소천, 「닭」 전문(『소년』 1937.4)

이처럼 대상이 순전히 자연물인 경우에는 시적 화자가 아이인지 어른인지 구분하기가 쉽지 않다. 「닭」은 '동심'에 눈을 돌린 시인이 어린이의 눈으로 내려가서 물먹는 닭의 동작을 재미있게 표현한 작품이다. 다만 하늘과 구름을 배경으로 삼은 선명한 이미지 덕분에 함축미에 상징성까지 내포하게 되었다. 만일 어린이의 미성숙한 사고를 귀엽게 바라보는 눈으로 물먹는 닭의 동작을 재미난 무엇에 비유라도 했다면 사정은 달라졌을 것이다. 「울엄마젖」, 「엄마소」, 「까딱까딱」 등 동요시집 『호박꽃 초롱』에 수록된 것 가운데 이런 위태로운 경계에 있는 작품들이 보인다. 박영종의 동시도 추상적 아동과 마주한 모습이었다.

福 바위 뒤
토끼 길
초록길.

낮, 나리꽃에
묻힌 길
감춘길.

南산골 토끼
白서방
장가 가마
꽃가마
넘는 길
쉬는길.

달밤엔
두세 차례
넘는 길
초록길.

—박영종, 「토끼길」 전문(『소년』 1937.4)

'ㄱ' 음이 반복된 탓에 호흡이 다소 거칠지만 치밀하게 조율된 반복의 리듬감이 돋보인다. 서술어를 생략하고 체언으로 끝맺음으로써 함축성을 더하고, 다시 체언을 반복함으로써 격조의 무게감을 높였다. 이미지 중심의 간결한 형식미는 정지용의 영향을 떠올려 준다. 그러나 선명하게 떠오르는 마음속 '상상의 그림'은 그만의 경지이다. 자연친화적이고 토속적인 분위기를 자아내는 시골 정취는 윤복진과 다름없는데, 아이들이 경험하는 실재의 세계가 아니라 '동화적 상상'의 세계를 펼쳐 보인 점에서 윤석중, 윤복진과는 또 다르다. 일부러 한자를 살려 쓴 것에서 알 수 있듯이 유년 독자를 겨냥했다기보다 어른의 향수, 곧 동심 회귀의 발상이다. 「해바라기」, 「토끼집의 불」, 「옛날옛날」, 「잠자리」, 「가랑비」, 「여우비」 등 그의 대표작들은 다분히 유아적인 소재지만 내포독자는 한참 윗길이다. '동심'을 시인의 예술 충동, 또는 자기표현이라는 심리기제로 이해하는 경우, '어린이'가 부재하거나 대상화되는 문제점이 발생한다. 김영일의 동시도 이와 비슷하다.

산골작에
애기 다람쥐

도토리변또 갖고
원족 간다

다람쥐야
팔딱
재조나 한번 넘어라

날도 좋다

—김영일, 「다람쥐」 전문(『아이생활』 1944.1)

이재철은 『한국현대아동문학사』에서 아무 근거 없이 "우리 동시사에서 소위 자유동시가 하나의 장르로서 확립된 것은 1937년경에 등장한 김영일의 자유시론 이후"[4]라고 주장했고, 수많은 연구자들이 이를 반복적으로 인용해왔다. 그러나 김영일은 1937년경 '자유시론'을 발표한 적이 없다. 1930년대 말까지 그의 동요 창작 또한 음수율에서 벗어나 있지 않다. 그의 대표작 가운데 하나인 「구두발자국」(『소년』, 1940.2)도 7·5조에 속한다. 이재철은 1943년 『아이생활』(7~8월 합본, 10월호)에 발표된 김영일의 「사시소론(私詩小論)」을 잘못 인용했거나, 시인의 말만 믿고 시기를 앞당긴 듯하다. 「사시소론」은 짤막짤막한 메모를 나열한 창작일기 같은 것으로, 김영일이 자신만의 스타일을 찾기 위해 일본의 단시(短詩)와 아동자유시에 매료되어 있었다는 사실을 알게 해준다. 이런 모색의 결과가 "수양버들/봄바람에/머리 빗는다.//언니생각 난다."(「수양버들」, 『아이생활』, 1943.9) 같은 단형 시편들로 나타났다. 한 폭의 산수화를 그리듯 시상을 말끔히 오려낸 뒤에 결구로 승부하면서 여백의 효과를 내려고 했는데, 이는 어른 취향에 가깝다.

김영일의 동시집 『다람쥐』

「다람쥐」는 경쾌한 자유시의 리듬에 짤막한 서사를 담아낸 것이다. 1연에서는 배경과 캐릭터, 2연에서는 서사적 움직임, 3연에서는 말걸기와 재주넘기, 4연에서는 배경과 마무리, 마치 한 폭의 활동그림 같다. 3연의 재주넘기는 주문일 뿐 아직 실행된 것은 아니지만, 공중에 솟구친 다람쥐의 역동적인 모습이 그려진다. 다람쥐의 특성과 맞닿은 힘찬 동

4 이재철, 『한국현대아동문학사』, 일지사, 1978, 242면.

작이라서 "애기 다람쥐"를 다만 귀엽게 바라보는 것 이상의 효과를 빚는다. 그런데 이 동시도 시적 화자가 애매하다. 4연에서 "날도 좋다"며 툭 던진 결구는 아이의 말로 보이지 않는다. 하이쿠(俳句)의 결구를 연상케 하는 이런 구절은 아이들에겐 거의 소용이 닿지 않는다. 어린이를 내포독자로 했다면 3연에서 멈췄어도 충분할 것이나 시인은 그리하지 않았다. 이렇듯 동요가 소년운동과 분리되면서 예술 충동과 자기 표현으로서의 동심, 시인 중심의 창작 경향이 급속히 증가했다.

8. 동화 · 소년소설의 확장

1) 사실동화 · 생활동화 · 유년동화

1930년대에는 이른바 사실동화 · 생활동화가 하나의 흐름을 이루었다. 계급주의 전성기에는 동화의 자리를 거의 생활이야기가 차지했다. 계급주의가 의도한 리얼리즘의 문제의식이 동화의 장르 인식에서 착오를 일으킨 결과이다. 동화가 소년소설 쪽으로 다가서면서 과장 · 환상 · 의인화 등 비현실성을 특징으로 하는 동화가 실종되었다. 한편, 계급주의가 수그러들자 소년소설의 초점이 '현실'에서 '생활'로 옮겨진다. 가정과 학교를 무대로 도시 아이들의 생활상을 담은 작품들이 증대했다. 주인공의 연령이 현저히 낮아졌으며, 계급주의 소년소설을 특징짓던 '수염 난 총각'도 사라졌다. 소년소설의 주인공 연령이 낮아지면 행동의 범위가 좁아지게 마련이다. 사소한 일상의 에피소드에 그치는 경우, 소년소설이라는 말이 무색해진다. 소년소설이 동화 쪽으로 다가서면서 리얼리즘의 문제의식이 약화되었다.

사실동화 · 생활동화가 큰 흐름을 이루게 되자 동화와 소년소설의 구분이 흐려졌다. 농촌 소년들의 개척의지와 상조활동을 그린 노양근의 장편 「열세 동무」(『동아일보』, 1936.7.2~8.28), 멀리 만주 · 몽골 · 러시아 접경지대에서 두 자매가 외국인 주인의 학대를 피해 고국으로 탈출하는 과정을 그린 최병화의 「고향의 푸른 하늘」(『동아일보』, 1938.9.4~7) 같은 것은 소년소설의 성과라고 할 수 있다. 아이들의 일상생활에 눈을 돌린 이영철, 송창일, 이구조, 정우해, 정명남, 임원호, 김기팔, 배용윤, 염귀례, 우효종 등의 작품은 사실동화 · 생활동화라는 용어가 잘 어울린다.

현덕은 생활에서 취재했더라도 동화와 소년소설의 경계가 뚜렷했다. 그의 '노마 연작'은 유년동화의 정점이라 할 수 있다. 아이들 넷이 따로, 또 함께 등장하는 연작을 통해 대여섯 살 꼬마들의 일상을 변화무쌍하게 그려냈다. 아이들을 집안에만 가둬놓지 않고 앞마당과 동네 골목, 큰길, 들판, 냇가까지 내보낸 것은 여느 작가와 다른 점이다. 현덕은 진정한 의미에서 소년소설의 개척자이기도 하다. 그는 영웅적인 고난극복기가 아니라, 가정과 학교의 일상생활에 눈길을 주었다. 방정환과 이태준의 고학생 서사는 소년주인공의 고난극복에 초점이 주어져 있지만, 현덕은 이를 교우관계라는 생활 장면에 더욱 밀착해서 서술했다. 『소년』에 발표된 「모자」(1938.7), 「고구마」(1938.11), 「군밤장수」(1939.1), 「집을 나간 소년」(1939.6), 「잃었던 우정」(1939.10), 「월사금과 스케이트」(1940.2), 「나비를 잡는 아버지」(발표연월 미상) 등은 가난한 아이들의 뜻을 가로막거나 그들이 차별당하는 시대현실을 문제시하면서도 아동기 고유의 문제인 '성장'에 초점이 주어져 있다.

2) 판타지 · 탐정 · 모험 서사

일상의 그물이 촘촘해질수록 그로부터 벗어나려는 반작용이 거세진다. 1930년대는 이념을 잃어버린 '막힌 시대'였다. 때문에 일상에 파묻힌 생활동화의 맞은편에서 가공할 모험이야기가 인기를 끌었다. 1930년대의 모험이야기는 1920년대의 모험이야기와는 성격이 달랐다. 이전에는 모험이 수단이었다면 이제는 목적이 되었다. 그만큼 통속성이 강해졌다고 할 수 있다.

주요섭의 『웅철이의 모험』

주요섭의 '장편동화' 「웅철이의 모험」(『소년』, 1937.4~1938.3)은 제목에서 모험이야기라고 밝혔고, 김내성의 '탐정모험소설' 「백가면」(『소년』, 1937.6~1938.5)은 갈래 명칭으로 모험이야기라고 밝혔다. 둘 다 모험을 내세웠지만 갈래는 다르다. 「웅철이의 모험」은 땅속나라, 달나라, 해나라, 별나라의 신기한 체험을 그린 장편 판타지이고, 「백가면」은 스파이가 나오는 첩보물로서 과학소설의 성격을 일부 포함하는 탐정소설이다. 장편 판타지는 주요섭에 와서 처음 선보이지만, 소년 탐정소설은 방정환 이래 꾸준히 이어졌다. 『어린이』에 연재된 「동생을 찾으러」, 「칠칠단의 비밀」 등이 잇달아 성공을 하자 '중국인 인신매매, 범죄와 연루된 서커스단, 납치된 인물 찾기' 등의 모티프를 뒤섞은 아류작들이 범람했다. 그런데 김내성에 와서는 또 달라졌다. 「백가면」은 차별화된 장르적 쾌감으로 이 부문의 새로운 기원을 이루었다. 『소년』에 연재된 모험이야기들은 대중적인 장르문학이 본격화되는 신호탄이었다.

주요섭의 「웅철이의 모험」은 판타지가 동화의 본질과 통하는 것이라는 점에서, 상업적·통속적 장르문학과는 구별된다. 당시에는 일본 아동문학도 『빨간새(赤い鳥)』의 상징동화와 『소년구락부(少年俱樂部)』의 해양모험소설로 양분되어 있었고, 장편 판타지는 부재하는 상황이었다. 주요섭의 장편 판타지는 장편 연재를 기획한 『소년』 쪽의 요청도 작용했겠지만, 장기간에 걸친 중국 체류에서 힘입은 바 크다. 주요섭은 중국에서

지내면서 「웅철이의 모험」을 연재했다. 중국은 『서유기』 같은 기상천외한 소설의 전통이 강하다. 좌익작가연맹 소속 작가들은 동화의 환상성을 적극 옹호했다. 장톈이(張天翼)의 『다린과 쇼린(大林和小林)』(1931)은 그런 풍토에서 나온 대표적인 성과이다. 중국통이었던 주요섭은 분방한 상상력을 펼쳐내는 데 거리낌이 없었다.

김내성의 「백가면」은 주요섭의 판타지와는 다른 방향에서 독자의 눈길을 끌었다. 「웅철이의 모험」은 불합리와 무의미의 연속이었는데, 「백가면」은 합리적 추리와 복선을 활용한 교묘한 플롯으로 독자와 지적 게임을 벌이는 양상이다. 장르적 쾌감이 다른 것을 압도하는 것이다. 이 쾌감은 대중의 통속 취향과 불가분의 관계에 있다. 작가는 지배적 관념을 수용하는 데 주저하지 않았다. 「백가면」은 신무기 개발을 둘러싼 스파이의 암약을 전면화함으로써 과학문명에 대한 선망과 방첩의 애국심을 결합시켰다. 최첨단의 과학기술로 발명한 신무기를 독점해야만 적국에 대한 방어력 · 지배력이 강화된다는 것인데, 적국을 중국으로 설정해서 애국심을 설파했다. 중일전쟁 시기에 연재된 작품인 만큼 제국의 논리를 대변한다는 비판에서 자유롭지 못하다.

9. 전시체제하의 소국민문학

1) 아동문학 밖에서의 대일 협력

일제는 1937년 중일전쟁을 일으키면서 전시체제령을 발동했다. 1938년 국가총동원법, 지원병제, 1939년 국민징용령이 시행되었다. 전시체제에 맞춰 각종 사회단체들은 통폐합되었다. 1938년 총독부 주도로 국민정신총동원조선연맹이 만들어졌고, 1940년 국민총력조선연맹으로 재편되었다. 이미 유명무실해진 조선소년총연맹은 1938년 해산되었고, 조선어학회는 1940년 국민총력조선연맹의 지부로 간판을 바꿨다. 1939년 총독부 기획 아래 조선문인협회가 만들어져서 국민정신총동원조선연맹의 산하로 들어갔다. 1941년 태평양전쟁이 일어났다. 1943년 조선문인보국대가 조직되었고, 징병제, 학병제가 실시되었다.

전시체제기에 이무영, 정인택, 정인섭, 이헌구 등은 조선문인협회와 조선문인보국대 간부로 활약했을 뿐만 아니라 시, 소설, 평론 등에서 친일 작품을 남겼다. 이무영은 1930년대 중반 『동아일보』에 '아기네 소설' 연작과 장편 모험동화 「똘똘이」를 연재한 바 있다. 정인택은 해방 후 여러 아동잡지들에 장편 소년소설을 연재하는 등 아동문학 쪽에서 활발히 움직이다가 월북했다. 정인섭, 이헌구는 색동회 회원이지만, 해외문학파로 더 많이 활약했다. 이들은 대한민국 체제 아래서 윤극영, 마해송, 진장섭, 조재호 등과 함께 색동회를 다시 일으켜 방정환 추모와 어린이문화 사업을 온나라에 펼친 주역들이다.

방정환 사후 색동회는 해체된 것과 다를 바 없이 활동이 유야무야했다. 그러나 남다른 전문성을 갖춘 색동회 구성원은 제각각 자기 분야에서 이름을 날렸다. 정인섭, 이헌구는 해외문학파로 승승장구했다. 윤극영, 정순철은 작곡 분야, 조재호, 진장섭은 교육 분야, 고한승은 사업 분야, 마해송은 출판 분야, 손진태는 민속학 분야에서 활약했다. 이들은 전시체제를 무사히 통과하지 못했다. 윤극영은 만주국의 친일 단체인 협화회 회장을 지냈다. 조재호는 1940년부터 1944년까지 조선총독부 학무국 시학관을 지냈다. 고한승은 개성부 부회의원, 송도항공기주식회사 대표이사를 지냈다. 마해송은 일본에서 『모던일본(モダン日本)』의 사장을 지냈다. 『모던일본』은 오락과 교양을 겸비한 대중잡지였으나 1943년 1월부터 제호를 『신태양』으로 바꾸고 군국주의 선전에 앞장섰다. 정순철, 진장섭, 손진태도 시국에 부응하는 이런저런 활동을 보였다. 후기의 색동회는 초기의 후광으로 말미암아 아동문학사에서 착시현상을 일으키는 부정적 영향을 끼쳤다. 친일 행적을 감추고 사회 지도층이 되어 색동회 간판 아래 다시 모인 회원들은 방정환과 아동문학을 보는 시각을 동심주의와 반공·민족주의 편향으로 이끌었던 것이다.

아동문학과 짝을 이뤘던 소년운동은 1930년대 들어서 급속히 약화되다가 끝내 변질되고 만다. 방정환 주도의 천도교소년회와 정홍교 주도의 오월회가 주도권 문제로 갈등 끝에 조선소년총연맹(위원장 정홍교, 1928)으로 통합되지만, 계급주의가 한창일 적에는 끊임없는 내홍으로 인해 어린이날 행사조차 변변히 치르지 못했다. 오월회 계열의 정홍교, 고장환, 최청곡, 정청산, 김태오 등은 시천교와 연결되어 있었다. 1937년 이들의 주도로 관변적인 조선아동애호연맹 발기회가 열렸으며, 여기에서 조선소년총연맹의 해체를 만장일치로 합의했다. 조선소년총연맹의 대의체계를 무시한 결정이니만큼 해체는 원천무효였으나 민족사회운동으로서의 소년운동은 막을 내렸다. 1937년 어린이날 준비위원회의 임시회의가 조선아동애호연맹 임시 사무실에서 열렸다. 이 해의 어린이날 행사에서 정홍교의 선서문 낭독이 끝난 뒤 참석자들은 조선신궁을 참배했다. 이후로 건아단, 애국소년단, 황국해양소년단 같은 관변 소년단체들이 잇달아 생겨났다.[5]

우리에게 잘 알려진 수많은 동요를 작곡한 홍난파도 전시체제에 적극 협력하는 음악활동을 펼쳤다. 자금과 무대의 지원으로 실현되는 공연예술은 전쟁기간 중에 친일이 아니고서는 유지가 불가능했다. 카프 시기 연극 분야에서 맹활약을 보인 송영과 신고송도 전시체제에 친일 연극을 공연했다. 송영은 1942년 조선총독부의 촉탁으로 영미를 격멸하자는 연극 〈삼대〉를 무대에 올렸으며, 일제의 관변단체인 조선연극문화협회 이사로 활동했다. 신고송은 1943년 조선연극문화협회의 핵심 사업으로 펼쳐진 국민연극경연대회 참가작 〈아름다운 고향〉을 연출했고, 1944년 집체극 〈분노하는 아시아〉의 공동연출을 맡는 등 총후의 결전태세를 고무하는 활약을 벌였다.

출판미술 분야에서 활동한 정현웅은 침략전쟁을 미화하고 선전하는 삽화를 많이 그렸다. 그는 경성일보사에서 발행한 일본어 아동잡지 『소국민(小國民)』의 표지와 삽화도 맡았다. 『소국민』은 사진, 그림, 만화 같은 시각적 자료를 활용해서 총후봉공과 결전태세를 확립하려는 아동용 선전 책자였다. 당시에는 아동을 '소국민'이라 칭했는데, 이는 파시즘적 국가주의의 산물이라고 할 수 있다. 황국신민화 기획 아래 아동을 '제이

5 최명표, 『한국근대소년운동사』, 선인, 2011, 참조.

세국민(第二歲國民)'으로 결속시키자는 취지였다. 전시체제에는 '국민문학'과 짝을 이루어 '소국민문학'이라는 명칭이 널리 쓰였다.

이주홍은 만화로 일제에 협력했다. 그는 1939년 『동양지광(東洋之光)』에 '시사만화'를 연재했고, 1941년부터 1942년 사이 『반도의 빛(半島の光)』에 '만문만화'를 여럿 발표했다. 1942년과 1944년 사이 『동양지광』에는 시, 소설, 수필, 논설 등도 발표했다. 모두 일본어로 되어 있고 친일적 색채가 농후하다.

2) 아동잡지의 변화와 소국민문학

아동문학의 변화를 역사적 맥락에 따라 살피자면, 1930년대를 보는 또 다른 시각이 필요하다. 전시체제에는 탈현실의 순수주의도 소극적 저항의 의미로 볼 수 있는 여지가 생겨나거니와, 현실에 밀착한 흐름은 소국민문학으로 변질되기 쉬운 상황이 조성되었다. 첫 번째 계기는 1937년 중일전쟁이었다. 이때부터 전시체제령이 발동되어 8·15해방까지는 이전과 전혀 다른 국면이 펼쳐졌다. 두 번째 계기는 1941년 태평양전쟁이었다. 상대적으로 중일전쟁 시기는 준(準)전시체제였고, 태평양전쟁 시기야말로 한 치의 어긋남도 없는 완전 전시체제였다. 그 사이 1940년 『동아일보』, 『조선일보』가 폐간되었다. 조선일보사 발행의 『소년』, 『소년조선일보』도 함께 폐간되었다. 나름대로 민족언론의 몫을 담당한 두 신문의 폐간 조처 이후, 모든 정기간행물은 협력이냐 폐간이냐를 선택해야 했다. 그리하여 태평양전쟁 시기에는 대일 협력을 선택한 『아이생활』과 총독부 기관지 『매일신보』만 남게 되었다.

일제의 회유와 탄압은 출발점부터 계속되었을지라도 일제와의 밀고 당기기, 즉 타협의 양상과 결과는 중일전쟁 이후 현저히 달라졌다. 『어린이』는 저항적인 글을 싣고자 검열과 맞섰는데, 『소년』은 발표무대를 지키기 위해 국책 선전의 글을 끼워 넣는 형편이었다. 이때까지는 화보 성격의 기사들에 국한되었다. 『소년』이 폐간된 뒤의 『아이생활』에 이르면 국책 선전의 글들이 여기저기 편재해 있었으며, 내선일체 · 황국신민화 · 총후적성을 테마로 하는 조선어 · 일본어 작품들이 넘쳐났다.

『아이생활』 1943년 9월호는 「제(諸) 선생의 창씨개명」을 소개했는데, 윤복진, 송창일, 노양근, 이정구, 최병화, 박인범, 김영일, 이석훈, 김영수, 모기윤, 김성도, 강승한, 목일신, 연성흠 등의 일본식 이름이 보인다. 송창일은 1942년 6월호부터 '소국민훈화집'이라는 꼭지명으로 황국신민화에 호응하는 글을 연재하다가 단행본 『소국민훈화집』(아이생활사, 1943)을 펴냈다. 한석원의 서문이 붙어 있고, 총 66편의 글을 수록한 책이다. 「황군의 은혜」, 「위문대」, 「국기」, 「일본도 이야기」 등은 제목에서부터 대일 협력을 드러내고 있거니와, 「선행」, 「용기」, 「겸손」, 「약속」 등 일반 덕목을 앞세운 것들도 시국과 연계된 내용으로 되어 있다. 『아이생활』은 임인수의 「아동의 명심보감—송창일 저 『소국민훈화집』 독후감」(1943, 7~8 합본) 같은 독후감과 서평을 수시로 실으면서 이 책을 대대적으로 홍보했다.

창작에서는 김영일의 동시가 가장 선동성을 띠었다. 김영일은 일제 고등계형사의 일을 하면서 친일 동시를 발표했다. 『아이생활』 1942년 12월호에 발표된 「애국기 소국민호」는 소학생의 헌금으로 제작한 비행기 '소국민호'를 찬양하는 내용이다. 『아이생활』 1943년 1월호에 발표된 「대일본의 소년」도 일제에 대한 찬양이자 내선일체를 구가한 작품이다.

> 우리들은 대일본의 일꾼이란다.
> 대일본을 빛내일 일꾼이란다.
> 다 같이 두 팔 걷고 앞으로 가자.
> 산이라 물이라도 거칠 것 없다.

에헤야 소년들아 대일본 소년들아
꿋꿋이 씩씩하게 힘써나가자.

—김영일, 「대일본의 소년」 1절

이원수는 『반도의 빛(半島の光)』 1942년 8월호에 「지원병을 보내며」와 「낙하산」을 발표했다. 그는 마산상고를 마치고 1930년 함양금융조합에 입사했는데, 1935년 '독서회' 사건으로 1년간 옥살이를 했고, 1936년 출옥 후 최순애와 결혼해서 가정을 이루었으며, 1937년 집행유예 상태에서 다시 함양금융조합에 복직했다. 『반도의 빛』은 이원수의 직장과 관련된 조선금융조합연합회의 기관지였다.

지원병 형님들이 떠나는 날은
거리마다 국기가 펄럭거리고
소리 높이 군가가 울렸습니다.

정거장, 밀리는 사람 틈에서
손 붙여 경례하며 차에 오르는
씩씩한 그 얼굴, 웃는 그 얼굴.
움직이는 기차에 기를 흔들어
허리 굽은 할머니도 기를 흔들어
'반자이' 소리는 하늘에 찼네.

나라를 위하여 목숨 내놓고
전장으로 가시려는 형님들이여
부디부디 큰 공을 세워주시오.
우리도 자라서, 어서 자라서

소원의 군인이 되겠습니다.

굳센 일본 병정이 되겠습니다.

—이원수, 「지원병을 보내며」 전문

이 또한 내선일체와 총후보국을 노래한 작품이다. 전시체제기의 『아이생활』에는 작가가 조선인인지 일본인인지 구별하기 힘든 일본어 작품이 속속 등장했다. 1943년 11월호에 실린 국본종성(國本鍾星, 이종성)의 「군가 울리는 거리(軍歌の鳴る街)」, 금산정부(金山政夫)의 「지원병(志願兵)」, 1943년 12월호에 실린 아동휘(亞東輝)의 「나가라!(進め!)」, 강승한(康承翰)의 「잠자리(とんぼ)」, 1944년 1월호에 실린 금산정부의 「푸른 꿈(青い夢)」, 이인덕(李仁德)의 「우리는 튼튼한 소년이다(僕らは元氣な少年だ)」, 천성촌(天城村)의 「해군(海軍)」 등은 군국주의 일본을 찬양하는 일본어 작품들이다.

전시체제기의 소년소설은 인고단련, 체력보강, 멸사봉공, 애국반장, 병정놀이 등으로 총후보국을 뒷받침했다. 이전 같으면 개인의 덕성을 기르고 민족의 역량을 키우자는 것으로 볼 수도 있는 테마가 태평양전쟁 시기에는 내선일체와 황국신민화를 제창하는 것으로 변질되었다. 노양근의 「우승기」(1943.3)가 그러하고, 『동화』 1936년 11월호에 발표한 「쇠줄 '스켓'」을 일본어로 바꾼 송창일(宋山昌一)의 「針金スケート」(1943.12)가 그러하다. 『소년』 1940년 9월호부터 연재하다가 잡지가 폐간되면서 중단된 「꿈에 보는 얼굴」을 일본어로 바꿔 연재한 최병화(朝山秉和)의 장편 「夢に見る顔」(1943.10~폐간으로 중단)은 새로 쓴 부분에 침략전쟁을 미화하는 내용을 보탠 사례이다.

10. 해방기의 아동문학

1) 좌우합작 지향

일제강점기부터 활약한 주요 아동문인들은 대부분 조선문학가동맹에 이름이 올라 있다. 김태오, 박목월, 박세영, 박태원, 엄흥섭, 오장환, 윤복진, 이동규, 이병기, 이주홍, 이태준, 임서하, 정지용, 현동염, 현덕, 홍효민, 황순원 등은 조선문학건설본부(1945.8)의 회원 명단에 올라 있고, 김우철, 구직회, 권환, 박세영, 박아지, 손풍산, 송영, 송완순, 신고송, 엄흥섭, 윤석중, 이동규, 이주홍, 이원수, 이홍종, 이원우, 정청산, 현동염, 홍효민, 홍구 등은 조선프롤레타리아문학동맹(1945.9)의 회원 명단에 올라 있다. 조선문학가동맹(1945.12)은 두 단체의 합동으로 만들어진 것인데,[6] "문단전체가 일렬로 대행진을 한다는 공동전선" 같은 분위기였다. 민족문학의 건설을 내걸고 공동전선을 펼친 것이 주효했기 때문이다.

---

6 합동 당시에는 '조선문학동맹'이었으나 1946년 1월 전국문학자대회에서 '조선문학가동맹'으로 명칭이 바뀐다. 위원장 홍명희, 부위원장 이태준 · 이기영 · 한설야, 서기장 권환, 위원 임화 · 이원조 · 김태준 · 안회남(조선문학가동맹 편, 『건설기의 조선문학』, 백양당, 1946), 아동문학위원회는 위원장 정지용, 서기장 윤복진, 위원 현덕 · 이동규 · 이주홍 · 양미림 · 임원호 · 이태준 · 박아지 · 홍구(『자유신문』, 1945.12.15) 등으로 구성되었다.

해방 직후의 아동잡지는 조선프롤레타리아문학동맹 계열이 주도한 안준식 발행의 『별나라』(속간, 1945.12~1946.2)의 1~2호와 임가순 발행의 『새동무』(1945.12~1947.9)의 1~2호 정도만 잠재적인 좌파 아동잡지로 분류될 따름이고,[7] 나머지는 좌우합작의 중도 성향이었다. 문건계의 정지용, 양미림, 현덕, 임원호, 윤복진, 이원조 등이 편집위원으로 참여한 『아동문학』(1945.12~1947.7), 김원룡 주간, 이원수 고문의 『새동무』(3~10호), 이종성 주간의 『아동문화』(1948.11)와 『어린이나라』(1949.1~1950.5), 윤석중 주간의 『소학생』(1946.2~1950.6, 1947년 5월부터 주간에서 월간으로 전환) 등이 다 그러하다. 『별나라』, 『새동무』, 『아동문학』에 작품을 발표한 윤석중이 『소학생』을 펴내면서 이만규, 김동석, 박세영, 신고송, 함세덕, 엄흥섭 등의 글과 정현웅, 김용환, 김의환, 김규택, 임동은 등의 그림을 받아 싣는 것은 자연스러운 일이었다.

『별나라』 해방속간호.

정부 수립 후에는 좌파 성향의 문인들이 월북하거나 지하로 숨어드는 탓에 색채가 조금 달라지지만, 『소학생』, 『아동문화』, 『어린이』(속간,

---

7 여기에서 '잠재적'이라고 한 것은 계급성을 강조한 문맹계가 주도를 했어도 실제로는 해방 직후의 시대적 과제와 통하는 민족 문제를 앞세운 작품들이 대부분인 까닭이다. 『별나라』 속간호(1945.12)에는 박세영의 동요 「무궁화」, 박석정의 동요 「일본 간 언니」, 김병제의 「한글강좌」, 송완순의 「조선역사」, 2호(1946.2)에는 조벽암의 동요 「설날」, 윤석중의 동요 「사라진 일본기」 등 민족적인 것들이 대부분이지 특별히 계급적이라고 할 만한 것은 드물다. 『새동무』도 마찬가지여서 창간호(1945.12)에는 박세영의 동요 「비둘기」, 박석정의 동요 「학교」, 윤복진의 동요 「우리말 우리글로」, 윤석중의 동요 「독립」, 임가순의 위인이야기 「김구 할아버지」, 2호(1946.4)에는 송완순 동요의 「왜놈은 갓건만」, 신고송의 동요 「아버지」, 윤석중의 동요 「우리동무」, 박아지의 동요 「팔월보름달」 등 민족 문제를 앞세운 것들이 대부분이다. 문맹계가 월북하자 『별나라』는 금세 폐간되고 『새동무』는 김원룡, 이원수가 넘겨받아 더 한층 좌우합작 지향으로 나아갔다.

1948.5~1949.12), 『소년』(1948.7~1950.6), 『진달래』(1947.1~1949.12), 『아동구락부』(1950.1~1950.6), 『어린이나라』 등을 통틀어 조선문학가동맹 계열 문인들의 활약은 변함없이 두드러졌다. 정지용, 박태원, 이병기, 염상섭, 윤복진, 현덕, 김철수, 이원수, 최병화, 양미림, 임서하, 현동염, 임원호, 남대우, 정인택, 채규철, 박인해, 박철, 송돈식, 화가 정현웅, 김용환, 김의환, 김규택, 임동은 등의 활약이 이를 증거한다. 윤석중, 권태응, 마해송도 당시의 행적은 좌우파 어느 한쪽에 귀속되지 않는다.[8] 요컨대 8·15해방부터 6·25전쟁이 터지기까지의 아동문단은 조선문학가동맹과 직간접적으로 연결된 좌우합작 지향이 가장 큰 흐름이었다. 하지만 남북한 상호 적대적인 체제가 수립되면서 좌우합작 지향은 냉전 이데올로기의 희생양이 되거나 수면 아래로 가라앉게 된다.

2) 동요 · 동시의 현실 대응

조선문학가동맹이 개최한 제1회 전국문학자대회(1946.2.8~9)에서 통과된 강령은 "일본제국주의 잔재의 소탕, 봉건주의 잔재의 청산, 국수주의의 배격, 진보적 민족문학의 건설, 조선문학의 국제문학과의 제휴" 등 5개항이다. 이러한 실천사항은 완전한 독립과 새나라 건설에 필수적인 것으로, 이념과 관계없이 전 문단의 호응을 받았다. 어린이는 일제 말 조

8 윤석중은 좌우를 가리지 않은 교유관계와 부친의 사회주의 단체 간부 경력 때문에 여러모로 살얼음판을 걷지 않을 수 없었다. 그가 정부 수립 후 한국문학가협회의 첫 번째 아동문학 분과장에 오른 것은 명성에 걸맞은 폭넓은 활약 때문이었다. 6 · 25전쟁 중에 강소천이 월남하자마자 문협정통파와 손을 잡고 신속하게 그 자리를 대신한 것만 보더라도 당시 윤석중의 거처가 얼마나 위태로운 경계선상에 있었는지 가늠이 된다. 권태응은 그의 생애와 창작 등을 고려해볼 때 조선문학가동맹 계열이나 다름없지만, 지병 때문에 외부 활동은 하지 못한 것으로 보인다. 마해송은 『자유신문』의 객원기자로 활동하면서 「토끼와 원숭이」(1946), 「떡배 단배」(1949)를 발표했다. 부인의 증언에 따르면, 마해송은 여운형 암살 직후에 쓴 추도칼럼과 미국에 비판적인 동화 내용 때문에 군정청에 연행된 바 있다. 원종찬, 「해방 전후의 민족현실과 마해송 동화」, 『한국 아동문학의 쟁점』, 창비, 2010, 106~134면, 참조.

선어 교육 폐지 및 황국신민화 교육의 직접적인 피해자였기에 8·15해방은 아동문학에 더욱 각별한 의미로 다가왔다. 그런데 아동문학에 나타난 8·15의 의미는 상황 변화를 좇아 시시각각으로 달라져 갔다. 처음에는 해방의 기쁨과 새나라 건설에 대한 기대로 부풀었으나, 곧바로 일제 잔재의 청산과 완전한 자주독립, 나아가 분단의 극복으로 초점이 옮겨졌다.

새나라의 어린이는
일찍 일어납니다.
잠꾸러기 없는 나라
우리 나라 좋은 나라.

새나라의 어린이는
서로 서로 돕습니다.
욕심쟁이 없는 나라
우리 나라 좋은 나라.

—윤석중, 「새나라의 어린이」 부분(『어린이신문』 창간호, 1945.12.1)

8·15해방은 곧 '새나라' 건설로 통했다. 『어린이신문』 창간호 1면에 악보와 함께 선보인 「새나라의 어린이」는 입에서 입으로 퍼져나갔다. 이재철은 이 동요에 대해 "「앞으로 앞으로」 식의 극히 비문학적인 요소가 짙은 생경한 작품"[9]이라고 비판했는데, 이는 동요를 동시보다 뒤떨어진 것으로 보는 시각에서 말미암는다. 노래로 불리는 동요는 '그림책'처럼 독자적인 갈래의 하나로 바라볼 필요가 있다. 더욱이 당시는 학교에 다

9 이재철, 『한국현대아동문학사』, 일지사, 1978, 366면.

윤석중 동요집 『초생달』.

니는 아이들도 한글을 새로 배워야 하는 형편이었다. 자라면서 우리말 동요를 접할 수 없었던 아이들에게 해방과 함께 주어진 이 노래의 위상은 지금과는 달랐다.

윤석중은 특정 단체나 이념에 휘둘리지 않고 왕성한 활동으로 어린이와의 접촉면을 넓혔다. 그는 을유문화사에서 조선아동문화협회라는 간판을 내걸고 의욕적으로 사업을 구상했으나, 문학단체들이 난립하자 거의 혼자 힘으로 일을 벌여나갔다. 그는 좌우파 구별 없이 적재적소에 인재를 기용하면서 최량의 성과를 냈다. 첫 번째 관심은 우리말 교재를 펴내는 것이었다. 그는 학년별 과외독본과 『그림 한글책』을 기획하는 한편으로, 『주간 소학생』을 교과서 대용으로 쓸 수 있도록 꾸몄다. 『주간 소학생』 창간호를 보면, 이만규의 연재글 「우리글 자랑」, 김동석의 연재글 「글 짓는 법」, 이원수의 동시 「오끼나와의 어린이들」, 삽화가 정현웅, 김용환, 김의환의 그림 등이 실려 있다. 이들 필자와 화가는 각각 조선어학회, 조선문학가동맹, 조선미술가동맹 소속이다. 윤석중 또한 『새동무』 창간호(1945.12)에 동요 「독립」, 『별나라』 2호(1946.2)에 동요 「사라진 일본기」를 발표했다. 그가 해방 직후에 펴낸 동요시집 『초생달』(1946)의 '머리말'은 김동석이 썼고 '꼬리말'은 박영종이 썼다. 이런 점들은 당시 냉전 이데올로기가 본격적으로 작동하지 않았음을 말해준다. 「독립」은 해방 직후의 동시 가운데 수작이다.

길ㅅ가에

방공호가 하나 남아있었다

집없는 사람들이 그속에서
거적을 쓰고 살고있었다
그속에서 아이 하나가
제비새끼처럼 내다보며
지나가는 사람에게 물었다.
"독립은 언제 되나요?"

—윤석중, 「독립」 전문(『새동무』 창간호, 1945.12)

8·15해방은 '광복' 일지언정 '독립'은 아니었다. 미군 점령 하의 군정 통치로 이어졌기 때문이다. 당시에는 '독립 완수'라는 구호가 많이 나왔다. 위의 작품은 그런 시대적 과제를 구체적인 생활 속에서 포착했다. "집 없는 사람들"은 일본과 만주 등지에서 귀환한 동포들일 것이다. 해방 직후 이들 '귀환난민' '전재민'은 커다란 사회 문제로 떠올랐다. 시인은 해방이 되었어도 방공호에서 거적을 쓰고 사는 동포가 존재한다는 서글픈 현실과 함께 '독립'의 과제를 환기시킨다. 방공호에서 거적을 들치고 머리를 드러낸 아이를 "제비 새끼"로 비유한 것은 확실히 윤석중다운 감각이다.

윤석중과 쌍벽을 이룬 동요시인 윤복진은 조선문학가동맹에 적극 가담해서 활동한 경우인데, 작품에 특별히 '좌파'적이라 할 만한 것은 보이지 않는다. 조선문학가동맹이 표방한 것은 '진보적인 민족문학의 건설'이었으며, 아동문학위원회의 위원장은 정지용, 서기장은 윤복진이었다. 훗날 이들이 월북했다고 해서 좌파로 몰아붙이는 것은 단순이분법이다. 윤복진은 동요집 『꽃초롱 별초롱』(1949)을 펴내면서 과거 천사적 아동관을 반성하고 조선문학가동맹의 강령에 부합하는 동요론을 발문으로 붙이기도 했는데, 역시 그의 동요는 천진한 동심이 특징이다.

하나이다 하나,
한 사람도 빠짐이 없이

둘이다 둘,
둘— 둘— 두루 뭉쳐서

셋이다 셋,
세우자 새나라를 세우자

(…중략…)

아홉이다 아홉,
아이들도 한목 들어

열이다 열
열심히 새나라를 세우자.

—윤복진, 「새나라를 세우자」 부분(『자유신문』, 1946.1.1)

이 작품은 말놀이 유희요에 속한다. 두운을 활용해서 대동단결을 촉구하고 새나라 건설을 다짐하는 내용을 노래했다. 윤복진은 6·25전쟁 중에 월북하기까지 윤석중, 박목월과 친분이 깊었고, 그들이 발행하는 아동잡지들에 빠짐없이 이름을 올렸다. 월북한 후에는 동심주의적 요소 때문에 당의 비판을 받기도 했으나, 북한체제에 대한 찬양 일변도로 태도를 바꾸고 지속적으로 활동했다.

남대우와 권태응은 지역에 뿌리를 박고 8·15해방 이후에 정점을 찍은 신진 동요시인이다. 남대우는 조선문학가동맹 경남 지부 소속으로 하동문화협회를 만드는 데 앞장섰다. 하동국민학교 교가, 하동군 민청결성대회에 붙이는 시들을 지었다. 1945, 1946년에 동요집 『우리 동무』 1, 2집을 하동문화협회에서 등사본으로 묶어냈다. 모두 8·15해방을 기념해서 펴낸 것들이다. 남대우와 권태응의 동요는 농촌 어린이의 삶을 밝고 따뜻하게 표현한 것에 공통점이 있다. 새나라를 세우고자 여럿이 한데 뭉치는 모습을 그린 시편들은 더욱 밝고 힘찬 모습이다.

농민조합 깃발을 앞세우고
아저씨들은 씩—씩— 나아간다.
  징소리 궁—궁—
  북소리 둥—둥—

노래노래 부르며 떼를지어
아저씨들은 씩—씩— 나아간다.
  징소리 궁—궁—
  북소리 둥—둥—

—남대우, 「징소리 궁—궁—」 전문

맑게개인 하늘아래
깃발이 펄—펄—
  우리들은 모두모두
  한데뭉처 나아간다.

붉게타는 태양아래
고함소리 와—와—
  우리들은 모두모두

씩씩하게 나아간다.

—남대우, 「행진」 전문

동무들아 오너라 소년부회로
모도다 오너라 소년부회로
두어깨에 새조선을 떠메고나갈
우리들은 씩씩한 어린일꾼들.

—남대우, 「소년부회」 부분

아이들의 눈에도 깃발을 앞세우고 노래노래 부르며 떼 지어 행진하는 농민조합 아저씨들은 멋지고 자랑스러웠을 것이다. 쪼들린 살림을 펴게 하는 조합일과 나랏일에 힘을 모아 나가는 느낌이 잘 살아 있다. 「징소리 궁—궁—」이 어른들 시위를 좇아가면서 구경하는 모습이라면, 「행진」은 아이들이 주인으로 나선 모습이다. 「소년부회」에서 보듯이 아이들도 저희들 깃발 아래 모여들었다. 어른들은 농민조합, 또 아이들은 소년부회로 모여서 새나라를 꿈꾸었던 것이다.

권태응은 충주의 동요시인이다. 8·15해방부터 6·25전쟁 사이의 짧은 기간에 병고를 딛고 주옥같은 동요를 수많이 남겼다. 그는 일제강점기에 항일 활동으로 구금되었다가 기소유예로 풀려났고, 일본으로 유학간 뒤에도 비밀조직이 탄로 나서 투옥된 바 있다. 일본의 형무소에서 1년간 수감생활을 하던 중 폐결핵에 걸려 병보석으로 출옥한 뒤, 귀국해서 창작에 매진했다. 그의 동요는 주로 『소학생』에 소개되었으며, 동요집 『감자꽃』(1948)은 윤석중의 머리글과 함께 꾸며졌다.

누덕 옷은 입고
나물 죽은 먹어도,

동무 동무 우리 동무
기운 난다 불끈

두 주먹 힘껏 쥐고
노래 노래 부르며

살기 좋은 새나라
새로 다시 꿈꾼다.

—권태응, 「우리 동무」 부분(『소학생』, 1947.9)

어려운 형편임에도 기죽지 않고 새나라를 꿈꾸는 아이들의 모습을 그렸다. "동무 동무 우리 동무"라는 구절에서는 어깨를 걸고 행진하는 씩씩한 기상이 느껴진다. "불끈" "힘껏" 같은 된소리를 통해 힘이 들어가는 효과를 주었으며, "노래"를 두 번 반복함으로써 한껏 소리를 질러대는 아이들 모습이 더 한층 생생해졌다. 시인은 해방 직후 형편이 어려운 아이들에게 눈길을 주면서 "살기 좋은 새나라"를 꿈꾸자고 제안한다. 그런데 동요집 『감자꽃』에는 분단의 상징인 "삼팔선"이 등장하는 것도 보인다.

북쪽 동무들아
어찌 지내니?
겨울도 한 발 먼저
찾아왔겠지.

먹고 입는 걱정들은

하지 않니?
즐겁게 공부하고
잘들 노니?

너희들도 우리가
궁금할 테지.
삼팔선 그놈 땜에
갑갑하구나.

—권태응, 「북쪽 동무들」 전문(『감자꽃』, 글벗집, 1948)

8·15와 함께 삼팔선이 그어져서 남북 왕래가 불가능해졌다. 아이들은 "먹고 입는 걱정"을 하면서 서로 형편이 어려운 아이를 연민한다. 이런 애틋한 마음을 삼팔선이 가로막고 있다. 갈수록 새나라의 꿈도 멀어져 갔다. 이 작품에서 분단의 그림자가 짙게 드리워진 상황을 엿볼 수 있다.

소년 대상의 동시 방면에서는 이원수의 활동이 가장 주목된다. 해방 후 그는 마산에서 서울로 자리를 옮기고 진보적인 문학운동에 가담했다. 그의 동시는 일제강점기의 대표작 「찔레꽃」, 「나무 간 언니」 등에서 보듯이 자연 소재도 '일하는 아이들'의 고달픈 삶과 이어져 있다. 현실 문제에 대한 십대 소년의 자각을 높이려는 그의 창작 태도는 8·15의 의미를 집요하게 파고드는 현실주의 동시를 낳았다.

방공호 문 옆 따슨 볕 보고
민들레 노오란 꽃이 피었네.

문 밖에 나와서 볕 쬐던 애가
노란 꽃 가만히 만지어 보네.

저 아이 살던 곳은 일본이던가?
독립 만세 물결 속에 돌아왔겠지.

바라보면 서울엔 집도 많건만
내 나라 찾아 와서 방공호살이

"봄이 왔으면" 기다린 듯이
노란 꽃 가만히 만지어 보네.

—이원수, 「민들레」 전문(『주간소학생』, 1947.3.10)

개나리 개나리
중학교 울타리에
눈부신 노랑꽃
봄이야 왔구나,

언니는 2학년
학교 갔다 오면은
그날 배운 새 공부
얘기도 잘해 주더니,

지난 동맹 파업 때
앞서서 일 했다고
상급생 틈에 끼어
붙들려 가버리고,

개나리 개나리
언니 없는 학교에
눈부신 노랑꽃
봄이야 왔구나.

—이원수, 「개나리」 전문(『새동무』, 1947.4)

집 둘레에서 흔히 보는 '민들레'나 '개나리'를 소재로 가져와서 봄의 따뜻한 기운을 전하는 듯하지만, '집 없어 방공호살이 하는 아이'나 '파업으로 붙들려 간 언니'에게 눈길이 돌려지는 것을 볼 수 있다. 「민들레」는 윤석중의 「독립」을 떠올려 준다. 시인은 「첫눈—1946 겨울의 노래」에서도 "정부 없는 나라 아이들은/서러웁다 서러웁다/누가 어쩌기에/우리 모두 헐벗고 굶주리나.//날리는 저 눈송이/나비 되고 꽃이 되어/우리들 다 잘 살/독립의 날과 함께 안 오려나" 하고 노래한 바 있다. 「개나리」는 이런 세상을 바꾸기 위해 동맹 파업에 나선 언니가 붙들려간 현실을 고발하는 내용이다. 아우에게 잘해주던 언니가 부재하는 상황과 노란 개나리가 핀 봄날이 대비되고 있다. 서정적인 톤이지만 미군정에 비판적인 시선이 뚜렷하다. 이런 태도는 정부가 세워진 다음에도 달라지지 않았다. "아버지 산소 찾아가면/말 없어도 나는 늘 맹세했었다./애쓰다 못 이루고 참혹히 가신/아버지를 쫓으리라 맹세했었다."(「성묘」, 『어린이』, 1948.8) "높은성 그안에 문마자 닫아걸고/얘기책 왕자 처럼 앉아계실 우리오빠"(「도마도」, 『아동문화』, 1948.11) "한 번뿐이랴/아, 단 한 번뿐이랴!/우리들의 날, 3월 1일//들불은 타 나간다./이 언덕에서 저 언덕으로/우리들의 만세 소리처럼/들과 산에 활활 펴져 간다."(「들불」, 『어린이나라』, 1949) 등에서 보듯이 불의와 맞서려는 결의는 더 한층 단단해진다.

3) 동화·소년소설의 현실 대응

임화와 함께 조선문학가동맹을 주도한 김남천은 『아동문학』 창간호(1945.12)에 '꼬마소설' 「정거장」을 발표했다. 이 작품은 "길가의 잔디풀이누룽게말으고 언덕위의으악새꼬리가 가을바람에나부껴도 병정나간 언니는돌아오지않습니다."로 시작한다. 해방 직후의 상황에 대한 신속한 서사적 대응이라고 할 수 있다. 8·15해방은 일제 식민통치하에서 부당하게 징역을 살거나 징병·징용으로 끌려간 사람들의 원상회복을 의미한다. 그런데 계절이 바뀌도록 징병 나간 언니는 돌아오지 않는다. 그래서 진이는 날마다 학교가 파하면 정거장에 나가 언니를 기다린다. 작품은 언덕으로 올라간 진이가 철로를 내려다보다가 뜻밖의 장면과 마주치는 데에서 반전을 일으킨다.

> 그런데 진이는 갑자기 '아!' 하고 깜짝놀라 소리를 지를뻔합니다.
>
> '최형사'
>
> 철롯길을 넘어서 저쪽마을 있는 편으로 산고비를 돌아 가고 있는 중절모를쓴 저 사나이. 왼편어깨가 유난히 높아서 누구의 눈에나 띄인다는 최형사의 뒷모양. 칼자루 쥐던 버릇으로 어깨가찌그러졌다는 저 최형사가 어디서 오느냐. (…중략…)
>
> 병정나간 언니는 아니오고 사각모 벗기고 전투모 씌워서 언니를 데려간 최형사가 왔습니다. 팔월 십오일 일이 터지자 어디로 몸을 사렸다는 최형사가 왔습니다. (김남천, 「정거장」, 『아동문학』, 1945.12.1)

아이의 눈에도 통렬한 반어가 아닐 수 없다. 청산의 대상이 부활한다는 불길한 전조가 드러나 있다. 그런데 이 작품은 여기가 끝이 아니다. 진이에게 소식을 전해들은 어머니가 치안서장에게 알리려고 일어서니까 뜻밖에 아버지가 말리고 나선다.

> 불도 켜지않고 웃방에 가만히 앉아있던 아버지가 담배를 빨아서 푸우 내뿜으며 나직이 묻습니다.
>
> "어딜몰려가오."
>
> "치안서장 한테 가지요."
>
> "그만 두. 치안서구 보안서구."
>
> (…중략…)
>
> "나두 나가지 말란 말은 못 했수."
>
> 아버지는 담뱃대를 털며 나직히 말해버리고 이내 썼던 안경을벗고 눈을 두어번 섬벅거리셨습니다. (같은 곳)

어두운 윗방에 웅크린 아버지의 자조적인 목소리가 예사롭지 않다. "나두 나가지 말란 말은 못 했수." 하는 대목은 주제를 명확히 드러내는 데 소용이 닿는 것은 아니다. 하지만 이 구절 때문에 작품의 층위가 더 한층 두터워졌다. 일제 말 문인들의 행적과 관련해서 양심고백이 요구되는 상황임을 감안할 때, 김남천은 이로써 간접적인 신상발언을 한 것이라고 볼 수 있다. 작가의 자의식이 깃든 이 구절로 인해 8·15 이후 일제 잔재의 청산이 그리 호락호락한 일이 아니요, 삶의 복잡한 층위를 지닌 난제임이 드러난다.

해방 후 「논 이야기」, 「민족의 죄인」, 「도야지」 같은 문제작을 잇달아 발표한 채만식도 세태의 변화를 날카롭게 포착한 소년소설을 썼다. 『어린이나라』 1949년 1월호에 실린 「이상한 선생님」이 그것인데, 채만식 특유의 풍자성과 인물 묘사가 탁월하다. 키가 한 뼘밖에 안 된다고 해서 '뼘박'이라는 별명을 가진 박 선생님의 기이한 행적을 아이의 시선으로 그렸다. 뼘박 선생님은 갈데없는 기회주의자이다. 작가는 이런 뼘박 선생님의 우스꽝스럽고 못난 처신을 부각시키고자 생김새에서나 성격에서나 아주 정반대의 강 선생님을 대조시킨다. 이 작품은 세 부분으로 나뉘는데 첫 부분은 두 선생님에 대한 소개이고, 두 번째와 세 번째 부분은 각각 8·15 이전과 이후의 에피소드이다. 일제강점기에는 조선말을 하다가 뺌박 선생님에게 들키는 날이면 경을 치는 판이었다. 이와 대조적으로 강 선생님은 조선말을 쓰는 것에 시비가 없고 아이들에게도 조선말로 한다. 마침내 해방이 되었다. "일본(우리대일본제국)은 결단코 전쟁에 지지 않는다고, 그옇고 전쟁을 이기고, 천하에 못된 미국 영국을 거꾸러뜨려, 천황폐하의 위엄을 이 전세계에 드날릴 날이 머지 않았다고, 하로에도 몇 번씩 그런 말을 해 쌓던" 뺌박 선생님은 기가 꺾인다. 여전히 일본말을 쓰는 뺌박 선생님에게 보란 듯이 "덴노헤이까 바가!(천황 폐하 망할 자식)!" 하고 소리치는 상급생도 있다. 강 선생님은 새로운 건국의 일에 동참할 것을 뺌박 선생님에게 권한다. 그 뒤로 뺌박 선생님은 아이들에게 조선의 역사를 가르쳐준다. 뺌박 선생님은 미국말 공부에 열중이더니 미군 병정의 통역을 거들면서 미국 양복을 입고, 미국 담배를 피우고, 미국 통조림이랑 과자를 얻어먹곤 한다. 세상이 또 바뀌었다.

해방 뒤에 새로 온 김교장 선생님이 갈려 가고, 강선생님이 교장이 되었다.

강선생님이 교장이 된 다음부터는, 뺌박 박 선생님은 강선생님과 도로 사이가 나빠졌다.

우리는 한 번 뺌박 박 선생님이 미국 담배를 피우고 있는 것을, 교장 선생님이

"자넨 그건 무어라구, 주접스럽게 얻어 피우군 하나?"

하고, 핀잔을 하는 것을 보았다.

강 선생님은 교장이 된지 일년이 못 되어서 파면을 당하였다.

어른들 말이, 강선생님은 빨갱이라고 하였다. 그리고, 그래서 파면을 당하였

느니라고 하였다.

또 누구는, 뺌박 박 선생님이, 강선생님을 그렇게 꼬아댄 것이지, 강 선생님은 하나도 빨갱이가 아니라고도 하였다.

강선생님이 파면을 당한 뒤를 물려, 뺌박 박선생님이 교장선생님이 되었다.

교장이 된 뺌박 박선생님은, 그 작은 키가 으쓱하였다. (채만식, 「이상한 선생님」, 『어린이나라』 1949.1, 26면)

강 선생님이 교장이 되었다가 "빨갱이"로 몰려 쫓겨나고 뺌박 선생님이 교장이 되는 이 에피소드에서 파행의 역사가 적나라하게 드러난다. 마침내 뺌박 선생님은 일제강점기 때와 다름없는 행태로 돌아선다. 아이들이 말끝에 자칫 "미국놈…"이라고 하면 뺌박 선생님은 단박에 붙잡아서 벌을 세운다. 이런 뺌박 선생님을 "참 이상한 선생님"이라고 눙치면서 작품은 끝나지만, 무엇을 말하려고 했는지 분명히 나타나 있다. 이 작품은 정부 수립 후 반공 이데올로기가 위력을 발휘한 시기에 발표되었다는 점에서 의미가 크다.

조선문학가동맹 출판부장을 맡은 현덕은 8·15해방의 날을 그린 동화 「큰 뜻」을 선보였다. 그는 일제강점기에 발표한 '노마 연작' 동화를 모아서 동화집 『포도와 구슬』(1946), 『토끼 삼형제』(1947)를 펴낸다. 「큰 뜻」은 『토끼 삼형제』의 맨 마지막에 실린 작품으로, '노마 연작'을 마무리 짓고자 새로 지은 것이다. 작품은 8·15해방을 맞이하는 거리의 풍경으로 시작한다. 거리에서 해방의 순간을 생생하게 지켜본 노마는 골목길로 접어들어 어머니에게 가면서 저 나름대로 해방의 의미를 새겨본다. 일제의 수탈과 박해에 따른 힘겨운 삶들이 떠오르는 한편으로, 훌륭한 일을 하기 위해 나라 밖에서 지낸 아버지의 모습이 자랑스럽게 그려진다. 집에서 노마와 마주한 어머니는 회한의 세월을 떠올리며 눈물짓고, 속이 깊은 노마 또한 그런 어머니를 따라 울음을 터뜨리는데, 마음속에서 큰 뜻이 자라나는 것을 느낀다. 일제강점기의 연작에서 '어디 먼 곳'에 가 있는 것으로 암시해 둔 노마 아버지의 정체가 이 작품에서 비로소 밝혀진다. 그런데 작가는 노마와 아버지의 상봉을 보여주지 않고 뒤로 미루었다. 유년동화는 대개 해피엔딩인 점에 비추어 여느 작가라면 노마와 아버지의 상봉 장면을 감동스럽게 그려냈을 것이다. 하지만 현덕은 시대현실을 직시하며 미완의 과제로 남겨두었다. 몇 차례 연재를 예고하다가 여의치 않자 전작장편으로 펴낸 『광명을 찾아서』(1949)는 '노마 이후'의 세계를 그린 소년소설이라고 할 수 있다.

『광명을 찾아서』는 고아나 다름없는 창수가 학교 후원회비를 잃어버리고 거리의 소매치기단에 휩쓸렸다가 어느 독지가의 도움으로 새로운 삶을 찾아나가는 내용이다. 현덕은 정치적 상황으로 쫓기는 상황에서 지하에 숨어 이 작품을 썼다. 제목이 상징하는 '어둠/빛'의 의미는 개인적 차원의 '죄/구원'을 지시하는 데 그치지 않고 사회적 차원의 '억압/해방'을 지시한다. 이 작품에서 도드라진 것 가운데 하나는 서울 도심의 시가지 풍경이다. 순진한 창수를 지옥에 이르게 하는 모든 일들이 사대문 안에서 벌어진다. 창수의 이동경로를 따라 서울의 공원, 도로, 건물들 이름이 구체적으로 밝혀져 있는데, 다른 소년소설에서는 찾아보기 힘든 의도적인 서술이다. 이와 같은 고유명사들은 일차적으로 소매치기단에 휩쓸린 창수의 움직임을 보여주는 것이지만, 그곳 풍경에서 화려한 도시 이면의 무직자와 부랑자들의 모습이 포착되는가 하면, 어수룩하고 약한 사람을 후려치고 짓밟으면서 올라서려는 비정한 세태가 그려져 있다. 현덕은 오장환의 장시 「병든 서울」(1946)과 같은 비판적 시각으로 해방 후의 서울을 '빛의 회복이 절실한 어둠의 공간'으로 바라본 것이다.

동요·동시에서 활약을 보인 이원수는 해방 직후 운문만으로는 충족되지 않았기에 산문 영역으로 적극 뛰어들었다. 그는 1949년 2월부터 12월까지 『어린이나라』에 장편동화 「숲속 나라」를 연재했다. 정부가 수

이원수의 『숲속 나라』.

립된 이후, 해방과 건국의 의미를 되새기고자 판타지로 이상향을 창조해 보인 것이다. 「숲속 나라」는 느티나무 구멍을 통해 들어간 '숲속 나라'에서 신기한 일을 겪는 가운데 새나라의 질서에 대해 눈 뜨는 내용이다. 노마는 집 떠난 아버지를 찾아 나섰다가 '숲속 나라'에 들어가게 된다. 현실에서 노마는 학교에 다니는 것과 먹고사는 것이 힘든 형편에 있다. 노마의 친구들도 대부분 헐벗고 굶주린 생활을 한다. 하지만 '숲속 나라'에서 노마는 새나라 건설을 위해 일하는 아버지를 만나고 이전과는 달리 행복한 시간을 보낸다. 노마의 친구들도 '숲속 나라'로 찾아온다. 그런데 이 평화로운 나라를 침범하는 악당들이 있다. 그들은 해외에서 배를 타고 온 간사한 장사꾼 모리배들이다.

숲속 나라에 쓸 데 없는 비싼 물건들을 팔아먹으려다가 사고 팔지를 못하게 해서 실패를 한 모리배의 상선에서는 새로운 꾀를 하나 생각해 냈습니다.

그 꾀란 것은 힘센 사람들을 많이 사다가 숲속 나라에 몰래 들여보내어 물건들을 갖다 팔게 하고, 또 장사를 못하게 하는 사람들을 비밀히 잡아다 혼을 내주기도 하고 죽이기도 하려는 것입니다.

돈을 받아먹고 모리배들의 시키는 대로 나쁜 짓을 하려는 이런 부량패들이 숲속 나라에 몰래 들어와서 여러 가지 음흉한 일을 하기 시작한 것입니다.

이 사람들은 숲속 나라 어구에 자리를 잡고, 수십 명의 장정으로 한 떼를 지었습니다. 그러고는 그들의 모임을 뻔뻔스럽게도 자유단이라 하였습니다.

'어떠한 나라의 어떤 물건을 사고 팔고 하든 모두 자유다. 일을 하든 아니하든, 공부를 하든 놀음을 하든 모두 자유다. 이 자유를 속박하는 모든 것을 때려 부신다는 어마어마한 폭력단입니다. (이원수, 「숲속 나라」, 『어린이나라』, 1949.8, 32면)

작가는 폭력단에 '자유단'이라는 이름을 붙였다. 허울 좋은 '자유' 이데올로기의 정체를 폭로하려는 의도이다. '숲 바깥 나라'(현실세계)는 '숲속 나라'(판타지세계)와 뚜렷이 대비된다. '숲속 나라'에서는 학비와 학용품이 무상으로 주어지지만, '숲 바깥 나라'에서는 학비와 학용품 때문에 아이들이 눈물을 지으며 거리에 나가 신문을 판다. '숲속 나라'는 모두 열심히 일을 하는 "쌍놈의 나라"이고, '숲 바깥 나라'는 사치한 옷차림을 하고 하인을 부리는 "양반의 세상"이라는 표현도 나온다. 여러모로 분단 현실에 대한 정치적 알레고리가 두드러진 작품이다. 『이상한 나라의 엘리스』 같은 판타지 형식을 가져온 것은, 자유롭고 평등한 나라에 대한 지향을 아동문학 고유의 방식으로 풀어내려고 애쓴 결과이기도 하지만, 민감한 정치적 테마에 대한 검열을 의식한 결과이기도 하다.

색동회의 마해송은 그의 행보 가운데 가장 치열한 작가의식을 해방 직후에 보여주었다. 일제강점기 『어린이』에 연재되다가 중단된 「토끼와 원숭이」를 해방 후 『자유신문』에서 완성하고, 이어서 「떡배 단배」를 새로 발표했다. 완성하기까지 무려 20년 가까운 기간이 걸린 「토끼와 원숭이」에는 일제의 식민통치뿐 아니라 미국과 소련의 한반도 주둔과 이념의 대립 양상이 담겨져 있다. 「토끼와 원숭이」가 총칼로써 지배와 착취를 일삼는 내용이라면, 「떡배 단배」는 떡과 단것으로써 지배와 착취를 꾀하는 내용이다. 이 작품은 『자유신문』 1948년 1월 12일부터 16일 사이에 4회 연재하다가 중단되었던 것을 1949년 1월 1일부터 25일 사이에 18회를 더 연재함으로써 끝을 맺었다. 창작시기가 정부 수립 전후에 걸쳐 있는 것이다.

"떡배사람의 나라에는 단것이 부족해서 단것을널리차지러 댕기는게지. 단배는 그나라에서나는 수수깡이나집풀만으로는 부족해서그것을널리차지러 댕기는게지. 이러케 세상을모르고뒤떠러져서 가난하게살고잇는조고만 섬까지도저사람들은 모조리찾자와서 처음에는그저주는것가치 고맙게해주는것가치하면서 속속알맹이로긴한것은모조리훑터가는사람들이아니오?"

"원저런!"

(…중략…)

"먹을것이 떠러지면 그때야말로 저사람들의 손아귀에 들어가는것이오. 왼섬을 수수깡밧을 맨들어서 그것을바치라면 네네 하고그대로해야겟고 저사람들의 말을무엇이든지 듯고 심부름을하고 주는것을 어더먹게되는것이 아니오? 개가되는게지!"

"개! 우리들을개를맨들려고!" (마해송, 「떡배 단배」, 『자유신문』, 1949.1.22)

떡배와 단배는 떡과 단것을 공짜로 제공해서 약소국을 길들인 뒤에 점점 비싸게 팔아먹는다. 이에 대해 작가는 "개"를 만들려는 속셈이라고 일갈한다. 약소국 안에서는 떡배 패와 단배 패로 나뉘어 싸움을 벌인다.

마해송의 『떡배 단배』.

강대국에 의해 나라가 속박되는 과정, 외세에 빌붙어 이득을 취하려고 싸움을 벌이는 양상이 적나라하다. 해방 직후 완성된 「토끼와 원숭이」와 마찬가지로 정부 수립 직후 완성된 「떡배 단배」에서도 동족상잔에 대한 경고가 나타나 있다.

해방정국의 아동문학은 조선문학가동맹의 노선에 동의한 좌우합작 중도파가 대세였고, 이들은 일제 잔재의 청산, 봉건주의 잔재의 청산, 국수주의 배격, 외세 배격, 완전한 자주독립, 분단 극복 등을 주제로 하는 작품을 주로 썼다. 그렇기 때문에 1948년 8월 15일 단독정부의 수립은 '새나라'의 건설이 아니라 그 좌절로 보는 관점이 대부분이다. 친일파가 부활하고 분단이 고착되는 상황에 대해 비판적인 작품은 많아도 정부 수립의 기쁨을 노래한 작품을 찾아볼 수 없다. 이런 점은 1945년 8월 15일 해방의 기쁨을 노래한 작품들이 다수인 것과 뚜렷이 대비되는 사실이다.

11. 분단시대의 아동문학

1) 문단 구도의 변화

정부 수립 후 아동문인들은 한국문학가협회 아동문학분과에 소속되어 있었다. 1954년 1월 한국아동문학회가 발족했으나 이는 분명한 조직체계를 갖추지 않은 동인·친목모임에 가까웠다. 1961년 각종 단체가 정리 통폐합되면서 아동문인들은 다시 한국문인협회 아동문학분과에 소속하게 되었다. 그런데 1971년 2월 이원수의 주도로 독자적인 조직체계를 갖춘 한국아동문학가협회가 발족했다. 한국아동문학가협회는 한국문인협회로부터의 분리·독립을 의미했다. 그러자 같은 해 5월 김영일의 주도로 한국아동문학회가 다시 이름을 내걸었다. 1970년대의 한국아동문학회는 한국문인협회 간부가 깊숙이 관여하고 있었다. 이때부터 아동문단은 지향을 달리하는 두 단체가 양립하게 되었다.

아동문단의 분열은 거듭되었다. 1978년 이재철의 주도로 한국현대아동문학가협회가 발족했고, 1989년 이오덕의 주도로 한국어린이문학협의회가 발족했다. 1991년 한국아동문학가협회와 한국현대아동문학가협회가 통합하여 한국아동문학인협회가 발족했다. 이렇게 해서 현재는 한국아동문학회, 한국아동문학인협회, 한국어린이문학협의회 등이 분립하고 있다. 한국 문단의 보수와 진보를 각각 대표하는 한국문인협회와 한국작가회의라는 두 구도에 입각해서 본다면, 한국아동문학회와 한국아동문학인협회는 한국문인협회 계열이고, 한국어린이문학협의회는 한국작가회의 계열이라고 할 수 있다. 다만 '민주화' 이후 세기전환기에 활동하는 작가들은 이 구도와 무관한 경우가 더 많다.

2) 한국아동문학가협회 이전

남북으로 문단이 재편된 이후 단체와 잡지 등에 관여하면서 두각을 드러낸 아동문학가는 윤석중, 이원수, 강소천이었다. 윤석중은 동요 방면에서 이룬 명성에 힘입어 1949년 한국문학가협회 아동문학 분과위원장을 역임했지만, 해방 직후 『소학생』을 펴낼 때나 또 동란 이후 '새싹회'를 주관할 때나 거의 단독으로 일하는 체질이었다. 좌익 활동에 깊이 연루된 부친이 6·25동란 중에 희생당한 개인적인 상처도 크게 작용했을 것이라 여겨지는데, 그는 문단에서 어느 정도 비껴나 있는 태도를 취했다. 반면에 이원수는 『소년세계』(1952.9~1956.9)를, 강소천은 『어린이 다이제스트』(1952.9~1954.1)와 『새벗』(1952.1~1971년에 휴간되었다가 1978년에 복간됨)을 주재하면서 전후 아동문단의 형성에 적잖은 영향을 미쳤다. 그런데 이원수와 강소천은 문학사상과 아동문학을 보는 관점이 매우 대조적이었다.

이원수는 분단현실과 독재정권에 맞서는 확고한 작가의식을 가지고 작품 활동을 전개했다. 그는 장편 『숲속 나라』에서 자신이 지향하는 사회의 모습을 비교적 상세하게 그려 보인 바 있다. 민족의 역사적 현실에 뿌리내린 호혜 평등한 노동자의 나라였다. 판타지와 알레고리로 그려낸 것이지만 이런 사회주의 지향의 작품을 좌익에 대한 탄압이 법제화된 상황에서 잡지(1949)에 연재하고 6·25전쟁 직후 다시 단행본(1954)으로

『소년세계』 창간호

출판하는 데에는 남다른 용기가 필요했을 것이다. 반공 · 승공의 통치이념에 반하는 작품은 가차 없이 이적 표현물로 단죄되던 때였다.

이원수는 6·25전쟁 중에 좌익부역자 혐의로 목숨이 위태로운 상황까지 경험했으면서도 1950년대에 『소년세계』를 주재하면서 「정이와 딸래」(1952), 「달나라의 어머니」(1953), 「꼬마 옥이」(1953~55), 「구름과 소녀」(1955) 등 민족분단과 전쟁비극을 다룬 작품을 계속해서 발표했다. 이러한 작품 경향은 1960년대에도 장편 『민들레의 노래』(1960~61), 『메아리 소년』(1965~66), 단편 「장난감과 토끼삼형제」(1967), 「미미와 희수의 사랑」(1968), 「호수 속의 오두막집」(1969) 등으로 이어졌다. 그는 베트남전쟁과 파병 문제를 다루는 데에서도 반공이 아니라 반전 평화의 시각을 견지했다. 「별 아기의 여행」(1969)과 「별」(1973)이 그러한 작품들이다. 「땅 속의 귀」(1960), 「어느 마산 소녀의 이야기」(1960), 「벚꽃과 돌멩이」(1961) 등은 4·19혁명의 정신을 담아낸 것이고, 「토끼 대통령」(1963), 「명월산의 너구리」(1969) 등은 5·16군사쿠데타 이후 군사정권의 집권 연장 기도와 강압적인 통치논리를 비판한 작품이다. 전태일분신사건(1970. 11.13)이 터졌을 때는 노동자의 의로운 죽음을 의인동화로 그린 「불새의 춤」(1970.12)을 즉각 발표했다. 장편 『잔디숲 속의 이쁜이』(1971~1973)는 전체주의를 비판하고 자유를 찾아 떠나는 개미의 모험이야기를 그린 것이다.

6·25전쟁 중 1·4후퇴 때 단신으로 월남한 강소천은 곧바로 아동문학 분과위원장을 맡아 막강한 영향력을 행사했다. 그가 주재한 『어린이 다

이제스트』, 『새벗』은 기독교 계열의 잡지였고, 이들 잡지의 주요 필자인 강소천, 김영일, 박화목, 김요섭 등은 월남한 기독교인이었다. 아동문단의 반공 인맥을 엿볼 수 있는 대목이다. 이남 출신의 주요 필자 가운데 박목월, 김동리, 최태호, 홍웅선 등은 강소천의 든든한 배경이었다. 강소천은 피난지 부산에서 문교부 교과서 편수관이던 최태호, 홍웅선과 함께 편수위 활동을 하면서 전시교과서를 발행했다. 이후에도 강소천은 교과서 수록작품 선정이나 문교부 우량아동도서 선정 같은 일을 도맡다시피 했다.

6·25전쟁 직후 강소천은 상실감과 그리움을 주조로 하는 「꽃신」(1953), 「꿈을 찍는 사진관」(1954), 「꿈을 파는 집」(1954) 같은 환상동화로 사랑받았는데 대개 어른이 주인공이다. 이런 작품들은 아이들의 삶과는 거리가 먼 어른의 낭만적인 꿈과 동경의 세계를 동화의 본령처럼 여기는 풍조를 낳았다. 『해바라기 피는 마을』(1955)로 대표되는 그의 장편 소년소설들은 아이들의 생활세계와 닿아 있었지만, 교훈적인 결말을 짓고자 우연을 개의치 않는 통속성이 짙었다. 아동문학은 생활의 진실에 위배되더라도 교육적 배려를 우선시해야 한다는 믿음이 이런 통속성을 부채질했다. 그의 작품에는 부잣집을 배경으로 피아노 연주, 성악, 화가, 글짓기대회, 학예회, 크리스마스 선물 같은 소재가 빈번히 등장했고, 고아원 출신이거나 가난한 집 아이는 특별한 재능의 소유자로서 가진 자의 후원을 받아 구제되는 양상이었다.

그가 1950~60년대에 발표된 동시들은 제목만 일별해도 특정 경향이 불거진 것을 바로 느낄 수 있다. '이슬, 꽃잎, 예쁜 꽃, 꽃밭, 꽃동산, 무지개, 구름, 별, 메아리, 아기, 나비, 사슴뿔, 산토끼, 산딸기, 바다, 웃음, 여름밤, 소풍……' 등등. '동시'라고 하면 흔히 '작고, 가볍고, 예쁘고, 귀엽고, 밝은 이미지'를 연상하게 되는데, 이러한 통념의 뿌리가 바로 강소천 동시의 경향이었다.

해방 직후 문학가동맹 계열과 첨예하게 부딪치며 청년문학가협회를 주도한 김동리, 박목월은 문단의 소장파 실세였다. 이들은 보수적이고 관변적인 아동문단을 형성하는 데에서도 기둥 역할을 했다. 일찍이 박영종이란 이름으로 활약한 박목월은 『박영종 동시집』(1946), 『초록별』(1946) 같은 동시집 외에도 『동시 교실』(1957), 『동시의 세계』(1966) 같은 동시창작 이론서를 통해 동시 방면에서의 영향력이 매우 컸다. 김동리는 '아동문학독본' 시리즈와 각종 '아동문학전집'의 편집에 거의 빠짐없이 관여했다. 그는 1963년 강소천이 작고한 뒤에 박목월, 최태호 등과 함께 소천문학상을 제정하고 심사위원으로 활동했다. 1965년 제1회 소천문학상은 김요섭에게 주어졌다. 1962년부터 1969년까지 총19집을 펴내면서 아동문학 담론을 주도한 『아동문학』의 편집위원은 강소천, 김동리, 박목월, 조지훈, 최태호였다. 김요섭은 1970년부터 1974년까지 『아동문학사상』을 발행했다.

이원수는 윤석중, 박영종으로 대표되는 동심주의·기교주의 동시 경향, 그리고 강소천으로 대표되는 교훈주의·반공주의 동화 경향의 반대편에 섰다. 그는 동요시인으로서의 명성에 힘입어 한국자유문학자협회 아동문학 분과위원장을 역임하고 한국문인협회 결성대회 준비위원으로도 참여했지만 제도권에 비판적이었다. 그는 진보적인 민족문학과 리얼리즘의 관점을 견지했다. 「동시작법」(1960), 「아동문학입문」(1965), 「동화작법」(1969) 등에서 이 점은 확연한데, 그가 한국문인협회 아동문학 분과위원장을 맡았던 시기에 나온 『해방문학 20년』(1966)의 아동문학 부문에 관한 글에서도 이러한 시각이 분명하게 드러나 있다.

6·25 전란과 그 영향하의 생활에서의 취재가 많았던 것. 그 중에는 반공사상의 작품과 비참한 생활 상태를 그린 것이 많았으며, 그러나 전쟁에 대한 것보다는 지엽적인 사태와 수난후의 생활이 더 많았다. 그것은 민족상잔의 비극의 부

당성보다 승공(勝共)의 의욕을 불어 넣는 일, 증적(憎敵)정신의 발휘에 중점을 두고 있었다. (…중략…)

아동들의 생활을 현실 그대로 그리면서, 부정적인 것을 부정하고 긍정적인 것을 긍정하려는 리얼리티에 입각한 작품들이 있었다. 그러나 이러한 작품들은 때로 사회의 그늘진 곳을 과장되게 밝혀내는 것이라는 비난을 받기도 했다. (이원수, 「아동문학」, 한국문인협회 편, 『해방문학20년』, 정음사, 1966, 64면)

60년 4월 학생데모로써 끝장을 보게 된 자유당 독재정권이 쓰러짐을 한 분계선으로 하여, 오랫동안 억압되어 온 국민의 정신에 자유·민주 사상이 비로소 숨길이 트이게 되자, 아동문학도 어용주의, 교훈주의 문학이 무언의 기세로 꺾이어진 감이 있었고, 문단에 청신기풍이 돌기 시작했다. 그만치 정치에 관계없는 아동문학에까지 독재정치하의 영향은 침투해 들어와 있었던 것이다. (같은 글, 65면)

첫 번째 인용은 '6·25에서 10년간'의 흐름을 말한 대목이고, 두 번째 인용은 '4·19 이후'의 흐름을 말한 대목이다. 객관적인 어투로 썼지만 반공주의가 득세하는 가운데 리얼리즘 성격의 작품들이 억압 받아온 사정을 드러내고 있으며, 강소천으로 대표되는 보수적이고 관변적인 아동문학 경향을 비판하려는 의도가 읽힌다.

분단시대의 정치적 상황은 반공·멸공·승공을 앞세운 문인들이 주도권을 행사할 수 있는 여건을 만들어 주었다. 한국문인협회는 각종 이권을 대가로 독재정권과 긴밀한 관계를 유지했다. 1950년대의 한국문학가협회와 1960년대의 한국문인협회 아동문학 분과위원장은 거의 강소천과 그 계열에 속한 문인들이 차지했다. 여기에서 강소천 계열이라 함은 월남한 기독교문인 김영일, 박화목, 김요섭, 장수철 등을 가리킨다. 1960년대에는 감각적인 동시와 환상적인 동화의 흐름이 나타나서 기존 유아취향의 동시와 교훈주의 동화의 흐름과도 경합했지만, 이 또한 순수주의와 보수적 색채에 뿌리를 두었다.

3) 한국아동문학가협회 이후

이원수는 아동문학을 관변적인 한국문인협회로부터 분리시키고자 1971년 2월 한국아동문학가협회가 결성했다. 창립대회에는 한국문인협회에 소속된 소수를 제외하고 대다수 아동문인이 참여했다. 그런데 1971년 5월 한국문인협회 쪽 아동문인들은 1954년에 만들어졌다가 유명무실해진 한국아동문학회를 다시 들고 나왔다. 김영일이 대표를 맡았다. 이렇게 해서 아동문단은 한국문인협회에 종속된 한국아동문학회와 독자적인 구심을 새로 형성한 한국아동문학가협회로 양분되었다. 두 단체는 자기 입장을 내세운 기관지 발행과 세미나 개최 등 경쟁적인 활동을 벌여 나갔다.

한국아동문학회는 1971년부터 기관지 『아동문학』을 발행했다. 계간으로 나온 『아동문학』은 제호를 『아동문단』으로 바꾸어 10여 호 발행되었다. 이미 이 단체의 핵심인 김요섭은 부정기간행물 『아동문학사상』을 펴내고 있었으며, 1973년부터는 송명호가 주간이 되어 월간 『현대아동문학』과 『아동문학』을 발행하여 준기관지로 삼기도 했다. 한국아동문학가협회는 1972년부터 기관지 『한국아동문학』을 발행했다. 처음엔 정기간행물로 내려 했으나 당국의 불허조치와 비용 문제 때문에 『한국아동문학』은 부정기간행물로 1975년까지 총 5집을 내고 중단되었다. 4집은 『아동문학의 전통성과 서민성』, 5집은 『동시, 그 시론과 문제성』이라는 제목을 가진 단행본으로 발행되었다.

1960~70년대의 문단은 보수와 진보를 가리지 않고 '민족문학'을 화두로 삼고 있었다. 보수 쪽이 주로 초역사적 향토성을 내세우고 있었다면 진보 쪽은 역사적 현실성을 내세우면서 입장이 갈렸다. 아동문단에

서도 이 점은 예외가 아니었다. 한국아동문학회는 '전원문학과 아동문학의 과제'라는 주제로 세미나를 개최했다. 여기에서 김요섭은 「민족문학으로서의 어린이와 전원」을 발표했다. 그는 '민족적'인 것을 '향토애' '민족애'와 연결시키고 '농촌'을 '전원'이라는 말로 바꾼 뒤, 우리의 "전원 농민을 다룬 작품과 문학논의"에 "자연과 전원이 전개해주는 초일상의 세계인 환상성이 없"었음을 지적하고 나섰다(김요섭, 「민족문학으로서의 어린이와 전원」, 『현대아동문학』 1973. 9). 이 발제문은 어린이의 자연 친화적인 특성을 매개로 해서 '전원'을 부각시킨 것인데, 농촌현실의 문제를 외면한 '순수주의' 문학관과 이어져 있었다.

이와는 대조적으로 한국아동문학가협회는 '아동문학의 전통성과 서민성'이라는 주제의 세미나를 개최했다. 여기에서는 이영호는 우리 문학의 생성 조건이 "끊임없이 외세의 침략과 압제 속에서 시달려온 역사"로 되어 있기 때문에 타협하고 굴복한 지배계급보다는 민중의 손에 의해 독특한 성격이 이어져 왔다면서 아동문학에서도 '서민의식'과 '역사의식'이 요구된다고 주장했다. 그는 우리 아동문학이 빠져든 오류를 세 가지로 요약했다.

> 그 첫째는 우리의 전통적인 사상 · 감정을 완전히 무시하고 신문학 초창기에서와 같이 새것 콤프렉스에 걸려 있는 듯한 징후를 보여주는 것입니다.
>
> 둘째, 아동문학이 마치 교육의 한 수단인 것처럼 오인하고 있는 듯한 작가들에 의해 권선징악적 · 인과응보적 · 사필귀정인 낡은 방법이 되풀이되고 있는 현상입니다.
>
> 셋째, 서민의식과 서민의 생활감정을 완전히 외면하고 특수층과 그 어린이들의 생활을 부지런히 작품화하고 있는 경향의 그것입니다. (이영호, 「아동문학의 전통성과 서민성」, 한국아동문학가협회 편, 『아동문학의 전통성과 서민성』, 1974, 21면)

첫 번째 경향의 대표적인 작품으로 제1회 소천문학상을 받은 김요섭의 『날아다니는 코끼리』을 비롯해서 권용철의 「별성」, 박화목의 「한국에 온 한스 할아버지」 등이 거론되었다. 두 번째 경향의 대표적인 작품은 굳이 예시할 필요성이 없을 만큼 대부분의 아동문학가가 그런 경향에 빠져 있다고 지적했다. 세 번째 경향의 대표적인 작품으로는 강소천의 「인형의 꿈」을 비롯해서 황영애의 「하늘이 담긴 눈」, 신지식의 「향기」 등을 들었다. 비판적으로 거론한 작가들이 한국아동문학회의 주요 구성원인 데서 알 수 있듯이, 한국아동문학가협회 세미나는 민족문학을 둘러싼 지향의 차이를 첨예하게 드러낸 행사였다.

1970년대부터는 이원수의 비평을 이오덕이 이어받았다. 이오덕은 일찍이 박목월의 동시창작 이론서를 비판하는 『글짓기교육의 이론과 실제』(1965), 『아동시론』(1973)을 펴낸 바 있다. 이런 그가 본격적인 아동문학 비평가로 활동하기 시작한 것은 한국아동문학가협회 세미나와 그 기관지를 통해서였다. 그는 한국아동문학가협회의 기관지 기획특집에 실린 「아동문학과 서민성」에서 윤석중, 박목월, 강소천, 김요섭 등을 비판

한국아동문학가협회의 기관지

권정생의 동화집 『강아지똥』

하는 한편, 마해송, 이주홍, 이원수, 이현주, 권정생 등을 높이 평가함으로써 리얼리즘 아동문학의 계보를 분명하게 드러냈다. 이오덕은 1970년대 민족문학·리얼리즘론의 산실이었던 계간 『창작과 비평』에서도 비평 활동을 펼쳤다. 이에 대한 보수문단 쪽의 반론도 적지 않아서 상호 반박문이 뜨겁게 오고갔다. 군부독재시절 이오덕의 평론과 권정생의 창작은 끊임없이 좌경 용공이라는 이념공세에 시달렸다. 분단시대 한국 아동문학을 대표하는 권정생의 『강아지 똥』(1974), 『몽실 언니』(1984) 등이 최고의 베스트셀러를 기록하면서 정전으로 올라선 것은 1987년 6월 민주항쟁으로 이룩된 '민주화' 이후의 일이다. 이 계열에서는 이현주, 권오삼, 강정규, 윤기현, 임길택, 윤동재, 서정오 등이 성과를 냈다.

4) 세기 전환기의 새로운 모색

1990년대로 접어들어 아동문학은 커다란 전환점을 맞이했다. 폭압적인 정치상황이 후퇴하고 경제력이 커지면서 시민사회가 본격적으로 자리 잡기 시작했다. 도시 핵가족을 기반으로 하는 시민사회 문화는 아동기의 삶을 새롭게 규정했고, 어린이책 출판시장을 크게 자극했으며, 장르와 스타일 면에서 불균등하게 발전해온 아동문학에 변화를 요구했다. 근대성이 취약했던 탓에 온전한 발전이 저해되었던, 상대적으로 낮은 연령을 위한 아동문학이 급속히 떠올랐다. 독자 연령이 내려가자 유희성과 환상성의 비중은 갈수록 높아졌다. 마침내 한국 아동문학은 영유아 그림책부터 청소년소설에 이르기까지 온전한 구색을 갖추게 되었다. 이금이, 이상교, 노경실, 원유순, 김진경, 송언, 박상률, 황선미, 채인선, 김중미, 박기범, 김기정, 김남중, 이상권, 공지희, 김우경, 임정자, 김옥, 김리리, 이현, 최나미, 김려령, 안미란, 유은실 등은 세기 전환기에 저마다 대표작들을 낳은 주요 작가들이다. 류재수, 정승각, 이억배, 권윤덕,

김용철, 김환영, 김세현, 권사우, 김동성, 이수지, 이영경, 백희나 등은 개성적인 그림책 작가로 활약하고 있다.

현대의 아동문학은 과거 그리 절실하게 여겨지지 않았던 근대의 새로운 억압기제들과 마주하고 있다. 학교 붕괴·가족 해체와 같은 문제 현상을 근대의 가치관으로 해결할 수 있다고 믿는 것은 시대착오일 것이다. 새로운 세대일수록 작가의 어린 시절과 판이한 환경에서 매체의 첨단을 구가하며 살고 있기 때문에, 세대 간의 소통을 둘러싼 문제가 가볍지 않다. '즐거움'보다는 '헌신'의 가치를 중시한다든지, 위에서 아래로 흐르는 교훈성을 중시하는 태도에 대해서는 저항감이 심하다. 우리 아동문학에 부족한 전복과 일탈의 상상력을 비롯해서 판타지 · 난센스 · 패러디 · 유머 등 그동안 억제되었거나 주변부로 여겨졌던 요소들을 재인식해야 한다는 요구가 높아지고 있다.

오랫동안 사각지대로 여겨졌던 연구와 비평도 꾸준히 확장되어 왔다. 이 분야의 선구자로 이오덕은 아동문학 평론집 『시정신과 유희정신』(1977), 『어린이를 지키는 문학』(1984), 『어린이책 이야기』(2002) 등을 엮어냈고, 이재철은 연구논저 『아동문학개론』(1967), 『한국현대아동문학사』(1978), 『세계아동문학사전』(1989), 『남북아동문학연구』(2007) 등을 펴낸 바 있는데, 2000년대로 접어들어 아동문학 평론가와 연구자들이 비약적으로 증가했다. 『아동문학평론』, 『창비 어린이』, 『어린이와 문학』, 『어린이문학』, 『시와 동화』, 『어린이책이야기』, 『열린 아동문학』 등 전문적인 아동문학 정기간행물들은 창작과 더불어 담론의 생산에도 힘을 쏟고 있다. 학회 활동이 활발해지면서 『한국아동문학연구』, 『동화와 번역』, 『아동청소년문학연구』 같은 아동문학 학회지가 정기적으로 발행되고 있으며, 연구논문의 성과가 지속적으로 축적되고 있다. '아동문학 분야는 비평의 무풍지대, 연구의 사각지대'라는 말이 통하는 시대는 이제 지나갔다.

12. 북한의 아동문학

1) 북한 아동문학의 기원

해방 직후 북조선문학예술총동맹에서 발행한 『문화전선』, 『문학예술』, 『조선문학』 등과 문화전선사 발행의 작품선집들을 확인해보면, 카프의 적자임을 내세운 조선프롤레타리아문학동맹 계열 작가들의 활동이 매우 두드러진다. 이 가운데 송영, 박세영, 신고송, 이동규, 김우철, 이원우, 정청산, 홍구, 박아지, 엄흥섭 등은 식민지시대 계급주의 아동문학의 요람인 『별나라』와 『신소년』의 주요 작가이다. 식민지시대에 이들은 성인문단의 활동도 병행했지만, 아동문학의 외곽이 아니라 중심에 있었다. 이들 계급주의 아동문학의 주요 작가들은 다른 카프작가들과 함께 해방 후 북한문학의 형성과정에서 중추적인 역할을 한다. 이러한 배경에서 성립한 북한 아동문학은 카프 영향권에 있었던 『별나라』와 『신소년』을 계보로 한다.

따라서 북한 아동문학의 기원은 송영과 박세영을 따라 『염군』(1923)까지 거슬러 올라간다. 송영과 박세영은 염군사의 핵심 멤버로서 카프에 가담했으며, 『별나라』의 편집을 맡아 계급주의 아동문학을 일으켰다. 이들과 결합한 이른바 '카프 비해소파'는 해방 후 조선프롤레타리아문학동맹에 집결했다가 조선문학가동맹을 등지고 북조선문학예술총동맹에 합류한다. 이들은 초미의 과제인 당의 문학을 굳건히 하는 데 앞장서지만, 어느 정도 문단이 정비된 다음에는 아동문학에 눈을 돌려 이 부문의 계급적 성격을 강화하는 지원활동을 펼친다. 특히 한설야, 송영, 박세영은 창작·이론·편집 등에 관여하면서 아동문학 분과 활동을 직접 지도했다.

2) '응향 사건'과 '아동문화사 사건'

북조선문학예술총동맹이 출범한 직후의 문단 정비 과정에서 '응향 사건'이 발생한 것은 잘 알려진 사실이다. 아동문학 부문에서도 '응향 사건'과 대응하는 '아동문화사 사건'이 발생했다. '아동문화사'는 1945년 11월 평양에서 발족된 출판사로서 1947년 12월부터는 '청년생활사'로, 1951년 12월부터는 '민주청년사'로, 1958년 2월부터는 '민청출판사'로, 그리고 1975년 3월부터는 '금성청년출판사'로 개칭되어 현재에 이르고 있다. 1950년대 북한의 자료는 '해방 직후 아동문화사에 잠입한 순수문학 신봉자들의 정체를 폭로하는 투쟁으로부터 시작하여 이러저러한 형식주의 경향과 부르주아 이데올로기 잔재를 성과 있게 숙청했다'고 밝힌 바 있다. 즉 '아동문화사 사건'은 이곳에서 발행되는 『어린동무』와 『어린이신문』 및 단행본들의 계급적 성격을 문제 삼아 내부 '불순분자'를 제거하고 출판사 명칭까지 바꾼 사건을 가리킨다. 이 투쟁에서 지대한 역할을 한 작가는 박세영, 이원우, 김우철 등이다.

이 사상투쟁의 결과로 '아동문화사'의 간판이 내려졌다. '아동문화사'는 '청년생활사'로 이름을 바꾸고 계급적 성격을 강화해서 새로 『소년단』을 펴냈다. 또한 '아동문화사(어린이신문사)'에서 창간된 『아동문학』은 2호부터 박세영이 출판부장으로 있는 북조선문학예술총동맹 직속의

'문화전선사'에서 나왔다. 요컨대 '아동문화사 사건'은 아동문학 부문의 첫 번째 사상투쟁이라고 할 수 있다.

북한에서 『응향』에 작품을 발표했다가 부르주아적 경향으로 비판된 시인 구상을 제외한다면, 월남한 문인들이 북한 사회주의체제에서 전개한 창작 활동에 대해서는 거의 알려진 바가 없다. 그런데 북한의 1950년대 자료는 '박남수, 양명문, 장수(장수철) 등 아동문학 분야에 침투한 잡초무더기를 뽑아내는 사상투쟁을 효과적으로 전개했다'고 밝히고 있다. 하지만 박남수, 양명문, 장수철 등이 1947년의 사상투쟁 과정에서 제거된 것은 아니다. 이후에도 북한 체제에 동조하는 이들의 작품은 계속 발표되고 있기 때문이다. 따라서 이들을 반동작가로 규정한 1950년대 북한 자료는 이들이 6·25전쟁 중 월남한 뒤에 내려진 사후적 평가에 가깝다.

그런데 이들보다 더욱 두드러지게 활동한 강소천을 언급되지 않은 점은 특이하다. 박남수, 양명문, 장수철, 강소천 등은 월남하기까지 북조선문학예술총동맹의 소속작가로서 비교적 활발하게 아동문학 창작 활동을 전개했다. 강소천과 장수철은 남한에서 한국문학가협회와 그 후신인 한국문인협회의 아동문학 분과장을 맡아 반공 아동문학에 앞장선 이들이다. 박남수와 양명문은 월남 후 아동문학 분야의 활동은 없었다. 박남수는 현수(玄秀)라는 이름으로 『적치 6년의 북한문단』을 펴내는 등 한동안 맹렬한 반공 활동을 벌였다. 그런데 이들 모두가 월남 이전에는 북한 정권을 찬양하고 당의 노선을 따르는 아동문학 작품을 적잖게 발표했던 것이다.

3) 주체문학에 이르는 도정

'평화적 건설 시기', '조국해방전쟁 시기', '전후 사회주의 건설 시기', '유일사상 시기' 등 시기별 차이에 집중하다 보면 연속성의 문제를 놓칠 우려가 없지 않다. 이를테면 카프 전통이 후대로 오면서 약해지고 그 자리를 김일성의 항일혁명문학이 차지한다는 지적은 옳지만, 주요 테마와 창작 경향이 시기별로 크게 바뀐 듯이 강조하는 것은 실상과 거리가 멀다. 적어도 아동문학 부문에서 시기별로 다르게 나타나는 양상은 표면적인 것에 국한되고 있다. 평화적 건설 시기에는 '현물세, 문맹퇴치, 조소친선'에 관한 것, 조국해방전쟁 시기에는 '인민군대, 중국지원군'에 관한 것, 그리고 전후 사회주의 건설 시기에는 '소년단, 천리마운동'에 관한 것 등이 새로 추가되는 양상인데, 이는 시대상을 드러내는 소재 차원의 변화에 지나지 않는다. 유일사상 시기를 특징짓는 '김일성 우상화 경향'도 비교적 일찍부터 강조되어 왔다. 반종파투쟁과 더불어 문단의 중심인물이 바뀌기는 하지만 주요 테마와 창작 경향은 처음부터 일관되게 지속되는 모습을 보인다.

따라서 초기의 역동성에 유의하되, 시기를 가리지 않고 반복되는 주요 테마와 창작 경향의 연속성을 더욱 주시해야 할 것이다. 북한에서 대표적인 작가로 거론하는 박세영, 강훈, 황민, 김우철, 김학연, 이원우, 강효순, 윤복진, 정서촌, 이진화, 원도홍, 남응손 등의 작품세계를 보면 장르와 시기를 불문하고 정치적 테마들이 두드러져 있다. 이들의 대표작 가운데 남북한 어린이들이 함께 읽을 수 있는 것은 거의 발견되지 않는다. 보편 정서나 동심의 표현보다는 특유의 이념적 교양과 관련된 정치적 요소를 반드시 포함하고 있기 때문이다. 아동의 교양에 적합한 형태로 테마를 분명하게 드러내는 것은 탓할 바 아니지만, 분석과 해석의 여지를 남기지 않는 얄팍한 텍스트 층위와 단일한 교훈성은 문제가 아닐 수 없다. '수령형상, 현물세, 문맹퇴치, 조소친선, 인민군대, 중국지원군, 인민항쟁, 소년단활동, 학업성적 제고, 꼬마 천리마기수' 등을 다룬 수많은 작품들이 모두 정부시책을 위에서 아래로 내려 먹이는 교훈주의 발상으로 되어 있다.

초기의 고상한 사실주의 창작방법이든, 전후의 사회주의적 사실주의 창작방법이든, 아니면 유일사상 시기를 특징짓는 주체의 창작방법이든, 반드시 적극적·긍정적·모범적 주인공을 그려야 한다고 강조되었다. 특히 인민항쟁·빨치산투쟁·전쟁의 영웅을 그리는 경우에는 선명한 계급적 관점에 입각해서 승리에 대한 신심을 표현할 것이 요구되었다. 부르주아적 잔재로 규정된 형식주의·자연주의적 경향과 투쟁할 것도 끊임없이 주장되었다. 따라서 북한의 아동소설은 상투적이고 유형적인 성격 창조를 벗어날 수 없었다. 혁명의 적에 대한 증오심을 불러일으키고 투쟁을 선동하는 내용은 교양가치가 높다고 상찬되었으며, 아동이라고 해서 피해자로 여기고 전쟁의 아픔이나 슬픔을 그려내면 패배주의와 염전(厭戰)사상을 퍼뜨린다고 비판되었다. 인간스런 감정과 어린이다운 동심의 표현도 걸핏하면 부르주아적 휴머니즘이나 감상주의로 치부되었다. 북한식 사회주의적 사실주의 아동문학은 이원수와 권정생으로 대표되는 남한의 리얼리즘 아동문학과는 아무런 공통점이 없다. 북한의 기준대로라면 이원수와 권정생의 작품세계는 반동적 자연주의 경향에 해당한다. 오히려 남한의 반공주의 아동문학이 물구나무를 선 채로 북한식 사회주의적 사실주의 아동문학과 상통한다.

동화는 의인화, 과장, 환상을 특징으로 한다. 따라서 아동소설과 동일한 차원에서 동화의 현실성 문제를 따질 수는 없다. 북한은 소설과 구분되는 동화의 창작원리를 규명하는 데 많은 노력을 기울였다. 동화의 환상성을 부인하는 일부 주장을 두고서는 '사회학적 비속주의'라며 강력하게 비판했다. 그런데 소설과 다른 동화의 수법이 낮은 연령에 더 적합한 '의인화'와 '단순화'에 국한되는 양상이라서, 내용적으로는 '사회학적 비속주의'를 크게 벗어나지 못했다. 북한 동화의 대부분을 차지하는 의인동화는 사람이 동물의 탈을 쓰고 행동하는 단순 알레고리 작품일

뿐더러, 아동소설과 마찬가지로 정치적 의도를 염두에 둔 것들이다. 제국주의 침략과 남북 대결 상황을 지시하는 수많은 알레고리 동화는 철학적 깊이나 문학적 가치를 논할 계제가 못된다. 이를테면 '행복의 동산'을 침범하는 교활하고 난폭한 성격의 늑대, 여우, 뱀, 독수리 등을 초식동물에 속하는 토끼, 노루, 사슴, 다람쥐 등이 단합해서 무찌르는 내용 같은 것이 그러하다. 주제의식을 앞세워 생태를 왜곡해서 묘사한다든지, 아니면 포식자를 약탈자·침입자로 간주하는 관습상징에 머문 작품이 대부분이다.

북한에서는 작품마다 반드시 장르 명칭을 밝힌다. 장르가 혼란스러운 남한에 비해 아동문학의 장르 이론이 체계적으로 정리되어 있다. '동요, 동시, 동화, 소년소설, 동극'을 기본으로 하고 있으며, 이것들에 대한 구분을 이론적으로 분명하게 밝혀 놓았다. 1950년대에 들어서는 '유희동요, 서사시, 동화시, 우화, 만화영화 씨나리오, 오체르크, 이야기' 등 다양한 하위 장르가 나타나고 있다. 허구성이 약한 '오체르크'와 '이야기'는 곧 사라지지만, 다른 것들은 오늘날까지 지속되면서 대표적인 작품들을 낳아 왔다. 특히 부정적 인물에 대한 풍자를 핵심으로 하는 '우화'는 아동문학 개론서에 기본 장르로 편입돼 있을 정도로 중요하게 취급된다. 북한의 아동문학 장르는 아동의 연령별 특성에 기초해서 남한보다 한층 고르고 다양하게 발전했는데, 이는 교양의 침투효과를 극대화하려는 정책의 결과라고 여겨진다.

4) 백석과 학령 전 아동문학 논쟁

1956년 10월에 개최된 제2차 조선작가대회에서 자기비판의 목소리가 거세게 불거져 나왔다. 이는 당시 사회주의 소련의 해빙 무드와 관련이 깊은데, 한편으로는 세칭 '8월종파사건' 직후였기 때문에 부르주아 사상과의 투쟁이 중단없이 진행되는 상황이었다. 문학을 질식시키는 정치 행정과 도식주의에 대한 비판의 목소리가 중심부에서도 나왔지만, 정치적 동향에 민감한 주류의 목소리는 반종파투쟁 국면과 더불어 원점으로 회귀한다. 제2차 작가대회에서 불거진 비판의 목소리는 결국 일시적 불만의 분출에 그치고 말았다. 여기에서 하나의 예외를 말할 수 있다면 시인 백석의 줄기찬 문제제기와 창작의 실천이다.

백석은 문학의 본질을 환기하는 원론적인 차원에서 '사회학적 비속주의'와 맞서고자 했다. 그는 아동문학 분과위원회 작품총화회의 결과에 강력히 항의하는 평론을 발표함으로써 '학령 전 아동문학' 논쟁의 단초를 연다. 북한에서 아동문학 논쟁은 '학령 전 아동문학' 논쟁이 거의 유일하거니와, 이 논쟁은 백석에서 시작하고 백석에서 끝났다고 해도 지나치지 않다. 제2차 작가대회 이후 백석은 외국문학 분과위원회에 소속되어 『문학신문』의 편집부장을 맡는 외에도, 아동문학 분과위원회에 소속되어 『아동문학』의 편집위원을 맡는다. 그는 『아동문학』에 동물을 형상화한 동시를 여러 편 발표하는 한편으로, 아동문학 분과위원회 작품총화에 항의하는 아동문학 평론을 발표해서 논쟁을 촉발시켰고, 『문학신문』에 지상토론의 자리를 마련해서 논쟁의 불씨를 이어나가려고 힘썼다.

백석은 '장미꽃'을 배제한 채 '기중기'만을 벅찬 현실의 교양으로 여기는 속학적 태도를 일면의 교양이라고 공박했다. 그의 주장은 일종의 복화술로 읽힌다. 사회주의 건설의 시대적 사명을 강조하는 기본줄기에서는 문학에 대한 '당의 지도'를 수용하는 태도를 보이지만, 문학의 정치적 편향에서 비롯되는 '사회학적 비속주의'를 맹렬히 비판함으로써 사실상 문학에 대한 '당의 지배'를 거부하는 이중의 방식을 취하고 있다.

학령 전 아동문학 논쟁은 동물의 생태와 습성을 그려 보인 이순영과 백석의 동시를 평가하는 자리에서 '유년층을 대상으로 하는 작품에서의 인식과 교양의 문제'를 둘러싸고 조금씩 다른 견해가 부딪치는 것으로 시작되었다. 그런데 이순영이 문제를 단순화해서 주장을 펼치는 바람에 논의가 사상성 · 계급성의 문제로 비화되어 첨예한 대립의 선이 그어지게 되었다. 이원우, 박세영, 김명수, 이효운 등은 한 목소리로 '시대정신, 사회주의적 사실주의, 계급성, 사상성, 카프의 혁명적 전통' 등을 운위하며 이순영과 백석의 견해를 무사상성이라고 몰아붙였다. 결국 논쟁을 촉발하고 확대시킨 당사자 백석이 『아동문학』 확대편집위원회에서 자기비판함으로써 논쟁은 일단락된다. 편집위원장 정서촌은 "백석이 주장하는 유년층 아동문학에서의 인식적인 것과 교양적인 것을 분리하는 견해에 대하여는 모든 토론자들과 같이 반대한다"고 서둘러 이 문제를 정리했는데, "인식적인 것과 교양적인 것을 분리하는 견해"라면 백석의 주장과는 거리가 멀다. 사상성 · 계급성으로 무장한 정치적 흑백논리가 백석의 진의를 곡해해서 무대 아래로 끌어내리는 장면을 여기서 목격할 수 있다.

5) 유일사상 시기의 우상화

북한 아동문학은 성인문학과 마찬가지로 1967년 이후에는 '주체문학'이라는 이름 아래 변함없는 동질성을 유지해 오고 있다. 김일성을 꼭지로 하는 권력의 공고화가 일단락되자 맑스레닌주의와도 구별되는 유일사상을 대내외에 천명했으니, 북한사회 내부에 더 이상 유의미한 도전세력은 존재할 수 없었다. 이로부터 북한사회는 외부의 적에 맞서 내부의 결속을 다지며 최고 권력자를 숭배하는 유사(類似) 종교국가의 형태를 띠게 된다.

주체문학이 하루아침에 일어난 전변(轉變)은 아니다. 유일사상 시기 이전의 역동성을 강조하느라 마치 1967년 이전과 이후의 문학은 상당히 다른 성격을 지닌 것인 양 여기는 것은 착각이다. 기본적으로 북한의 문학은 분단시대에 들어서 하나의 중심, 하나의 색깔로 일관해왔다고 해도 과언은 아니다.

주체시대에는 특히 수령 형상의 작품이 끊임없이 나오기 시작했는데, 개별 작가들뿐 아니라 4·15창작단의 집체창작에 의해서 더욱 본격화되었다. '불멸의 역사' 총서를 창작한 4·15창작단은 1967년 6월 28일 김정일의 주도로 만들어진 것이다. 우상화 경향은 김일성뿐 아니라 그의 가계(家系) 전체에 대한 숭배를 의미한다.

흥미로운 것은 김정일이 만 12세 때 『아동문학』(1954.6)에 발표한 동시 「우리 교실」이 '불후의 고전 명작'으로 추켜지는 사실이다. 원래 이 작품에도 결점을 지적하는 박세영의 단평이 붙어 있었다. 원수님에게 받은 혜택은 구체적인데 그에 대한 맹세는 그렇지 않다는 것, "새나라 일꾼이 되자"는 식의 구호보다는 어떤 구체적인 느낌을 노래해야 한다는 것 등이다. 유일사상 시기 이전에는 김정일이 인민학교 생도였기에 설령 김일성의 아들일지라도 이런 정도의 가르침이 가능했다.

하지만 훗날 정용진이 쓴 『아동문학의 새로운 발전』(1991)에 이르면 사정이 완전히 바뀐다. 정용진의 저작은 아동문학에 대한 김정일의 '위대한 영도와 빛나는 업적'을 서술한 것인데, 제1장 '주체적 아동문학의 빛나는 본보기 창조' 항목에서 「우리 교실」을 "심오한 철학이 있는" '고전적 명작'으로 치켜세운다. 장영·이연호가 지은 『동심과 아동문학 창작』(1995)에서도 이 작품은 제2절 '아동시문학의 고전적 본보기 작품' 항목에서 "불후의 고전 명작"이라고 치켜져 있다. 또한 『아동문학』지는 1984년 6월호, 1994년 6월호를 '우리 교실' 발표 30주년과 40주년 기념 특간호로 펴냈고, 1989년 6월호는 발표 35주년 기념특집으로 꾸며졌다. 1988년 8월호와 1989년 6월호는 '우리 교실' 발표 특집으로 꾸며졌다. 조선작가동맹 중앙위원회 기관지 『아동문학』은 김일성 가족의 작품들을 수시로 특집이란 이름 아래 반복적으로 소개하고 있다.

부록 1

새로 개척되는 '동화'에 관하여

—특히 소년 이외의 일반 큰이에게—

방정환

『개벽』, 1923.1.

작금 우리에게서 이삼의 동화집이 발간되고 각종의 잡지도 다투어 동화를 게재하게 된 현상은 크게 기쁜 경향이다.

지금의 이 형세로 보면 동화 그것이 무한히 넓은 세계를 가지고 있는 것인 만큼 새로 움트기 시작한 우리의 동화 예술도 그 장래가 대단 유망하게 되었다.

이 기회에 졸견이나마 동화 연구에 관한 여러 가지 문제를 되도록 구체적으로 다음호나 늦으면 그 다음호부터 쓰기로 한 바 이제 그것을 쓰기 시작하기 전에 극히 대체로의 동화에 관한 잡감을 몇 가지 써야 할 필요를 나는 느낀다. 그것은 아직까지도 일부 식자를 제한 외의 일반이 너무나 동화에 대한 이해가 없는 것을 아는 까닭이다. 연전에 서울 모지(某紙)에 동화극(童話劇)이라고 쓸 '화(話)' 자를 활동사진의 연속활극(連續活劇)이나 태서활극(泰西活劇)이라고 흔히 보던 활극(活劇) 위에 간신히 동(童) 자를 씌워서 동활극(童活劇)이라고(인쇄의 오식이 아니다. 언문까지 전문에 '활' 자로 되어 있었다.) 써 놓은 기자까지 있었던 것을 잊지 않는 까닭이다.

* 읽기 편하도록 현대 표기법으로 고쳤다.

○

한 민족에 있어서나 한 국가에 있어서나 또는 세계인류에 있어서나 모든 새 사상, 새 사업은 항상 새 인물의 두뇌에서 생기고 또 그 손으로 되는 것이며 그 신인은 반드시 소년의 세계에서 길러져 나오는 것임은 여기 다시 쓸 것이 없을 것이다.

○

동화는 그 소년, 아동의 정신생활의 중요한 일 부면이고 최긴한 식물이다. 문화적으로 진화한 현대에 있어서는 우리네의 인문적 교양의 일 요소로 예술이 절대적으로 필요한 것과 같이 현대의 아동에게는 그 인간적 생활의 요소로 동화가 요구되는 것이다.

○

동화(童話)의 '동(童)'은 아동이란 동이요 '화(話)'는 설화(說話)이니 동화라는 것은 아동의 설화, 또는 아동을 위하여의 설화이다 종래에 우리 민간에서는 흔히 아동에게 들려주는 이야기를 '옛날이야기'라 하나 그것은 동화는 특히 시대와 처소의 구속을 받지 아니하고 대개 그 초두가 '옛날 옛적'으로 시작되는 고로 동화라면 '옛날이야기'로 알기 쉽게 된 까닭이나 결코 옛날이야기만이 동화가 아닌즉 다만 '이야기'라고 하는 것이 가합(可合)할 것이다. ('이야기'의 어원에 관하여는 홍미 있는 이야기가 있으나 그것은 다음에 자세히 쓰기로 한다.)

이 동화란 어떤 것인가 함에 대하여는 좀 더 상세히 말하자면 동화의 형식과 내용을 들어 그 성질을 말하고 그 기원과 발달의 경로를 찾아서 동화와 다른 유사한 것과의 구별을 세우고 더 일보 나아가서 순과학적 입장에서 동화를 관찰하자면 동화의 분류에까지 들어가 그 비교 연구를 행하지 아니하면 안 될 것인즉 그것은 물론 아직 동화라는 것은 누구나 아는 바 「해와 달」, 「홍부와 놀부」, 「콩쥐 팥쥐」, 「별주부(토끼의 간)」 등과 같은 것이라고만 알아 두어도 좋을 것이다.

○

동화가 아동에게 주는 이익은 결코 이삼(二三)에 그치는 것이 아니니 다만 교육상으로 유효한 점으로만 본대도 동화에 의하여 그 정의의 계발을 속히 하고 이지의 판단을 명민히 할뿐 외에 허다한 도덕적 요소에 의하여 덕성을 길러서 타(他)에 대한 동정심, 의협심을 풍부케 하고 또는 종종의 초자연 초인류적 요소를 포함한 동화에 의하여 종교적 신앙의 기초까지 지어주는 등 실로 그 효력이 위대한 것이다. 그러나 차등 교훈, 유익은 세(世)의 교육자 또는 종교가 등 아동 이외에 지도자의 동화 이용가의 운운하는 바이며 결코 교훈뿐만이 동화의 정면의 목적인 것은 아니다. (이것도 후에 상술코저 한다.)

그리고 아동 자신이 동화를 구하는 것은 결코 지식을 구하기 위함도 아니요 수양을 구하기 위함도 아니고 거의 본능적인 자연의 욕구이다. 생아(生兒)가 모유를 욕구하는 것과 같이 아동은 동화를 욕구하는 것이라 모유가 유아의 생명을 기르는 유일한 식물인 것과 똑같이 동화는 아동에게 가장 귀중한 정신적 식물인 것이다.

동화가 어느 시대 어느 곳이든지 없 곳이 없고 갈수록 더 그 세상을 넓혀가는 소이는 실로 세계 전반 아동의 생활에 부가결할 정신적 식료로 본능적, 자연으로 욕구되는 까닭이다. 보라, 풍토, 기후, 풍속의 관계로 취급된 내용의 재료는 다르되 여하한 문명국에나 여하한 미개 민족에게나 동화의 세계에는 한결같이 꽃이 피어 있는 것을 보라.

○

고대로부터 다만 한 설화—한 이야기로만 취급되어 오던 동화는 근세에 이르러 '동화는 아동성을 잃지 아니한 예술가가 다시 아동의 마음에 돌아와서 어떤 감격—혹은 현실생활의 반성에서 생긴 이상—을 동화의 독특한 표현방식을 빌어 독자에게 호소하는 것이라'고 생각하게까지 진보되어 왔다.

그러므로 적어도 근세에 이르러 예술가의 붓으로 창작된 동화에 나타난 사상과 세계는 작자의 이상의 세계라고도 볼 수 있는 것이다. 일반 아동에게 난해한 점으로 비난할 점은 있으나, 영국 오스카 와일드의 동화와 백의이(白義耳) 메렐링의 동화를 읽으면 더욱 이 생각을 두렵게 한다.

○

예술은 인생의 세련된 재현이라 하면 동화는 훌륭한 완전한 예술이다.

○

동화의 상대(또는 독자)는 물론 아동이다.

그러나 그렇다고 아동 이외의 청년 장년 노인, 즉 일반 큰이에게는 전혀 몰관계일 것인가……. 이 점에 관하여는 전항 또 전항에 쓴 것이 이미 어느 설명적 암시를 던졌으리라고 생각하나 다시 몇 마디 써야 할 것 같다.

사실로 조선에서는 동화라는 '동' 자만 보고 벌써 일부 독자 이외의 거의 일반은 본체만체해버려 왔다. 다소 민간에 읽혀진 흥부전이나 또는 별주부전이나 박천남전 등이 동화 아닌 것은 아니나 그것은 영리를 위하는 책장사가 당치도 않은 문구를 함부로 늘어놓아 그네의 소위 소설체로 만들어 고대소설이라는 관을 씌워 염가로 방매한 까닭이요 책의 내용 그것도 동화의 자격을 잃은 지 오래였고 그것을 구독하는 사람도 동화로 알고 읽은 것이 아니고 고대소설로 읽은 것이었다. 그것은 이때까지의 우리는 아무도, 동화를 연구하는 이가 보이지 않았고 아무도 동화를 들어 일반에게 보여주거나 설명해준 이가 없어서 실로 무식하게까지 동화에 대한 이해를 가지지 못한 까닭이다.

전항에 말한 바와 같이 동화는 영원한 아동성을 잃지 아니한 인류 중의 일인인 예술가가 다시 아동의 마음에 돌아와 어느 감격, 혹은 현실의 생활을 반성하는 데서 생기는 어느 느낌을 독자에게 호소하는 것이면 그 감격, 그 반성은 세상 모든 사람들의 감격, 반성이 아니면 아니 될 것이다. 아니, 그 작품에 의하여 누구나 감격의 세례를 받지 아니하면 아니 될 것이요 또는 그 작품에 의하여 누구나 다 자기 각자의 생활을 반성하지 않으면 안 될 것이다.

서양의 어느 철인은 '현대 급무는 아동으로써 도리어 그 부모를 교육시키는 데 있다.'고까지 하였다 한다. 일리 있는 말이다. 암만 하여도 잊히지 않는 일리 있는 말이다. 일반의 큰이가 아동에게 주의를 쏟게 되고 또 자주 접근하는 것은 결국 자기 자신의 반성이 되는 것이요 또 교육이 되는 것이다.

우리는 누구나 가지고 있는 '영원한 아동성'을 이 아동의 세계에서 보지해 가지 않으면 안 될 것이요 또 나아가 세련해 가지 아니 하면 아니 된다. 우리는 자주 그 깨끗한 그 곱고 맑은 고향, 아동의 마음에 돌아가기에 힘쓰지 아니 하면 아니 된다.

아동의 마음! 참으로 우리가 사는 세상에서 아동시대의 마음처럼 자유로 날개를 펴는 것도 없고, 또 순결한 것도 없다. 그러나 우리는 연령이 늘어갈수록 그것을 차츰차츰 읽어버리기 시작하고 그 대신 여러 가지 경험을 갖게 되고 따라서 여러가지 복잡한 지식을 갖게 된다. 그러나 그 경험과 지식만을 갖는다 하면 그것으로 무엇을 하랴. 경험 그것이 무익한 것이 아니요 지식이 무익한 것도 아니다. 그러나 그것만이 늘어간다는 것은 결코 아름다운 인생으로서의 자랑할 것은 못 되는 것이다. 더구나 그 경험 그 지식이 느는 동안에 한편으로 그 순결한 그 깨끗한 감정이 소멸되었다 하면 우리는 어쩌랴…… 그 사람은 설사 냉냉한 마르고 언 지식의 소유자일망정 인생으로서는 역시 추락한 자일 것이다.

아아, 우리는 항상 시시로 천진난만하던 옛 고원—아동의 세계—에 돌아가 마음의 순결을 빌지 아니 하면 아니 된다.

'아름다운 꽃을 보고 아아 곱다! 하고 이유 없이 달려드는 어린이가 나는 귀여울 뿐 아니라 거기에 깊은 의미가 있는 줄로 나에게는 생각됩

니다.'

하고 일본의 동화작자 소천(小川) 씨는 말하였다. 과연이다. 전혀 아동의 세계는 어떻게 형용할 수 없는 아름다운 시의 낙원이며 동시에 어떻게 엿볼 수 없는 숭엄한 비밀의 왕국과도 같다.

○

이 아름다운 낙원, 숭엄한 왕국! 거기를 세상 인류는 누구나 지나온다.

그리고 어느 누구든지 인생은 모두 자기가 출생한 고향이 있는 것과 같이 또 그 고향 경치와 모든 일이 영구히 잊혀지지 않는 것 같이 인생은 누구나 한차례씩 그 아동의 시대 그세계를 지나오고 또 그때의 모든 일을 영구히 잊지 못한다.

삼십 세가 되거나 사십 세가 되거나 또 칠팔십 세가 되거나 어느 때까지든지 인생은 어린 날의 낙원을 잊지 못하고 그리워할 것이다. 그것을 그리워하는 마음은 즉 더럽히지 아니한 순결과 무한한 자유의 세상을 동경하는 마음이다. 현실생활의 반성도 이상의 향상도 이 마음에서 나오고 젊은 벗, 장래 미래의 인생에 대한 사랑과 희망도 이 마음에서 나올 것이다. 더구나 동화는 이 마음으로 널리 또 진실히 애독될 것이고 또 동화의 창작도 이러한 심경에서 진실한 것이 나올 것이다.

아아, 동화예술! 모든 큰이들도 이에 접하기를 누가 싫어할 자이뇨.

○

이상의 의미로 동화는 결코 연령을 표준하여 소년소녀에게만 읽힐 것이 아니고 넓고 넓은 인류가 다 같이 읽을 것이며 작자도 또 항상 대인이 소아에게 주는 동화를 쓰는 것이 아니고 인류가 가지고 있는 '영원한 아동성'을 위하는 '동화'로 쓰는 것이다.

이리하여 우리가 일생을 두고 그리워하며 동경하는 아동시대의 따뜻한 고원(故園)에 들어갈 수 있기는 오직 아동예술에 의하는 수밖에 없는 것이요 동화는 아동예술의 중요한 일 부면인 것이다. 우리가 우리의 일생을 통하여 오직 이 동화의 세상에서만 아동과 일반 큰이가 '한데 탁 엉킬 수'가 있는 것이요 이 세상에서만은 대인의 혼과 아동의 혼과의 사이에 조금도 차별이 없어지는 것이다.

좀 더 이해를 가지고 좀 더 진실한 태도로 일반이 동화에 주의를 향하게 되기를 나는 바란다.

○

조선에서 동화집이라고 발간된 것은 한석원 씨의 『눈꽃』과 오천석 씨의 『금방울』과 졸역 『사랑의 선물』이 있을 뿐이다. 그리고 그밖에 동화에 붓을 댄 이로 상해의 주요섭 씨가 있다.

동화를 연구하고 또 창작하는 동지가 좀 더 늘어주기를 간절히 나는 바라고 있다.

○

아직 우리에게 동화집 몇 권이나 또 동화가 잡지에 게재된대야 대개 외국동화의 번역뿐이고 우리 동화로의 창작이 보이지 않는 것은 좀 섭섭한 일이나, 그렇다고 낙심할 것은 없는 것이다. 다른 문학과 같이 동화도 한때의 수입기는 필연으로 있을 것이고 또 처음으로 괭이(鋤)를 잡은 우리는 아직 창작에 급급하는 이보다도 일면으로는 우리의 고래동화를 캐어내고 일면으로는 외국동화를 수입하여 동화의 세상을 넓혀가고 재료를 풍부하게 하기에 노력하는 것이 순서일 것 같기도 하다.

○

외국동화의 수입보다도 가장 중요하고 긴요한 우리 동화의 무대 기초가 될 고래동화의 발굴이 아무것보다도 난사이다. 이야말로 실로 난중의 난사이다.

세계동화문학계의 중보(重寶)라고 하는 독일의 그림동화집은 그림형제가 오십여 년 장세월을 두고 지방 지방을 다니며 고생고생으로 모은 것이라 한다. 일본에서는 명치(明治) 때에 문부성에서 일본 고유의 동화를 찬집하기 위하여 전국 각부현 당국으로 하여금 각기관내의 각소학교에 명하여 그 지방 그 지방의 과거 급 현재에 구전하는 동화를 모으려 하였으나 성공을 못하였고 근년에 또 이요(俚謠)와 동화를 모집하려다가 정부의 예산 소멸로 인하여 또 못 이루었다 한다.

이러한 남의 예를 보면 고래동화 모집이 여하히 난사인 것을 짐작할 수 있다.

더구나 정부이니 문부성이니 하고 믿을 곳도 가지지 못한 우리는 남의 오십년 사업에 백년을 비(費)한 대도 우리는 우리의 힘으로 이 일에 착수하지 아니하면 아니 될 것이다.

이 난중의 난사임에 불구하고 개벽사가 이 뜻을 납(納)하여 결연히 금번 고래동화 모집의거(擧)에 출(出)한 성의는 무한 감사한다. 그리고 또 이 의미 있는 일에 응하야 손수 동화 발굴에 조력해주는 응모자 제씨에게도 나는 감사를 드리려 한다.

얼마 있지 않아서 그들의 원고는 내게로 올 것이다. 그리고 그 속에서 많은 보옥 같은 동화를 얻을 수 있을 것을 나는 기쁜 마음으로 고대하고 있다.

○

그러나 결코 이번 처음의 이 일로 만족한 결과를 보리라고는 생각하지 못한다. 이번 첫 번의 경험에 뒤이어 이러한 기회가 자꾸 생겨야 할 것인 줄 나는 알고 있다. 각 잡지가 될 수 있으면 다 이 모집란을 설(設)하기 바라고 신문도 매일 이단쯤으로 될 수 있는 일이니 이 일에 착수해주면 효과가 많을 것이다.

그러나 그것보다도 내게 제일 희망을 붙이기는 각 지방에 계신 청년이다. 각지 학교에 근무 중인 교사, 각 청년회 문예부원, 은행원, 금융조합원, 면역소원까지의 여러분이 틈틈이 될 수 있는 일이니 찾아 캐어서 현상모집에 응해주거나 또 잡지사로 보내주거나 신문에 발표해 준다 하면 많지 않은 노력으로 많은 수확이 있을 것이다.

우리는 우리 각자가 협력하여 남에게 지지 아니하는 보옥 같은 우리 동화를 캐어내지 아니하면 영구히 우리 동화는 캐어날 날 없이 묻혀버리고 말 것이다.

거듭 거듭 지방에 계신 여러분께 이 일을 바란다.

○

일본동화라 하고 구라파 각국에 번역되어 있는 「원(猿)의 생담(生膽)」이라는 유명한 동화는 기실 일본 고유한 것이 아니고 조선동화로서 번역된 것인데 조선 별주부의 토끼를 원숭이로 고쳤을 뿐이다. (동국통사에 보면 조선 고유의 것 같으나 혹시 인도에서 온 것이 아닌가 생각도 되는 바 아직 분명히는 알 수 없다.) 그밖에 「혹쟁이」(혹쟁이가 도깨비에게혹을 팔았는데 익일에 딴 혹쟁이가 또 팔러갔다가 혹 두 개를 붙여 가지고 오는 이야기)도 조선서 일본으로 간 것이다. 그런데 이 혹쟁이 이야기는 독일, 이태리, 불란서 등 여러 나라에 있다 하는데 서양의 이 혹쟁이 이야기는 그 혹이 안면에 있지 않고 등(背)에 있다 하니 꼽추의 이야기로 변한 것도 흥미 있는 일이다. 이외에 일본고서 『字治拾遺物語』라는 책에 있는 「허리 부러진 새」라는 동화도 조선의 「흥부놀부」의 번역이 분명하다.

○

동화는 실로 한이 없이 넓은 세계를 가지고 있다. 따라서 그만큼 연구도 다방면에 관계를 갖게 된다.

대개 동화 연구에는 세 방면이 있는데 일, 심리학적 방면의 연구. 일, 예술적 방면의 연구. 일, 전설학적 방면의 연구의 세 방면이라는 이도 있으나 그 설의 가부는 하여튼 그 연구의 방면이 몹시 광막한 것은 사실이다.

아무리 하여도 한 사람의 힘으로는 도저히 완전한 연구를 이루기 어려운 것을 몹시 심절히 느낀다. 한 사람씩이라도 더 동지가 늘고 또 될 수 있으면 무슨 회합을 지었으면 좋을 것 같다. 그리면 동화의보급상 선전의 힘도 생길 것이고 아동교육, 소년의 지도에도 새 길이 트일 것이다. 그리고 동화 자체는 부쩍부쩍 자라갈 것이다.

그렇게 된다면 저 유명한 「푸른 새」나 「한네레의 승천」 등과 같은 동화극을 일반에게 보일 수 있을 것도 어려운 일이 아닐 것 같다.

○

어쨌든 지금의 이 형세로 나아간다 하면 동화의 장래는 대단히 유망한 것인 줄 생각한다. 이제는 한 문제씩 한 문제씩 동화 연구에 관한 것을 써보기로 하자.

(12월 15일)

부록 2

조선소년문예단체소장사고
(朝鮮少年文藝團體消長史稿)

승효탄(昇曉灘)

『신소년』, 1932. 9.

조선의 문예부흥이라 칭호할 만한 그 과거가 원래 얼마 못된다. 따라서 조선의 신문학운동이 제창된 역사가 극히 짧다. 그중에도 조선의 소년문학이 생겨난 것은 훨씬 뒤의 일이니 그 배태기를 소구한다면 최남선 씨의 『소년』 잡지 시대부터라 할 수 있겠지만 가장 참된 의미로 조선의 소년문학의 초창기는 반짝 하고 광명이 현출되었다가 다시 사라진 조선의 암흑 시기를 파쇄시키는 기미(己未)운동의 폭풍이 지나가고 각 부문의 조선의 신문화운동이 맹렬히 재연되는 그 역사적 시기에서 조금 뒤늦어 당시 동경 유학 중에 있던 고 방정환 씨 등 색동회 제씨를 중심으로 하여 생겨난 『어린이』 잡지와 신명균 씨의 주간으로 되어 경성 이문당 발행으로 되었던 『신소년』 잡지가 창간된 그 시기라 함에 누구나 이의가 없을 것이다.

그러나 색동회의 활동과 『어린이』와 『신소년』보다 이삼년 뒤늦어 창간된 『별나라』를 중심으로 한 별탑회의 활동은 원칙으로 조선소년의 역사에 드는 것이 정당하겠고 소년 자신의 손으로 조직되어 활동하기 시작한 조선소년문예단체의 순수한 그것은 1924년경에 경성의 윤석중 군의 발기로 조직된 '기쁨사'라고만 할 수 없을 것이다.

'기쁨사'는 조선소년문예단체의 원조이면서 당시 자연발생기의 조선소년문예의 총본영이었다.

'기쁨사' 제군은 제군만의 작품만을 『기쁨』이라는 등사 동인지를 연4기로 발행하면서 『어린이』잡지를 무대로 하여 제군의 작품 활동은 맹렬하였으니 당시 '깃븜사' 동인 제군의 작품은 습작시대로 있는 전조선문학 소년들의 좋은 모범이었다.

작곡된 동요로 지금까지 불려지는 동요의 태평이 당시 제군의 손으로 창작된 작품인 것은 사실이다. 윤석중 군의 「오뚝이」, 「고향길」, 서덕출 군의 「봄편지」, 최순애 군의 「오빠 생각」, 신고송 군의 「조각빗」, 최정화 군의 「수레」, 윤석중 군, 서덕출 군, 윤복진 군, 신고송 군 4인 합작의 「슬픈 밤」 등 이것이 조그만 예이다.

그 다음 1926년 봄에 와서 '기쁨사' 동인으로 있는 윤복진 군이 대구에서 '등대사'를 창립하였고 마찬가지로 '기쁨사' 동인인 임동혁 군이 경성 시외 동막에서 '방년사'를 조직하였다. '등대사'와 '방년사'가 '기쁨사'를 모방한 것만은 사실이것만 '기쁨사'와는 완전히 독립된 것이었다. 그렇다고 '기쁨사'에서 탈퇴한 것도 아니요, '등대사'와 '방년사' 동인은 의연히 '기쁨사' 동인으로 있는 사람이 많았다. '등대사'는 『등대』라는 등사 잡지를 2호까지 발행하였으며 『개나리』라는 동요 등사집을 발행하였다. 그때 '등대사' 동인으로는 윤복진 군 외에 대구에서 사범학교 재학 중이던 신고송 군, 대전의 송완순 군, 김천에 있는 승응순 군 등이었다.

'방년사'에서는 『방년』이라는 등사 잡지를 발행하려고 원고만 모아놓고 발행치는 못 하였던 줄 안다.

1927년에 와서 개성 김수일 군, 현동염 군 등의 발기로 '소년문예사'가 창립되었다. '소년문예사'에서도 전조선적으로 동인을 모집하여 등사 동인지를 계획하는 동시에 당시 경성 시외 아현리에서 발행하는 『소년계』 잡지 면에 두 페이지씩을 매일 독점하여 '소년문예사 동인 작품 특집란'을 이루었었다. '소년문예사'에서는 결국 동인지는 못 발행하고 말았는 줄 안다.

이 해에 경남 합천에서는 이성홍 군이 '달빛사'를 창립하여 역시 등사 잡지 『달빛』을 2호까지 발행하였다.

그 다음 1928년에 이르러 당시 경성에 와서 있는 승응순 군이 마침 삼수에서 경성 '새벗사'로 입사한 최봉하 군과 발기하여 '글꽃사'를 창립하였다. 동인으로는 그때 『소년조선』을 편집하는 박홍제 군, 이왕직아악부에 다니는 태재복 군, 성경린 군, 그리고 최 군, 승 군 등으로 경성에 있는 문학 소년에만 국한하였다가 1929년 5월에 이르러 최정하 군의 낙향을 계기로 하여 '글꽃사'를 '조선소년문예협회'로 변경하고 회원을 전조선으로 모집하였다. 경성에 있는 동인으로는 이명식 군(군은 조선지광사를 나와 표연히 조선을 버린 후 지금 어디로 갔는가?) 이동규 군, 신순석 군, 이규용 군, 구직회 군, 정태익 군 등이 늘고 지방 동인으로는 영천 안평원, 문천 김돈희 군, 합천 이성홍 군, 재령 오경호 군, 안평 채규삼 군, 안악 우태형 군 등 외 다수로서 경성 본관에는 출판부, 연예부, 도서부를 두어 출판 사업 외에 소년문예 강연, 순회도서관 설치 등 많은 사업을 대규모적으로 계획하였건만 물질적 고통과 좋지 못한 객관정세 밑에서 몇 호의 순회잡지만 발행한 외에 1930년 하기부터 빈 간판만 옥인동 회관에 달아두게 되었다.

1929년 1930년의 이 두 해는 전조선적으로 대동소이한 소년문예단체가 수없이 총생하였다. 재료가 없어 이곳에 상술함은 얻지 못하건만 함북에서 허수만 군이 발기한 '백의소동사(白衣小童社)'가 있었고 춘천에는 홍은표 군이 발기한 '횃불사'가 있었고 진남포에는 정명걸 군이 조직한 '붓춤사'가 있었다. 모두 별로 사업적 성과는 없었고 '붓춤사'에서는 1년을 통하여 소년문예계에 공로 많은 동무를 1년에 2명씩 선발하여 연

공상(年功賞)을 주는 것을 1930년 봄 어떤 잡지에 발표하고 1929년도에 선발된 두 사람을 동시에 발표한 일이 있었다. 이때 선발되어서 '붓춤사'의 명예상을 탈 두 사람은 함흥의 모군(이름을 잊었다)과 경성의 승응순 군 양 군인데 결국 상품은 아무것도 없고 말았다. 고소할 만한 사실이다.

요컨대 1929년, 1930년은 조선 소년학(少年學)이 생긴 이래로 중대한 변혁을 이룬 해이다. 나날이 변하여 가는 세계정세의 급격히 몰려 들어오는 사조, 따라서 갑자기 무거워진 객관정세는 아직 자연생장기로 있던 소년문예의 동산에 태풍을 일으키고 가는 곳마다 장송과 분열과 비판을 일으키었다. 백색 회색의 모든 것이 말로의 비운을 만남을 따라 총생하던 유명무실의 많은 소년문예단체들이 파열과 청산의 운명을 만남은 당연한 일이었다.

1931년도에 이르러 진주 정상규 군이 발기한 '새힘사'는 재래의 모든 소년문예단체의 연장이 결코 아니었다. 그리고 1931년 여름에 경성에서 송영, 이동규, 홍구 군 등의 발기로 조선소년문학연구회를 창립하야 확고한 프로 소년문학의 확립을 기하다가 결국 이 동무의 희생만을 내고 말았다. 동(同) 하기에 윤석중 군, 신고송 군, 승응순 군 등이 발기한 '신흥아동예술협회'도 '기쁨사'의 재흥의 계획은 아니었다.

그러나 나날이 심해만가는 조선의 객관정세는 '새힘사'의 수명도 짧게 만들었고 '신흥아동예술협회'도 만선 준비를 정돈하였다가 결국 불허가 되어 창립총회도 못 열고 말았다.

그렇게 되어 1932년도(금년)에 와서는 회고에 냉락한 감개를 금하기 어렵다.

그러면 과거가 황금시기였고 이제로부터의 조선의 소년문예는 소위 '하판(下坂)'을 내려가는 것인가?

필자는 결코 그렇다고 생각지는 않는다. 조선소년문단이 한 시기의 역사를 결산한 것만은 사실이었지만 과거의 자연생장기의 그것보다는 전연 별다른 의미로의 신예 제군의 활약의 횃불이 반드시 멀지 않을 것을 믿는다.

아무리 객관적 정세가 길하지 못하다고 영원한 침체가 있으리라는 것은 원칙을 역지(逆知)하는 이론이다.

그러나 과거에 있던 그 정열은 또 한 번 우리 소년문단에서도 보고 싶구나.

제2부_일본의 아동문학 • 김영순

1. 일본 아동문학의 태동
2. 근대 동화의 탄생
3. 다이쇼기 민주주의 기운 속에서 등장한 비평글
4. 아동문예잡지 『아카이토리』의 '동화 · 동요 운동'과 스즈키 미에키치
5. 『아카이토리』의 대표적인 문단작가와 동화
6. 대표적인 아동문학가와 동화
7. 근대를 대표하는 또 하나의 거목 미야자와 겐지
8. 동심과 동심주의에 대한 논의
9. 일본의 대표적인 동요 시인들
10. 프롤레타리아 아동문학의 대두와 이념 논쟁
11. 일본 아동문학계의 현대를 알리는 움직임과 대표적인 작가와 작품
12. 그림책 출판의 황금기를 가져온 70년대와 그 이후의 일본 아동문학

부록 1_오가와 미메이, 「빨간 배」

부록 2_오가와 미메이, 「앞으로를 동화작가로」

부록 3_아키타 우자크, 「예술 표현으로서의 동화」

부록 4_노구치 우죠, 「정풍동요론」

부록 5_마키모토 구스로, 「조선의 신흥동요」

1. 일본 아동문학의 태동

—근대 잡지의 출현과 이와야 사자나미의 오토기바나시 『고가네마루』

근대 이전에 간행된 출판물 중에서 일본 아동문학과 관련하여 중요한 것으로 『아카혼(赤本)』을 들 수 있다. '아카혼'은 1661년경에 목판복으로 인쇄된 것으로 옛이야기, 전설, 수수께끼 등과 같은 이야기에 그림을 더한 인쇄물을 가리켰다. 표지가 빨간색이어서 붙여진 아카혼은 1680년대에 들어서며 활기를 띠다가 1744년경부터는 점차 사라지고 그후 구로혼(黒本), 기뵤시(黄表紙) 등의 인쇄물이 등장하여 어린이들에게 읽혔다.

일본에서 근대적 학교제도가 생긴 것은 메이지(明治, 1868~1912) 초기인 1872년의 일이다. 1879년에는 교육령이 공포되었고, 1890년에는 교육칙어가 발포되며 이로써 일본의 근대 교육제도가 정비되어 갔다. 의무교육제도가 체제를 갖추어 가면서 일본 내에서도 교육열이 증폭되어 갔고 어린이를 대상으로 한 잡지 또한 출현하였다.

1877년 무렵에 어린이들이 애독한 대표적인 잡지로 『영재신지(穎才新誌)』가 있다. 『영재신지』는 이야기가 중심이 된 잡지라기보다는 독자들을 대상으로 한 투고 잡지의 성격을 띠었다. 주로 한시·고전시·작문 등이 게재되었는데, 이 잡지를 비롯해 그 당시 발간된 소년 잡지 모두 유사한 투서 잡지였다.[1]

일본에서의 첫 근대적인 소년 잡지의 출현은 『소년원(少年園)』이 창간된 1888년으로 볼 수 있다. 문학, 과학, 소설 등 다양한 장르 구성을 꾀한 이 잡지는 월 2회 간행되었다. 당초 백 부를 찍어 창간된 『소년원』 창간호는 예상을 벗어나는 판매를 거듭하며 결과적으로 만 부를 넘겼다. 영국의 아동잡지를 참고하여 간행된 『소년원』의 전체적인 흐름은 교훈적·도덕적인 논설과 해제가 큰 비중을 차지했지만 당대의 저명한 소설가인 모리 오가이(森鷗外)와 츠보우치 쇼요(坪内逍遥) 등의 작품을 게재하여 메이지기 소년소녀의 열렬한 관심을 이끌어내며 새로운 소년 잡지의 탄생을 알렸다.[2]

이밖에도 『소국민(小国民, 1889년)』, 『일본의 소년(日本之少年, 1889년)』, 『소년문부(少年文武, 1890년)』, 『유년잡지(幼年雑誌, 1891년)』, 『소년세계(少年世界, 1895)』, 『유년세계(幼年世界, 1900년)』, 『소년계(少年界, 1902년)』, 『소녀계(少女界, 1902년)』, 『소년(少年, 1903년)』, 『일본소년(日本少年, 1906년)』, 『소녀의 벗(少女の友, 1908년)』 등, 이 시기를 대표하는 아동 잡지가 잇따라 창간되며 해외 번역물과 모험소설, 통속적이고 대중적인 소년소설, 소녀소설이 다수 연재되었다. 세키 히데오(関英雄)는 메이지기의 이들 잡지가 "메이지 국가와 그 교육에 긴밀한 자세를 보여주었다"고 지적하면서 "메이지 아동 저널리즘의 대부분은 당시 국가주의 사상과 강하게 밀착되어 있었다. 그것은 『소년세계』를 비롯해 메이지기 소년 잡지가 게재한 많은 군국주의적 기사물을 통해서도 알 수 있다. 이는 청일·러일 전쟁의 승리가 국민 전반을 휩쓴 분위기이기도 했다."[3]라며 이 시기에 창간된 잡지들이 띤 성향을 분석하고 있다.

한편 「로빈슨 크르소」와 같은 외국 작품이 일본으로 들어온 것은

1 菅忠道, 「少年文学の誕生と成長」, 『日本の児童文学』, 大月書店, 1956년, 13~14면.
2 鳥越信, 「明治期 教育理念追求の時代」, 『日本児童文学』, 建帛社, 1995년, 7면.
3 関英雄, 「児童文学の歴史」, 『新編児童文学論』, 新評論, 1968년, 93면.

1872년경으로 1878년에 이르러 활발하게 번역되었지만 어린이 용이라기보다는 성인용에 가까웠다. 그림 동화나 안데르센 동화가 번역된 것은 1887년 이후의 일이다. 이 시기 대표적인 아동문학 번역가로 모리타 시켄(森田思軒, 1861~1897)과 와카마츠 시즈코(若松賤子, 1864~1896)가 있다. 와카마츠 시즈코가 번역한 『소공자』는 1890년에 『여학잡지(女学雑誌)』에 처음으로 발표(단행본 출판은 1892년)되었으며, 모리타 시켄이 번역한 『15소년 표류기』는 1896년에 잡지 『소년세계』에 발표되었다. 와카마츠 시즈코와 모리타 시켄의 번역서는 어린이들에게 널리 읽혔으며 두 사람은 메이지기 번역 아동문학사에서 명번역가로 이름을 날리며 일본 아동문학계에 많은 영향을 끼쳤다.

본격적인 일본 아동문학의 시작을 일반적으로는 1891년으로 본다. 이와야 사자나미(巌谷小波, 1870~1933)의 『고가네마루(こがね丸)』가 발표된 해이다. 『고가네마루』는 권선징악의 내용이 강한 작품으로 메이지기 아동문학의 장르 명칭을 가리키는 '오토기바나시(お伽噺)'에 해당하는 작품이다. 이야기라는 의미를 띠는 '오토기바나시'는 이와야 사자나미가 역사물이나 옛이야기 등을 바탕으로 재화한 『일본 오토기바나시(日本お伽噺, 1896~1898)』와 『세계 오토기바나시(世界お伽噺, 1899~1908)』 등의 책을 잇따라 출간하며 이 시기 어린이를 위해 재창작된 이야기를 가리키는 용어로 정착되어갔다.

이와야 사자나미는 소설가로 출발하여 만 스무 살 때 쓴 『고가네마루』를 계기로 이후 어린이를 대상으로 한 많은 저작을 남겼다. 『고가네마루』는 1891년에 출판사 하쿠분칸(博文館)의 의뢰를 받아 집필되었는데 당시 독자들의 폭발적인 관심을 끌었다. 이 작품으로 일본 아동문학 연구·평론에 대한 역사 또한 시작되었다고 일컬어지고 있다. 이후 이와야 사자나미는 소년문학 창작에 힘을 쏟으며 하쿠분칸이 간행한 잡지 『소년세계』, 『유년세계』, 『소녀세계』의 주필을 맡아 많은 오토기바나시(이야기)를 발표하였다. 또한 『일본 옛날이야기(日本昔噺, 1894~1896)』 등을 편찬하고 일본어 가나 사용의 개정을 위한 활동, 오토기 연극 착수, 일본 전국과 해외를 순례하며 펼친 오토기구연(동화구연) 여행을 비롯해 이와야 사자나미가 교육·아동문화운동에 끼친 역할은 지대했다.[4]

『고가네마루』의 특징과 간단한 줄거리는 다음과 같다.

〔작품〕『고가네마루』, 이와야 사자나미, 하쿠분칸출판, 1891

하쿠분칸이 간행한 〈소년문학〉(1891~94, 전 32권)총서 중 제1권에 해당하는 작품. 작가 이와야 사자나미는 이 작품을 계기로 '오토기바나시'를 그의 생애 문학으로 삼았다. 이 작품은 괴테의 「여우의 재판」과 다키자와 바킨(滝馬琴, 1767~1848, 필명은 교쿠테이 바킨(曲亭馬琴))의 「난소사토미핫켄덴(南総里見八犬伝, 1814~42)」에서 힌트를 얻어 구상한 작품이다. 부모의 원수를 갚는 이야기로 권선징악이 강하게 드러남.

아비개가 호랑이에게 물려 죽자, 홀로 남은 어미개마저 고가네마루를 낳고 얼마 안 있어 죽고 만다. 고아가 된 강아지 고가네마루는 양부모인 소의 도움을 받아 성장한다. 그후 고가네마루는 부모의 원수를 갚기 위해 무사수행을 떠난다. 절에 사는 사냥개와 의형제를 맺은 고가네마루는 사냥개와 양부모의 조력을 얻어 호랑이를 물리치고 마침내 부모의 원수를 갚는다.[5]

이상의 작품 소개와 줄거리를 통해서 알 수 있는 것처럼 『고가네마루』는 호랑이에게 부모를 잃은 개 고가네마루의 성장 이야기이자 복수극을 그렸다. 나메카와 미치오(滑川道夫)는 메이지기 아동 잡지가 활황을 이루며 창간되고 그 기운이 점차 고조되어간 시점에 일본인의 손에 의해 아

4 弥吉管一, 中西一弘, 大藤幹夫, 向川幹雄, 「二, 歴史編, 第一章 明治期児童文学」, 『児童文学(物語編)-資料と研究-』, 関書院新社, 1970년, 25면.

5 船木枳郎, 「こがね丸」, 『現代児童文学辞典』, 宝文館, 1958년, 109면에서 일부 인용.

동문학 작품인 『고가네마루』가 창작되었다는 점과 이 작품이 대중적으로 성공을 거둔 점에서 획기적인 업적이었다고 평가한다. 그러면서 사나자미가 관여한 〈소년문학〉과 『고가네마루』에 대해 그 의의를 언급하며, "이와야 사자나미의 아동문학적 업적은 봉건적인 '어른·어린이'를 억압 아래에서 해방하는 근대적인 아동관에 입각했다고는 말하기 어렵지만 아동의 특성을 인정하고 그때까지 독서의 대상으로부터 소외되었던 서민의 어린이들에게도 흥미있는 오토기바나시를 제공했다고 하는 적극적인 의의는 높게 평가받을 만하다. 이런 의미에서도 사자나미는 일본 아동문학의 근대적인 여명을 알리는 임무를 다했다고 볼 수 있을 것이다."[6]라고 평가하였다.

한편 가미 쇼이치로(上笙一郎)는 "이 작품(『고가네마루』[7])보다 2개월 빠른 1890년 11월에 나온 미와 히로타다(三輪弘忠)의 『소년의 구슬(少年之玉)』을 일본의 근대아동문학의 출발로 보는 설도 있지만 보통은 이 『고가네마루』를 그 위치에 두고 있다. (…중략…) 문어체라고 하는 문체와 더불어 고가네마루라고 하는 개가 부모를 죽인 호랑이에게 원수를 갚는다고 하는 주제는 봉건 습속을 농후하게 잔존하고 있었다. (…중략…) 사자나미의 오토기바나시에는 어린이의 흥미를 끌기 충분한 파란만장한 이야기로 재미를 주었다."[8]고 평가하였다.

『고가네마루』는 극 대본조를 구사한 문어체로 쓰여졌는데 사자나미가 지금까지 구사해온 언문일치(구어체) 문체가 아닌 이미 지난 시기에 유행한 문어체를 구사한 점에서 독자의 지적을 받으며 문체 논쟁이 일게 된다. 사자나미는 이후의 작품에서는 언문일치 문장으로 일관했다. 이 작품은 1920년 초에 이르기까지 당시의 소년들에게 애독되었는데, 사자나

6 滑川道夫, 「日本児童文学の歴史」, 『児童文学概論』, 牧書店, 1963년, 23면.
7 이 부분의 괄호는 본 원고의 집필자가 덧붙였다.
8 上笙一郎, 「名作解題」, 『児童文学への招待』, 南北社, 1965년, 435면.

미는 『고가네마루』가 나온 지 30년이 되는 해인 1921년에 구어체로 문장을 바꾸어 『고가네마루』를 재출간하였다.

칸 타다미치(管忠道)는 "사자나미의 인기를 지탱한 것은 동시대의 어린이들이었다. 오토기바나시의 독자이며, 동화를 구연할 때에는 청중이었던 어린이들이 그 이야기에 혼을 뺏길 정도로 재미를 느끼고 감명을 받았다. 이 점은 추억이라고 하는 달달함을 계산에 넣었다할지라도 의심의 여지가 없다. 하지만 메이지기 오토기바나시의 얄팍하고 낮은 예술성에 저항하여 다이쇼의 동화가 새바람을 일으키며 일어나지 않으면 안 되는 점에도 그 추진을 담당한 문학자의 아동문학관과 책임감을 포함해 이유는 인정된다. 하지만 어찌되었든 메이지의 아동문학을 집약적으로 말할 때는 이와야 사자나미를 거론하는 것만으로 충분하다 할 수 있다. 그 정도로 사자나미의 존재는 거대했다."[9]라고 밝히고 있다.

30년 후에 구어체로 재출간한 『고가네마루』 표지.

이처럼 일본 아동문학의 효시[10]로 일컬어지는 이와야 사자나미의 『고가네마루』는 일본 아동문학의 시작을 알리고, 소년 독자들을 출판계의 새로운 독자층으로 형성하며 메이지기 아동 독자들의 지지를 이끌었지만, 내용면에서는 일본의 구태의연한 봉건주의 체제를 답습하고 지배논리에 순응하고 있다. 따라서 그 시대의 이면을 직시하거나 새로운 어린이상을 제시한 아동문학으로까지는 이어지지 못하였다.

9 管忠道, 「日本の児童文学」, 『児童文学入門』, 牧書店, 1957년, 51면.
10 桑原三郎, 「巌谷小波」, 『日本児童文学概論』, 東京書籍, 1976년, 166~167면.

2. 근대 동화의 탄생

—오가와 미메이의 동화 「빨간 배」, 「빨간 양초와 인어」

근대 시기 '동화'의 탄생을 불러온 이는 오가와 미메이(小川未明, 1882~1961)이다. 오가와 미메이는 '미메이 동화'라는 명칭으로 현대에 호명될 정도로 근대 시기를 대표하는 동화작가 중 한 명이다.

오가와 미메이 또한 이와야 사자나미와 마찬가지로 처음에는 소설로 작가 인생을 시작하였다. 오가와 미메이가 동화와 동요를 창작하는 시기는 25세 때의 일로 3년 뒤인 1910년에 첫 번째 동화집 『빨간 배』를 출간하였다.

오가와 미메이가 쓴 작품집 『빨간 배』 서문을 보면 "세계에는 몇 억의 인간이 있습니다. 저는 그 중 한 사람입니다. 그런 제가 어릴 때 그려본 공상은 대체로 이러한 것들이 있습니다. 막대기를 손에 들고 달밤에 동네 길을 걷고, 햇살 눈부신 들판을 뛰놀던 날의 모습이 떠오릅니다. 북쪽과 남쪽은 다르지만 어린이 가슴에 머무는 자연의 정경은 같으며 위대한 인생의 울림이기도 합니다."라고 밝히고 있다. 이처럼 이 작품집에는 오가와 미메이가 어린 시절 자연 속에서 작가가 경험한 개인적인 체험이 반영되어 있다. 요코타니 테루(横谷輝)는 "일본의 아동문학이 『빨간 배』에 의해서 비로소 불완전하나마 근대를 획득하고 근대문학으로서 골격을 갖추고 성립한 것은 그후의 아동문학의 방향을 어느 의미에서 결정지으며 '동화'의 성격 형성에 커다란 영향을 끼쳤다."라고 평가하며, 이 작품집의 특징에 대해서 "『빨간 배』에는 동화 15편, 동요 5편, 부록 1편 합 21편의 작품이 들어 있다. (…중략…) 『빨간 배』에 수록된 작품 전체를 읽어보고 말할 수 있는 것은 우선 그것은 좋은 의미에서도 나쁜 의미에서도 처녀 작품집으로서의 특징을 갖추고 있다는 점이다. 말하자면 미숙과 가능성이 혼재하고 있다. (…중략…) 이들 작품 중에서 가장 신선하고 오가와 미메이의 특색을 잘 드러낸 작품은 두말할 필요도 없이 동경·향수의 정서적 세계를 그린 「빨간 배」와 「숲(森)」 등이다."[11]라고 분석하고 있다.

단편동화 「빨간 배」는 오가와 미메이의 첫 동화집 『빨간 배』에 실린 다양한 작품들 중에서도 어린이의 내면세계 묘사와 개성 있는 전개가 돋보이며 근대성을 획득한 작품으로 평가받는다.[12] 따라서 오가와 미메이의 첫 번째 동화 작품집에 실린 단편동화 「빨간 배」를 중심으로 오가와 미메이 동화의 특징과 근대성에 대해 좀 더 구체적으로 살펴볼 필요가 있다.

「빨간 배」(〔번역 자료 1〕 참조)에는 시골 소녀 츠유코(露子)가 주인공으로 등장한다. 츠유코는 '소학교'에 입학하여 처음으로 들은 '오르간' 소리에 가슴 뛰는 경험을 한다. 츠유코는 그런 오르간이 만들어진 나라에 대한 그리움과 동경을 갖게 되고, "커서 할 수만 있다면 외국에 나가 음악을 배워 오고 싶었습니다."란 꿈을 품게 된다.

---

11 横谷輝, 「童話の成立とその展開過程—日本の童話文学の&歩み」, 『日本児童文学史の展開(講座日本児童文学 4)』, 明治書院, 1973년, 144~145면.

12 関英雄, 『文学』(1954년 12월호). 단, 인용은 大藤幹夫, 「児童文学のスタイル(文体)の史的展開」, 위와 같은 책, 79면.

츠유코는 가난한 집에서 태어났습니다. 시골 마을 소학교에 들어갔을 때 오르간 소리를 듣고는 이 세상에 이런 좋은 소리를 내는 것이 있구나, 라며 놀랐습니다. 이렇게 좋은 소리를 들은 적이 없었던 것입니다.

츠유코가 음악을 좋아하는 것은 천성으로 타고난 것인지 선생님이 치시는 오르간 소리를 듣고 있으면 몸이 절로 들썩였습니다. 그리고는 이런 좋은 소리를 내는 기계를 누가 발명하고, 어느 나라에서 시작되어 왔을까 하고 생각했습니다.

이상은 「빨간 배」의 도입부에 해당하는 부분으로 '태어났습니다', '치시는', '생각했습니다' 등에서 알 수 있는 것처럼 문장 곳곳에 극존칭에 가까운 경어체가 구사되어 있다. 집이 가난한 츠유코는 11살 때 도쿄로 남의 집 살이를 떠나게 된다. 츠유코가 들어간 집은 여러 악기와 축음기 등을 갖춘 부잣집이다. 이곳에서 츠유코는 여러 악기와 친언니처럼 대해주는 주인집 딸이 연주하는 피아노 소리에 심취하며 예술적인 감수성을 키운다. 그러다 바닷가에서 먼 외국으로 떠나는 '빨간 배'를 본 "츠유코는 아무리 해도 그 빨간 배의 모습을 잊을 수가 없습니다. 자기도 그 배를 타고 외국에 가고 싶다."란 생각을 떨칠 수 없게 된다.

츠유코의 강한 열망과 동경은 이야기의 마지막에 이르러 태평양을 건너 날아온 한 마리의 제비에게 말을 걸게 되고 제비의 말을 통해 빨간 배에 대한 이야기를 듣게 된다. 앞서 요코타니 테루가 언급한 것처럼 「빨간 배」는 '동경 · 향수의 정서적 세계'가 농후하게 담겨 있는 동화다. 츠유코라는 한 소녀의 내면에 담긴 열망이 시적인 묘사와 상상력 속에서 펼쳐지는데 이야기가 마지막에 다다라 제비와의 대화로 갑작스런 전개를 보이며 구성상 비약을 보이기도 한다. 그렇다고는 해도 음악과 악기를 계기로 츠유코라는 소녀가 느낀 가슴 뛰는 체험과 내면의 갈망, 동경, 열망, 꿈에 대한 구체적인 묘사는 독자의 마음을 흔드는 힘이 있다.

지금까지 단편동화 「빨간 배」의 줄거리를 중심으로 간단하게 그 특징을 살펴보았는데 여기서 다시 한 번 오가와 미메이의 첫 작품집 『빨간 배』에 대한 일본에서의 위치를 짚어본다.

> 『빨간 배』의 작품을 현재 시각으로 읽어보면 쓸데없이 주관성이 강하고, 동경 · 향수의 정서는 표현되어 있어도 어떤 좁은 시야와 스토리성의 부족, 재미가 결여되어 있는 약점은 부정할 수 없다. 하지만 '오토기바나시'에서 볼 수 있던 도식적인 패턴, 유형적인 발상, 통속적인 스토리를 배제하고, 좁더라도 보다 확실한 자신의 유소년기의 체험을 바탕으로 거기에 내재하는 진실을 표현하고자 한 점에서 『빨간 배』는 동화로서 갖는 새로움과 근대성이 있었다.[13]

작품집 『빨간 배』에 표현된 한계와 근대성을 지적한 요코타니 테루의 분석은 이와야 사자나미의 오토기바나시와 견주었을 때 주인공 소녀가 자신의 감정에 솔직하게 직면하고 내면의 열망을 탐구해가는 면에서 동화로서의 특징이 더 부각되었다고 볼 수 있다.

계속해서 오가와 미메이의 대표 동화 중 하나이며 일본 아동문학사에서 중요한 위치를 차지하는 1921년에 발표된 「빨간 양초와 인어(赤い蝋燭と人魚)」를 통해 미메이 동화가 지닌 다양한 해석의 예를 살피고, 오가와 미메이가 1926년에 전업 동화작가를 선언하며 공개적으로 발표한 글인 「앞으로는 동화작가로」를 살펴보고자 한다.

「빨간 양초와 인어」는 「빨간 배」에 비하면 어두운 동화이다. 「빨간 양초와 인어」 또한 「빨간 배」의 츠유코와 마찬가지로 도입부는 인어가 품는 인간세계에 대한 '동경'으로 시작된다.

> 인어는 남쪽 바다에만 살고 있는 게 아니랍니다. 북쪽 바다에도 살고 있습

13 横谷輝, 「童話の成立とその展開過程—日本の童話文学の歩み」, 위와 같은 책, 149면.

니다.

북쪽 바다는 푸르렀습니다. 어느 날 바위 위에 여자 인어가 올라와 주변 풍경을 바라보며 쉬고 있었습니다. (…중략…)

'인간이 사는 동네는 무척 아름답다던데…… 인간은 물고기나 다른 어떤 짐승보다도 인정이 있고 친절하다고 들었지. 우리는 물고기나 짐승들 틈에 살고 있지만 인간 쪽에 더 가까우니까 인간 속에 들어가 못 살 것도 없을 거야.' 하고 인어는 생각했습니다.

그 인어는 여자였습니다. 그리고 아이를 갖고 있었습니다. 우리들은 이미 오랫동안 쓸쓸하고 말 상대도 없는 북쪽 푸른 바닷속에서 살아 왔고, 이제는 밝고 번화한 곳을 바라지도 않아. 하지만 앞으로 태어날 아이에게는 이런 슬픔과 불안함을 맛보게 하고 싶지 않아.[14]

임신한 엄마 인어는 자신이 지닌 인간 세계에 대한 동경을 담아 딸 아이가 태어나자 바닷가 조그만 산동네에 있는 신사 아래 돌계단에 버린다. 마침 산 아래에서 양초를 만들어 파는 할머니가 신사 참배를 마치고 집으로 돌아가는 길에 버려진 아이를 발견하고 이를 신의 뜻이라 받아들여 인어의 아이를 키우게 된다. 아름답고 심성이 고운 소녀로 자란 인어는 양초에 그림을 그리는 일을 하게 된다. 인어 아이가 그린 바닷속 그림이 들어간 양초는 길조를 가져온다는 입소문을 타고 노부부의 양초 가게가 번창하게 된다. 이때 나타나 거금을 건네며 소녀 인어를 팔라는 장사꾼의 꼬임에 넘어간 노부부는 인어 소녀를 장사꾼에게 넘긴다. 그리고 엄마 인어의 무서운 복수가 펼쳐진다.

「빨간 양초와 인어」는 그 줄거리만 보아서는 착한 노부부가 돈에 눈이 멀어 가여운 인어 아이를 장사꾼에게 팔아 저주를 몰고 온다는 '인과응

---

14 오가와 미메이, 「빨간 양초와 인어」, 『일본 근대동화 선집1—도토리와 산고양이』, 창비, 2001년, 84~85면.

보'를 담고 있지만 그 안에는 일본인의 신앙관, 관습, 엄마 인어가 동경한 인간사회의 피상과 내막, 인간 안에 잠재된 불안 심리 등이 혼재해 있다. 예컨대 노부부가 인어의 아이를 장사꾼에게 넘기는 장면은 물론 노부부가 돈에 눈이 멀기도 했겠지만, "옛날부터 인어는 불길한 존재다. 지금 떼어놓지 않으면 틀림없이 나쁜 일이 생긴다"라는 장사꾼의 말에 두려움과 무서움에 휩싸였기 때문인 것은 부정할 수 없다. 즉 미신이나 풍문에 사로잡힌 노부부가 닥치지도 않은 재앙이 두려워 선한 인간성마저 망각하고 충동적으로 인어 아이를 장사꾼에게 넘겼다는 해석 또한 가능해진다. 또한 엄마 인어가 자신의 욕망을 딸에게 투영하여 결국은 딸을 파멸로 몰고 간 점에서 이 작품은 심리학적인 관점에서도 그 해석이 가능하다.

동화집 『빨간 양초와 인어』 표지.

칸 타다미치는 "오가와 미메이의 대표작 중 하나인 「빨간 양초와 인어」라고 하는 동화가 있다. 1921년 『도쿄아사히신문』에 발표되어 일본 아동문학의 근대적 달성이라고 하는 점에서 정평이 나 있지만 이 환상적인 작품에 아동 문제의 현실이 반영되어 있는 것은 놓칠 수 없다."라며 양초에 그림을 그리는 인어 아이의 모습에 그 당시 노동하는 아이의 모습이 투사되어 있다고 분석하면서, "「빨간 양초와 인어」와 「찔레꽃」을 포함한 미메이 동화는 일본 아동문학의 근대적 달성을 대표하는 것으로 일컬어지고 있다. 그리고 이들 동화는 동시에 프롤레타리아 아동문학의 선구적인 작품이다."[15]라며 당시의 아이가 처한 현실을 동화 속에 반영

15 管忠道, 「童心文学の開花」, 『日本の児童文学』, 109-113면.

한 사회주의자로서의 오가와 미메이의 면모를 부각시켜 작품을 분석하고 있다.

아래는 오가와 미메이의 동화 활동을 중심으로 정리한 약력이다.

〔작가〕 **오가와 미메이**(1882~1961)

소설가, 동화작가. 니이가타현 다카다시 태생. 본명은 겐사쿠(健作). 미메이라는 호는 스승인 츠보우치 쇼요(坪内逍遥)가 붙였다. 일본 동화문학의 최대의 선각자로 소설을 제외한 창작 동화만으로 7, 8백 편에 이른다. 대표 저서는 전후(1945년 이후) 출간된 『오가와 미메이 동화 전집』(전 12권, 고단샤)에 수록되어 있다. 1901년 와세다대학에 입학하여 1905년에 졸업했다. 시마무라 호게츠(島村抱月)의 지도를 받아 『소년문고』를 편집하며 신동화운동에 첫 발을 내딛었다. 1907년 요미우리 신문사에 입사하여 사회부 야근기자가 되었다. 그후 기자를 그만두고 집필에 전념했다. 1910년에 나온 처녀 동화집 『빨간 배』는 일본 아동문학의 새벽을 알리는 출판이었지만 빈곤한 생활로 두 자녀가 영양 실조에 빠진다. 1912년 소설 「아무 말 없는 얼굴」 등 일련의 작품으로 신낭만주의 선구자로서 『와세다문학』의 상찬을 받았다. 그후 장남을 잃는다. 두 번째 동화집 『별의 세계에서』가 출간된 1918년은 『아카이토리(빨간새)』가 창간되어 동화 동요의 고양기가 시작되지만 장녀를 잃으며 빈곤함 속에서 두 아이를 떠나보낸 슬픔에 극심한 가책에 시달렸다. 제1차 세계대전 후의 민주주의 대두 속에 여러 동지들과 더불어 일본사회주의동맹을 발기하고 출판종업원조직회원으로서 메이데이에 참가했다.

다이쇼 중기(1918년경)부터 쇼와 초두(1925년경)까지를 미메이 동화의 낭만주의 시기로 말할 수 있는데 『아카이토리』, 『도우와(동화)』 등의 아동문예잡지에 「금빛 굴렁쇠」, 「달밤과 안경」 등과 같은 환상적이고 유미적 작풍의 많은 명작과 「빨간 양초와 인어」, 「찔레꽃」 등과 같은 휴머니즘 향기 짙은 대표작 모두 이 시기에 발표했다. 1926년 『도쿄일일신문』과 『와세다문학』에 앞으로는 소설

은 그만두고 동화 창작에만 전념하겠다는 선언을 발표했다.[16]

오가와 미메이는 1910년에 첫 번째 동화집 『빨간 배』를 발표한 이후 사생활 면에서는 영양 실조와 빈곤이 원인이 되어 어린 두 자녀를 잃는 아픔을 겪었다. 그런 한편 1918년에 아동문예잡지 『아카이토리』가 창간되기 시작한 즈음부터 왕성한 작품 활동을 벌이며 '미메이 동화'적 특성을 띤 많은 명작들을 남겼다. 그러한 오가와 미메이는 1926년에 이제부터는 소설 쓰기를 그만두고 동화 창작에만 전념하겠다는 선언을 『도쿄일일신문(東京日日新聞)』과 『와세다문학(早稲田文学)』에 공개적으로 선언한다. 아래는 오가와 미메이의 「앞으로를 동화작가로」(〔번역 자료 2〕 참조) 중 일부이다.

> 자유와 순진한 인간성과 그리고 공상적 정의의 세계를 동경하고 있던 저 자신은 언제부터인가 그 예술에 관한 일에서도 동화 쪽으로 끌리게 되었습니다. (…중략…) 저는 많은 해, 소설과 동화를 썼습니다만 지금 머릿속에 둘을 나눠 쓰는 고통을 느끼고 있습니다. 〈미메이 선집〉 6권의 배포도 지난 4월로 완료한 것을 호기로 그 밖의 반생을 전념하여 내 특수한 시형(詩形)을 위해 진력할 생각입니다.

오가와 미메이는 오랫동안 소설과 동화를 함께 써오면서 언제부터인가 그 둘을 병행하는 것에 대해 고통을 느꼈으며, 거기에 더해 "과거의 체험과 반생에 걸친 작가 생활을 통해 어딘가 다소 천성의 소질이 있음을 안 나는 갱생의 기쁨과 용기 속에서 앞으로 동화작가로서 만신해 나갈 생각이다."라며 자신의 작가적 기질이 동화 쓰기에 가장 적합한 것임

16 関英雄, 「小川未明」, 『現代児童文学辞典』, 49~50면에서 발췌 인용.

을 깨닫게 되어 앞으로는 동화 쓰기에 온 힘을 다하고 전념할 것임을 밝히고 있다. 이렇게 동화에 대한 애정과 신념을 갖고 "앞으로를 동화작가로"를 공개 선언한 오가와 미메이였지만 선언 이후에 발표한 동화가 선언 이전의 작품들보다 뛰어난 동화라고 말하기는 어렵다. 위 인용문 끝부분의 "내 특수한 시형(詩形)"이라는 표현에서도 알 수 있는 것처럼 오가와 미메이는 장편동화보다는 단편동화 창작에 일관하였다. 오가와 미메이의 동화는 시적이고 상징성이 강한 동화라는 점 또한 큰 특징이기도 한데 이러한 오가와 미메이의 동화가 지닌 특징 및 이 시기에 발표된 다른 동화들의 특성을 가리켜 "상징 동화"라 불리기도 한다.

3. 다이쇼기 민주주의 기운 속에서 등장한 비평글

—아키타 우자크의 「예술 표현으로서의 동화」

메이지기에 이어 등장한 시대 구분을 가리키는 용어인 다이쇼(大正, 1912~1926)기는 일본 역사에서 가장 짧았다. 1912년부터 1926년까지의 14년이란 짧은 기간인 다이쇼기 동안 제1차 세계대전(1914~1918), 쌀 가격 급등에 따른 쌀 소동(1918), 관동대지진(1923), 보통선거법(1925)이 성립되는 등 큰 역사적 변동을 가져오는 여러 사건이 있었다. 또한 이 시기에는 '다이쇼 데모크라시'의 움직임이 활발해지며 자유와 평등, 여성과 아동에 대한 관심이 높아졌다.

특히 다이쇼기는 일본 아동문학사에서는 큰 획을 그은 시기였다. 〈애자총서(愛子叢書)〉(1913)의 간행, 동화와 동요 운동을 이끌어내며 많은 작가와 작품을 탄생시킨 『아카이토리』(1918), 『킨노후네』(1919), 『도우와』(1920) 등을 비롯한 예술 아동문학 잡지가 창간되고 대표적인 대중잡지 『소년구락부』(1914)가 창간된 것도 이 시기이다. 또한 1913년에는 아시아 쥬조(芦谷重常)의 『동화의 연구(童話の研究)』, 1916년에는 다카기 도시오(高木敏雄)의 『동화의 연구(童話の研究)』, 1917년에는 니헤이 가즈츠구(二瓶一次)의 『동화의 연구(童話の研究)』 등 동화 관련 연구서가 단행본으로 잇따라 출간되었다.

도리고에 신은 메이지기의 이와야 사자나미가 관여한 아동문학 관련 전집인 〈소년문학〉 총서와 유사한 출판물로 다이쇼기에 들어선 1913년에 간행된 〈애자총서(愛子叢書)〉를 들며, "시마자키 도손의 『안경』, 다야마 가타이의 『작은 비둘기』, 도쿠다 슈세이의 『우연한 만남』, 요사노 아키코의 『여덟 살 밤』, 노가미 야에코의 『인형의 바람』 등 5권으로 된 이 총서는 (…중략…) 내용적으로 보면 이 5권의 창작이 특히 다이쇼적 아동문학을 대표한다고는 말하기 어렵지만 제 1편을 쓴 시마자키 도손(島崎藤村, 1872~1943)이 이를 계기로 「어린 아이에게」(1917), 「고향」(1920), 「어릴 적 이야기」(1924) 등 아동문학을 쓴 것은 기억해 둘 필요가 있다. 또한 당시 문단작가가 빠짐없이 소년물에 붓을 든 것은 연이어 창간된 동화·동요 잡지 융성의 하나의 전조라 말할 수 있는 현상이었다."[17]라며 시마자키 도손 등의 문단작가의 동화 창작을 예로 1910년대 초 일본 아동문학계의 움직임을 소개하고 있다.

오가와 미메이와 시마자치 도손과 동시대를 살며 활약한 아동문학가 아키타 우자크(秋田雨雀)는 「영원의 아이—동화의 성립 원인에 대하여」(1920년), 「예술 표현으로서의 동화」(1921년), 「안데르센 동화가 불러일으킨 나의 동심」(1925년) 등의 동화 관련 비평글을 썼다. 특히 아키타 우자크가 1921년 『와세다문학』에 게재한 동화 관련 이론인 「예술 표현으로서의 동화」는 이상금[18]과 이정현[19]이 밝히고 있듯이 방정환의 「새로 개척되는 동화에 관하야」(『개벽』, 1923년)에 영향을 준 글 중의 한 편이기도 하다.

17 鳥越信, 「童話 · 童謠の黄金時代」, 『日本児童文学』, 44~45면.

18 이상금, 『사랑의 선물—소파 방정환의 생애』, 한림출판사, 2005년.

19 이정현, 「방정환의 동화론 「새로 開拓되는 童話에 關하야」에 대한 일고찰—일본 타이쇼시대 동화이론과의 영향 관계」, 『아동청소년문학연구』(제3호), 2008년 12월.

〔작가〕 **아키타 우자크**(1883~1962)

1906년 와세다대학 영문과 졸업. 1919년 37세 때 톨스토이 민담에서 동화의 매력을 느껴 습작 동화를 발표하기 시작. 1921년에 동화집 『동쪽의 어린이에게』, 『태양과 화원』 등을 출간한 후 연극을 중심에 둔 넓은 문화 활동의 일환으로서 아동문학에 대한 관심을 가졌다. 그의 작품은 초기에는 "어른 자신이 지닌 어린이의 성질"에 호소하는 입장에서 주로 전설·불교 이야기 등에서 소재를 따와 우의성이 강했지만 1945년 이후부터는 리얼리즘에 입각한 생활동화 경향을 띠었다.[20]

아키타 우자크는 와세다대학 영문과를 나왔다. 시인, 소설가, 극작가로 활동하다 1914년경부터 『일본소년』, 『소녀의 벗』 등에 동화를 발표하기 시작하였다. 아키타 우자크는 1921년에 펴낸 첫 번째 동화집 『동쪽의 어린이에게(東の子供へ)』를 비롯해 5권의 동화집을 출간했다.

요코타니 테루는 "우자크의 이상주의적, 정열적인 시인적인 성격은 필연적으로 모든 시대의 사조를 그 예민한 감각으로 간파하여 많은 영향을 받으면서 격하게 동요되어 가게 된다. (…중략…) 우자크는 스무살 때 (…중략…) 사회주의자의 연설을 듣고 강한 충동을 느끼는 경험을 하게 된다. 이 젊은 날의 사회주의 사상에 대한 개안은 그후의 우자크의 방향을 결정하고 시종 사회주의 운동에 대한 변치 않는 이해와 동조를 보이는 원동력이 되었다."[21]라며 사회주의 사상에 눈을 떠가는 운동가로서의 아키타 우자크의 면모를 소개하면서, "아키타 우자크는 작가이기보다도 행동가였다. 그의 이상은 작품보다도 그의 행동 속에서 실현된 것은 아니었을까. 하지만 「정치와 예술」 사이에서 흔들리면서 늘 그것을 통일하고자 몸소 부딪혀간 우자크는 위대했다. 그 점이 결과적으로는 우자크

20 塚原健二郎, 「秋田雨雀」, 『現代児童文学辞典』, 9면에서 발췌 인용.
21 横谷輝, 「秋田雨雀論」, 『児童文学概論』, 69-70면.

의 작가적 완성을 희생시켰다고 할지라도 현재적 시점에서 우자크가 걸어온 길을 되돌아볼 때 거기에는 우리들이 길어올리지 않으면 안 될 많은 것과 미래에 대한 가능성이 잠재되어 있다고 생각하지 않을 수 없다."[22]라며 아키타 우자크의 특질을 분석하고 있다.

아키타 우자크는 「예술 표현으로서의 동화」(〔번역 자료 3〕 참조)에서 다이쇼기에 들어서 어린이와 여성이 "진지한 독립된 존재로 인정받게" 된 것을 지금까지와 다른 가장 의미있는 일이라고 밝히며, "아동의 세계는 아동 자신의 세계입니다. 결코 어른의 세계인 것도 아니고, 부모의 세계도 아니며 교육자의 세계인 것도 아닙니다. (…중략…) 아동은 어느 국가, 어느 사회, 어느 인물을 위하여 태어난 것이 아닙니다. 아동은 인간이기 위해서 태어난 것입니다."라고 역설한다. 그러면서 아동은 "아동이 인간이기 위해서는 아동 자신이 지닌 것을 자연스럽고 자유롭게 발달시키지 않으면 안 됩니다. 아동은 하나의 과일 열매입니다. 과일 열매는 발달하는 힘을 자신이 지니고 있습니다. 단지 주변은 그 힘을 도와주기만 하면 됩니다."라며 어린이는 스스로 성장하는 힘을 지니고 있으니 어른들은 그런 어린이를 도우는 조력자 역할을 하면 된다고 조언한다.

> 예술로서 동화도 또한 실로 이 인류가 다음 시대의 인류에 대한 사랑에서 생겨나올 하나의 예술 양식입니다. 예술로서의 동화는 장래 가장 유망한 예술 양식의 하나라고 우리들이 생각하는 이유는 동화가 지니고 있는 형식이 간단하고 자유롭다고 하는 이유 외에 다른 분과 예술에서는 점점 상실해가고 있는 서정시의 요소를 수반하고 있다는 점에 있습니다. 적어도 이 예술 양식은 가장 많은 사람에게 사랑받을 만한 성질을 지니고 있다고 말할 수 있습니다.[23]

22 위와 같음, 78면.
23 秋田雨雀, 『早稲田文学』, 1921년 6월호.

그러면서 동화가 '원시적인 형식'을 띤 '새로운 희망을 지닌 예술 세계로 분명한 싹'을 다이쇼기에 틔우게 되었다고 말한다. 다음 세대를 위한 새로운 희망을 지닌 유망한 예술 양식으로서의 동화가 그 양식이 단순하면서도 자유롭고 서정시의 요소를 간직하고 있다고 의미를 부여하고 있다. 이처럼 아키타 우자크의 「예술 표현으로서의 동화」에는 어린이에 대한 생각, 어른의 역할, 교육의 의미, 동화관 등이 담겨 있으며, 그와 함께 1872년에 공교육제도로써 공포된 학제가 국가주도형으로 전개되어 온 점에 대한 비판적인 시각이 바탕에 깔려 있다. 여기에다 다이쇼기에 고조된 민주주의의 기운 속에서 펼쳐진 민본주의 사상 등 실천적 데모크라시 사상 역시 반영되어 있다. 더불어 어린이가 중심이 되고, 어린이 자신의 직접적인 본능 그 자체가 중심이 된 교육을 설파한 미국의 존 듀이의 『학교와 사회』와 스웨덴의 여류 교육가 엘렌 케이의 『어린이의 세기』 등의 영향을 받으며 전개된 다이쇼기의 자유교육과 자유 예술교육 운동 또한 반영되어 있다. 그와 더불어 『아카이토리』를 비롯한 다이쇼기의 아동문학가들이 펼친 동화·동요 운동의 장과 기운 속에서 제안된 점도 간과할 수 없다.

4. 아동문예잡지 『아카이토리』의 '동화 · 동요 운동'과 스즈키 미에키치

일본에서 아동문예잡지 『아카이토리(赤い鳥, 빨간새, 1918~1929, 1931~1936)』가 창간된 것은 1918년의 일이다. 이 잡지의 창간으로 일본에서는 '동화·동요 운동'이 일어나며 이 기운은 『킨노후네(金の船)』(1919년 창간, 나중에 『킨노호시(金の星)』로 바뀜), 『도우와(童話)』(1920년 창간) 등 이 시기를 대표하는 아동 문예잡지의 창간으로 이어지며 다이쇼기 아동문학의 전성기를 형성하게 된다. 이밖에도 이 시기 다른 아동잡지로 『오토기의 세계(おとぎの世界)』(1919), 『어린이잡지(こども雑誌)』(1919), 『이야기(おはなし)』(1920), 『떡갈나무열매(樫の実)』(1921), 『고도모노쿠니(コドモノクニ)』(1922), 『금조(金の鳥)』(1922), 『해님(オヒサマ)』(1922) 등이 있다. 도리고에 신은 이 시기 잡지의 특징에 대해 "『아카이토리』에 이어서 창간된 이들 잡지는 다이쇼기의 화려한 동화·동요 시대를 이끌어냈지만 결국 『아카이토리』,

잡지 『아카이토리』 창간호.

『킨노호시』, 『고도모노쿠니』를 제외하고 모두 1926년까지는 사라지고 말았다. 남은 세 잡지 중 『아카이토리』, 『킨노호시』도 쇼와 초기에는 폐간 또는 휴간되었기 때문에 문자 그대로 이들 잡지들은 다이쇼기의 산물이었던 셈이다."[24]라고 그 특징을 밝히고 있다.

잡지 『킨노후네』 창간호.

앞서 기술한 것처럼 『아카이토리』와 더불어 대표적인 문예잡지로 『킨노후네』와 『도우와』를 들 수 있다. 1919년 11월에 창간된 『킨노후네(금배)』는 1922년 6월부터는 이름을 『킨노호시(금별)』로 이름을 바꾸어 발간을 이어가다 1929년 7월호를 마지막으로 통권 116권을 내고 종간했다. 삽화는 오카모토 키이치(岡本帰一), 데라우치 만지로(寺内万次郎), 미미노 우사부로(耳野卯三郎) 등이 맡았다. 동요는 노구치 우죠, 동화는 오키노 이와사부로(沖野岩三郎), 고지마 마사지로(小島政二郎), 마에다 아키라(前田晁), 구스야마 마사오(楠山正雄) 등이 중심이 되어 집필했다. 감수는 시마자키 도손과 아리시마 이쿠마(有島生馬)가 맡았다.

『도우와(동화)』는 1920년 4월에 창간되어 1926년 7월에 통권 75호를 내고 종간했다. 편집은 치바 쇼조가 맡았다. 오가와 미메이가 동화를 썼고 동요는 사이죠 야소가 집필했다. 투고란의 지도는 치바 쇼조와 기타무라 히사오(北村寿夫)가 맡았다. 표지 그림 및 삽화는 가와카미 시로(川上四郎)가 맡았으며, 동요는 시마키 아카히코(島木赤彦)와 후지모리 히데오(藤森秀夫)가 집필했다. 이 잡지 투고란을 통해 많은 신진 동화작가와 동

---

24 鳥越信, 「童話·童謡の黄金時代」, 『日本児童文学』, 建帛社, 1995년, 58~59면.

잡지 『도우와』 창간호.

요작가가 배출되었다.

한편 일본의 대표적인 대중아동잡지인 『소년구락부(少年倶楽部)』가 창간된 것도 다이쇼기에 들어선 1914년의 일이다. 『소년구락부』는 소년 독자들을 의식한 대중 소년소설을 연재하여 당시 소년들의 마음을 사로잡았다. 『소년구락부』는 '재밌고 유익한'이라는 잡지 편집 방침을 내세우며 창간되었는데 이 점에 대해 도리고에 신은 "'유익한'이라는 것은 입신출세를 축으로 그 출세도 국가의 정책에 충실한 인간을 만들어내고자 하는 점에 최대한의 비중이 걸려 있었다."고 분석하며, "하지만 이러한 작품이 당시 소년들을 매혹시켜 큰 감명을 준 것은 예컨대 군국주의적인 입신출세에 지나지 않더라도 거기에는 여하튼 천하 국가를 논하며 타인 위에 서고자 하는 꿈을 품게 하는 주제가 들어 있고, 그 주제가 뜨겁고 박력 있는 문장으로 쓰여졌기 때문일 것이다."[25]라며 당대 소년소녀 독자를 사로잡은 이유를 분석하고 있다.

칸 타다미치는 고단샤(講談社)가 표방한 "'재밌고 유익한'에는 오락을 통한 교화라고 하는 성격이 강하게 드러나 있다. 그리고 이 방침을 일관한 점이 기업으로서 성공한 커다란 원인이기도 했다."[26]라며 "이 잡지는 국민적 교화를 위해서 학교 교육의 약점을 보완하여 보다 강력하게 실질적 효과를 올리고자 하였다."[27]라고 분석하고 있다. 계속해서 칸 타다

---

25 鳥越信, 「大衆的 · 通俗的少年少女小説」, 위와 같은 책, 100면.
26 管忠道, 「童心文学の開花」, 『日本児童文学』, 牧書店, 1957년, 143면.
27 管忠道, 「孤高の童話文学と大衆児童文学」, 위와 같은 책, 270면.

미치는 『소년구락부』가 당시의 소년소녀 독자를 사로잡은 이유로 세계 명작을 바탕으로 한 이야기성이 풍부한 많은 번안물과 소년의 애국심을 고취시키는 군사소설의 인기, 중국 고대를 배경으로 활약하는 영웅 호걸들의 이야기를 방대한 스케일 속에서 들려주는 대중역사소설 등의 인기[28], 사토 코로쿠(佐藤紅緑)의 소년소설[29]을 들며 『소년구락부』가 당시 소년 시기를 보낸 많은 이들에게 영향을 끼쳤다며 사토 타다오(佐藤忠男)가 발표한 「소년의 이상주의에 대하여—『소년구락부』의 재평가」(「少年の理想主義について—『少年俱楽部』の再評価」, 『思想の科学』, 1959)를 예로 "『소년구락부』에 게재된 많은 작품에는 예컨대 민주적 · 예술적 아동문학에는 그다지 없었던 「소년의 이상주의」를 만족시켜주는 것이 객관적으로 존재했다는 점, 그것이 저속하고 반동적이었을지언정 소년 독자의 주체성 면에서는 플러스적인 것으로 전환시킨 점, 이러한 관점에서 『소년구락부』의 역할을 재검토"[30]할 필요가 있다고 언급하고 있다.

이처럼 강하게 당대 독자를 의식하고, 상업주의를 표방하며 재미와 유익한 글을 게재해 일본뿐만이 아닌 대만이나 한국에도 애독자를 두었던 이 잡지는 1937년의 중일전쟁을 전후로 일본 정부의 군국주의 노선을 적극적으로 찬동하는 방식으로 그 편집 방향을 잡아가며 본래의 유쾌한 재미를 상실해 간다. 고단샤에서 간행된 이 잡지는 1962년 12월로 종간될 때까지 총 611권이 발행되었다.

이와야 사자나미가 활약한 메이지기에도 소년소녀 잡지가 창간된 전성기가 있었지만 다이쇼기의 『아카이토리』, 『킨노후네』, 『도우와』 등의 문예잡지를 비롯한 이들 아동 잡지의 전성기는 당시의 유명한 여러 문단작가의 동화, 동요 창작의 장이 되었고, 뛰어난 전문 동화작가와 동요

28 管忠道, 「童心文学の開花」, 위와 같은 책, 152-155면.
29 管忠道, 「孤高の童話文学 と大衆児童文学」, 위와 같은 책, 272~276면.
30 위와 같음, 272면.

시인을 배출하였다. 도리고에 신은 이를 "황금시대의 길을 연 『아카이토리』"라고 표현하며 "다이쇼기 동화·동요 잡지의 움직임은 1916년에 창간된 고도모샤(コドモ社)의 『양우』(良友, 좋은벗), 이듬해에 창간된 소학신보사(小学新報社)의 『소녀호(少女号)』, 『소년호(少年号)』에서 시작된다. 하지만 다이쇼기 아동문학을 동화·동요의 황금기로 결정지은 것은 1918년에 스즈키 미에키치(鈴木三重吉) 손에 창간된 『아카이토리』에 의해서일 것이다."[31]라며 『아카이토리』의 존재를 강조한다.

아래에 『현대아동문학사전』에 후나키 시로(船木枳郎)가 작성한 스즈키 미에키치에 대한 약력에서 아동문학 및 『아카이토리』에 관련된 항목을 중심으로 발췌하여 인용한다.

〔작가〕 스즈키 미에키치(1882~1936)

소설가, 동화작가. 도쿄대학 영문과 졸업. 대학 재학 때 쓴 단편소설 「물떼새」(1910)로 나쓰메 소세키의 인정을 받으며 문단에 나왔다. 일본 자연주의 문학의 전성기 속에서 오가와 미메이 등과 함께 네오 로맨티시즘의 기치를 내걸고 외로운 보루를 지켰다. (…중략…) 스즈키 미에키치는 장녀가 태어난 해에 딸에 대한 애정에서 아동을 위한 문학에 붓을 들어 『세계동화집』(21편), 「호수의 여자」, 「황금조」 등을 쓰기 시작했다. 스즈키 미에키치는 1918년 7월에 동요·동화의 아동 잡지 『아카이토리』를 창간하여 일본에서 처음으로 동요·동화 문학 운동을 일으켰다. 이후 『아카이토리』는 약 20년간에 걸쳐 통권 197권을 발행했고, 1936년 9월호를 마지막으로 미에키치의 병사로 인해 종간되었다. (…중략…) 미에키치는 『아카이토리』에 매 호 빠짐없이 작품을 발표했지만 창작동화는 불과 2편. 그밖의 작품은 거의 대부분이 세계 각국의 전래문학이나 소설 또는 가정소설, 자연과학물의 재화 등이었다. 미에키치가 자신의 그런 작품 활동을 번안

31 鳥越信, 「童話·童謡の黄金時代」, 『日本児童文学』, 45면.

이라고 하지 않고, "재화"라고 한 것은 외국의 원작을 아동에게 적합하게 순화시키고 간명하게 표현하기 위해 고심했기 때문이었다.[32]

스즈키 미에키치는 『아카이토리』의 창간호를 발행하기 전에 작성한 「동화와 동요를 창작하는 최초의 문학적 운동」이란 제목의 프린트에서 "서양인과 달리 우리들 일본인은 안타깝게도 지금껏 일찍이 단 한 명이라도 어린이를 위한 예술가를 가져 본 적이 없습니다. 저희들이 우리가 어렸을 때 어떤 책을 읽었는지 회상해 보더라도 우리의 아이들을 위해서는 훌륭한 읽을거리를 만들어 주고 싶어집니다. 또한 지금 아이들이 부르는 창가도 예술가의 눈으로 보면 실로 저급하고 바보스러운 것뿐입니다."라며 그 심정을 밝히고 있다. 계속해서 스즈키 미에키치는 아이들을 위한 작문의 모범을 보이기 위해서도 『아카이토리』가 그 전체를 제시하겠다고 밝히며 "(…전략…) 권말의 모집 작문은 이것도 우리 잡지의 뚜렷한 특징의 하나로 하고 싶습니다. 시중에 나오는 소년소녀 잡지 투고란의 대부분은 묘하게 되바라진 신물이 날 것 같은 인공적인 문장으로 가득 채워져 있습니다. 우리들이 이러한 문장을 보는 것만큼 역겨운 일도 없습니다. 나는 조금도 허식이 없는 진정한 의미에서 천진하고 순박한 문장만을 게재하고 싶습니다."라며 글쓰기에 대한 지론을 펼쳤는데, 이러한 스즈키 미에키치의 글쓰기 운동은 실제로 당대 많은 교사의 호응을 이끌어 내었다. 이에 대해 후나키 시로는 "미에키치의 글쓰기 지도에 대해서 말하면 당시의 글쓰기는 교사가 제목을 주고 그것을 아동이 짓는다고 하는 방식이었는데 미에키치는 아동 자신이 사물·자연을 사생하고 생각한 대로 표현한다고 하는 개성의 해방과 그것을 작성하기까지의 연마, 비판력, 섬세한 감정, 예리한 감각에 의한 인간 교육을 목

32 船木枳郎, 「鈴木三重吉」, 『現代児童文学辞典』, 181~183면.

표로 했다. 이런 미에키치의 지도에 공명한 소학교 교사는 전국적으로 보면 야마나시, 이바라기, 야마가타 등 몇몇 지역과 소수의 교사에 의해 서였지만 뛰어난 성과를 보이며 이에 자극을 받은 글쓰기 지도가 교사들 사이로 퍼지며 〈생활 글쓰기〉, 〈과학적 글쓰기〉, 〈조사하는 글쓰기〉 등이 생겨났다."며 『아카이토리』에서의 스즈키 미에키치의 글쓰기 지도의 특징과 역할을 평가했다.

스즈키 미에키치는 본인이 작성한 프린트 첫머리에 이즈미 쿄카, 도쿠타 슈세이, 시마자키 도손, 기타하라 하쿠슈, 오가와 미메이, 노가미 야에코, 아쿠타가와 류노스케 등의 이름을 열거하며, "현 문단의 주요 작가이며 또 문장가로서도 현대 제 일류의 명수로써 권위 있는 다수 명가의 찬동을 얻"었음을 밝힌다. 스즈키 미에키치는 이들 유명 문인들 외에도 "찬동을 해주시는 분을 5천 명 이상 회원으로 하여 발행을 확실하게 하고 싶습니다. 부디 (…중략…) 예를 들어 한 명이라도 권유해 주시길 부탁드리는 바입니다. (…중략…) 회비는 도쿄 시내 및 근교는 한 달에 월 15전. 지방은 16전, 회원이 아닌 분께는 한 권당 18전을 받습니다."라는 내용과 함께 입회 방법, 송금 방법, 창간호에 실릴 내용 등을 자세히 기술하고 있다.

이와 같은 스즈키 미에키치의 열정과 당대 문인들의 찬동으로 『아카이토리』는 다이쇼기를 대표하는 아동문예잡지로 태어나게 된다. 이에 대해서는 다음의 세키 히데오가 작성한 『아카이토리』에 대한 글을 통해 창간 당시의 정황과 그 의의를 어느 정도 살필 수 있다.

오토기바나시·창가에서 바뀐 동화·동요의 말은 『아카이토리』가 탄생시켰다. 사자나미의 오토기바나시는 단적으로 말하면 메이지 유입문화시대의 일본 안팎의 옛이야기, 외국 메르헨의 번안·환고탈태의 운동이며 아동문학의 기반을 만든 운동이었다. 제1차 세계대전 후 도시에서 일어난 데모크라시 사조의 대두, 그 일환으로서의 자유교육 사조(창조적 자유교육의 실천운동의 파도가 다이쇼기 중반에 고조되었다)가 『아카이토리』 운동의 시대적 배경이 되었다. 『아카이토리』를 발간한 스즈키 미에키치가 아동 개인의 자아·개성을 중시하고 메이지 이래의 형식론적인 학교 교육 속에서 실시된 어린이 입장에 서 있지 않는 강제적인 7·5조 창가 교육이나 획일적인 글쓰기 교육에 대해 동심동어(童心童語)의 "동요"(지도: 기타하라 하쿠슈)와 개성 존중의 글쓰기(지도: 스즈키 미에키치)를 개척한 것에는 아동문학 운동을 넘어선 의의가 있었다. 오토기바나시와 교체된 동화 또한 아동의 자유로운 내면 감정을 이야기라고 하는 형식 위에 창조적 표현이라고 하는 역할을 떠맡으며 등장했다. 그 기수가 미메이이며, 이어서 『양우』(고도모샤)에서 나온 하마다 히로스케이며, 『동화』를 편집한 치바 쇼조였다. 『아카이토리』를 중심으로 한 동화·동요 운동은 문단에서 메이지 말기부터 대두한 미메이, 미에키치 등의 신낭만주의파와 아리시마 다케오, 무샤노코지 사네아츠의 백화파, 거기에 다이쇼 후기의 기쿠치 칸, 아쿠타가와 류노스케, 도요시마 요시오 등의 신현실파에 이르는 근대적 자아 확립의 문화 운동과 조응한 것으로, 메이지의 오토기바나시 운동에서 볼 수 있었던 국가 자본주의 체제로의 종속 문화적 형태는 더 이상 찾아볼 수 없다. 오히려 초기 사회주의 사상의 세례를 받은 오가와 미메이, 아키타 우자크와 같은 반체제적 자세로 아동문학 운동에 참여한 작가가 제 2기의 운동(동화)의 지도자로 참여했다.[33]

세키 히데오가 강조한 것처럼 『아카이토리』는 여러 다양한 문인들과 독자들이 그 창작 활동을 전개하는 그야말로 동화·동요 운동의 장이 되었고, 스즈키 미에키치는 이를 이끌어내고 견인하는 중추적인 역할을 담당하였다.

---

33 関英雄, 「児童文学の歴史」, 『新編児童文学論』, 新評論, 1968년, 99~100면.

5.『아카이토리』의 대표적인 문단작가와 동화

스즈키 미에키치가『아카이토리』창간호 발간에 앞서 작성한 프린트를 통해서도 알 수 있었듯이『아카이토리』에는 당대의 여러 유명 문단 작가의 글이 게재되었다. 문단 작가 중 아동문학사에서 큰 비중을 차지하는 아쿠타가와 류노스케, 도요시마 요시오, 아리시마 다케오의 동화를 중심으로 그 특징을 간략하게 살펴본다.

1) 아쿠타가와 류노스케의 동화

「코」,「라쇼몽」,「지옥변」등의 소설로 유명한 아쿠타가와 류노스케(芥川龍之介, 1892~1927)는 어린이를 의식한 동화 8편과 그밖의 아동물을 포함해 10편 가량의 동화를 남겼는데,『아카이토리』에는「거미줄」(1918년 7월),「개와 피리」(1919년 1월~2월),「마술」(1920년 1월),「두자춘」(1920년 7월),「아구니의 신」(1921년 1월~2월) 등을 발표했다. 아쿠타가와 류노스케의 동화는 동서양의 고전을 바탕으로 이지적이고 환상적인 작품이 그 특징을 이룬다.「두자춘」을 비롯한 동화의 경우 초자연적 마력보다는 순수한 사랑과 양심, 용기 있는 행동으로 이기심을 극복하고 역동적으로 살아가

고자 하는 의지를 담으며 동화를 예술로 승화시켰다는 평가를 받기도 한다.[34]

이 중 대표 동화로 거론되는 작품이 「거미줄(蜘蛛の糸)」이다. 아래 인용은 「거미줄」의 첫 시작 부분이다.

> 어느 날의 일이었습니다. 부처님께서 극락의 연못가를 혼자서 한가롭게 거닐고 계셨습니다. 연못 가운데에 핀 연꽃은 모두들 옥처럼 하얗고 한가운데 박힌 금색 꽃술에서는 뭐라고 표현할 수 없는 고운 향기가 끊임없이 주위에 넘치고 있었습니다. 극락은 아침나절이었습니다.[35]

연못가를 걷는 부처님의 모습을 묘사한 이야기의 첫 부분이다. 배경은 부처가 거처하는 극락세계이고, 때는 아름다운 연꽃이 한창 향을 뿜어내는 평온한 아침 무렵이다. 하지만 여기서 상황은 급전환된다. 부처님은 연못을 통해 지옥세계를 내려다보고 도둑 칸다따를 알아본다. 도둑은 생전에 거미를 살려준 딱 하나 좋은 일을 했고, 부처님은 칸다따를 위해 지옥 밑바닥으로 거미줄을 내려주는 자비를 베푼다. 도둑이 거미줄을 붙잡고 올라오고, 지옥 사람들 또한 거미줄을 타고 줄줄이 매달려 따라 올라온다. 이를 본 도둑의 "이봐, 죄인들! 이 거미줄은 내 거라구. 너희들 도대체 누구 허락 받고 올라오는 거야? 내려가, 꺼찌라구."란 고함 소리와 함께 거미줄은 끊어지고 도둑은 다시 지옥 밑바닥으로 떨어진다. 이런 상황과는 대비를 이루며 부처가 거처하는 극락세계 연못가는 연꽃 향으로 그윽한 향내가 가득했으며 "극락도 어느새 한낮이 가까워진 모양이에요."라며 이야기는 끝을 맺는다.

---

34 増子正一, 「芥川龍之介」, 『日本児童文学概論概』, 東京書籍, 1976년, 154-156면.
35 아꾸따가와 류우노스께, 「거미줄」, 도리고에 신 엮음, 서은혜 옮김, 이선주 그림, 『일본 근대동화 선집1 도토리와 산고양이』, 41면.

「거미줄」의 주제는 동화 끝부분에 그려져 있듯이 "자기만 지옥에서 빠져 나오고자 하는, 칸다따의 무자비한 마음. 바로 그 마음씀씀이에 걸맞은 벌을 받아 원래의 지옥으로 떨어져 버린 것"을 말하고 있지만, 여러 소설 작품을 통해 인간의 복잡한 에고에 대해 천착한 아쿠타가와 류노스케인 점을 감안할 때, 이 작품은 동화이기에 '칸다따'라는 사악한 캐릭터를 내세워 그 주제를 직설적으로 그리고 있지만 역시 인간 내면의 '에고'를 표현하고 있다. 이에 대해 칸 타다미치는 "그렇지만 문예동화의 사상성은 진보를 향한 의욕으로서만 나타난 것은 아니었다. 예컨대 명작으로 오늘날 남아 있는 아쿠타가와 류노스케의 「거미줄」이나 「두자춘」을 보아도 인간의 이기심을 어리석고 허무한 것으로 그리고는 있지만 인간의 본질이란 이런 것이다라고 체념해버리고 있다."[36]라고 비판한다. 작가가 '체념'한 것인지 아니면 비록 동화일지언정 작가는 부처가 '무자비한 자비'를 행하는 것을 통해 아동문학 작품 속에서 나름대로 인간 내면에 숨겨진 복잡한 에고를 탐구하고자 한 것인가에 대해서는 논의의 소지가 있다고는 해도 동화에서의 인간을 바라보는 관점, 동화를 쓸 때의 작가의 자세라는 관점에서 볼 때 칸 타다미치의 이러한 지적 또한 시사점을 준다고 볼 수 있다.

2) 도요시마 요시오의 동화

도요시마 요시오(豊島与志雄, 1890~1955) 또한 소설가이지만 아쿠타가와 류노스케와 달리 120여 편에 가까운 동화를 남겼다. 츠즈키하시 다츠오(続橋達雄)는 도요시마 요시오 동화가 갖는 특성을 "도요시마에게 있어서 동화란 '일상의 한 발짝 너머의 저 안쪽 깊숙한' 세계를 들여다보게 하

36 管忠道, 「童心文学の開花」,『日本の児童文学』, 134~135면.

고 '맘껏 펼쳐진 자유로운 기분'을 들게 하는 것이다. 일상 생활의 속박에서 어린이의 마음을 해방하고 공상의 날개를 타고 자유롭게 놀게 해준다고 해도 좋다. (…중략…) 기본적으로 도요시마 동화는 설화 형식을 띠고 있기 때문에 직접 그 시대의 문제를 파고드는 방식은 아니다. 하지만 지금 되돌아보면 문명 비판가로서의 그의 견식이 거기에는 반영되어 있어 당대의 생활과 동떨어져 있는 것은 아니다. (…중략…) 또 하나, 도요시마 동화는 미야자와 겐지의 동화와 더불어 일본의 근대 아동문학에서는 유머를 지닌 작품이라 일컬어지고 있다."[37]라고 분석한다.

『아카이토리』에 게재된 「마술사」(1923년 5월), 「천하제일의 말」(1924년 3월), 「텐구의 웃음(天狗笑)」(1926년 7월) 등은 도요시마 요시오의 대표 동화이기도 하다. 「텐구의 웃음」을 중심으로 도요시마 요시오 동화의 특징을 살펴본다.[38]

옛날 어느 산기슭에 작은 마을이 있었습니다. 마을 뒤에는 커다란 숲이 산으로 이어지고 안쪽에는 넓은 평야에 아름다운 시냇물이 흐르고 있었지요. 마을 사람들은 평야를 일구어 곡식과 야채를 재배하고 풀밭에서 소와 말을 기르며 즐겁고 평화롭게 살고 있었습니다.

마을 사람들은 다들 사이가 좋았어요. 그래서 아이들도 모두 친구였습니다. 어른들이 논밭이나 목장에서 일하고 있는 동안 아이들은 모여서 사이좋게 놀았습니다.[39]

이 시작 부분의 평온함은 위에서 살펴본 아쿠타가와 류노스케의 「거

---

37 続橋達雄, 「大正期の文壇作家」, 『日本の児童文学作家 2』, 明治書院, 1973년, 262~264면.

38 한편 도요시마 요시오의 「천하제일의 말」과 이상의 「황소와 도깨비」에 대해서는 본고 필자가 「「황소와 도깨비」는 이상의 창작인가」(『창비어린이』, 2003년 겨울호)라는 글을 통해 그 관계성에 대해 지적한 바 있다.

39 토요시마 요시오, 「텐구의 웃음」, 『일본 근대동화 선집1 도토리와 산고양이』, 100면.

미줄」의 도입 부분과 마찬가지로 아름다운 모습을 보여준다. 아이들이 산골 시골마을 들판에 모여 놀고 그 모습을 텐구가 어디선가 지켜보다 갑자기 하늘 가득 커다란 얼굴을 드러내 웃어 아이들을 놀래킨다. 그러던 어느 날 텐구는 또래의 아이 모습을 하고 동네 아이들 앞으로 나타난다. 동네 아이들은 이런 텐구에 대한 이야기를 어른들에게 전한다. 어른들은 "그건 악귀임에 틀림이 없어. 악귀가 찾아와서 아이들을 납치해 가려고 처음엔 우선 그런 식으로 아이들 넋을 빼놓은 거야."라며 칼과 몽둥이를 들고 무장을 한다. 아이들은 주눅이 들어 울먹이며 놀기 시작하고 텐구가 갑자기 '와하하하' 하고 커다란 웃음을 터트리면서 어른들 또한 따라 웃고 만다. 앞서 츠즈키하시 다츠오가 말한 것처럼 일본 민속에 전승되는 텐구라는 요괴가 등장해 유쾌한 행동과 웃음을 선사하는 이야기이다. 하지만 오가와 미메이의 「빨간 양초와 인어」에서도 살펴보았듯이 어른들은 기존의 고착된 구습이나 인습, 알 수 없는 그 어떤 존재나 타자에 대한 두려움, 배척을 상징하고 있다. 따라서 이 동화는 그런 어른들이 아이들과 텐구의 유쾌한 웃음을 통해 다이쇼기의 중요한 키워드이기도 한 '동심'을 회복하는 이야기로도 볼 수 있다.

3) 아리시마 다케오의 동화

장편소설 『어떤 여자』, 『카인의 후예』 등을 집필한 아리시마 다케오(有島武郎, 1878~1923)는 어릴 때 기독교 계통의 학교에서 서구식 교육을 받았다. 이때의 체험이 그의 대표작으로 일컬어지는 「포도 한 송이」에 반영되었다. 아리시마 다케오는 「포도 한 송이」(『아카이토리』, 1920년 8월), 「물에 빠질 뻔한 남매」(『부인공론』, 1921년 7월), 「내 모자 이야기」(『도우와』, 1922년 7월) 등 6편의 동화를 남겼으며, 생전에 동화집 『포도 한 송이』(1922년 6월)를 출간하였다.

『아카이토리』에 발표한 아리시마 다케오의 대표작인 「포도 한 송이」에 대해 세키 히데오는 "「포도 한 송이」는 회상 형식으로 물건을 훔치는 소년의 심리와 그 소년을 인도하는 여교사의 인간성을 섬세하게 그려내며, 그 안에 인도적 열정을 담은 작품인데 여교사의 인간상이 선명하게 부각된다. 이러한 조형력은 그 이전의 소년소설에서는 전혀 찾아볼 수 없는 것이었다."[40]라며 아리시마 다케오의 캐릭터 형상화의 묘미를 평가하고 있다. 이어서 고우노스 요시오(鴻巣良雄)는 "소년 시절에 있을 법한 하나의 행위를 그리면서, 거기에 더해 그 소년을 깊은 사랑으로 지켜보는 여교사의 풍요로운 인간성을 그린 명작 동화라 할 수 있다."[41]라며 휴머니즘의 관점에서 높이 평가하고 있다.

「포도 한 송이」는 외국인이 운영하는 학교에 다니는 그림 그리기를 좋아하는 주인공 소년이 같은 반 외국인 친구가 갖고 있던 파란색 물감과 빨간색 물감을 훔치면서 겪게 되는 내면 갈등과 불안과 그 해결을 그리고 있다. 물감을 탐하는 소년의 심리 상태, 훔친 뒤의 자학감, 여교사의 대처, 자학감에서 벗어나는 과정 등이 설득력 있는 이야기 전개 속에서 펼쳐진다.

> 하지만 그 투명한 바다의 푸른빛과, 새하얀 돛단배들의 물이 올라갈 부분에 칠해 둔 이국적인 붉은색은, 제가 가지고 있는 물감으로는 아무래도 제대로 낼 수가 없었습니다. 아무리 그리고 또 그려도 정말로 풍경을 보는 듯한 색은 낼 수가 없었습니다.[42]

위는 소년이 물감을 훔치기 전의 정황이 묘사된 장면이다. 자신이 그

40 関英雄, 『文学教育基礎講座1』. 인용은 弥吉管一, 中西一弘, 大藤幹夫, 向川幹雄, 『児童文学(物語編)—資料と研究』, 関書院新社, 1970년, 67면.
41 鴻巣良雄, 『子どもの本棚』, 인용은 위와 같은 책, 66면.
42 아리시마 타케오, 「포도 한 송이」, 『일본 근대동화 선집1 도토리와 산고양이』, 50년.

리고 싶은 바다색을 물감으로 표현하고 싶다는 욕망에 사로잡힌 주인공 소년은 짐이라는 외국인 소년의 물감을 탐하게 된다.

> 나는 혼자서 생각에 잠겨 있었습니다. 누군가 유심히 보았다면 얼굴도 창백해 보였을 거예요. 나는 짐의 물감이 너무나 탐나서 견딜 수가 없었습니다. 가슴이 미어질 정도로 탐이 났던 겁니다.[43]

소년은 점심 시간에 짐의 물감을 훔치고, 들통이 나고, 위에서 평론가들이 지적한 것처럼 여교사의 대처를 통해 죄책감에 시달리던 소년이 다시 회생하는 과정이 전개된다. 그리고 이 과정에서 여교사가 주인공 소년에게 건네주는 포도 한 송이가 중요한 매개체 역할을 한다. 심리학적인 관점에서도 교육학적인 관점에서도 오늘날 다시 읽어도 여러 시사점을 주는 작품이다.

43 위와 같음, 51면.

6. 대표적인 아동문학가와 동화

다이쇼기의 『아카이토리』, 『킨노후네』, 『도우와』 등의 문예잡지의 창간은 전문 아동문학가의 탄생을 가져왔다. 대표적인 작가로 『아카이토리』에 작품을 발표하기 시작한 츠보타 죠지, 후기 『아카이토리』에 작품을 발표한 니이미 낭키치, 『도우와』에서 편집과 창작을 맡은 치바 쇼조, 『양우』에서 편집일을 맡아 하며 『도우와』 등에 동화를 발표한 하마다 히로스케를 들 수 있다.

1) 하마다 히로스케의 동화

〔작가〕 하마다 히로스케(浜田広介, 1893~1973)

동화작가. 야마가타현 출생. 와세다대학 영문과 졸업. 1917년 대학교 재학 중에 쓴 첫 동화 「황금의 번개」가 『오사카 아사히 신문』에 입선. 그후 고도모샤에 입사하여 유년잡지 『양우(良友)』(1916년 창간) 편집에 참여하며 동화를 썼다. 「뻐꾸기」(1918), 「꽃잎의 여행」(1919), 「소원 한 가지」(1919), 「찌르레기의 꿈」(1919) 등의 동화를 발표하였다. 안데르센의 작품을 번역한 것도 꽤 된다.

대표 작품은 「소원 한 가지」, 「찌르레기의 꿈」을 비롯해 「굴뚝새」(1921), 「지장보살님과 여치」(1921), 「혼이 보러 오더니 두 번 다시 오지 않는 이야기」(1921), 「마스와 할아버지」(1922), 「검은 나무꾼과 흰 나무꾼」(1923), 「어떤 섬의 여우」(1925), 「할머니의 꽃」(1925), 「도마뱀붙이 다섯 마리」(1926), 「울어버린 빨간 도깨비」(1933), 「세 번째 접시」(1936) 등이 있다.[44]

하마다 히로스케는 『아카이토리』보다 2년 먼저 창간된 아동잡지 『양우』 편집일에 참여하며 1919년부터 「소원 한 가지」, 「찌르레기의 꿈」 등의 작품을 쓰기 시작하여 1920~30년대에 이르기까지 활발한 동화작가 생활을 보냈다. 세키 히데오는 하마다 히로스케의 특징을 "그의 작품은 일명 '히로스케 동화'로서 널리 읽히며 오가와 미메이, 츠보타 죠지와 더불어 다이쇼기부터 쇼와에 이르는 아동문학의 3대 작가 중 한 명이다. 평이하고 격조 있는 신설화체로 칭할 수 있는 독창적인 문체로 동심과 인간성의 선과 미를 뛰어난 피리 소리처럼 연주된 작품은 특히 유년을 위한 문학인 유년동화에 최초의 영역을 개척하였다."라고 평가한다. 한편 당대의 여러 유명한 문단작가가 참여한 『아카이토리』에 하마다 히로스케는 한 편의 동화도 발표하지 않았다는 점 또한 특기할 만하다.

이처럼 하마다 히로스케는 유년동화를 개척하며 특히 나이 어린 독자들을 대상으로 한 동화를 많이 남겼다. "히로스케는 순수하게 동화 문학 한 길에 생애를 걸쳐 독자적인 경지를 지켜 나갔는데 그 사이사이에 일찍부터 톨스토이 동화, 안데르센 동화, 그림 동화, 이솝 우화, 기독교 이야기 등을 번역했으며, 『일본 옛이야기』, 『세계 옛이야기』, 『고향 마을의 이야기』 등의 뛰어난 재화도 남겼는데 일본 근대문학이 탄생시킨 동화 작가로서 그 이름은 어린이들 사이에 길이 기억될 것이며 '히로스케 동화'의 리듬과 꿈은 어린이들이 성인이 되어서도 사람들 마음에 그리운

---

44 関英雄, 「浜田広介」, 『現代児童文学辞典』, 301-303면.

음악 소리처럼 되살아나 마음의 고향으로서 계속 살아 있다."[45]라는 평가를 이끌어 낸다.

'히로스케 동화' 중에서 『총명한 2학년·소학생』(1933년 9월호)에 발표된 대표작 「울어버린 빨간 도깨비」를 중심으로 그 특징을 살펴본다.

> 어디 있는 산인지는 모릅니다. 산 벼랑에 집이 한 채 서 있었습니다. 나무꾼이 살고 있는 것일까요? 아니오, 그렇지는 않습니다. 그러면 곰이라도 살고 있는 것일까요? 아니오, 그것도 아닙니다. 그곳에는 커다란 빨간 도깨비가 살고 있었습니다. 그림책에 나와 있는 도깨비와는 다르지만 그래도 눈동자가 부리부리하고 머리에는, 아마도 뿔인지 싶은 뾰족한 것이 붙어 있었습니다.[46]

위는 동화의 첫부분이다. 마치 눈앞에 나이 어린 독자가 있는 것처럼 쓰여진 입말체의 문장 때문인지 자연스럽게 이야기 속으로 빠져들게 만드는 힘이 있다.

혼자 외롭게 사는 빨간 도깨비가 인간 친구들을 사귀고 싶은 마음에 과자도 굽고 차도 끓여 초대하지만 의심 많은 인간들이 도깨비를 두려워하여 다가오지 않는다. 마침 빨간 도깨비 집을 찾아온 파란 도깨비의 도움을 받아 빨간 도깨비는 그렇게 원했던 인간들과 친해진다. 파란 도깨비는 자신의 몸을 다쳐가며 빨간 도깨비가 인간들과 친해지도록 헌신하고, 사람들이 의심할까 봐 여행을 떠난다는 편지를 빨간 도깨비에게 남긴다. "몇 번이나 그 글을 읽었습니다. 눈물을 흘리면서 읽었습니다."란 동화의 마지막 문장에서도 알 수 있는 것처럼 파란 도깨비의 이러한 헌신적인 우정에 감복하여 빨간 도깨비는 울고 만다.

---

45 村松定孝, 「浜田広介」, 『日本児童文学概論』, 208면.

46 하마다 히로스케, 「울어버린 빨간 도깨비」, 도리고에 신 엮음, 서은혜 옮김, 마상용 그림, 『일본 근대동화 선집2 울어버린 빨간 도깨비』, 창비, 2001년, 90면.

나카가와 마사후미(中川正文)는 하마다 히로스케가 대학교 재학시절에 응모하여 입선한 첫 번째 동화 작품인 「황금의 번개」(1917년)를 예로 "사랑이라고 하는 것은 모든 것을 넘어선 힘이 있는 것이며 게다가 언제라도 선의라고 하는 현상으로 표출되지 않으면 안 된다는 생각이 히로스케의 사상이다."라며 하마다 히로스케 문학의 특색을 언급하고 있다. 그러면서 "무상(無償)의 사랑의 전개"라는 수식어 속에서 "「울어버린 빨간 도깨비」의 파란 도깨비는 사랑의 무상(無償)을 유언처럼 적어 놓고는 사라진다."[47]라며 파란 도깨비의 보답을 바라지 않는 아낌없는 사랑의 모습이 '히로스케 동화'의 특징이라고 말한다. 칸 타다미치도 이러한 하마다 히로스케 동화의 특징을 "'히로스케 동화'는 주제론에서는 선의의 문학으로 일컬어지고 있다. 게다가 작품 속에 악인이 거의 등장하지 않는다. 대표작 중 하나인 「검은 나무꾼과 흰 나무꾼」(1923)처럼 선인과 악인을 대립적으로 그린 작품은 오히려 예외일 정도이다. 옛이야기나 동화에서는 악인의 대표격인 오니(鬼)도 「울어버린 빨간 도깨비」(1933년)에서는 휴머니스틱한 선의의 캐릭터를 부여받는다."[48]라며 그 특징을 밝히고 있다.

이렇게 놓고 보면 「울어버린 빨간 도깨비」는 단순한 '우정 이야기'로만 볼 수 없는 '무게감'을 띠게 된다. 앞서 오가와 미메이의 「빨간 양초와 인어」가 그러했듯이 단편동화임에도 불구하고 주제면에서 볼 때의 무게감은 그 자체로 근대 시기를 상징한다고 할 수 있다.

2) 츠보타 죠지의 동화

〔작가〕 츠보타 죠지(坪田讓治, 1890~1982)

소설가, 동화작가. 오카야마현 출생. 1908년에 와세다대학 문과예과에 입학.

---

47 中川正文, 「浜田広介論」, 『児童文学概論』, 牧書店, 1963년, 204~205면.
48 管忠道, 「孤高の童話文学と大衆児童文学」, 『日本の児童文学』, 241면.

츠보타 죠지는 18세 때 26세의 오가와 미메이를 만나 가르침을 받는다. 중퇴를 거듭하다 25세 때 졸업. 졸업 논문은 라프가디오 한을 연구함. 『아카이토리』에 동화 「갓파 이야기」(1927)를 처음으로 게재한 이후 『아카이토리』에 40여 편의 작품을 썼다. 1927년에 첫 단편소설을 썼지만 문단의 평가를 끌지는 못했다. 이후 1935년에 발표한 「귀신의 세계」, 1936년에 발표한 「바람 속의 아이」가 호평을 받았다. 오가와 미메이가 로맨티시즘의 동화를 확립한 것에 비해 츠보타 죠지는 리얼리즘 동화를 확립했다. 그 작풍은 동화와 소설과의 경계를 오고가는 독특한 것으로 동화의 세계와 소설의 세계가 경계 없이 접속하고 있는 것이 큰 특색이다.[49]

작품의 특징은 생생한 어린이상이 그려진 점이다. '젠타, 산페이 이야기'로 대표되는 생생하게 약동하는 어린이상은 치바 쇼조의 작품과 더불어 일본의 아동문학사상 처음으로 등장했다고 할 수 있다. 그가 그리는 어린이는 어린이를 사회 환경 속에서 취득한 것이 아닌 어른이 보호하는 환경 속에 있는 어린이로 예컨대 아버지의 애정 속에서 주시된 어린이었다. 대표작은 「갓파 이야기」, 「피리」, 「마술」, 「귀신의 세계」, 「바람 속의 아이」, 「쇼타의 말」 등을 비롯해 「설마한 때」, 「냇가의 갈대」, 「말」, 「사막의 무지개」 등을 들 수 있다.[50]

『아카이토리』를 통해 작품 활동을 시작한 츠보타 죠지는 이후 소설과 동화 쓰기를 양립하며 일본 아동문학계를 대표하는 작가가 된다. 츠보타 죠지의 대표 작품 중 하나인 「마술」은 1935년 1월호 『아카이토리』에 발표되었다.

「마술(원 제목은 '마법')」에는 츠보타 죠지의 동화와 소설 캐릭터로서 자주 등장하는 막내 산페이와 형 젠타가 나온다. 만형 쇼타를 포함해 이야기 속 캐릭터인 삼형제는 실제 츠보타 죠지의 세 아들이 모델이 되었다.

---

49 佐藤貢, 「坪田讓治」, 『現代児童文学辞典』, 225면.

50 「坪田讓治」, 『児童文学(物語編)―資料と研究』, 149면.

츠보타 죠지는 『아동문학론』이란 저서에서 동화를 쓸 때마다 세 아이들에게 읽어주는 기분으로 동화를 쓴다고 밝히고 있다. 그럼 「마술」을 살펴본다.

"형, 간식"하고 소리치며 산뻬이가 마당으로 뛰어들어 가니

"바보, 조용히 해. 지금 내가 마술을 걸고 있는 참이란 말야."

형 젠따가 손을 들어 산뻬이를 막았습니다.

"마술?"

산뻬이는 무슨 소리인지 몰라서 되물었지만, 젠따는 몹시도 뻐기며 수염을 비트는 듯한 흉내를 내면서 말했습니다.

"에헴, 마술이라니까."

"마술이 뭔데?"[51]

이상은 「마술」의 첫부분이다. 마술을 걸 줄 안다고 동생을 속이는 형과 속을 듯 말 듯하다 끝내는 속고 마는 동생의 일상이 소박하게 그려져 있다. 니시다 요시코(西田良子)는 「마술」을 "츠보타 죠지 동화에서 가장 대표적인 작품"이라고 말하며 "어린이의 심리와 동작과 표정을 리얼하고 생생하게 묘사하며 현실과 공상을 훌륭하게 조화시킨"[52] 작품으로 평가한다. 도리고에 신 또한 「마술」에 대해 "거의 줄거리다운 줄거리도 없지만 젠타의 형다운 자신감과 마음 씀씀이, 산페이의 동생다운 어리광과 장난끼가 두 아이의 어린이다운 공상의 세계 속에서 잘 살아 있다"라며 "츠보타 죠지의 문학은 어린이를 위해서 쓰여진 작품은 물론이고 일반 소설도 모두 어린이의 세계를 그렸다. 평론도 모두 아동문학에 관한

51 쯔보따 죠오지, 「마술」, 『일본 근대동화 선집1 도토리와 산고양이』, 117~118면.
52 西田良子, 「坪田譲治—坪田文学における「小説」と「童話」」, 『日本の児童文学作家1』, 明治書院, 1973년, 196~197면.

것이고, 수필도 모두 어린이를 둘러싼 문제에 대한 것을 쓰고 있다. 즉 츠보타 문학은 일부의 예를 제외하고 모두 어린이를 빠뜨리고는 생각할 수 없다는 점이 특징이다."[53]라고 밝히고 있다.

한편 칸 타다미치는 츠보타 죠지가 쓴 동화와 소설에 대해 "젠타·산페이적인 성격은 츠보타 죠지의 소설 『귀신의 세계』, 『바람 속의 아이』, 『어린이의 사계』 등에서도 약동하고 있지만 거기에서는 동심을 에워싸고 있는 사회가 그려져 있어 세상의 거친 파도와 무심한 어린이의 마음의 대립이 애처로운 효과를 내고 있다. 츠보타 죠지에게 동화는 소설의 한 부분으로 인식되고 있다. 이들 소설도 일본에서는 흔치않은 가정문학의 일종으로서 광의의 아동문학이라는 범주 안에 포함되며 실제로 그렇게 읽히고 있는 실정이다. 이러한 츠보타 문학에 의해서 일본 아동문학의 리얼리즘의 길에 하나의 커다란 길잡이가 세워진 것이다."라고 평가한다. 칸 타다미치는 계속해서 치바 쇼조에 대해 언급하며 "어린이의 모습을 리얼하게 그린 동화로서는 다이쇼기 말년의 치바 쇼조의 「도라짱의 일기」(1925)가 있다."[54]라고 언급한다.

3) 치바 쇼조의 동화

〔작가〕 치바 쇼조(千葉省三, 1892~1975)

동화작가. 도치기현 출생. 1917년에 고도모샤 입사. 그림 잡지 『고도모』를 편집. 1920년 아동문예잡지 『동화(도우와)』를 창간함. 1923년에 사망한 장남에게 들려준 「멍멍이 이야기」를 잡지 『도우와』에 발표. 1925년에는 「도라짱의 일기」를 발표. 1928년에는 사카이 아사히코(酒井朝彦), 기타무라 히사오(北村寿夫), 미

53 鳥越信, 「坪田文学」, 『日本児童文学史研究』, 風濤社, 1971년, 197~200면.

54 管忠道, 「危機の児童文学」, 『日本の児童文学』, 203면.

즈타니 마사루(水谷まさる) 등과 함께 『동화문학』을 펴냄.[55]

치바 쇼조의 부친은 소학교 교장. 중학교 졸업 후 다이쇼 중기에 도쿄로 가 고도모샤에서 발간된 『고도모』, 『양우』, 『도우와』 등의 아동 잡지의 편집일을 하면서 창작동화를 쓰기 시작했다. 『도테 마차』에 이어 『동그란 양파 꽃』, 『지장 보살』, 『대 숲』 등 네 권에 실린 작품들은 모두 향토 동화라 불리우며 간결하면서도 리얼한 스타일로 전원의 아동상을 목가적으로 조형해냈다. 유년동화 『멍멍이 이야기』 외 통속아동물도 많다. 전쟁 직전부터 그후까지 오랫동안 동화를 쓰지 않았다.[56]

하마노 타구야는 "치바는 많은 작품을 썼지만 그의 슬로건이 가장 잘 실천된 것은 그의 고향 도치기의 농촌 아이들이 시골 정취 물씬한 놀이를 하는, 예컨대 '생활 글쓰기' 풍인 1인칭시점으로 쓴 도라짱 이야기이다. 그 이전의 작품에서도 동시대에서도 누구도 쓰지 않았던 어린이 본래의 심리, 행동이 그려져 있다. (…중략…) 치바는 어린이의 꾸밈없는 1인칭인 나의 입장, 즉 어린이 논리에 따른 어린이를 그렸다. 즉 정적인 것이 아닌 동적으로, 영탄적인 것이 아닌 지극히 무감상적으로 그렸다."[57] 라며 치바 쇼조 문학의 특징을 평가하고 있다.

한편 도리고에 신은 치바 쇼조의 「도라짱의 일기」에 대해 "치바 쇼조의 대표작은 역시 「도라짱의 일기」일진데, 여기에 쓰여진 마을 아이들의 목가적인 생활은 작가가 경험한 유소년의 추억을 발상으로 하고 있으며 게다가 교육성을 의식하지 않고 자유로운 아이들을 약동시킨 점에서 출중한 작품이라 할 수 있다."[58]고 평가한다.

「도라짱의 일기」[59]는 치바 쇼조가 편집일을 맡았던 잡지 『도우와』

55 浜野卓也, 「千葉省三」, 『日本児童文学概論』, 186~188면에서 일부 발췌.
56 関英雄, 「千葉省三」, 『現代児童文学辞典』, 211~212면.
57 浜野卓也, 위와 같음, 188-189면.
58 鳥越信, 「芸術的児童文学の輩出」, 『日本児童文学』, 66면.

1925년 9월호와 10월호에 2회에 걸쳐 연재되었다.

> 엊그제 서 있던 울타리 옆에서 안을 들여다보니 겐쨩은 대청마루에 걸터앉아 붕대 감은 다리를 흔들고 있었다.
>
> "겐쨩!"
>
> 나는 살짝 불러 보았다.
>
> 겐쨩은 이쪽으로 얼굴을 돌리더니 나를 발견하자 웃었다. 그리고
>
> "토라쨩! 들어오드라고. 아무도 없응께." 하고 말했다.
>
> 나는 달려가 겐쨩 옆에 나란히 걸터앉았다.
>
> "편지 고맙다잉!" 내가 말했다.
>
> "다리, 아직 아픈겨?"
>
> "아니! 누르지 않으면 안 아퍼!"
>
> "걷진 못하는 거지?"
>
> "걸을 수 있어! 의사 선생님은 아직 안 된다고 허지만 나 어제부터 걷는디! 암시랑토 안 탕께."
>
> "그려? 다행이다!"
>
> 붕대로 감은 겐쨩의 발을 바라보니, 저절로 한숨이 나왔다.[60]

도라짱은 자신이 발견하여 점찍어 둔 왕머루를 동네 친구인 겐짱이 따먹자 싸움을 한다. 그로 인해 겐짱이 크게 다치고 도라짱은 시름에 빠진다. 위 인용문은 겐짱의 편지를 받고 도라짱이 겐짱과 다시 만나게 되는 장면이다. 주인공 소년 도라짱은 싸움을 통해 예기치 않게 친구들의 여러 모습을 새롭게 알게 되고 자신이 처한 주변 상황을 직시하게 된다.

---

59 『일본 근대동화 선집2 울어버린 빨간 도깨비』(창비) 참조. 창비에서 출판된 제목은 「토라쨩의 일기」로 되어 있다.

60 찌바 쇼오조오, 「도라쨩의 일기」, 『일본 근대동화 선집2 울어버린 빨간 도깨비』, 56~57면.

이 과정을 통해 겐짱과의 관계 또한 싸움 전의 밋밋한 사이가 아닌 깊은 우정으로 바뀌어 간다.

이처럼 「도라짱의 일기」는 씩씩하고 에너지 넘치는 순박한 6학년 소년 '도라'가 여름방학 동안 자신이 겪은 체험을 일기 형식으로 쓴 동화이다. 도라짱은 야생 열매 따먹기와 놀이, 실수, 가출, 도쿄에서 온 친구와의 교류를 통해 우정에 대해, 인간에 대해, 죽음에 대해, 부모의 사랑에 대해 깨우쳐 간다. 사투리로 쓰여진 대사체가 현장감을 더해주며 실제로 이런 소년이 지금도 어딘가에서 살고 있을 것만 같은 생각을 일으키게 한다. 이처럼 이 동화는 생생한 삶의 모습을 진솔하게 느껴지게 하는 묘미가 있는데 거기에는 동네 친구들과의 관계나 야산이나 강가에 대한 섬세한 묘사와 더불어 거지 '바보 거북이'와의 교류, 주먹밥, 오이짱아찌, 구운 옥수수와 같은 토착적인 음식 등의 적절한 묘사가 주효했다고 볼 수 있다.

한편 치바 쇼조는 1945년 이전에는 큰 평가를 받지는 못하다가 그 이후 후루타 다루히(古田足日), 도리고에 신 등 젊은 신예 평론가들이 소속된 '와세다대학 동화회'와 이시이 모모코(石井桃子)를 비롯한 작가, 편집자, 사서 등 6명의 아동문학자들이 엮은 『어린이와 문학(子どもと文学)』(1960)을 통해 재평가가 이루어지며 일본 아동문학사에 그 존재 가치를 굳히게 된다.

4) 니이미 낭키치의 동화

〔작가〕 **니이미 낭키치**(新美南吉, 1913~1943)

동화작가. 아이치현 출생. 중학교 졸업 무렵 「꼬마 마사와 쿠로」(1931년 8월호), 『여우 곤』 등을 『아카이토리』에 투고하며 스즈키 미에키치의 눈에 띔. 이후 『아카이토리』의 동화 작가로서 요다 준이치(与田準一), 다츠미 세이카(巽 聖歌)

등과 교유 관계를 맺는다. 1932년 도쿄 외국어 영문학과에 입학. 동요 잡지 『은행나무(치치노키)』 동인이 됨. 재학 중에는 주로 소설, 시, 극 등의 공부를 함. 졸업 후 고향으로 돌아가 교편을 잡음. 니이미 낭키치는 『아카이토리』가 탄생시킨 작가 중에서도 가장 유능한 작가 중 한 명이다. 그의 동화는 고향 마을의 소박한 농촌 생활을 소재로 한 것이 대부분인데 시대도 에도부터 메이지에 걸친 이른바 할아버지 대의 이야기를 쓰고 있다. 목가적이면서도 독자로 하여금 인생을 돌아보게 하며 인간의 선의가 얼마나 아름다운가 하는 것을 생각하게끔 하는 근대성을 지니고 있다. 「소를 묶어둔 동백 나무」는 1942년 작으로 이러한 낭키치의 경향을 가장 잘 표현하고 있다. 미야자와 겐지와 더불어 쇼와 초기를 대표하는 동화작가라 할 수 있다.[61]

니이미 낭키치는 16세부터 동화를 투고하기 시작하였다. 18세가 되던 1931년 『아카이토리』에 투고한 동화가 입선하며 본격적인 동화작가의 길로 들어서게 된다. 29세가 되던 1942년에 첫 동화집 『할아버지의 램프』가 출간되고 1943년에 작고하기까지 창작 활동을 계속 이어갔다. 치바 쇼조와 마찬가지로 1945년 이후 재평가가 이루어지며 니이미 낭키치 동화는 교과서에 수록되고 그림책 등으로 출판되는 등 오늘날에도 계속 출간이 이어지며 작품을 통해 꾸준히 독자들을 만나고 있다. 도리고에 신은 "후기 『아카이토리』에서는 히라츠카 타케지(平塚武二), 니이미 낭키치 등의 개성적인 작가도 탄생했다. 그 중에서도 낭키치는 스토리성과 향토성이 풍부한 일련의 작품을 발표하여 지금은 미야자와 겐지와 인기를 양분하는 일본의 고전적 아동문학 작가가 되었다. 낭키치의 동화는 새로운 설화조식으로 들려주는 독특한 문체로 쓰여져, 명쾌한 구성과 민속적인 유머로 독특한 경지를 개척했지만 주제에 흐르고 있는

61 桑原三郎, 「新美南吉」, 『日本児童文学概論』, 260~261면.

것은 지극히 일본적인 휴머니즘이며 동양적인 종교관이다."[62]라고 평가한다. 한편 나메카와 미치오는 "낭키치의 작품에는 무엇보다도 서민의 소박한 선의의 인간성을 애정을 가지고 표현하며 동경과 찬가를 보내고자 하는 시도를 하고 있는 작품이 많다. 그것은 『아카이토리』 계통의 작가로서 기타하라 하쿠슈에 의한 동심주의의 영향을 받고 있다는 것과도 연결된다. 항상 소박한 진실을 추구하며 그것이 작품의 모럴이 되어 표현된다."[63]라고 그 특징을 언급하고 있다. 또한 사이토 도시코는 니이미 낭키치 동화의 특징을 "작품은 부모와 자식 · 친구 · 마을 사람들을 소재로 주변의 가까운 일상 생활을 무대로 한다. 거기에 사람과 동물 · 시골과 도시라고 하는 동떨어진 두 개의 세계가 설정되어 마음의 교류가 행해진다."[64]라고 작품의 특징을 설명한다.

여기서는 『아카이토리』(1932년 1월호)에 발표한 니이미 낭키치의 대표작 「여우 곤」을 중심으로 살펴본다. 산 속에서 홀로 사는 여우 곤은 장난치는 걸 좋아한다. 하지만 인정도 많다. 여우 곤은 장난삼아 효오쥬우라는 마을 청년이 잡아놓은 물고기며 장어를 모두 놓아주고 만다. 여우 곤은 호기심도 많아 가끔씩 마을에도 내려오는데 효오쥬우의 어머니가 돌아가신 걸 알고 양심의 가책을 느낀다. 그리고는 자기처럼 홀로된 효오쥬우를 위해서 밤과 버섯 등을 가져다 준다. 효오쥬우가 이를 이상하게 여기던 참에 집 뒷문 쪽으로 여우 곤이 들어오는 것을 보고는 장어를 훔친 것을 떠올리고 여우에게 총을 겨눈다. 다음은 「여우 곤」의 마지막 장면이다.

곤은 힘없이 툭 쓰러졌습니다. 효오쥬우가 다가왔습니다. 집 안을 둘러보니

---

62 鳥越信, 「児童文学に春を迎える試み」, 『日本児童文学』, 97면.
63 滑川道夫, 「牧書店版全集解説」, 인용은 『児童文学(物語編)—資料と研究』, 135면.
64 斎藤寿始子, 「新美南吉」, 『日本児童文学概論』, 204면.

토방에 밤이 쌓여 있는 것이 보였습니다.

"아니?"하고 효오쥬우는 깜짝 놀라 곤에게 눈을 돌렸습니다.

"곤, 너였어? 날마다 밤을 가져다준 것이?"

곤은 축 늘어져서 눈을 감은 채 고개를 끄덕였습니다.

효오쥬우는 화승총을 툭 떨어뜨렸습니다. 아직도 총구에서는 파란 연기가 가느다랗게 피어오르고 있었습니다.[65]

마지막 장면에서야 효오쥬우는 여우 곤의 진심을 알게 되지만 곤은 조용히 숨을 거둔다. 후루타 다루히가 "낭키치의 「여우 곤」, 「장갑을 사러」, 「여우」 그밖의 유년동화에는 여우가 나오는 이야기가 많습니다."[66] 라고 지적한 것처럼 니이미 낭키치의 동화에는 여우나 소처럼 어떤 특정 동물이 작품에 자주 등장한다. 이 점에 대해서 계속해서 후루타 다루히는 생존이나 소속이 다른 존재일지언정 영혼이 서로 통하고 공명한다는 관점에서 니이미 낭키치가 "공동체에 대해 생각하고 있을 때 공동체의 한 무리였던 여우나 소가 작품 안에 나타난 것은 아닐까."라고 분석한다. 니이미 낭키치의 「여우 곤」에는 비록 엇갈림이 일어날지언정 야생동물과 인간과의 감정의 소통이나 교류가 감동적으로 묘사되어 있는 것은 분명하다.

1910년대 후반에서 1930년대 사이에 일본에서 창간된 잡지들을 통해 등장한 동화작가들을 중심으로 그 작품 경향과 특징을 살펴보았는데, 여기서 큰 비중을 두어 다루지 못했지만 우노 코지(宇野浩二, 1891~1961)에 대해 조금은 언급할 필요가 있겠다. 소설가이자 동화작가인 우노 코지는 『아카이토리』, 『도우와』 등에 많은 동화를 발표했다. 대표작 「봄을 알

---

65 니이미 낭끼찌, 「여우 곤」, 『일본 근대동화 선집2 울어버린 빨간 도깨비』, 22면.

66 古田足日, 岩波版 『おじいさんのランプ』 解説, 인용은 『児童文学(物語編)—資料と研究』, 131면.

리는 새」는 1921년 1월호 『아카이토리』에 발표되었는데, 전설을 바탕으로 창작되었다. 우노 코지의 작품은 일본의 전설이나 번안물을 자유로운 상상력과 재미난 줄거리로 재화한 것이 특징이다.

7. 근대를 대표하는 또 하나의 거목 미야자와 겐지

미야자와 겐지(宮澤賢治, 1896~1933)는 이와테현에서 출생하였다. 미야자와 겐지 또한 동화, 동요 등 어린이를 위한 문학이 새로운 개화기를 맞이한 다이쇼기의 기운을 받으며 등장했지만 지금까지 살펴본 동화작가들과는 달리 문단이나 잡지에 관여하지는 않았다. 미야자와 겐지는 1918년경에 동화 창작을 시작하여 1933년 작고하기까지 400편 가량의 시와 약 830여 편의 단가, 그리고 140여 편의 동화를 남겼다. 시집 『봄과 수라』와 동화집 『주문이 많은 음식점』이 생전에 자비로 출판되었지만 당대 아동문학 평단에서는 별다른 주목이나 평가를 받지 못했다. 미야자와 겐지 동화가 재평가가 이루어진 것은 1934년~1935년에 문포당(文圃堂)이라는 서점이 〈미야자와 겐지 전집〉(전 4권)을 출간하고 나서부터이다. 이와 때를 같이해 잡지 『미야자와 겐지 연구』가 창간되며 칸 타다미치의 표현에 따르면 "겐지의 업적은 드디어 각광을 얻"기에 이른다. 그 후 현대에 들어서 앞서 언급한 『어린이와 문학(子どもと文)』에서 젊은 아동문학가와 연구자들이 미야자와 겐지를 재평가하면서 미야자와 겐지는 일본 아동문학사에서 입지를 굳히게 된다.

칸 타다미치는 겐지 동화의 특징에 대해 "겐지가 구축한 동화 세계의 유래가 없는 아름다움·깊이·풍부한 이야기성·공상의 거대함에 압도당하지 않을 수 없다. 그렇기 때문에 어린이들에게도 친숙하고, 시인·작가·사상가뿐만이 아닌 세상 많은 어른들의 마음을 오늘날까지 끌어당겨온 것이리라."[67]고 분석한다. 한편 츠즈키하시 다츠오는 "미야자와 겐지의 동화는 일본 아동문학사에서 특수한 지위를 점하고 있다."라고 말하면서 겐지 동화의 특징의 하나로써 "작가는 소학교 때부터 자기가 읽은 이야기를 친구들에게 들려주고, 고등농립학교 시절에는 가족에게, 농업학교 교사 시절에는 학생들에게 자신의 작품을 읽어주었다. 여기에는 말로 들려주는 자세가 뚜렷하게 드러나 있다. 그것은 구체적인 듣는 이를 예상하고 말할 때의 적절한 호흡을 담아 문장을 쓰는 일이기도 했다. 그의 모든 작품이 입말체로 쓰여진 것은 아니지만 겐지 동화에는 작가의 생체 리듬이 전해져 올 정도의 리듬감을 살린 들려주는 자세가 담겨 있다."[68]라며 말로 들려주듯 리듬감이 살아있는 문장을 구사한 겐지 동화가 지닌 문체의 특성을 언급하고 있다.

미야자와 겐지의 대표작으로 「바람의 마타사부로」, 「은하철도의 밤」, 「첼로 켜는 고슈」, 「오츠벨과 코끼리」(1926), 「구스코 부도리의 전기」(1932) 등을 들 수 있으며, 자비 출판된 동화집 『주문이 많은 음식점』(1924)에 수록된 9편의 동화 또한 각각의 독특한 색을 띠고 있어 주목할 만하다.

이 중 여기서는 중편동화 「바람의 마타사부로」를 살펴본다. 「바람의 마타사부로」는 두 개의 이본이 존재한다. 하나는 1923년경에 집필된 「바람의 마타사부로(風野又三郎)」이고 또 하나는 1932년경의 작품인 「바람의 마타사부로(風の又三郎)」이다. 제목의 음은 동일하지만 표기가 다르

67 管忠道, 「孤高の童話文学と大衆児童文学」, 『日本の児童文学』, 256면.
68 続橋達雄, 「宮沢賢治 」, 『日本の児童文学作家2』, 164~165면.

다. 앞 작품은 판타지 성향이 강한 작품이고 창비에 번역된 「風の又三郎」는 후기작으로 리얼리즘 성향이 강한 작품이다.

이상한 아이는 변함없이 이쪽을 바라볼 뿐 꼼짝 않고 앉아 있습니다.

그 때 바람이 휘익 불어와 교실 유리창이 덜컹덜컹 울리고 학교 뒷산의 억새와 밤나무는 이상하리만치 파랗게 질려 흔들리고, 교실의 아이가 어쩐지 히쭉 웃으며 약간 움직인 것 같았습니다. 그러자 카스케가 단박에 소리쳤습니다.

"아, 알았다. 저 녀석은 바람의 마따사부로오여."[69]

이상은 산골 마을의 작은 학교에 갓 전학 온 소년을 마을 소년들이 민간에서 전승되어오는 '바람의 마타사부로'와 연결시키며 앞으로 펼쳐질 이야기에 수수께끼 같은 상상력을 더해주는 장면이다. 이 작품에 대해 후루야 츠나타케(古谷綱武)는 "이 이야기는 미야자와 겐지 작품 중에서도 몇 안 되는 현실 세계에 생활하는 소년들의 모습을 그린 이야기로 이들 소년들을 포함한 대자연의 묘사는 변함없는 특이한 필법으로 그려져 있다. 게다가 '바람의 마타사부로'라 불려지는 사부로 소년의 등장은 9월 초라고 하는 시간적 배경과 절묘하게 맞물리면서 지극히 자연스럽게 소년들의 신비적인 상상 속으로 녹아들어 간다. 신비적인 상황을 완전한 우연이나 상상으로 그린 것이 아닌 9월 초순의 대자연, 특히 기상의 변화 속에서 과학적인 필연성을 추구한 점 등에서 겐지 문학의 발상의 비범함을 인정해도 좋을 작품이다."[70]라고 분석, 평가한다. 한편 지금까지 살펴본 근대 동화작가들 중 한국에 가장 많이 번역 소개된 작가가 바로 미야자와 겐지이다.

---

69 미야자와 켄지, 「바람의 마따사부로오」, 『일본 근대동화 선집2 울어버린 빨간 도깨비』, 135면.
70 関英雄, 「千葉省三」, 『現代児童文学辞典』, 211-212면.

8. 동심과 동심주의에 대한 논의

근대 시기를 가리키는 용어 중 빼놓을 수 없는 것이 '동심'이다.

근대 일본 아동문학에 대한 여러 비평글과 저서를 남기고 있는 칸 타다미치, 요코타니 테루, 도리고에 신이 쓴 이론을 중심으로 작가들(오가와 미메이, 아키타 우자크)과 시인(기타하라 하쿠슈)이 말하는 '동심'과 '동심주의'에 관해 일본에서 발언된 논의를 소개하고, 동요시인인 노구치 우죠와 사이죠 야소가 남긴 글을 통해 동요에서 말하는 '동심'에 대해 살펴보고자 한다.

먼저 칸 타다미치의 동심에 관한 이론을 소개한다. 예문이 좀 길지만 일본 근대 아동문학에서의 '동심'을 이해하는 데 도움이 되는 발언이기에 인용한다.

1) 동심주의의 의의와 역할: 칸 타다미치의 발언[71]

동화·동요라고 하는 언어의 역사는 오래되었지만 다이쇼기 시대에는 새로운

71 이하, 각주 72번까지는 칸 타다미치의 발언에서의 직접 인용이다.

의미를 담아 부활되었다. 그것은 이 시기의 문예성을 풍부하게 한 아동문학을 오토기바나시나 창가와 구별하기 위하여 제창된 것이었다.

그 동화·동요가 '동심의 문학'이라고 주장되었기 때문에 문예정신과 창작태도·방법을 개괄하여 동심주의라고 말하고, 그 운동을 동심주의운동이라고 널리 불리우게 되었다. 동심이라는 것은 한자 뜻 그대로 어린이의 마음이지만 아동 심리의 특수성만을 강조한 것이 아닌 사상적 · 문학적인 입장에서의 주장과 맞닿아 있다. 그래서 말하는 사람에 따라 뉘앙스가 달라지기 때문에 단순하게 다룰 수는 없다. 그 당시의 지도적인 시인·작가의 말을 인용하면서 동심이라고 불리우고 있는 실체를 구체적으로 파악해보고자 한다.

자료 중 『와세다문학』 1921년 6월호에 게재된 「동화 및 동화극에 대한 감상」이라는 특집에 시마자키 도손(島崎藤村), 오가와 미메이(小川未明), 스즈키 미에키치(鈴木三重吉), 아키타 우자크(秋田雨雀)가 집필하고 있다. 미메이는 「내가 동화를 쓸 때의 마음가짐」에서 동심과 동화에 대해 다음과 같이 말하고 있다.

어릴 때의 마음만큼 자유롭게 날개를 펼치는 것도 달리 없습니다. 또 오염되지 않은 것도 없습니다. 소년시절 만큼 순수하게 아름다운 것을 보고 아름답다고 생각하고, 슬픈 사실에 조우할 때는 슬픔을 느끼고, 정의로운 어떤 사건에 대해 격한 반응을 보이는 이 달리 없습니다. (…중략…) 이 순진한 감정의 번뜩임과 미연적인 양심의 재단에 호소하여 거기에 소년시절 특유의 몽환의 세계를 발현하여 어떤 이야기를 창작하는 것으로 인해 아름다움과 슬픔(愁)의 분위기 뒤에 독자를 황홀하게 할 수 있다면 이것이 즉 제가 갈구하는 동화입니다. 무엇이 선이고, 무엇이 악인가 하는 것을 순정스러운 어린이의 양심에 의해 재단하는 것이 즉 이 예술이 지닌 윤리관 말고 달리 없습니다.

어린이의 마음을 순수하고, 감수성이 예민하고, 정의감이 강한 것으로 신뢰하고 있음을 확연히 알 수 있다. 그리고 '소년시절 특유의 몽환의 세계'라는 것도 어린이의 마음의 활동을 어떻게 파악하고 있는 것인가를 알게 하는 표현이다. 이러한 '어린이의 마음'을 어른이 되어서도 잊지 않은 사람이 있다. 따라서 동화라고 하는 것은 "어린이를 위한 것이라고 한정할 수 없다. 어린이의 마음을 잃지 않은 모든 인류를 향한 문학이다"라고 하는 것이 미메이의 주장이었다.

우자크는 비슷한 말을 「예술 표현으로서의 동화」에서 "동화는 어른이 아동에게 주기 위해서 창작해야만 하는 것이 아닌 인류가 지닌 '영원의 어린이'를 위해 창작해야만 하는 것이라고 생각합니다"라고 말하고 있다. (…중략…)

동화의 사상과 세계가 어른의 이상의 세계라고 해서 그것은 어른의 생각을 어린이에게 강압하는 것을 말하고 있는 것이 아니다. 어린이는 과일 열매처럼 '발달하는 힘을 본인 스스로가 지니고 있는' 존재로, '아동이 인간이기 위해서는' 그것을 자유롭게 발달시키지 않으면 안 되며, '단지 주변은 그 힘을 도와주기만 하면 되는 것입니다'라고 하는 것이 우자크의 아동관이자 교육관이었다. '인간으로서의 어린이' 는 '인간으로서의 여성'과 함께 "근래 처음으로 진지하게 하나의 독립한 존재로서 인정받게 되었다"라며 인류사적인 전망 속에서 어린이를 위한 수준 높은 예술이 태어나게 된 것을 의의로 보고 있다.

기타하라 하쿠슈는 다음과 같은 말을 했다.

"나는 자주 동심으로 돌아가라고 말했다. 하지만 이 의미는 단지 아동의 무지를 좋다고 하는 말이 아니다. 일부러 아동을 모방하고 아동에게 아부하라는 말이 아니다. 진정코 마음속에 한점의 사악함이 없는 경우에까지 그 동심을 통해 투철히 하라는 말이다. 황홀한 망아의 한순간에서 진정한 자연과 하나로 녹아들라는 말이다. (…중략…) 특히 성인으로서의 모든 산고(酸苦) · 잡행(雜行) · 잡념(雜念)을 떨쳐내고 진정코 영원의 아동에까지 초월해냈을 때 그 사람은 무지각한 아동 이상의 아동성의 법열경(法悅境)에서 자기를 발견하게 될 것이다. (기타하라 하쿠슈, 「동요사관(童謡私観)」, 1923년)" (…중략…)

이렇게 살펴보자니 많은 사람들의 말에 공통으로 들어 있는 것은 동심을 현실 어린이의 마음뿐만이 아닌 어른 속에 있는 인류의 공통된 마음으로써 보고 있는 것을 알 수 있다. 또한 어린이에 입각해서는 자발성의 원리를 존중하고 자유교육의 입장을 취하고 있음을 알 수 있다. 이러한 동심주의를 역사의 흐름 속에서 살펴볼 때 의심의 여지없이 진보의 역할을 해내고 있다고 말할 수 있다. 어린이의 인간성을 인정하고, 어린이 마음의 특수성을 인정하고, 어린이 마음에서 자유롭고 창조적인 성장을 기대한다고 하는 것은 봉건적인 아동관이나 낡은 교육관에 대한 안티테제이다. 동심주의 입장에 선 시인 · 작가 · 예술가들이 여러 전근대적인 것들과 싸워 어린이들의 행복을 지키고자 했던 것은 당연했다. 그리고 분명코 아동문학과 아동예술에 풍성한 결실의 수확을 가져올 수 있었다.

하지만 동심주의로서 어린이 마음의 특수성을 절대화하여 경우에 따라서는 이를 신비화하기도 한 점에 주관성이 있었다. 어린이의 특질을 인정하기 위해서 한 면만을 강조한 태도가 거기에는 있었다. 더욱이 사회적 현실 속에서 어린이를 살피지 못하고 아동심리의 특수성만을 추상적으로 집어낸 취약점도 있었다. 이 점이 다음 시기에 프롤레타리아 아동문학론의 입장에서 초계급적 · 비사회적이라는 비판을 받게 되었다. 근대의 아동관은 일반적으로 아동중심주의에서 사회중심주의로 이행하는데 그 아동중심주의 아동관의 문학에서의 조응이 동심문학의 입장에 있었던 셈이다.[72]

이상과 같이 칸 타다미치는 일본 근대 아동문학의 대표적인 동화작가이자 시인인 오가와 미메이, 아키다 우자크, 기타하라 하쿠슈의 글들을 예로 '동심'과 '동심문학'의 특질을 살피고 있다. 칸 타다미치는 이들이 표방한 동심이 아동의 인권과 아동 고유의 자율성을 인정하고, 일반 성인의 마음에 존재하는 보편적인 동심을 일깨우는 등 근대 아동문학에 큰 역할을 했음을 높게 평가하면서도 현실의 아동을 직시하지 못하고 지극히 단선적인 시각에서 동심을 절대화 · 신비화하고, 심리학적인 관점에

72 管忠道, 「童心文学の開花」, 『日本の児童文学』, 103~107면.

치중하여 추상화한 점에 대해서는 비판적인 시각을 견지하고 있다.

이어서 요코타니 테루 또한 「아동문학사란 무엇인가(児童文学史とは何か)」라는 글에서 오가와 미메이와 아키타 우자크의 경우를 예로 동심에 대해서 언급하고 있다.

2) '동심'이 의미하는 것: 요코타니 테루의 발언[73]

오가와 미메이, 아키타 우자크가 주장하는 아동관 · 동화관에서 나는 다이쇼기 특유의 관념론의 반영을 본다.

예를 들면 어린이라고 하는 존재를 사회 현실 속에서 생활하는 어린이 그 자체를 전체로 파악하고 있는 것이 아닌 '아이 때의 마음'이라든가, '한번은 반드시 경험하는' '어린이 시기'에 초점을 맞추고 있다. 즉 현실의 어린이가 아닌 향수로서의 어린이가 파악되고 있는 것이다. 어린이 시기를 경험한 어른이 그 소년 시기에 지녔던 순수하고 감수성이 예민한, 정의감이 강한 '어린이의 마음'을 믿고 이상으로 파악하고 있는 셈이다. 그러한 어린이가 현실에 존재하는 어린이가 아닌 어른의 관념의 세계에 살고 있는 어린이라는 것은 말할 필요도 없다. 예컨대 추상화된 어린이인 것이다. 현실에 살고 있는 어린이를 "살아있음(生)"으로 한다면, '어린이의 마음'은 "그림자(影)"라고 하는 관계에 있다.

여기서 "어린이의 마음을 잃지 않은 모든 인류에 향한 문학" "동화는 어른이 아동에게 주기 위해 창작해야 하는 것이 아닌 인류가 지닌 '영원의 어린이'를 위해 창작해야 하는 것"이라고 하는 아동관을 이끌어낼 수 있다. 이 아동관이 관념적이라는 것은 이제서야 말할 필요도 없다. 하지만 거기에는 '동화'라는 것을 새로운 의미로서 "가장 유망한 예술 형식의 하나"로서 인식하고자 하는 지향을 볼 수 있는 것도 분명하다. 바꾸어 말하면 모든 인간이 한번은 경험하는

---

73 이하, 각주 74번까지는 요코타니 테루의 발언에서의 직접 인용이다.

'어린이의 마음'을 "동심"이라 부르고 다이쇼기의 동화와 동요를 '동심문학'으로 주장했다. 그리고 그 '동심'에 근거를 둔 문학정신이나 창작 태도·방법을 일괄해서 '동심주의'라 말하고, 그러한 운동을 '동심문학운동'이라 부른 것이다. 따라서 그것은 아동문학계에서 일어난 새로운 운동이라기보다는 아동문학도 포함한 일반 문학의 흐름에서 발생한 다이쇼기 특유의 사건이었다고 말할 수 있다. (…중략…)

하지만 '동심' 즉 예술이라는 발상은 '어린이의 마음'이라는 것을 너무도 절대화해 때로는 신비화하는 경향이 있었다. 게다가 '동심'에 대한 이상화는 구체적인 어린이라는 존재에서 벗어나며 어쩔 수 없이 추상적, 주관적인 성격을 띨 수밖에 없었다. 이 '동심'이 지닌 관념성은 다이쇼기 아동문학의 한계이기도 했다.

어찌되었든 간에 다이쇼기에서의 일반 문학과 아동문학은 이 '동심'에 의해 긴밀하게 이어져 있었다는 것은 분명한 사실이다.[74]

요코타니 테루는 '동심'을 아동문학계에서만 발생한 것이 아닌 다이쇼기 일반문학과의 연관성에서 생겨난 것으로 보고, 오가와 미메이와 아키타 우자크가 말하는 동심은 지금 생활하는 현실의 어린이가 아닌 어른들이 경험한 과거의 어린이라고 언급하며 앞서 인용한 칸 타다미치와 마찬가지로 결국 그들이 가리키는 동심은 관념적이고 추상화된 동심이라고 말하고 있다.

이어서 도리고에 신이 언급하고 있는 '동심주의'를 살펴본다.

3) 새로운 교육이념 '동심주의' : 도리고에 신의 발언[75]

문예주의를 탄생시킨 다이쇼기의 새로운 교육 이념은 보통 '동심주의'로 불

74 横谷輝, 「児童文学史とは何か」, 『日本児童文学史の展開』, 明治書院, 1973년, 51~56면.
75 이하, 각주 76번까지는 도리고에 신의 발언에서의 직접 인용이다.

리운다. 동심주의라고 하는 말은 사용하는 사람에 따라 다양한 뉘앙스를 지니는데 대략 일치하는 선은 아동심리에 입각한 창작방법의 전개가 될 것 같다. 하지만 일반적으로 받는 인상은 어느 경우에는 미메이적인 메르헨의 세계를 떠올리게 하고, 어느 경우에는 『아카이토리』적인 문단작가의 동화창작운동을 떠올리게 한다. 어찌되었든 간에 뭔가 거기에 일종의 현란한 예술적 아동문학의 배출을 떠올리게 한다.[76]

도리고에 신은 동심주의가 일반적으로 '새로운 교육이념'으로서 아동심리에 입각한 '동화창작운동'이라고 설명하며, 일종의 '현란한 예술적 아동문학의 배출'이었다고 덧붙이고 있다.

이어서 이 시기 동요작가들이 말한 동심을 살펴본다. 위 칸 타다미치의 글에서 기타하라 하쿠슈는 거론되었기 때문에 기타하라 하쿠슈와 더불어 당대 대표적인 동요 시인이라 할 수 있는 노구치 우죠와 사이죠 야소가 남긴 동심 관련 문장을 발췌해 본다.

4) 동요 시인 노구치 우죠와 사이쇼 야소의 동심 관련 발언

노구치 우죠의 동요에 관련 강좌나 글에서는 '동심', '동심성'에 관해 강조한 글을 자주 목격할 수 있다. 노구치 우죠는 「동요작법 강좌」란 글에서 동심은 "자연(동심)"이고, 동요가 향해야 할 곳은 "동심의 한 점"이라며 다음과 같이 동심에 대해 말한다.

일체 동요는 동요예술이기 때문에 아까 말씀드린 것처럼 동요를 무시해서는 동요가 존립하지 않습니다. 진, 선, 미라고 말씀하신 곳에는 동심이 기조가 되어

76 鳥越信, 「芸術的児童文学の輩出」, 『日本児童文学』, 建帛社, 1995년, 60면.

출발한다고 생각합니다. 이 동요의 기조인 동심에 관한 의미 설명은 그 각 사람들에 따라 달라지리라 생각됩니다만 그것은 표현하는 방법이 다를 뿐 동심이 동요의 기조가 된다는 점은 일치하고 있습니다. 저는 조용히 피어 있는 벚꽃의 저 모습이 동심성의 발로이며, 그 꽃이 지니고 있는 마음이 동심이라고 생각합니다. 동심성 즉 동심이라는 것은 천진난만하고 지극히 단아한 순진한 의미임에도 불구하고 천진난만이라든가 순진함을 말할 때 너무 거리낌 없고 예의 범절 없는 것과 같은 뜻으로 여기는 것은 참으로 난감합니다. 너무 거리낌 없고 예의 범절 없는 것 등은 동심성과는 아주 정반대의 것이라는 걸 알아두었으면 합니다. 이것을 혼동해서 생각하시는 분은 도저히 동요 감상을 못 할뿐더러 동요의 표어에 대해서 설명해드려도 이해하지 못하시리라 생각됩니다.

동요란 동심을 통해 본 사물의 생활을 음악적 선율이 있는 오늘의 말로 표현한 예술입니다.

이것이 본 강좌 처음에 말씀드린 동요에 대한 저의 표어입니다.[77]

노구치 우죠는 동요의 표어를 "동심을 통해 본 사물의 생활을 음악적 선율이 있는 오늘의 말로 표현한 예술"이라고 규정하며, 동요는 동심이 기조가 되어야 한다고 재차 강조한다. 그러면서 노구치 우죠는 "어린이의 일상의 행위, 정신적으로도 육체적으로도 그 전부의 행위를 가리켜 말합니다. 바꾸어 말하면 어린이의 모든 모습이 동심성의 발현인 것입니다. (…중략…) 거듭 말하지만 동요는 동심성의 표현입니다. 따라서 바르게 어린이의 생활이 표현만 되어 있다면 그 작가가 어른이든 어린이이든 여자이든 남자이든 조금도 문제 될 게 없습니다. 요는 단지 진실로 핵심을 짚었느냐 아니냐라고 하는 점에 문제가 있는 것입니다."(〔번역 자료 4〕 참조)[78]라며 어린이 그 자체, 동요 그 자체가 '동심성의 발현', '동심

77 野口雨情,「童謡作法講座」, 藤沢衛彦編,『児童芸術講座 2童謡編』, 児童芸術研究会発行, 39-40면. 인용문의 밑줄은 원문 그대로임.

성의 표현'이라고 강조한 뒤 아래와 같이 동요와 동심의 관계를 말하고 있다.

> 우리들은 여러 가지 지식을 얻기 전에 반드시 순수한 아무것도 모르는 마음, 감정으로부터 모든 것을 보았던 시기가 반드시 한 번은 있었을 것입니다. 그 심정으로 되돌아가 천지만상을 바라보았을 때, 비로소 거기에 동요가 생겨나오는 것입니다. (…중략…)
>
> 동심성이란 것은 결국 지금 말한 심정을 가리킵니다. 발랄한 그 무엇에도 제한을 받지 않은 순수한 상상의 날개를 펼치고 대천 세계를 마음대로 뛰돌아다닐 수 있는 동심성—그것은 아무리 인간이 과학적으로 내달리고 지식적으로 내달려도 반드시 그 이면에 담고 있는 영원한 심정으로 누런 진흙이 묻고 소나 말처럼 호되게 일하는 동안에도 그 무엇인가가 한 번 그곳을 건드려주면 상쾌하게 눈을 뜨는 것처럼 눈물을 머금고 감격하지 않을 수 없습니다. 동요가 어린이의 것인 동시에 어른의 것인 까닭도 여기에 있습니다.[79]

위의 노구치 우죠의 어린이 그 자체가 동심성의 발현이라는 생각은 사이죠 야소도 같아 보인다.

> 아동은 이 점에서는 타고난 시인입니다. 그들의 영혼은 순진하고 괴기한 경이로움과 발랄한 감동으로 가득차 있습니다. 그리고 그들이 발현하는 한 마디 한 문장은 뛰어난 시인의 그것처럼 사람들을 화석의 눈으로부터 깨어나게 하는 힘을 지니고 있습니다.[80]

---

78 野口雨情, 『童謡十講』, 金の星出版部, 1923년, 52~53면.
79 野口雨情, 위와 같은 책, 150~151면.
80 西條八十, 「童謡の話」, 『家庭科學大系(72) 兒童文學』, 文化生活研究會, 1927년, 92~93면.

사이죠 야소는 '동심'에 대해 어린이가 쓴 시를 예로 들어 "귀여운 동심을 그대로 나타내며"라고 표현하며, 이러한 동심을 가진 어린이가 쓴 글은 하나하나가 다 시이며 어린이 자체가 시인이라고 말한다.

9. 일본의 대표적인 동요 시인들

근대 시기 활약했던 대표적인 동요 시인인 기타하라 하쿠슈, 미키 로후, 노구치 우죠, 사이죠 야소, 요다 준이치, 가네코 미스즈에 대해서 간략하게나마 살펴본다.[81]

기타하라 하쿠슈(北原白秋, 1885~1942)는 후쿠오카현에서 출생하여 1904년 20세 때 와세다대학 영문과에 입학했다. 21세인 1905년에 『와세다학보』에 응모한 시가 당선하여 시단의 주목을 받았다. 1909년에는 첫 시집 『사종문(邪宗門)』을 출간하고, 1911년에 두 번째 시집 『추억』을 출간하였다. 기타하라 하쿠슈 작품은 40여 년의 활동을 통해 시집, 가집, 동요집, 민요집, 시가 평론, 그밖의 글들을 포함해 80여 권에 달한다.

근대 시기 아동문학사와 동요에서 기타하라 하쿠슈는 여러 중요한 일을 했다. 스즈키 미에키치가 주창한 '동화·동요' 운동에 참여하여 『아카이토리』에 동요를 게재하고 독자들이 투고한 동요를 선별·지도한 것은 잘 알려진 일이다. 기타하라 하쿠슈의 동요 창작은 두 번째 시집인 『추

81 1958년에 보문관(宝文館) 출판사에서 간행된 『현대아동문학사전(現代児童文学辞典)』을 참고하며 이들 시인들의 일본 아동문학사에서의 위치와 그 중요 업적을 중심으로 살폈다.

억(思ひ出)』에서 이미 그 싹이 드러나 있으며, 『아카이토리』를 통해 매 호에 걸쳐 동요를 창작하여 게재하고, 아동 전래동요 모집, 신인 발굴, 전래동요 모집, 아동 자유시 선평 등의 동요 운동 관련 일을 통해 일본 아동문학사에 지대한 공적을 남겼다.

기타하라 하쿠슈의 동요는 초창기의 화려하고 낭만적인 경향에서 점차 사실적인 경향을 띠며 동요집 『달과 호두(月と胡桃)』(1931)를 출간할 무렵부터는 노래하는 동요에서 음미하며 읽는 시로 바뀌어 갔다. 기타하라 하쿠슈 동요는 약 천 편에 달하며 『하쿠슈 동요집』 등 11편의 동요집을 남겼다. 고바야시 준이치는 『현대아동문학사전』에서 이러한 기타하라 하쿠슈의 공적에 대해 "당시의 교훈적이고 무미건조한 학교 창가를 배제하고 새로운 동요는 일본의 풍토에 뿌리내린 전래동요의 정신과 순수한 동심에서 노래해야만 한다고 제창"[82]하였다고 평가한다.

기타하라 하쿠슈의 동요집으로 『잠자리의 눈동자(トンボの目玉)』(1919), 『토끼의 전보(兎の電報)』(1921), 『축제의 피리(祭りの笛)』(1922), 『꽃피우는 할아버지(花咲爺さん)』(1923), 『어린이의 마을(子供の村)』(1925) 등이 있다.

미키 로후(三木露風, 1889~1964)는 효고현 태생으로 와세다대학에서 영문학을 공부하고, 게이오대학에서 미학을 배웠다. 17세 때 첫 시집 『가희(夏姫)』를 출간했다. 기타하라 하쿠슈와 더불어 상징시 시대를 만들었다. 『아카이토리』의 동요운동에 참가하며 동요를 쓰기 시작하여 『진주섬』, 『아기새의 친구』, 『해님』 등의 시집을 냈다.

노구치 우죠(野口雨情, 1882~1945)는 이바라기현에서 출생하였으며 도쿄전문대학을 나왔다. 신체시 창작에 뜻을 두고 소마 교후, 오가와 미메이, 미키 로후 등과 함께 와세다시사(早稲田詩社)를 결성하였다. 1905년에 민요집 『마른 풀』을 출간하여 동심을 노래한 「히나마츠리(雛祭り)」를 수록

82 小林純一, 「北原白秋」, 『現代児童文学辞典』, 72~74면.

했다. 노구치 우죠가 동요를 쓰기 시작하는 것은 1919년에 잡지 『킨노후네』에 기고하고 나서부터이다. 노구치 우죠는 이 잡지에 전원의 소박한 어린 아이들의 감정을 노래한 민요풍의 동요를 게재했다. 『킨노후네(금배)』에서 이름을 『킨노호시(금성)』로 개명한 잡지일에도 참여했으며, 『도우와』에도 동요를 발표하였다. 동요집으로 『보름밤의 달님』, 『파란눈의 인형』, 『반딧불 등대』가 있다. 고바야시 준이치는 "그의 작품은 기타하라 하쿠슈, 사이죠 야소의 작품에서 볼 수 있는 것 같은 예술적으로 뛰어난 것은 아니지만 시골스러운 음율과 자주 부모 없는 아이를 노래한 그 애조가 사람들의 마음을 끌어당기며 순식간에 하쿠슈, 야소와 어깨를 겨루며 동요 부흥에 무게를 두게 되었다."[83]며 그 특색을 말하고 있다.

사이죠 야소(西條八十, 1892~1970)는 도쿄 태생으로 와세다대학 영문과를 졸업했다. 잡지 『시인』을 통해 상징파 시인으로 등장했다. 사이죠 야소가 시인으로서의 행보를 결정하게 된 것은 『아카이토리』에 동요 「카나리아」를 발표하고 나서이다. 잡지 『도우와』에도 여러 동요를 발표하였으며, 투고 동요의 추천을 맡아 신진 동요 시인 발굴에 기여했다. 더불어 서구의 여러 동요를 번역 소개하여 동요계에 신선한 기운을 불러일으켰다. 주요 시집으로 『사금』, 『납 인형』 등이 있으며, 동요집으로 『앵무새와 시계』, 『사이죠 야소 동요 전집』 등이 있다. 후나키 시로는 『현대아동문학사전』에서 사이죠 야소의 공적에 대해 "사이죠 야소의 동요는 기타하라 하쿠슈, 노구치 우죠와 더불어 다이쇼기 동요부흥운동의 기수였다. 『아카이토리』, 『도우와』 등의 잡지에 많은 동요를 발표하며 동요 융성에 부응한 공적은 크다."고 밝히며, 사이죠 야소 동요의 특질에 대해 "아동의 심상의 특징을 꿰뚫어 작은 마음에 담긴 애수, 사모, 회의, 외경, 동경 등의 내면 생활을 아동과 어른의 정신의 공통점을 발견하여

---

83 小林純一, 「野口雨情」, 위와 같은 책, 287~288면.

노래하고자 했다. 이러한 그의 예지적 상상주의는 (…중략…) 단순히 동심으로 돌아가 감각적으로 아동의 환희를 외적으로 표현하는 것만으로는 피상적이라고 했다. 그의 예지적 상상주의는 월트 드 라 메어의 영향을 받고 있는 것으로 보이는데 동요를 시로 고양시킨 것은 부정할 수 없다."[84]고 평가했다. 1918년부터 1921년까지 잡지에 발표한 동요를 모아 엮은 그의 첫 번째 동요집 『앵무새와 시계(1921)』에서는 이러한 야소 동요의 특징과 더불어 유머와 위트가 느껴지는 동요 등도 감상할 수 있다.

시마키 아카히코(島木赤彦, 1876~1926)는 나가노현 출생으로 18세경부터 『소년문고』에 신체시를 투고하였다. 동요를 쓰기 시작한 것은 1920년 그의 나이 45세 때의 일로 잡지 『도우와』에 발표하였다. 동요집으로 『아카히코 동요집』(1922), 『제2 아카히코 동요집』(1923)이 있다. 고바야시 준이치는 시마키 아카히코 동요의 특징을 "그의 동요는 단가와 마찬가지로 사생을 바탕으로 한 것으로 주로 자신이 생활한 나가노현 주변의 자연과 촌동의 소박한 생활 풍경을 노래했다."[85]라고 밝히고 있다.

요다 준이치(與田準一, 1905~1997)는 호쿠오카 출생으로 고향에서 소학교 교사를 하고 있을 무렵에 『아카이토리』, 『도우와』에 동요를 투고하며 기타하라 하쿠슈의 인정을 받았다. 하쿠슈를 의지하여 상경해 『아카이토리』의 편집일을 하며 다츠미 세이카(巽聖歌), 사토 요시미(佐藤義美) 등과 함께 '아카이토리 동요회'를 결성하고 동인지 『은행나무』를 발행했다. "예지주의 동요를 제창하고 동요를 근대시의 위치로 확립시키고자 노력했"으며, "항상 동요계의 선단에 서서 하쿠슈 타계 후에는 제1인자로 위치하고 있다"[86]란 평가를 이끌었다.

끝으로 『도우와』에 동요를 투고하며 동요 시인으로 등장한 가네코 미

84 船木枳郎, 「西條八十」, 위와 같은 책, 123~124면.
85 小林純一, 「島木赤彦」, 『現代児童文学辞典』, 158~159면.
86 위와 같음, 379~380면.

스즈(金子みすゞ, 1903~1930)에 대해서 살펴본다. 가네코 미스즈는 야마구치현에서 출생하였다. 고등여학교를 졸업한 가네코 미스즈는 서점에서 일하며 스무살경부터 아동 문예잡지에 동요를 발표하였는데, 특히 사이죠 야소가 투고 동요란을 맡은 『도우와』를 통해 주목을 받았다. 『도우와』 1923년 9월호에 「물고기」와 「요술 방망이」 두 편이 〈어른 부분 추천〉을 받아 게재된 이후로 1924년 1월호에도 「모래 왕국」, 「외톨이」를 게재하고, 계속해서 3월호에 「풍어」를 포함한 3편의 동요를 게재했다. 후지타 다마오(藤田圭雄)의 『일본동요사』를 보면 가네코 미스즈가 투고한 동요는 "『도우와』에서의 미스즈의 작품은 추천 16편, 입선 24편, 가작 2편"[87]이며 그밖에 『아카이토리』 3편, 『킨노호시』에 1편을 투고하여 게재되었다. 후지타 다마오는 가네코 미스즈 동요의 특징을 "지금까지의 동요가 거의 서경의 시나 환상의 시였던 것에 비해 느낀 대로 순수하게 쓴 점이 매우 신선했다. (…중략…) 전래동요풍이나 일본 전통시풍 또는 상징시풍의 경향 일색이었던 동요의 세계에 선명한 개성을 지니고 등장한 것은 하나의 특이한 색체였다."[88]라고 밝히고 있다. 생전에 발간된 동요집은 없으나 미발표 원고를 포함해 미스즈 본인이 자필로 작성한 원고노트를 세 권 남겼는데 사후 『아름다운 마을』, 『하늘의 엄마』, 『쓸쓸한 왕녀』란 제목으로 출간되었다.

한편 현대를 대표하는 시인으로 마도 미치오, 구도 나오코, 다니카와 슌타로를 들 수 있다. 마도 미치오(まどみちお, 1909~2014)는 「코끼리(ぞうさん)」(1951), 「1학년이 되면(1年になったら)」(1966) 등이 지금껏 유치원이나 초등학교 어린이들에게 불리워지며 많은 영향을 끼치고 있으며, 시집으로 『콩알 노래(まめつぶうた)』(1973), 『좋은 경치(いいけしき)』(1981), 『멜론의 시간(メロンのじかん)』(1999) 등이 있다. 구도 나오코(工藤直子, 1935~)는 들판

87 藤田圭雄, 「金子みすゞの出現」, 『日本童謡史』, あかね書房, 1971년, 614면.
88 위와 같음, 612면.

의 벌레, 곤충, 풀과 꽃 등 자연 속의 생명체를 화자로 노래한 『들노래(のはらうた)』(1984) 시리즈가 유명하며, 『철학의 사자(てつがくのライオン)』(1982), 『친구는 초록 냄새(ともだちは緑のにおい)』(1988) 등의 시집이 있다. 다니카와 슌타로(谷川俊太郎, 1931~)는 『귀 기울이다(みみをすます)』(1982), 『알몸(はだか)』(1988) 등의 시집이 있으며 여러 그림책작가와 협업하여 만든 그림책은 그림책사에 남을 뛰어난 작품이 많다. 이들 세 시인은 유머와 위트가 넘치는 철학적인 시가 그 특징이며 어린이부터 어른에 이르기까지 여러 다양한 독자층을 아우르고 있다.

10. 프롤레타리아 아동문학의 대두와 이념 논쟁

다이쇼기에 이어 오는 쇼와(昭和, 1926~1988) 초기 아동문학의 가장 큰 특징은 프롤레타리아 아동문학의 대두이다. 일본에서 프롤레타리아 문학이 시작되는 것은 다이쇼기인 1919년경이며 이후 1921년 2월에 창간된 『씨뿌리는 사람(種蒔く人)』이 기폭제 역할을 하였고, 1924년 6월에 창간된 『문예전선(文芸戦線)』을 통해 문학운동으로서의 프롤레타리아 문학을 뿌리내리게 된다. 쇼와기에 들어서며 프롤레타리아 아동문학의 시작은 1926년으로 일하는 아이들에 대한 교화를 목적으로 1925년에 창간된 일본공산당 기관지인 『무산자신문(無産者新聞)』에 '어린이 세계(コドモのせかい)'라는 지면을 두면서부터이다. 이어서 동화작가, 동화극 작가, 연구자 들이 연맹하여 〈동화작가협회〉를 창립한 것 또한 다이쇼기가 끝나고 쇼와가 시작된 1926년의 일로 이들은 자신들의 동화를 '신흥동화(新興童話)'라고 지칭했다. 1927년의 금융공황으로 일본의 자본주의 경제가 위기를 맞아 불경기에 빠지게 되면서 국민들은 생활고에 시달리게 된다. 이러한 시기에 반자본주의 입장을 표방하며 프롤레타리아 아동문학운동을 지향하는 〈신흥동화작가연맹〉이 1928년에 결성되었고, 같은 해에 〈전일본무산자예술연맹(나프)〉이 발족되어 그 기관지로서 『전기(戦

旗)』가 창간되었다.

프롤레타리아 아동문학을 대표하는 잡지는 『소년전기(少年戦旗)』이다. 1929년 5월에 창간된 『소년전기』 2권까지는 일본의 좌익운동 프롤레타리아 문예잡지 『전기(戦旗)』의 부록으로 나왔지만 3회부터는 단독으로 발행되었다. 편집은 무라야마 가즈코(村山籌子)가 맡았다. 후나키 시로는 이 잡지의 특징을 "직접 무산자의 아동에게 다가가 공산주의 교화에 따른 아동 자신의 자각과 단결력으로 피압박 계급의 해방을 지향했다. 거듭되는 폐간으로 1931년 8월에 종간"[89]되었다고 설명한다. 이처럼 일본에서 쇼와 초기에 시대를 직시하고자 새로운 대안으로서 제시된 장르가 '프롤레타리아 아동문학'이었다.

요로즈야 히데오(万屋秀夫)는 "프롤레타리아 아동문학 운동 속에서 그려진 작품은 오늘날 감상할 만한 작품은 없다."라며 이 시기에 나온 작품들이 지닌 한계를 지적하면서도 "하지만 이 운동 속에서 다이쇼기 동심주의 아동문학관을 배격하고 사회 속에서 어린이를 직시하고자 하는 아동관을 제시한 점은 단순히 아동문학계뿐만 아니라 교육계에도 영향을 끼친 성과로 인정할 만하다. 또 운동이라고 하는 성격상 평론 활동이 활발해졌으며 그 활동 속에서 마키모토 구스로가 등장한 것도 운동의 성과였다."[90]라며 교육성과 운동성, 평론 활동 면에서 프롤레타리아 아동문학을 평가했다.

이 시기의 대표적인 작가로 마키모토 구스로와 '생활동화', '집단주의 동화' 운동으로 평론 활동과 작품 활동으로 그 뒤를 이은 츠카하라 겐지로를 들 수 있다.

마키모토 구스로(槇本楠郎, 1898~1956)는 오카야마현 태생으로 평론가이자 동화작가이다. 마키모토 구스로의 이름이 일본 아동문학사에 뚜렷하

---

89 船木枳郎, 「少年戦旗」, 『現代児童文学辞典』, 171면.

90 万屋秀夫, 「昭和 · 戦前期」, 『日本児童文学概論』, 69면.

프롤레타리아동요집 『붉은 깃발』.

프롤레타리아동요집 『작은 동지』.

게 족적을 남긴 것은 프롤레타리아 아동문학과의 연관성에서이다. 와세다대학을 중퇴한 마키모토 구스로는 고향으로 내려가 5년 동안의 농촌 생활을 하면서 시, 동화, 소년소설 등을 집필했다. 1922년에 시집 『처녀림의 울림』, 1925년에는 『길비군(吉備郡) 민요집』을 출간했다. 1926년에 상경하여 이듬해 프롤레타리아 문학운동에 참여했다. 세키 히데오는 "가와사키 다이지(川崎大治), 이노 쇼조(猪野省三) 등과 더불어 프롤레타리아 아동문학의 지도자로서 쇼와의 아동문학사상에 커다란 역할을 다했지만 파시즘의 압박을 받으며 작품은 일명 생활동화로 변행되어 갔다."[91] 라며 그 특징을 설명한다.

마키모토 구스로의 동화집으로 『아기 고양이의 재판』(1935), 『달밤의 미끄럼틀』(1936), 『들판의 어린이회』(1937), 『고양이의 생일』(1939) 등이 있으며 동요집으로는 『붉은 깃발』(1930)과 가와사키 다이지 등 9명의 동요를 함께 엮은 공동 동요집 『작은 동지』(1931)가 있다. 이론서로 『프롤

---

91 関英雄, 「槇本楠郎」, 『現代児童文学辞典』, 340면.

92 槇本楠郎, 「朝鮮の新興童謠」, 『新児童文學理論』, 東宛書房 , 1936년 7월 8일, 184~191면.

레타리아 아동문학의 제문제』(1930), 『프롤레타리아 동요 강좌』(1930), 『신아동문학이론』(1936)이 있으며 번역서로 『금시계』가 있다. 특히 마키모토 구스로는 1936년에 출간한 『신아동문학이론』에 「조선의 신흥동요(朝鮮の新興童謠)」(〔번역 자료 5〕 참조)[92]란 글을 발표하였다. 이는 일본의 프롤레타리아 아동문학과 당시 한국의 프롤레타리아 아동문학과의 연대를 살필 때 주목이 가는 글로 볼 수 있다.

마키모토 구스로는 이론을 통해 일상 생활 속에서 어린이가 자주적이고, 창조적이며, 집단생활을 지향할 것을 주장했는데 이를 표현한 동화로 「청소 당번」, 「학급 자치회」, 「어머니 날」 등이 있다. 이 중 마키모토 구스로의 「청소 당번」에 대해 츠카하라 겐지로는 "학교 내 일상의 문제를 소재로 아동의 자주적인 활동을 통해 올바른 방향으로 발전시키고 있는 것은 주목할 만하다. (…중략…) 하지만 취재 범위가 좁고 특히 결점으로 들 수 있는 것은 개개인의 인물이 살아 있지 않는 것으로 예술품으로서의 평가를 아주 떨어뜨리고 있다."[93]라고 분석하며 "정확한 사회적 관련에서 아동을 다루"었다고 언급한다.

도리고에 신에 따르면 1928년경부터 1940년경까지 동인 잡지가 전국 각지에서 100종이 넘게 발간되었다. 도리고에 신은 "아동 잡지나 동인 잡지 속에서 나온 작품의 대부분은 의식하건 하지 않건 간에 프롤레타리아 아동문학에서 직접적, 간접적인 영향을 받았다. 예를 들면 가난이라고 하는 것에 의문을 품는 소년과 노동에서 의미를 찾아내려고 하는 소년 등의 주인공이 등장한 이야기는 주제면에서 사회적인 폭을 보여준다거나 작풍도 일명 동화풍의 수법이 아닌 리얼한 수법이 점차로 많아졌던 것이다."[94]라며 이 시기 창작동화의 특징을 분석하고 있다. 그러면

93 塚原健二郎, 「明日-児童の為に」, 『都新聞』(1933. 9. 2~3), 인용은 『児童文学(物語編)—資料と研究』, 141~142면.

94 鳥越信, 「児童文学に春を迎える試み」, 『日本児童文学』, 93면.

서 이러한 동화를 일컬어 '생활동화'라 하며 대표적인 생활동화 작가로 "마키모토 구스로, 가와사키 다이지 등의 프롤레타리아 아동문학운동 작가들과 츠카하라 겐지로 등의 일명 동반자 작가, 동인지 등에서의 연마를 통해 독특한 작품을 남긴 시모하타 타쿠(下畑卓), 오카모토 요시오(岡本良雄), 세키 히데오(関英雄)" 등을 이 시기 대표 동화작가로 들었다.

이처럼 츠카하라 겐지로(塚原健二郎, 1895~1965)는 '생활동화'와 더불어 '집단주의' 동화 쓰기 운동을 펼쳐갔다. '집단주의' 동화란 어린이가 속한 사회 집단 속에서 어린이의 일상 생활이 파악되어 쓰여진 동화를 일컫는 말로, 츠카하라 겐지로의 발언을 통해 그 의미를 살펴보면 "아동의 집단적 생활(사회적) 속에서 자주적이고 창조적인 생활을 조장하고 그 개개인의 생활 행동을 통해서 새로운 내일의 사회를 향해 뻗어가는 동화로써 여기서 다루고자 한다. 종래의 일본 동화는 개인주의적인 작품, 혹은 아동 생활을 유형적으로 다룬 오토기바나시적인 작품, 그렇지 않으면 관념적인 프롤레타리아 작품이었다. 그 어느 쪽도 아동의 생활을 사회적 관련에서 구체적으로 그려냈다고 하는 듯한 작품은 적었다고 생각된다."[95]라는 발언을 통해 유추해 보면 츠카하라 겐지로가 말하는 '집단주의' 동화란 어린이 개개인의 생활을 존중한 어린이를 둘러싼 사회 집단 속에서 그려내는 어린이의 실제 삶에 밀착한 동화를 가리킨다.

츠카하라 겐지로는 나가노현에서 출생했다. 츠카하라 겐지로는 『중앙공론』 1921년 2월호에 첫 작품을 발표하면서 창작 활동을 시작하여, 『오토기의 세계』, 『아카이토리』 등에 동화를 게재했다. 특히 『아카이토리』에는 22편의 작품을 발표했다. 츠카하라 겐지로의 업적에 대해 구와바라 사부로(桑原三郎)는 "초기 동화는 이야기풍의 재화도 많았지만 뒤에는 리얼한 이야기로 바뀌어 갔다. (…중략…) 쇼와 10년대인 1935년경부

95 塚原健二郎, 위와 같음, 140~141면.

터는 점차 리얼리즘 동화로 이행해 갔는데 '생활파', '진보파'라 불리우는 그의 동화에는 다이쇼기의 양심적인 소심한 지식인 화가, 문인과 그 주변의 어린이를 소재로 한 것이 많다. 보다 아름다운 생활 건설을 위해 노력한 문화인의 모습을 수채화풍으로 담백하게 그려내고 있다."[96]라며 그 작품의 특징을 언급한다.

츠카하라 겐지로의 대표적인 동화집으로 1937년에 출간한 『7층의 어린이들(7階の子供たち)』을 들 수 있는데 칸 타다미치는 "동화작가의 업적으로서는 1937년 3월부터 4월에 걸쳐 간행된 〈신동화선집〉(어린이연구사)을 기념비적 출판으로써 높게 평가한다."라면서 마키모토 구스로의 『들판의 어린이회』, 츠카하라 겐지로의 『7층의 어린이들』 등 총 6권의 동화집 간행에 대해 "대부분의 작가에게 첫 동화집이었으며, 각각 다이쇼 말기 또는 쇼와 초기 이래 민주적·예술적 아동문학운동에서의 발자취를 모아 자발적으로 시세(時勢)에 저항한 것을 의미"[97]하고 있기 때문이라며 그 구체적인 평가 이유를 밝히고 있다. 동화집 『7층의 어린이들』은 츠카하라 겐지로가 1920년 중반 무렵부터 1930년 중반경까지 쓴 14편의 작품을 수록한 동화집으로 표제작이기도 한 「7층의 어린이들」은 집단 속에서 행동하는 어린이들의 자발적인 협동이 그려졌다. 편견, 편협, 고정관념을 대표하는 부모 세대와 대비되는 존재로써 집단의 어린이들이 등장하여 가난하고 불쌍한 이에 대한 동정과 연민을 담고 있어 츠카하라 겐지로의 아동관을 살필 수 있는 작품이라 할 수 있다.

그밖에 이 시기에 활동한 프롤레타리아 아동문학 관련 작가로 오카모토 요시오(岡本良雄, 1913~1963), 시모하타 타쿠(下畑卓, 1916~1944)가 있다. 오카모토 요시오는 오사카시 출생으로 와세다대학 국문과를 졸업했다.

---

96 桑原三郎, 「塚原健二郎」, 『現代児童文学辞典』, 220면.
97 管忠道, 「危機の児童文学」, 『日本の児童文学』, 228면.

대학 재학 때부터 아동문학에 관심을 가졌으며 마키모토 구스로의 이론서 강독반 모임을 열어 주도하거나, 시모하타 타쿠 등과 동인 잡지 『신아동문학』을 펴내는 등의 활동을 하며 꾸준히 동화 창작 활동을 했는데 빈곤층 어린이의 생활을 소박하면서도 간단 명료하게 그린 것이 특징이었다. 동화집으로 1943년에 간행된 『8호관』이 있다. 한편 시모하타 타쿠는 고베 태생으로 신문사에 근무하면서 〈신동화집단〉, 〈신아동문학〉 등과 같은 프롤레타리아 아동문학 모임과 동인지에서 활동하며 당시의 집단주의 아동문학론에 입각한 어린이의 집단 생활을 그린 작품을 발표했다. 대표작으로 「카하라겐자부로 우에몽(大河原三郎右衛門)」(1940)이 있으며 이 작품으로 일본 아동문학사에서 "강건한 어린이를 이상상으로 그리고자 하는 자세, 또 심리 추구의 자세를 볼 수 있다. 여기에서도 체제 순응의 경향이라는 한계는 있지만 당시의 생활동화 중에서 아동상의 조형을 시도한 점, 또한 그것을 뛰어난 이야기로 그려낸 점 등에서 생활동화의 가능성을 지닌 작가로 볼 수 있다."[98]라는 평가를 얻었다.

또한 이들과 같은 시기에 동화집을 출간한 히라츠카 타케지(平塚武二, 1904~1971)와 무쿠 하토주(椋 鳩十, 1905~1987)에 대해서도 살펴본다. 먼저 히라츠카 타케지는 요코하마시 태생으로 1942년에 첫 동화집 『바람과 꽃잎』을 출간했다. 이후 유년동화, 장편동화 등 많은 동화집을 출간했는데 세키 히데오에 따르면 소녀를 주인공으로 한 리얼한 소설풍의 이야기, 역사에서 소재를 가져온 로맨틱한 메르헨, 사회 풍자를 띤 유머러스한 동화, 산문시풍의 유년동화 등 다채로운 작품을 쓴 작가"[99]였다. 한편 일본 아동문학사에서 '동물문학자'라고 호칭되는 무쿠 하토주는 나가노현에서 태어나 호세이대학(法政大学) 국문과를 졸업했다. 처음에는 시

98 「大河原三郎右衛門」, 『児童文学(物語編)—資料と研究』, 160면.
99 関英雄, 「平塚武二」, 『現代児童文学辞典』, 311~312면.

인으로 문인 활동을 시작했지만 "나가노와 가고시마의 산들을 걸으며 자연과 동물과의 소통을 통해 동물문학이라고 하는 신경지를 열며 이 방면을 대표하는 작가가 되었다."[100] 대표적인 저서로 『동물들』(1943), 『동물의 신비』(1947), 『지붕 속 고양이』(1951), 『한 쪽 귀 큰 사슴』(1951), 『무쿠 하토주 동물동화 전집(전5권)』(1965) 등이 있다.

100 山室静, 「椋 鳩十」, 위와 같은 책, 359면.

11. 일본 아동문학계의 현대를 알리는 움직임과 대표적인 작가와 작품

제1차 세계대전 이후 호황을 맞이했던 일본의 경제가 1927년 쇼와금융공황으로 파탄을 맞으며 그 영향은 일본 아동문학계에도 미쳐 이 시기를 가리켜 '겨울의 계절'이라 표현한다. 일본에서는 1931년의 만주사변부터 1945년 패전까지를 '15년 전쟁'이라 부른다. 15년 전쟁 기간 중인 1937년의 중일전쟁을 시작으로 일본은 다시 '겨울'의 계절을 맞이하게 되는데 이 시기를 대표하는 아동문학계의 움직임으로 1941년에 결성된 일본소국민문화협회의 창립을 들 수 있다. 일본소국민문화협회는 정부와 군부의 후원 아래 기관지 『소국민문화(少國民文化)』(1942~ 1944), 『소국민문학(少國民文學)』(1943 창간, 3호로 종간) 등을 창간하며 여러 움직임을 보이고, "아동문학은 소국민문학으로 되어, 아동문학자는 오직 성전완수를 위해 봉사하여만 하였다. 어린이들은 단지 육탄의 예비군이 되어 (…중략…) 더 이상 이 시기에는 예술적 아동문학은 물론이고 대중적·통속적인 소년소녀소설조차도 모습을 감추고 남은 것은 전의 고양의 군인 이야기 일색이 되어, 결국에는 그것조차도 종이 부족으로 나오지 않게 되었다."[101] 하지만 이러한 전쟁시에 간행된 양심적인 출판물로 신쵸샤(新潮社)의 『일본소국민문고(日本少国民文庫)』(1937)가 있다. 특히 이 시리

즈 중 요시노 겐자부로(吉野源三郎, 1899~1981)의 『너희들은 어떻게 살 것인가(君たちはどう生きるか)』는 "제목이 제시하고 있는 것처럼 윤리 문제를 정면에서 다루고 있지만 그 구성은 코페루라고 불리우는 한 소년을 주인공으로 지극히 소설적인 골격을 갖고 있어 문학 작품으로서 보아도 일본 아동문학사에서 놓쳐서는 안 될 기념비적 작품이다."[102]라는 평가를 얻고 있다. 일본의 15년 전쟁은 1945년 패전으로 전쟁이 끝나면서 일본 아동문학계에서도 비로소 새로운 움직임이 생겨나기 시작한다.

현대 아동문학의 첫 움직임은 1946년 3월에 결성된 〈아동문학자협회〉에서 비롯된다. 세키 히데오가 작성한 『현대아동문학사전』에 따르면 이 협회는 동화작가협회에 소속되었던 중견 아동문학가들과 신인 회원을 합해 회원 40명으로 출발하였다. 협회 기관지 『일본 아동문학』을 같은 해 9월에 창간하여 회원의 작품을 게재하였다. 1946년 출발 당시에는 아키타 우자크가 회장을 맡았다.[103] 1949년 10월에 정식적으로 회장제가 실시되어 초대회장으로 오가와 미메이가 선출되었다. 1954년 시점에서 회원이 400여 명으로 늘고 7개의 지부가 생기는 등 이 단체는 현대 아동문학운동의 커다란 거점이 되었다. 1958년에 〈일본아동문학자 협회〉로 개명하여 오늘에 이른다.

한편 1950년대에 들어 일본에서는 낡고, 비합리적인 것이 아닌 현실사회를 직시하고 새로운 형식과 정신이 바탕이 된 창작을 지향하고자 하는 '장편 소년문학' 논쟁이 일어났다. 논쟁의 중심에 선 것은 와세다 대학 동화모임인 '와세다동화회(早大童話会)' 회원인 후루타 다루히, 도리고에 신 등으로 「'소년문학'의 깃발 아래에!('少年文学'の旗の下に!)」란 선언을 통해서였다. 도리고에 신은 이 선언이 "기성 아동문학에 대한 불

101 鳥越信, 「聖戦完遂の少国民文学へ」, 『日本児童文学』, 109~114면.
102 위와 같음, 118면.
103 関英雄, 「児童文学の団体」, 『現代児童文学辞典』, 155면.

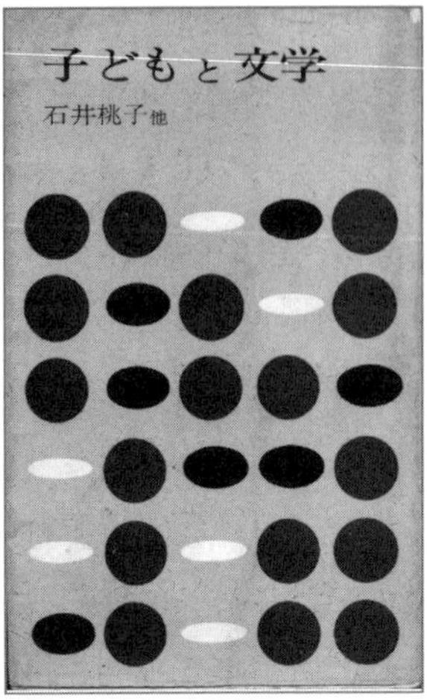
비평서 『어린이와 문학』.

신"에서 생겨난 것으로 "아동문학의 본질을 재차 숙고하고자 한 점의 문제의식을 내포"하고 있었다며, "이 선언을 시작으로 아동문학의 본질을 둘러싼 여러 의견이 이어졌다."[104]며 그 의의를 언급하고 있다.

1956년에 발간된 칸 타다미치(管忠道)의 『일본의 아동문학(日本の児童文学)』은 이 시기 중요한 저서로 일본 근대 아동문학을 중심으로 시대와 역사를 아우르는 총체적인 시각에서 집필된 아동문학사라 볼 수 있다. 아울러 칸 타다미치가 편집대표를 맡아 중요 자료를 중심으로 모아 엮은 삼일서방(三一書房)에서 간행된 『일본아동문학대계(日本児童文学大系(1~6))』(1955) 또한 자료로써 가치를 지닌다. 보문관(宝文館) 출판사에서 1958년에 간행된 『현대아동문학사전(現代児童文学辞典)』 또한 일본 아동문학사를 이해하는 데 기여한 출판물 중 하나로 칸 타다미치는 이 사전에 대해 "아동문학의 본질과 일본·세계의 역사, 주요 작가, 작품에 대해 요약한 본격적인 문학사전으로 그 출판 의의가 크다."[105]고 평가하고 있다.

새로운 시각의 비평서로 1960년에 간행된 『어린이와 문학(子どもと文学)』을 들 수 있다. 이시이 모모코를 비롯한 여섯 명으로 구성된 저자가 5년간의 자체 공부 모임을 통해 토론을 거듭한 내용을 토대로 오가와 미메이, 하마다 히로스케, 츠보타 죠지, 미야자와 겐지, 치바 쇼조, 니이미 낭키치 등 6명의 주요 근대 작가를 현재적인 시각에서 조명한 작품론을 전개했다. '가장 어릴 때에', '이야기의 연령', '옛이야기의 형식', '판타

104 鳥越信, 「児童文学の上げ潮」, 『日本児童文学』, 137~138면.
105 管忠道, 「戦後の児童文学」, 『日本の児童文学』, 412면.

지' 등의 항목을 두어 어린이 문학에 대한 이해와 새로운 작품 창작에 대한 기대를 심어주었다. 이 저서에 대해 칸 타다미치는 "서구의 아동문학에 정통해 있는 편집자들은 (…중략…) 일본의 근대 아동문학 전통에 재평가를 내리며 대표적인 작가·작품론으로 전개했다. 그리고 미메이·히로스케·죠지에 대해서는 그 작품이 얼마나 아동문학으로서 부적격한가를 논증하고, 겐지·쇼조·낭키치의 적격성을 상대적으로 높게 평가했다. 전자 그룹에 관해서는 작품의 부정적 측면만을 지적하였고, 후자의 그룹에 관해서는 주로 긍정적인 측면만을 자의적으로 이끌어낸 듯한 논지의 진행은 그다지 객관성이 없었다고 여겨지는데 전통 부정 붐을 타고 이 책은 널리 유포되어 아동문학에 관심을 지닌 독자에게 큰 영향을 끼쳤다."[106]며 그 특징을 언급하고 있다.

이 시기의 동인지 활동 또한 특기할 만하다. 대표적인 동인지로 이누이 도미코, 나가사키 겐노스케, 사토 사토루가 참여한 『콩나무』(1950), 마츠타니 미요코가 참여한 『아동문학연구』(1950), 마에카와 야스오, 이마니시 스케유키, 데라무라 테루오, 오이시 마코토가 참여한 『비파나무 열매』(1951), 야마나카 히사시, 후루타 다루히, 도리고에 신, 진구 데루오가 참여한 『작은 친구』(1954), 우에노 료가 참여한 『마차』(1954) 등이 있다. 이들 동인지의 활발한 토론 활동으로 일본 현대 아동문학을 대표하는 뛰어난 작가가 등장하는 계기가 되었으며, 창작 연마와 탐구의 장을 열어주었다.

이 시기의 두 명의 여성 작가 이시이 모모코와 츠보이 사카에 또한 특기할 만하다. 이들은 근대에서 현대로 넘어오는 과도기적 시기에 등장하며 현대 일본 아동문학사에서 중요한 역할을 담당했다.

이시이 모모코(石井桃子, 1907~2008)는 사이타마현 우라와시 태생으로

---

106 管忠道, 「戦後の児童文学」, 『日本の児童文学』, 449~450면.

일본여자대학 영문학부를 졸업했다. 야마모토 유조(山本有三)가 편찬한 『일본소국민문고』의 편집을 맡은 이후 『이와나미 소년문고』(1950), 『이와나미 어린책』을 편집했다. 제2차 세계대전 중에 집필한 『논짱 구름을 타다(ノンちゃん雲にのる)』를 1947년에 출간했다. 후나키 시로는 이 작품에 대해 "공상에서 잠재의식의 세계로, 그리고 현실세계로 돌아온다. 이 작품은 일부분 표현에 취해 있는 부분도 있지만 작가의 유년 시절의 경험이 바탕이 된 만큼 생생하고 부드러운 체온을 느낄 수 있다. 유년을 그리고는 있지만 상급생이 읽을 만한 동화로 볼 수 있다."[107]라고 평가한다. 이시이 모모코는 작가, 편집자, 번역가, 문고 활동 등 다방면에 걸친 활동을 통해 일본 현대 아동문학사에 지대한 영향을 끼쳤다.

츠보이 사카에(壺井 栄, 1900~1967)는 카가와현 출생으로 1938년 잡지 『문예』에 소설 「무 순(무 잎사귀)」을 발표하며 소설가의 길로 들어섰다. 첫 아동문학 작품은 1940년 작 「축제 옷(まつりご)」이며, 1942년에는 「보름날 밤의 달(十五夜の月)」을 발표하였다. 그 후 '모성의 문학'이라고 일컬어지는 계기가 된 장편 『엄마 없는 아이와 아이 없는 엄마와』(1948), 『스물 네 개의 눈동자』(1952) 등을 출간했으며 이들은 모두 영화화되어 대중의 사랑을 받았다.

사토 사토루의 『아무도 모르는 작은 나라』.

1959년은 일본 아동문학사에서 중요한 해이다. 사토 사토루(佐藤さとる, 1928~)의 판타지 작품 『아무도 모르는 작은 나라(だれも知らない小さな国)』와 이누이 도미코(いぬいとみこ, 1924~2002)의 판타지 작품

107 船木枳郎, 「ノンちゃん雲にのる」, 『現代児童文学辞典』, 288~290면.

사토 사토루의『나무 그늘 집의 소인들』.

야마나카 히사시의『내가 나인 것』.

인『나무 그늘 집의 소인들(木かげの家の小人たち)』이 출간된 해이며, 나카가와 리에코(中川李枝子, 1935~)의 유년동화『싫어싫어원(いやいやえん)』도 이 해에 출간되었다. 우에노 료(上野瞭)는 1967년의『전후아동문학론(戦後児童文学論)』에서 특히 사토 사토루의『아무도 모르는 작은 나라』를 가리켜 '전후아동문학의 기념비적' 작품으로 평가하고 있다.

1960년에는 마츠타니 미요코(松谷みよ子, 1926~)의『용의 아이 타로(龍の子太郎)』와 이마에 요시토모(今江祥智, 1932~2015)의『산 너머는 푸른 바다였다(山のむこうは青い海だった)』가 간행되었으며 다음 해에는 간자와 도시코(神沢利子, 1924~)의『꼬마 카무의 모험(ちびっこカムのぼうけん)』(1961) 등의 장편동화 간행이 이어졌다. 한편 데라무라 테루오(寺村輝夫, 1928~2006)의 난센스 동화집인『나는 왕이다(ぼくは王さま)』도 1961년에 나왔다.

1960년대 중반 이후로 넘어가면 먼저 1966년에 후루타 다루히(古田足日, 1927~2014)의『숙제 주식회사(宿題ひきうけ株式会社)』가 출간되었으며, 이어서 나가사키 겐노스케(長崎源之助, 1924~2011)의『절뚝이의 염소(ヒョコタンの山羊)』와 사이토 류스케(斎藤隆介, 1917~1985)의『혀 내미는 촘마(ベロ出し

チョンマ)』가 1967년에 출간되었다. 아망 기미코(あまんきみこ, 1931~)의 『하늘색 택시(車のいろは空いろ)』는 1968년에 출간되었고, 이어서 오쿠다 츠구오(奥田継夫, 1934~)의 『보쿠짱의 전장(ボクちゃんの戦場)』과 야마나카 히사시(山中恒, 1931~)의 『내가 나인 것(ぼくがぼくであること)』이 1969년에 출간되며 이 시기를 중심으로 현대 일본 아동문학을 대표하는 판타지를 비롯한 장편 리얼리즘 아동문학, 유년문학, 재창작 민담, 난센스 동화가 탄생하였다.

도리고에 신은 "아동문학의 부진·정체의 시기에 동인지 등에 의지하고 있던 젊은 세대가 그때까지의 대표적·상징적 존재였던 오가와 미메이의 시적 메르헨을 극복하고 이야기성 풍부한 로망 중심의 작품을 내걸고 한꺼번에 등장한 것이 1960년 전후의 일이었다. (…중략…) 이러한 아동문학 상황 속에서 그림책도 또한 비약적인 발전을 보였다."[108]라고 언급하며 이 시기를 '창작 아동문학이 한껏 꽃피운 상황'[109]이었다고 표현한다.

---

108 鳥越信, 「解説」, 「第Ⅲ部 黄金時代の開花」, 『はじめて学ぶ日本の絵本史Ⅲ—戦後絵本の歩みと展望』, ミネルヴァ書房, 2002년, 146면.

109 위와 같음.

12. 그림책 출판의 황금기를 가져온 70년대와 그 이후의 일본 아동문학

1950년 한국전쟁 당시 미군에서 발주한 군수 특수를 계기로 일본 내 경기가 살아나며 1954년부터 1973년에 이르기까지 일본은 비약적인 경제성장기를 맞이하게 된다.

그런 일본 아동문학계에서 1970년대는 그램책의 황금기라 일컫는다. 이 글의 마지막 장인 여기에서는 70년대의 특징과 그 이후의 그림책의 흐름을 살펴보고 아동문학의 주요 작품과 작가를 중심으로 간략하게 그 흐름을 서술한다.

이에 앞서 일본 그림책의 역사를 살펴보면, 메이지기와 다이쇼기에는 담화(談話)라는 용어로 표현되며 1899년의 「유치원 보육 및 설비규정」, 1926년의 「유치원령」 등의 유아교육 법규와 관계가 깊다.[110] 근대에 발간된 일본의 대표적인 그림 잡지(絵雑誌)로 1914년에 창간된 『고도모노토모(子供之友)』(1914~1943)와 1922년에 창간된 『고도모노쿠니(コドモノクニ)』(1922~1944), 『킹더북(キンダーブック)』(1927년 창간)이 있다. 이들 그림 잡

110 三宅興子編著, 石川晴子, 石澤小枝子, 小野瑞江, 前川貞子, 山本道子, 『日本における子ども絵本成立史』, ミネルヴァ書房, 1997년, 3~5면.

지를 통해 다채로운 전문 화가가 배출되었다. 이 시기 활약한 대표적인 화가로 기타자와 라쿠텐(北澤楽天, 1876~1955), 다케히사 유메지(竹久夢二, 1884~1934), 다케이 다케오(武井武雄, 1894~1983), 오카모토 키이치(岡本帰一, 1888~1930), 하츠야마 시게루(初山滋, 1897~1973), 가와카미 시로(川上四郎, 1889~1983) 등이 있으며 어린이 이미지를 현대적이며 장식적인 화법으로 표현한 것이 특징이었다. 이 시기에 그려진 이들의 그림을 가리켜 '도우가(童畵)'라고 한다.

1945년 이후 그림책사에서 중요한 역할을 담당한 출판사로 이와나미쇼텐(岩波書店), 후쿠잉칸쇼텐(福音館書店), 고구마샤(こぐま社)가 있다. 이와나미쇼텐은 1953년에 〈이와나미 어린이책〉을 통해 미국, 영국, 프랑스, 독일 등의 뛰어난 고전 명작 그림책을 번역 소개하여 많은 영향을 끼쳤다. 후쿠잉칸쇼텐이 1956년에 창간한 월간 그림책 〈고도모노토모(こどものとも)〉는 서사성이 풍부한 이야기 그림책을 표방하며 일본 작가와 화가에 의한 수준 높은 그림책을 발간하였다. 특히 1956년에는 「유치원 교육요령」 속에 '그림책'이란 용어가 처음으로 쓰였다.[111] 후쿠잉칸쇼텐의 〈고도모노토모〉를 통해 『수호의 하얀 말(スーホの白い馬)』(오츠카 유우조 재화, 아카바 수에키치 그림, 1961), 『구리와 구라의 빵 만들기(ぐりとぐら)』(나카가와 리에코 글, 오무라 유리코 그림, 1963), 『헌집의 비샘(ふるやのもり)』(다시마 세이조, 1964) 등의 많은 명작 그림책이 탄생하였으며 초 신타, 가코 사토시, 오오타 다이하치,

그림책 『구리와 구라의 빵 만들기』.

111 위와 같음, 5면.

호리우치 세이이치 등 저명한 그림책 작가 또한 후쿠잉칸쇼텐의 〈고도모노토모〉와 작업을 같이 했다. 그림책을 전문으로 출판하는 작은 출판사를 표방하며 1966년에 창업된 고구마샤에서는 『11마리 고양이(11ぴきのねこ)』(바바 노보루, 1967), 『나의 원피스(わたしのワンピース)』(니시마키 가야코, 1969) 등의 뛰어난 명작 그림책이 출간되었는데, 미야케 오키코(三宅興子)는 "고구마샤의 그림책을 탐구하는 것은 전후 일본의 그림책의 진화와 심화의 발자취를 살피는 것이기도 했다."[112]라며 현대 그림책사에서의 고구마샤가 갖는 위상을 평가하고 있다.

바바 노보루의 『11마리 고양이』.

이러한 흐름 속에서 그림책의 황금기를 가져온 70년대에는 많은 명작 그림책이 출간되었다. 『모치모치 나무(モチモチの木)』(사이토 류스케 글, 다키다이라 지로 그림, 1971), 『시바텡(しばてん)』(다시마 세이조, 1971), 『신기한 서커스(ふしぎなさーかす)』(안노 미츠마사, 1971), 『수다쟁이 달걀후라이(おしゃべりなたまごやき)』(데라무라 테루오 글, 초 신타 그림, 1972), 『역시 늑대(やっぱりおおかみ)』(사사키 마키, 1973), 『까마귀네 빵집(からすのパンやさん)』(가코 사토시, 1973), 『이슬이의 첫 심부름(はじめてのおつかい)』(츠츠이 요리코 글, 하야시 아키코 그림, 1975), 『딸기(いちご)』(신구 스스무, 1975), 『난 하세가와 군이 싫어(はせがわくんきらいや)』(하세가와 슈헤이, 1976), 『모코 모코모코(もこ もこもこ)』(다니카와 슌타로 글, 모토나가 사다마사 그림, 1977), 『백만 번 산 고양이(100万回生きたねこ)』(사노 요코, 1977), 『소베 지옥에 가다(じごくのそうべえ)』(다지마 유키히코 그림,

112 三宅興子, 「はじめに」, 『こぐま社の絵本研究』, こぐま社の絵本研究会発行, 2013년, 3면.

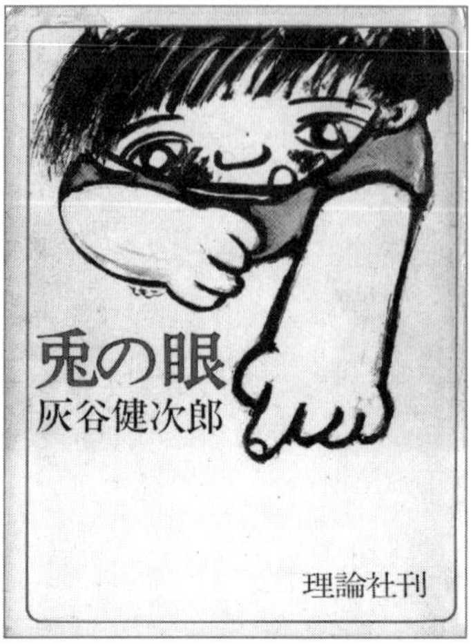

하이타니 겐지로의 『나는 선생님이 좋아요』.

1978), 『도리고라스(トリゴラス)』(하세가와 슈헤이, 1978) 등을 대표적인 그림책으로 들 수 있다. 특히 이 시기에는 창작 민담 그림책, 영유아 그림책이 새로운 장르로 대두되고, 일반 가정과 지역에서의 문고 활동이 활발해졌으며 그림책 미술관 개관, 그래픽 디자이너와 일러스트레이터의 활약이 두드러지며 결과적으로 그림책의 독자층을 성인으로까지 확대하며 그림책 역사의 지평을 넓혔다. 이러한 70년대는 "그림책의 출판 점수가 비약적으로 늘어나 연간 천 권을 넘었다. 일본의 창작 그림책뿐만이 아닌 서구의 고전 그림책, 화제작품이 60년대에 이어 연달아 번역 출간되었다. 그림책 연구도 본격적으로 시작되어 그림책론이 활발하게 논의되며 그림책 평론 전문지가 창간되었다. 각지에서 그림책 강좌와 창작교실이 열렸고, 콩쿠르도 성황을 이루었다."[113]에서 알 수 있는 것처럼 그야말로 그림책의 전성기였다고 말할 수 있다.

한편 이 시기 아동문학에서 중요한 출판물로 시카타 신(しかた しん)의 『무궁화와 모젤 권총(むくげとモーゼル)』(1972), 아와 나오코(安房直子)의 『바람과 나무의 노래(風と木の歌)』(1972), 야마시타 하루오(山下明生)의 『바다를 달리는 백마(うみのしろうま)』(1972), 마츠타니 미요코의 『어린 모모짱(ちいさいモモちゃん)』(1974), 하이타니 겐지로(灰谷健次郎)의 『나는 선생님이 좋아요(兎の眼)』(1974), 가와무라 다카시(川村たかし)의 『산으로 가는 소(山へいく牛)』(1977), 스에요시 아키코(末吉暁子)의 『별로 돌아간 소녀(星に帰った少

113 中川あゆみ, 「第８章 一九七〇年代の絵本—「絵本のブーム」—と呼ばれた時代」, 『はじめて学ぶ日本の絵本史Ⅲ—戦後絵本の歩みと展望』, 165면.

女)』(1977) 등을 들 수 있다. 이밖에 이 시기 중요한 비평서로써 후루타 다루히의 『아동문학의 깃발(児童文学んの旗)』이 1970년에, 우에노 료(上野瞭)의 『현대의 아동문학(現代の児童文学)』이 1972년에 출간되었다.

19년 간의 고도경제성장기를 지나 70년대 중반부터 80년대 중반까지 안정 성장기를 거쳐 일본은 80년 후반 거품경제시기를 맞이한다. 특히 80년대에 들어서 학교와 가정을 둘러싼 사회문제와 어린이 본성에 천착한 중후한 작품이 창작되었는데 대표 작품으로 나스 마사모토(那須正幹)의 『우리들은 바다로(ぼくらは海へ)』(1980)와 가와무라 다카시의 『낮과 밤 사이—야간고등학생(昼と夜のあいだ—夜間高校生)』(1980)과 우에노 료(上野瞭)의 『모래 위의 로빈슨(砂の上のロビンソン)』(1987)을 들 수 있다. 또한 오카다 준(岡田淳)의 『방과후의 시간표(放課後の時間割)』(1981), 오카 슈조(丘 修三)의 『우리 누나(ぼくのお姉さん)』(1986) 등도 이 시기에 출판되었다. 한편 명작 그림책으로 초 신타(長新太)의 『양배추 소년(キャベツくん)』(1980)과 다시마 세이조(田島征三)의 『뛰어라 메뚜기(とべバッタ)』(1988)가 이 시기에 출판되었다. 특히 이 시기에는 많은 자금을 투자한 미적 감각이 뛰어난 그림책이 간행되었는데 신진 작가에 의한 도전과 활기보다는 기존 작가들의 분투가 돋보였다.

또한 80년대에서 90년대로 들어서며 청소년문학을 가리키는 영어덜트문학 일명 'Y A'라 일컬어지는 작품과 하이 판타지 작품들이 출간되었는데 전자의 대표작가로 모리 에토(森絵都)를 들 수 있고 후자를 대표하는 작가로 우에하시 나호코(上橋菜穂子), 오기하라 노리코(荻原規子)를 들 수 있다. 이밖에 판타지 작품으로 이 시기 활발한 활동을 한 작가로 나시키 가호(梨木香歩), 도미야스 요우코(富安陽子), 오카다 준(岡田淳) 등이 있다. 이와 더불어 성, 이혼, 가출 등 아이들을 둘러싼 민감한 현실적인 문제들을 그린 작품이 생겨났는데[114], 히코 다나카(ひこ·田中)의 『이사(お引越し)』(1990), 『카렌다(カレンダー)』(1992), 『미안(ごめん)』(1996) 등의 작품을 비

우에하시 나호코의『정령의 수호자』

롯해 사토 다카코(佐藤多佳子)의『서머타임(サマータイム)』(1990), 이와세 죠코(岩瀬成子)의『거짓말이 아니야(「うそじゃないよ」と谷川くんはいった)』(1992) 등이 그 대표 작품이다.[115]

한편 90년 중후반 이후로 현실 어린이들의 삶과 내면에 천착한 여성 작가들이 등장하는데 그 대표 작가로 우오즈미 나오코(魚住直子)를 들 수 있다. 우오즈미 나오코는 10대 소녀들의 심리에 밀착하며 섬세한 필치로 그 내면을 탐구했다. 대표적인 작품으로『불균형(非・バランス)』(1996),『오렌지 소스(オレンジソース)』(2003),『에이, 바보(Two trains)』(2007) 등이 있다. 동시대 작가인 사소 요코(笹生陽子) 또한 형제 관계를 다룬『화성에 간 내 동생(きのう′火星に行った°)』(1996)이라는 작품을 통해 이러한 문제를 풀어가고자 했다. 하나가타 미쓰루(花形みつる)도 형제와 친구들을 중심으로 한 인간관계에 주목하며 경쾌하면서도 대중적인 글쓰기를 통해 풀어갔다. 하나가타 미쓰루의 작품으로는『용과 함께(ドラゴンといっしょ)』(1997),『아슬아슬 삼총사(ぎりぎりトライアングル)』(2001) 등이 있다. 한편 우에하시 나호코의『정령의 수호자(精霊の守人)』(1996)가 등장한 것도 때를 같이 한다. 이 시기에는 일본의 거품경제가 붕괴를 맞이하며 이지메, 소년 범죄, 등교 거부 등 어린이들을 둘러싼 사회문제들이 급격이 대두되었다.

---

114 石井直人,「第18章 多様化の時代」, 鳥越信編著,『はじめて学ぶ日本児童文学史』, ミネルヴァ書房, 2001년, 334면.

115 野上暁,「第一章 変容する子どもの文学」,「第二章 揺らぐ「子どもの時間」」,『越境する児童文学―世紀末からゼロ年代へ―』, 長崎出版株式会社, 2009년, 13~69면.

그림책에서는 아라이 료지(荒井良二)의 『천천히와 서서히(ユックリとジョジョニ)』(1990), 『버스를 타고(バスにのって)』(1991) 등이 잇따라 출간되며 그림책계에 새로운 활기를 불러일으켰다. 또한 기무라 유이치(木村裕一)가 글을 쓰고 아베 히로시(あべ弘士)가 그림을 그린 『폭풍우 치는 밤에(あらしのよるに)』(1995)는 90년대 중반에 출간되어 큰 인기를 끌었다. 한편 가족을 중심으로 한 청소년의 다양한 감성을 그려낸 하세가와 슈헤이(長谷川集平)의 『내일은 월요일(あしたは月よう日)』(1997)이 출판된 것도 이 시기이다. 90년대 이후의 그림책은 독자층이 다양해지고 사진이나 컴퓨터 그래픽을 활용한 새로운 경향의 그림책과 아기 대상의 그림책 출간이 늘어난 점을 그 특징으로 볼 수 있다.

2000년대를 전후로 사이토 에미(斉藤栄美)의 『무너진 교실(教室 6年1組がこわれた日)』(1999)이나 고토 류지(後藤竜二)의 『열두살의 전설(12歳たちの伝説)』(2000)과 같은 학교를 둘러싸고 벌어지는 여러 문제로 인해 아이들이 갖게 되는 내면의 고통과 해결을 그린 작품이 등장하여 관심을 끌었다. 또한 학교와 집과 주변 지역에서의 다양한 인간 관계를 통해 내면의 치유를 그려내고 있는 연작 동화집 고하마 유리(小浜ユリ)의 『시간표 저편(時間割のむこうがわ)』(2009), 친구의 죽음을 애도하는 같은 반 친구들의 우정이 그려진 후쿠다 다카히로(福田隆浩)의 『우리들의 시간은 흐른다(グッバイ マイ フレンド)』(2012), 소년이 안고 있는 내면의 문제를 이웃 할아버지와의 관계를 통해 풀어간 사사키 히토미(佐々木ひとみ)의 『나와 그 녀석의 마지막 경주(ぼくとあいつのラストラン)』(2009) 등도 현대의 단면을 담고 있어 주목할 만하다.

현대 아동문학이 시작된 이래 『아무도 모르는 작은 나라』나 이누이 도미코의 『나무 그늘 집의 소인들』과 같은 판타지가 새롭게 등장한 1959년, 사이토 류스케의 『혀 내미는 촘마』나 야마나카 히사시의 『내가 나인 것』과 같은 역사와 어린이가 처한 시대 문제에 천착한 탄탄한 작품이 등장한 1960년대를 지나 다양한 시도가 펼쳐진 마츠타니 미요코의 『어린 모모짱』, 하이타니 겐지로의 『나는 선생님이 좋아요』 등의 70년대와 나스 마사모토의 『우리들은 바다로』, 가와무라 다카시의 『낮과 밤 사이—야간고등학생』, 우에노 료의 『모래 위의 로빈슨』 등의 현실의 이면을 직시하는 중후한 작품이 80년대를 채웠다. 90년대에도 오카다 준과 우에하시 나호코 등의 판타지, 우오즈미 나오코의 내면을 탐구한 동화 등이 그 뒤를 이었다. 90년대 중반 이후로 어린이가 처한 내면의 상처와 치유에 천착한 작품이 등장하여 이러한 경향은 2000년 이후로도 이어졌으며, 이밖에도 여러 다양한 작품이 계속해 등장하고 있어 또 다른 새로운 가능성을 담보하고 있다고 볼 수 있다

부록 1

빨간 배 (赤い船)[116]

오가와 미메이(小川未明)

『赤い船』(1910.12). 번역에 사용한 자료는 『日本児童文学大系(1)』, 三一書房.

1

츠유코는 가난한 집에서 태어났습니다. 시골 마을 소학교에 들어갔을 때 오르간 소리를 듣고는 이 세상에 이런 좋은 소리를 내는 것이 있구나, 라며 놀랐습니다. 이렇게 좋은 소리를 들은 적이 없었던 것입니다.

츠유코가 음악을 좋아하는 것은 천성으로 타고난 것인지 선생님이 치시는 오르간 소리를 듣고 있으면 몸이 절로 들썩였습니다. 그리고는 이런 좋은 소리를 내는 기계를 누가 발명하고, 어느 나라에서 시작되어 왔을까 하고 생각했습니다.

어느 날 츠유코는 선생님께 오르간은 어느 나라에서 왔는지요, 하고 물었습니다. 그러자 선생님은 그 시작은 외국에서 온 것이라고 말씀하셨습니다. 외국이라고 하면 어디인지요, 하고 생각에 잠겨 물으니 저 넓은 태평양의 파도를 넘어 여기저기에 있는 나라에서 왔다고 선생님은 말씀하셨습니다.

그 때 츠유코는 말로 표현할 수 없는 그립고도 아련한 느낌이 들며 이

116 이 자료를 포함한 다음의 번역 자료는 본 원고 필자가 일본어 원문에 가까운 직역을 하였음을 밝혀 둔다.

좋은 소리를 내는 오르간은 배를 타고 온 것일까 하고 생각했습니다. 그러고 나서부터는 어쩐지 오르간 소리를 들으면 넓고 넓은 바다 저편의 외국이 떠올랐습니다.

이것저것 두루두루 물어보니 그 나라는 훨씬 열려 있고, 이것 말고도 좋은 소리를 내는 악기가 많이 있으며, 그 나라에는 또 그 악기를 연주하는 아름다운 사람이 있다는 것입니다. 그래서 츠유코는 그런 나라에 가보고 싶다, 얼마나 열려 있고 아름다운 나라일까, 어떤 아름다운 사람이 있는 곳일까, 그리고 그 나라에 가면 여기저기에서 좋은 음악 소리가 들려올 것 같았습니다. 그래서 츠유코는 커서 할 수만 있다면 외국에 나가 음악을 배워 오고 싶었습니다.

츠유코의 집은 가난했기 때문에 여러 가지 사정이 있어 츠유코는 11살 때 시골 마을을 나와 도쿄에 있는 어느 집으로 들어가게 되었습니다.

2

그 집은 훌륭한 집으로 오르간 말고도 피아노와 축음기 등이 있었습니다. 츠유코가 본 모든 것들이 아직 이름조차도 모르는 진귀한 것뿐이었습니다. 그리고 피아노 소리를 듣거나, 축음기에 들어 있는 서양의 가락 등을 들을 때 이것들도 바다를 건너 멀고 먼 저쪽 나라에서 온 것이리라는 생각이 들었습니다.

예전에 시골 마을 소학교 시절에 오르간을 보고 그리운 생각을 떠올린 것처럼 역시 그립고도 아련한 느낌이 들었습니다.

그 집에는 마침 츠유코의 언니 뻘되는 분이 있어서 자주 츠유코를 가엽게 여기며 귀여워 해주었기 때문에 츠유코는 진짜 언니처럼 생각하고 언제나 언니, 언니하며 잘 따랐습니다.

종종 츠유코는 언니를 따라 긴자의 길거리를 걸었습니다. 그리고 아름다운 가게 앞에 서서 유리창 너머에 있는 오르간과 피아노와 만돌린 등

을 보았을 때,

"언니 이 악기는 모두 외국에서 온 거예요?"

하고 물었습니다. 언니는,

"으응, 일본에서 만든 것도 있어."

하고 말했습니다.

그 악기들은 잠자코 있었지만 츠유코 눈에는 하나하나 좋은 소리를 내며 떨고 있는 것처럼 보였습니다. 그리고 저녁 무렵 빨간 석양 빛이 들어오는 창 아래에서 언니가 피아노를 칠 때 츠유코는 가만히 그 옆에 서서 손 하나하나의 움직임부터 햇빛이 피아노에 비추며 반사되는 것부터 하나에서 열까지 모두 놓치지 않았고, 또 노래 부르는 목소리와 희미하게 떨리는 소리 하나하나까지 허투루 듣지 않았습니다.

츠유코에게는 피아노 소리가 큰 바다를 지나는 바람 소리로 들려오기도 하고, 바닷가로 밀려오는 파도 소리로 들려왔습니다. 그리고 피아노를 치며 언니가 청아한 목소리로 외국의 노래를 부르는 모습은 평소 때보다 숭엄해 보였습니다. 수정 같은 눈은 별처럼 반짝이고 눈물을 머금고 있었습니다.

츠유코는 자기 엄마와 아빠를 떠올리고, 또 시골 마을의 소학교 등을 떠올리며 어느 사이에 뜨거운 눈물이 볼을 타고 흘러내렸습니다.

3

츠유코는 이따금 자기가 배를 타고 외국에 간 것 같은 꿈을 꾸었습니다. 그리고 외국에서 오르간을 배우거나 피아노 소리를 듣거나 하며 자기가 무척 음악을 잘하게 되어 사람들에게 칭찬받는 듯한 꿈을 꾸고 좋아하다 꿈에서 깨 놀란 적이 있었습니다.

어느 초여름 날, 츠유코는 언니와 함께 바닷가로 놀러 나갔습니다. 그 날은 바람도 없고 파도도 잔잔한 날이어서 먼 앞바다 저편 희미한 아득한 지평선이 흐릿하니 꿈처럼 보였습니다. 하얀 구름이 떠 있는 것이 마치 섬 그림자처럼 보이고 날아가는 새 그림자처럼도 보였습니다.

언니가 예쁜 목소리로 노래를 부르며 츠유코 손을 잡고 걸음을 옮기자 츠유코도 깨끗한 모래를 밟으며 파도가 찰랑대는 곳을 걸었습니다. 파도는 사랑스러운 소리를 내며 웃어댔습니다. 이 때 앞바다 저 멀리에 빨간 선이 들어간 한 척의 커다란 기선이 파도를 일으키며 지나가는 것이 보였습니다. 츠유코가 문뜩 이 기선은 멀고 먼 곳으로 가는 것은 아닌가 하면서 보고 있자 언니도 또한 지그시 그 배를 바라보았습니다.

"언니 이 바다는 무슨 바다예요?"

하고 묻자 "이 바다는 태평양이라고 해요." 라고 알려주셨기 때문에 이 바다를 하염없이 가면 외국으로 갈 수 있을 거라고 생각했습니다.

"저 빨간 배는 외국으로 가는 것일까요?"

하고 츠유코는 언니에게 물었습니다. 그러자 언니는 언제나 뭔가를 지그시 볼 때마다 눈에 눈물이 어리곤 하는데 역시 눈에 눈물을 머금고,

"글쎄" 하고 말하고, 잠시 머리를 갸웃거렸지만,

"응 아마도 외국으로 갈 거예요."

하고 상냥하게 말씀하셨습니다.

"얼마 정도 걸려야만 외국에 갈 수 있나요?"

하고 츠유코는 물었습니다.

"며칠이고 며칠이고 걸리지 않고는 외국에는 갈 수 없어요. 몇천 마일이라고 하는 먼 곳으로 가니까요."

하고 언니는 말씀하셨습니다.

그렇게 생각하자 어쩐지 저 빨간 배가 그리워졌습니다. 저 빨간 배는 태평양을 건너 아름다운 나라로 갈 거라고 생각하자 저 빨간 배에는 어떤 사람이 타고 있고 무얼 하고 있을까 생각했습니다. 하지만 멀리 떨어져 있어 단지 빨간 선과 펄럭펄럭 날리는 깃발과 굵은 굴뚝과 그 굴뚝에

서 올라오는 검은 연기와 높다란 세 개의 돛대가 보일 뿐이었습니다. 그리고 배가 지난 곳으로 하얀 파도가 거품을 일으키고 있을 뿐이었습니다.

츠유코는 아무리 해도 그 빨간 배의 모습을 잊을 수가 없습니다. 자기도 그 배를 타고 외국에 가고 싶다. 그리고 오르간과 피아노와 좋은 음악을 듣고 배우고 싶다고 생각했습니다. 순식간에 빨간 배는 점점 멀어지고 말았습니다. 해는 점점 서쪽으로 기울고 파도 위가 황금색으로 빛나고 건너편 바위 그늘이 빨갛게 빛날 때에는 이제 그 배의 모습은 파도 속에 감춰지고 한 줄기 연기가 하늘에 남아 있을 뿐입니다.

그 날은 언니와 함께 바닷가에서 실컷 놀고 지친 발을 이끌고 집으로 돌아왔습니다.

4

다음날 츠유코가 창가로 다가가 빨간 배는 지금쯤 어디를 향해하고 있을까 생각하고 있는데 마침 거기에 어디선가 제비 한 마리가 날아왔습니다. 츠유코가 제비를 향해,

"너는 어디에서 왔니?"

하고 물으니 제비는 사랑스런 목을 갸웃거리며 지그시 츠유코를 바라보더니,

"저는 남쪽 바다를 건너 먼 길을 날아왔습니다."

하고 대답했습니다.

"그렇다면 태평양을 넘어 왔니?"

하는 츠유코의 볼에 저절로 미소가 넘쳐났습니다. 제비는,

"그거야 몇 날 며칠을 태평양 바다 위를 날아왔습니다."

하고 답했습니다.

"그렇다면 너는 배를 보지 않았니?"

하고 츠유코는 물었습니다. 그러자 제비는,

“그거야 날마다 여러 척의 배를 보았습니다. 당신이 물어보시고자 하시는 배는 어떤 배입니까.”
하고 되물었습니다.

츠유코는 제비에게 그 배는 빨간 선이 들어간 배로 세 개의 높다란 돛대가 있었던 것 등 자기가 보고 기억한 대로 일일이 들려주었습니다.

그러자 제비는 다시 고개를 갸웃거리며 이 이야기를 듣고 있었는데,

“그 배라면 저도 잘 알고 있습니다. 제가 먼 여행에 지쳐 해질 무렵, 날개를 쉬기 위해 바다 위에 머무를 배의 돛대를 찾고 있을 때 마침 그 빨간 배가 파도를 일으키며 태평양을 항해하고 있어서 서둘러 그 배의 돛대에 멈추었습니다. 정말로 그날 밤은 달 밝은 밤으로 푸른 파도 위가 온통 빛을 내고 하늘은 대낮처럼 밝고 조용했습니다. 그리고 그 빨간 배 갑판에서는 좋은 음악 소리가 나며 사람들이 즐겁게 떼지어 몰려 있었습니다.”
하고 들려주고 제비는 다시 어디론가로 날아가버리고 말았습니다.

츠유코는 지금쯤 그 배는 어디를 향해하고 있을지 생각하면서 잠시 동안 제비가 날아가는 곳을 지켜보았습니다.

부록 2

앞으로를 동화작가로 (今後を童話作家に)

오가와 미메이(小川未明)

『東京日日新聞』(1926.5.13).
번역에 사용한 자료는 『児童文学(物語編)—資料と研究』, 関書院新社.

자유와 순진한 인간성과 그리고 공상적 정의의 세계를 동경하고 있던 저 자신은 언제부터인가 그 예술에 관한 일에서도 동화 쪽으로 끌리게 되었습니다.

○

제 동화는 단지 어린이에게 재미있는 느낌을 전하면 된다는 것은 아닙니다. 또 한 편의 우화로 충분하다고 하는 까닭도 아닙니다. 훨씬 넓은 세계에 여러 모든 것들에게 미를 추구하고자 하는 마음과 또 그것들이 어떠한 조화에 놓여졌을 때에만 올바른 존재라고 하는 것을 시로 표현하고 싶다는 바람에서입니다.

○

이런 의미에서 제가 써온 동화는 즉 종래의 동화나 보통 사람들이 말하는 동화와는 다소 다른 입장에 있다고 말할 수 있습니다. 오히려 어른들이 읽어 주는 쪽이 차라리 의의가 있을 거라는 생각이 듭니다만 어디까지 동심의 바탕에 서서 즉 어른이 보는 세계가 아닌 공상의 세계에서 자라나야만 하는 예술인 까닭에 소위 소설이 아닌 역시 동화이어야만 합니다.

저는 많은 해, 소설과 동화를 썼습니다만 지금 머릿속에 둘을 나눠 쓰는 고통을 느끼고 있습니다. 〈미메이 선집〉 6권의 배포도 지난 4월로 완료한 것을 호기로 그 밖의 반생을 전념하여 내 특수한 시형을 위해 진력할 생각입니다.

○

예컨대 어떠한 형식일지라도 예술은 다음 시대를 위한 것이지 않으면 안 됩니다. 그리고 그 의미에서 언제든지 동화의 지위는 앞으로 더 높은 곳에 놓여지지 않으면 안 될 것입니다. 동화 문학의 사명에 대해서는 다른 날로 기회를 넘길까 합니다. 과거의 체험과 반생에 걸친 작가 생활을 통해 어딘가 다소 천성의 소질이 있음을 안 나는 갱생의 기쁨과 용기 속에서 앞으로 동화작가로서 만신해 나갈 생각입니다. 여기에 굳이 선언하는 까닭은 단지 친구 제군의 평소의 후원을 거스를 수밖에 없는 것에 대한 양해를 구하기 위함입니다. (5월 9일)

부록 3

예술 표현으로서의 동화 (芸術表現としての童話)

아키타 우자크(秋田雨雀)

『早稲田文学』(1921. 6). 번역에 사용한 자료는 『日本児童文学大系(2)』, 三一書房.

○

아동을 제작의 대상으로 한 예술이 예술의 높은 수준 위로 대두하게 된 일은 하나의 재미난 현상이라고 저는 생각합니다. 저는 근래 일본에서 아주 돌연히 사색과 예술의 대상이 된 것이 둘 있다고 생각합니다. 하나는 인간으로서의 여성이고 하나는 인간으로서의 어린이입니다. 오늘날까지 여성과 어린이는 인간 사회를 구성하는 중대한 요소로 여겨오지 않았는데 근래 들어 비로소 이 둘이 진지한 독립된 존재로 인정받게 되었습니다.

○

이 두 새로운 싹이 이 싹을 틔운 주변 사회 상태에 지배되며 싹틔운 것임을 우리들은 인정하지 않으면 안 됩니다.

아동문학으로서의 동화도 또한 그것과 함께 전후하여 막 발흥한 다른 분과의 예술 및 교육 문제 등과 관련하여 발달하려 하고 있습니다. 다른 분과의 예술이란 음악에서의 민요, 회화 방면에서의 자유화 운동 등이며 또 교육 방면에서의 자유 교육, 자유 학교 운동이 그렇습니다.

○

우리들의 유년기 때 생활과 비교하면 오늘날 아동이 위치한 주변은 얼마큼 넓어지고 얼마큼 밝아졌는지 모릅니다. 하지만 그 넓음과 밝음도 유리로 된 우리 안에서의 넓음과 밝음입니다. 아동은 이전의 작고 어두운 우리 속에서 꺼내져 새롭고 넓은 차가운 우리 아래로 쑤셔넣어진 것에 지나지 않습니다. 유리 우리 밖에는 아름다운 초목이 꽃을 피우고 열매를 맺고 있습니다. 아동이 그 꽃과 과일을 원하며 우리를 나가려고 하면 우리 밖에 서 있는 파수꾼이 이를 제지합니다.

○

아동의 세계는 아동 자신의 세계입니다. 결코 어른의 세계인 것도 아니고, 부모의 세계도 아니며 교육자의 세계인 것도 아닙니다. 어떤 사람은 아동의 교육을 일정한 규범에 따라 시행하고자 하고, 어떤 사람은 아동의 교육을 그 사회의 약속에 준해 교육하고자 합니다. 국가는 그 국가의 유용한 인간을 만들기 위하여 아동을 교육하지 않으면 안 된다고 생각하고, 어떤 사회는 그 사회에 유용한 인간을 만들기 위하여 아동을 교육하지 않으면 안 된다고 여기고, 또 어떤 사람들은 어느 이념을 내걸고 그러한 인간이 되도록 아동을 교육하지 않으면 안 된다고 말합니다. 하지만 아동은 어느 국가, 어느 사회, 어느 인물을 위하여 태어난 것이 아닙니다. 아동은 인간이기 위해서 태어난 것입니다.

○

아동이 인간이기 위해서는 아동 자신이 지닌 것을 자연스럽고 자유롭게 발달시키지 않으면 안 됩니다. 아동은 하나의 과일 열매입니다. 과일 열매는 발달하는 힘을 자신이 지니고 있습니다. 단지 주변은 그 힘을 도와주기만 하면 됩니다. 아동에 대해 어른이 만든 도덕의 표준이나 사회의 약속을 강요하는 것은 아동에게는 커다란 불합리이며 또한 인류 자신에게도 결국 손실을 초래하는 일이 될 것이라 생각합니다. 왜냐하면 어른들의 세계는 왜곡된 세계이며 아동의 세계는 지니고 있는 것을 자유롭게 발달시키지 않으면 안 되는 세계이기 때문입니다.

어린이를 현재 어른의 세계로 데려오려고 하는 것만큼 헛된 노력은 없을 것입니다. 헛된 노력이라기보다는 그것은 오히려 악덕에 가깝습니다. 오늘날 교육에 있어서 아동에 대해 전혀 반대되는 견해가 있습니다. 하나는 어른이 어른의 세계를 완전한 것으로 보고 그 세계 쪽으로 아동을 인도하고자 하는 견해이고, 또 하나는 자신들 생활의 불완전과 불만족을 의식하고 다음 시대의 인류는 같은 길을 걷지 않았으면 싶어 하는 희망에 따른 견해입니다.

첫 번째 견해에서는 강제와 냉혹함이 생겨나고, 뒤의 견해에서는 해방과 사랑이 생겨나옵니다. 자유 교육, 자유 학교 그 밖의 모든 아동을 대상으로 하는 예술이 앞으로 생겨 나오리라 생각됩니다.

○

예술로서 동화도 또한 실로 이 인류가 다음 시대의 인류에 대한 사랑에서 생겨나올 하나의 예술 양식입니다. 예술로서의 동화는 장래 가장 유망한 예술 양식의 하나라고 우리들이 생각하는 이유는 동화가 지니고 있는 형식이 간단하고 자유롭다고 하는 이유 외에 다른 분과 예술에서는 점점 상실해가고 있는 서정시의 요소를 수반하고 있다는 점에 있습니다. 적어도 이 예술 양식은 가장 많은 사람에게 사랑받을 만한 성질을 지니고 있다고 말할 수 있습니다.

○

음악에서의 동요가 근래에 들어 완전 독립된 하나의 음악이 되려고 하고 있는 것처럼 동화도 또한 가장 원시적인 형식인 것이면서 새로운 희망을 지닌 예술의 세계로 분명한 싹을 틔우도록 되었습니다. 저는 모든 예술 양식에는 두 가지 것이 있다는 생각을 하고 있는 사람입니다. 하나는 기록이고, 하나는 탄식이고, 하나는 희망입니다. 그리고 예술로서의 동화는 실로 인류 자신의 영원한 희망을 나타내는 것이라고 생각합니다. 그리고 인류의 생활이 있는 한 이 예술 양식은 영원히 멸망하지 않을 것입니다.

○

동화는 일반적으로 말하면 어른이 아동에게 읽히기 위해서 창작해야 하는 것이지만 한 단계 들어가 더 깊게 생각하면 아동에게 어떤 세계를 제시한다고 하는 것은 어른이 어른 자신의 현재 생활을 반성하는 곳에서 생겨난다고 볼 수 있습니다. 동화 속에 구현된 사상과 그 세계는 어른의 이상의 세계라 볼 수도 있습니다. 그리고 그 세계에서만 어린이와 어른이 "하나의 것"이 될 수 있습니다. 그때의 어른의 영혼과 어린이의 영혼은 결코 차별적인 것이 아니게 됩니다. 제가 동화는 단순이 그 연령대의 아동에게만 읽혀야 하는 것이 아닌 넓게 인류에게 보여주기 위해 창작해야만 하는 것임을 주장하게 된 논거도 또 여기에서 나온 것입니다. 동화는 어른이 아동에게 주기 위해서 창작해야만 하는 것이 아닌 인류가 지닌 "영원의 어린이"를 위해서 창작해야만 하는 것이라고 생각합니다.

부록 4

정풍동요론(正風童謠論)[117]

노구치 우죠(野口雨情)

『童謡十講』, 金の星出版部, 1923.

2. 동요는 동심성의 표현

동요는 어린이에게도 어른에게도 알기 쉬운 말로 노래한 어린이의 생활을 바탕으로 한 노래입니다. 물론 그때의 말은 현재 이야기할 때 쓰는 것과 같은 언어를 가리킵니다. 그리고 동요는 노래하는 것이지 결코 읽어 음미한다거나, 이지(理智)에 호소하여 그 선악을 판별하거나 하는 것이 아닙니다.

또 동요는 춤으로 출 수 있는 것이 아니면 안 됩니다. 단지 노래하는 것만 가능하고, 그것을 춤으로서 표현할 수 없는 것이라면 그것은 진정한 동요로 볼 수 없습니다. 즉 말씀드리자면 동요는 어린이의 생활을 노래한 것으로 그 가사는 노래할 수가 있고, 춤출 수 있는 것이 아니면 안 됩니다－라고 이렇게 말할 수 있는 것입니다.

여기서 말하는 어린이의 생활이란 어린이의 생계를 가리키는 것이 아닙니다. 어린이의 일상의 행위, 정신적으로도 육체적으로도 그 전부의 행위를 가리켜 말하는 것입니다. 바꾸어 말하면 어린이의 모든 모습, 동

117 4절로 된 〈정풍동요론〉 중, 한국과의 영향 관계 면을 고려하여 2절과 4절만을 번역하였다.

심성의 발현을 말하는 것입니다. 또 노래할 수 있는 것을 말하면 그 율격을 잘 살리기 위하여 7 · 5조라든가 5 · 7조라든가로 하지 않으면 안 된다는 식으로 생각하는 사람도 있습니다만, 이것도 틀린 생각으로 율조 등은 8 · 5조이든 7 · 8조이든 어찌되었던 노래를 부를 수 있을 만큼의 리듬만을 지니고 있으면 그걸로 충분합니다. 노래를 한다는 것과 리듬의 유무는 지극히 밀접한 뗄 수 없는 관계가 있는 것입니다만 무슨무슨 조라는 것과 노래를 하는 것과의 사이에는 특별히 무슨 깊은 관계가 있는 것이 아닙니다. 요컨대 노래를 할 수 있다는 것은 산문이 아닌 운문이다라는 점인 것입니다.

저는 뛰어난 시는 뛰어난 말의 음악이라는 생각을 합니다. 동요는 모든 시 중에서도 가장 순진(純眞)한 시이기 때문에 노래하고 또 춤추는 것이 그 본질이지 않으면 안 됩니다. 어린이 작품에서 자주 볼 수 있는 노래 부를 수 없는 동요는 동요로서의 가치가 없는 것입니다. 그러한 작품은 단지 동요의 경지를 말로 표현한 자유 작문의 범위에 들어가는 것으로 동요라고 이름 붙일 수는 없다고 생각합니다.

어떤 사람은 어린이의 작품(앞에서 말한 노래할 수 없는 것, 또 노래를 할 수 있더라도 너무나 짧아 이른바 하이쿠 같은 것)을 가리켜 그것이 그들의 마음의 거짓 없는 자유로운 표현이자 인상(印象)인 이상은 즉 동요로, 어른들이 쓴 작품이야말로 동요가 아니다, 라고조차 말하지만 이것은 하나를 알고 둘을 모르는 편견을 가진 사람식의 억지라고 생각합니다. 저는 어린이가 쓴 작품의 순진함에 왕왕 감동을 받고, 어른이 쓴 작품의 대다수가 너무나 불순한 것을 한탄한 적이 한두 번이 아닙니다. 하지만 그것도 또한 하나를 알고 둘을 모르는 관찰이라는 것을 깨달았습니다.

알기 쉽게 설명하기 위해 어린이들의 자유화를 예로 들어보지요. 어린이의 자유화에는 어른들이 가지지 못한 순진한 관찰력과 천진난만한 선과 색채 등이 있어 이 점에 관해서는 도저히 전문가도 역시 미치지 못하는 것이 있습니다. 그렇기는 하지만 어린이의 자유화가 절대로 뛰어난 예술이고 어른이 그린 회화는 무가치한 것이라고 말할 수 있을까요. 이와 마찬가지로 어린이의 창작 동요만이 진정한 동요이고 우리들 어른이 쓰는 동요는 무가치한 것이라고 말할 수는 없다고 생각합니다.

거듭 말하지만 동요는 동심성의 표현입니다. 따라서 바르게 어린이의 생활이 표현만 되어 있다면 그 작가가 어른이든 어린이이든 여자이든 남자이든 조금도 문제 될 게 없습니다. 요는 단지 진실로 핵심을 짚었느냐 아니냐라고 하는 점에 문제가 있는 것입니다.

4.정풍동요란 이하와 같은 것

一, 정풍동요란—구어(표준어의 의미가 아니다)를 사용하여 쓰여진 것. 아어(雅語)나 문어(文語)를 사용하지 않은 것.

二, 정풍동요란—노래 할 수 있는 것, 동시에 춤출 수 있는 것.

三, 정풍동요란—어린이에게도 또 어른에게도 알기 쉽고, 조금이라도 난해점이 없는 것.

四, 정풍동요란—동심성 그 자체를 노래하고, 표현에 군더더기가 없는 것.

五, 정풍동요란—공리공지(功利功智)로 내달리지 않고, 청신순박(清新純朴)한 감정을 그대로 노래한 것.

六, 정풍동요란—감정에 호소하고, 이지(理智)나 과학적 설명을 초월한 것.

七, 정풍동요란—소설이나 극과 같이 사실의 원인 결과에만 무게를 둔 것이 아닌 그 기분을 노래한 것.

八, 정풍동요란—어린이의 예술 교육의 일자료가 될 수 있는 것.

이상은 그 대략적인 요점입니다만 이에 반하여 정풍으로 볼 수 없는 동요는 다음과 같은 것입니다.

一, 정풍으로 볼 수 없는 동요는—그 가사가 문어나 아어를 사용해 쓰여진 것.

二, 정풍으로 볼 수 없는 동요는—그 가사가 노래할 수도, 또 춤출 수도 없는 것.

三, 정풍으로 볼 수 없는 동요는—그 가사가 어린이만 알고 어른은 알 수 없는 것, 또는 어른만 알고 어린이는 알 수 없는 것.

四, 정풍으로 볼 수 없는 동요는—그 가사가 동심성이 결여되어 있고, 말이 억지스러운 것.

五, 정풍으로 볼 수 없는 동요는—그 가사가 공리공지로 내달리며(즉 어린이의 감정에 안이하게 치우친다거나, 호기심을 자극하는 것), 청신순박한 감정이 결여된 것.

六, 정풍으로 볼 수 없는 동요는—그 가사가 과학적인 설명과 이지의 판단을 지니지 않으면 이해할 수 없는 것.

七, 정풍으로 볼 수 없는 동요는—그 가사가 사실을 설명하고 있을 뿐, 기분을 전달하고 있지 않는 것.

八, 정풍으로 볼 수 없는 동요는—그 가사가 아동 교육상 아무런 도움이 되지 않을뿐더러 오히려 유해한 것. 즉 잔인성을 띤 것이나 어린이의 허영심을 부추기는 듯한 것, 그 밖에 사실을 잘못 전달하고 있는 것.

이상은 간단하게 비정풍동요를 지적한 것입니다만 세상의 대부분의 사람들은 우선 맨 처음에 잡지나 신문을 보고 이러한 동요가 새롭게 나온 것을 알게 되고 더불어 과대한 신문 잡지식의 광고를 통해 그 동요에 대하여 광고적 찬사를 듣게 되는데, 그 동요가 과연 정풍인지 비정풍인지도 모르는 채로 일종의 선입견이 생기고 그 선입견으로 그 작품의 가치를 과신하고 마는 경우가 많습니다. 저는 그러한 사람들에게도 이상의 추려 정리해 놓은 것을 참고하여 그 작품의 가치를 반성하여 주셨으면 하는 바입니다.

부록 5

조선의 신흥동요 (朝鮮の新興童謠)

마키모토 구스로(槇本楠郎)

『新兒童文學理論』, 東宛書房, 1936.

조선의 아동문학계에 소위 '신흥동요'(로 칭하는)적 색채의 작품이 나타난 것은 아마도 1930년경 봄일 것이다. 물론 조선은 정치적으로 특수한 사정이 있기 때문에 그에 가까운 작품은 그 이전에도 나타났을 것이다. 하지만 '신흥동요'가 한 흐름을 주도하고 하나의 운동이 되어 나타난 것은 그쯤이라 보아도 지장이 없을 것이다. 그리고 이 경향의 작품은 주로 아동을 위한 종합적 문예잡지 『신소년』(조선어 잡지로, 4·6판형 매호 약 6·70면, 정가 5전)이나 『별나라』(거의 같은 형태의 것)에 발표되어 많은 신진 작가를 배출하며 33년 가을경까지 융성하였다. 그후로는 일본의 문학운동과 같은 양상의 고난기에 있는 듯하다.

조선의 '신흥동요' 운동을 볼 때 나는 일본 동요의 그것과 같은 실패를 본다. 그것은 단지 동요운동에만 국한된 결함이나 오류는 아니다, 즉 예술 일반의 운동에 적용가능한 것인데 너무나도 직접적인 정치주의에 빠진 것, 또 하나는 문학적 기술이 미숙한 점이다.

이 원고의 목적은 조선의 '신흥동요' 소개에 있는 것인지라 이어서 작품 번역을 예로 들어볼까 한다. 번역은 연차적으로 대표 작품을 선별해야 했으나 지금 그러한 편의가 없어서 한 2년쯤 전에 친구의 협력으로 번역한 작품 중에서 임의로 수 편을 선별하였다. 이들 작품은 1930년 하반기부터 다음 해 말쯤까지의 가장 급작스런 속도로 발전을 한 시기의 작품으로서 게재지는 『신소년(新少年)』, 『별나라(星の世界)』, 『음악과 시(音樂と詩)』, 그리고 「신흥동요집」으로서 유일한 『화성(火星)』 등이다. 이 경향을 띠는 작가로 여기에 작품을 소개하는 작가 외에 김병호(金炳昊) · 엄흥섭(嚴興燮) · 이향파(李向破 〈李周洪〉) · 정청산(鄭青山) · 이동규(李東珪) · 김우철(金友哲) · 안용민(安龍民) · 북원초인(北原樵人) · 홍구(洪九) · 김욱(金旭) 등등 역시 많은 작가가 있다. 번역이 제대로 되지 않아 원작자에게 죄송한 마음이 드는데 어찌되었든 관대하게 여겨주길 바란다.

참새 쫓는 노래(雀追ひの歌) 〈이구월〉[116]

거머리(蛭) 〈손풍산〉

말(お馬) 〈양우정〉

거지아이(乞食の子) 〈신고송〉

설날(お正月) 〈김성도〉

너무 많은 쌀(多過ぎる米) 〈적악〉

마지막으로 이들 작품은 충분히 비판적으로 감상하고 독해해야만 한다는 점을 덧붙이고 싶다. 왜냐하면 만일 이러한 작품의 전부를 무비판적으로 모방 또는 계승한다면 아마도 현재의 사회 상황 아래에서는 진정으로 올바른 동요운동을 전개하는 것에 도움이 되지 않을 뿐만 아니라 오히려 파괴할 위험이 따르기 때문이다. 하지만 이들 작품이 많은 결

---

116 (본 원고 집필자 각주) 마키모토 구스로는 이 글에 이구월의 동요를 비롯해 손풍산, 양우정, 신고송, 김성도, 적악 등의 동요 6편의 작품을 일본어로 번역하여 실었는데 의역에 가까워 본 번역 자료에서는 생략한다. 한편, 이 번역 자료는 김영순, 「1930년대에 교차하는 한국과 일본의 아동문학」, 『아동청소년문학연구』 7(2010년 12월 31일)에서 가져왔다.

함을 갖고 있는 것과 동시에 우리들이 배워야 할 더욱더 많은 그 무엇인가를 지니고 있는 것도 부정할 수 없을 것이다. (1934. 9. 27)

제3부_중국의 아동문학 ● 두전하

1. 중국 아동문학의 형성
2. 프롤레타리아 아동문학의 대두 및 좌련 시기의 아동문학
3. 항일전쟁 및 해방전쟁 시기 아동문학의 변화
4. 당대 중국 아동문학과 현대성이라는 과제

부록_'조언수어' 논쟁에 관한 토론

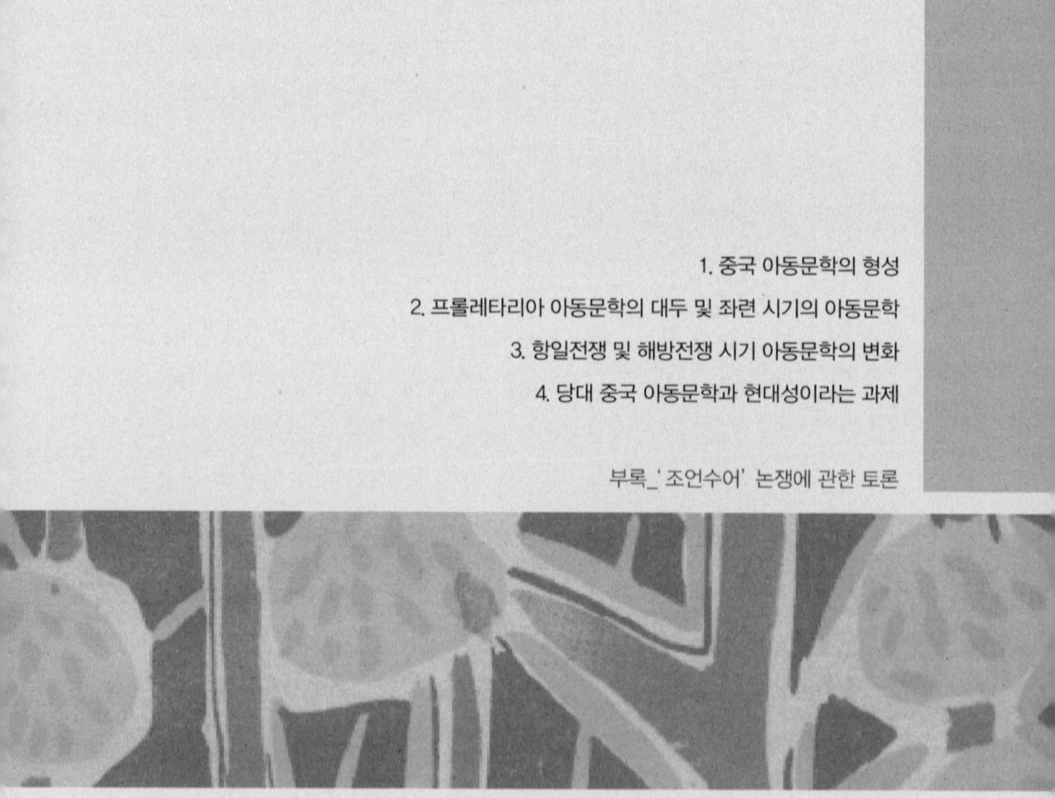

1. 중국 아동문학의 형성

고대 중국의 봉건사회에서는 '부위자강(父为子纲)'이라는 아동관이 아동을 억압하였기 때문에, 아동문학이 형성되기 어려웠다. 사회 전반적인 변혁(예를 들어, 유럽의 계몽운동)이 일어나야 아동문학이 형성될 수 있는 것이다. 따라서 중국 아동문학의 탄생은 중국 역사상의 중대한 사건이라고 할 수 있다. 이처럼 중대한 사건은 어느 날 갑자기 발생하는 것이 아니라, 역사의 특정한 시대나 시기에 발생하는 것이다.

이러한 시기에 중국 아동문학이 형성되었다는 실증(實證)은 다방면에서 찾을 수 있다. 사상 분야에서 새로운 아동관의 출현, 교육 영역에서 교육 체제 · 내용 · 방법의 혁신, 문학 분야에서 아동이 즐겨 읽을 수 있는 새로운 표현 방법의 확립, 출판 영역에서 아동문학 작품의 출판 등이 바로 그것이다. 이처럼 중국 아동문학이 형성될 수 있는 조건이 마련된 시기는 중국의 근대화 시기라고 할 수 있다. 따라서 중국 아동문학의 형성은 중국의 근대화를 비롯하여, 아동의 발견 및 아동관의 형성과 밀접한 관계를 맺고 있다.

1) 근대 아동관의 모색과 '아동본위(兒童本位)' 론의 확립

19세기 후반 봉건 중국의 창과 방패가 서방의 군함과 대포를 막을 수 없었던 것과 마찬가지로, 유구한 역사를 자랑하던 중국의 사상과 문화도 '서학(西學)'의 전파를 막기에는 역부족이었다. 시대를 앞서가던 지식인들은 중국 전통문화에 회의를 느끼기 시작하였고, 근대 중국은 중국과 서방 문화의 대립, 융합과 충돌 속에서 혁구구신(革舊求新)의 각성의 길을 걷기 시작하였다.

봉건 윤리와 도덕에 대한 근대 계몽 사조의 비판은 전통적 아동관을 근대적 아동관으로 전환하게 하였으며, 이러한 전환은 중국 아동문학과 그 이론의 형성을 가능하게 만든 논리적 출발점이 되었다. 또한 근대 계몽 사조에서는 문학 및 그 작용을 매우 중요하게 생각하였는데, 이는 중국 아동문학과 그 이론의 형성에 있어서 중요한 추동력이 되었다.

이 시기에는 근대 중국의 중요한 계몽사상가인 캉유웨이(康有爲)와 량치차오(梁啓超) 등이 개량주의문학운동(改良主義文學運動)을 제창하며, 문학의 혁신과 발전을 추구하였다. 또한 량치차오를 비롯하여 샤쩡여우(夏曾佑) · 탄쓰퉁(譚嗣同) · 황쭌셴(黃遵憲) 등이 현실 생활을 반영하는 신시(新詩)를 창작하자는 '시계혁명(詩界革命)'을 제기하였다. 이어서 그들은 신소설을 주창하는 '소설계혁명(小說界革命)' · '문계혁명(文界革命)' · '희극개량(戱劇改良)' · '문체혁신(文體革新)' 등을 전개하였다. 특히 '시계혁명'과 '소설계혁명'이라는 문학혁명(文學革命)은 아동에 관한 사상의 개방 및 아동문학의 건설에 기초를 제공하였다.

장 자크 루소(Jean-Jacques Rousseau)의 영향을 받은 량치차오는 인간이 태어날 때부터 자유로운 존재라고 주장하며, 성인과 아동의 관계에 있어서 '부위자강(父爲子綱)'이라는 봉건적 관념을 맹렬히 비판하였다. 또한 량치차오는 「소년중국설(少年中國說)」이라는 글에서 중국을 '소년'에 비유하였는데, 교육과 계몽을 통하여 형성될 신민(新民)의 힘으로 중국도 소년이 성장하는 것처럼 강대한 나라로 성장할 것이라고 주장하였다. 이렇듯 근대 중국에서는 아동과 아동문학에 관한 각성이 점차 시작되었다.

근대 교육 체제와 교육 이념의 변혁도 아동문학과 그 이론의 건설에 유리한 문화적 조건을 마련하여 주었다. 과거제도의 폐지 · 새로운 학제(學制)의 설립 · 교육 취지의 변화 · 교육 행정기구의 개혁 등은 기존의 '교화(敎化)를 목적으로 하고 개체의 인격과 정신에 관한 윤리적 교육'을 중시하는 주입식 교육으로부터, '심미(審美)와 정감(情感) 교육'의 독립적 지위 및 그 가치를 주장할 수 있게 하였다.

중국의 5 · 4신문화운동은 1915년 9월 급진적 민주파였던 천두슈(陳獨秀)가 상하이에서 『청년잡지(新青雜誌)』(이후 제호(題號)를 『신청년(新青年)』으로 수정)를 발간하는 것으로부터 시작되었다. 5 · 4신문화운동은 낡은 도덕에 반대하고 새로운 도덕을 제창하며, 낡은 문학에 반대하고 새로운 문학을 제창하는 것을 기치로 삼았다. 봉건 제도 및 문화에 대한 비판은 자연스레 봉건 윤리 및 도덕에 대한 비판으로 확대되었고, 이에 따라 아동 문제 · 아동 교육 문제에 관한 관심이 날로 높아졌다. 아동 및 아동 세계에 관한 발견은 5 · 4신문화운동의 중요한 성과였다. 이처럼 '아동'의 발견 및 아동관의 변화는 중국아동문학이 형성될 수 있는 조건을 마련하여 주었다.

5 · 4신문화운동 이후 '아동문학'에 관한 시각은 '아동'에 관한 시각과 밀접하게 연결되었다. 루쉰(魯迅) · 쩡쩐뚜어(鄭振鐸) · 꿔모뤄(郭沫若) · 저우쭤런(周作人) 등은 근대 중국의 아동관을 확립하고자 노력하였다. 또한 그들은 아동문학이 아동을 위하여 성인이 창작한 문학이라고 해서 성인이 아동에게 교훈을 심어 주는 데 주력해서는 안 되며, 아동의 독립적 인격을 인정할 것을 강조하였다.

당시 중국문학계의 거두였던 루쉰은 겸손하게 "나는 아동문학을 제대로 연구해 본 적이 없다"[1]고 밝힌 바 있지만, 실제로는 아동 및 아동 교육·아동 잡지 등에 많은 관심을 기울였다. 루쉰은 외국 아동문학 작품을 번역하기도 하였으며, 신진 아동문학 작가 발굴에도 나섰다. 그 중에는 훗날 중국 아동문학의 대표 작가 중 한 사람으로 부각되는 장톈이(張天翼)와 같은 신진 작가도 있었다.

루쉰(1881~1936).

루쉰은 일찍이 1918년 5월 「광인일기(狂人日記)」(『신청년』 제4권 제5호)를 통하여 "아이들을 구하라!"고 호소한 데 이어서, 1919년 10월 「우리는 이제 어떤 아버지가 될 것인가(我們現在怎樣做父親)」라는 글을 통하여 봉건 윤리의 문제점을 폭로하고 기존의 아동관을 비판하였다. 또한 1926년 「『이십사효도(二十四孝图)』」[2]에서는 "'문학혁명' 이래 아이에게 주는 책은 유럽·미국·일본에 비하면 매우 적기는 하지만, 그나마 글뿐만 아니라 그림도 있었다. (…중략…) 그렇지만 어떤 이들은 애써 이를 막으려고 하는데, 그들은 아이들의 세계에서 즐거움이 전혀 존재하지 않게 만들고자 한다"고 비판하기도 하였다. 다음으로 1933년 8월 『우리가 아동을 어떻게 교육했을까(我们怎样教育儿童的)』[3]에서는 역대 아동 교육 연구의 중요성을 강조하였다. 그는 "중국에는 작가도 필요하고 '문호(文豪)'도 필요하지만, 진정한 학구(學究)도 필요하다. 만약 누가 중국의 역대 아동 교육 방법을

1 1936년 3월 11일 양진호(杨晋豪)에게 답하는 편지 참조.

2 「『이십사효도(二十四孝图)』」는 루쉰의 산문집 『조화석습·야초(朝花夕拾·野草)』에 수록되어 있다. 『이십사효도(二十四孝图)』란 고대 중국의 24가지 효자 이야기를 다룬 책을 가리키는 것이다. 그 책은 그림과 글로 구성되어 있으며, 주요 목적은 봉건적 효도를 찬양하는 것이다. 루쉰은 어린 시절에 그 책을 읽었던 소감으로부터 출발하여, 특히 「노래오친(老莱娱亲)」과 「곽거매아(郭巨埋儿)」라는 두 편의 이야기에 대한 반감을 밝히면서 봉건적 효도의 허위와 잔혹성을 밝혔다.

3 「우리가 아동을 어떻게 교육했을까(我们怎样教育儿童的)」는 1933년 8월 18일 『신보·자유담(申报·自由谈)』에 처음 발표된 글이다.

쩡쩐뚜어(1898~1958).

책으로 명확히 기록하여 사람들로 하여금 선조들로부터 우리까지 어떠한 교육을 받았는지 알 수 있게 한다면, 그 공덕은 우(禹)[4]에 못지않을 것"이라고 밝혔다.

루쉰은 아동에게 해(害)가 되는 작품을 날카롭게 비판하였는데, 아동문학에 관한 그의 사고(思考)는 아동의 특성에 관한 진지한 인식을 바탕으로 하였던 것이다. 그는 "아동에게 보여주는 책은 굉장히 신중해야 하기 때문에, 이를 실행할 때에도 어렵고 복잡할 것"이라고 지적하였다. 아동의 특성을 이해하고 존중하는 것이야말로 루쉰의 아동문학관의 기본이었다.

중국 아동문학의 대가인 쩡쩐뚜어는 1920년대부터 아동문학 분야에서 활발하게 활동하였으며, 아동문학의 발전에 많은 관심을 기울였다. 1921년 쩡쩐뚜어는 중국 최초의 아동문학 잡지인 『아동문학(兒童文學)』을 창간하며 「《아동세계》 선언(《兒童世界》宣言)」을 수록함으로써, 아동의 취미와 애호에 적합한 문학 작품을 수록할 것이라는 방침을 내세웠다. 쩡쩐뚜어는 1920년대 중반부터 1930년대까지 「《이솝 우언》 서문(《伊索寓言》序)」·「《레슨 우언》 서문(《莱森寓言》序)」·「《렌나호의 역사》 서문(《列那狐的历史》序)」·「안데르센의 작품 및 안데르센에 관한 참고서적(安徒生的作品及关于安徒生的参考书籍)」·「우언의 복흥(寓言的复兴)」·「민간고사의 교묘와 전변(民间故事的巧合与转变)」·「중산늑대의 변이(中山狼故事之变异)」·「호랑이

4 우(禹)왕은 황하(黃河)의 수환(水患)을 다스린 공덕이 커서 순(舜)왕으로부터 선양(禪讓)을 받아 제위(帝位)에 올랐다. 우왕은 하조(夏朝, BC 21세기~BC 16세기)의 첫 번째 제왕이다. 후세인들은 하우(夏禹)라고 부르기도 하다. 중국 상고시대(上古時代)의 요(堯)왕 · 순(舜)왕과 함께 세 명의 현성(賢聖) 제왕 중에서, 그는 수환을 다스리고 중국의 국토를 구주(九州)로 구분하는 등 공덕이 제일 커서 대우(大禹)라고 불린다. 이는 '위대한 우(禹)왕'이라는 뜻이다.

할머니(老虎婆婆)」 등을 발표하였다.

저우쭤런(1885~1967).

저우쭤런은 '아동본위' 사상을 적극적으로 제창한 인물 중 한 명이다. 그는 1918년 12월 『신청년』에 발표한 「인간의 문학(人的文學)」에서 서방이 인간 · 여성 · 아동을 발견하는 역사를 정립하였다고 지적하였으며, 이어서 「동화연구(童話研究)」 · 「동화약론(童話略論)」 · 「조상숭배(祖先崇拜)」 등 아동 및 아동문학 이론에 관련된 글을 발표하였다. 1920년 12월에는 『신청년』에 「아동의 문학(兒童的文學)」이라는 논문을 발표함으로써, 새로운 아동문학관을 주장하였다. 그 내용을 정리하면 아래와 같다.

① 아동은 불완전한 작은 사람이 아니며 완전한 개인으로서 자신의 내면과 외면의 삶이 있기 때문에, 성인 사회는 '완전한 개인'으로서 아동의 권리를 존중해야 한다.

② 20년에 이르는 아동기의 삶은 한편으로는 성인이 되기 위한 예비 단계이지만, 또 다른 한편으로는 스스로의 독립적 의미와 가치를 지니고 있는 것이다. 삶 전체가 성장의 과정인 것이지, 하나의 특정 시기만 국한시켜 그것만이 진정한 삶이라고 할 수 없기 때문이다.

③ 아동 내면의 삶은 어른들과 다르며, 우리는 객관적으로 그것을 이해하고 존중해야 한다.

④ 아동의 삶은 변화하고 성장하는 것이다.

⑤ 우리는 자연에 순응하고, 각 시기의 아동들은 자연의 본성을 유지하며 조정하는 것이 중요하다.

위와 같은 저우쭤런의 '아동본위' 사상은 중국 아동문학 이론의 성립에 사상적 바탕을 마련하여 주었다. 다음으로 꿔모뤄가 1921년 1월 상하이(上海)의 종합지 『민탁(民鐸)』에 「아동문학의 관견(兒童文學之管見)」을 발표하여, 아동문학은 어떠한 형식을 취하든지 '아동본위의 글'로 작성해야 하며 아동의 감관(感官)과 심리에 의거하여야 한다고 주장하였다. 이 글은 '아동본위(兒童本位)'라는 용어를 최초로 정식 제기한 글이라는 점에서 중요성을 갖는다.

1923년에는 위서우용(魏壽鏞)과 저우후어위(周侯於)의 『아동문학 개론(兒童文學槪論)』이 상무인서관(商務印書館)에서 출간되었는데, 이는 중국 최초의 아동문학 개론이다. 위서우용과 저우후어위는 이 책에서 인간이 독립적인 삶을 가지고 있는 것을 인정한다면, 동시에 아동 역시 독립적인 삶을 가지고 있는 것을 인정해야 한다고 주장하였다. 그들은 아동이 축소된 성인이라든지 성인의 일부가 아니라, 독립적인 존재라고 강조하였다. 따라서 아동에게도 생리적인 요구와 심리적인 요구가 있으며, 문학은 그들이 요구하는 것 중 하나라고 지적하였다. 이와 같이 그들은 철저히 '아동본위'의 사상을 준수하고 있었다.

청 말(淸末) 시기에 이르러서는 백화운동(白話運動)에 이어서 문학혁명이 전개되었고, 백화문학도 제창되었다. 1920년에는 백화문(白話文)이 현대 '국어'로서 정부의 교육 체제에 채택되었다. 1920년 1월에 북양정부(北洋政府) 교육부는 전국의 소학교 1학년과 2학년의 국문 교육에서 백화문을 사용하라는 명령을 반포하였다. 이는 중국아동문학의 형성에 있어서, 언어적 기반을 마련하여 주었다.

2) 아동문학 간행물 발행

— '동화(童話)' 총서에서 『아동세계(兒童世界)』로

(1) 근대 간행물과 '동화(童話)'총서의 출간

청조(淸朝, 1636~1912) 말기에서 5·4신문화운동 직전에 이르는 시기에 중국 아동문학의 맹아는 초기 근대 간행물, 특히 아동 신문 및 잡지의 출현과 밀접히 연관되어 있었다. 1868년 9월 미국 선교사 영 존 앨런(Young John Allen, 1836~1907)이 상하이에서 창간한 『중국교회신보(中國敎會新報)』[5]와 미국 선교사 윌리엄 알렉산더 파슨스 마틴(William Alexander Parsons Martin, 1827~1916)이 베이징에서 창간한 『중서문견록(中西聞見錄)』[6]에는 『이솝 우화』(聯芳 역)·「수분 우화(守分寓言)」(竹溪氏 역)·「목동 우화」(青子漁 편역) 등이 수록되었다.

20세기를 전후하여 외국인이 발간한 상기 두 신문에 이어서 아동 신문 및 잡지들이 대량 출현하였는데, 1875년의 『소해월보(小孩月報)』·1897년의 『몽학보(蒙學報)』·1901년의 『우언보(寓言報)』·1903년의 『동자세계(童子世界)』[7]·1907년의 『소년보(少年報)』·1908년의 『몽학화보(蒙學畵報)』 및 『몽양학보(蒙養學報)』·1908년의 『소년총간(少年叢刊)』·1908년의 『아동교육화(兒童教育畵)』·1909년의 『동화총간(童話叢刊)』·1911년

5 『중국교회신보(中國敎會新報)』는 이후 『만국공보(萬國公報)』로 제호를 바꾸었다.

6 『중서문견록(中西聞見錄)』은 이후 상하이로 옮겨 『격치회편(格致匯編)』으로 제호를 바꾸었다.

7 『동자세계(童子世界)』는 중국 최초의 아동 일간지로서, 1903년 4월 6일 상하이의 애국학사(愛國學社)에서 간행하였다. 차이위안페이(蔡元培)·장타이옌(章太炎) 등이 설립한 애국학사는 당시 중국에서 가장 중요한 애국단체의 하나로서, 회원이 50명을 넘어섰다. 아동 일간지 『동자세계』는 논설·역사·지리·소설·전기(傳記)·이야기(故事)·격치(格致)·잠언(箴言)·신문·유희·가사 등의 구성을 갖추었다. 그러나 당시에만 하더라도 아동의 생활에 관한 이해가 부족하였으며 아동본위의 아동문학이 어떠한 것인지 알지 못하였기 때문에, 『동자세계』에 발표된 작품들은 예술성이 부족한 것들이었다. 이후 『동자세계』는 반청(反淸) 정치 주장 때문에 강제 폐간되었다.

의 『소년잡지(少年雜誌)』 · 1914년의 『중화동자계(中華童子界)』 · 1914년의 『아동화보(兒童畵報)』 등이 있다.

당시에 출현한 아동 신문 및 잡지들 가운데 그 영향력이 가장 크고 중국 아동문학의 형성에 있어서 중요한 역할을 담당하였던 것은 쑨이위슈(孫毓修)[8]가 주필로 있었던 '동화(童話)' 총서이다. 상무인서관(商務印書館)[9] 국교부(國敎部)에서 출판한 '동화' 총서는 총 3집 총 102권으로 구성되었다. '동화' 총서는 중국 최초의 아동문학독물(兒童文學讀物)이라고 할 수 있다.

1908년 11월[10]부터 1919년 사이에는 쑨이위슈가 주필을 맡아서 초집(1집) 및 2집 총 98권을 출간하였다. 그 중에서 쑨이위슈가 77권, 마오둔(茅盾)이 17권을 펴냈다. 1908년에 출간된 「고양이가 없는 나라(無猫國)」는 '동화'라는 이름을 붙인 첫 작품으로서, '동화' 총서 가운데 첫 번째로 출간된 책이기도 하다. 1921년에 이르러서는 마오둔의 추천으로 쩡쩐뚜어가 주필을 맡으면서 3집 총 4권을 출간하였다.

'동화' 총서 1집은 7~8세 아동을 대상 독자로 설정하였다. 1집은 책마다 22~26면으로 구성되었으며, 글자 수는 4,000~5,000자 가량이다. 2집은 10~11세 아동을 대상 독자로 설정하였다. 2집은 책마다 42~46면으로 구성되었으며, 글자 수는 1집에 비하여 거의 2배 정도 증가하였다.

---

8 쑨이위슈(孫毓修, 1871~1922)는 '동화(童話)' 총서와 『소년잡지(少年雜誌)』 · 『소년총서(少年叢書)』 등을 간행한 인물이다. 중국동화의 비조(開山鼻祖)로서, 아동독물 편집의 제1인자로 평가받고 있다.

9 상무인서관(商務印書館)은 1887년 장원제(張元濟)에 의하여 설립된 이래, 『동화』 · 『아동교육화』 · 『유동문고(幼童文庫)』 · 『소학생문고(小學生文庫)』 · 『소년총서』 등의 총서 및 『아동세계(兒童世界)』 · 『소년잡지』 · 『학생잡지(學生雜誌)』 등의 잡지를 발간하는 등 아동독물 분야의 개척자 역할을 담당하였다. 상무인서관은 1949년까지 2,000종이 넘는 아동독물을 출판하였다.

10 '동화(童話)' 총서의 최초 출판 시기에 관한 논쟁이 있다. 왕치우안근(王泉根)과 팡웨이핑(方卫平)은 1909년부터 출판되었다고 주장하며, 주쯔창은 1908년 11월부터 출판되었다고 밝혔다. 주쯔창은 '동화(童話)' 총서 제1집 제1편인 「고양이가 없는 나라(無猫國)」 중인본(重印本)의 판권을 확인한 결과, '戊申年十一月初版'이라는 글자가 적혀 있다는 사실을 밝혔다. 이 글에서는 주쯔창의 견해를 따른다.

당시까지만 하더라도 동화의 환상적 특징과 미학적 규범에 관한 명확한 구분이 이루어지지 않았기 때문에, '동화' 총서에는 동화뿐만 아니라 우화 · 역사적 인물 이야기 · 소설 등이 수록되기도 하였다.[11]

내용상으로 보면 '동화' 총서는 아동총서의 성격에 더욱 가깝고, 수록된 작품들은 모두 번안 혹은 개작된 것으로서 창작은 찾아볼 수 없다. 쑨이위슈의 '동화' 총서는 훗날 예성타오(葉聖陶)의 『허수아비(稻草人)』를 기점으로 하는 창작동화가 시작되기까지의 이전 시기, 신해혁명(1911년)으로부터 5 · 4신문화운동에 이르는 시기에 중국 아동문학의 전부였다고 평가할 수 있다. '동화' 총서는 해당 시기 중국 아동문학의 공백을 메워줌으로써, 청말 근대 아동문학으로부터 『허수아비』를 기점으로 하는 현대아동문학으로 이어지는 교량 역할을 담당하였다.

(2) 문학연구회와 『아동세계(兒童世界)』 · 『소설월보(小說月報)』, 최초의 창작동화집 『허수아비』

5 · 4신문화운동 이전 시기에 외국 아동문학 작품의 번역 및 소개는 아동 독자들을 위한 것이라기보다는 성인들의 정치적 목적과 공리주의적 수요에 의한 것이었다. 5 · 4신문화운동 시기에 이르러 '아동본위'라는 주장이 제기되면서, 외국 아동문학 작품의 재역(再譯) 및 직역(直譯)이 진행되었다.

저우쭤런은 앞서 류반농(劉半農)이 「양미소영(洋迷小影)」이라는 제목으로 번안(改譯)한 바 있는 한스 크리스티안 안데르센(Hans Christian Andersen, 1805~1875)의 동화 「황제의 새 옷(Kejserens nye Klæder)」(1837)을 「황제의 새

11 자오징쉔(趙景深)은 「쑨이위슈 동화의 내원(孫毓修童話的來源)」이라는 글에서 77편의 동화 중 29편이 중국 역사 이야기, 그 외의 48편이 서방의 명작과 동화로부터 비롯된 것이라고 밝혔다.

옷(皇帝的新衣)」으로 다시 번역했고, 시아개쭌(夏丏尊)은 앞서 보티안샤오(包天笑)가 『신엘 취학기(馨兒就學記)』라는 제목으로 번역한 바 있는 이탈리아 명작 에드몬도 데 아미치스(Edmondo De Amicis, 1846~1908)의 『쿠오레(Cuore)』(1886)를 『사랑의 교육(愛的教育)』으로 다시 번역하였다. 이와 같은 재역(再譯)은 외국 아동문학 작품을 본연의 모습으로 돌려놓았다. 진정한 의미에서의 번역 동화는 이 시기로부터 시작되었다고 할 수 있다.

재역 외에도 5·4신문화운동 시기 및 그 이후에는 선녀·정령·동물 등을 다룬 동화와 소설·이야기들이 직역되어 소개되었는데, 안데르센·그림 형제(Bruder Grimm)·오스카 와일드(Oscar Fingal O'Flahertie Wills Wilde, 1854~1900)·오가와 미메이(小川未明, 1882~1961) 등 서구와 동아시아 동화 작가들의 작품이 번역 소개되어 아동 독자들을 만났다. 대규모로 진행된 외국 아동문학의 소개는 5·4신문화운동 시기 낡은 '아동독물'을 청산하면서 나타난 공백을 메워주었으며, 다른 한편으로는 새로운 아동문학이 발전하는 계기로 작용하였다.

5·4신문화운동 시기 중국의 문학단체 중에서 아동문학의 건설에 높은 관심을 갖고, 실제로 많은 작품을 창작한 단체는 마오둔·쩡쩐뚜어·예성타오를 중심으로 한 문학연구회(文學研究會)였다. 문학연구회는 1920년 11월 마오둔·쩡쩐뚜어·예성타오·저우쭤런·쉬디산(許地山)·왕통조(王統照) 등 12인이 발기하여 1921년 1월 4일에 베이징(北京)에서 정식으로 설립된 문학단체로서, 마오둔이 상하이에서 주필을 맡았던 『소설월보(小說月報)』를 임시 기관지로 하였다. 문학연구회는 세계문학의 소개 및

『소설월보』 표지.

중국 구문학의 정리와 신문학의 창조를 취지로 하였으며, 그들의 주장과 창작에 나타난 태도는 현실주의에 가까웠다. 그들은 인생을 위하고 후세를 위한다는 역사적 사명감 아래, 『아동세계』와 『소설월보』를 진지(陣地)로 하여 '아동문학운동'의 장을 열어갔다.

1922년에 창간된 중국 최초의 순수 아동지인 『아동세계(兒童世界)』는 그림과 글이 아동 독자들의 취미에 맞게 배치되었다. 『아동세계』는 10세 정도의 아동 독자들을 대상으로 하여 매주 발간되었다. 이 잡지는 문학성이 높고 아동 독자의 특수성을 고려하여 편집되었다. 이와 같은 특징으로 인하여 중국 내륙 지방은 물론 홍콩·마카오에서도 널리 읽혔고, 일본 및 싱가포르에도 판매되었다. 『아동세계』는 1932년 1월에 정간되었다가 같은 해 10월에 반월간으로 복간되어 1941년 6월까지 간행되었다. 중국 아동잡지의 창시자라고 할 수 있는 쩡쩐뚜어가 주도한 『아동세계』는 1919년 5·4신문화운동 이후 중국의 아동간행물들에서 흔히 찾아볼 수 있었던 성인화(成人化) 경향을 극복하고, 현대 중국 아동독물의 발전에 커다란 영향을 끼쳤다.

『아동세계』 표지.

『아동세계』는 주로 아동문학 작품을 수록하였는데, 그 가운데에서 동화가 가장 많이 수록되었다. 그 외에도 아동시·아동극본·아동소설·우화가 수록되었으며, 만화·아동가요와 함께 음악·미술·과학 등의 분야에 관한 지식도 수록하였다.

예성타오가 1922년 이후 『아동세계』를 통하여 발표한 다수의 작품은 중국 동화 창작의 길을 열어주었다. 예성타오의 첫 번째 창작 동화인 「흰 돛배(小白

예성타오(1894~1988).

船)」(1922) 역시 『아동세계』 제1권 제8호에 발표되었다. 1923년 11월, 예성타오는 1921~1922년 사이에 창작한 동화들을 묶어서 『허수아비(稻草人)』(상무인서관)라는 창작동화집을 출판하였다. 이 동화집에는 「흰 돛배」·「바보(傻子)」·「여행가(旅行家)」·「허수아비(稻草人)」 등 23편의 창작동화 작품들이 수록되어 있는데, 이는 모두 『아동세계』에 발표한 바 있는 작품들이다.

『허수아비』는 중국 최초의 창작동화집이다. 이 창작동화집은 동심천사주의를 극복하고 동화와 현실의 만남을 시도하였을 뿐만 아니라, 비교적 높은 완성도를 나타내 보이고 있다. 루쉰은 예성타오의 『허수아비』를 기점으로 하여, 중국이 동화 창작의 길을 걷기 시작하였다고 평가하였다. 쩡쩐뚜어는 예성타오의 『허수아비』가 아동 독자들에게 성인의 비애를 보여준 것이라고 주장하였다. 또한 엄밀하게 말하자면 「흰 돛배」를 비롯하여 「제비(燕子)」·「팡엘의 꿈(芳兒的夢)」·「새로운 시계(新的表)」 등 예성타오의 초기 작품들은 '선(善)'·'사랑'·'순결(純潔)' 등을 키워드로 하여 아동의 순수한 마음을 노래하고, 천진난만하며 아름다운 꿈과 같은 아동의 삶을 그리고자 하였다고 평가하였다.

그러나 제국주의 침략과 군벌들 사이의 쟁탈이라는 참혹한 사회 현실이 예성타오를 자극하였고, 그는 더 이상 엄혹한 현실을 외면할 수 없게 되었다. 그는 「잉어의 모험」(1922)에서 한 마리 잉어의 경험으로부터 세상과 인생이 아름답다는 생각을 부정하였고, 세상의 많은 고통과 비애를 폭로해야 한다고 외쳤다. 이와 같은 사상으로 완성된 작품들이 바로 「장미와 잉어(玫瑰和鯉魚)」·「화미조(畵眉鳥)」·「허수아비」 등이다. 그 가운데에서도 예성타오의 대표작인 「허수아비」는 밭을 지키는 허수아비의 눈과 마음으로 현실 세계를 그린 작품이다. 허수아비는 중국 사회 하층민들의 참혹한 삶을 목격한다. 허수아비는 일 년 내내 땀 흘려 노동한 농민 가정이 심은 곡식들을 벌레들이 하룻밤 사이에 모두 먹어치우는 것을 보며, 마음이 찢어질 듯 아파서 눈물을 흘린다. 하지만 허수아비는 아무 말도 하지 못하고 아무것도 할 수 없었다. 허수아비는 결국 밭에 쓰러지고 만다. 이후에도 예성타오는 중국의 현실을 폭로하는 작품들을 줄곧 발표하였다.

『허수아비』 표지.

문학연구회의 또 다른 진지(陣地)였던 『소설월보』 역시 아동문학 방면에서 활발한 활동을 전개하였다. 먼저 마오둔이 편집을 맡은 시기에는 루인(盧隱)의 「두 소학생(兩个小學生)」과 빙신(氷心)의 「집을 떠난 한 해(離家的一年)」 등을 수록하였다. 그리고 마오둔이 '해외문소식(海外文消息)' 란을 통하여 외국 아동문학 작품에 관하여 두 차례에 걸쳐서 총괄적인 평을 하였다. 먼저 그는 「신선이야기집회지(神仙故事集匯志)」(1921)에서 체코·폴란드·인도·아일랜드 등의 7가지 신화 관련 서적을 소개하였다. 다음으로 「최근의 아동문학(最近的兒童文學)」(1924)에서 영어를 주로 사용하는 국가들의 아동문학 소식 및 서적에 관하여 기술하였다.

쩡쩐뚜어는 1923년 『소설월보』 편집을 맡으면서 지면을 조정하여 아동문학의 비중을 늘리고, 제15권 제1호(1924년)부터는 '아동문학' 란을 신설하기도 하였다. 당시 말단의 지위에 처하여 있던 아동문학이 문학연구회의 노력을 통하여, 당시 중국 최고의 권위를 지니고 있던 대형 문학지에 발표되기 시작하였던 것이다. 이를 통하여 아동문학의 위상이 변화되었으며, 더욱 많은 주목을 받을 수 있게 되었다. 이는 1920년대 중국문단에서 발생한 주요 사건이었다. 『소설월보』의 '아동문학'란 개설을 통하여 외국 아동문학 작품이 대량으로 수록되었고, 아동의 생활을 소재로 한 창작 작품의 발표 및 외국 아동문학에 관련된 정보와 자료의 소개가 이루어졌다.

또한 『소설월보』는 특간(特刊)의 형식으로 『소설월보 · 러시아문학연구(小說月報 · 俄國文學研究)』와 『소설월보 · 중국문학연구(小說月報 · 中國文學研究)』를 발간하였다. 우선 『소설월보 · 러시아문학연구(小說月報 · 俄國文學研究)』(1921)에서는 전호(專號)에 걸쳐, 러시아의 이반 안드레예비치 크릴로프(Ива́н Андре́евич Крыло́в, 1769~1844) · 알렉산드르 세르게예비치 푸시킨(Александр Сергеевич Пушкин, 1799~1837) · 레프 니콜라예비치 톨스토이(Лев Николаевич Толстой, 1828~1910) · 안톤 파블로비치 체호프(Анто́н Па́влович Че́хов, 1860~1904) 등의 우화 · 동화시 · 아동소설 · 동화를 소개하였다. 다음으로 『소설월보 · 중국문학연구(小說月報 · 中國文學研究)』에서는 전호(專號)에 걸쳐, 추뚱지오(褚東郊)의 중국 전통 아가(兒歌)의 내용과 형식을 다룬 장편 논문 「중국 아가의 연구(中國兒歌的研究)」를 수록하였다. 이는 중국 최초의 아동문학 관련 연구 논문이라고 할 수 있다.

1925년 『소설월보(小说月报)』의 제16권 제8~9기는 안데르센 탄생 120주년을 기념하기 위하여 '안데르센 전호(특집호)'로 구성되었다. 여기에는 「안데르센 동화의 예술(安徒生童话的艺术)」 · 「안데르센의 어린 시절(安徒生的童年)」 · 「안데르센 동화의 기원 및 계통(安徒生童话的来源和系统)」 등이 수록되었다. 이외에도 많은 중국 아동문학 비평 이론가들이 안데르센에 관한 글을 집필하여 수록하였다. 이 특집호에는 안데르센 작품의 번역본 32편 · 평론 및 역사 자료와 관련된 글 13편 · 사진과 삽화 21편이 수록되었는데, 번역을 비롯하여 대부분의 글이 문학연구회 회원들이 작성한 것이었다. 이와 같이 많은 지면을 할애하여 한 사람의 아동문학 작가를 체계적으로 연구하고 거론한 것은 전례가 없는 일이었다.

당시 『소설월보(小说月报)』의 편집자였던 쩡쩐뚜어는 잡지의 서두에서 안데르센이 세계적으로 가장 위대한 동화작가라고 높이 평가하였다. 이에 따라 중국의 아동 독자들은 물론 많은 중국인들이 안데르센을 비롯하여 「미운 오리 새끼(Den grimme ælling)」(1843) · 「인어 공주(Den lille Havfrue)」(1836) · 「성냥팔이 소녀(Den Lille Pige med Svovlstikkerne)」(1845) 등의 작품들을 알게 되었다. 또한 안데르센의 작품들은 중국의 아동문학 작가들이 작품을 창작하는 데 있어서 훌륭한 모범으로 여겨졌다.

해당 시기에는 외국 아동문학 작품들이 활발하게 번역 소개되었다. 그 가운데에서도 『소설월보』의 안데르센 특집호와 시아개쭌이 아동소설 『쿠오레』를 번역한 『사랑의 교육』이 가장 호응을 얻으며 영향력을 행사하였다. 『사랑의 교육』은 1923년 『동방잡지(東方雜誌)』에 연재된 이후에 단행본으로 출간되었다. 이 번역본은 출간 이후 20여 년에 걸쳐 중국에서 큰 사랑을 얻었고, 30차례가 넘도록 재판본이 출간되었다. 당시 많은 초등학교 · 중학교의 교사들이 『사랑의 교육』을 학생 필독서로 선정하였으며, 많은 교사들이 소설에서 얻은 교훈에 의거하여 학생들을 가르치고자 노력하였다. 이와 같은 노력은 자연스럽게 수많은 중국 아동에게 커다란 영향을 끼쳤다. 이처럼 해당 시기에는 외국 아동문학으로부터 많은 것을 배우고 흡수하고자 노력하였다. 동화 · 아동소설 · 아동시가 · 아동산문 · 아동극 · 유아문학 등 다양한 방면에서 문학연구회의 '아동문학운동'은 많은 성과를 거두었다.

3) 아동문학 장르의 정착 및 연구

(1) 동화 장르의 정착 및 동화 연구의 시작

동아시아 한·중·일 아동문학을 구성하는 중요한 요소로서, '동화(童話)'라는 용어는 일본에서 처음으로 사용되었다. 중국에서는 1908년 11월 상무인서관에서 '동화'총서의 첫 번째 단행본으로 『고양이가 없는 나라(無猫國)』가 출간되면서부터, '동화'라는 용어가 처음으로 사용되기 시작하였다. '동화'총서에 수록된 작품들은 주로 중국 고대 서적들이나 외국의 미담과 아동문학 작품을 번안·개작한 것들이었다. 장르에 있어서는 우화·역사 이야기·신화·민담·소설 등 다양한 분야를 아우르고 있었다. 이처럼 중국 아동문학의 형성기에 '동화'라는 용어는 아동 독자의 읽을거리 전반을 포괄하는 것으로 인식되었다. '동화'총서에는 아동 독자가 읽기에 적합한 민담이 많이 수록되었고, 민담과 동화를 동일시하는 인식도 존재하였다.

일찍이 저우줘런은 '동화'라는 용어의 기원을 일본으로부터 찾을 수 있다고 주장하였다. 1912~1914년 사이에 저우줘런은 「동화약론(童話略論)」·「동화연구(童話硏究)」·「고동화석의(古童話釋義)」 등을 발표하였는데, 이 글들은 중국에서 동화에 관한 최초의 연구들이라고 할 수 있다.

우선 저우줘런은 「동화약론(童話略論)」에서 '동화는 본래 인간의 문학이자 아동문학이라 할 수 있다'고 주장하였다. 또한 그는 동화가 '원인(原人)들의 종교인 신화(神話)'와 '원인(原人)들의 역사인 세설(世說)'과 밀접한 관계를 가지고 있다고 주장하면서도, 동화는 신화라든지 세설과 구분되어 있다고 주장하였다.

다음으로 저우줘런은 「동화약론(童話略論)」에서 동화를 '순정동화'와 '천연동화'로 구별하였다. '순정동화'는 주로 사물의 기원 및 원인(原人)

의 관습에서 유래된 괴이한 이야기를 가리키고, '유희동화'는 주로 동물담 및 우스운 이야기 · 말놀이 이야기 등을 가리킨다. 해당 시기에 저우쭤런의 동화 연구는 아동문학이라기보다는 민속학의 범주에서 전개된 연구라고 할 수 있다. 즉, 그가 말하는 '동화'는 민담과 같은 것으로 판단할 수 있다. 이와 같이 1900~1910년대에 '동화'는 대체로 고대로부터 전해져 온 민담으로 인식되었으며, 주로 민속학의 범주에서 연구가 진행되었다.

1920년대에 이르러서는 학술 분야에서 동화에 관한 열띤 토론을 전개하였다. 이 시기에 '동화'는 아동문학 장르의 하나로 자리 잡게 되었고, 동화에 관한 이론이 더욱 심도 있게 전개되었다. 장쯔성(張梓生)은 1921년 7월 『부녀잡지(婦女雜誌)』에 「동화를 논함(論童話)」이라는 글을 발표하였다. 이 글로부터 자오징센(趙景深) 등과 장쯔성 사이에 동화에 관한 토론이 전개되었고, 1922년 1월 『부녀잡지(婦女雜誌)』에 「아동문학의 토론(兒童文學的討論)」이라는 제목으로 수록되었다.

먼저 자오징센이 장쯔성에게 동화 연구의 자료 및 동화의 개념과 변별성, 그리고 세계 동화작가 현황 등에 관하여 질문을 제기하였다. 다음으로 장쯔성이 자오징센의 질문들에 구체적으로 답하였다. 장쯔성은 '동화'의 개념에 관하여 동화가 아동 독자를 대상으로 하는 모든 이야기를 아우르는 용어가 아니라고 분명히 지적하였다. 그리고 동화는 아동을 위한 이야기 및 아동의 인식 수준과 비슷한 민담 가운데, 재미있고 즐거운 요소를 가지고 있는 이야기라고 설명하였다.

또한 장쯔성은 '동화'총서를 펴낸 쑨이위슈가 사용한 '동화'라는 용어는 엄밀한 의미에서의 동화가 아니라, '아동독물'에 해당하는 것이라고 지적하였다. 장쯔성은 동화의 기준은 이야기가 재미있는 요소를 가지고 있는지 여부와 크게 관련이 있다고 지적하였다.

이어서 자오징센과 저우쭤런이 1922년 1월부터 4월에 이르기까지 편지 왕래의 형식으로 총 9차례에 걸쳐 동화에 관한 토론을 전개하였다. 먼저 자오징셴이 동화는 신괴소설(神怪小說)이 아니며 아동소설도 아니라고 주장하면서, 동화는 아동의 삶을 표현하는 것이며 그 안에 즐거움을 담고 있는 것이라고 밝혔다. 자오징셴은 동화가 '원인적(原人的)'·'아동적(兒童的)'·'흥미적(快樂的)'·'신비적(神秘的)' 요소를 가지고 있다고 설명하였다. 다음으로 저우쭤런은 동화라는 용어의 기원을 일본으로부터 찾을 수 있다고 다시 밝히며, 본래 동화는 원인(原人)이 자신의 문학을 표현하는 수단이었다고 지적하였다. 저우쭤런은 동화는 우화·동물 이야기와 구분된 장르로서, 아동 교육에 있어서 담당하는 역할은 도덕적인 것이 아닌 문학적인 것이라고 주장하였다. 자오징셴과 저우쭤런은 동화의 개념에 관한 토론에 이어서 문학 동화와 예술 동화에 관하여 토론하였다. 또한 동화의 발생과 발전 및 기능, 적용 범위, 원리 등 다양한 분야에 걸쳐서 토론을 전개하였다. 이들의 토론은 후세인들의 동화와 아동문학에 관한 인식에 커다란 영향을 끼쳤다.

『부녀잡지』 1922년 7월호와 8월호에 걸쳐 게재된 풍페이(馮飛)의 「동화와 공상(童話和空想)」은 최초로 동화·신화·전설(傳說)의 공상적 특징을 논한 체계적인 글이라고 할 수 있다. 그는 동화의 공상(空想)을 신선의 공상·거인의 공상·괴이한 동물의 공상·자연의 의인화 공상, 기타 공상 등 다섯 가지로 분류하였다. 또한 동방과 서방의 사례를 비교하며, 동방과 서방의 공상이 차이점을 가지고 있다고 주장하였다.

쉬루타이(徐如泰)는 1926년 11월 『중화교육계(中華教育界)』에 발표한 「동화의 연구(童話之硏究)」에서 동화의 요소 및 동화 창작의 준칙(準則)에 관하여 논하였다. 그는 '동화'라는 장르에 신화·우스운 이야기·우화·전설·역사 이야기·사실 이야기·자연 동화가 포함되어 있다고 주장하였다. 또한 그는 동화의 기능 및 가치를 유희적 본능·미술적 가치·격동(激動)하는 습성에 순응하는 것·상상(想像)의 결함을 채우는 것·발전 및 상상의 능력·흥미에 부합하는 원칙·사유 능력의 양성 등 구체적으로 구분하였다. 다음으로 그는 동화가 아동 독자들로부터 호응을 얻을 수 있는 요인으로 '신기함·활동적인 것·변화·생활·상상·감각적인 것·율동적인 것·감관적인 것·우스운 것·지식' 등 여러 가지를 제시하였다.

이후 자오징셴은 1927년 11월 13일 『문학주보(文學週報)』 제290회에 「중국과 서방 동화의 비교—《광둥민간문예집》 출판 즈음에(中西童話的研究—《廣東民間文藝集》付印題記)」를 발표하였다. 이 글에서 자오징셴은 동화를 민담의 사례와 비교·분석하고, 동화가 '신비성(神秘性)' 및 '유희성(遊戲性)'이라는 중요한 미학적 특징을 가지고 있음을 강조하였다.

시아웬이운(夏文運)은 1928년 1월 『중화교육계(中華教育界)』 제17권 제1호에 「예술동화의 연구(藝術童話之研究)」를 발표하였다. 이 글에서 시아웬이운은 예술동화 창작의 중요성 및 이를 위한 심리학 연구의 기초와 자원을 지적하였다. 이렇듯 1920년대 중국의 동화 연구는 동화라는 장르의 범위 및 특징·양식·창작방법 등으로 다양해졌으며, 논의 수준에 있어서도 많은 진전을 이루었다.

(2) '신시가(新詩歌)'·'아가(兒歌)'의 정착 및 연구

5·4신문화운동 및 백화문의 사용과 더불어 중국에서는 새로운 형식과 내용으로 구성된 신시(新詩)가 등장하였고, 이는 중국 아동시가의 발전에도 큰 영향을 끼쳤다. 이 시기에는 '아가(兒歌)'라는 용어가 흔히 사용되었다. 이는 고대에는 '동요(童謠)'·'동자요(童子謠)'·'유자요(孺子謠)'·'소아어(小兒語)' 등으로 불렸으며, 민가(民歌) 등 모든 민간 구전문학의 중요한 일부였다. 역사적으로 고찰할 때 '아가'와 '아동시'에는 분명한 경계선이 없으며, 중국에서는 '아동시가'라는 매우 포괄적인 용어가 많이 통용되고 있다.[12]

1910~20년대의 아동시가에 관한 주요 논의와 이론 연구에 활발하게 참여한 인물을 꼽자면, 단연 저우쭤런을 들 수 있다. 저우쭤런은 이미 1914년에 「아가의 연구(兒歌之硏究)」라는 글을 발표한 바 있는데, 이는 중국 아동시가에 관한 최초의 계통적 연구라고 할 수 있다. 그는 먼저 '아가(兒歌)는 아동이 노래하는 사(詞)이며, 고대에는 동요(兒歌者, 兒童歌讴之詞, 古言童謠)'라고 밝혔다. 이어서 동요의 역사적 지위 및 분류를 서술하며, 동요에 관한 일반적 편견에서 벗어날 것을 강조하였다. 즉, 동요는 '아동적(兒童的)'·'예술적(藝術的)'이어야 한다는 바탕 위에서, 아동 교육에 있어서도 중요한 기능을 담당한다고 지적하였다.

또한 그는 「예문잡화(艺文杂话)」·「《동요대관》을 읽으며(读《童谣大观》)」·「《각 성의 동요집》을 읽으며(读《各省童谣集》)」·「뤼쿤의 《연소아어》(吕坤的《演小儿语》)」(1923)·「샤오싱아가술약서(绍兴儿歌述略序)」 등 동요에 관한 글들을 발표하였는데, 이 글들은 중국 동요(아동시가) 연구에 있어서 매우 중요한 업적이라고 할 수 있다. 그는 「《동요대관》을 읽으며」에서 당시 동요 연구의 흐름을 민속학적(民俗學的) 파벌·교육적(教育的) 파벌·문예적(文藝的) 파벌 등 세 파벌로 분류하였다. 또한 「뤼쿤의 《연소아어》」에서 중국에는 아동을 위하여 창작한 작품이 워낙 적고, 예술적 가치도 거의 보이지 않는다고 비판하였다. 이어서 뤼쿤의 《연소아어》는 '몽이양정(蒙以養正)'의 의도를 가지고 있지만, 동요 가사를 활용하여 '취미'와 '교훈'을 같이 다루는 것에 관하여서는 높은 평가를 내렸다. 「《각 성의 동요집》을 읽으며」에서는 자료적 가치를 긍정적으로 평가하면서도, 아동이 읽는 것으로 하려면 밑에 달린 교훈적인 주석을 전부 없애야 한다고

12 중국에서 아동시가에 관한 연구는 활발하게 진행되고 있지 않은 실정이다. 최근에 들어서야 '아가'와 '아동시'에 관하여 따로 정의를 내리고 연구하려는 경향이 나타나고 있지만, 아직 관련 분야의 연구가 매우 적은 편이며 체계적이지도 않다. '아동시'의 기원에 관하여서도 구체적인 설명이나 해석이 부재하는 실정이다.

주장하였다.

이 시기의 또 다른 주목할 만한 글은 풍궈화(馮國華)의 「아가의 연구(兒歌的研究)」(1923)와 추뚱지오(褚東郊)의 「중국아가의 연구(中國兒歌的研究)」(1926)이다. 풍궈화는 「아가의 연구」에서 실증적 방법으로 아동의 심리적 특성을 분석하며, 내용과 형식에 있어서 아가의 심미적 특징을 밝혔다. 그는 아동문학에 있어 동요의 중요한 지위와 아가의 교육적 가치를 서술하였고, 아동의 상상력 · 호기심 · 관심 · 기억 · 언어 등의 측면에서 고찰하며 아가의 내용을 규정하였다. 그는 아가를 평가함에 있어서 아동성 및 아동화(兒童化) 등에 관한 객관적 기준을 적용해야 한다고 주장하였다. 추뚱지오(褚東郊)는 「중국아가의 연구」에서 실증적 자료를 바탕으로 하여, 수많은 동요에 관한 체계적인 분석을 진행하였다. 우선 동요의 지역성과 국민성에 관하여 서술하였으며, 내용상으로 동요를 ①우는 것을 막고 아이의 수면에 도움이 되는 것 ②유희 시 사용되는 것 ③발음 연습용 ④지식적인 것 ⑤교훈적 의의를 가진 것 ⑥우스꽝스러운 것 ⑦기타 등으로 나누었다. 이어서 형식상으로 동요를 ①운어(韻語) ②체재(體裁) ③구법(句法) 등으로 구분하였다. 이러한 분류 방법은 당시에 매우 체계적인 분류 방법이었을 뿐 아니라, 현재까지도 많은 영향을 끼치며 중요한 학술적 가치를 가진 것이다.

이 시기에 이르러서는 아동문학 개론서 및 아동문학 연구서에서 시가에 관한 논술을 체계적으로 다루게 되었다. 먼저 위서우용과 저우후어위의 중국 최초의 『아동문학 개론(兒童文學概論)』(1923)에서는 아동이 운어적(韻語的) 시가를 선호하는 것이 천성이며, 동요는 아동문학에서 중요한 지위를 차지한다고 밝혔다. 또한 난이도와 아동의 이해력에 따라 아가(兒歌) · 민가(民歌) · 동요(童謠) · 언어(諺語) · 구시(舊詩) · 신시(新詩) · 사곡(詞曲) · 기타 등으로 분류하였다.

주딩이우안(朱鼎元)은 『아동문학 개론(兒童文學概論)』(1924)에서 동요의 음절적 특성이 아동의 본능에 부합하며, 아동의 감정과 상상을 일으킬 수 있다고 설명하였다. 또한 각 연령 단계에 따라 동요의 문학적 기능을 서술하였다. 다음으로 장성이우(張聖瑜)는 『아동문학 연구(兒童文學硏究)』(1928)에서 동요의 특징과 내용에 관하여 서술한 바 있다. 그는 아동이 스스로 가요를 창작할 수 없고, 창작할 동기가 있다고 하더라도 어른과 의논해야 한다고 주장하였다. 또한 동요의 내용에 있어서, 자연 물상·인사(人事)에 관한 동요가 많으며 인간의 감정·가정의 평범한 일 등에 관한 작품도 적지 않다고 지적하였다.

이와 같이 이미 1920년대에 동요 이론에 관한 연구가 시작되었으나, 이는 동요 연구에 있어서 초기 단계였기 때문에 깊이 있는 연구를 기대할 수는 없었다. 그러나 그들은 동요 연구 초기에 동요의 '아동성'을 둘러싼 다양한 고민을 선보였고, 이는 후세의 동요·동시 연구에 토대를 제공하였다.

2. 프롤레타리아 아동문학의 대두 및 좌련 시기의 아동문학

1) 좌련과 프롤레타리아 아동문학의 대두

(1)『소년대중』과 계급의식의 확립

1927년에서 1937년에 이르는 중국공산당과 중국국민당의 제2차 국내혁명[13](토지혁명, 10년 내전)의 시기는 중국 아동문학이 자각을 거쳐 발전 장대해 가면서 공산주의 운동 특히 1930년 상하이에서 중국좌익작가연맹(中國左翼作家聯盟, 이하 '좌련') 작가들의 영향 아래 새로운 사상과 정신을 지닌 문학으로 거듭나던 시기였다. 일정한 정도에서 아동문학의 소재가 확대되었고, 현실주의를 지향한 작품 창작에서 시대적 색채와 계급의식이 뚜렷해졌다. 1928년 '무산계급혁명문학(無產階級革命文學)'[14]의 발생으

13 제2차 국내혁명전쟁은 10년 내전 혹은 토지혁명전쟁이라고도 말한다. 1927년 제1차 국공합작(1924~1927, 이 기간 중국공산당과 중국국민당은 합작하여 북벌전쟁 혹은 대혁명이라고도 불리는 반제반봉건 성격의 제1차 국내혁명을 진행하였다)의 파열에서 1936년 12월 서안사변에 따른 제2차 국공합작의 실현과 1937년 7월 항일전쟁 폭발까지의 기간을 가리킨다.

14 1928년 1월 1일 궈모뤄(郭沫若, 1892~1978)는 월간「창조(創造)」제1권 제8기에 논문「영웅나무(英雄树)」를 발표하여 '무산계급문예' 혹은 '사회주의 문예 경향'을 제창하며 "문학계에서 폭도(暴徒)가 나타나야 한다"고 밝혔다. 1927년 말에 일본에서 귀국한 중국공산당 당원인 청

로부터 1930년 중국 좌련의 성립까지, "좌익문학은 온 시대 문학의 능동적인 권력을 가지고 있으며 문학의 발전 취향도 결정하는 강력한 문예사조였다."[15] 현실주의를 강조한 이 문예사조는 아동문학 창작에도 많은 영향을 끼쳤다. 1930년대 중국 문단에서는 무산계급 아동을 소재로 하고, 현실주의를 창작방법으로 한 아동문학 작품이 많이 나타났다. 이러한 현상은 좌익 문예사조와 매우 밀접한 관계를 맺고 있었다.

좌련은 결성 당시부터 아동문학을 좌련 문학의 중요한 일부로 인식하고, 아동문학 이론 건설에 지대한 관심을 기울였다. 좌련의 성립대회는 1930년 3월 2일에 상하이(上海) 중화예술대학에서 개최되었다. 성립대회를 마치고 얼마 지나지 않은 동년 3월 29일, 좌련 기관지 『대중문예(大衆文藝)』[16]는 상하이에서 『소년대중』(少年大衆)』[17]의 편집 방침 등을 설정하기 위한 토론을 전개하였다.

치안싱춘(钱杏邨)은 소년들에게 계급의식을 인식하게 하며, 투쟁 결합의 중요성과 조직의 중요성을 이해할 수 있도록 도와주어야 한다고 주장하였다.

방우(成方吾) · 풍나이초(冯乃超) · 풍캉(彭康) · 리추리(李初梨) · 주찡워(朱静我) · 이톈성(李铁生) 등은 창조사(創造社)에 가입하였는데, 꿔모뤄는 그들을 '신예(新锐) 투사'라고 불렀다. 1928년 1월 1일에는 「태양월간(太陽月刊)」이 창간되어 혁명문학단체 '태양사(太陽社)'가 형성되었다. 맹원에는 찌앙광츠(蔣光慈) · 치안씽첸(钱杏邨) · 양첸런(杨邨人) 등이 있었다. 태양사의 맹원 중 많은 수가 좌련에 가맹하였다.

15 姚辛, 『左联史』, 北京: 光明日报出版社 , 2006 , 2~3면.

16 『대중문예』는 1928년 9월에 창간되었으며, 창작 작품 및 번역 작품을 수록하였다. 처음에는 이우따푸(郁达夫)와 시아래띠(厦莱蒂)가 편집을 당당하였다. 1929년 2월 20일 제1권 제6기를 출판한 이후 8개월 동안 정간(停刊)하였다가, 같은 해 11월 1일 다시 복간(復刊)되어 토찡쉬엔(陶晶孙)이 편집을 담당하여 제2권 제1기를 발표하였다. 매 호마다 '대중문예소품(大众文艺小品)' 전란을 개설하여 국내와 외국 작가의 작품을 수록하였다. 문예를 통하여 대중을 위하여 복무하는 것이 좌련의 행동강령이었으며, 『대중문예』의 전진(前進) 방향이자 분투(奮鬪) 목표였다.

17 1930년 3월 29일 『대중문예』의 부간(副刊)인 『소년대중』의 창간에 관한 회의가 개최되었다. 좌련 작가 등 17명이 참여하였다. 1930년 5월 1일 출판한 『대중문예』제2권 제4기의 '신흥문학전호(新兴文专学号)'에서 소년 독자와 만나게 되어 1930년 6월 1일 출판한 『대중문예』제2권 제5 · 6기의 합간(合刊)에서 제2기를 출판한 후에 국민당 정부의 금지로 인하여 정간되었다.

티안한(田汉)은 아동은 흙장난과 사탕을 좋아하지만 이제부터 새롭고 유익한 것을 보여주어야 하며, 흙장난과 사탕에 관한 아동의 선호가 자신들이 보여줄 것에 관한 선호로 바뀔 수 있도록 해야 한다고 주장하였다. 또한 소년 역시 대중의 일부이기 때문에 풍자·해학·교육 등의 수단을 사용할 수 있다고 말하였다.

『대중문예』 표지.

추이운뚜어(邱韵铎)는 아동문학은 “선전성과 선동성이라는 기능을 가진 문자와 그림을 최대한 활용하여 선입관념을 도입하게 하고 모든 혁명투쟁에 협동하여야 한다”는 방침을 제기하였다.[18]

이들의 주장을 종합하여 볼 때, 좌련 역시 카프와 마찬가지로 아동문학을 아동 독자에게 계급의식과 투쟁 관념을 교육하는 도구로 인식하였음을 확인할 수 있다.

제1기 『소년대중』은 1930년 5월 1일 발간된 『대중문예』 제2권 제4기의 ‘신흥문학전호(新興文學專號)’의 부간(副刊)으로 발행되었다. 『소년대중』은 발간 선언 「신시대의 형제 자매에게(给新时代的弟妹们)」를 통하여, 『소년대중』에 발표된 모든 글은 신시대의 소년대중을 위한 것이라고 밝혔다. 또한 곧 밝은 시대가 올 것이며, 자신들이 과거·현재·미래에 관한 진실을 알려주겠다는 포부를 밝혔다.

또한 좌련의 기관지인 『북두(北斗)』·『문학도보(文學導報)』 및 『맹아(萌芽)』·『척황자(拓荒者)』·『대중문예(大衆文藝)』 등 좌익 잡지들이 프롤레타리아 아동문학 작품과 이론의 발표를 위한 기지(基地)를 제공하였으며, 북

18 方卫平, 『中国儿童文学理论发展史』, 上海 : 少年儿童出版社 , 2007, 200~201면.

방좌익작가연맹 등 혁명문예단체들이 『아동(兒童)』·『소년선봉(少年先鋒)』 등의 잡지를 창간하였다.

1930년대 중국 프롤레타리아 아동문학은 좌익문예운동의 제창하에 중국 아동의 현실 생활을 반영하고자 하였다. 이를 위하여 가혹한 환경에 처한 아동, 특히 극도로 빈곤했던 노동자·농민의 자녀들이 어떻게 운명에 맞서 힘겨운 투쟁을 전개하는지를 보여주고자 하였다. 이로써 아동 독자들에게 가혹한 사회 현실을 고발하는 것이 주된 내용을 이루었으며, 아동 독자들로 하여금 사회의 백태를 관찰하게 만들고자 하는 것이 주된 창작 목표를 이루었다.

1930년대 전후에 중국 프롤레타리아 아동문학운동은 우익 세력이 아동문학을 시대에 뒤떨어진 후퇴의 길로 이끌고 있다며 강력히 비판하였다. 계급투쟁 및 민족 진흥을 주요 과제로 설정하고 있던 중국 좌익문단은 아동문학 역시 프롤레타리아 문학운동의 일부가 되어 '혁명범식(革命範式)'의 이상주의를 주입하고자 하였다. 이로써 계급 대립 및 계급의식의 묘사가 중국 프롤레타리아 아동문학의 주요 과제가 되었다.

꿔모뤄가 『문화비판(文化批判)』에 발표한 「한 쪽의 손—신시대의 어린이들에게(一只手—献给新时代的小朋友们)」(1927)는 바로 상술한 바와 같은 시대적 요구를 반영한 작품이다. 아동노동자 '삐이뤄(독일어 프로)'는 '닐깅따(독일어 nirgend; 없는 곳)'라는 섬의 철강 공장에서 노동하던 도중에 오른쪽 손이 잘린다. 그러나 자본가는 무관심한 태도를 보이며, 심지어 '삐이뤄'를 살리고자 하는 노동자들의 지도자 '커베(독일어 KP; 공산당)'에게 채찍질을 한다. '삐이뤄'를 비롯한 노동자들은 분노하여 저항하였지만, 실패하여 감옥에 갇히고 말았다. 이후 '커베'는 온 섬의 노동자들이 함께 하는 파업을 이끌고, 자본가의 통치를 무너뜨린다. 손이 잘린 아동노동자 '삐이뤄'는 너무 크게 다친 탓에 결국 세상을 떠나는데, 다른 노동자들은 '삐이뤄'를 비롯하여 투쟁 과정에서 희생당한 노동자들을 기념하기 위하여 기념탑을 건립한다. 철로 제작한 기념탑은 한쪽 손을 높이 들고 투쟁의 의지를 불태우는 '주먹'의 형상으로 만들었다. 이 작품은 주인공의 이름부터 '프로'와 '공산당'으로 지어져 있으며, 뚜렷한 경향성을 드러내고 있다. 노동자와 자본가의 계급 대립을 도식적으로 표현한 작품으로 평가할 수 있다.

5·4신문화운동 시기에 중국 아동문학은 '아동본위론'에 입각하여, 아동 독자에게 즐거움을 줄 수 있는 작품을 창작하는 것을 주된 목적으로 여겼다. 그러나 1930년대에 이르러 중국 프롤레타리아 아동문학은 5·4 신문화운동 시기의 '아동본위론'으로부터 이탈하여, 계급 대립 및 계급 의식을 묘사하는 경향적인 길을 걷게 되었다. 이어서 마오둔(茅盾)·런스(柔石)·후이야핀(胡也频)·영슈런(应修人)·홍령페이(洪灵菲)·풍컹(冯铿)·아영(阿英)·사팅(沙汀)·애우(艾芜)·초명(草明)·대평완(戴平万)·이위령(于伶)·왕루이안(王鲁彦)·왕통조(王统照)·송쯔디(宋之的)·양소(杨骚)·푸풍(蒲风)·지앙무량(蒋牧良)·쉬치운(舒群)·이어강(叶刚) 등의 좌련 맹원들은 프롤레타리아 아동문학운동에 결합하며, 다양한 경향적·전투적 작품을 창작하였다. 또한 『대중문예』의 「소년대중」란 이외에도 『창조월간(创造月刊)』·『태양월간(太阳月刊)』·『맹아월간(萌芽月刊)』·『척황자(拓荒者)』·『북두(北斗)』·『문학(文学)』·『소설가(小说家)』·『문학종보(文学丛报)』·『문화일보(文化日报)』·『문학계(文学界)』·『광명(光明)』·『중류(中流)』·『역문(译文)』 등의 좌익 문예 잡지와 신문 등에 프롤레타리아 아동문학 작품과 평론이 수록되었다.

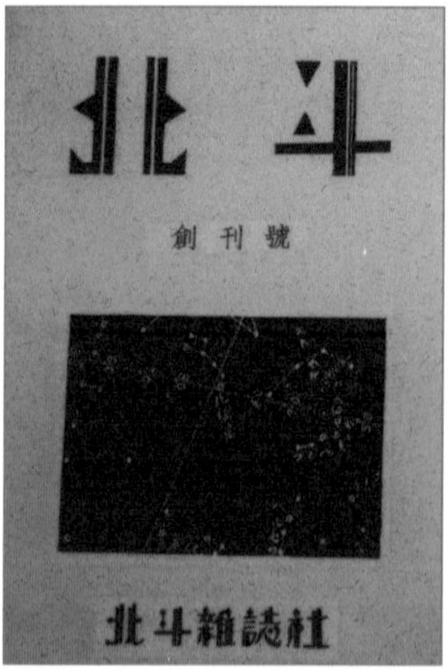

『북두』 표지.

중국 프롤레타리아 아동소설 가운데 계급 대립 및 계급의식을 묘사한 작품들로는 풍컹(冯铿)의 「꼬마 아치앙(小阿强)」· 딩링(丁玲)의 「아이들에게(给孩子们)」· 진띵(金丁)의 「아이들(孩子们)」· 정농(征农)의 「아이의 생각(孩子的想头)」 등이 있다. 장톈이의 아동소설 「이사한 후(搬家后)」(1930)[19], 「꿀벌(蜜蜂)」(1932)[20], 「평범한 일 한 가지(一件寻常事)」[21] · 「팁(小账)」(1933)[22], 「기우(奇遇)」[23] · 「교훈(教訓)」[24] · 「두 친구(朋友俩)」[25](1934), 「단원(團圓)」(1935)[26] 등도 계급 대립 및 계급의식을 묘사하고 있다. 또한 마오둔의 단편 아동소설 「'큰 코'의 이야기(大鼻子的故事)」(1935), 「아들이 회의를 하러 갔다(儿子开会去了)」, 장편 아동소설 「소년 인쇄공(少年印刷工)」(1936) 등도 계급 대립 및 계급의식을 묘사한 주요 작품들이다.

마오둔의 단편 아동소설 「'큰 코'의 이야기(大鼻子的故事)」[27]의 주인공은 상하이를 떠돌아다니며 유랑하는 아동 '큰 코'이다. 1·28사변[28] 이후

---

19 1930년 4월에 창작된 「이사한 후」는 1930년 5월 1일 『맹아잡지(萌芽雜誌)』제1권 제5기에 수록되었다. 현대문학 월간지 『맹아잡지(萌芽雜誌)』는 루쉰과 풍쉐에퐁(冯雪峰)이 편집을 담당하였는데, 1930년 1월 1일에 창립하여 상하이광화서국(上海光华书局)에서 발행하였다. 같은 해에 좌련이 성립한 후에 좌련의 기관지가 되었다. 「이사한 후(搬家后)」라는 작품은 장톈이가 좌련에 가맹하기 전에 쓴 작품이지만, 좌련 기관지 『맹아잡지(萌芽雜誌)』에 발표되었기 때문에 본고의 검토 대상에 포함시키도록 하겠다.

20 「꿀벌」은 1932년 7월 1일 월간 『현대(現代)』제1권 제3기에 수록된 작품이다.

21 「평범한 일 한 가지」은 1933년 7월 1일 월간 『문학(文學)』 제1권 제1기에 수록된 작품이다.

22 「팁」은 1933년 9월 23일 · 30일, 10월 7일 · 14일 주간 『생활(生活)』 제8권 제38~41기에 수록된 작품이다.

23 「기우」는 1934년 4월 1일 『문학계간(文學季刊)』 제2기 제4호에 수록된 작품이다.

24 「교훈」은 1934년 10월 8일 『국문주보(國聞周報)』 제 11권 40기에 수록된 작품이다.

25 「두 친구」는 1934년 10월 20일에 출판된 『양우종서(良友縱書)』의 제12종 단편소설집 『이행(移行)』에 수록된 작품이다.

26 「단원」은 1935년 11월 1일 월간 『현대(現代)』 제4권 제1기에 수록된 작품이다.

27 이 작품은 1935년 5월 27일에 창작되었고, 1936년 7월 1일 『문학(文學)』 제7권 제1호에 발표되었다.

28 1932년 1월 28일에 상하이 국제 공동조계 주변에서 일어났던 중국과 일제의 군사적 충돌이다. 3월 1일, 중국군은 갑작스레 철수를 시작하였다. 중국의 패전 분위기 속에서 1932년 4월 29일 중 · 일 양국이 정전협정을 맺기 전, 일본인 거주민들은 홍커우 공원(虹口公园, 현 상하이 루쉰 공원)에서 열병식을 거행하였다. 이는 일본의 천장절 경축행사와 일본군 승전 파티를 겸한 행사였다. 이때 식민지 조선의 독립운동가인 윤봉길이 폭탄을 투척하여, 상하이 일본영사와 해군 중장 등 다수의 군 인사가 죽거나 중상을 입었다. 윤봉길은 체포되어 사형되었다.

'큰 코'는 고아가 되어 유랑견처럼 비참하게 살다가 제국주의에 저항하는 행진대에 합류한다. 마오둔의 장편 아동소설 「소년 인쇄공(少年印刷工)」에서는 조위안성이라는 아이의 가족이 1·28사변 이후 비극적인 삶을 살게 된다. 1·28사변을 겪으며 조위안성의 아버지의 상점은 폭격으로 인하여 무너지고, 엄마는 죽었으며 동생은 사라졌다. 조안위성은 학교를 그만두고, 생존을 위하여 인쇄공장에서 노동하게 된다. 조안위성은 착취에 시달리면서, 돈밖에 모르는 자본가들의 비도덕적인 행위와 욕심을 목격한다. 결국 조안위성은 일을 그만두고, 새로운 길을 걷게 된다.

또한 좌련 작가들뿐만 아니라 좌련과 밀접한 관계를 유지했던 작가들도 계급 대립 및 계급의식을 묘사한 아동소설을 발표하였다. 그들은 당시 국민당 독재 정권의 반(反)인민·반(反)혁명적 제압에 저항하며, 작품을 통하여 지주와 자본가의 부패하고 사치스러운 삶을 묘사하였다. 또한 작품에 계급의식을 반영하였다. 계급 대립 및 계급의식을 묘사하는 것은 당시의 시대적 요구였던 것이다.

(2) 루쉰·마오둔과 좌련 아동문학

1930년대 좌련의 맹원으로서 중국 문학계의 거두였던 루쉰(魯迅, 1881~1936)·마오둔(茅盾, 1896~1981)[29] 등이 아동문학 비평에 많은 관심을

29 마오둔의 본명은 선더훙(沈德鴻), 자는 옌빙(雁冰)이다. 저장성(浙江省) 퉁샹현(桐鄕縣) 출신이다. 5·4신문화운동 때 첸두슈(陳獨秀) 등으로부터 영향을 받고 중국공산당 혁명에 적극적으로 참가하였다. 마오둔은 중국 신문학운동에 적극적으로 앞장섰다. 1920년 신문학운동 최초의 문학단체인 '문학연구회'를 저우쭤런(周作人) 등과 결성, 기관지 『소설월보(小說月報)』의 편집을 담당하였다. 1926년 '대혁명'(1925~27)에 즈음해 꽝뚱(廣東)으로 갔으며, 후에 우한(武漢) 혁명정부에 참여했으나 혁명이 좌절된 후 칩거하였다. 「루쉰론(魯迅論)」을 집필하고 나서 〈환멸(幻滅)〉(1927)·〈동요(動搖)〉(1928)·〈추구(追求)〉(1928)의 3부로 구성된 장편소설 『식(蝕)』(1930)을 간행, 작가로서 재출발하였다. 1930년 일본에서 귀국한 후 루쉰 주변에 집결한 중국 '좌익작가연맹'의 맹원으로서 그 지도이론의 확립을 위하여 노력하면서, 동시에 장편소설 『춘잠(春蠶)』(1932)과 『자야(子夜)』(1933)를 출판하였다. 또 '문예대중화 논쟁'을 통하

기울였다. 루쉰은 외국 아동문학 작품을 번역하기도 했고, 신진 아동문학 작가 발굴에도 나섰다. 그 중에는 장톈이와 같은 신진 작가도 있었다. 루쉰은 레오니드 판텔르예프(Леонид Пантелеев, 1908~1987)의 『시계』를 1935년 1월 1일~12일 동안 번역하여, 같은 해 7월에 상하이생활서점(上海生活书店)에서 출간하였다. 「『시계』 역자의 말」과 『시계』의 번역문은 1935년 3월 월간 『역문(译文)』 제2권 제1기에 처음 발표되었다.

중국 문학의 또 다른 거두인 마오둔은 길고 길었던 문학 인생 중 계속해서 아동문학 이론의 건설에 깊은 관심을 기울이며, 많은 아동문학평론을 발표하였다. 1930년대는 마오둔의 문학 창작에 있어서 수확기였으며, 아동문학평론 분야에서 가장 활발하게 활동하였던 시기였다. 그는 1932년 12월부터 1938년 4월까지 15편의 아동문학 이론 비평을 발표하였는데, 루쉰은 그를 "전투하는 비평가"라고 평가하였다.[30] 1920년 「문학상의 고전주의 · 낭만주의 및 사실주의(文学上的古典主义浪漫主义和写实主义)」에서는 이 3대 문예사조의 역사 및 발전과 특징을 고찰하고 합리적인 사상 요소를 흡수하여, '5·4신문학'에 관한 자신의 견해를 제기하였다. 그는 또한 이를 아동문학 비평에 적용하기도 하였다. 마오둔은 1933년 5~7월 『신보·자유담(申报 · 自由谈)』에 「그들에게 무엇을 보여주면 좋을까?(给他们看什么好呢?)」·「아이들이 신선함을 요구함(孩子们要求新鲜)」·「아동독물을 논하며(论儿童读物)」·「아동의 발표 능력을 어떻게 양성할까?(怎样养成儿童的发表能力)」 등의 평론을 연속해서 발표하였다. 그는 당시 아동문학 출판계에서 유통되고 있는 '세계소년문학총서'는 양이 적을 뿐만 아니라 너무 유럽화되어 있어서 아이들을 만족시킬 수 없다고 판단하였다. 그리고 낮은 연령대의 아동문학 작품은 표절 문제가 심하며, 신선한

여 현실주의의 확립에 공헌하였다.

30 方卫平, 위의 책, 217면.

소재가 없다고 지적하였다. 또한 고학년 아동을 대상으로 한 아동문학 작품 가운데 과학적 역사 인식을 바탕으로 한 작품이 부족하다고 지적하였다. 1935년 초에는 「아동문학에 관하여(关于'儿童文学')」에서 중국 아동문학 30년의 역사를 고찰하였다. 그는 중국아동문학사가 주로 서방 작품의 번역을 중심으로 전개되어 왔으며, 역본의 언어가 대부분 건조하여 아동이 재미를 느끼지 못한다고 지적하였다. 따라서 새로운 아동문학을 창작해야 한다는 뜻을 밝혔다.

위에서 언급한 바와 같이 좌련 시기에, 더 나아가서 1930년대에 루쉰·마오둔 등 중국 문학의 거두들은 중국 아동문학평론 건설에 아낌없는 관심을 기울였을 뿐만 아니라, 직접 평론을 발표함으로써 중국 아동문학평론의 진전을 이끌었다. 이들의 구체적인 이론 비평 실천은 중국 아동문학에서 매우 중요한 의미를 가지고 있다.

(3) 장톈이—장편동화 『다린과 쇼린』·『대머리 마왕 투투』

좌익작가연맹 시기 중국 아동문학은 큰 발전을 이룩하였고 신인 작가들도 적지 않게 등단하였는데, 그 가운데 제일 주목을 받은 인물이 바로 장톈이(1906~1985)이다. 1930년에서 1937년에 이르는 사이 그는 장편동화 『다린과 쇼린(大林和小林)』·『마왕 투투(秃秃大王)』 등을 창작하였다. 장톈이의 작품들은 기존 작가들의 작품과 구분되는 새로운 모습을 보이면서, 중국 아동문학을 더욱 높은 수준으로 끌어올렸다.

5·4신문화운동 시기에 예성타오는 최초로 아동의 독립적인 인격을 노래하고, 현대 중국 사회의 불평등 현상과 하층 민중들의 고난 및 소망을 이야기하였다. 이를 통하여 중국 아동문학 창작에 있어서 현실주의의 길을 열었다고 말한다면, 그로부터 10년 후 장톈이는 현실주의를 계승 발전시킴으로써, 중국 아동문학의 발전기를 대표하는 중요한 작가가

장톈이(1906~1985).

되었다고 할 수 있다. 또한 장톈이의 창작은 5·4신문화운동 이래 혁명적 좌익 사상의 침투로 중국 아동문학계에 출현한 크나큰 변혁의 조류, 즉 아동문학은 정치 투쟁을 위해 복무하고 무산계급 교육을 위해 복무해야 한다는 조류를 보여주기도 하였다. 이와 같은 조류는 1940년대 중국 아동문학에 커다란 영향을 끼치기도 하였다.

먼저 장톈이의 아동소설들을 살펴보면, 작품에 비인간적인 대우를 받고 있거나 비참한 삶을 살고 있는 아이들의 모습이 많이 등장한다. 그들은 비록 사소한 저항을 시도하더라도, 끝내 실패를 맞이하는 경우가 많다. 「이사한 후에」의 주인공 따쿤(大坤)은 자신에게 무례하게 구는 도련님과 그의 가족에게 불만을 품고, 밤에 그 집을 찾아가 대문 앞에서 대변을 본다. 또한 따쿤은 그 가족들의 무례에 맞서 조롱과 욕설로 반격한다. 그러나 따쿤은 잘못 주운 종이 한 장 때문에 '반혁명(反革命)'이라는 혐의를 뒤집어쓰고, 끝내 경찰에 체포되고 만다.

장톈이의 「팁」은 오리고기 식당에서 일하는 세 명의 가난한 아이들 샤오부쯔(小福子)·샤오허상(小和尚)·아쓰(阿四)의 이야기이다. 식당 주인 부부는 세 명의 아이들로 하여금 잠도 제대로 자지 못하게 하고 밥도 제대로 주지 않으면서, 툭하면 욕을 하고 때린다. 심지어 착한 손님이 그들에게 주는 팁마저 빼앗으려 마구 구타한다. 식당 주인 부부에게 화가 난 세 명의 아이들이 주인 부부가 먹는 밥에 침을 뱉기도 하며, 오리의 창자 속에 있는 누런 똥물을 물고기 요리에 묻혀 상을 올리기도 한다. 그러나 아이들은 팁 때문에 식당 주인에게 죽도록 맞는다. 아이들은 도망치지만, 끝내 생계 때문에 다시 식당으로 돌아가고 만다.

장톈이의 「꿀벌」은 어린 아이의 편지를 통하여 빈곤한 소작농과 돈 많은 양봉(養蜂) 자본가 사이의 모순을 보여주는 작품이다. 양봉 자본가가 키우는 이태리 벌들이 소작농의 논으로 날아와 벼의 유액을 마시는 바람에 벼농사를 망칠 지경이 된다. 소작농들은 함께 현장(县长)[31]을 찾아가는데, 그 와중에 어린 아이들은 어른들을 흉내내며, 아버지들을 보호하기 위해 한 무리를 형성하여 몰래 따라나선다. 그러나 결국 현장과 양봉 자본가는 항의하러 온 소작농들을 때리고 감옥에 가둘 뿐만 아니라, 총을 쏘기까지 한다.

장톈이의 동화들을 살펴보면, 현실주의를 기반으로 하고 있지만 아동소설과는 다른 수단·요소를 활용하였다. 장톈이의 장편동화들은 장편의 장점을 십분 발휘하여, 폭넓은 화폭으로 다양한 계급의 인물들을 총체적으로 묘사하였다. 그는 자본가 및 지배계급에 대한 분노와 증오를 드러내면서도, 흥미진진한 사건들과 개성이 넘치는 캐릭터들을 만들어 냈다. 이를 통하여 장톈이는 동화로서의 재미와 완성도에 있어서도 탁월한 성취를 거두었다.

장톈이의 장편동화 『다린과 쇼린』는 19장으로 구성되어 있다. 형제인 다린과 쇼린이 서로 다른 계급이 되어 살다가, 다른 결말을 맞이하는 내용을 담고 있다. 다린과 쇼린은 부모를 여의고 요괴를 만나는 바람에 서로 이별하게 된다. 동생 쇼린은 신사 개 피피(皮皮)에 의하여 자본가 쓰쓰거(四四格)에게 팔려 가서, 아동노동자가 된다. 쇼린은 다른 아동노동자들과 마찬가지로 매일 학대당하는데, 결국 아동노동자들이 단결하여 쓰쓰거를 죽인다. 자유를 얻은 쇼린은 나중에 기차 기관사가 되었다. 형 다린은 사기꾼 여우 보보(包包)의 도움으로 부자인 빠하(叭哈)의 양아들 찌찌(唧唧)가 되는데, 200명의 하인들의 보살핌 아래 매일 일하지 않고 먹기

31 현(县)의 행정관이다. 현은 중국에서 시(市) 아래에 속한 행정 관할 구역이다.

장톈이의 장편동화 『다린과 쇼린』.

만 하여 아주 뚱뚱한 사람이 된다. 장미 공주와 결혼하기로 한 찌찌는 기차를 타고 해변에 가다가 쇼린을 만나게 된다. 하지만 두 사람은 서로를 알아볼 수 없었다. 쇼린은 굶주린 바닷가 농민에게 쌀을 보내주어야 하기 때문에, 찌찌를 위하여 기차를 몰지 않겠다고 파업을 벌인다. 찌찌는 괴물을 불러와서 기차를 밀게 하였는데, 괴물은 기차를 바다에 밀어버렸다. 보석밖에 없는 부자 섬에 도착한 찌찌는 보물 더미에 엎어져서 아사(餓死)한다.

장톈이의 동화에는 아동 독자들의 흥미를 자극하는 다양한 캐릭터들이 등장한다. 『다린과 쇼린』을 살펴보면 다린과 쇼린을 잡아먹으려고 한 거대한 괴물·콧구멍이 커서 말할 때마다 메아리가 생기는 쓰쓰거·쇼린을 쓰쓰거에게 팔아넘기는 신사 개 피피·다린을 빠하의 양아들로 만들어 주며 천사를 흉내 내는 여우 신사 보보·바닥까지 늘어진 긴 수염을 자꾸 밟아 울기를 좋아하는 국왕 · 자신이 세상에서 제일 예쁘다고 생각하는 장미 공주·키가 크고 남의 물건을 잘 훔치는 빨간코 왕자 · 빨간코 왕자를 사랑하는 악어 아가씨 등 재미있고 개성이 강한 캐릭터들이 등장한다.

또한 장톈이는 과장의 기법을 많이 활용하였다. 다린에서 찌찌가 된 후, 찌찌는 상상을 초월할 만큼 뚱뚱해진다. 작가는 이러한 찌찌의 모습을 우스꽝스럽게 묘사하였다.

찌찌는 빠하 옆에 앉아 있어요. 2백 명의 하인들이 찌찌가 식사할 때 시중을 들지요. 무엇을 먹으려 하든지 찌찌는 직접 움직일 필요가 없어요. 1호 하인이 음식을 찌찌의 입에 넣고, 2호 하인은 찌찌의 위턱을 잡고, 3호 하인은 찌찌의 아래턱을 받쳐요. 그들은 같이 "하나, 둘, 셋" 하며 찌찌의 위턱과 아래턱을 움직여서 음식을 잘게 씹을 수 있게 한답니다. 식사 도중에 찌찌는 아무런 힘을 쓰지 않아도 되는 것이지요. 2호 하인과 3호 하인이 일을 마치면, 4호 하인이 다가와서 찌찌의 입을 벌려요. 그러면 5호 하인이 유리거울로 찌찌의 입안을 비추어 보고, 머리를 끄덕이면서 "전부 씹혔어요" 라고 말해요. 다음에는 6호 하인이 찌찌의 위턱을 잡고, 7호 하인은 찌찌의 아래턱을 잡아서 찌찌가 입을 크게 벌리게 해요. 8호 하인은 작은 방망이를 찌찌의 입에 넣고, 씹힌 음식을 식도로 내려가게 해요. 그래서 찌찌는 삼키는 것도 스스로 할 필요가 없어요.[32]

다음으로 장톈이의 장편동화 『마왕 투투』는 16장으로 구성되어 있는데, 사람들이 힘을 합쳐서 사람을 잡아먹는 대머리 마왕 투투를 타도하는 내용이다. 투투궁에 사는 대머리 마왕 투투는 화가 나면 바로 이가 길어지는 괴물이다. 투투의 아침 식단에는 인육(人肉) 완자와 인혈탕(人血湯) 등이 포함되어 있다. 매일 사람을 잡아먹으며 잔혹하게 통치하는 투투는 이미 3만 명이 넘는 아내가 있음에도 불구하고, 강제로 뚱거얼(冬哥儿)의 누나 깐깐을 아내를 삼고자 한다. 투투는 뚱거얼의 아버지와 어머니를 잡아 감옥에 가둔다. 깐깐이 결혼을 거부하자, 투투는 깐깐과 그녀의 부모를 잡아먹으려 한다. 뚱거얼은 친구 샤오밍(小明)과 고양이 라오미(老米), 그리고 12마리의 어린 고양이들과 함께 누나와 부모를 구하러 나선다. 결국 그들은 인민들과 함께 투투궁에 몰려가서 감옥에 갇힌 누나와 부모를 비롯하여 다른 사람들을 구출하였다. 화가 난 투투는 이가 계속 길어졌는데, 그 바람에 몸이 하늘 높이 올라갔다. 투투가 나중에 어

32 弥天翼, 『弥天翼儿童文学全集』 제4권, 中国少年儿童出版社, 2002, 344면.

디에 떨어졌는지는 아무도 모른다.

『마왕 투투』의 대머리 마왕 투투에 관한 묘사 역시 과장과 해학이 어우러져, 흥미를 자아낸다.

> 대머리 마왕 투투의 키는 겨우 3척(尺)밖에 안 돼요. 투투의 눈은 빨개요. 때마침 여름이라 천 마리, 만 마리의 파리가 그의 몸에 붙어 있어요. 대머리 투투는 세수도 하지 않고 목욕도 하지 않아서, 엄청나게 더러워요. 파리는 가장 더러운 사람과 친구가 되고 싶어 해요. 또 대머리 투투의 얼굴에는 푸른 털이 자라고 있어요. 대머리 투투는 얼굴을 씻지 않기 때문에, 곰팡이가 생긴 거예요. 대머리 투투의 얼굴에는 서너 개의 버섯 균도 생겼어요.
>
> (…중략…)
>
> 파리 한 마리가 대머리 마왕 투투의 머리 위로 날아왔어요. 대머리 투투의 머리 위는 빛이 나면서도 매끈매끈해서, 파리는 그곳에 앉지 못했어요. 파리는 쑥 미끄러지고 말았어요. 그래서 대머리 투투의 머리 위만큼은 파리가 한 마리도 없어요.[33]

『마왕 투투』에서는 종교에 대한 풍자도 두드러진다. 누나와 부모를 구하고자 하는 주인공 뚱거얼과 친구 샤오밍이 어찌할 바를 몰라 애태울 때, 신선이 나타난다. 신선은 그들을 도와주는 대가로 100위안을 요구하는데, 돈이 없는 뚱거얼과 샤오밍은 대신 나무에서 과일을 따다 주겠다고 한다. 둘은 상처를 입으면서까지 나무에 올라 이튿날까지 과일을 따다 주었는데, 자신이 신선이라던 사내는 먹다 남은 과일을 큰 봉지에 남겨두고 도망쳐 버렸다. 그는 사기꾼이었던 것이다. 그에게 속은 후에 뚱거얼과 샤오밍은 어느 스님을 만나게 되는데, 그는 소원을 들어주는 대

---

33 弥天翼, 위의 책, 10~11면.

가로 터무니없는 금액을 요구한다. 이러한 설정들은 웃음을 유발할 뿐만 아니라, 인민을 농락하는 종교에 대한 예리한 풍자이기도 하다.

장톈이의 장편동화 『마왕 투투』.

장톈이는 아동의 놀이정신을 강조하는 예술관을 토대로 과장(誇張) · 변형(變形) · 풍자(諷刺) · 괴이(怪異) 등의 표현 수법을 활용하여, 사회 전체의 본질을 드러내고 아동 독자들로 하여금 웃으면서 사회 현실을 깨닫게 하였다. 그는 작품을 통하여 아동 독자들에게 단순히 설교를 늘어놓기보다는, 재미를 느끼게 하는 것이 무엇보다도 중요하다고 생각하였다. 장톈이가 동화 창작에 있어서 가장 자주 사용한 기법은 과장이다. 자오위안춘(赵元春)의 지적에 따르면 "그는 보잘 것 없는 인물의 비열한 행위에 대하여 그토록 정중하게, 소를 죽이는 힘으로 닭을 죽인다."[34] 장톈이는 과장을 통하여 현실의 추악함과 황당함을 더욱 잘 드러낼 수 있었으며, 또한 매우 효과적으로 사회를 풍자할 수 있었다.

그런데 장톈이의 장편동화는 화폭은 방대하지만 묘사는 구체적이다. 『다린과 쇼린』에서는 과장 기법을 반복적으로 사용하고 있다. 예를 들어 찌찌가 다니는 황족 소학교에는 오직 13명의 학생밖에 없지만, 12000개의 교실이 있고 6000명의 선생님이 있다. 수학을 가르치는 선생님만 하더라도 무려 134명이 있다. 소학교 운동회에서는 찌찌 · 거북이 · 달팽이 사이에 '5미터 달리기' 경기가 벌어지는데, 찌찌가 3위를 차지한다. 이

34 许萌, 「在幻想与现实之间」, 兰州大学硕士论文, 2006, 17면.

렇듯 장톈이의 장편동화에 나타난 묘사는 매우 구체적인데, 이와 같은 특징이 각 등장인물의 뚜렷한 개성을 극대화하는 방식으로 이루어지고 있음을 확인할 수 있다. 이를 통하여 장톈이는 선량한 인물로부터 악당 혹은 괴물에 이르기까지, 잊을 수 없는 인물들을 만들어냈다.

다음으로 아동 독자들의 취향을 고려한 놀이·말놀이의 활용을 들 수 있다. 『다린과 쇼린』에서 쇼린은 친구들과 함께, 자신들이 만든 금강석(金剛石)을 몰래 팔려고 하다가 경찰에 잡혀서 고문을 당한다. 고문이라는 소재는 얼핏 동화에 어울리지 않는 소재처럼 여겨질 수도 있다. 하지만 쇼린이 당하는 고문은 발바닥 간지럽히기이다. 발바닥 간지럽히기는 아동이 놀이를 할 때 벌칙으로 활용하는 것으로서, 놀이의 일종이라고 볼 수 있다. 따라서 발바닥 간지럽히기로 고문을 당한다는 설정은 아동 독자들의 흥미를 이끌어내기에 충분하다. 또한 아동 독자들이 상상할 때, 무려 한 시간 동안이나 발바닥을 간지럽히는 것은 더없이 잔혹한 일로 여겨질 것이다.

지금까지 살펴본 바와 같이 장톈이의 동화들은 경쾌하고 활발할 뿐만 아니라, 놀이정신으로 가득 차 있다. 하지만 장톈이의 동화는 당시 중국의 현실에서 벗어나지 않았다. 장톈이의 동화는 탄탄한 현실의 토대로부터 출발하여, 환상의 하늘을 나는 것으로 볼 수 있다. 그의 놀이정신은 어디까지나 현실주의의 정신에 충실한 것이었다. 그의 놀이정신은 현실주의의 정신과 대립하지 않고 스스럼없이 뒤섞인다. 그리하여 그의 작품은 현실주의의 정신을 충실히 구현하면서도, 문학성과 재미 역시 포기하지 않을 수 있었다. 그의 놀이정신은 날개를 달고 광활한 환상의 세계로 자유롭게 날아오른다.

2) 좌련 시기 아동문학 이론 및 장르의 발전

(1) 해외 아동문학론의 수용 양상

중국은 5·4신문화운동 이후 1920년대 중반에서 1930년대 중반까지 아동문학 개론 및 아동문학 비평 이론에서 수확의 시기를 맞이하였다. 이와 함께 많은 서방 아동문학 작품과 아동문학 이론 서적이 중국에 소개되었다. 좌련 시기에 출판된 주요 아동문학 이론서의 목록을 정리하면 다음과 같다.

〔표〕좌련 시기의 주요 아동문학 이론서 목록

서명	저자/역자	출판사	출판년도
《세계동화연구(世界童话研究)》	蘆谷重常 (あしやそん,일본) 저 황이우안(黃源) 역	화통서국(华通书局)	1930
《어린이동화(小朋友童话)》	조징시엔(赵景深)	북신서국(北新书局)	1930
《아동의 열독 취미 연구 (儿童阅读兴趣的研究)》	쉬시링(徐锡龄)	민지서국(民智书局)	1931
《아동문학소론(儿童文学小论)》	저우쭤런(周作人)	아동서국(儿童书局)	1932
《아동이야기연구(儿童故事研究)》	첸뻐추이(陈伯吹)	북신서국(北新书局)	1932
《아동독물연구(儿童读物的研究)》	왕런루(王人路)	중화서국(中华书局)	1933
《아동문학연구(儿童文学研究)》	조뤼칭(赵侣青) 쉬휘치안(徐回千)	중화서국(中华书局)	1933
《아동문학연구(儿童文学研究)》	첸뻐추이(陈伯吹) 첸쯔청(陈济成)	상하이유치사범학교 총서사(上海幼稚 师范-校丛书社)	1934
《아동문학개론(儿童文学 概论)》	뤼뻐디(吕伯攸)	대화서국(大华书局)	1934
《신아동문학(新儿童文学)》	거청시운(葛承训)	아동서국(儿童书局)	1934
《동화평론(童话评论)》	조징시엔(赵景深)	신문화서국 (新文化书局)	1934
《아동문학선택법 (儿童读物选择法)》	린쓰떠(林斯德)	후베이대문서제 (湖北大同书斋)	1935

《동화와 아동의 연구(童话与儿童的研究)》	松村武雄(まつむら たけお, 일본) 저 쫑쯔이안(钟子岩) 역	개명서국(開明書局)	1935
《금일의 아동문학(今日之儿童)》	중국아동문화협회(中国儿童文化协会)	생활서국(生活书店)	1936

위의 목록을 살펴보면, 좌련 시기의 중국에서는 아동문학 이론서가 활발하게 출판되었다는 사실을 확인할 수 있다. 특히 일본 아동문학 이론서의 번역 출간에 주목할 만하다. 1930년 3월에는 일본의 아시야소엔(あしやそん)[35]의 『세계동화연구(世界童话研究)』(1924)가 중국 화통서국에서 번역 출간되었다. 松村武雄의 『동화와 아동의 연구(童话与儿童的研究)』는 1935년에 개명서국에서 번역 출간되었다.

1930년대 초반부터는 소련 아동문학 이론이 번역되거나 간접적으로 소개되어 널리 수용되었다. 앞에서 언급한 중국 문학계의 거장 마오둔은 외국 아동문학 이론도 적극적으로 소개하였는데, 특히 소련 아동문학 이론을 많이 참고하였다. 그는 사무일 야코블레비치 마르샤크(СамуилЯковлевич Маршáк, 1887~1964)[36]의 아동문학 이론을 소개하며, 다음과 같이 지적하였다. 우선 문자는 명쾌하고 간명해야 하지만, '재미'와 '생기'가 있어야 한다는 것이었다. 동시에 아동문학은 '뚜렷한 이야기 구조'를 가지고 있어야 하며, '우스개 놀이'를 포함해야 한다고 하였

---

35 芦谷重常(あしやそん, 1886-1946), 또는 蘆谷蘆村라고 한다. 아동잡지 『新少年』(1912)의 편집을 거쳐 구연동화가들을 조직하여 일본동화협회(1922.5)를 설립하였고, 『童話研究』와 『童話資料』를 발간했으며 구연동화의 보급에 노력을 기울였다. 저서로는 『世界童話研究』, 『永遠の子どもアンダアゼン』 등이 있다.

36 사무일 야코블레비치 마르샤크는 소련을 대표하는 아동문학가이자 유명한 시인 · 극작가 · 번역가이다. 막심 고리키(Максим Гóрький)는 마르샤크를 일컬어 "소련아동문학의 개척자"라고 평가하였다. 마르샤크는 셰익스피어(William Shakespeare, 1564~1616)의 소네트(sonnet)들을 번역하였으며, 윌리엄 블레이크(William Blake, 1757~1827) · 로버트 번스(Robert Burns, 1759~1796) · 루디야드 키플링(Joseph Rudyard Kipling, 1865~1936)의 소설 · 동화를 번역하기도 하였다.

다. 다음으로 '영웅적 색채' 및 '유머'가 있어야 한다고 지적하였다. '유머'는 '느끼함'이 아니며 '죽은 말'을 하는 것도 아니고, '활발한 천진' 및 '소박한 행동'이어야 한다고 주장하였다.[37]

위와 같은 아동문학의 기능·내용·문자와 구조 등에 관한 문제의식은 1930년대 아동문학이 깊이 반성해야 할 문제였다. 또한 마오둔은 「아동문학은 소련에서(儿童文学在苏联)」라는 글을 발표하여, 소련 아동문학의 최신 상황과 소련 아동문학 비평 이론을 소개하였다. 그는 이 글에서 소련 작가들이 직접 아동 독자들과 만나서 소감과 의견을 나누는 것을 높이 평가하였다. 신치이우(沈起予)는 막심 고리키(Максим Го́рький, 1868 ~1936)의 논문 「아동문학의 '주제'론」을 번역하여 월간 『문학(文學)』의 '아동문학특집'에 수록하였다.

루쉰은 레오니드 판텔르예프(Леонид Пантелеев, 1908~1987)의 『시계』를 1935년 1월 1일~12일 동안 번역하여 같은 해 7월에 상하이 생활서점에서 출간하였다. 「『시계』 역자의 말」과 『시계』의 번역문은 1935년 3월 월간 『역문(译文)』 제2권 제1기에 발표되었다. 루쉰은 「『시계』 역자의 말」에서 "아이들을 위하여 새로운 작품을 제공해 주어야 하며, 아이들이 부단히 변해 가는 세계에 발맞추어 부단히 자라게 해야 한다"고 주장하였다.[38]

(2) 아동문학 장르의 분화와 발전

① '조언수어' 논쟁 및 '신흥동화'의 형성

1930년대 중국 아동문학에서는 사회 빈곤층에 속한 아동들을 소재로 하고, 현실주의를 창작방법으로 한 작품이 많이 나타났다. 이러한 현상은 좌익 문예사조와 매우 밀접한 관련을 맺고 있었다. 좌익 문예운동의

37 方卫平, 위의 책, 217~219면.

38 弥香还, 『中国儿童文学史(现代部分)』, 杭州: 浙江少年儿童出版社, 1988, 236면.

제창하에 현실생활을 반영하고 가혹한 환경 속의 아동, 특히 극빈곤층인 노동자 · 농민 대중의 자식들이 어떻게 운명에 맞서 힘겨운 투쟁을 전개하는지를 보여주고자 하였다. 이로써 어린 독자들에게 가혹한 사회 현실을 교육하며, 사회의 백태를 관찰하게 만들고자 하는 것이 1930년대 좌련 아동문학의 주된 내용이며 창작 목표였다.

1931년 새해의 시작과 함께, 의인적 수법으로 창작된 동화와 우화 부류의 작품을 학교 교과서에 수록해야 하는지를 둘러싸고 교육계와 문학계에서 논쟁이 전개되었다. 이 논쟁은 동화와 아동문학에 관하여 별다른 지식을 갖추고 있지 않았던 후난(湖南)성 정부 주석인 허찌안(何鍵)으로부터 제기되었는데, 그는 학교 교과서에서 동화를 제거해야 한다고 주장하였다. 1931년 3월 5일 『신보(申報)』에는 「허찌안이 교과 과정 개량을 요청함(何键咨请教部改良学校课程)」이라는 글이 발표되었다. 허찌안은 교과서에 동물 이야기가 수록되어 있는 것을 비판하며, 새와 동물들의 의인화에 대하여 '괴이하기가 이를 데 없다(鄙俚怪异, 莫可言状)'고 평하였다.

이어서 상중이(尙仲衣)는 나름대로 이론적 논거를 제기하며 허찌안의 주장을 발전시켰다. 그는 「아동 작품을 고르는 기준(选择儿童读物的标准)」에서 아동 작품을 긍정적인 것과 부정적인 것으로 구분하였다. 자연 현상에 어긋나지 않은 범위에서 취재한 작품은 긍정적인 것에 해당하며, 신선이 나오고 동물들이 말을 하는 동화는 자연 현상과 사회 가치에 위배되는 부정적인 것이라고 지적하였다. 덧붙여 그는 환상성을 띈 아동문학에 대하여 모두 반대하였다. 그는 '조언수어(鸟言兽语)'와 같은 의인법을 무의미한 '환상'으로 폄하하며 동화를 비판하였다. 그는 ①아동이 객관적 생활에 적응하는 것을 방해 ②현실 생활에서 환상으로 도피 ③환상에 빠져 열심히 일하지 않아도 성공할 수 있다는 심리 양성 ④현실 생활에 대한 공황과 두려움 양성 ④괴이하고 잘못된 생각에 빠지는 위험 등 여러 가지의 죄명을 뒤집어씌우고는, 더 이상 동화를 창작하지 말

고 폐기할 것을 주장하였다. 이는 동화에 대한 가장 전면적인 공격이었다.[39]

허찌안과 상중이의 주장은 발표되자마자, 교육계와 문학계에서 루쉰(鲁迅)·우이안인(吳研因)·예성타오·천허친(陳鶴琴)·장톈이·웨이삥씬(魏氷心)·장쾅(弥匡) 등의 반발이 일어났다. 그들은 아동을 이해하고 동화의 예술적 특성을 수호하고자 하는 입장에서 출발하여, 적극적으로 '조언수어' 부류의 작품을 옹호하였다. 이를 통하여 동화의 교육적 가치에 새롭게 주목하는 결과를 낳았다. 또한 아동소설과 구별되는 동화의 장르적 특성을 분명히 하는 데 기여하기도 하였다.

우이안인은 먼저 '조언수어', 즉 동화는 의인화 기법을 활용하기는 하지만 단순히 낡고 괴이한 '신선 · 요괴 이야기'가 아니며, '판타지'와 같은 범주로 취급해서도 안 된다고 주장하였다. 동시에 그는 동화의 예술적 환상성을 높이 평가하였다. 천허친은 「'조언수어' 작품을 깨뜨려야 하는가?(鸟言兽语的读物应当打破吗?)」에서 아동의 심리적 특성에 입각하여 많은 유아의 생활 속 실례를 들며, 동화가 어린 아이들에게 방해가 되지 않음을 밝혔다. 또한 유아는 동화라는 예술 형식을 선호하기 때문에, 어떠한 권력도 아동에게 필요한 것을 뺏을 수 없다고 비판하였다. 예성타오는 「조언수어」라는 제목의 동화를 써서 허찌안과 상중이의 주장을 간접적으로 비판하였다. 웨이삥씬은 「동화 교재의 상각(童话教材的商榷)」이라는 글에서 동화 교재에 관하여 논의하면서, 문학과 과학의 가치를 구별하고 아동 독자를 각 연령 단계별로 구별해야 한다고 지적하였다. 장쾅은 「아동 작품에 대한 토론(兒童讀物的探討)」에서 성인기의 가치관과 아동기의 가치관이 다르기 때문에, 성인의 심리로 아동의 심리를 추측해서는 안 된다고 강조하였다. 또한 아동은 동화에 관심이 많기 때문에, 그

39 弥香还, 위의 책, 216~217면.

것을 잘 활용하여 좋은 동화 작품을 골라 주는 것이 교사의 임무라고 지적하였다. 장톈이 역시 동화를 옹호하며, 허찌안과 상중이를 비판하였다.

허찌안과 상중이의 주장에 가장 예리하고도 거센 반격을 가한 인물은 중국 현대문학의 거장이자 좌련의 맹원이었던 루쉰이다. 루쉰은 두 가지의 측면에서 허찌안과 상중이의 '조언수어' 금지설을 반박하였다. 먼저 '아이의 마음'과 '문무관원(文武官員)의 마음'이 다르다는 점을 구별해야 한다고 지적하였다. 다음으로 아동의 실제 수용 상황에 따르면 아동 독자들이 예술의 가설적 성격을 알지 못하고 특정한 의인적 수법을 진실로 간주하는 경우도 있지만, 아이들은 성장할 것이며 영원히 제자리에만 머물러 있지 않다고 강조하였다. 따라서 중요한 것은 '조언수어' 즉 동화를 폐기하는 것이 아니라, 문화와 과학을 보급하면서 아동의 감상 능력을 높이는 것이라고 지적하였다.

1930년대 초반의 '조언수어' 논쟁은 5·4신문화운동 이후 전 사회적으로 벌어진 동화 및 아동 작품에 관한 총괄적인 논쟁으로서, 이를 계기로 사람들은 '조언수어' 즉 동화의 가치를 더욱 분명히 인식하게 되었다. 결과적으로 좌련 시기에 중국 아동문학에서 동화의 위치는 보다 확고해졌다. 좌련 시기, 더 나아가 1930년대에 루쉰·마오둔(茅盾) · 쩡쩐뚜어(郑振鐸) 등 중국 문학의 거장들은 아동문학 비평, 특히 동화의 발전에 아낌없는 관심을 기울였다. 또한 그들은 그저 관심을 가지는 정도에만 그치지 않고, 동화 · 아동소설 논의에 활발하게 참여함으로써 중국 아동문학평론의 전진을 이끌었다. 이러한 거장들의 구체적인 이론 비평은 중국 아동문학에서 매우 중요한 의미를 가지고 있다. 그들은 아이들을 "중국에서 가장 사랑스럽고 희망이 있는 제2세대"[40]로 보며, 아동문화의 건설에 깊은 관심을 기울이며 실천하였다.

---

40 方卫平, 위의 책, 228면.

상술한 바와 같이 중국에서는 한국의 사례와는 반대로, 프롤레타리아 아동문학운동 시기를 거치면서 동화의 중요성이 더욱 강조되기에 이르렀다. 중국에서 위상이 더욱 확고해진 동화는 현실주의적 정신을 적극 수용하고자 하였는데, 이를 통하여 새로이 형성된 동화를 '신흥동화(新興童話)'로 규정하였다. '신흥동화' 등장 이전까지는 동화의 환상성과 현실주의적 정신의 공존은 불가능하다는 이분법적 사고가 지배적이었다. 그러나 '신흥동화'는 동화의 환상적인 특징을 그대로 유지하면서도, 현실주의적 정신을 반영하여 작품 속에 '사회성'을 적절하게 녹여내는 것이 가능하다는 것을 입증하였다.

> 만약 민족동화는 역사적(혹은 민속학적)이고, 문학동화는 예술적이고, 교육동화는 관념론적이고, 과학동화는 유물론적이라고 한다면, 신흥동화는 사회적인 것이라고 할 수 있다.[41]

'환상성'과 '사회성'의 결합에 토대를 둔 중국의 신흥동화는 1930년대, 더 나아가 1940년대에도 꾸준히 아동소설과 더불어 현실주의 아동문학의 맥을 이어 갔다. 신흥동화의 대표작으로 손꼽히는 작품이 바로 좌련을 대표하는 아동문학 작가 장톈이의 『다린과 쇼린(大林和小林)』(1932)이다. 이 작품은 현재까지도 독자들의 사랑을 받으며, 중국 아동문학의 정전으로 평가받고 있다.

또한 중국 아동문학에서는 1930년대에 이르러 현실주의가 확립됨에 따라, '동화'와 '아동소설'의 장르 구분도 명확해졌다. 아동문학에서 물활론적 사고를 바탕으로 하는 산문 장르는 '동화'로, 현실을 바탕으로

41 陈伯吹, 「童话研究」, 『儿童教育』, 1933.5.15, 李利芳, 『中国发生期儿童文学理论本土化进程研究』, 中国社会科学出版社, 2007, 243면.

하는 산문 장르는 '아동소설'로 분류되었다.

② 아가(兒歌)에서 신시가·홍색 가요로

1930년대에 접어들면서부터 아동시가에 관한 언급과 연구는 꾸준히 증가하였다. 첸뻐추이(陈伯吹)는 아동시가에 관하여 '유년 아동에게 친근하며 적합하다. 그들은 천성이 노래하는 것과 낭송하는 것을 좋아하고, 천뢰(天籁)에서 나온 시가들은 그들이 가장 필요로 하며 좋아하는 정신적 식량'이라고 밝힌 바 있다.[42]

쉬팡(徐芳)은 「아가의 창법(儿歌的唱法)」(1936)에서 아가에 관한 실증적 연구를 바탕으로, 아가를 엄마가 아이를 달래기 위하여 부르는 모가(母歌)와 아이들이 스스로 부르는 아가(兒歌)로 구분하였다. 또한 모가와 아가의 가창법을 열거하기도 하였다.

수즈한(苏子涵)은 「아가 속의 교훈과 희망(儿歌中的教训与希望)」(1936)에서 아가의 기원은 무척 오래되었으며, 역사에 기록된 동요 역시 아가의 일종으로 보았다. 또한 아가를 ①성인이 정치를 풍자한 것 ②아동이 스스로 만든 것 ③엄마 혹은 가정부가 아동을 위하여 만든 것 등 세 가지의 종류로 구분하였다. 그는 주로 아가의 교훈적 기능을 긍정적으로 보았다. 즉, 아가의 교훈적인 요소가 한편으로는 아동의 호기심을 일으킬 수 있고, 다른 한편으로는 아동에게 긍정적 영향을 줄 수 있으며 교육적 원리에도 부합한다고 밝혔다.[43]

1930년대에 출간된 아동문학 연구서들에서도 아동시가를 지속적인 연구 대상으로 다루었다. 왕런루(王人路)는 『아동독물 연구(儿童读物的研究)』(1933)에서 뤼뻐디(吕伯攸)의 아동시에 관하여 논하였다. 그는 뤼뻐디의 동시가 아동적(兒童的) 환경에서 창작되었으며, 동시 전체의 음조가

42 弥香还, 앞의 책, 274면.
43 李利芳, 위의 책, 275~276면.

매우 조화롭고 아동의 문법과 심리에 부합한다고 평가하였다. 이와 같은 특징으로 인하여 아동의 사랑을 받는 작품들이 될 수 있었다고 강조하였다.

첸빠추이(陈伯吹)·첸쯔청(陈济成)은 『아동문학 연구(儿童文学研究)』(1934)의 '시가 연구'라는 절에서 아동시가는 간단(簡單)하면서도 감각적(感覺的)·열정적(熱情的)·상상적(想像的)인 특징을 가지며, 무엇보다도 아동본위론에 입각해야 한다고 주장하였다. 또한 아동시가의 가치를 ①아동의 조화로운 감정 유지 ②아동의 상상력 발달 ③아동의 사상 전개 ④아동의 언어 기능 훈련 ⑤아동의 쉬운 기억을 도움 ⑥아동의 유희를 도움 등으로 기술한 바 있다.

거청시윈(葛承训)은 『신아동문학(新儿童文学)』(1934)에서 아동의 삶·가정생활·사회 생활·동식물·식품 등 모든 것들을 가요로 창작할 수 있다고 주장하였다. 또한 형식상 풍자·조소·사실 묘사 등의 방법이 있다고 밝혔다.[44]

지금까지 살펴본 바와 같이, 1930년대의 아동시가에 관한 연구는 1920년대의 아동시가 연구를 계승하면서 보다 체계적인 성과를 이룩한 것으로 평가할 수 있다.

1932년 9월에는 좌련의 지도를 받은 시가(詩歌) 단체가 무무티안(穆木天)·센보(森堡)·양쏘(杨骚)·푸풍(蒲风)·배쑤(白曙)·왕이아핑(王亚平)·후메이(胡楣)·윤류(温流)·쓰링(石灵)·지안보(溅波) 등의 제창하에 성립되었다. 이들은 1933년 2월에 간행물『신시가(新時歌)』를 정식으로 발행하였다.

프롤레타리아 시가를 표방한 『신시가』에서는 '이미 지나간 역사의 잔해를 애도하지 않으며, 현실을 파악하고 신세기의 의식을 가창(歌唱)해야 한다'고 주장하였다. 여기에서 일컫는 '신세기의 의식'이라 함은 다름

---

44 李利芳, 위의 책, 278~279면.

아닌 '계급의식'을 가리키는 것이었다. 그들은 당시 시단(詩壇) 가운데 상징주의·낭만주의 등의 수법에 빠져 현실을 외면한 '신월파(新月派)'와 '현대파(現代派)'의 '풍화설월'을 비판하며, 시의 현실주의 정신과 대중화 노선을 주장하였다. 또한 그들은 『신시가』에 발표한 「신시가에 대해 주는 몇 가지의 의견(关于写作新诗歌的一点意见)」(1932.2)을 통하여, 반(反)제국군벌압박계급의 열정 · 자연재해 · 화재 · 무거운 부세(賦稅) 등 인민이 겪는 고통을 비롯하여 당면한 혁명투쟁 및 정치 현황 등을 소재로 할 것을 주장하였다.[45] 또한 그들은 계급투쟁의 주력인 노동자 · 농민에 주목하고자 하였는데, 프롤레타리아 시가를 주창한 이들의 논의는 자연스레 프롤레타리아 아동시가에 관한 요구로 이어졌다.

1927년 중국공산당의 마오쩌뚱은 중국공농혁명군을 이끌고 후난 · 장시 접경 지방에 있는 징강산에 샹간변구공농정부를 성립하였다. 샹간변구공농정부는 지주와 토호를 타도하고, 노동자와 농민에게 토지를 분배하였으며, 이후 장시성 뤄진을 중심으로 하는 중앙근거지(中央根據地)로 발전하였다. 1931~34년까지 중국공농홍군은 영향력을 확대하여, 중화소비에트공화국을 성립한다. 중화소비에트공화국은 마르크스-레닌주의를 토대로 하는 신문화를 추진하였다.

1933년에 발표된 「사전운동에 있어서 문화교육 공작의 의무」에서는 중화소비에트 문화 건설 사업을 통하여 인민의 정치 수준을 높이고, 해방전쟁에 결합할 수 있도록 독려해야 한다고 규정하였다. 홍군은 적과 싸우는 역할만 담당할 뿐, 문예가 군중선전(群衆宣傳) · 군중조직(群衆組織) · 군중무장(群衆武裝) · 군중협조(群衆協助) 등의 역할을 담당해야 함을 강조하였다. 이로써 문예운동의 중요성이 부각되었으며, 중화소비에트 아동을 위한 '홍색 아동가요(紅色兒童歌謠)'가 성행하였다.

---

45 盛翠菊, 「中国诗歌会对现实主义传统的继承与发展」, 『徐州教育学院学报』 제20권 제4기, 2005.12, 103면.

증징빙(曾镜冰)은 1932년에 발표된 「장씨성 각 현의 아동국 서기 연석회의 총결(江西各县儿童局书记联席会的总结)」에서 유희와 노래의 지위를 강조하며, 이는 아동을 교육하는 수단 가운데 가장 활발한 방법이라고 지적하였다. 첸페이시이안(陈丕显)은 「우리 아동단의 양식 돌격에 적극적으로 참여하자(我们儿童团踊跃参加收集粮食突击)」에서 유희 · 강연 · 가요 등의 중요성을 강조하였다. 또한 그는 「맹렬히 독서 운동을 진행하자(猛烈进行读书运动)」에서 유희 · 노래 · 운동 등을 통하여 아동의 학교생활을 보다 즐겁게 만들 수 있다고 지적하였다.

1931년 중화소비에트 공산주의청년단(共產主義青年團) 중앙은 뤼진(瑞金)에서 주간 『청년실화(青年實話)』를 발행하면서, 제20기부터 '항상 준비되어 있어요(時刻準備着)'라는 어린이란을 개설하였다. 같은 해에는 『아동실화(兒童實話)』도 발행되었다. 1933년 10월 5일부터는 중화소비에트 중앙아동국(中央兒童局)에서 『항상 준비되어 있어요』가 반월간으로 간행되기 시작하였다. 『항상 준비되어 있어요』에는 '각지의 피오니르와 교원들의 투고를 환영하는데, 편마다 300~500자를 넘지 않게 해달라'는 요구 사항이 적혀 있다.[46]

이러한 토대를 바탕으로 주로 반제 · 반국민당의 내용을 담은 '홍색 아동가요'가 성행할 수 있었는데, 시대적 의미는 뚜렷하지만 '사회성'이 지나치게 강조되어 '아동본위'의 아동문학과는 거리가 멀었다.

(3) 예성타오 · 빠진(巴金) · 첸뻐추이와 아동문학 창작

예성타오는 1929년부터 1930년 사이에 9편의 작품들을 창작하였는데, 모두 『고대 영웅의 석상(古代英雄的石像)』이라는 책에 묶어 출간하였

---

46 弥香还, 위의 책, 323~324면.

다. 그 이후에는 「조언수어(鸟言兽语)」·「기차 머리의 경험(火车头的经历)」 등의 동화와 「연습생(練習生)」·「한 통의 물(一桶水)」·「이웃(邻居)」·「어린이날(儿童节)」·「겨울 방학의 하루(寒假的一天)」 등 아동소설을 창작하였다. 이 시기에 예성타오는 주로 동화 위주의 창작을 전개하였는데, 작품에 보다 선명하게 현실주의 정신을 드러내게 되었다.

1930년대에 예성타오는 현실주의 정신을 토대로 하여, 현실 비판적인 동화들을 활발하게 발표하였다. 왕이나 황제는 민담은 물론 동화에도 자주 등장하는 인물들이다. 프롤레타리아 동화는 물론, 당시 동화를 살펴보면 대부분의 왕이나 황제가 악하거나 우스꽝스러운 모습으로 등장한다. 예성타오는 안데르센의 「황제의 새 옷(Kejserens nye Klæder)」(1837)을 모티프로 하여, 그 동화의 뒷이야기를 서술한 「황제의 새 옷(皇帝的新衣)」(1930)을 발표하였다. 「고대 영웅의 석상(古代英雄石像)」(1929)의 주인공은 제목 그대로 고대 영웅의 석상인데, 광장 높이 세워진 그는 많은 사람들의 주목을 받으며 거만해진다. 자만에 빠진 그는 자신을 받쳐 주고 있는 돌들을 무시한다. 그를 받쳐 주고 있던 돌들은 참다못해 그를 외면하고, 결국 무너져 버린 그는 수만 조각으로 쪼개져서 길이 된다. 아무리 높은 자리에 앉아 있다고 하더라도, 인민의 지지를 받지 못하면 결국 파멸에 이를 수밖에 없다는 교훈을 담은 작품이다.

빠진(巴金)은 1934~1936년에 현실주의 정신을 담은 「장생탑(长生塔)」·「탑의 비밀(塔的秘密)」·「은신주(隐身珠)」·「말할 수 있는 나무(能言树)」 등 네 편의 단편 동화를 창작하였고, 『장생탑(长生塔)』이라는 단편집에 이 동화들을 수록하였다. 수록된 작품들은 현실 정치의 참혹함과 어두운 면을 풍자하거나, 인민의 비참한 현실을 그린 것들이었다. 그 가운데 「장생탑(長生塔)」(1934)은 불로장생을 꿈꾸는 왕이 백성들로 하여금 장생탑을 건설하도록 하는 폭정을 소재로 한 작품이다. 불로장생을 꿈꾸며 백성을 괴롭히는 왕의 모습은 중국 민담에서 가져온 발상이며, 구성 역시 아버지가 아이들에게 들려주는 민담과 같은 방식을 취하고 있다.

첸뻐추이는 조위안런(赵元任)이 『이상한 나라의 앨리스(Alice's Adventures in Wonderland)』(1865)를 번역한 『아리스만유기경기(阿丽思漫游奇境记)』(1922)를 읽고, 작품의 풍부한 상상력에 자극을 받아 중편동화 『아리스 아가씨(阿丽思小姐)』를 창작하였다. 『아리스 아가씨』는 1933년에 북신서국(北新書局)에서 출판되었다.[47] 작품의 초반에는 주인공 아리스가 천진난만하고 활기찬 모습으로 묘사되어 있다. 아리스는 캥거루 부인의 초청을 받고 '벌레 음악회'에 참석하는데, 아리스가 마주한 벌레 세상은 자본주의의 문제점을 보여주는 공간이다. 아리스는 벌레 세상을 돌아다니며, 다양하고 재미있는 벌레들을 만난다. 전등회사 사장인 대머리 반딧불 박사 · 노래를 부르는 바보 개구리 박사 · 항상 코를 골며 졸고 있는 잠꾸러기 재판관 · 사마귀 경찰 등이 바로 그들이다. 그러나 벌레 세상은 마냥 평화롭고 아름다운 세상이 아니다. 오히려 몹시 잔혹한 인간 세상의 축소판이다. 땀 흘려 노동하는 꿀벌 노동자 · 거미 아줌마 · 개미 등은 참혹한 삶을 살고 있는 반면, 쌀 상인 좀 · 전등회사 사장 반딧불 박사 · 잠꾸러기 재판관 · 사마귀 경찰 · 시인 매미 · 구렁이 황제 등은 아무런 일도 하지 않으며 사치스러운 생활을 누리는 것이다. 아리스는 가난한 벌레들을 안타깝게 생각하며, 그들이 겪는 불평등한 현실에 분노를 표시한다.

첸뻐추이는 『아리스 아가씨』 창작 도중 9·18사변 소식을 접하였고, 이에 작가는 작품에 계급의식을 반영하는 것보다 반제국주의·민족의식을 표출하는 데 중점을 두었다. 그리하여 작품 후반부의 작풍은 전반부와 확연히 달라지는데, 작품 초반에 천진난만하고 활발한 이미지로 묘사되었던 아리스는 작품 후반에 이르러 용감한 전사 이미지로 변모한다.

---

47 弥香还, 앞의 책, 276면.

작품은 '갑을병정(甲乙丙丁)'이라는 절부터 일제가 중국 둥베이(東北)[48]를 침략하는 것을 묘사하였다. 아리스는 어느 길로 가면 좋을지 점을 치고자 하는데, 등에는 점을 치면서 둥베이가 불길하다고 말한다. 아리스가 꼭 가야 한다고 말하자, 등에는 그곳까지 가기 위하여서는 우선 '진정(鎭靜)'해야 하며 다음으로 '저항하지 않아야 한다'고 말한다. 일제의 침략에 대한 국민당 정부의 '불저항 정책(不抵抗政策)'을 풍자하고 비판하였던 것이다. 바퀴벌레 도련님과 나비 아가씨는 춤에만 집중하느라, 털벌레들이 바퀴벌레 도련님의 고향을 공격해도 저항하지 않았다. 흥미로운 것은 털벌레들의 공격 시간이 9월 18일 밤 10시라는 점인데, 이는 9·18사변이 발생한 시간과 일치한다.

작품 후반부에서 구렁이 황제가 보낸 병사들은 벌레 음악회장까지 침략하였다. 그러자 아리스는 강권에 저항하고 제국주의를 타도하겠다는 결심을 한 후, 전사가 되어 병사들과 함께 싸운다. 결국 아리스는 병사들과 함께 침략자들을 여러 번 격퇴시킨다. 그런데 겁을 먹은 귀족 예술가들을 비롯한 일부가 평화를 사랑한다는 명목을 내세워, '평화정전협정(和平停戰協定)'이라는 불평등하고 굴욕적인 협정을 맺는다. 평화정전협정은 인민의 의지와 배치되는 것이었을 뿐만 아니라, 아리스 몰래 이루어진 것이었다. 이는 당시 중국 정세에 대한 알레고리이다.

1932년 1·28사변 이후, 일제는 상하이를 폭격하였다. 당시 장제스(蔣介石)를 비롯한 국민당 정부에서는 '양외필선안내(攘外必先安內)'라는 정책에 따라 어떠한 저항도 하지 않았을 뿐더러, 오히려 대표를 보내서 5월 5일에 일본과 '송호정전협정(淞沪停战协定)'을 체결한다. 이를 통하여 상하이는 명목상 비무장지대가 되었으나, 일제는 상하이 주변의 많은 지

48 둥베이(東北)는 중국 동북 지방의 랴오닝성(遼寧省)·지린성(吉林省)·헤이룽장성(黑龍江省)을 가리키는 말이다.

역에 군대를 주둔시키게 되었다. 『아리스 아가씨』의 '평화정전협정'은 '송호정전협정'을 풍자한 것이다.

(4) 토싱쯔(陶行知)와 그의 아동시가

1930년대 중국 아동시가를 거론할 때, 결코 빼놓을 수 없는 사람이 토싱쯔(陶行知)이다. 그는 청년 시절에 미국으로 유학을 떠나, 존 듀이(John Dewey)에게 교육학을 배웠다. 그는 중국 귀국 후, 향촌교육과 아동교육에 열중하였다. 가요로부터 많은 영향을 받은 그의 아동시가는 쉽고 자연스러우면서 생동감이 있어, '싱쯔체(行知體)'라는 독특한 용어로 칭하여졌다. 좌련 시인 쇼산은 「중국대중시인 토싱쯔」(1936)에서 토싱쯔의 아동시가는 다른 시인들의 작품과 구분되는 자신만의 품격을 갖추고 있으면서도, 대중적인 시미(詩味)를 갖추고 있기 때문에 대중들에게 꼭 필요한 시라고 평가하였다. 궈모뤄도 그의 시는 '진리의 호각'이라고 높이 평가하였다.[49]

토씽쯔의 작품집으로는 상하이아동서국에서 출간된 『싱쯔시가집(行知詩歌集)』·『싱쯔시가속집(行知詩歌續集)』(1933)·『싱쯔시가별집(行知詩歌別集)』(1935)·『싱쯔시가삼집(行知詩歌三集)』(1936.11)이 있다. 그는 프롤레타리아 작가라기보다는 동반자 작가라고 할 수 있다. 그는 가난한 아이들의 처참한 생활상을 형상화하거나 반제·반국민당의 주제를 형상화하면서도, 아동시가는 철저히 '아동본위'의 아동문학이어야 한다는 신념을 버리지 않았다. 그는 '사회성'에도 관심을 두었지만 '아동성'이야말로 아동시가의 핵심이라 생각했고, 그로 인하여 널리 사랑받는 작품을 다수 발표할 수 있었다. 토씽쯔가 1931년 4월 18일에 창작한 「아이는 작지 않

49 弥香还, 위의 책, 285면.

토싱쯔(1891~1946).

아요(小孩不小歌)」에서는 아동에 관한 그의 인식을 엿볼 수 있다. 그의 아동관·아동문학관이 철저히 아동본위론에 입각하여 있다는 것을 확인할 수 있게 해주는 작품이다.

또한 토싱쯔가 생각하는 교육자는, 위의 작품에서처럼 온 마음을 받쳐 들고 학생을 위하여 복무하는 인물이었다. 토씽쯔 자신도 실제로 그러한 삶을 살았다고 평가받고 있다. 그는 사회 현실을 외면하지 않고, 가난한 아동의 일상을 묘사함으로써 당시의 불평등을 폭로하며 문제 제기에 나섰다. 이러한 면모는 「구두 닦는 아이」을 통하여 확인할 수 있다.

또한 토씽쯔는 항일(抗日)을 주장한 사람이며, 이와 관련하여 「한 쌍의 손(一雙手)」·「꼬마 병사(小小兵)」·「올해의 9·18 5주년 기념 아가(今年的'九一八'五周年記念兒歌)」·「나는 꼬마 쑨원(我是小孫文)」·「부가 형가(傅家兄弟)」·「중국인(中國人)」·「1·28 아가」 등의 작품들을 창작하기도 하였다.

(5) 소비에트 아동문학 및 홍색 아동가요의 성행

1927년 중국공산당의 마오쩌뚱은 중국공농혁명군(中国工农革命军)을 이끌고 후난(湖南)·장시(江西) 접경 지방에 있는 징강산(井冈山)에 샹간변구공농정부(湘赣边区工农政府)를 성립하였다. 샹간변구공농정부는 지주와 토호를 타도하고, 노동자와 농민에게 토지를 분배하였으며, 이후 장시성 루이진(瑞金)을 중심으로 하는 중앙근거지(中央根據地)로 발전하였다. 1931~34년까지 중국공농홍군은 영향력을 확대하여, 중화소비에트공화국(中华苏维埃共和国)을 성립한다.

중화소비에트공화국에서는 꼬마 볼셰비키의 이미지를 그린 아동소설도 나타나게 되었다. 이러한 작품들에서 주인공 아동은 대부분 영웅적 이미지로 등장하는데, 대표적인 작품으로 풍컹의 아동소설 「꼬마 아치앙」(1930)을 꼽을 수 있다. 이 작품은 『대중문예』 제4권 제56기의 합간 「소년대중」란을 통하여 발표되었다. 작품은 꼬마 아치앙의 영웅적 행동을 찬양하며, 혁명 근거지에서 혁명 투쟁에 임하는 아동의 심리를 그렸다. 꼬마 아치앙과 부모님은 모두 지주의 착취와 압제 밑에서 신음하고 있었지만, 중화소비에트공화국 성립 이후 삶의 전환점을 맞이한다. 12살에 불과한 아치앙은 소년선봉대(少年先鋒隊)의 대장으로 성장한다.

어느 날, 홍군이 마을을 포위하고 지주와 그 주구들의 손아귀로부터 마을을 해방시키고자 한다. 하지만 홍군은 마을 안의 실정을 파악하지 못하여 곤란을 겪는데, 꼬마 아치앙이 깊은 밤에 위험을 무릅쓰고 홍군에게 중요한 정보를 알려준다. 결국 홍군은 마을을 습격하여 승리를 거두고, 소비에트 권력이 성립된다. 중국 프롤레타리아 아동소설 중 소비에트 영웅 소년을 그린 작품을 또 고르자면, 후이어핀(胡也频)의 「검은 뼈(黑骨头)」를 들 수 있다. 이 작품은 1927년 3월에 일어난 상하이의 제3차 노동자 무장(武裝) 투쟁을 배경으로 하고 있다. 14살의 아동노동자 아투(阿土)는 집회에 결합하여 투쟁하다가, 반동세력에게 붙잡혀 살해당한다. 동지들이 죽은 사람들이 쌓여 있는 틈바구니에서 아투의 시신을 끌고 나와서 보니, 아투의 몸에는 세 개의 구멍이 생겨 있었다. 이 아동소설은 소년 주인공의 영웅적 이미지를 그림으로써, 투쟁에 관한 강렬한 의기를 보여주었다. 이와 비슷한 경향의 작품으로는 꿔모뤄의 「한 쪽의 손」이 있다. 이러한 작품들은 모두 혁명범식(革命範式)의 창작 방법을 따른 것이었다.

중화소비에트공화국에서는 많은 아동가요들이 활발하게 창작되었으며, 중화소비에트공화국 교재에 수록되며 전파되기도 하였다. 중화소비에트공화국의 홍색 아동가요(紅色兒歌)들은 집단 창작으로 만들어진 경우가 많아서 창작자는 대부분 확인할 수 없다. 내용에 있어서는 주로 지주와 국민당에 대한 증오를 표현하며, 강한 투쟁 의식을 묘사하였다. 이러한 중화소비에트공화국의 홍색 아동가요들은 중화소비에트공화국 아동의 일상과 밀접한 관계를 유지하고 있었다. 예를 들어서 「봄이 좋아요(春天好)」와 같은 작품에서는 지주와 토호(土豪)를 풍자의 대상으로 묘사하였다.

봄이 좋아요,
봄이 되면 연을 날려요.
토호 연을 만들고,
손에서 잡아 흔들어요.

—홍색 아동가요, 「봄이 좋아요(春天好)」[50]

또한 홍색 아동가요들은 중화소비에트공화국의 집체 및 연합에 관한 강조에 발맞추어, 아동의 연합도 강조하였다.

일을 하려면 연합해요.
아동들 많으면 많을수록 즐거워요.
어린이들아, 노래하고 춤을 추려면
모두들 같이 구락부를 만들어요.
어린이들아, 연극하려면
집체 연극하면 더 재미있어요.

—홍색 아동가요, 「일을 하려면 연합해요(做事情, 要联合)」[51]

---

50 江西中央苏区红色儿童歌谣, 「春天好」, 弥香还, 위의 책, 328면. 재인용.

중화소비에트공화국의 홍색 아동가요들 중에는 「일을 하려면 연합해요」처럼, 집체주의(集體主義)를 제창하는 작품이 많았다. 작품에서는 '연합'해야 노래도 춤도 연극도 더 재미있다고 하면서, 아이들이 집체주의의 중요성을 자연스럽게 받아들을 수 있게 해준다.

중화소비에트공화국의 홍색 아동가요들은 중화소비에트공화국이라는 특수한 장소를 토대로 하여 형성된 아동가요로서, 중화소비에트공화국 아동의 일상과 밀접하게 결합되어 있었다. 특수한 상황에서 형성되고 향유된 특수한 아동문학이라는 점에서 역사적 의미라든지 시대적 의미는 찾을 수 있지만, 그만큼 보편적인 호소력을 갖기는 어려운 작품들이라고 평가할 수 있다.

---

51 江西中央苏区红色儿童歌谣, 「做事情 , 要联合」, 弥香还, 위의 책, 334면. 재인용.

3. 항일전쟁 및 해방전쟁 시기 아동문학의 변화

현대 중국은 십여 년에 걸친 전쟁기를 겪었다. 현대 중국의 전쟁기는 항일전쟁 시기(1937~1945)와 해방전쟁 시기(1945~1949)의 두 시기로 구분된다. 일본의 침략에 맞선 전쟁 시기가 항일전쟁 시기이며, 중국국민당에 맞선 중국공산당의 전쟁 시기가 해방전쟁 시기이다. 십여 년의 전쟁 기간은 중국인민과 아동들에게 많은 영향을 끼쳤으며, 이 시기의 아동문학 역시 전쟁의 영향을 받을 수밖에 없었다. 전쟁이 당시 중국 아동문학에 끼친 가장 큰 영향은 아동문학으로 하여금 더욱 현실에 근접하고 현실을 반영하며 현실을 위해 복무하는 현실주의의 길을 걷게 하였다는 것이다. 5·4신문화운동 이후 '문학연구회' 성원을 중심으로 한 신문학 작가들이 중국 아동문학에 현실주의의 길을 열어 주었다고 한다면, 1937년에서 1949년(8년 항일전쟁과 3년 해방전쟁) 사이에 현실주의는 이미 중국 아동문학의 기본 축을 이루는 예술정신이 되었다.

1) 항일전쟁 시기 아동문학

(1) 중화전국문예계항적협회의 성립 및 항전문학의 발단

1937년 7월 7일, 일본군이 베이핑(현 베이징) 서남쪽의 루구어초(蘆溝橋)를 공격함에 따라 중국 군대가 항전하였다. 8월 13일 일본군이 다시 상하이를 공격하자, 중국 인민은 전면적 항일전쟁의 단계에 접어들었다.

중국 문예계의 항일민족통일전선의 형성에 따라, 문예자들은 계급과 당파를 불문하고 협력하여 항일구국운동을 전개하였다. 1938년 3월 27일, 우한(武漢)에서 중화전국문예계항적협회(中華全國文藝界抗敵協會)가 성립되었다. 저우언라이(周恩來)가 명예 이사로 임명되었고, 꿔모뤄(郭沫若)·마오둔(茅盾)·쉬띠산(許地山)·빠진(巴金)·시아얀(夏衍)·이위따푸(郁达夫)·쩡쩐뚜어(鄭振鐸) 등이 이사로 임명되었다. 중화전국문예계항적협회는 성립 선언을 통하여 '국내에서 민족의식을 호소하고 일본의 죄악을 선포하여 전 민족의 엄숙한 항일 정서와 삶을 형성'할 수 있도록 할 것임을 천명하였다. 문예계의 통일전선, 특히 중화전국문예계항적협회의 성립은 항전문학(抗戰文學)은 물론 항전아동문학의 새로운 장을 열었다.

이 시기의 중국 아동문학은 크게 '고도(孤島)' 상하이 아동문학·국통구(國統區; 중국국민당 통치 구역) 아동문학·항일 근거지(抗日根據地) 해방구(解放區; 중국공산당 통치 구역) 아동문학으로 구분할 수 있다. 국통구는 적점구(敵占區; 일본이 점령한 구역)를 포함한다.

(2) '고도(孤島)' 상하이 아동문학

본래 상하이는 중국 아동문학의 중심부로서, 아동문학 관련 출판사·신문·잡지·작가·편집자 등이 집중되어 있었다. 그러나 상하이가 함락

되면서 일부 출판사들이 폭격을 맞았고『어린 친구(小朋友)』·『아동세계』와 같이 큰 영향력을 지니고 있었던 아동문학 잡지들이 폐간됨에 따라, 적지 않은 작가와 편집자들이 다른 지역으로 뿔뿔이 흩어졌다.

이와 동시에 적점구에서도 어려운 여건 속에서 아동문학과 관련된 활동이 계속 진행되었다. 특히 상하이의 아동문학 관련자들은 '고립된 도시(孤島)'라고 불렸던 외국 조계지(租界地)에서 다양한 공개적·비공개적 방식으로 항일전쟁을 반영한 작품들을 발표하였다. 대표적인 인물로는 수수(蘇蘇 혹은 鐘望陽)·팡유주(方友竹)·보레이(包蕾)·허이(賀宜)·루리(陸蠡) 등이 있었다. 수수와 팡유주는『아동독물(兒童讀物)』을 간행하였고, 루리는 상하이문화생활출판사에서 반월간『소년독물(少年讀物)』의 편집을 담장하였으며, 허공초(何公超)는『아동일보(兒童日報)』를 발간하였다.

이와 같은 '고도(孤島)' 상하이 아동문학의 존재와 발전은 대체로 소년출판사(少年出版社)의 출현 및 그 활동에 관계된 것이었다. 1939년에 설립된 소년출판사는 어려운 환경 속에서도 적지 않은 진보적 아동문학 작품들을 출간하였다. 수수의『안리(安利)』·『신피노키오의 모험(新木偶奇遇記)』, 허이의『야소귀(野小鬼)』·『개선문(凱旋門)』등의 동화와 아동소설 작품들이 단행본으로 발행되었고『소년문예종간(少年文藝從刊)』도 출판되었다. 그 가운데에서 수수의『신피노키오의 모험』은 이탈리아 작가 카를로 콜로디(Carlo Collodi, 1826~1890)의『피노키오의 모험(Le avventure di Pinocchio)』(1883) 모티프를 활용하여 다시 쓴 동화이다.『신피노키오의 모험』의 피노키오는『피노키오의 모험』과는 다르게 유희정신을 대표하는 아이가 아니라, 적에 투항한 배신자이자 위선자로 등장한다. 결국『신피노키오의 모험』의 피노키오는 벌을 받게 된다.

(3) 국통구(상하이의 일본 점령구 포함) 아동문학

항일전쟁 초기 단계에 아동문학은 매우 어려운 국면에 처하여 있었다. 상하이에서는 기존에 간행되었던 『아동세계』·『어린 친구』 등이 대부분 폐간되었고, 일본 점령구 이외 구역의 일부 간행물은 새로운 조건 하에서 임시로 만들어진 것이었다. 짧게 혹은 길게 존속했던 이런 간행물들에 일부 아동문학 작품이 수록되기도 하였는데, 그 가운데에서 비교적 영향력을 가졌던 것들로는 『소년선봉(少年先鋒)』·『항전아동(抗戰兒童)』·『신아동(新兒童)』·『현대아동(現代兒童)』 등이 있다.

『소년선봉』은 반월간으로 1938년 2월 우한(武漢)의 한구(漢口)에서 창간되었고, 예성타오 · 마오둔 · 르어쓰이(樓適夷) · 송이운빈(宋雲彬) 등이 주필을 맡았다. 『소년선봉』은 문학에 중점을 둔 종합지로서, 예성타오·꿔모뤄·후승(胡繩) · 풍쯔캐(豊子愷) 등이 작품을 발표하였다. 특히 장톈이의 장편 동화 「황금오리제국(金鴨帝國)」이 「제국주의 이야기(帝國主義的故事)」라는 제목으로 연재되었다는 점에 주목할 만하다. 「제국주의 이야기」는 이후 「황금오리제국」으로 제목을 수정한다. 장톈이의 「황금오리제국」은 풍자와 해학의 기법으로 황금오리국이 제국으로 변하여 가는 과정을 묘사하였는데, 이는 일본 제국주의를 풍자한 것이었다.

『항전아동』은 진보적 아동지로서, 1939년 4월 충칭(重慶)에서 창간되어 꿔모뤄가 제사(題詞)를 쓰기도 하였다. 루리의 「고향을 그리다(想念家鄕)」와 리운젱(李雲貞)의 「8 · 13헌시(八 · 一三獻詩)」 등이 『항전아동』에 발표되었다. 『항전아동』은 안데르센의 동화 · 러시아의 바실리 야코블레비치 에로쉔코(Василий Яковлевич Ерошенко, 1889~1952)의 동화·러시아의 미하일 일리인(Михаил Ильин, 1895~1953)의 과학소설 등을 수록하기도 하였으며, 문예작품 낭독을 지도하는 코너를 개설하기도 하였다. 무엇보다도 『항전아동』에서 가장 주목을 요하는 것은 장톈이의 『다린과 쇼린』이 연재되었다는 점이다.

『신아동』은 반월간으로 1941년 홍콩에서 창간되었고, 황칭이윈(黃慶雲)이 주필을 맡았다. 『신아동』은 종합 아동지였지만 아동문학 작품을 수록하는 데 관심을 기울였다. 황칭이윈은 아동문학을 전공으로 하면서 창작과 편집을 병행한 동시에, 쉬띠싼(許地山)·어우외어우(歐外鷗)·풍쯔캐·어우양이우치이안(歐陽予倩)·티안한(田漢)·우얀인(吳研因)·첸처친(陳鶴琴) 등 당시의 유명한 작가 및 관련자들에게 투고를 요청하기도 하였다. 『신아동』은 여러 우여곡절을 겪으면서도 항일전쟁·해방전쟁 시기에 걸쳐 지속적으로 발간된 유일한 아동지로서, 풍부한 내용·활달한 구성은 물론이고 민주와 진보를 주장함에 따라 많은 아동 독자들이 즐겨 읽었다. 『신아동』은 중국을 넘어서 동남아시아에 이르기까지 그 영향력을 확대하기도 하였다.

『현대아동(現代兒童)』은 1940년대 초에 푸젠성(福建省) 융안(永安)에서 창간되었고, 개진출판사(改進出版社)에서 발간하였다. 리리에웬(黎烈文)이 초기 주필을 맡았고, 이후 거친(葛琴)·귀풍(郭風) 등이 주필을 맡았다. 『현대아동』은 항일전쟁 기간에 발간되었던 아동지 가운데 비교적 성숙된 아동지로서, 허이(賀宜) 등이 작품을 발표하였다. 『현대아동』은 1947년에 폐간되었다.

그 외에 국통구에서 간행된 아동지로는 『아동월간(兒童月刊)』·『중국아동시보(中國兒童時報)』·『아동공작(兒童工作)』·『항전아동순간(抗戰兒童旬刊)』 등이 있다. 이와 같은 아동지들에는 '항일(抗日)'을 주제로 한 작품들이 많이 발표되었다. 또한 성인 독자를 대상으로 하는 문예지인 『문예진지(文藝陣地)』·『문예잡지(文藝雜誌)』·『문예생활(文藝生活)』 등에도 상당수 아동문학 작품들이 수록되기도 하였다. 그리고 화화서점(華華書店)·개진출판사(改進出版社)·대동서국(大同書局)·개명서점(開明書店) 등 성인 독자를 대상으로 한 서적을 주로 출간했던 출판사들에서도 아동문학 서적을 비롯한 아동독물을 출판하기도 하였다. 그러한 예로 허이의 『죽림 속의 기우(竹林里的奇遇)』·쓰치의 『균의 자전서(菌兒自傳)』 등을 들 수 있다.

(4) 항일 근거지 해방구 아동문학

항일 근거지 해방구 아동문학은 처음부터 국통구 아동문학과는 완전히 다른 길을 걸었다. 항일 근거지 해방구 아동문학의 직접적인 시작은 중화소비에트공화국의 홍색 아동가요였다. 이는 옌안(延安)에 전해진 이후 인민의 생활에 그 뿌리를 내리고 자양분을 섭취하는 동시에, 산시성(陝西省) 북부(陝北) 지방 민간예술의 영향을 받기도 하였다. 같은 시기 국통구 아동문학과는 달리, 항일 근거지 해방구 아동문학은 해방된 공간의 새로운 인간형과 새로운 세상을 유쾌하고 명랑하게 그린 이상주의 작품들이 많이 창작되었다. 또한 예술 형식에서는 민간문예의 발굴과 섭취를 통하여 아동문학의 발전을 추진하였다. 항일 근거지 해방구 아동문학은 통속적인 문예 형식으로 시와 이야기를 창작하는 동시에, 아동문학의 보급과 발전을 추진하였다. 이는 해방 후 중국 아동문학에 있어서 무척 중요한 경험이 되었다.

1938년 6월 16일, 산간닝변구공농정부(陝甘寧邊區工農政府) 교육청의 동츠운채(董纯才)와 류이우(劉御)가 편집을 담당한 『변구아동(邊區兒童)』이 옌안에서 창간되었다. 마오쩌뚱은 『변구아동』에 "아동들이 일어나 자유롭고 해방된 중국인민으로 사는 것을 배우며 일본 제국주의의 억압으로부터 자유와 해방을 쟁취하는 것을 배워서 신세대의 주인이 되어야 한다"는 친필 제사(題詞)를 작성하였다. 소학교 보조 교재로 활용된 『변구아동』은 시사 및 정치에 관련된 내용이 지면의 반을 차지하였고, 나머지 지면에는 시가(詩歌)·소설·그림·이야기·유희 등을 수록하였다. 『변구아동』은 비행기를 동원한 일본의 폭격과 중국국민당의 봉쇄로 인하여 2기까지밖에 간행하지 못하고 정간되었다. 이어서 옌안에서 『청년과 아동(青年和兒童)』·『신소년(新少年)』·『소년의 집(少年之家)』 등의 아동지가 간행되었다. 1941년 겨울에는 『아동생활(兒童生活)』이 창간되었는데, 『아동생활』은 항일 근거지 해방구에서 가장 오랫동안 유지된 아동지이다. 이와 같은 간행물들은 주로 혁명 이야기·장정(長征) 이야기·홍색 아동가요 등을 수록함으로써, 소년아동을 대상으로 하는 선전 도구 역할을 담당하였다.

이안웬찡(嚴文井)의 동화 · 화싼(華山)과 꽌화(管樺)의 소설 등 항일 근거지 해방구 아동문학 창작은 비교적 커다란 영향력을 지니고 있었다고 평가할 수 있다. 우선 안데르센의 영향을 많이 받은 이안웬찡은 해당 시기 중국 아동의 비참한 생활에 대한 충격을 받았다. 그의 작품들은 풍부한 상상력을 바탕으로 하여, 아동 독자들에게 사상 및 도덕을 일깨워주고자 하였다. 이안웬찡의 동화 및 아동소설 작품으로는 「사계절의 바람(四季的風)」·「겁 많은 청개구리(膽小的青蛙)」·「꼬마 다람쥐(小松鼠)」·「난난과 수염쟁이 아저씨(南南和胡子伯伯)」(1943) 등이 있다.

다음으로 화싼의 「닭털 편지(鷄毛信)」(1945)와 꽌화의 「위라이는 죽지 않았어(雨來沒有死)」는 아동 주인공을 혁명 영웅으로 묘사함으로써, 아동 독자들로부터 커다란 호응을 받았다. 화싼의 「닭털 편지」는 해와(海娃)라는 아이가 중국군에 정보를 전달하는 과정을 다룬 작품이다. 해와는 정보 전달 과정에서 일본군들을 만나 위기에 빠지지만, 지혜롭게 극복하고 일본군들을 중국군의 포위선으로 끌고 들어간다. 꽌화의 「위라이는 죽지 않았어」는 위라이라는 아동 영웅을 형상화한 작품이다.

그 외에도 일정한 영향력을 가지고 있었던 작품들로는 류이우(劉御)의 작품들을 들 수 있다. 류이우는 해당 시기를 전후로 하여 『신가요(新歌謠)』·『변경구 아동의 이야기(邊區兒童的故事)』·『아동가요(兒童歌謠)』 등을 출간하였다. 그의 작품은 민간 동요와 이야기의 장점을 살려 소박하고 명쾌하며 입에 잘 오르내리는 말로 창작되었으며, 아동의 심리적 특징을 염두에 두고 있었기 때문에 교과서에 수록되기도 하였다. 또한 소설 장르에 있어서는 딩링(丁玲)의 「미처 쏘지 못한 탄알(一颗未出膛的枪弹)」과 지운칭(峻青)의 「꼬마 정찰원(小偵察員)」 등이 비교적 높은 성과를 거두었다.

(5) 전쟁 시기 '아동극'의 성행

항일전쟁 시기 중국 아동문학에서는 성인문학과 마찬가지로 다양한 형식의 단막극이 대량으로 창작되었다. 그 가운데 주목할 만한 것은 상하이에서 설립된 '아이극단(孩子劇團)'의 활동이다. '아이극단'은 항일전쟁 발발 이후 1932년 상하이에서 설립되었는데, 몇 개월 사이에 「전선에서(火線上)」·「한간을 잡다(捉漢姦)」·「제 집으로 돌려보내라(打回老家去)」·「너의 채찍을 놓아라(放下你的鞭子)」 등의 아동극 공연을 실시하였다. 이후 상하이가 함락되자, 아이극단은 우한(武漢)·구이저우(貴州)·충칭(重慶) 등의 지역을 계속해서 순회하며 아동극 공연을 펼쳤다. 특히 장톈이의 『마왕 투투』를 6막으로 구성된 동화극 「원숭이 대왕」으로 다시 각색하여 공연하기도 하였다. 아이극단은 항일을 주제로 한 많은 공연을 펼쳤고, '대시대의 소전고(大時代的小戰鼓)'라는 호칭을 얻었다. 아이극단을 시작으로 하여 1938년 5월 1일에는 창사아동극단(長沙兒童劇團)이 만들어졌고, 1939년에는 쿤밍아동극단(昆明兒童劇團)이 출범하였다.

아동극의 성행으로 인하여 사람들은 아동극 이론에도 관심을 가지게 되었다. 시웅푸어시(熊佛西)는 『세계일보주간(世界日保週刊)』에 「아동희극의 필요(兒童戲劇之需要)」(1938)라는 글을 발표하였으며, 『전시희극(戰時戲劇)』 제1권 제3기에 「《아동세계》 공연감언(《兒童戲劇》公演感言)」(1938.4)을 발표하였다.

아동극 창작 활동에도 열의를 보였던 시웅푸어시는 「아동희극의 필요」에서 다음과 같이 논하였다. 첫째, 아동극을 중시해야 한다고 호소하였다. 둘째, 아동극 창작 방법에 관하여 설명하였다. 시웅푸어시는 아동극을 창작하는 작가는 주제 및 소재, 그리고 방향 등에 관하여 깊이 생각해야 한다고 하였다. 그리고 아동극의 주제는 간단하고 선명해야 하며, 표현 방법은 발랄해야 아동 관객의 사랑을 받을 수 있다고 강조하였다. 셋째, 아동극 작가는 예술적 교양을 갖추어야 한다고 제기하였다. 넷째, 시웅푸어시는 아동극 창작의 제재에 관하여 검토하였다. 그는 항전 이야기와 인민의 삶 등에 관련된 현실 속의 사회 이야기 · 역사 속의 영웅이나 악당 및 인민의 저항 등에 관련된 이야기 · 동화나 신화를 바탕으로 한 선악대립 및 인과응보 등에 관한 아동극 소재를 제시하였다. 그리고 류니앤취(劉念渠)는 『전시희극』에 「아이극단에서 아이연극으로(自孩子劇團談到孩子演劇)」(1938.4)를 발표하였으며, 쉬싱쯔(許幸之)는 「항전 속의 아동극을 논함(論抗戰中的兒童戲劇)」(1939)을 발표하였다.

그 밖에도 『희극춘추(戰時春秋)』에 발표된 장조(張早)의 「항전 속의 아동극(抗戰中的兒童戲劇)」(1939) · 『극장예술(劇場藝術)』에 발표된 장쯔치유(張之秋)와 추안청모어(傳承謨)의 「2년 동안의 아동극단(兩年來的孩子劇團)」(1940.4) · 쉬싱쯔의 「아이극단에 전하는 공개 편지(給孩子劇團的公開狀)」(1940.7) 등이 있다. 이와 같은 글들은 모두 아동극의 중요성에 관하여 논하였으며, 아동극 실제 창작에 적극적인 의견을 개진하였다.

(6) 소련 아동문학 수용의 지속 및 확대

소련 아동문학은 일찍이 1930년부터 번역되면서 중국 아동 독자들에게 소개된 바 있다. 이 시기에는 더욱 많은 작품들이 번역되어, 중국 아동 독자들로부터 상당한 인기를 얻었다.

소피아 모길료프(Софья Могилевская, 1903~1981)의 중편아동소설 『작은 바

실리 이바노비치(Василий Иванович Чапаев)』는 찐렌(金人)에 의하여 번역되어 상하이의 소년출판사에서 출간되었다. 『작은 바실리 이바노비치』는 11세 고아의 이야기를 다룬 작품이다. 아버지가 적군에게 살해당한 이후 주인공은 영웅 바실리 이바노비치 페트로프(Василий Иванович Петров)의 군대에 입대하게 된다. 주인공이 바실리 이바노비치 페트로프로부터 사랑을 받으며, 그와 같은 꼬마 영웅이 된다는 내용의 작품이다. 당시 극도로 고립된 상하이에서 소년출판사는 1939년 6월부터 1941년 12월까지 2년 반 정도에 이르는 기간 동안, 25여 종의 아동독물을 출판하였다. 그 가운데 6종이 바로 소련아동독물을 번역 출간한 것이었다.

꺼이훙(葛一虹)은 1939년에 『소련아동희극(蘇聯兒童戲劇)』이라는 소책자를 엮으면서, 소련 아동희극을 구체적으로 소개하였다. 이 시기에 소개된 소련 아동문학의 등장인물들은 국가·사회·전쟁과 밀접한 관계를 맺고 있었다. 이는 기존에 소개된 바 있는 서구의 왕자·공주 이야기들과 매우 다른 양상이었는데, 이와 같은 점이 당시 중국 아동독자들에게는 무척 신선한 이미지로 각인되었다.

2) 해방전쟁 시기 아동문학

(1) 다시 아동문학의 중심지가 된 상하이

1945년 중국이 항일전쟁에서 승리한 이후, 타지로 떠났던 출판사 및 문화계 인사들이 다시 상하이로 돌아왔다. 그들이 상하이에 남아 있던 인물들과 함께 잡지를 간행하고 책을 출판함으로써, 상하이는 다시금 중국 아동문학의 중심지가 되었다. 3년여에 걸친 해방전쟁 기간 동안 국통구 아동문학계에서 벌어진 논쟁들과 아동문학 창작의 발전은 모두 상하이를 중심으로 전개되었다.

특히 아동문학 진영이 더욱 확고해지고 확대되었다는 점에 주목할 필요가 있다. 이 시기에 간행된 아동지의 수량은 앞선 시기에 간행된 아동지들보다 훨씬 많았다. 『어린 친구(小朋友)』·『신아동세계(新兒童世界)』·『개명소년(开明少年)』·『아동세계(兒童世界)』(서남판) 등 기존의 일부 아동지들이 복간되었고, 『중학생(中學生)』·『중화소년(中華少年)』·『아동 이야기(兒童故事)』 등의 아동지가 새롭게 간행되었다. 그 가운데에서도 『아동 이야기』는 아동문학 전문지로서, 수준 높은 작품들이 적지 않게 발표되었다. 또한 『신소년보(新少年報)』와 『동화연종(童話連叢)』이 창간되어 중국 아동문학의 발전에 많은 노력을 기울였다. 특히 중국아동독물작자연의회(中國兒童讀物聯誼會)의 성립은 상하이가 이 시기 중국 아동문학의 중심지가 되는 데 커다란 공헌을 하였다. 상하이를 중심으로 한 아동문학 활동은 다음과 같이 전개되었다.

(2) 『신소년보』와 『동화연종』의 창간

『신소년보』는 1946년 2월 16일 상하이에서 창간되었다. 이 신문은 중국공산당 지하조직(地下組織)의 영도를 받아서 발간된 소년아동신문이다. 『신소년보』의 독자는 주로 소학교 고학년 및 중학생들로 구성되어 있었다. 이 신문은 인민과 밀접한 관계를 가지고 있었으며, 인민의 아이들에게 직접 혁명의식과 투쟁의식을 교육하고 여러 가지 활동을 전개함으로써 아동 독자들과 밀접한 관계를 맺고 있었다.

『동화연총』은 1940년 10월 상하이에서 창간되었다. 이 간행물은 두 가지의 특징을 가지고 있었다. 첫째는 단행본 형식으로 발행되었다는 것이다. 둘째는 동화 장르가 중심적 위치에 있었다는 것이다. 『동화연총』은 아동 독자들에게 '나쁜 동화'가 아닌 '좋은 동화'를 소개하는 것을 목적으로 하였고, 아동 독자들을 '똑똑하고 용감한 아이'로 교양시키고자 하였다. 『동화연총』의 책임편집자는 허이(賀誼)였고, 동린컨(董林肯)·루징싼(陸靜山)·찐찐(金近)·뽀레이(包蕾)·치우쭝(仇重)·린딩(林丁) 등 6명이 함께 편집 업무를 담당하였다. 그리고 많은 아동문학 연구자와 교육자가 이 잡지에 글을 발표하였다. 『동화연총』은 모두 12기에 걸쳐서 발행되었고, 매번 발간 시마다 새로운 제목을 붙여서 발행하였다. 이 간행물에는 사회 현실 폭로·해방구 인민들의 행복하고 적극적인 생활·과학 지식에 관련된 글 등이 수록되었다. 특히 동화를 적극적으로 수록함에 따라서, 이 간행물의 주요 장르는 동화라고 할 수 있었다. 동화 이외에도 전설·민담·동화시·우언·과학동화·동화극·동요 등 여러 가지 장르의 작품이 수록되었다.

(3) 중국아동독물작자연의회(中國兒童讀物聯誼會)의 성립

1946년 5월 24일 첸뻐추이(陳伯吹)·리초채이(李超材)·허공초(何公超)·치우쭝(仇重)·허이(賀誼)·센뻬영(沈百英)·찐찐(金近)·황이칭(黃衣青)·한치운(韓群) 등이 상하이에 모여서, 항일전쟁 이후 중국 아동문학의 방향에 관하여 토론하였다. 이들은 새로운 시기의 중국 아동문학은 시대를 반영해야 하며, 아동 독자들로 하여금 정치와 사회에 관심을 가질 수 있게 해야 한다고 주장하였다. 또한 아동 독자들이 쉽게 이해할 있도록, 아동의 구어로 작품을 창작해야 한다는 주장을 제기하기도 하였다.

상술한 아동문학 관련자들의 주도 하에 일련의 준비 과정을 거쳐서, 1947년 4월 20일에 중국아동독물작자연의회(中國兒童讀物聯誼會)가 정식으로 성립하였다. 이 회의에는 40여 명의 아동문학 관련자들이 참석하였는데, 대부분 상하이에서 온 참석자들이었다. 일부 참석자들은 베이징·난징·항저우·푸저우·충칭·홍콩 등에서 찾아오기도 하였다. 중국아동독물작자연의회는 3년여의 활동 기간 동안 신문과 잡지를 발행하고 전시회를 개최하는 것은 물론, 사회투쟁에도 직접 참가하는 등 해당 시기 중국 아동문학 활동의 중심 단체가 되었다. 이 단체는 정기적으로 아동독물에 관한 좌담회를 열었으며 대형 집회도 개최하였다. 또한 각종 아동독물 전람회를 개최하였으며, 아동문학 선집을 출판하기도 하였다. 이 단체의 회원들은 각 아동잡지와 아동신문 등 아동 간행물들에 있어서 중심적 역할을 담당하였다.

중국아동독물작자연의회는 1949년 5월 상하이가 해방됨에 따라, 전체 회원의 동의를 얻어서 정식으로 '중국아동독물작자협회(中國兒童讀物作家協會)'라는 명칭으로 단체명을 개정하였다.

(4) 해방구 홍색 아동문학의 지속과 발전

1946년 5월 1일 수베이해방구(蘇北解放區)의 회인(淮陰)에서 화중소년출판사(華中少年出版社)가 성립되었다. 이는 해방구 최초의 전문적인 소년아동독물 출판사라고 할 수 있다. 화중소년출판사의 사장은 쭈어린(左林)·부사장은 짱이위(張漁)·총편집장은 런간(任干)이 맡았으며, 직원들은 모두 20세 미만의 젊은 세대였다. 화중소년출판사에서는 『소년화보(少年畫報)』·『화중소년(華中少年)』이라는 신문을 발간하였다. 그리고 해방구 아동문학을 위하여 수수(蘇蘇)·판창지앙(范長江)·아영(阿英) 등이 소년문학고문회(少年文學顧問會)를 결성하였다.

1946년 6월 25일 진차루이위변구(晉察魯豫邊區)의 싱타이(邢台)에서 『아동잡지(兒童雜誌)』가 창간되었다. 『아동잡지』의 편집위원장은 양지운(楊俊)과 장더푸(張德甫)가 맡았다. 『아동잡지』는 성인 작가들은 물론 아동독자들에게도 원고를 보내달라고 요청하였고, 아동 독자와 함께 잡지를 만들어 가고자 하였다.

산간닝변구(陝甘宁邊區) 쑤위떠(綏德)분구의 문화협회에서는 『신소년(新

少年)』이라는 아동지를 발간하기도 하였다. 해방구에서는 상술한 바와 같은 아동신문 · 아동지뿐만 아니라 각종 아동문학 서적의 출판도 이루어졌다. 이러한 예로는 『아동이야기(兒童故事)』·『아동가요(兒童歌謠)』·『아동작문(兒童作文)』·『아동일기(兒童日記)』 등이 있다.

해방구에서는 아동극도 진일보하였다. 1947년 옌안청년예술극원(延安青年藝術劇院)을 중심으로 둥베이문공단(東北文公團)이 성립되어, 둥베이(東北)에서 9~12세의 아동들을 모집하여 아동대(兒童隊)를 구성하였다. 이후 둥베이문공단 아동대는 『아동노군(兒童勞軍)』·『아빠의 입대(爸爸參軍)』·『진군무(進軍舞)』·『세균을 없애자(消滅細菌)』 등의 아동극을 제작하고 공연하였다.

해방전쟁 시기 해방구의 홍색 아동시가는 항일전쟁 시기의 홍색 아동가요를 계승하였다. 이 시기의 홍색 아동시가는 중국공산당 · 인민해방군 · 해방구의 행복한 삶을 노래하며, 장제스(蔣介石)와 중국국민당의 악행을 폭로하는 것을 소재로 하는 경우가 많았다.

해방전쟁 시기 해방구의 주요 아동문학 작품으로는 수수의 『앙가를 상하이까지 유행시키기(把秧歌掃到上海去)』와 이안운징의 중편동화 『딩딩의 기이한 여행(丁丁的一次奇怪旅行)』(1949) 등이 있다. 『딩딩의 기이한 여행』의 주인공은 소학교 2학년 여학생 딩딩이다. 딩딩은 공부는 잘하지만, 겁이 많고 잘 우는 학생이었다. 그러나 친구들의 도움을 받아서 용감한 아이로 성장한다는 내용의 작품이다.

해방전쟁 시기 해방구에서 아동문학 이론에 관한 글이나 평론은 많이 발표되지 못하였다. 1946년 신화서점에서 『아동 수수께끼』라는 책이 출판되었으며, 1948년 12월 10일 『변구교육통신(邊區教育通迅)』 제3권 제1기에 신안팅(辛安亭)의 「아동 수수께끼에 대하여」라는 글이 발표되었다. 신안팅의 글은 아동 수수께끼의 교육적 효과·아동 수수께끼의 선택 기준·아동 수수께끼를 가르치는 방법 등에 관하여 논하였다.

4. 당대 중국 아동문학과 현대성이라는 과제

1) 중화인민공화국 초기 아동문학 및 짧은 황금기

1949년 중화인민공화국(신중국) 성립 이후의 아동문학을 당대 아동문학이라고 칭한다. 제1차 중화전국문학예술공작자 대표대회[52]가 개최된 1949년으로부터 상하이의 소년아동출판사와 베이징의 중국소년아동출판사가 출판을 중단하는 1966년까지, 17년[53] 동안 중국 아동문학은 적지 않은 굴곡을 겪기도 하였으나 현대 아동문학과 다른 모습을 보이면서 커다란 발전을 이룩하였다. 신중국 성립 이후 중국 인민의 정신세계와 미적(美的) 관점은 상당한 변화를 겪게 되었고, 이에 따라 당대 중국 아동문학은 새로운 발전의 시기로 접어들었다. 특히 1950년대 중반에 당대 중국 아동문학은 중화인민공화국 성립 이후 첫 번째 황금기를 맞이하였다.

52 1949년 7월 2일부터 19일까지 베이핑(현재의 베이징)에서 개최된 제1회 중화전국문학예술공작자 대표대회는 중국 무산계급 문예운동의 시발점이자, 중국의 혁명문예가 사회주의 시기에 진입하였음을 상징적으로 알리는 주요 사건이다.

53 이 17년은 1949년 10월 중화인민공화국 성립으로부터 1966년 5월 무산계급문화대혁명 발발 이전까지로 구분할 수도 있다.

(1) 중진(重鎭) 위치에 선 동화 창작

신중국 성립 이후 17년 동안(1949~1966) 중국 아동문학의 주요 장르는 1930~1940년대와 마찬가지로 동화였다. 이 시기의 동화 창작은 대체로 환상 공간을 확장하는 데 중심을 두면서 민간문학에서 그 자양분을 섭취하였다. 해당 시기의 대표작으로는 장톈이의 장편동화 『요술 호리병박의 비밀(寶葫蘆的秘密)』(1958)·이안운징(嚴文井)의 중편동화 『'다음 출발' 항구('下次開船'港)』(1958)[54]·첸뻐추이의 동화 『날고 싶은 고양이(一只想飛的猫)』(1956)·허이(賀宜)의 『용감하다 꼬끼오(小公鷄歷險記)』(1956)·찐찐(金近)의 시나리오 「용문을 뛰어넘는 꼬마 잉어(小鯉魚跳龍門)」(1958년에 애니메이션으로 제작)·홍쉰토(洪汛濤)의 「마량의 신기한 붓(神筆馬良)」(1955)·뽀레이(包蕾)의 『저팔계 신전(猪八戒新傳)』(1962)·거츠위린(葛翠琳)의 동화집 『산포도(野葡萄)』(1956)·런용용(任溶溶)의 단편동화 「'덤벙이'와 '삐딱이'('沒頭腦'和'不高興')」(1956)·쑨유지운(孫幼軍)의 장편동화 『헝겊아이의 모험(小布頭奇遇記)』·찐찌앙(金江)의 우화 「까마귀 형제(烏鴉兄弟)」(1955) 등이 있다.

(2) 아동소설·산문·동시 창작

아동소설·산문·동시 창작은 대체로 두 부류로 구분할 수 있는데, 하나는 혁명과 역사를 소재로 한 것으로서, 영웅주의·집단주의·이상주의·애국주의를 고취하는 작품들이다. 대표작으로는 쉬광요(徐光耀)의 중편소설 「꼬마 병사 장알(小兵張嘎)」(1958)·관화(管樺)의 중편소설 「꼬마 영웅 위라이(小英雄雨來)」[55]·양따치운(陽大群)의 장편소설 『어린 광부(小鑛工)』

---

54 중편동화 「탕샤오시는 다음 출발 항구에서(唐小溪在下一次開船港)」은 1957년에 발표되었음.

55 이 작품은 1948년 「위라이는 죽지 않아(雨來沒有死)」라는 제목으로 『인민일보(人民日報)』의 전신인 『진찰기일보(晋察冀日報)』에 발표되었고, 신중국 성립 이후 소학교 교과서에 수록되었다.

(1955) 등이 있다. 다른 하나는 신중국 소선대원들의 생활을 소재로 한 것으로서, 혁명전통 교육을 다룬 작품들이다. 대표작으로는 이원영(袁鷹)의 유람기 『정정의 베이징 유람기(丁丁遊歷北京城)』(1953) · 꿔풍(郭風)의 산문시집 『풀피리(葉笛集)』(1959) · 찐찐(金近)의 동시집 『소대장의 번뇌(小隊長的苦惱)』(1956) · 커이안(柯巖)의 동시집 『어린 병사의 이야기(小兵的故事)』(1956)[56] · 쇼핑(肖平)의 단편소설 「해변의 아이(海濱的孩子)」(1954) 등이 있다.

(3) 대거 형성된 소년출판사 및 잡지들

1952년 신중국의 첫 번째 아동도서 전문 출판사인 소년아동출판사가 상하이에서 설립되었고, 1955년 중국공산주의청년단(中國共産主義青年團) 중앙이 베이징에서 중국소년아동출판사를 설립하였다. 뒤이어 지방 각 성(省)의 인민출판사들이 아동도서 편집실을 설치하였다. 『중국소년보(中國少年報)』 · 『중학생(中學生)』 · 『붉은 넥타이(紅領巾)』 · 『소선대원(少先隊員)』 · 『어린 친구(小朋友)』 · 『아동시대(兒童時代)』 · 『소년문예(少年文藝)』 등의 아동지들이 복간되거나 새로 발간되었고, 성인 간행물들에도 수준 높은 아동문학 작품들이 자주 수록되었다.

1957년에는 신중국의 첫 번째 아동문학 이론지인 『아동문학연구(兒童文學研究)』가 창간되었다. 이 시기에 출간된 주요 아동문학 이론서로는 첸빠추이의 『아동문학간론(兒童文學簡論)』(1957) · 지앙펑(蔣風)의 『중국아동문학강화(中國兒童文學講話)』(1959) · 허이의 『아동문학 산론(兒童文學散論)』(1960) 등이 있다. 그리고 해당 시기의 주요 선집으로는 소년아동출판사가 1961년에 출판한 『1921~1937 아동문학 선집』 · 『1911~1960 아동문학 논문 목록 색인』 · 『1913~1949 아동문학 논문 선집』 등이 있다.

---

56 1950년대에 동시가 동화 · 아동소설과 함께 당시 중국 당대 아동문학의 주요 장르로 구분될 수 있었던 데에는 커이안이 동시 창작에서 거둔 성과가 결정적인 공헌을 했다고 할 수 있다.

(4) 좌적(左的) 사조의 영향 및 '동심론(童心論)'에 대한 비판의 시작

20세기 초엽의 중국에서는 아동이 '어른의 축소판'으로 간주되었고, 5·4신문화운동 시기에는 루쉰의 '아이를 구하라'는 정언명령을 비롯하여 '아동본위'가 강조되었다. 신중국 성립 이후에는 아동을 '혁명의 후계자'로 간주하는 '홍색 아동'관이 대두하였다. 신중국 성립 초기에 당대 아동문학은 1930년대 항일혁명아동문학과 옌안해방구 아동문학을 밑거름으로 발전하였기 때문에, 그로부터 깊은 영향을 받고 있었다. 상술한 두 시기의 아동문학은 계급투쟁이 치열하던 역사적 시기에 발전한 것들이었다. 또한 신중국 성립 초기의 당대 아동문학은 소련 무산계급 문화파의 영향을 받아서, 정치적 기능이 특히 강조되었다.

1950~1960년대에는 복잡한 국내·국제 정세 속에서 당대 문학의 정치성이 강조되었고 '중심 임무 협력론', 특히 '계급투쟁 도구론' 등의 좌적 사조가 급격히 팽창하였다. 문학을 혁명사업의 한 부분으로 여기며, 정치에 복종하고 정치투쟁을 위하여 복무해야 한다는 주장이 힘을 얻었다. 1950년대 중반 이후, 특히 1957년의 반우파(反右派) 투쟁을 거치면서 한층 고조된 좌적 사조의 영향으로 아동문학 창작은 점차 황금기를 지나서 하락세를 타기 시작하였다. 1950년대에 활약하였던 작가들이 우파로 분류되면서 창작이 중단되는 등 작가층이 날로 엷어졌고, 이에 따라서 창작되는 작품의 수량이 줄어드는 것은 물론 좋은 작품도 날로 줄어들었다. 이 시기에는 아동문학의 예술성이 무시되었으며, 작품의 주제가 단일해지는 경향이 두드러졌다. 또한 도식화된 이야기·개념화된 인물·딱딱한 언어 등이 범람하였다.

1950년대 후반에 들어서면서부터 아동문학 이론 연구에서는 비정상적이고 비학술적인 정치적 비판이 기승을 부렸다. 특히 1960년 '동심론'을 두고 전개된 대규모의 비판은 가히 열광적으로 진행되었다. 해당

시기에 중국 당대 아동문학이 겪은 곤경은 이후 무산계급문화대혁명이라는 황폐기의 현상과 비슷한 것이었고, 극좌 경향으로 인하여 중국 당대 아동문학은 심각한 피해를 입게 되었다.

2) 무산계급문화대혁명 시기 아동문학

상하이의 소년아동출판사와 베이징의 중국소년아동출판사가 출판을 중단하는 1966년부터 『아동문학(兒童文學)』과 『소년문학(少年文藝)』이 복간되는 1977년까지의 시기(혹은 1966년 5월부터 1977년 10월에 이르는 무산계급문화대혁명 시기)는 중국 당대 아동문학이 전례 없는 재난을 겪은 아동문학의 황폐기였다. 해당 시기의 아동문학은 '무산계급문화대혁명'을 슬로건으로 내걸고 전개된 정치적 퇴보와 '문화대파괴' 운동 속에서 '진공(眞空)'의 시기를 거쳤다.

1966년 2월 린뱌오(林彪)와 장칭(江青)이 극좌적 문예노선의 실시를 위하여 '문예흑선독재론(文藝黑線專政論)'을 내세우면서, 지난 17년 동안 창작된 문예 작품들은 '독초(大毒草)'로 치부되었다. 문예흑선독재론은 "노동자·농민·병사들 속의 영웅적 인물을 부각시키는 것은 사회주의 문예의 근본적인 임무"라고 역설하였다. 이에 따라 모든 인물 가운데에서 긍정적 인물을 두드러지게 부각시키고, 긍정적 인물 가운데에서도 영웅적 인물을 더 두드러지게 부각시키고, 영웅적 인물 가운데에서도 주요 영웅적 인물을 더욱 더 두드러지게 부각시켜야 한다는 작품 창작의 '삼돌출(三突出)' 원칙이 만들어졌다.

아동문학 분야에서는 국내외의 우수한 아동문학 작품들이 철저히 부정되면서, 1960년대 후반(1966~1970년) 중국 아동문학은 기타 문예 장르와 함께 절대적 공백기를 맞게 되었다. 이러한 상황은 1970년대에 들어서면서부터 조금씩 극복되었고 아동문학 창작과 출판 역시 회복세를 보이기도 하였으나, 전반적으로 당시의 정치적 배경 속에서 창작된 작품들은 극좌 문예노선의 산물이거나 극좌 사조에 동조하는 경향이 짙었다.

아동문학 이론의 상황 역시 별반 다르지 않았다. 해당 시기의 아동문학 이론에서는 계급투쟁과 노선투쟁을 주제로 다루지 않는 작가를 모두 '무충돌론(無衝突論)'자라고 비난하였다. 또한 아동이 "어린 시절부터 마르크스-레닌주의를 알" 수 있도록 하기 위하여, 아동의 특성에 맞고 아이들이 즐겨 읽는 동화·우화·민간 이야기들을 '봉건주의·자본주의·수정주의(封, 資, 修)'적인 것이라면서 배척하였다. 10년에 걸친 무산계급문화대혁명 기간 동안 동화·우화·민간 이야기는 거의 자취를 감추었는데, 이는 세계 아동문학 출판 역사에 있어서 보기 드문 현상이라고 할 수 있다.

3) 개혁개방 이후 신시기 아동문학의 발전

1977년에서 1990년대에 이르기까지의 시기는 중국 당대 아동문학의 '신시기'로 분류된다. 신시기는 중국 당대 아동문학이 눈부시게 발전한 시기이다. 1978년 루싼회의(廬山會議)[57] 이후, 중국 당대 아동문학은 무산계급문화대혁명 직후의 일시적인 혼란 상태에서 벗어나서 새로운 도약을 준비하였다. 12월에 개최된 십일계삼중전회(十一届三中全會)를 기점으로 하여, 중국은 다시 현대화 건설의 길을 걷기 시작하였다. 이에 발맞추

57 루싼회의는 1978년 10월 장시성(江西省)의 루싼(廬山)에서 중국 국가출판국·교육부·문화부·중국공산주의청년단 중앙·전국부녀연합회·전국문학예술계연합회·전국작가협회·전국과학기술협회가 개최한 전국 소년아동독물 출판 사업 좌담회였다. 이 회의에서는 신중국 성립 이후의 아동도서 창작과 출판을 총화하고, 좌적 사조로 인한 폐해를 분석하였다. 그리고 회의 결과에 따라서 아동문학은 "아동의 특징을 가지고" "지식성을 갖추고" "재미있어야" 하며 "소재와 장르의 다양화"를 추구하고 "백화제방, 백가쟁명"을 원칙으로 해야 한다고 강조하였다. 또한 아동도서 출판기구를 늘리고 아동도서의 편집과 창작 대오를 발전시키며, 아동도서 평선 제도 등에 관하여서도 구체적인 조치를 취하였다.

어 중국아동문학도 새로운 도약을 시작하였다.

(1) 소년아동출판사 설립과 아동지의 복간 및 대량 창간

신시기에는 루싼회의 정신에 따라 기존의 중국소년아동출판사와 소년아동출판사의 역량이 확대되었고, 톈진(天津)에 씬레이(新蕾)출판사·쓰촨(四川)에 쓰촨소년아동출판사가 설립되는 등 전국에 31개의 아동도서 전문 출판사가 생겨났다. 1990년대 말의 통계에 따르면, 이 31개의 아동도서 전문 출판사 외에도 130여 개의 출판사(특히 지방의 교육출판사)들이 아동도서 편집실을 설치하거나 아동도서를 출판하였다. 연간 아동도서 출판은 1977년의 200종에서 2000년에는 7,004종으로 늘어났고, 출판부수는 1억 6,800만 부에 달하였다. 상술한 아동도서 출판사와 편집실들은 초기에는 국내외 유명 아동문학 작가들의 경전(經典)을 출판하는 데 치중하였으나, 아동문학을 둘러싼 환경이 점차 호조를 보이면서 차츰 국내외의 최신 아동문학 작품들에까지 눈길을 돌리기 시작하였다. 이에 따라서 다양한 외국 아동문학 작품들도 비교적 빠르게 전면적으로 번역 소개되었다. 이와 동시에 중국 아동문학의 유산과 성과에 관한 수집·정리도 체계적으로 진척되어, 일련의 감정과 연구를 거친 후 아동 독자들에게 소개되었다.

'4인방(四人幫)'이 청산되고 무산계급문화대혁명이 종결된 후 얼마 지나지 않아서, 『아동문학(兒童文學)』·『소년문예』·『아동시대』·『어린 친구』 등 무산계급문화대혁명 이전에 두터운 독자층을 확보하고 있던 아동지들이 잇달아 복간(復刊)되었다. 1979년 1월 중국 유일의 아동문학 이론지였던 『아동문학연구』가 복간되었다. 1981년 소년아동출판사에서 『아동문학선간(兒童文學選刊)』을 창간하였는데, 이는 당시 중국에서 가장 권위 있는 아동문학 작품 선집 유형의 잡지였다. 『아동문학선간』은 2000

년에 이르러 『아동문학연구』와 합병하여 『중국아동문학(中國兒童文學)』이라는 이름으로 발간되었다. 1990년대 중국에는 종합 혹은 전문 아동신문 70여 종·아동지가 100종을 넘었으며, 이러한 아동신문·아동지들은 대체로 중국작가협회·출판사·교육부서·중국공산주의청년단 등 4대 기관에 소속되었다.

(2) '시끌벅적파(熱鬧派) 동화'와 '서정파(抒情派) 동화'

1980년대 이후에 아동문학 작가들은 기존의 도식화·개념화·도구론의 울타리로부터 벗어나서, 아동문학의 주제를 풍부하게 하였으며 소재를 확대하였다. 또한 다양한 표현 방식을 시도하였고 새로운 예술적 모색에 나섰다. 이렇듯 아동문학 작가들은 무산계급문화대혁명의 질곡에서 탈피하여, 형식과 내용 제 방면에서 아동문학의 혁신을 시도하였다.

특히 이 시기에는 정이우안쩬(鄭淵潔)·周銳(저우루위)·풍이(彭懿)·꺼삥(葛氷) 등을 대표로 하는 '시끌벅적파(熱鬧派) 동화'와 짜오삥파(趙氷波)·삥뿌어(氷波)·찐이밍(金逸銘) 등을 대표로 하는 '서정파(抒情派) 동화' 같이 특색 있는 동화 유파들이 등장하였다. 1980년대 이후 중국의 동화 창작은 점차 서로 다른 유파를 중심으로 전개되었으며, 이에 따라 신시기 동화의 다원화 구도가 형성되었다. 서로 다른 동화 유파에는 상술한 바와 같이 시끌벅적하고 유머가 두드러지는 '시끌벅적파 동화'와 서정적 아름다움을 추구하는 '서정파 동화' 등이 있다.

'시끌벅적파 동화'는 아동의 유희성을 존중하며 쾌락주의 동화 창작을 원칙으로 한다. 그리고 대담한 상상·과장·변형을 그 표현적 특징으로 하여, 동화의 유희정신을 되찾아주었다. '시끌벅적파 동화'는 구속받지 않는 행위·인물·물체의 조합으로 유동의 미(流動美)와 운동감(運動感), 빠른 전개를 추구하였다. 또한 유머와 풍자를 비롯하여 만화적·희극적 심지어는 황당하다고까지 할 수 있는 표현 방식을 통하여, 아동 독자들이 웃음 속에서 감화를 받을 수 있도록 하고자 노력하였다.

'서정과 동화'는 동화의 경지(意境)·시적 정서·철학적 도리를 자연스럽게 결합시켜야 한다고 주장하였다. 또한 문학은 사랑의 의식을 지녀야 한다는 생각을 바탕으로 하여, 아름답고 우아한 특징을 추구하였다.

해당 시기의 대표작에는 초운시우안(曺文軒)의 『오래된 성(古堡)』·반마(班馬)의 『어환(魚幻)』·매쯔한(梅子涵)의 『카페 이야기(咖啡館紀事)』 등이 있다.

1990년대에는 풍쉬어지운(彭學軍)·탕쑤란(湯素蘭)·양훙잉(楊紅櫻)·쇼시안쯔(肖顯志)·쉬어토(薛濤)·장쩬(張潔)·인지안링(殷健靈) 등이 활발한 창작 활동을 전개하였다. 1990년대 아동문학의 분위기는 1980년대의 열광적인 분위기에 비하여 다소 차분해졌다. 그러나 아동문학 작가들은 새로운 모색을 지속하면서, 보다 많은 외국 아동문학으로부터 자양분을 흡수하였다. 이를 통하여 1990년대 아동문학 작가들은 중국 아동문학의 내면을 풍부하게 만들었고, 개척과 혁신을 통하여 중국 아동문학의 새로운 발전을 도모하였다.

(3) 아동소설 및 기타 아동문학 창작의 수확

신시기 중국 아동문학은 생기발랄한 국면을 맞이하였는데, 특히 아동소설 창작에서 커다란 성과를 이룩하였다. 이 시기의 아동소설은 현실생활을 깊이 있고 폭넓게 반영하는 동시에, 소재와 특성의 다양화에 있어서도 기존의 아동문학과는 확연히 다른 모습을 보여주었다. 창작 방법에서 보면 현실주의가 새롭게 발전함과 동시에 선각적인 작가들이 서방 아동문학과 중국 당대 성인문학으로부터 새로운 창작 방법들을 도입함으로써, 리얼리즘과 모더니즘의 결합을 시도하였다. 집단·노동·인민공사에 관한 사랑과 계급투쟁의 각오가 드러났던 신중국 성립 이후 17

년 동안의 아동문학과는 달리, 선명한 개성과 새로운 생각을 바탕으로 하여 스스로 사고하고 판단할 줄 아는 아동 형상들이 창조되었다.

아동소설은 1980년대의 '상흔소설(傷痕小說)'[58]·'문제소설(問題小說)'[59]·'신인소설(新人小說)'[60]·'탐색소설(探索小說)'[61] 등에 이르는 모색의 과정을 거쳤다. 이와 같은 과정을 거치면서 창신강(常新港)의 「홀로인 배(獨船)」(1984)·차오원쉬엔의 「안녕, 나의 별(再見了, 我的星星)」과 「오래된 성(古堡)」·류신우(劉心武)의 「난 열세 살이 두렵지 않아(我可不怕十三歲)」·첸단이안(陳丹燕)의 「잠겨진 서랍(上鎖的抽屜)」 등 우수한 작품들이 창작되었다.

또한 반마(班馬)의 「어환(魚幻)」과 「한여름 오래된 마을에서 길을 잃다

---

58 '상흔소설'은 1970년대 말에 무산계급문화대혁명이 종결되고 소설 창작과 문단에 생기가 돌기 시작하면서 출현한 소설이다. '상흔소설'은 무산계급문화대혁명으로 인한 '상처'를 드러내고 극좌 노선으로 인한 폐해를 규탄한 작품들을 가리킨다. 성인문학에서 류신우(劉心武)의 「담임선생님(班主任)」(1977)과 루신화(盧新華)의 「상흔(傷痕)」(1978)이 신시기 중국문학에 나타난 첫 문학사조인 '상흔소설'의 형성을 알렸다. '상흔소설'의 장편 대표작으로는 무어영풍(莫應豊)의 『장군음(將軍吟)』(1979)·저우커친(周克芹)의 『쉬모와 그의 딸들(許茂和他的女兒們)』·꾸화(古華)의 『부용진(芙蓉鎭)』·예씬(葉辛)의 『우리의 세대(我們這一代)』 등이 있다.

59 '문제소설'은 사회 문제를 이야기하기 위하여 창작된 소설로서, 본래 '문제극'과 함께 5·4신문화운동 시기에 출현한 문학적 현상이었다. 당시에는 민주주의와 사회주의라는 2대 사조의 전파를 배경으로 하여, 문학은 반드시 현실과 인생의 문제를 취급해야 한다는 계몽주의적 주장이 형성되었다. 이와 같은 사회적 요구에 충실한 반응한 결과, 중국에는 '문제소설'의 부흥기가 찾아왔다. 신시기의 '문제소설'은 '상흔소설'을 기반으로 하여 발전한 소설로서, 무산계급문화대혁명의 후유증을 주제로 한 소설들이다. 1976년 '4인방' 청산 이후 신시기에 진입하면서, 많은 작가들이 새로운 인물 형상의 창조를 통하여 이전 시기의 역사에 대한 엄숙한 탐색과 총화를 전개하였다. 이와 같은 작품들은 대부분 '문제아(後進生)'의 생활과 심리를 묘사하거나 사회를 반영함으로써, 깊은 철학적 성찰을 담았으며 강한 여운을 자아냈다.

60 '신인소설'은 주로 「담임선생님(班主任)」에서 보여주었던 새로운 형태의의 인물을 부각시킨 소설들을 가리킨다. '신인소설'은 성인문학의 '문학 개혁' 주장을 바탕으로 하여 평론계와 독자들이 새로운 시대와 새로운 인물을 요구함에 따라 시도된 소설로서, 아동문학에서는 기존의 평면적인 인물 형상이 아닌 새로운 형상을 창조하려는 움직임을 보였다. 한편, 이러한 소설들은 아직 인물 형상 부각이 성숙되지 못하고 현실감이 떨어지는 경우가 많았을 뿐 아니라 성인소설의 도식을 그대로 모방함으로써 또 다른 도식화에 빠지기도 하였다.

61 '신인소설'이 한동안 인기를 끄는 가운데, '탐색소설'이 새롭게 등장하기 시작하였다. '탐색소설'은 '내용 탐색'과 '형식 탐색'이라는 두 단계를 거치면서 현대적 시선과 시대적 정신으로 문제점들을 반영하고자 하였는데, 대표적인 작가들로 창신강(常新港)·청위(程瑋)·차오원쉬엔(曹文軒)·딩아후(丁阿虎)·첸단이안(陳丹燕)·반마(班馬) 등이 있다.

(迷失在深夏古鎭中)」· 매쯔한(梅子涵)의 「길 위에서(走在路上)」· 청위(程瑋)의 「백색의 탑(白色的塔)」· 장쯔루(張之路)의 「고무지우개 대왕(橡皮膏大王)」· 첸리(陳麗)의 「날다(飛)」· 찐이밍(金逸銘)의 「달빛 속의 황야(月光下的荒野)」 등과 같이 모더니즘 기법을 사용하여 새로운 창작을 시도한 실험적인 작품들도 창작되었다.

1980년대 말에서 1990년대 초에 이르는 기간 동안, 중국의 사회·정치·경제 등은 전반적으로 전환기를 맞이하였다. 이에 따라 문학 역시 하락세를 보이기 시작하였으며, 아동문학계도 한층 잠잠해졌다. 그러나 1995년 이후 아동소설은 점차 침체에서 벗어나기 시작하였으며, 작품의 수량과 수준에서 모두 1980년대 못지않은 상과를 거두었다.

해당 시기의 아동소설들은 다양한 소재를 다루는 가운데, 아이들의 학교생활을 다룬 학원물이 가장 많이 발표되었다. 『여학생 일기(女生日記)』로부터 시작된 양홍영(楊紅櫻)의 초등학생 대상 학원물이 인기를 끌었는데, 이와 같은 종류의 작품들 가운데에는 이위슈(鬱秀)의 『화계·우계(花季·雨季)』와 같이 중학생들이 창작한 작품들도 있었다. 그뿐만 아니라 류시안핑(劉先平)의 대자연 모험 장편 시리즈가 자연소설의 부흥을 이끌었고, 유머소설이 아이들의 사랑을 받기도 하였다. '화의상공작실(花衣裳工作室)'의 작품을 대표로 하는 인터넷소설이 인기를 끌기 시작한 것도 흥미로운 일이 아닐 수 없다.

해당 시기의 아동소설은 소재의 범위·현실 반영의 폭과 깊이·사상적 내용·인물 형상 부각 등 다양한 방면에서 더욱 적극적인 탐색을 시도하였다. 이를 통하여 아이들의 생활과 인생·사회·자연·역사를 서로 연결시켜서 담아내고자 하였으며, 아이들의 생활에 밀착하여 당대 아동의 심리와 성격적 특징을 묘사하였다. 또한 창작 방법·표현 수법·서사 방식·언어 사용 등에 있어서도 모두 새롭고 다양한 것을 추구하였다.

4) 2000년대 이후의 당대 아동문학

2000년대 이후의 중국 당대 아동문학은 중국 사회 및 경제의 시장화 · 전파 수단의 다양화 · 더욱 자유로워진 사회 분위기와 문화적 생태 환경으로 인하여, 이전 시기와는 확연히 다른 모습을 보이기 시작하였다. 특히 제5세대 작가들의 주도에 따라, 1990년대 후반기 이후부터 일시적으로 겪었던 침체와 곤경으로부터 벗어나서 다원공생(多元共生)의 새로운 구도를 형성하여 가고 있다.

1990년대 후반부터 21세기 초반에 이르기까지, 중국 아동문학 출판 시장에서는 줄곧 외국 아동문학 작품의 판매량이 중국 아동문학 작품의 판매량을 능가하고 있다. 해리 포터(Harry Potter) 시리즈와 구스범스(Goosebumps) 시리즈는 물론, 일본과 한국의 만화 · 포켓북 등이 대량 수입되면서 중국 아동문학은 출판 시장에서 고전을 면하지 못하였다. 이러한 국면은 2003년부터 호전을 보이기 시작하였다. 중국의 권위 있는 도서 판매 조사기구인 'Openbook-data Ltd(北京開卷信息技術有限公司)'의 통계[62]에 따르면, 현재는 중국 소학생들 사이에서 중국 아동문학이 외국 아동문학에 비하여 높은 인기를 얻고 있으며, 중국 아동문학의 판매 총액(碼洋)이 이미 전체 아동도서 시장의 절반에 육박하고 있다.

(1) 동년문학 창작의 증가

기나긴 시간 동안, 중국 아동문학 창작에 있어서는 '양끝이 크고 중간이 작은' 현상이 지속되었다. '양끝이 크고 중간이 작은' 현상이라 함은

62 오픈북 전국 도서 소매시장 리서치 시스템(開卷全國圖書零售市場觀測系統)은 중국 전역 대부분의 대규모 · 중규모의 서점을 상대로 조사를 실시하고 있으며, 매달 조사 대상이 되는 도서의 종류가 40만 종을 넘는다.

유년문학과 청소년문학은 뛰어난 작가와 우수한 작품을 많이 보유하고 대량 창작되는 반면, 소학교 독자를 위한 동년문학은 상대적으로 왜소하였던 현상을 일컫는다. 특히 장기간에 걸쳐서 아동소설이 희소한 결핍적 상황에서 벗어나지 못하고 있었다.

그러나 신시기에 들어서면서부터 동년문학 창작에서 커다란 발전이 이루어졌다. 이는 제5세대 작가인 양홍잉의 '장난꾸러기 마샤오티오 시리즈(淘氣包馬小跳系列)'[63]를 대표로 하는 아동소설 창작이 상당한 호응을 얻은 것을 통하여 확인할 수 있다. 양홍잉이 소학교 연령층의 아동 독자를 위하여 창작한 『여학생 일기(女生日記)』·『남학생 일기(男生日記)』·『예쁜 선생님과 나쁜 아이(漂亮先生和壞小子)』 등을 비롯하여, 시리즈 동화 『웃는 고양이의 일기(笑猫日記)』 등이 아동 독자들로부터 높은 인기를 얻고 있다. 양홍잉은 신세기 아동문학에 '마샤오티오'를 비롯하여 탕페이(唐飛)·마오차오(毛超)·짱따(張達)·루만만(路曼曼)·샤린(夏林) 등 인상적인 아동 캐릭터를 만들어 주었다. 양홍잉이 선보인 캐릭터들은 1990년대 후반에 첸웬쮼(秦文君)[64]이 『남학생 자리(賈里)』·『여학생 자메이(女生賈梅)』·『남자 아이 루쯔썽(魯智勝)』·『여자 아이 린샤오메이(林曉梅)』 등 일련의 시리즈를 통하여 선보인 바 있는 캐릭터들과 비슷하다. 이들은 모두 "요란법석하고 즐겁게 성장해 가는" 현 시대의 아이들이라고 할 수 있다.

양홍잉 등의 작가들이 선보인 소학교 학생을 소재로 한 아동소설들은 기본적으로 분위기가 명랑하고 적극적이며, 유머러스하고 유쾌하며 가

---

63 양홍잉의 '장난꾸러기 마샤오티오 시리즈'는 현재 '인기와 호평을 한 몸에 안은' 아동소설 시리즈로서, 신문출판총서의 '청소년에게 추천하는 우수도서'(2004)와 제1회 '3개의 100(三個一百)' 창작출판 프로젝트(2007)에 수록되기도 하였다. 그 가운데에서도 『거인의 성(巨人的城堡)』은 중국중앙선전부 제10회 '5개의 1 프로젝트(五個一工程)' 입선작품상 · 제1회 중국출판정부상(2007) 등을 수상하였다.

64 첸웬쮼은 중국 당대 아동문학가로서, 『중국아동문학』의 주간이다. 대표작으로는 『남학생 자리』·『여학생 자메이』·『남자 아이 루쯔썽』·『여자 아이 린샤오메이』 등이 있으며, 10여 편의 작품이 텔레비전 드라마와 영화로 제작되었다.

벼운 것을 지향하고 있다. 이와 같은 아동소설들은 쉽고 재미있게 읽을 수 있는 이야기를 통하여, 아동 독자들로 하여금 어떻게 마음을 수양하고 처신하며 배워야 하는지에 관한 인생의 도리를 전달하여 준다. 또한 긍정적인 정신적 가치를 지향하고 있으므로, 소학교 연령층의 독자들로부터 큰 사랑을 받고 있다.

그러나 상술한 유형의 작품들이 이미 장르화·도식화 경향을 보이고 있다는 지적도 있는데, 이는 흔히 남학생은 못 말리는 장난꾸러기로, 여학생은 야무진 똑순이로 설정하는 등의 특징으로 나타나고 있다. 또한 거의 모든 작품들이 도시에서 먹을 걱정이나 입을 걱정 없이 살아가는 아이들의 생활을 다루고 있으며, 농촌의 아이들·부모가 도시로 일하러 떠난 후 홀로 농촌에 남겨진 아이들·농민공(농촌을 떠나서 일자리를 찾아 도시로 온 일용직 노동자) 부모와 함께 도시에 도착한 아이들·도시에 사는 실직 노동자의 아이들 등 '어려운 아이들'에 관한 관심을 찾아보기 어렵다는 점에 대한 문제 제기도 있다.

(2) 판타지의 대두 및 발전

5·4신문화운동 이후 형성된 중국 현대 아동문학은 시대적 규범·자체적 문학 자원·예술적 선택 등 여러 가지 요인들의 복합적인 영향으로 인하여, 예성타오의 『허수아비』·장톈이의 『다린과 쇼린』 등을 대표로 하는 현실주의 창작 경향을 형성하였다. 그리고 이러한 경향은 오늘날까지 계승되고 있다. 이와 같은 문학적 자양분은 여러 세대에 걸쳐서 아동의 정신생활을 충족시켜 주었으며, 중국 아동문학의 발전에 있어서 중요한 역할을 담당하였다. 그러나 이와 동시에 중국 아동문학에는 무거운 것이 가벼운 것보다 많고, 현실주의적인 것이 환상적인 것보다 많고, 성인의 의지가 아동의 경험을 능가하는 일면을 가지게 되었다.

신시기, 특히 21세기 이후에는 '해리 포터' 시리즈와 '반지의 제왕(The Lord of the Rings)' 시리즈 등을 대표로 하는 판타지가 중국 아동문학에 충격을 선사하였다. 인터넷 시대의 도래에 따른 영향으로 인하여, 온라인 공간을 무대로 한 중국의 판타지 창작은 바야흐로 괄목상대하고 있다. 이는 중국 아동문학의 예술적 공간 및 상상의 세계를 크게 넓혀주었다.

중국의 판타지 창작은 1980~1990년대에 모색의 길을 걷기 시작하였다. 정이우안쩨(鄭淵潔)의 『피피루와 루시시의 새 모험기(皮皮鲁和鲁西西的新奇遇记)』(1985) · 쑨유지운(孫幼軍)의 『수상한 영감(怪老头)』(1991) · 꺼삥(葛氷)의 『어리버리 꼬마 신선(小糊涂神)』(1992) 등이 이 시기의 대표적인 작품들이다. 1996년에는 일본에서 판타지를 공부한 풍이(彭懿)가 『미친 녹색 고슴도치(瘋狂绿刺猬)』를 출판하였는데, 이는 작가가 판타지에 관한 자의식을 바탕으로 창작한 첫 번째 작품이라고 할 수 있다. 이어서 1998년에는 첸단이안(陳丹燕)이 『내 엄마는 요정(我妈妈是精灵)』을 출판하였는데, 이 작품은 작가의 뛰어난 상상력을 엿볼 수 있는 작품이다.

1990년대 중후반에 접어들면서부터는 판타지가 인기를 끌기 시작하여, 21세기출판사(二十一世紀出版社)에서 『대환상 · 중국소설(大幻想 · 中國小說)』 총서를 출간하였다. 중국 판타지 아동문학을 추진하는 길에 있어서 21세기출판사가 매우 중요한 역할을 담당하고 있다. 이 출판사는 1990년대 후반부터 판타지 출판을 큰 중점 목표로 하였고, 지금까지 수많은 작가들의 판타지 작품을 출판하였다. 그 가운데에서 쉬어토(薛涛)의 『폐허의 거주민(废墟居民)』 · 풍쉬어지운(彭學軍)의 『끊이지 않는 음악소리(终不断的琴声)』 · 풍이(彭懿)의 『요괴호수의 전설(妖湖传说)』 · 반마(班馬)의 『무사의 가라앉은 배(巫师的沉船)』 · 장쯔루의 『매미는 누구를 위해 울까(蝉为谁鸣)』 등의 작품들이 주목을 받았다.

2000년에 들어 1980년대 혹은 1990년대에 태어난 작가들이 주도하고 있으며, 그 가운데 대다수가 재학 중인 대학생 및 중학교 · 고등학교 학생들이다. 최근에는 기존에 활동하던 일부 아동문학 작가들도 판타지 창작을 시도하기 시작하였다. 판타지 작품들은 대부분 인터넷에 연재된 이후에 출판되고 있다는 점에서, 기존 출판 풍토를 크게 뒤바꾸어 놓고 있다고 할 수 있다.

중국 판타지에서 주목을 요하는 특징은 중국 전통문화를 활용하고자 노력하고 있다는 점이다. 기환(奇幻)·SF·무협, 심지어는 신선(神仙) 문화와 도가(道家) 문화를 결합시키는 등 중국화된 판타지 세계가 개척되고 있는 중이다.

부록

'조언수어' 논쟁에 관한 토론

허찌안 · 상중이 · 우이안인의 논쟁

(一)

허찌안이 교육부에 학교 과정 수정을 청함—중외선구의 격언을 택해 교수하며 학행이 우수한 인사를 골라 교육을 받도록[65]

(何键咨请教部改良学校课程—选中外先哲格言勤加讲授 择学行兼优人事办理教育)

허찌안(何键)

2월 24일 장사(长沙) 통신: 성 정부 주석 허찌안(何键)이 교육의 단점을 진술하며, 교육부에 개량의 필요성을 주장하였다. 어제 동안현 현장이 다시 진술한 바 있는데, 학교 과정을 개량할 것을 요구하였다. 허 씨는 교재를 개량하는 것은 현재 반드시 도모해야 하는 일이며, 교육부가 이를 확인하고 실행할 것을 요청하였다. 이하는 요청문의 원문이다.

65 이 글은 1931년 3월 5일 『신보(申報)』에 발표되었다.

이 일(학교 과정 수정—옮긴이)을 시행할 것을 요청한다. 동안현장 탕정이(唐正宜)의 진술에 따르면, 학교 과정을 개량해야 한다. 학교를 설립한 지 20년이 넘었는데, 전에 설립된 공산기관(共产机关) 가운데 학생들이 가장 많았고 이번의 공산전단 역시 학생들이 가장 많았다. 공공과 개인의 재물을 이용하여 혼란을 피우는 배(辈)들을 양성시킨 효과를 엿볼 수 있다. 민국(民国) 8년 전에 각 학교의 국문 교재에는 문리가 있었는데, 금일의 교재는 매번 '개가 말하기를', '돼지가 말하기를', '오리가 말하기를', 그리고 '고양이 아가씨', '개 형', '소 할아버지' 등의 단어로 가득 차 있다. 금수가 사람의 말을 하며 짐승에 존칭까지 부여하는데, 괴이하기가 이를 데 없다(鄙俚怪诞, 莫可言状). 또한 어이없는 이야기가 하나 돌고 있는데, 예를 들자면 '아버지는 매일 매일 남을 위해 집을 짓는데 자신은 살 집이 없다'는 것이다. 또 예를 들면, '내 주먹은 크고 팔은 굵다' 등의 말이 있다. 이는 공산을 부추기고 폭행을 유도한다. 청년들은 성근이 아직 굳지 않아서, 많이 넘어가게 되었다. 이와 같은 교재들이 학교 안에 퍼져 있고, 교육 과정으로 설정되어 있다. 우리는 지금 유형(有形)의 공산당파를 제거하고 있으면서도, 여전히 대다수 무형(无形)의 공산당파를 만들고 있는 것이다. 지금 사설이 횡행하고 있으며, 공산당이 점차 많아지고 있다. 다행히도 여당에는 아직 도덕을 충상하는 문인들이 있고 국가에는 정의를 내세우는 장군들이 있어, 인간 대 인간 그리고 인간 대 금수의 경계선을 지키고 있다. 그로 인하여 세상의 반은 통치되어 있고, 나머지 반은 난세가 된 것이다. 만약 이대로 10년이 더 지나면 인간이 다 멸망하여 금수가 인간을 잡아먹고, 인간끼리 서로 잡아먹게 되고, 황초(黄巢)·이자성(李自成)·장현충(张献忠)[66] 등과 같이 잔인한 학살이 일어나

66 황초는 당나라 때 농민 봉기를 이끌었던 인물이고, 이자성과 장현충은 명나라 때 농민 봉기를 이끌었던 인물들이다.

는 것을 보게 될 것이다. 나는 작금의 학교 과정이 무궁무진한 재난을 일으키게 될 것을 우려하고 있다. 지금 할 수 있는 일은 모든 학교의 교재 중에서 심히 심오한 것들과 이론이 천박한 것들을 찾아내서 실용성이 없는 것들은 모두 불태우는 것이다. 다음으로 중외선구의 격언을 택하여 가르치며, 학행이 모두 우수한 인사를 찾아내서 교육을 맡게 해야 한다. 이것이 강물을 통하게 하여 홍수를 막고, 불을 밝혀 맹수를 내쫓을 수 있는 방법 중에 하나이다. 좌하(座下)는 재작년에 교재를 신중히 선택해야 한다는 전문을 보낸 적이 있었다. 만약 그 제의를 다시 제기하여 실행할 수 있게 된다면 공이 클 것이다. 국가의 기둥이 무너지면 곧 무너질 것이다. 견고함이 불타버리는 것이 멀지 않은 일일 수도 있다는 근심이 크다. 나의 천박한 의견을 제시하니, 조치를 취했으면 한다. 부당함이 있는지 고찰하기를 바란다. 교재를 개량하는 것이 현재 절실한 도모(圖謀)이다. 앞서 진술한 원인에 따라 답을 하는 것은 물론, 귀부에 요청해서 확실히 검사하여 시행할 것을 청한다. 회답이 있으면 감사하겠다. 이상.

(二)
아동 작품을 고르는 기준

(选择儿童读物的标准)

상중이(尚仲衣)

아동이 읽는 작품은 내용에 따라서 두 가지로 나눌 수 있다. (一) 사실에 속하여 아동에게 지식을 전달하는 것; (二) 문예에 속하여 아동에게 인상을 안겨 주는 것. 오늘은 시간의 제약으로 인하여, 두 가지 가운데 일부만 여러분과 토의하도록 하겠다. 따라서 제목을 축약하여, '아동 작품을 고르는 기준'으로 하겠다.

소극적 기준

(一) 자연 현상 위반

자연 현상 위반이란 무엇일까? 세상에 존재하지 않는 신선이 작품 속에 등장하는 것이 바로 자연의 실제 현상을 위반한 것이며, 본래 말을 하지 못하는 조수(鳥獸)가 작품 속에서 말을 할 수 있게 하는 것은 자연을 추월한 것이다. 교육자의 책임은 아동으로 하여금 자연과 사회 현상을 진실하게 이해하고 충분히 인식하게 해야 한다는 것이다. 아동이 자연과 처음으로 접촉할 때, 교육자는 충분한 이유가 없는 한 아동에게 자연을 위반하는 자료를 주어서는 안 된다. 지금까지 사람들은 흥미라는 이유를 내세우며, 신선 이야기라든지 자연 현상을 위반하는 다른 자료를 통하여 아동의 흥미를 일으킬 수 있다고 생각하였다. 하지만 Dunn의 연구에 따르면 전혀 그렇지 않다. 그는 분석을 통하여 자연 현상을 위반하는 작품들이 그다지 아동의 흥미를 일으키지 못한다고 지적하였다. 그 외에도 Jordan · Huber 등 아동 작품의 흥미에 관하여 토론한 여러 학자들 역시, 자연 현상을 위반하는 작품들이 아동의 흥미를 최고조에 이르게 할 수 있는 자료라고 보지 않는다.

따라서 우리는 아동 작품을 선택하거나 창작할 때, 사실에 부합하고 자연 현상을 위반하지 않는 범위 내에서 취재해야 한다. 가능한 실재하는 자료를 취하고, 부족하면 개연성(蓋然性)이 있는 자료, 또 부족하면 가능성이 있는 자료, 아직도 부족하면 그제야 불가능하고 자연 현상을 위반하는 자료를 취하는 것이다. 지금까지의 방법을 돌이켜 보면, 아동을 위하여 작품을 창작하는 과정에서 불가능한 것(예를 들어 '조언수어'라든지 '신선귀괴(神仙鬼怪)' 등의 이야기들)을 위주로 하는 경우가 많았다. 이러한 경우는 교육에 역행하는 것이다.

(二) 사회 가치의 위반 및 인생관계의 곡해

나는 자연 현상을 위반하는 작품에 관하여서는 아직 소극적인 의문의 태도를 가지고 있지만, 사회 가치를 위반하는 글에 대하여서는 절대적인 반대 입장을 취한다. 아동이 작품 속에서 고양이가 말하는 것을 접한다고 하더라도, 생활 속에서 이를 수정할 수 있다. 그러나 작품이 아동에게 잘못된 사회 이념을 심어주거나 인생의 가치를 곡해하면, 아동은 수정할 기회를 가지지 못할 것이며 이는 불치병이 되고 말 것이다. 변태적이고 이치에 맞지 않는 자료로 사회를 묘사하거나, 사회 관념을 곡해하고 인생의 진정한 가치를 '망치는' 이야기가 아동교육 속에 자리하는 일은 없어야 한다. 예를 들어 계모가 되는 것은 매우 어려운 일이고, 매우 고통스러운 일(이를테면 후쓰(胡適) 선생이 9년 고향 교육 속에 묘사한 자)이 되는 경우가 많다. 그런데 아동 작품 속에서 계모는 늘 '화살의 과녁'이 되고, 좋은 인물로 등장하는 사례가 한 명도 없다. 어린 아이의 마음속에 이와 같은 인생관계에 대한 오해가 생기도록 하는 것이 건전한 일일까?

(三) 인생 이상의 곡해

많은 아동 이야기가 커다란 부(富), 출세, 승진, 왕자, 공주를 인생의 이상이라든지 노력의 귀착점으로 삼는다. 어린 시절에 이처럼 말도 안 되는 욕망이 형성된다면, 성인이 된 이후에 그러한 욕망의 지배를 받지 않는 것이 가능할까?

(四) 행운을 믿게 하는 것

'만사는 하늘에 의한 것'·'팔자에 따른 것'·'행운을 믿는 것' 따위는 타락한 민족이 자신을 속이는 거짓말이다. 유망한 민족이라면 이러한 것들에 빠져서는 안 되고, 또한 작품을 통하여 어린 아이들로 하여금 행운을 숭배하는 심성을 가지게 하는 것은 더 안 될 일이다.

(五) 아동심리 위생의 방해

아동심리 위생을 방해하는 것들로는 두 가지 종류를 제시할 수 있는데, 이러한 이야기가 아동교육 속에 자리해서는 안 된다.

(1) 실망·우울·내성적인 것

(2) 공포·무서운 것·심리 경악(驚愕)증을 일으키는 것

(六) 장애인을 조롱하는 것

사람들은 불행한 동류들에게 동정심을 가져야 하며, 동정심에서 한 걸음 더 나아가 그들의 결함을 채워주고, 그들을 조금이라도 위로하면서 작게나마 행복을 줄 수 있어야 한다. 이것은 허위적인 선의가 아니다. 이는 동류자(同類者)가 다해야 하는 책임이다. 그럼에도 불구하고 앞서 언급한 책임을 외면한 채, 선천적으로 결함이 있는 사람들을 조롱하며 웃음을 얻으려고 하는 경우가 있다. 이와 같은 웃음에는 정말 커다란 대가가 따를 것이다.

(七) 미신(迷信)을 없애야 함

(八) 퇴폐(頹廢)적인 것과 병 없이 신음하는 것을 줄여야 함

적극적 기준

아동 이야기를 선택하는 적극적 기준은 세 가지로 나눌 수 있다. (一) 내용적 가치, (二) 문학적 가치, (三) 흥미적 가치이다. 내용적 가치의 평정 및 기준에 관하여서는 앞으로 전문적 토의를 위한 논문이 발표될 것이다. 따라서 오늘은 문학적 가치 및 흥미적 가치의 기준에 관하여, 여러 예문을 들며 선택할 때 참고할 수 있게 할 것이다.

문학적 가치는 열네 명의 문예비평 및 아동작품 전문가들(Parker · Vernon Lee · Puffer · Winchester · Painter · Richards · Mac Clintock · Leonard · Gardner and Ramsey · Starbuck and Shuttleworth · Terman and Lima)의 의견을 종합하여 다음과 같이 열거한다. (一) 일관된 스토리가 있는 것, (二) 영구적인 흥미를 일으킬 수 있는 것, (三) 생동하게 묘사된 것, (四) 말투가 친절한 것, (五) 단어의 뜻이 조화로운 것.

흥미적 가치는 열 명의 전문가들(Dunn · Uhl · Jordan · Huber · Grant and White · Brunner and Curry · Terman and Lima)이 아동작품의 흥미를 연구한 결과를 바탕으로 하여 다음과 같이 열거한다. 이는 작품에 대한 아동의 흥미를 기준으로 삼으면 된다. (一) 희극적 특징이 포함된 것, (二) 인물 · 아동생활 및 가정생활을 묘사하는 것, (三) 기돌(奇突)성이 포함된 것, (四) 동물의 서술이 포함된 것, (五) 긴박한 시국 묘사가 포함된 것.

시간의 제약에 따라서, 오늘 열거한 것은 독단적일 수도 있다. 멀지 않은 시일 안에 보다 섬세하고 풍부한 토론 발표가 있을 것이고, 여러 동인의 참고와 지적을 기대한다.

(三)

아동교육사 사원에게 아동작품을 토론하는 편지 —조언수어 이야기를 사용해도 되는가

(致兒童教育社社員討論兒童讀物的一封信—應否用鳥言獸語的故事)

우이안인(吳研因)

아동교육사(兒童教育社)가 이번에 상하이에서 연회(年會)를 여는 상황이 각 신문에 실렸다. 교육부 우이안인(吳研因) 군도 사원들과 아동작품에 관하여 토론하고자 하는 내용의 편지를 보내 왔다. 우이안인 군은 상중이 군이 연회에서 '조언수어 이야기의 사용'을 반대하는 의견을 개진한 데 대하여 이의를 제기하였다. 원문은 다음과 같다.

여러 동지에게:

연회가 열렸는데 바빠서 출석하지 못해 아쉬웠다. 상하이의 각 신문(20일)은 상중이 선생이 연회에서 말한 '아동작품을 선택하는 기준'에 관하여 탄복하였다. 그러나 작은 부분에서 의문이 든다. 따라서 여러분이 바쁜 중에도 이 편지에 주의를 기울여 줄 것을 바란다. 상중이 선생은 '교재를 선정할 때에는 자연 현상에 걸맞는 사실 혹은 인류 사회의 가치에 부합하는 이야기를 사용해야 함'·'사리에 맞지 않는 신괴(神怪) 이야기를 사용하는 것은 불가함'이라는 주장을 펼쳤는데, 나도 평소에 똑같이 주장하고 있다. 이번 상중이 선생의 주장을 통하여, 우리의 생각에 더욱 더 확신을 가지게 되었다.

하지만 그가 '저학년 아동이 읽는 작품에서 조언수어를 사용할 수 없다'고 단언한 것은 의문이 들 수밖에 없게 한다. 그는 '조언수어'를 '신괴'로 간주하고, 후난성 정부 주석이 '조언수어' 작품을 타파하자고 이야기한다. 물론 사리에 맞지 않는 '신괴' 이야기는 아동으로 하여금 공포(恐怖)·의혹(疑惑)·미신(迷信)을 일으킬 것이기 때문에 취하여서는 안 되지만, 과연 '조언수어'도 '신괴'라고 할 수 있을까? 소위 신괴의 경계는 도대체 어떻게 되는 것일까? 내용은 어떻게 되는 것일까?

내가 보기에는 모 교과서에 수록된 「와분원(瓦盆怨)」에서 귀신이 등장하는 것은 '괴(怪)'이다. 「이랑신이 손오공을 붙잡음」과 같은 이야기는 소위 신(神)과 가까워진다. 그러나 고양이와 개가 말을 하고 까마귀와 참새가 문답하는 이야기들에는 교훈이 담겨 있을 수 있고, 생활을 자술할 수도 있다. 이러한 이야기들 가운데 어느 곳에서 신이 나오고, 어느 곳에서 '괴'가 나오는가?

'조언수어'는 없는 것으로, 작품은 없는 것을 있는 것으로 함이 바로 '신괴'라고 생각하면, 소위 신괴의 범위는 몹시 크지 않을까? 그렇다고 한다면, 「중산늑대(中山狼)」 등의 우화들까지 모두 타도해야 하는 것이다. 또한 「대장운석(大匠運石)」·「공수각연(公輸刻鳶)」·「우공이산(愚公移山)」 등의 이야기도 없애야 한다. 후난성 정부 주석이 가장 숭배하는 성경현전도 대폭 삭제해야 한다. 왜냐하면 「개갈노식우명(介葛盧識牛鳴)」·「공야장지조어(公冶長知鳥語)」도 각각 『좌전(左傳)』·『가어(家語)』에서 출처를 찾을 수 있는 것이다. '제인은 일처일첩이 있다(齊人有一妻一妾)'·'상입순궁(象入舜宮)' 등 역시 '없는 것을 있는 것으로' 할 수 있지 않을까?

논단하고자 하면 예문을 들어야 하는데, 상중이 선생은 말하는 과정에서 실제 교재를 예로 들지 않았다. 소위 사용할 수 없는 조언수어의 범위는 어떻게 되는 것일까?

지금 나는 다음과 같은 질문을 제기한다. 一. 소위 '신괴' 이야기는 무엇일까? 二. '신괴' 이야기는 사리에 맞는지 분별하여 선택해야 하는 것일까? 三. '조언수어'는 '신괴'일까? 사리에 맞지 않는 것일까? 四. 이러한 이야기들은 교육에 있어서 도대체 어떠한 단점이 있을까? 혹은 아무런 관계도 없는 것일까? 五. 상중이 선생은 '조언수어'가 말을 해서는 안 된다고 하는데, 달리 동물의 생활을 진술하는 이야기로 또 무엇이 있을까?

마지막으로 정중히 덧붙이자면, 나는 '순수 신화'에 찬성하지 않는다. 교육부 소학교 국어 과정 잠시시행 기준에는 교재를 선정하는 것에 관하여 "무섭고 우의가 없는 '순수 신화'를 선정해서는 안 된다"는 언급이 있다. 상중이 선생은 나의 의문에 관하여 해명해주시고, 선생이 생각하는 적당한 교재의 예문을 구체적으로 제시하여 주셨으면 한다. 잘 읽어볼 것이며, 선생의 진보를 빈다.

(四)

다시 아동작품을 논하며—우이안인 선생에 답하여

再論兒童讀物—附答吳研因先生

상중이(尙仲衣)

나는 중화아동교육사가 상하이에서 개최한 연회에서 아동작품에 관한 토론을 제기하였는데, 시간이 짧아서 하고 싶은 말을 모두 하지 못하였다. 이번에는 '동화'(신선 이야기 및 기타 환상적 이야기)에 관하여 마음을 기울여 논하고자 한다. 여러분께 오늘 모본(模本)을 제시하도록 하겠다.

아동이 발육 과정에서 실제 환경을 인식하고 자연적 현상을 관찰할 때, 그들을 인도하여 줄 책임이 있는 사람들은 다른 충분한 이유가 없는 한 자연 현상과 충돌하는 관념을 심어주어서는 안 된다. 세상에는 본래 '신괴'가 없으며 본래 조수는 말을 하지 못하기 때문에, 다른 충분한 이유가 없는 한 아동이 읽는 작품에 자연의 사리에 맞지 않는 자료를 포함시켜서는 안 된다.

'충분한 이유의 존재 여부'가 바로 모든 것의 관건이며, 동화를 선택하는 기준이다. 이제 동화의 가치를 신중히 평가하고, 아동이 읽는 작품 가운데 동화가 중요한 위치를 차지하는 이유가 존재하는지 따져보고자 한다. 이유가 있다고 한다면, 다시 그 이유가 충분한지 검증하여 보고자 한다.

동화 가치의 평정

(一) 상상의 계발(啓發)

동화는 전하여 온 지 오래되었고, 많은 사람들이 낡은 규칙에 따라 그 가치에 대하여 묻지 않는다. 가끔 논하는 경우가 있다고 하더라도, '상상 계발'이라는 네 글자 때문에 막히게 된다. 이에 따라 오늘날까지 동화는 아동이 읽는 작품 가운데 중요한 위치를 아직도 차지하고 있으며, 아동이 책을 읽는 시간 중에서도 대부분의 시간을 차지하고 있다. '상상 계발'이라는 것은 가능하지 않다고 증명할 수 없기는 하지만, 가능과 불가능의 사이에 있다고 하겠다. 이에 대하여 다음과 같은 세 가지의 의문이 있다.

(1) 과학 예술 중에서 조직적 · 창조적인 상상(creative imagination)과 기이한 상상(reverie)이 같은 것일까?

(2) 같지 않다고 한다면, 신선 환상 이야기가 불러일으킬 수 있는 효과는 어떤 것일까?

(3) 과연 같다고 한다면, 즉 상상이 생산적이고 창조적인 상상을 불러일으킨다면, 2000년 전부터 전하여졌던 장상절기(長桑絶技)가 왜 중국에서 실현되지 않고 독일의 X-ray로 실현되었을까?

이처럼 동화가 절대로 상상을 계발할 수 없다고 말할 수는 없지만, 과학 이야기와 자연 작품이 불러일으킬 수 있는 상상 능력은 결코 동화보다 부족하다고 할 수 없다. 과학 이야기 속에서 하늘과 땅을 평정하는 이야기는 나타(哪吒) 재현과 안데르센의 꼭두각시들이 재탄생하더라도 경탄하며 부끄러워 할 것이다. 자연 작품 속에서 생물계 종족의 놀라운 환경 적응 방법들은 72변을 할 수 있는 손오공에게 멸시의 웃음을 보낼 것이다.

(二) 흥미를 일으키기

동화를 옹호하는 자들은 아동이 그러한 이야기를 좋아한다고 말하지만, 우리가 알고 있는 것은 많은 아동이 간절하게 '진짜' 이야기를 원한다는 것이다. 아동이 정말 환상적인 작품을 좋아하는지 여부는 장기적으로 객관적 관찰 및 긴밀한 실험을 거쳐야 해명할 수 있는 것이지, 강제적으로 웅변해서 가능한 일이 아니다. 이러한 관찰은 아직 확실한 결과가 없지만, 실험을 통하여 우리에게 적지 않은 지식을 주었다. 최근에 Dunn은 '환상성'에 대하여 정밀하게 탐구한 바 있는데, 이는 흥미를 일으키기는커녕 남자 아이에게는 오히려 반감(反感)을 일으킨다. 그 외에도 작품의 흥미에 대하여 엄밀한 연구를 진행한 Terman·Jordan·Uhl 등이 우리에게 알려준 바에 따르면 '환상성'이 흥미를 일으키는 데 가장 좋은 자료라고 할 수 없고, 또한 취미를 불러일으킬 수 있는 유일한 방법도 아니다. 자연 현상을 위반하지 않는 범위에서 흥미를 유발할 수 있는 방법은 얼마든지 많다.

혹시 Dunn과 Jordan의 탐구가 잘못되었거나 중국아동에게는 맞지 않을 수도 있다고 치자. 그리고 '환상성'이 중국아동의 흥미를 유발할 수 있다고 치자. 그렇다고 하더라도 흥미를 유발하는 것을 우리가 무조건 따를 수 있을까? 교육자가 책임을 다하는 것일까? 아동이 아무리 사탕을 좋아한다고 하더라도, 절제를 시켜야 하는 것은 아닐까? 아동이 마음에 드는 물건을 보고 자신의 것으로 차지하고자 한다면, 안 된다고 해야 하는 것 아닌가?

따라서 '환상성'이 만약 흥미를 일으킬 수 있다고 하더라도, 아동에게 해가 되지 않고 유익해야 취할 수 있는 것이다. 하물며 우리는 '환상성'이 아동의 흥미를 유발할 수 있는지에 관하여서도 의문을 가지고 있다. 또한 '환상성'의 가치 역시 의문스럽고, 위기에 휩싸여 있다.

(三) 교훈 포함

간혹 사람들은 동화의 가치가 글 속에 담겨 있는 우의(寓意)에 있다고 생각한다. 토론의 편리를 위하여 교훈을 담고 있는 작품이 곧 좋은 작품인지에 관하여서는 논하지 않기로 하고, 교육 자체로서는 사실과 가능에 의한 교훈의 효력이 불가능과 환상적인 교훈보다 큰 것으로 보아야 한다고 할 수 있다. 환상의 우의는 경우에 따라서 성인도 받아들이기 어려울 수 있는데, 아동에게는 더욱 그렇지 않을까? 불가능한 자료에 교훈이 담겨 있다고 하더라도, 아동이 그 허위적인 가설을 모두 알고 있을 텐데 효력이 있을까?

이상의 세 가지를 종합하면 동화의 가치가 정말 의문스럽고, 그것이 아동작품 속에서 지위를 유지해야 하는 이유가 충분하지 않다. 소위 '상상 계발'·'흥미 유발'·'교훈 포함' 등은 모두 존재할 수도 존재하지 않을 수도 있다. 반면에 자연 현상을 위반하지 않는 작품은 동화에서 존재할 수도 존재하지 않을 수도 있는 가치가 모두 '존재'한다.

동화의 위기

심리 분석의 관점에 따라 동화는 꿈속의 환경(幻境) 및 심리병태인(心理變態人)의 환상과 가장 가깝다. 성인 역시 환상에 빠지면 심리건강에 해로운데, 아동의 경우에는 더욱 그렇다.

아동이 조년(早年)에 자아의식이 강한데, 이때 교육자가 객관적인 실재(實在)에 적응하도록 도와주어야 한다. 적응하고 있는 그들에게 객관적인 실재를 위반하는 재료를 주면, 소극적인 면에서는 적응을 막을 수 있고 적극적인 면에서는 변태적 적응을 구성할 수 있다. 적응의 첫 걸음에서 교육자가 주의를 기울여야 하는 것은 아동이 조년에 일찍이 환상에 빠지는 심경(心景)을 양성하게 해서는 안 되고, 환상 속에서 만족을 취하고자 하는 취향이 생기지 않도록 하는 것이다.

성인은 책을 읽는 경험에 있어서 험한 세상의 길에 이르러 그 사실에 응할 수 없을 때, 왕왕 두려움 때문에 '환상에 들어가 피하거나'·'만사유천(萬事由天)'·'신 포도'·'단 레몬' 등의 조롱하는 심리가 생기는 것이다. 아동은 책을 읽는 경험이 많지 않아서 복잡한 성인 사회에 적응하도록 도움을 준다고 하더라도 실재 환경에 적응하기 힘들고 변태적인 심경(心境)에 빠질까 봐 걱정인데, 환상에 빠지고 터무니없는 생각을 하면 어떻게 될까?

동화 속의 주인공들은 대부분 우연히 일어난 신기한 협조 덕분에 목표를 달성하는데, 직접적인 노력과 충실한 분투 때문에 행복해지는 일이 매우 적다. 이를 보더라도 대다수의 동화는 탈락시켜야 할 대상이다.

우리가 아동과 사회에 관하여 지는 책임은 아동들로 하여금 충실한 노력으로 자신과 사회의 복리(福利)를 도모하는 것을 가르쳐 주는 것이지, 동화 속에 나오듯이 노력하지 않고 행복을 얻거나 합리적 노력이 결여된 만족을 얻는 것일 수는 없다.

나의 입장

일반인들은 아동 작품을 논하는 경우에 마음속에서 바로 동화(신선 이야기 및 기타 환상적 이야기 포함)를 떠올리고, 계속해서 아동이 읽는 작품과 동화를 혼동하는데 이는 매우 불행한 일이다. 나는 동화와의 작전(作戰) 중에 교육 동지들에게 부탁할 일이 있다.

(一) '아동이 읽는 작품'과 '동화'라는 두 단어를 구별해야 한다. 그리고 동화는 아동이 읽는 작품 중에서 극소 일부일 뿐이다. 동화를 모두 내쫓아도 아동이 읽는 작품에는 아직 넓고 풍부한 무대가 있다.

또한 동화의 가치 및 유폐(流弊)의 분석은 두 가지로 귀납할 수 있다. (갑) 동화의 가치는 매우 의문스럽다. (을) 동화는 의식적인 위기에 처하여 있다.

이처럼 그 가치가 의혹스러울 뿐만 아니라 위기에 처하여 있는 재료를 통하여 아동들의 소중한 시간을 뺏으려고 하는 것이 정말 괜찮은 것일까? 이러한 작품들을 활용하는 것보다는, 동화에 비하여 가치를 겸비하였을 뿐만 아니라 위기에 처하여 있지도 않은 사실 및 가능한 소재의 작품을 활용하는 것이 어떨까?

따라서 (二) 동화가 아동을 점유하는 시간을 최대한 최저한도까지 줄여야 하며, 대부분의 시간은 자연 현상을 위반하지 않는 작품에 양보하도록 도와주어야 한다.

(三) 동화 자체에 대한 요구는 동화의 수량을 대폭 줄이고, 신중히 선택해야 한다는 것이다(이에 관한 선택은 하나의 글로 다시 논할 것이다). 진정한 예술적 가치와 유희 및 흥미를 갖춘 일류 동화만 보류할 수 있다. 예를 들어, Joseph Rudyard Kipling의 『코끼리 아이』와 Hugh John Lofting의 『Doctor Dolittle』 중에서는 전자만 사용할 수 있다.

보유 및 선택에 관한 '차라리 부족한 대로 놓아둘지언정 아무것이나 마구 쓸 수는 없다'는 격언이 있다.

우이안인 선생에 답하여

우 선생은 내가 아동교육사에서 강연한 것에 대하여 지난 달 29일 『신보(申報)』, 30일 『신문보(新聞報)』에 의견을 발표하였는데, 다섯 가지의 질문을 제기하였다. 1, 3, 4번째 질문에 관하여서는 이미 상술하였고, 나머지 두 가지의 질문에 대하여 답하도록 하겠다.

우이안인(질문): '신괴' 이야기도 합리성 여부에 따라 버려야 하는가?

상중이(답): '신괴' 이야기뿐만 아니라 모든 교재 및 독물(익살스러운 자료들 빼고)들은 모두 합리성 여부에 따라 취하든지 버리든지 해야 한다. 성인들이 "비합리적인 것"을 아동들에게 보여줄 권리가 있을까?

우이안인(질문): 상중이 선생은 '조언수어'가 말을 해서는 안 된다고 하는데, 달리 동물의 생활을 진술하는 이야기로 또 무엇이 있을까?

상중이(답): 이 질문을 보면 우이안인 선생은 물어 이외에 다른 동물과 관련된 이야기가 없는 줄 아는 모양이다. 나는 성의껏 우 선생에게 Jean-Henri Fabre의 저작을 추천한다. 그의 저작을 읽으면 더 이상 그러한 의문이 없을 것이다. 또한 우 선생의 마음속에 있는 아동 독물의 새로운 세계를 열어줄 것이다.

(五)

상중이 선생의「다시 아동작품을 논하며」를 읽고 "조언수어"는 확실히 깨뜨릴 필요가 없을 듯

讀「再論兒童讀物」乃知"鳥言獸語"確實不必打破

우이안인(吳研因)

상중이 선생의「다시 아동작품을 논하며」는 "환상성 동화 옹호자"에 대한 답으로서, 내 질문에 대하여서는 그리 원만한 답이 되지 못한 것 같다. 원만하지는 않지만, 그래도 충분하다고 생각한다.

상중이 선생의 대작(大作)을 읽고, 긴장된 기류를 느끼며 지금 중국 소학교의 교과서에 상 선생이 말한 "환상성 동화"가 가득 차 있는 줄 알았다. 그리고 많은 "환상성 동화"의 신도(信徒)가 소리치며 옹호하고 있고, 질문을 하는 내가 마치 "환상성 동화"를 옹호하는 우두머리인 것 같았다. 사실 나는 상 선생에게 다음과 같은 위안의 말씀을 드릴 수 있다. 중국 소학교의 교과서는 미국의 교과서와 같지 않다. 교재에서 "환상성 동화"를 발견하는 것은 쉽지 않고, 국어 교과서에서만 조금 수록되어 있을 뿐 거의 없는 것과 마찬가지이다. 그리고 상 선생은 논문에서 "환상성 동화"의 옹호자가 바로 나라고 지적하였는데, 오해한 것 같다. 나는 아직 영통하지는 못하지만, "환상성 동화"의 충신(忠臣)만 될 수는 없다. 나의 태도는 바로 상 선생과 같다. 나 역시 "신중히 선택하고, 예술적 가치와 유희 및 흥미를 갖춘 일류 동화"를 보유해야 한다고 생각한다. 상 선생이 교육부에서 지정한 소학교 국어 잠행(暫行) 과정 기준에서 국어 선택의 범위 제한을 보셨더라면 이와 같은 오해를 하지 않았을 것이다. 하지만 나는 상 선생의 주장이 그저 마구 제시한 것은 아니라고 생각한다. 중국 소학교의 교과서는 장래에 미국의 교과서처럼 "환상성 동화"로 가득 차게 될 수도 있다. 나 역시 상 선생의 지도를 받아야 할 테고 상 선생도 그렇게 말하니, 우리도 "지극히 신중하게 선택"하는 것이 좋은 일일 것이다.

지금까지는 상 선생이 「다시 아동작품을 논하며」에서 오해하신 부분에 관하여 답을 하였다.

그런데 상 선생은 내게 가장 먼저 답해야 할 "'조언수어'는 '신괴'일까?"라는 질문에 아직 명확히 답을 하지 않았다. 이 점이 내가 생각할 때 무척 원만하지 않은 부분이다.

내 생각에 '조언수어'는 어떤 점에서 작문법 가운데 "의인법"이고, 어떤 점에서는 생활을 설명하는 자연 이야기이다. 이는 『봉신방(封神榜)』·『요재지이(聊斋志异)』의 경우와는 매우 다르다. 이는 '신괴' 이야기라든지 "환상성 동화"와 같다고 할 수 없다. 당연히 많은 "환상성 동화"는 '조언수어'와 무관하지 않다. 그러나 다수의 '조언수어'에는 '신괴'의 요소가 없으며, 환상이 그렇게 가득 차 있지도 않다. 예를 들어, 「빨리 빼꾸기」는 농부를 재촉하는 것이며, 「고양이와 달팽이」(새 국어 교과서 제5권)의 문답은 달팽이의 생활을 말해주는 것이다. 이러한 것들 가운데 '신괴'와 환상을 어디에서 찾을 수 있는가? 상 선생은 지난번에 '조언수어'와 '신괴'를 동일한 것으로 파악하였고, "저학년을 대상으로 '조언수어'를 활용해서는 안 된다"고 단언하였다. 이번에는 '조언수어'와 "환상성 동화"를 동일한 것으로 파악하였다. 또 다른 오해를 한 것 같다. 그러나 이번 논문에서 상 선생은 '조언수어'를 "깨뜨릴 필요가 없다"는 나의 의견에 찬성하는 태도를 보였다. 그는 "동화의 수량을 대폭 줄이고, 신중히 선택해야 한다"면서 "Joseph Rudyard Kipling의 『코끼리 아이』"는 보유해도 좋다고 하였다. 나는 곧바로 『코끼리 아이』를 연구하였다. 코끼리 아이는 타조와 이야기하고, 기린과 이야기하고, 구렁이 및 악어와도 이야기한다. '조언수어'가 있을 뿐만 아니라, '구렁이언악어어'도 있다. 책에서 코끼리의 코는 본래 짧았는데, 악어가 잡아당겨서 길어진 것이다. 여기에는 '신괴'도 있고, 환상성도 있다(역문은 개명출판사서점에서 출간된 『이렇게 이렇게(如此如此)』를 참조하였다). 아직 중국에서는 누구도 감히 이러한 소재를 가지고 소학교 교과서를 만드는 경우가 없다. 그런데 상 선생은 이러한 작품을 보유해야 한다고 하니, '조언수어'를 찬성하는 정도를 놓고 보면 우리보다도 한 걸음 앞장선 것이다. 이것이 바로 상 선생이 '조언수어'를 깨뜨리지 않아도 된다는 것을 인정하는 유력한 증거이다.

상 선생은 나의 "'조언수어'는 '신괴'일까?"라는 질문에 대답하지 않았지만, 실은 이미 '조언수어'를 찬성하고 있는 것이다. 따라서 나는 상 선생의 답변이 원만하지는 않지만, 충분하다고 언급한 것이다.

상 선생이 결국 '조언수어'에 찬성하는 태도를 보인다면, 내가 덧붙여 말할 필요도 없을 것이다. 내가 걱정하는 것은 중국 소학교의 교육계와 소학교의 교육에 관심이 많은 일반인들이 아직 상 선생의 뜻을 잘 모르고, 우리의 논의를 잘못 알아들어 모 성의 정부 주석이 제기한 소위 조언수어를 깨뜨려야 한다는 논조에 동조하게 되면 어쩌나 하는 것이다.

정말 슬픈 것은 중국 소학교의 교과서에 이제 겨우 '아동화(兒童化)'의 취세(吹洗)가 보이는데, 구사회(舊社會)가 즉시 이를 "고양이·개 교과서"라고 부르기 시작한 것이다. 그들은 상 선생의 논조를 잘 모르면서 상 선생도 "고양이·개 교과서"에 반대하는 줄 알고, "천지일월(天地日月)"과 "인수족도(人手足刀)"의 교과서가 부활해야 한다고 주장하는 것이다. 정말 그것이 부활하게 되면, 아동의 손해가 얼마나 클지 알고 있을까?

내가 마지막으로 여러분께 강조할 것이 있는데, 동화는 일부 신화와 물화(신화와 물화 이야기 속에는 동화 요소가 없는 것도 많기 때문에 모두 그런 것은 아님)를 포함한다. 그러나 물화(物話)에도 두 종류가 있다. 하나는 환상성이 있는 이야기, 다른 하나는 자연 이야기이다. 상 선생은 물화에 그다지 찬성하지는 않지만, "자연 이야기"에 대하여서는 그다지 반대하지 않는다. 우리는 나중에 소학교 교과서를 편집하는 과정에서 상 선생의 뜻을 오해하지 말아야 하며, "자연 이야기"를 사용하는 것을 두려워해서는 안 된다. 그리고 나는 상 선생이 스스로 한두 편의 아동독물을 창작하여, 내 마음속에 "새로운 세계"의 실제 모습을 파악할 수 있도록 해주시기를 바란다. 아니면 한두 부의 전국 아동용 교과서를 만들어 주신다면 더욱 더 축하해야 하는 일이고, 전국 아동들을 위하여 기뻐할 것이다.

덧붙여 말하는데 우리 쪽은 지금 자연 이야기('조언수어'도 피하지 않음)가 가득 찬 저학년 국어 교과서를 제작하는 것이 선급하기 때문에, 더 이상 토론할 시간이 없다. 상 선생이 "'조언수어'는 '신괴' 이야기라서 깨뜨려야 하는지"에 관한 문제 외에는 본론과 무관한 언급을 하지 않았으면 한다. 그렇게 하지 않는다면 주제와 몹시 멀어지고, 나는 감히 토론할 수도 없겠다.

제4부_베트남의 아동문학 ● 류티씽

1. 베트남 아동문학의 정착
2. 프랑스 문학의 수용 – 번역, 번안 양상
3. 최초 소년소설 『시골 꼬마』의 탄생
4. 신문잡지를 통한 아동독자와의 만남
5. 식민지 시기의 동요 및 동시
6. 〈핑크 북〉과 자력문단(自力文壇) 문인그룹
7. 현실비판 아동문학의 활약
8. 또 화이의 『귀뚜라미 표류기』
9. 전쟁 시기의 베트남 아동문학
10. 통일 베트남의 아동문학
11. 개방개혁 이후의 아동문학

부록 1_응우옌 공 호안, 「도둑놈」

부록 2_부 딘 롱, 『전파』 신문에 실린 편집자의 인사말

1. 베트남 아동문학의 정착

1) 베트남 아동문학의 '탄생'에 대하여

베트남 아동문학의 정확한 명칭은 '베트남 소아문학(越南 小兒文學, Văn học thiếu nhi Việt Nam)'이다. 현재까지 베트남 문단 그리고 아동문학연구자들 사이에서는 주로 1945년 베트남 민주공화국이 탄생되는 동시에 아동문학도 본격적으로 시작된 것으로 보고 있다. 그렇기 때문에 1945년 이전의 아동문학을 연구 대상으로 하는 작업은 거의 이루어지지 않고 있다. 단지 1945년 이후의 아동문학에 관한 연구를 하면서 1945년 이전의 아동문학도 간단하게 언급하는 몇 편의 논문이 있는 것이 전부이다. 이 시기 아동문학에 대해 『베트남 아동문학(Văn học thiếu nhi Việt Nam)』(2002) 및 『베트남 아동문학 백과서(Bách khoa thư Văn học thiếu nhi Việt Nam)』(2002) 등과 같은 대표적 아동문학 연구서에서는 20세기 전반기 아동문학은 중요하게 인식되지 못했으며 약간의 작품을 제외하고는 대부분의 작품들이 부유 계층 자녀들을 위한 것[1]이었다는 평가로 일관하고 있다.

1 번 타인(Vân Thanh), 『베트남 아동문학 스케치(Phác thảo văn học thiếu nhi Việt Nam)』, 사회과학출판사, 1999: 번 타인, 『베트남 아동문학(Văn học thiếu nhi Việt Nam)』, 김동출판사, 2002; 번

그러나 부유 계층 자녀들을 위한 것이라고 해서 그 작품들이 연구 대상으로서 의미가 없다는 것은 아니다. 게다가 동아시아 나라들의 20세기 전반기라는 시기의 특성상 '대부분 작품들이 부유 계층 자녀들을 위한 것'이라는 현상은 어쩌면 자연스러운 것이라고도 할 수 있으며, 당시 베트남 아동문학에만 해당되는 문제가 결코 아니다. 당시에는 교육이 널리 보급되지도 않았고, 글을 읽을 수 있거나 문학 작품을 접할 수 있는 아동들이 많지 않았던 것은 베트남에만 한정된 것이 아니기 때문이다.

또한 지금까지 남아 있는 아동문학 관련 자료들을 살펴보면 1945년 이전에, 특히 1930년대 중반부터 1940년대 중반까지 발표된 작품들에 등장하는 어린이 주인공들 모두가 부유 계층 어린이인 것만도 아니다. 일반 가정의 자녀 혹은 가난한 집안의 어린이도 많았다. 일반 가정 그리고 가난한 가정 자녀의 모습을 담아내는 작품들이 상당히 나왔다는 것은 그만큼 사회적 공감이 이미 이루어져 있었던 것으로 해석할 수 있다.

1941년에 출판된 또 화이(Tô Hoài, 1920~2014)의 『귀뚜라미 표류기(Dế Mèn phiêu lưu kí)』의 경우는 현재까지도 베트남 아동문학의 '정전'으로 인정받아 왔을 뿐 아니라, 베트남 아동문학 전체를 통틀어 최고라는 평가를 받아왔다. 이외에도 1945년도 이전, 특히 1930년~1945년 사이에 출판된 여러 훌륭한 작품들 또한 여전히 사랑을 받고 있다.

이러한 사실에 비추어 보건대, 베트남 민주공화국이 탄생되는 1945년에 아동문학도 시작되었다고 주장하는 것은 역사적 정치적인 영향력이 지나치게 작용한 결과가 아닌가 싶다. 그동안 아동문학만이 아니라 베트남 (일반) 근현대문학사를 편찬하는 데에 있어서 문학의 내적 발전 흐름보다 사회적 정치적 흐름에 따라 시기를 나누어 서술하는 경향이

타인 · 응우옌 안(Nguyên An) 공저, 『베트남 아동문학 백과서(Bách khoa thư Văn học thiếu nhi Việt Nam)』, 백과사전출판사, 2002: 라 박 리(Lã Bắc Lý), 『어린이문학(Văn học trẻ em)』, 교육출판사, 2002 등 참조

강했다. 그런데 1980년대부터 근현대문학사의 시기 구분 문제가 여러 학자들에 의해 제기되었다. 이후에는 기존의 방식이 아니라 시간적 경과를 고려하면서도 문학적 현상과 그 현상의 전개 과정을 중심으로 서술하는 문학사 저서들이 상당수 나오게 되었다.

그러나 아동문학의 경우는 아직 이러한 작업이 거의 이루어지지 않고 있으며 여전히 베트남 아동문학의 탄생은 해방의 해인 1945년이라고 서술되어 있다. 이런 상황을 감안하여 이 글에서는 베트남 아동문학이 몇 년도에 시작됐다고 서술하기보다는 근대 시기부터 발표된 아동문학 작품들을 토대로 베트남 아동문학의 흐름을 파악하고 베트남 아동문학의 정착과 전개 과정을 살펴보도록 하겠다.

2) 베트남 아동문학의 정착

17세기에 들어와서 프랑스를 비롯한 서양 여러 나라들의 기독교 선교 단체들은 베트남 현지인들을 상대로 더욱 활발하게 선교활동을 했는데 기독교의 교리뿐만 아니라 서양 문화, 문명도 널리 전파하기 위해 힘을 쓰고 있었다. 베트남의 응우엔(Nguyễn) 왕조는 처음에 서양 신부들의 선교활동을 허용해줬다가 나중에 여러 이유를 들면서 금지 조치를 취하게 되었다. 그러자 '기독교 탄압'이라는 핑계로 1858년 9월 1일 즈누이(Genouilly) 제독은 프랑스 해군을 이끌고 다 낭(Đà Nẵng) 항구를 점령했다. 이로써 프랑스는 베트남 식민지화의 첫발을 내디뎠다.

이후 여러 차례에 걸쳐 체결된 조약들로 인해 결국 베트남의 모든 영토는 프랑스의 식민지가 되어 프랑스 관리들의 통치를 받게 되었다. '보호'와 '개화'라는 병풍 아래 프랑스 식민당국은 병원, 도로 등과 같은 공공시설을 건설하고 교육 시스템의 개혁, 그리고 신문잡지의 출간 허용 등을 통해 식민지를 효과적으로 통치하려 했다.

이 과정에서 선교사, 서적 등 여러 통로로 서구의 문명을 더욱 체계적으로 접하게 된 베트남 내에서는 당장 프랑스와 맞서는 것보다 서구 문명을 배워서 국력을 강화하자는 주장을 펼치는 학자들이 점점 많아졌다. 그들은 자립, 자강을 위해서는 남녀노소 구별 없이 신지식을 공부해야 한다고 하면서 권학(勸學)운동을 시작했다. 대표적으로는 응우옌 쯔엉 또(Nguyễn Trường Tộ, 1830~1871), 쯔엉 빈 끼(Trương Vĩnh Ký, 1837~1898), 판 주 찐(Phan Chu Trinh, 1872~1926) 등과 같은 개혁운동가들이 이들에 속한다.

한편, 프랑스 식민당국의 '개화 정책'에 따라 1870년대부터 큰 도시들을 중심으로 전국 각지에서 근대적 학교들이 순차적으로 설립되었는데 학교에서는 주로 불어를 사용하되, 로마자로 베트남어를 표기한 문자인 꾸억 응으(國語, Quốc ngữ, 이후 '국어'라고 함) 및 영어와 한자도 가르쳤다. 점차 정비되어 가는 근대적 교육제도와 더불어서 개혁운동가들의 신식교육 권장운동의 영향으로 학교를 다니는 학생들이 갈수록 늘어났다. 물론 처음에는 도시지역에 사는 중산층 자녀들이 대부분이었다.

이처럼 유아 및 청소년들이 학교제도에 편입되기 시작하면서 성인과 구분되는 독자적인 인격체로 인식되었고, 그들을 위한 읽을거리가 나오기 시작했다. 그런데 초기에는 창작물보다 번역, 번안 출판물들이 더 많았다. 그 중에서도 프랑스 문학 작품들을 번역, 번안한 책들이 대부분이다. 이는 어쩌면 식민지 시기 근대문학의 특징이며 피할 수 없는 결과이기도 하다. 순수 창작물은 아니지만 아동독자들에게 문학의 즐거움을 접하게 해주는 번역, 번안 출판물들의 역할을 부인할 수 없다.

번역, 번안 출판물의 수만큼 많지는 않았지만 프랑스 문학, 특히 프랑스 낭만주의 문학의 영향을 받았을 뿐 아니라 불어로 쓴 창작물들도 출간되었다. 1907년에 출판된 레 반 진(Lê Văn Chinh)의 『뜨 툭의 모험(Les aventures de Tư-Thuk)』을 비롯한 이런 종류의 출판물들은 당시 학생들의 읽을거리이면서 창작의 대상이었다. 이 중에서 가장 좋은 성과로 잘 알려진 것은 1940~1941년에 나온 레 조안 비(Lê Doãn Vỹ, 1912~1947)의 〈어린이 책(Le livre du petit)〉 시리즈이다. 이 시리즈는 『귀신과 학생(Le maqui et l'étudiant)』, 『천사와 악마(Le génie du bien et le génie du mal)』 등과 같은 여러 동화들로 구성되었는데 낭만주의, 심미주의 성격이 강하고 선과 악의 대립구도를 통해 동심을 찬양하는 작품들이다.

이와 같은 불어 책 출판 현상도 역시 식민지 상황이 만들어낸 특이한 산물이었다. 당시 프랑스 식민당국에 의해 설립된 '공립'학교에서는 불어로 수업했는데 학생들은 수업할 때만이 아니라 평소 생활할 때에도 불어를 주로 사용했다. 이러한 학생들을 위한, 그리고 시간이 지난 후 그들에 의해 불어로 된 창작 작품들이 나왔던 것이다. 신교육을 받은 '전문작가 군(群)'을 양성한다는 측면에서 볼 때 이러한 '습작'을 경험으로 삼아 향후 국어로 된 작품을 쓰는 데에 도움이 되는 것이기 때문에 의미가 있다고도 하겠다.

이처럼 창작물들이 많지 않은 근대이행기의 상황에서 어린이의 또 다른 읽을거리로 전래동화집은 하나의 대안으로 활용되었다. 쯔엉 빈 끼는 1866년에 민화집 『옛날이야기(Truyện đời xưa)』를 펴낸 데 이어서 『웃음이 넘치는 이야기(Truyện khôi hài)』도 엮어 출판했다. 민간에서 전해오는 이야기들 중에서 재미있고 어린이들에게 유익한 이야기들을 골라서 국어 표기문자로 다시 정리하여 일종의 전래동화집을 발간한 것이다. 이후 1885년에 후인 띤 꾸어(Huỳnh Tịnh Của, 1834~1907)는 「재산 때문에 싸우는 형제들(Anh em ruột tranh gia tài)」, 「금을 구하는 거지(Ăn mày xin vàng nén)」, 「땀이 나는 부처님(Phật đổ mồ hôi)」 등과 같은 옛날이야기들을 모아서 112편의 이야기로 구성된 전래동화집 『심심풀이 하는 이야기(Chuyện giải buồn)』를 출판했다.

쯔엉 빈 끼와 후인 띤 꾸어가 주로 여러 개의 짧은 이야기들을 모아 엮었다면, 응우옌 쫑 투엇(Nguyễn Trọng Thuật, 1883~1940)은 민간에서 전해오는 이야기에서 모티프를 끌어와서 한 편의 소설 형식으로 창작했다. 그는 베트남에서 원래 없던 수박이 어떻게 생겼는지에 대한 내용을 담은, 베트남 현대 최초의 모험소설이라고 불리는 『빨간 수박(Quả dưa đỏ)』을 1925년에 발표했다. 『빨간 수박』은 '개지진덕회(開智進德會, Hội Khai Trí Tiến Đức)'에서 주는 일종의 문학상을 받기도 했다.

이와 같은 전래동화집들은 민간에서 전해 내려오는 옛날이야기를 바탕으로 구성되어 있지만, 선별하고 다시 정리하는 과정에서 작가의 창작 행위의 흔적이 분명히 있다. 게다가 국어라는 표기문자로 다시 쓰이고 근대적인 출간 형식으로 출판되어 판매된 것이다. 창작물들이 부족한 시절에 아동독자들을 달래주는 이 전래동화집들의 역할이 적지 않았다고 봐야 할 것이다.

한편, 프랑스의 식민지로 전락하게 된 직후부터 베트남 국내외에서 의병운동과 항불 항전이 끊임없이 일어났다. 앞서 언급한 '서구 문명을 배워서 국력을 강화하자'는 주장과는 정반대로 '프랑스 식민주의와 맞서 싸워 조국의 독립을 되찾자'고 주장하는 애국운동자들에 의해 조직된 독립운동들이다. 그 중에서 가장 대표적인 예는 바로 똔 텃 투옛(Tôn Thất Thuyết, 1839~1913)이 주도한 근왕운동(勤王運動)과 판 보이 쩌우(Phan Bội Châu, 1867~1940)가 이끄는 동유운동(東遊運動)이다.

근왕운동 및 동유운동을 비롯한 독립운동은 일본과 중국 인사들과 연대하면서 다양한 신서(新書)와 신문(新聞)들을 베트남 내에서 대거 유통시키는 계기가 되었다. 개혁적 풍토를 조성시켰고 개혁적 사상을 갖고 있던 진보적인 사대부들에게도 많은 영향을 끼쳤다. 그들은 특히 애국운동과 민중계몽운동에 있어서 청소년들의 중요한 역할을 깨달았고 한편으로 신문 · 잡지라는 대중매체의 필요성도 인식했다. 그리하여 아동을 독자적인 인격체로 인정하였고, 창작할 때도 아동독자를 인식하기 시작했다. 이는 근대이행기 베트남 사대부들의 중대한 변화였다.

특히 당시 일본에 체류하면서 동유운동을 주도하던 판 보이 쩌우가 청소년들의 애국심을 일깨우고 독립운동에 대한 적극적인 참여를 유도하기 위해 작성한 『해외혈서(海外血書, Hải ngoại huyết thư)』(1906)는 계몽성 및 운동성이 강한 글이지만 분명히 청소년 독자를 염두에 두고 쓴 장편 서사시이기에 '아동독자 인식'이라는 측면에서 볼 때 굉장히 큰 의의를 가진다. 『해외혈서』에 이어서 판 보이 쩌우는 『진장군(眞將軍, Chân tướng quân)』(1917) · 『팜 홍 타이(Phạm Hồng Thái, 1924)』와 같은 위인전, 그리고 『청년절(青年節)을 축하하는 노래(Bài ca chúc Tết thanh niên)』(1927)라는 장문의 시도 펴냈는데 모두 소년 내지 청소년들을 염두를 두고 쓴 글들이다. 아울러서 판 보이 쩌우와 함께 활동하던 사대부들도 청소년들을 향해 쓴 글들을 대거 발표했다. 이 시기 베트남 아동문학에서 이처럼 운동성과 계몽성, 이념성을 강하게 띤 것은 또 하나의 특징이라고 할 수 있으며 독립운동 전개 과정이라는 맥락에서 이해될 수 있다.

창작을 통해 청소년들에게 애국심을 호소하는 일에만 그치지 않고 진보적인 사대부들은 학생들을 선발해 일본으로 유학시키는 사업을 더욱 적극적으로 진행하는 동시에 국내에서도 아동, 청소년들을 상대로 신지식을 배우도록 전국 각지에서 권학(勸學)운동을 조직적으로 펼쳤다. 같은 뜻을 가진 사람들끼리 사비를 걷고 중산층의 후원금을 받아 1907년 하노이에 본교를 둔 동경의숙(東京義塾, Đông Kinh nghĩa thục)이라는 일종의 사립학교를 만들어 학생들에게 무료 교육을 제공했다. 본교가 성공적으로 운영되자 여러 분교들이 각 지방에서 순차적으로 설립 운영되었다.

동경의숙은 일본 계몽사상가 후쿠자와 유키치(福澤諭吉, 1835~1901)가 설립한 게이오의숙(慶應義塾)을 모델로 삼아 만들어진 것이다. 유신(維新)운동의 일환으로 설립된 이 학교는 교육 환경 및 내용 등 여러 측면에서 프랑스 식민당국에 의해 만들어진 '공립'학교와는 다른 형태의 근대 교육기관이다. 이러한 무료 교육 덕분에 부유 계층 자녀들뿐만 아니라 많은 일반 아동청소년들도 교육의 혜택을 받을 수 있게 되었다. 동경의숙은 당시 아동을 노동으로부터 분리시켜 학교제도에 편입시키는 데에 중대한 기여를 했다. 다시 말해서 아동문학의 독자층을 형성하는 데에 큰 역할을 했다고 할 수 있다.

그리고 근대 저널리즘의 중요성을 인식한 계몽운동 지식인들이 언론매체의 발전에 힘을 쓴 것도 아동문학을 보급하는 데에 도움이 되었다. 개혁운동 기관지격인 『남풍잡지(南風雜誌, Nam phong tạp chí)』(1917)를 비롯하여 독립운동 기관지격인 『청년(靑年, Thanh Niên)』(1925), 여성운동 기관지격인 『부녀신문(婦女新聞, Phụ Nữ Tân Văn)』(1929) 등에서 어린이를 위한 읽을거리들이 실린 지면이 마련되었다. 그 사이에 아동 전문 신문잡지들도 발행되기는 했지만 오래 가지 못할 정도로 큰 성과를 얻지 못했다. 그러다가 1930년대 들어서 『신소년(Tân Thiếu Niên)』(1932), 『학생(Học Sinh, 1934)』, 『도련님(Cậu Ấm, 1935)』 등 아동 전문 신문잡지들이 발간되면서 아동문학의 새로운 장이 마련되고 아동문학에 활력을 불어넣게 되었다. 그 성과를 이어받아 창간된 『전파(傳播, Truyền Bá)』(1941)와 『젊은 시절(Tuổi Trẻ)』(1943) 등 아동 전문 신문잡지들은 마침내 예술적 아동문학의 면모를 갖추어가게 되었다.

이처럼 프랑스의 식민지로 전락한 베트남 내에서는 '우선 프랑스를 배워서 자강해지자'는 개혁운동, 그리고 일본·중국과의 연대를 통해 '먼저 독립을 되찾자'는 해방운동이 동시에 존재했는데 다행히도 서로 크게 충돌하지는 않았다. 아동을 노동으로부터 분리시켜 학교에 편입시키고자 한 권학(勸學) 과정을 볼 때나 개혁 및 애국운동의 전달과 보급수단으로 활용하고자 신문잡지를 발전시킨 측면에서 볼 때 오히려 개혁운동과 독립운동은 서로 보완해주는 관계였다고 할 수 있다.

이러한 배경에서 형성된 베트남 아동문학은 프랑스 사상과 문학의 영향도 받았고 다른 한편으로는 계몽성, 운동성도 굉장히 강했다는 특징을 지니게 된다. 이와 같은 특징들은 보기에 따라 베트남 아동문학의 장점, 혹은 단점으로 보일 수도 있다. 그러나 중요한 것은 작가가 작품 속에서 그 특징들을 어떻게 승화시키느냐에 따라 작품의 완성도가 달라진다는 것이다. 결국 여러 '시행착오'를 겪은 후 1920년대 후반부터 마침내 아동독자들을 위한 좋은 예술적 아동문학 창작들이 나오기 시작했다. 소년소설 『시골 소년(Cậu bé nhà quê)』(1925), 생활동화 「도둑놈(Thằng ăn cắp)」(1932), 환상동화 「신비한 물고기(Con cá thần)」(1939), 장편동화 『귀뚜라미 표류기(Dế Mèn phiêu lưu kí)』(1941) 등 장르마다 훌륭한 작품들이 대거 출현한 것이다.

2. 프랑스 문학의 수용

—번역, 번안 양상

가장 일찍이 프랑스 문학을 번역하고 소개한 사람으로 알려져 있는 쯔엉 민 끼(Trương Minh Ký, 1855~1900)는 1884년에 라퐁텐(La Fontaine)의 우화 16편과 다른 서양 여러 작가들의 단편 12편을 산문으로 번역하여 『국어로 번역된 프랑스 작품집(Truyện Phansa diễn ra quốc ngữ)』이라는 제목으로 출간했다. 2년 후에 같은 제목으로 라퐁텐의 우화 150편을 산문과 운문의 형식으로 번역해서 소개했다. 프랑스 문학을 알리려는 이러한 노력 때문인지 그는 프랑스 한림원의 훈장(Officier d'académie)을 받기도 했다. 동시에 베트남 국문학 연구자들로부터는 당시 국어의 보급에 기여했다는 좋은 평가를 받았고 아동독자들에게 읽을거리를 제공해줬다는 인정을 받았다.

쯔엉 민 끼를 뒤이어 1913년부터 프랑스 문학 작품 및 비평을 적극적으로 소개한 작가가 있는데 바로 팜 꾸인(Phạm Quỳnh, 1892~1945)이다. 아동, 청소년을 위한 읽을거리를 출판하는 활동으로 그는 데카르트(Descartes), 에픽테드(Epictète), 꼬르네느(Corneille), 보들레르(Baudelaire) 등과 같은 프랑스 작가들의 유명한 문학작품을 번역하여 소개했다. 이후 『남풍잡지(南風雜誌, Nam phong tạp chí)』(1917)의 발행을 주도한 그는 이 잡지를 저작의 발표 무대로 삼고 다양한 문학 활동을 했는데, 계속해서 어린이들이 읽을 만한 작품들을 번역 소개했다.

쯔엉 민 끼의 번역 작업을 모델로 삼고 활동한 또 다른 작가인 응우옌 반 빈(Nguyễn Văn Vĩnh, 1882~1936)은 우선 라퐁텐의 우화를 국어로 완역하여 1916년에 출간했다. 그러고는 프랑스 문학의 고전을 소개하려는 목표로 1927년에 뒤마(A. Dumas)의 『삼총사(Les trois Mousquetaires)』, 페늘롱(Fénélon)의 『텔레마코스의 모험(Les aventures de Télémaque)』을 번역 출간했다. 다음 해에 발자크(Balzac)의 『나귀 가죽(La peau de chagrin)』 및 위고(Hugo)의 『레미제라블(Les Miserables)』, 그리고 몰리에르(Molière)의 『평민 귀족(Le Bourgeois Gentilhomme)』을 비롯한 희극 4편 등을 번역해서 출판하는 데에 주력했다. 이들 중에서 뒤마의 『삼총사』는 당시 청소년 독자들에게 대단한 인기를 얻었다고 한다.

번역하는 작업에 그치지 않고 프랑스 문학작품에서 모티프를 끌어오거나 영감을 얻어 개인적인 상상력을 동원하여 창작하는 경우들도 있었는데, 그중에 가장 잘 알려진 사람은 바로 호 비에우 짜인(Hồ Biểu Chánh, 1885~1958)이다. 그는 소설, 시, 희극, 수필, 비평, 번역 등 다양한 방면에서 활발한 활동을 펼친 작가이지만 그 어느 활동보다도 프랑스 대표 작가들의 작품을 번안한 작가로 더 유명했다. 1912년부터 그는 뒤마의 『몬테크리스토 백작(Le Comte de Monte Cristo)』, 엑토르 말로(Hertor Malot)의 『집 없는 아이(Sans Famille)』, 위고의 『레미제라블(Les Mirérables)』, 마르셀 바그뇰(Marcel Pagnol)의 『토파즈(Topaze)』 등을 대상으로 삼아 번안하여 여러 신문잡지를 통해서 발표했다.

이상에서 소개한 당시 지식인들의 주요 번역 번안 활동들을 살펴보면 가장 눈에 띄는 것은 '외국 문학의 수용'보다 프랑스 문학 작품들을 번역하는 작업이 절대다수였다는 것이다. 심지어 영국 작가 조너선 스위프트(Jonathan Swift)의 『걸리버 여행기(Gulliver's Travels)』을 번역할 때도 응우옌 반 빈은 『Les voyages de Gulliver』라는 불어판을 이용해서 번역했을 정도였다.

물론 위에서 언급한 경우들만큼 지속적으로 활동한 것은 아니지만 간간이 한두 권씩 번역 혹은 번안한 사람들도 많았다. 그리고 단행본이 아니라 신문잡지의 지면을 이용해서 외국의 단편동화들을 번역하는 경우까지 말하자면 그 숫자는 더욱더 많았을 것이다. 중국과 일본, 인도 등 여러 나라의 옛날이야기, 동화, 소년소설들이 소개된 것도 사실이다. 그런데 그들의 이러한 단편 번역 번안들까지 다 포함한다 해도 프랑스 문학 작품을 대상으로 하는 번역 번안의 비중이 절대적이었다.

이처럼 프랑스 문학에 편중된 현상은 어린이들을 위한 번역서의 출판에만 국한된 것이 아니라 당시 전체 번역 도서 출판의 공통적인 특징이면서 한계라고 할 수 있다. 개혁을 위해 서양의 진보적 사상, 근대적 과학기술에 관련된 저서들을 비롯해서 거의 모든 영역의 책을 번역 소개하는 바람이 거센 시기였지만 현실적으로는 불어 외에 다른 서양 나라들의 원어로 된 책을 번역할 수 있는 사람이 극히 적었기 때문에 생긴 현상이었다. 게다가 언론 및 출판은 프랑스 식민당국의 검열·관리 아래 놓여 있었고 프랑스 식민당국은 자국의 문화를 알리는 정책을 적극적으로 시행하던 시기였으므로 어쩌면 당연한 일이었는지도 모른다. 어린이들이 읽을 만한 외국 문학 작품의 번역도 이러한 사정으로 인해 편중되었던 것이다. 1870년대부터 근대적 신식학교를 다니기 시작한 학생들을 포함해 아동독자들을 위한 읽을거리가 필요했지만 전문적인 아동문학 작가는 아직 형성되지 못했고 불어 외의 다른 언어의 어린이 책을 번역할 수 있는 인력도 거의 없었기 때문이다.

그러나 이와 같은 한계를 지니고 있음에도 불구하고 아동독자들에게 읽을거리를 제공하고 문학의 즐거움을 접하게 해준 번역·번안 출판물들의 역할을 부인할 수는 없다. 이러한 번역·번안들을 읽고 '문학청년'

의 꿈을 꾸게 되고 이후 전문 아동문학작가가 되는 경우가 많았으니 작가군을 양성하는 차원에서 볼 때도 큰 의미가 있다고 할 수 있다.

3. 최초 소년소설 『시골 꼬마』의 탄생

식민지시기에 아동들이 읽을 만한 단행본은 그리 많이 나오지 못했다. 1920년대에 출간된 단행본은 더욱 적었다. 그 귀한 단행본들 중에서 가장 빛이 나는 것은 바로 응우옌 런(Nguyễn Lân, 1906~2003)이 1925년에 발표한 소년소설 『시골 꼬마(Cậu bé nhà quê)』이다. 당시 20살에 불과한 응우옌 런은 아직 학생인 탓에 작품을 다 썼지만 출판할 수 있는 여건이 좋지 않았다. 고민 끝에 형수님에게 부탁하여 출판 자금을 마련했다. 초판에 1,000권을 발행했는데 얼마 되지 않아 판매가 바로 완료되었다. 이렇게 해서 탄생된 응우옌 런의 처녀작(處女作) 『시골 꼬마』는 베트남 아동문학사에 큰 획을 그었을 뿐만 아니라 더 나아가 베트남 현대문학사에서 현실비판 경향 문학의 최초의 소설로 남게 되었다.

특히 이 소년소설은 1934년에 알프레드 부셰(Alfred Bouchet, 1877~1952)에 의해 불어로 번역되어 『Le Petit campagnard』라는 제목을 달고 단행본으로 새로이 출판되었다. 당시 프랑스 식민당국이 설립한 공립학교들에서 문학과목 참고서로 사용되기도 하고 이 작품의 일부가 발췌되어 교과서에 실리기도 했다. 프랑스 문학의 수용에 대해 검토하는 부분에서 살펴본 것처럼 근대 식민지 시기에 아동문학을 비롯하여 베트남 근대문학은 프랑스 문학의 영향을 많이 받았고 불어 책이 국어로 대거 번역 출판되었다. 『시골 꼬마』처럼 역으로 프랑스 사람에 의해 불어로 번역 출판되는 것은 아주 특별한 경우이다.

『시골 꼬마』는 77쪽 분량인 소년소설인데 줄거리는 그리 복잡하지 않다. 이 작품은 주인공 김(Kim) 꼬마가 겪은 여러 고난, 그리고 그러한 역경들을 이겨내서 결국 행복하게 살게 되는 과정을 주된 내용으로 삼고 있다. 김 꼬마는 농촌에서 생활하던 가난하지만 화목한 가정의 아들이다. 부모와 함께 일을 아무리 열심히 해도 가난에서 벗어나지 못하는 그는 어느 시골에서나 쉽게 볼 수 있는 평범한 소년이다. 그러던 어느 날 나쁜 사람들 때문에 억울하게 누명을 쓰게 된 그의 아버지가 감옥생활을 하게 된다. 그 사건으로 인해 김 꼬마의 어머니는 충격을 크게 받아 쓰러져 그만 숨을 거두고 만다. 그때부터 김 꼬마는 수많은 고난을 겪어야만 했다. 고향 시골에 혼자 남겨진 김 꼬마는 남의 집에 들어가서 심부름 노릇을 하게 된다. 집주인 아주머니에게 구박을 받다가 결국 참지 못하고 시골을 떠나 도시로 간 그는 시장에서 옷장사도 하고 부두에서 막노동도 한다. 힘이 들지만 그는 언제나 맑고 밝고 열심이어서 주변 사람들에게 늘 사랑을 받는다. 그러다가 마침내 좋은 사람을 만나서 그의 후원으로 전부터 원하던 공부를 하게 되고 행복하게 살 수 있게 된다. 『시골 꼬마』의 내용은 간단한 편이라고 할 수 있다.

소년소설 『시골 꼬마』가 독자들과 비평가들로부터 높은 평가를 받을 수 있었던 것은 여러 가지 이유 때문인데 가장 많이 언급된 이 작품의 장점은 당시 베트남 농촌의 상황을 현실감 있게 잘 그려낸 것이다. 시골의 풍경을 묘사한 부분도 인상적이지만 그보다도 가난 대물림의 근본적인 원인에 대한 생각을 갖게 하는 것이 더욱 의미 깊다. 게다가 김 꼬마의 아버지가 누명을 써서 억울하게 잡히는 장면이나 관리가 뇌물을 받고 불공평하게 재판을 진행하는 장면 등도 깊은 인상을 남긴다. 아동독자들에게는 주인공이 역경을 이겨내는 모습도 좋고 친구들과의 우정을 그리는 장면도 감동적이다. 안 좋은 일을 당해서 혼자가 되는 김 꼬마가 허우(Hậu)라는 같은 또래 친구의 집에서 심부름 노릇할 당시 생기는 일을 잠깐 살펴보자.

그 날, 어디를 갔다가 돌아오자마자 집 가운데 있는 평상에 펄썩 주저앉아 심각한 고민에 빠진 듯하는 어머니의 모습을 본 허우는 또 노름 때문이구나 눈치채고 거실에 있는 것이 아무래도 안 되겠다 싶어서 작은 방으로 들어가려는 참이었다. 바로 그때 허우는 김이 그릇장에 있던 국그릇을 잘못 건드려 국그릇이 땅바닥에 떨어져 쨍그랑 하고 깨지는 것을 목격했다. 허우는 순간적으로 "아이고, 고양이, 고양이가 그렇게 돌아다니면 어떻게? 김아, 네가 바로 고양이를 쫓아가서 한 대 때려줘라"라고 큰 소리로 외쳤다. 허우는 김이 어머니에게 맞는 일을 막기 위해 그릇을 깬 것이 고양이 짓인 것처럼, 그렇게 말을 돌렸다.[2]

노름 때문에 돈을 잃은 허우의 어머니는 그렇지 않아도 화가 나 있는데 그릇을 깬 사람이 김이라는 사실을 알면 분명히 김에게 화를 많이 낼 것이다. 사실 그릇이 문제가 아니라 노름 때문인데 힘이 없는 김 꼬마는 아무 말도 못 하고 크게 당하게 될 상황이었다. 김이 집주인 어른에게 부당하게 당할 난처한 순간에 허우라는 아이는 친구를 도와주어 그 상황에서 벗어나게 해준 것이다. 큰 사건이 아니더라도 아동독자들에게 깊은 감동을 가져다 줄 수 있는 부분이다.

이 소년소설은 점점 더 심해진 착취 때문에 농민들이 농촌에서 살지 못하고 도시로 오게 되는 당대 사회의 심각한 문제점도 날카롭게 짚어낸다. 이처럼 당대의 사회적 문제를 바르게 인식하고 그것을 작품의 주

---

2 응우옌 런(Nguyễn Lân), 『시골 꼬마(Cậu bé nhà quê)』, Franco-asiatique출판사, 1925, 59면.

제로 삼은 한편, 전근대 시기의 글쓰기 형식과는 완전히 다른 새로운 글쓰기를 통해 『시골 꼬마』는 근대 현실비판 경향 소설의 새로운 면모를 보여 주었다는 인정을 받는다. 소년소설로써 이 작품이 주인공을 통해서 어린이들에게 자립심을 키우게 하고 가정의 소중함을 알게 해주는 것도 좋은 평가를 이끌어낸 중요한 요소이다.

약 천년 동안 한자를 쓰고 한문문화권에 속해 있다가 로마자로 베트남어를 표기한 문자인 국어(國語, Quốc ngữ)를 쓰기 시작함에 따라 국어문학도 이제 막 출발하는 시기에 나온 작품이기 때문에 『시골 꼬마』는 언어 사용 등 여러 면에서 한계가 있다. 그럼에도 불구하고 이 소년소설은 아동문학이 자랑할 만한 소중한 자산임에 틀림없다.

4. 신문잡지를 통한 아동독자와의 만남

1) 일반 신문잡지 속의 아동문학

20세기에 들어오면서 동유운동 및 개혁운동의 영향으로 일본 · 프랑스를 포함해서 외국으로 유학 가는 학생들이 급증했다. 이를 막기 위한 하나의 방법으로 1907년에 프랑스 식민당국은 법과대학, 이과대학, 의과대학, 문과대학 등 여러 단과대학을 둔 종합대학인 동양대학교 (Université Indochinoise, Viện Đại học Đông Dương, 지금의 하노이국립대학교)를 설립했다. 문과대학 학생들은 재학 때부터 문예창작 활동을 시작한 경우가 많았다. 그 중에서 많지는 않지만 아동문학을 창작하는 작가들도 있었다. 그런데 그들이 자신들의 창작을 발표할 무대가 마련되어 있지 않았다.

게다가 날이 갈수록 아동독자가 점점 증가하고 문학을 향유하는 욕구가 더욱 강해졌다. 당시 단행본으로 나온 아동문학 창작집들도 있기는 하지만 양으로 보면 극히 적었다. 그 정도로는 아동독자의 요구를 충족시켜주지 못했다. 그래서 아동 전문 잡지들이 출현되기 전에는 대부분 아동문학 창작들은 일반 신문잡지를 통해 발표되곤 했다.

1910년대에는 『남풍잡지(南風雜誌, Nam phong tạp chí)』(1917)와 같은 개혁

운동 기관지에 아동을 위한 읽을거리가 자주 실렸지만 번역 번안의 비중이 컸고 창작의 경우는 많지도 않았을 뿐만 아니라 '예술성'보다 '교훈성'이 더 강했다. 1920년대부터는 더 많은 신문잡지들이 아동문학 작품들을 위한 지면을 내주었다. 독립운동 기관지격인 『청년(青年, Thanh Niên)』(1925), 여성운동 기관지격인 『부녀신문(婦女新聞, Phụ Nữ Tân Văn)』(1929), 『부녀시담(婦女時談, Phụ Nữ Thời Đàm)』(1930), 그리고 문예 신문잡지들인 『신청잡지(新青雜誌, Tân Thanh tạp chí)』(1931) · 『토요소설(Tiểu Thuyết Thứ Bảy)』(1934) · 『오늘날(Ngày Nay)』(1935) · 『소설신문(小說新聞, Báo Tiểu thuyết)』(1939) · 『지신(知新, Tri Tân)』(1941) 등이 대표적이다. 여기에서 발표된 창작물들의 작품성도 점점 높아졌다. 게재한 후 단행본으로 출판되거나 작가의 선집 혹은 전집에 수록되는 경우도 많았다. 예술성을 기본으로 하되 각각 신문잡지들이 지향하는 목적에 따라 운동성과 교훈성이 좀 더, 혹은 좀 덜 했다.

신문 『청년』은 처음에 주간으로 발행되었는데 나중에 재정난으로 인해 3주에 한 번 나오게 되었다. 그리고 매호에 아동문학 창작이 나오는 것도 아니었다. 여기에서 실린 아동물들은 양으로 보면 산문보다 운문이 더 많았고 '잠에서 깨어나라', '일어나라' 등의 내용으로 대부분 아동 청소년의 애국심을 깨우려는 '선전적'이고 '운동성'이 강했다. 나중에 이 독립운동의 맥을 이은 『월남독립(越南獨立, Việt Nam Độc Lập)』(1941)에도 아동을 위한 지면이 마련되었다.

『부녀신문』도 역시 지향하는 바가 명확한 신문이었다. 여성운동 기관지로서 신여성상을 제시하고 가정 및 아동에 관한 사회적 문제까지 챙겼다. 한 호에 보통 30페이지 정도 되는데 그 중에서 3페이지는 '아동코너(Phần Nhi đồng)'로 사용되었다. 이 코너에서는 신지식, 정보를 알기 쉽게 잘 설명하고 국내외의 '신동', '영재' 및 세계적 유명인들의 어린 시절을 재미있게 소개하고 효심 · 형제간의 우애 · 친구간의 우정 · 어린이의 역할·남녀평등·권학 등 교훈적인 짧은 논설이 실리고 마지막으로 간단한 그림과 함께 동시, 동화들을 넣어주었다. 특히 전근대 시기의 국사를 운문 형식으로 여러 호로 나눠 조금씩 연재했는데 아이들이 쉽게 외우도록 노래성이 강한 운문을 선택한 것 같다. 그리하여 아동독자들에게 민족의 영웅, 위인들에 대해 알 수 있는 기회를 제공했다. 전래동화, 생활동화, 환상동화 등 구분 없이 실었고 중편 및 장편의 경우는 여러 호로 나눠 연재했다. 물론 교훈성이 강하지만 같은 시기의 다른 신문잡지에 비해 노골적이지 않고 오히려 '재미'가 더 있었던 듯하다.

이 지면을 통해서 아동문학 각 장르의 좋은 작품들이 발표되었다. 생활동화 「떤 꼬마(Thằng Tân)」(1929), 동시 「거미와 누에(Con nhện và con tằm)」(1929)·「앵무새(Con kéc)」(1930), 환상동화 「말할 줄 아는 나무(Cây biết nói)」(1931) 등이 바로 이 코너에 게재된 것이다. 『부녀신문』의 '아동 코너'처럼 『부녀시담(婦女時談, Phụ Nữ Thời Đàm)』(1930), 『신청잡지(新青雜誌, Tân Thanh Tạp Chí)』(1931), 『권학(勸學, Khuyến Học)』(1935) 등에서도 아동 전용 지면이 마련되어 아동문학 작품들의 발표 무대 역할을 맡아주었다.

2) 아동 전문 신문잡지 속의 아동문학

베트남의 경우는 아동 전문 신문잡지들의 출현이 다른 동아시아 국가들에 비해 늦은 편이다. 1930년대에 창간된 가장 대표적인 아동신문으로는 『신소년(Tân Thiếu Niên)』(1932), 『학생(Học Sinh)』(1934), 『도련님(Cậu Ấm)』(1935), 『소년 친구(Bạn Thiếu Niên)』(1937) 등이 있다. 이 아동신문들은 모두 어린이 종합교양지이지만 처음부터 '문예'가 중심이었다. 근대적인 지식, 정보를 제공하고 국내외 위인들을 소개하고 전국 학생들에 관한 소식을 전하는 내용이 나오지만 비중이 크지 않았다. 그에 비해 아동문학의 지면이 더 많았다. 때로는 번역 번안도 실리지만 창작동요, 동화,

동극이 대부분이었다.

1932년에 창간된 『신소년』의 주필을 맡은 레 짱 끼우에(Lê Tràng Kiều, 1912~1977) 문학비평가 옆에는 부 쫑 풍(Vũ Trọng Phụng, 1912~1939) 소설가 및 응우옌 느역 팝(Nguyễn Nhược Pháp, 1914~1938) 시인, 휘 통(Huy Thông, 1916~1988) 시인 등이 있었고 당대 유명한 작가들의 참여도 대단했다. 그 덕분에 여기에서 게재한 작품들의 문학성, 예술성이 한층 높아졌다. 발간사 측은 내용과 함께 그림, 글씨체, 색감 등 형식 측면에도 신경을 많이 썼다. 그와 동시에 아동독자들과의 소통도 중시했다. 청소년 독자들 중에는 열광적으로 좋아하는, 일종의 팬(fan)들도 생겼다고 한다. 신문사의 사무실에 찾아가 작품에 대한 이야기를 나누다가 신문의 배달과 판매에 도움을 주겠다고 요청해서 담당자를 놀라게 하는 열정적인 학생 독자들에 관한 이야기도 전해졌다. 아동독자와의 교류에 관한 이 일화는 문학사에서 거의 처음 있는 일이었다.

주간신문인 『도련님』은 1935년 3월 20일에 창간하여 매주 수요일마다 나오는데 처음에는 남학생들만 주독자로 삼고 발간했다가 나중에 남녀 구분 없이 모든 아동의 벗이 되겠다고 해서 5월 15일에 『도련님 아가씨(Cậu Ấm Cô Chiêu)』로 개명했다. 한 호에 20페이지 이상인 이 신문은 첫 페이지와 마지막 페이지에 항상 응우옌 반 틴(Nguyễn Văn Thịnh) 화가의 「세 소년의 모험(Ba đứa trẻ mạo hiểm)」이라는 그림동화를 실었는데 대단한 인기를 얻었다고 한다. 이 신문을 통해 발표된 동시와 환상동화들에 대한 평가는 좋은 편이다. 그런데 생활동화의 경우는 아동 주인공들이 대부분 부유 계층의 아이들이고, 반대로 상대 아동 인물들은 이름부터 생김새까지 하나같이 촌스럽고 못났으며 거의 다 비웃음의 대상으로 나온다. 그 때문에 이 신문은 부유 계층의 자녀들만 위한 것이며 민족 현실과 거리가 있다는 비판을 받아왔다.

그후에 창간된 아동 전문 신문잡지들은 『신소년』과 『도련님』의 단점을 보완하고 장점을 살려서 더욱 완성된 모습을 보여 주었다. 특히 1930년대 후반부터 아동독자들의 연령층에 대한 고민이 시작되었다. 신문사 측은 유아부터 청소년까지 나이에 따른 독자의 관심사가 다르기 때문에 신문잡지의 내용과 형식도 달라져야 한다는 것을 인식했던 것 같다. 그리하여 아주 뚜렷하지 않지만 유아·소아·소년 각각 연령별 신문잡지들이 발간되기 시작했다. 『소년 친구(Bạn Thiếu Niên)』(1937)의 경우는 소년 내지 청소년독자층을, 『어린이(Trẻ em)』(1941)는 소년독자층을, 그리고 『아동화본(Nhi Đồng họa bản)』(1941)은 더 어린 연령의 독자층을 위한 매체로 자연스럽게 자리를 잡았다. 『소년 친구』와 『어린이』는 비교적 긴 생활동화와 환상동화의 비중이 더 컸고, 이에 비해 『아동화본』에는 동요, 동시가 더 많았고 전래동화도 더 자주 실렸다.

어린이신문 『어린이』.

실제로 보면 아직 분명하게 구분된 것이 아니지만 이와 같은 독자의 연령에 대한 고민 및 세분화 작업은 선구적이며 바람직했다. 그 전에 『학생(Học Sinh)』(1934) 신문이 학생들을 주독자로 삼고, 『도련님(Cậu Ấm)』(1935) 신문이 처음에 남학생을 주독자로 삼아 이른바 성별 및 신분·계층별로 구분하는 시도와는 다른 차원이었다.

3) 신문 『전파』·잡지 『젊은 시절』과 신민 문인회

이상에서 살펴본 것처럼 1930년대에 들어오면서부터 각 신문잡지의 편집진이 지향하는 바에 따라 이에 게재된 아동문학 작품의 색깔도 분명해지고, 더 나아가 독자의 연령에 따른 세분화 과정도 시작되고, 아동문학 각 장르들도 정착되어가고 있었다. 무엇보다 작품들의 완성도가 점점 높아졌다. 이 성과를 이어받아 1940년대에 창간된 아동 신문잡지들은 더욱 발전할 수 있었다. 신문 『전파(傳播, Truyền Bá)』(1941)와 잡지 『젊은 시절(Tuổi Trẻ)』(1943)은 바로 그 대표적인 예라고 할 수 있다. 이 신문잡지들도 아동 전문 신문잡지에 속하지만 식민지 시기의 대표적인 아동문학 작품들을 대거 소개한 신문잡지이기 때문에 따로 살펴보기로 한다.

『전파』는 처음에 매월 10일과 25일에 나왔는데 나중에 매주 목요일마다 발행된 아동 종합교양지이다. 창간 당시 편집자인 부 딘 롱(Vũ Đình Long, 1896~1960) 극작가는 '교육'에 염두를 두겠다고 했다. 그러나 따분한 교훈이 아니라는 것도 분명히 밝혔다. 한 호에 보통 36페이지 정도 되는데 거의 창작동화와 소년소설, 아동극들의 발표 무대로 활용된 것을 보면 분명히 '문예'가 중심인 신문이다. 이 신문은 동시보다 동화와 동극을 더 위주로 삼은 것도 하나의 특징이다. 매호에 아동독자들을 위한 유익한 한두 개의 짧은 기사들도 있지만 아동극이나 단편동화(생활동화와 환상동화 포함)의 전문, 그리고 장편동화 혹은 소년소설의 일부를 연재했으니 아동문학의 지면이 월등하게 많았다. 창간부터 계획된 것이었다. 『전파』의 편집자 부 딘 롱은 첫 호에 실린 인사말을 통해 이 신문의 목적 및 구성에 대해 이렇게 밝혔다.

> 『전파』는 행복한 어린이들의 신문이다.
>
> 『전파』의 모든 창작과 기사들은 이 하나의 목적에만 집중한다. 바로 교육이다.
>
> 교육, 그것뿐이다. 그런데 따분하지도 않고 딱딱하지도 않고 재미있게 교육시킬 것이다. 어린이 친구들은 놀면서 공부할 수 있게 될 것이다.
>
> 평소 아동교육에 대해 관심을 갖고 계시던 많은 기자님, 작가님들은 우리와 손

을 잡을 것이다. 우리는 꽃이 필 세대를 위해 유익한 일을 하고 싶다. (…중략…)

『전파』에는 신작 소년소설이 실린 부분 이외에 어린이들이 공부하고 세상을 알아가는 데에 유익한 기사들과 유머코너도 마련되었다. 매호에 전래동화 한 편 혹은 여행이나 모험, 유명한 인사에 대한 기사가 있을 것이다. 어린 친구들은 또한 여기에서 스트레스를 풀어줄 많은 수수께끼들 및 다양한 놀이에 대한 소개와 해설도 찾을 수 있을 것이다.

어린이들이 재미를 느껴 계속 읽고 싶어 하도록 신문의 대부분은 신작 소년소설을 위한 지면으로 활용된다. 다른 코너들은 작은 글씨로 준비되지만 이 신문의 상당히 중요한 부분임에 틀림없다.[3]

이 신문을 통해서 식민지 시기 베트남 아동문학의 대표적인 수많은 작품들이 발표되었는데 그 배경에는 신민(新民, Tân Dân) 문인회가 있었고, 교사 출신 편집인이자 신민출판사의 사장인 부 딘 롱의 노고가 있었다. 신식 학교를 졸업한 후 교사로 재직하다가 동양(Indochine)교육청에서 일하던 부 딘 롱은 베트남 최초의 희극으로 인정받고 있는 「독약(Chén Thuốc Độc)」을 1929년에 발표하면서 등단했다. 이후 더욱 활발한 창작활동을 계속한 그는 본인 및 주변 문인들의 창작품을 출판하기 위해 출판사를 차렸고 신민(新民, Tân Dân)이라는 이름을 지었다. 신민출판사와 손을 잡은 유능한 작가들이 점점 많아졌고 그들을 중심으로 신민 문인회가 형성되었다. 회원들의 창작품은 신민 출판사를 통해 발표되곤 했고 회원 수는 146명에 이르면서 당대 가장 큰 규모의 문인회였다.

부 딘 롱의 주도로 1934년에 창간한, 소설 중심 주간신문 『토요소설(Tiểu Thuyết Thứ Bảy)』의 성공에 힘입어 신민 문인회는 1936년에 주간문예신문 『익 흐우(Ích Hữu)』와 반월간문학잡지 『보통반월간(Phổ Thông Bán

3 부 딘 롱(Vũ Đình Long), 「인사의 말씀」, 『전파』, 1941.08.25.

Nguyệt San)』, 1939년에 월간문학잡지 『따오 딴(Tao Đàn)』 등을 이어 창간했다. 게다가 1938년부터 〈좋은 작품들(Những tác phẩm hay)〉이라는 타이틀로 소설을 두 달에 한 권씩 출판했다. 그러다가 20년 동안 교육자로 일해온 부 딘 롱은 아동독자를 위한 문학 중심 신문잡지를 창간하려고 같은 뜻을 가진 동료 작가들을 모아서 『전파』와 『젊은 시절』을 만들었다. 그래서 이 신문잡지들은 아동 종합교양지이지만 문예지 성격이 강한 것이다.

부 딘 롱 및 신민출판사의 경영 원칙에 대해 신민 문인회의 회원인 부 방(Vũ Bằng, 1913~1984)은 "문화의 발전을 위하고, 대중에게 즐거움을 주고, 지식을 전달하기 위한" 것이라고 하면서 "다른 출판사들이 경쟁할 수 없도록, 그리고 모든 독자들이 구매할 수 있도록 신문 값을 최대한으로 낮게 책정하고 가장 관심이 가는 독자층은 바로 아동과 여성독자들이었다."[4]라고 회상했다. 출판 사업이 잘되면서 출판사 측은 작가 회원들에게 작품을 제안할 때 대부분 미리 원고료를 지급하고 더 나아가 권학운동에 후원하고 매년 우수한 학생들에게 장학금을 수여했다. 출판사를 믿고 창장활동에 집중할 수 있는 환경이 마련된 것이다. 덕분에 신민 문인회의 회원들이 더욱 활발한 창작을 할 수 있었다. 이것이 아동 신문잡지 『전파』와 『젊은 시절』의 발전에도 영향을 끼쳤다.

부 딘 롱과 신민 문인회의 물심양면으로 지원한 덕에 『전파』 신문과 『젊은 시절』 잡지는 큰 발전을 이룰 수 있었다. 가장 도움이 된 것은 아마도 인재 지원일 것이다. 당시 『전파』의 필자로 활동한 작가들은 당대 가장 유능한 작가들이다. 『전파』의 첫 호에 레 반 쯔엉(Lê Văn Trương, 1906~1964)의 소년소설 「천리마(Con thiên lý mã)」(1941)를 실었고, 2호에 응우옌 공 환(Nguyễn Công Hoan, 1903~1977)의 생활동화 「명예적인 상(賞)(Phần thưởng danh dự)」(1941), 3호에 또 화이(Tô Hoài, 1820~1914)의 단편 환상동화

4 부 방(Vũ Bằng), 『부 방 선집(Tuyển tập Vũ Bằng)』, 1권, 문학출판사, 2000, 362면.

「귀뚜라미(Con Dế Mèn)」(1941)를 게재하며 아동독자들의 뜨거운 관심을 받아냈다. 이어서 극작가 텀 떰(Thâm Tâm, 1017~1950) 및 부 방(Vũ Bằng), 응옥 자오(Ngọc Giao, 1911~1997), 타인 쩌우(Thanh Châu, 1912~2007), 남 까오(Nam Cao, 1915~1951) 등 수많은 유능한 작가들의 작품을 게재했다. 오늘날 베트남 아동문학의 정전으로 꼽히는 근대 작품들 중의 다수가 이 아동신문을 통해 발표된 것들이다.

『전파』를 통해 발표된 수많은 작품들 중에서 이후에 같은 출판사에서 단행본으로 출판되기도 하고 작가의 전집 혹은 선집에 수록되어 다시 아동독자들을 만나기도 했다. 또 화이의 장편동화 『귀뚜라미 표류기』(1941)는 처음에 2회로 나눠서 연재하다가 인기를 얻자 나중에 다시 수정하여 단행본으로 나온 경우이다. 같은 작가의 환상동화 「개와 고양이(Chó với mèo)」(1942), 생활동화 「세 형제(Ba anh em)」(1942), 환상동화 「사마귀 무사(Võ sỹ bọ ngựa)」(1943) 등도 나중에 단편선집에 수록되었다. 응우옌 공 환의 「귀신 이야기(Chuyện ma)」(1941), 응옥 자오의 「모험가 – 쭝꼬마(Dũng, nhà thám hiểm)」(1942), 떰 떰의 「꽃 9송이(Chín bông hoa)」(1942)와 「양자(養子, Đứa con nuôi)」(1944) 등도 이후 각각 선집에 수록되었다.

이처럼 『전파』가 좋은 성과를 내자 1943년에 부 딘 롱 및 신민 문인회는 『젊은 시절』 아동잡지를 이어 창간했다. 이 잡지는 『전파』와 똑같은 목적으로 만들어졌는데 형식상 약간 달라졌다. 각 호에 보통 80쪽으로 페이지 수를 늘렸고 예쁜 색감의 아기자기하고 귀여운 삽화로 표지를 꾸몄다. 매호에 긴 소년소설이나 장편동화 하나를 게재, 혹은 연재하거나 여러 단편들을 실었다. 창작 아동문학을 위주로 하는데 예외적으로 번역물을 게재하기도 했다. 이 잡지에 투고한 작가들은 위에 소개한 『전파』에 활동한 작가들과 거의 동일하다. 작품들의 완성도 역시 높았다. 레 반 쯔엉의 소년소설 「비엣 꼬마의 형제들(Anh em thằng Việt)」(1943)는 2회로 나눠서 연재했다. 텀 떰의 「명마(名馬)를 돌보는 사람(Người giữ ngựa)」

(1944) 및 「봄의 소리(Tiếng mùa xuân)」(1945), 그리고 응옥 자오의 「젊은이의 이야기(Truyện người trẻ tuổi)」 등도 이 잡지의 성과라고 할 수 있다.

그런데 여기에서 한 가지 유의해야 할 것은 『전파』 및 『젊은 시절』은 아직 장르에 대한 구분이 분명하지 않았다는 것이다. 물론 산문과 운문의 경우는 명확하게 구별되고 있지만 '동화'와 '소년소설'의 장르 구분은 아직 잘 안 되고 있었다. 환상을 바탕으로 하든, 현실을 바탕으로 하든 산문 장르는 모두 '소년소설'로 표현되고 있었다. 이상에서 인용한 『전파』 신문의 첫 호에 실린 부 딘 롱 편집자의 인사 글에서도 아동 산문 작품들을 일괄해 '아동을 위한 소설(tiểu thuyết)'로 지칭하고 있었다. 같은 시기 다른 동아시아 국가들의 경우에 비해 장르 구분이 많이 늦은 편이다.

5. 식민지 시기의 동요 및 동시

앞에서 일반 신문잡지 및 아동 전문 신문잡지를 통해 발표된 아동문학 작품들에 대해 살펴보았다. 이를 통해 당시 베트남의 역사·사회적 배경이나 문단의 분위기, 근대문학의 흐름, 아동문학의 주요 특징 등을 어느 정도 이해할 수 있을 것이다. 동요 동시라고 해서 크게 다른 것은 없었다. 게다가 운문보다 산문을 위주로 하는 신문잡지도 있기는 했지만 그런 경우가 아닌 일반적인 신문잡지에 실린 작품들을 검토하는 과정에서 산문 운문을 구별하지 않고 전체적으로 살펴보았기 때문에 이 시기의 동요 동시는 이미 규명된 셈이라고 할 수 있다. 그렇기 때문에 여기서는 이 부분에 대해 반복해서 서술하지 않고 동요집 동시집으로 출판된 경우들만 집중적으로 살펴보기로 한다.

재차 언급한 것이지만 식민지시기에 단행본을 내는 작가는 많지 않았다. 대부분의 창작품들은 일간지 혹은 아동 신문잡지를 통해서 발표되곤 했다. 단행본으로 나온 소년소설과 동화들도 적은데 동요나 동시의 경우는 더욱 드물었다. 이러한 상황에서도 얇기는 하지만 동시를 2권이나 출판한 작가가 있는데 바로 딴 다(Tản Đà, 1889~1939) 시인이다. 1913년에 등단한 딴 다는 문학 창작을 생업으로 삼는 첫 근대 작가이자 자유시 창작의 선구자로 유명하다. 그는 성인문단에서 활발한 활동을 펼치는 동시에 중간 중간에 아이들을 위한 작품들도 발표했다.

딴 다는 1919년에 『여섯 살이 되다(Lên sáu)』라는 제목으로 한 권의 동시집을 출판했다. 24페이지밖에 안 되는 얇은 책인데 여러 동시들을 모아 만든 것이 아니라 장문의 동시 한 편으로 이루어져 있다. 베트남에서 초등학교에 입학하는 나이는 만 6살인데, 딴 다는 처음으로 학교 교육을 받게 되는 초등학생들에게 하고 싶은 말들을 노래성이 강한 운문의 형식에 담은 것이다. 이 동시는 이렇게 시작된다.

국어책
우리나라말
아이들
모두 공부해

입으로 읽고
귀로 잘듣고
졸리지 말고
서두르지 마[5]

한국어로 직역한 것이라 감이 오지 않을 수도 있는데 베트남어는 6가지의 성조가 있기 때문에 원문으로 읽으면 노래하는 것처럼 들린다. 다시 말해서 언어 사용 측면이나 노래성 활용 측면에서 볼 때 성공적이라고 생각할 수 있는 동시이다. 그런데 권학운동 및 부모에 대한 효심, 형제에 대한 우애 강조 등의 내용을 보면 교훈성이 강한 동시라는 것을 쉽

5 딴 다(Tản Đà), 『여섯 살이 되다(Lên sáu)』, 1절, Tonkinoise 출판사, 1919.

게 알 수 있다.

다음 해에 딴 다는 계속해서 같은 형식으로 창작된 『여덟 살이 되다(Lên tám)』를 출판했다. 이 두 권의 동시집은 학교에서 교과서로 사용되었는데, 당시 교과서로 채택된 책들 중에서 가장 문학성이 뛰어나다는 평가를 받았다. 그런데 『여덟 살이 되다』에는 프랑스가 베트남을 문명화시켜 주는 은인이라는 내용이 들어 있다. 이 구절 때문에 이후 딴 다는 많은 비판을 받기도 했다. 이 두 동시집 외에도 딴다는 같은 시기에 활동하는 다른 작가들처럼 여러 일간지와 아동 신문잡지들을 통해서 동시를 종종 발표했다.

이후 한동안 동시집의 출판이 뜸하다가 1928년에 새로운 동시집이 등장했다. 교사 출신으로 평소 아동에 대해서 관심을 갖고 있던 응우옌 반 응옥(Nguyễn Văn Ngọc, 1890~1942) 작가가 『아동낙원(兒童樂園, Nhi đồng lạc viên)』이라는 동시집을 발간한 것이다. 이 동시집은 여러 짧은 동시들을 모아 만든 것이다. 출판할 때 작가는 책의 서문에서 아래와 같이 밝혔다.

> 어린이들이 즐겁게 먹는 것처럼, 즐겁게 노는 것처럼, 즐겁게 대화하는 것처럼 공부도 즐겁게 할 수 있기를 바란다. 나는 어린이들에게 공부하는 데에 좋은 선물을 주고 싶다. (…중략…) 이 책을 가지고 독해 책으로 쓸 수도 있고 노래노트로 써도 된다.[6]

여기에서 '즐겁게(vui)'라는 말을 일부러 여러 번 반복한 것은 작가가 교훈이나 운동(이념)보다 재미를 더 중시한다는 것을 보여 주기 위한 것이다. 작가가 바라는 대로 이 동시집이 출판되자마자 여기에 수록된 여러 동시들이 당시 국문 교과서(Quốc văn giáo khoa thư)에 실리게 되었다. 식

6 응우옌 반 응옥(Nguyễn Văn Ngọc), 『兒童樂園(Nhi đồng lạc viên)』, 서문, 1928.

동요집 『아이들이 노래하면 놀다』.

민지 시기라는 특수한 환경이다 보니 자칫 운동성이나 교훈성이 강한 것은 어쩌면 자연스러운 것이라고 생각하기 쉬운데 응우옌 반 응옥이 어린이들의 입장에서 생각해 재미를 중요하게 인식하며 창작에 임한 것은 바람직하다고 볼 수 있다.

동요집의 경우는 식민지 시기에 나온 동요집들 중에서 응우옌 반 빈(Nguyễn Văn Vĩnh, 1882~1936)의 『아이들이 노래하며 놀다(Trẻ con hát, trẻ con chơi)』가 가장 뛰어난 것이라고 할 수 있다. 응우옌 반 빈은 1932년부터 본인이 주필하는 『새로운 만남(L'Annam Nouveau, Nước Nam mới)』이라는 신문에 동요들을 조금씩 소개했다. 당시 그 신문을 통해서 응우옌 반 빈은 음운, 가락을 잘 사용하여 아이들이 쉽게 배워서 친구들과 노래하면서 놀 수 있게 하는 것이 목적이었다고 밝혔다. 그러나 살아생전에 동요집을 내지 못한 채 작고한 지 7년 후인 1943년이 되어서야 이 동요집이 ALEXANDRE DE RHODES출판사에서 출판하게 되었다. 초판은 10,200부를 발행했다. 이 동요집은 아이들이 좋아할 만한, 여러 지역에서 전해져 온 노래들을 모아 놓고 있어 아동독자들의 많은 사랑을 받아왔다.

6. 〈핑크 북〉과 자력문단(自力文壇) 문인그룹

자력문단(自力文壇, Tự Lực Văn Đoàn)은 1932년에 소설가 니엿 린(Nhất Linh, 1906~1963)의 주도로 조직된 문인그룹인데, 'Groupe littéraire de ses propres forces'라는 불어 이름으로도 불리고 있다. 앞에서 언급한 『전파』 아동신문을 주관하는 신민 문인회와 다르게 이 문인그룹은 회원을 많이 받지 않았다. 처음에는 니엿 린을 포함해서 소설가 카이 흥(Khái Hưng, 1896~1947), 소설가 황 따오(Hoàng Đạo, 1907~1948), 시인 테 르(Thế Lữ, 1907~1989), 소설가 타익 람(Thạch Lam, 1909~1942), 시인 뚜 머(Tú Mỡ, 1900~1976) 등 6명이었는데 나중에 수언 지에우(Xuân Diệu, 1916~1985) 시인이 가입하면서 총 7명이 되었다. 이후에는 더 이상 회원 가입을 받지 않았지만 그룹의 기관지인 『퐁 화(Phong Hóa)』(1932) 주간 문학신문에 비회원들의 작품도 게재했다.

이 문인그룹이 조직될 당시 그룹의 활동 및 목적, 규칙에 대한 '선언문'까지 만들었는데 요약하자면 신식 교육을 바탕으로 신문학을 창조하고자 할 뿐 아니라 자각적인 창작활동을 권장하겠다는 뜻을 밝히고 있다. 그들은 또한 프랑스를 중심으로 하는 서구 문화를 받아들여 전통문화와 융합시킴으로써 베트남의 문화 수준을 높여야 한다고 주장했으며,

이를 실천하기 위해 신문·잡지를 적극 활용하고자 했다. 특히 프랑스 문학에서 뛰어난 소설, 시, 희극 등 다양한 분야의 작품을 많이 번역해서 소개했고 여러 유명한 프랑스 작가 및 그들의 작품에 대한 작가론과 작품론도 썼다. 대부분 회원들이 프랑스 낭만주의 문학의 영향을 받았다. 이와 같은 특징들은 그들이 창작한 아동문학 작품에도 반영된다.

자력문단은 베트남 근대문학의 발전에 큰 기여를 했을 뿐만 아니라 아동문학사에도 중요한 업적을 남겼다. 1939년에 자력문단 문인그룹은 어린이들을 위한 〈핑크 북(Sách Hồng)〉 시리즈를 출간하기 시작했다. 〈핑크 북〉은 프랑스 출판사 Larousse의 어린이를 위한 핑크 책(Les livres roses pour la jeunesse, 1909년~1939년, 총 719권)에 착안해 정해진 이름이다. 이 시리즈에 속한 도서들은 1945년 폐간될 때까지 2달에 한 권씩 꾸준히 출판되었다. 자력문단의 위상, 그리고 작품의 높은 완성도 덕분에 아동독자들의 뜨거운 사랑을 받아 판매 부수가 당대 최고 수준이었다. 약간 차이가 있기는 하나 보통 1만 권씩 발행하곤 했는데 금세 다 나갔다고 한다. 이 시리즈에 참가한 작가들은 자력문단 문인그룹의 회원들 중심이었지만 때로는 비회원일지라도 아동문학에 관심 있는 유능한 작가들에게 의뢰하기도 했는데 그런 경우는 그다지 많지 않았다.

〈핑크 북〉 시리즈 제1권.

이 그룹의 회원들 대부분이 프랑스 낭만주의 문학의 영향을 받은 탓에 그들이 창작한 작품에도 낭만주의 색체가 내포되는 경향이 많다. 그래서 〈핑크 북〉 시리즈의 작품들을 읽어 보면 어른과 달리 언제나 맑고 순수하고 때가 묻지 않은 어린이의 아름다운 마음을 그리고 있는 공통점을 발견할 수 있다. 또한 애상적 경향이나 탐미적 경향, 그리고 감각적 경향도 두드러지게 나타나고 있다. 그렇기 때문에 이 시리즈는 일부 문학비평가들로부터 당대 민족 현실과 거리가 멀다는 비판을 받기도 했다.

1939년에 출판된 황 따오의 환상동화 『신비로운 물고기(Con cá thần)』에 나오는 주인공은 어촌에 사는 민(Minh)이라는 13세의 소년인데 용왕의 아들을 도와주는 대가로 받아온 용왕의 금고를 개인 자신을 위해 쓰지 않고 어머니와 상의한 후 마을 아이들을 위한 학교를 세우는 데에 쓰기로 한다. 1940년에 나온 카이 흥의 아동극 『소원의 책(Quyển sách ước)』에서도 하오(Hảo)라는 소녀 주인공이 나비를 죽음에서 구해 준 대가로 책 한 권을 받았는데 그 책을 보고 자신의 소원을 말하면 모두 성취되는 신비한 책이다. 하오는 그 책을 이용해서 몸이 불편하거나 갑작스럽게 사고를 당한 마을 사람들을 도와주며 행복하게 살게 된다. 이 시리즈의 모든 작품들이 다 그런 것은 아니지만 이러한 동심 찬양 경향이 다른 문인그룹의 작품보다 더 강한 것은 사실이다. 이는 〈핑크 북〉의 큰 특징이며 다른 어린이 도서들과 차별되는 것이기도 하다.

〈핑크 북〉을 시작한 후 자력문단 문인그룹은 아동독자를 위한 『梅花(Hoa Mai)』, 『봄꽃(Hoa Xuân)』, 『청춘(Tuổi Xanh)』 등과 같은 신문, 잡지들도 만들었는데 〈핑크 북〉 만큼 잘되지 않아 오래가지는 못했다.

7. 현실비판 아동문학의 활약

1930년대 초반부터 프랑스 제국은 심각한 경제난에 빠져들었다. 이러한 공황 국면은 베트남 경제에 직접적인 영향을 끼쳤다. 프랑스 식민당국은 세금을 2, 3배 올리는 등 모든 분야에서 착취를 더욱 강화해 갔다. 빈궁에 빠져 가정이 파탄에 이르는 일이 빈번하게 일어났다. 이러한 현실이 문학에도 큰 영향을 미쳤다. 이 시기 현실비판 계열의 문학이 어느 시기보다도 더욱 거세게 일어난 이유가 여기에 있었다.

한편, 1936년에 프랑스 인민전선이 국내에서 정권을 잡게 되자 식민지 각국을 위한 민주적인 자유권을 확대해 가기 시작했다. 베트남에서는 신문 · 잡지 등의 검열이 한층 완화되었다. 따라서 문단에서는 다양한 목소리들이 함께 공존하는 시기를 맞이할 수 있었다. 이때는 토론 풍토도 잘 형성되어 있어 1930년대 중반부터 이념 논쟁이 가장 뜨겁게 진행된 시기이기도 하다. 예술은 예술을 위한 것인가 인생을 위한 것인가라는 화두로 문단 안팎에서 폭넓은 논쟁이 벌어졌다. 이러한 분위기는 당시 아동문학에도 반영되었는데 '현실비판 아동문학'(리얼리즘 아동문학 혹은 계급주의 아동문학의 또 다른 이름이며 베트남에서 더 자주 쓰는 표현)의 성장에 좋은 환경을 만들어 주었다.

현실비판 경향의 아동문학은 작품을 통해서 독자들에게 식민지 사회의 현실을 보여줌으로써 식민지당국의 착취정책과 관료들의 부패를 고발하는 일반문학 현실비판 계열의 성향을 그대로 이어받았다. 그외에 다른 점이 있다면 가정에서는 부모님한테, 학교에서는 선생님한테 억압과 학대를 받는 아이들의 모습을 그리는 것이다. 농민과 도시빈민 출신 아이들의 비참한 현실을 생생하게 그렸지만 어떠한 해결책이나 출구를 제시해 주지 못하고 독자들을 절망적인 상황으로 몰아넣었다는 것이 단점으로 인식되어 비판을 받기도 했다.

「도둑놈」의 작가 응우옌 공 호안.

현실비판 아동문학의 대표적인 작품들을 많이 쓴 작가로는 응오 떳 또(Ngô Tất Tố, 1894~1954), 응우옌 공 호안(Nguyễn Công Hoan, 1903~1977), 부 총 풍(Vũ Trọng Phụng, 1912~1939), 남 까오(Nam Cao, 1917~1951), 응우옌 홍(Nguyên Hồng, 1918~1982), 또 화이(Tô Hoài, 1920~1937) 등을 들 수 있다. 그 중에서도 남 까오는 당시 가장 활발하게 활동한 작가로 꼽을 정도로 발표한 작품의 수도 가장 많다.

성인문학 작가로 1936년에 등단한 남 까오는 1937년 생활동화를 발표한 이래 더욱 꾸준히 아동문학 창작활동을 해서 「가난(Nghèo)」(1937), 「대장장이(Người thợ rèn)」(1940), 「어린이는 개고기를 먹으면 안 된다(Trẻ con không được ăn thịt chó)」(1942), 「어머니가 돌아가신 날부터(Từ ngày mẹ chết)」(1943), 「집 청소하는 방법을 배우다(Bài học quét nhà)」(1943), 「배부르게 먹는 한 끼(Một bữa no)」(1943), 「아이들은 배고픈 줄 모른다(Trẻ con không biết đói)」(1944), 「이웃집 사람 이야기(Chuyện một người hàng xóm)」(1944) 등 많은 생활동화들을 발표했다. 그의 작품들은 대부분 신문잡지를 통해 아동독자들에게 선보이고 난 후에 다시 단편집의 형태로 출판되었다.

남 까오의 작품 분위기는 약간 어두운 편이다. 주인공 아동들은 거의 다 시골의 가난한 집안의 아이이거나 도시에서 사는 파산 직전의 중산층 가정의 아이로 나온다. 「어머니가 돌아가신 날부터」는 닝(Ninh)이라는 어린 소녀 주인공의 눈으로 보는 가정 파탄하는 과정을 그리는 단편 생활동화다. 주인공의 어머니는 3년 전에 병에 걸렸는데 치료할 돈이 없어서 결국 죽음을 맞게 된다. 그후에 아버지는 자주 집을 비운다. 아버지에게 마음에 든 여자가 생겼다는 소문이 있는데 나중에 그녀가 부유한 남자에게 시집을 가버렸다는 소식을 듣는다. 아버지는 한 달씩 집을 비우기 시작한다. 어린 주인공은 꼬마 동생까지 챙겨줘야만 했다. 배가 고파서 이웃집에 가서 얻어먹는 날도 있지만 그냥 굶는 날들이 더 많다. 그러던 어느 날 아버지가 도박으로 큰돈을 잃었다는 말을 들게 된다. 얼마 후에 험하게 생긴 낯선 사람들이 집을 허물겠다고 찾아온다. 힘없는 어린 주인공이 "엄마, 엄마" 하며 큰 소리를 내며 우는 장면으로 이야기가 끝난다.

남 까오의 「집 청소하는 방법을 배우다」는 홍(Hồng)이라는 어린 소녀에 대한 이야기다. 만으로 4살밖에 안 되는 홍은 한 중산층 가정에서 부모님의 사랑을 받으며 살고 있었는데 어느 날부터인가 출판계에서 일하는 아버지의 사업이 어려워져서 빚이 많아지자 홍의 생활이 달라지기 시작한다. 가정부 언니를 내보내는 바람에 홍은 엄마의 심부름을 맡아 하게 된다. 맛있는 간식이나 식사할 때 늘 식탁에 올라오던 고기, 계란을 더 이상 먹지 못하게 되고 게다가 아무런 잘못이 없어도 하루 종일 엄마한테 야단을 맞아야만 한다. 그러던 어느 날, 엄마가 느닷없이 홍에게 집 청소를 시킨다. 서투른 홍의 모습을 보고 화가 난 엄마가 어린 딸을 때리며 "이렇게 해라"라고 소리 치더니 결국 미친 듯 울기 시작한다. 그날 밤, 경제 문제 때문에 받은 스트레스로 인해 죄 없는 홍에게 화를 낸 것을 후회한다는 부모님의 말을 우연히 듣고는 소리 없이 눈물을 흘린다.

남 까오의 작품에만 이러한 무겁고 어두운 분위기가 연출되는 것은 아니다. 응우옌 공 호안의 「뜨 비엔 배우(Kép Tư Bền)」(1933), 「늙은 말(Con ngựa già)」(1938) 및 응우옌 홍의 「두 예술가(Hai nhà nghề)」(1938), 『어린 적 나날들(Những ngày thơ ấu)』(1938, 장편), 그리고 또 화이의 「떨어져버린 편지(Lá thư rơi)」, 「풀(Cỏ dại)」(1943), 「가난한 집(Nhà nghèo)」(1944) 등에서도 비슷한 답답하고 해결하지 못할 것 같은 어려운 상황에 빠진 아동 주인공들이 나온다. 그리고 현실비판 경향 아동문학 작품들 대부분은 죽음이나 울음으로 끝나는 것도 유의해야 할 공통점이다. 이는 높은 강도의 고발인 동시에 깊은 절망의 표현으로도 해석할 수 있기 때문이다. 이 특징은 다른 경향의 아동문학 작품들과 차별화되는 대목이기도 하다.

응우옌 홍의 『어린 적 나날들』.

응우옌 홍의 「두 예술가」는 가정도 없이 자기의 힘으로 돈을 벌어 살아가는 아이들의 이야기다. 이 생활동화의 주인공은 가족, 친구 없이 혼자서 여기 저기 돌아다니면서 장터, 공터 등에서 서커스를 공연해서 돈벌이를 하며 살아가는 한 소년이다. 구경하는 사람들이 기립박수를 하며 더 보여 달라고 재청을 하지만 공연이 끝나면 다들 제 길로 가버리고 돈을 주지 않는다. 그렇지만 다른 일을 할 수 있는 상황도 아니기 때문에 소년은 어쩔 수 없이 계속 힘든 나날을 보내고 있다. 어느 날, 공연이 끝나기도 전에 관객들이 어디론가 다 가버린다. 알고 보니 근처에서 칼놀림으로 구경꾼을 유혹하는 중국계 아이가 나타난 것이다. 주인공도 그 아이의 공연을 보려고 가까이 간다. 뛰어난 재능으로 멋진 공연을 선사했지만 공연이 끝나자마자 사람들이 다 사라져 버려서 그 아이도 역시 한 푼도 못 받는다. 그 광경을 보는 주인공은 목이 메어 아무 말도 못한다.

또 화이의 「가난한 집」은 가이(Gái)라는 농촌 소녀에 대한 슬픈 이야기다. 가난한 집의 맏딸인 가이는 빈곤 때문에 사소한 일에도 싸우게 되고 서로 죽이겠다며 매일같이 말다툼하는 부모님의 눈치를 많이 보는 아이다. 평소와 같이 부모님의 싸움을 보다가 가이는 저녁 반찬을 마련하려고 식용 개구리를 잡으러 나간다. 시간이 지나도 딸이 안 들어오자 가이의 아버지가 딸을 찾으러 갔다가 독사에게 물려 죽은 딸의 시체를 발견하게 된다. 이 생활동화도 역시 아동 주인공의 죽음으로 끝을 맺는다.

이처럼 현실비판 경향 아동문학 작품의 절망적인 결말은 식민지 시기 베트남 사회의 어두운 현실을 포착한 것이며 당대의 문제를 날카롭게 짚어낸 것이자 힘없는 사람들의 목소리를 대변한다. 이는 틀림없이 현실비판 문학의 성과이다. 그런데 한편으로는 해결책을 제시해 주지 않는다는 측면에서 보기에 따라서는 단점으로 여길 수도 있다. 현실비판 경향 문학의 이러한 '한계'에 대해 지적하는 작가들은 사회의 가장 밑바닥에서 살고 있는 사람에게도 미래에 대한 희망을 품게 해주고 빠져나갈 수 있는 방법을 제시해줘야 한다고 주장했다. 이와 같은 미래 지향적 문학 경향은 혁명 운동가들의 작품들에서 찾아볼 수 있다.

사회의 어두운 현실을 비판하고 더 나아가서 보다 밝은 미래에 가는 길을 제시해주는 이른바 미래 지향 경향의 대표적인 작가로 많이 언급된 사람은 바로 호 찌 민(Hồ Chí Minh, 1890~1969)이다. 『월남독립(越南獨立, Việt Nam Độc Lập)』(1941)에 게재된 그의 「여우와 벌떼(Con cáo và tổ ong)」(1941), 「실의 노래(Ca sợi chỉ)」(1942), 「큰 바위, 무거운 바위(Hòn đá to, hòn đá nặng)」(1942)와 같은 3편의 시를 보면 위에서 언급한 미래 지향적 특징들을 찾아볼 수 있다. 첫 편은 벌꿀을 훔쳐 먹으려는 여우가 욕심을 부리다가 벌들에게 물리게 되는 내용이다. 여기에서 여우는 프랑스 식민당국을 비롯한 지배층이고 꿀벌은 베트남 사람들이다. 두 번째 편은 가늘고 약하고 볼품없는 실들이 서로 합치면 훌륭한 비단이 될 수 있다는 희망을 전하는 동시이다. 마지막 편은 무거운 바위를 들려고 할 때 한 사람의 힘으로는 절대 안 되지만 여러 사람이 함께 들면 분명히 될 것이라는 메시지를 담고 있다. 「실의 노래」와 「큰 바위, 무거운 바위」 이 두 편의 동시는 전 국민의 단결을 호소하는 것이다. 단결하면 아무리 힘든 일이라도 다 해결할 수 있다는 것이다.

8. 또 화이의 『귀뚜라미 표류기』

식민지 시기 베트남 아동문학의 가장 큰 성과는 또 화이의 『귀뚜라미 표류기』일 것이다. 처음에 또 화이는 이 장편동화를 『전파』 신문에 2회로 나누어 연재하다가 인기를 얻자 다시 수정해서 단행본으로 출판했다. 『귀뚜라미 표류기』는 동물이 주인공으로 나오는 이야기로 어린이 독자들이 삶의 지혜를 배우는 데에 쉽고 재미있으며 유익한 작품이다. 이 장편동화는 2011년 11월 기준으로 영어, 프랑스어, 독일어, 러시아어, 중국어, 일본어, 몽고어, 인도어 등 37개의 언어로 번역되어 여러 나라에서 출판되었다. 베트남 내에서는 여러 출판사에서 수차례로 출간해 왔다. 어린이들에게 꾸준히 읽힐 정도로 여전히 인기가 많은 작품이다. 총 10장으로 구성되어 있는 이 장편동화는 표류하게 된 동기부터 시작해서 다녀간 곳마다 생긴 일들과 주인공 귀뚜라미의 느낌을 기록하는 형식을 취하고 있다. 크게 보면 인류(사람)의 세계, 동물의 세계, 꿈의 세계 등으로 표류 과정을 나눌 수 있다.

주인공 귀뚜라미는 아이들에게 잡혀서 일종의 '장난감 일생'인 싸움 귀뚜라미로 살게 된다. 그때부터 귀뚜라미는 어쩔 수 없이 아이들이 시키는 대로 다른 귀뚜라미나 사마귀와 싸워야 한다. 처음에는 살아남기 위해 싸운 것이었지만 시간이 지나 그 생활에 적응한 귀뚜라미는 아이들의 응원과 사랑을 더 많이 차지하기 위해, 그리고 자신의 승리에 대한 만족감을 얻기 위해 싸우게 된다. 결국 그는 오만하고 상대를 무조건 죽이고 승리해야만 하는 무자비한 귀뚜라미로 변신하게 된다. 자신보다 훨씬 어린 꼬마 귀뚜라미의 살려달라는 애원도 귀에 들어오지 않은 채 그를 잔인하게 죽인다.

또 화이의 『귀뚜라미 표류기』.

그렇게 계속되는 승리의 흥분 속에서 영웅처럼 지내고 있었는데 갑자기 어느 날 힘 센 사마귀를 만나게 된다. 그 사마귀와의 만남을 통해서 약자에 대한 배려가 무엇인지 알게 되고 남과 더불어서 사는 인생에 대한 고민을 갖게 된다. 덕분에 그동안 자신의 잘못을 깨닫게 되고 세계의 평화를 위해 나서기로 한 귀뚜라미는 여러 나라로 가서 많은 친구들을 사귄다.

처음에는 개구리대왕의 늪 왕국에 도착하는데 여기서 사는 동물들은 외부와의 접촉을 거부하며 어둡고 가난한 삶에 스스로 만족하고 있다. 그들은 현재의 생활을 불편하게 느끼거나 더 나은 삶을 위해 무언가를 해야겠다는 생각이 전혀 없다. 오히려 외부인인 귀뚜라미의 갑작스런 출현에 두려워하고 적으로 여긴다. 의심하는 마음이 강했기 때문에 귀뚜라미의 행동을 공격하는 행위로 오해한 늪 왕국 동물들과 귀뚜라미의 사이에 충돌이 커져 간다.

더 큰 충돌을 피하기 위해 귀뚜라미는 늪 왕국을 떠나 풀밭 나라로 향한다. 여기에 사는 곤충들은 대부분 개방적인 성격의 소유자라서 손님 대접을 잘해 준다. 악당을 만나서 일이 꼬일 때도 있지만 서로 도우며 살려고 노력하는 친구들이 더 많다. 여러 고난을 겪은 후, 귀뚜라미는 평화에 대한 소망을 가진 친구들과 회의를 열어서 '모두 함께 형제처럼 사이좋게 잘 지내자'라는 제안서를 만들게 된다. 이 제안서를 개미 친구들에게 세상 널리 배포하도록 한다. 이후 같은 마음의 친구들을 더 많이 만나게 되고 다 함께 사는 행복한 세상을 위해 좋은 일을 할 거라는 약속을 한다.

사실 이처럼 동물에 인격을 부여하여 주인공으로 설정하는 의인화된 기법을 동화에서는 흔히 볼 수 있다. 그런데 이러한 의인동화는 대부분 단편으로 창작되었다. 이와 달리 『귀뚜라미 표류기』와 같은 장편동화에서는 동물 주인공이 성장해가는 과정에서 내적 타당성이 있어야 하고 리얼리티에 입각한 구체적인 서술 방식으로 전개되어야 한다. 『귀뚜라미 표류기』는 그 부분에 있어서 잘 짜여져 있는 작품이다. 주인공 귀뚜라미가 모험을 떠나는 것은 단순히 호기심이나 우연이 아니라 원인과 목적이 있다. 전쟁이 없는 평화 세상을 함께 만들자는 메시지를 널리 알리기 위해 떠난 것으로 설정되어 있다. 그리고 즐거우면서도 험한 모험 과정에서 만나는 친구들과의 교류를 통해서 조금씩 더 성장해가는 주인

여러 판본으로 재출간되어 판매되고 있는 『귀뚜라미 표류기』.

공의 모습을 보여 주었다. 아동독자들에게 간접적으로 모험을 경험하게 해주는 것이다.

또 화이는 각 동물의 특징을 잘 살리는 기법을 잘 아는 작가이다. 덕분에 주인공 귀뚜라미를 비롯해서 이 장편동화에서 같이 나오는 메뚜기, 사마귀, 거미, 나비 등도 모두 뚜렷한 개성의 소유자로 형상화될 수 있었다. 게다가 주인공 귀뚜라미의 표류 과정을 팽팽하게 긴장된 분위기 속에서 재미있게 전개시킨 것도 역시 이 동화의 큰 장점이라고 할 수 있다. 그 과정을 통해서 작가는 독자로 하여금 선과 악, 강자와 약자, 전쟁과 평화에 대해서 생각하게 한다. 더불어 당시에 일어나고 있던 2차 세계대전에 반발하고 평화를 추구하는 메시지를 어린이들에게 보냈다는 것이 이 작품을 세계로 널리 알리게 된 까닭이라고 본다.

9. 전쟁 시기의 베트남 아동문학

베트남은 1945년 8월에 해방되었는데 다음 해인 1946년에 프랑스군이 다시 들어오자 같은 해 12월에 제1차 인도차이나 전쟁(The First Indochina War, 1946~1954)이라고도 하는 항불전쟁이 일어났다. 1954년에 진행된 제네바 협상을 통해 전쟁이 종결되지만 북위 17도를 경계로 베트남을 남북 두 지역으로 나누는 임시분할에 합의하여 분단국가가 되었다. 그 다음 해인 1955년에 미국이 남부 베트남 정부를 돕겠다고 들어왔을 때부터 베트남전쟁(Vietnam War, 1955~1975)이라고도 하는 항미전쟁이 시작되어 1975년까지 이어졌다. 이와 같은 역사적 사실은 베트남 아동문학에 커다란 영향을 끼쳤다.

1) 아동관 그리고 아동독자

전쟁 시기의 아동문학 전개 양상을 자세히 살피기 전에 아동독자층의 형성 과정에 대한 고찰을 먼저 살펴보고 그 과정을 통해서 이 시기의 '보편적 아동관'과 아동독자 연령에 대한 구분도 함께 확인하고자 한다.

1920년대에 러시아에서 체류하던 시절부터 호 찌 민(Hồ Chí Minh) 주석은 아동에 대해 많은 관심을 가지고 있었다. '가장 좋은 것들은 모두 어린이들을 위한 것이다. 러시아는 아직 모든 일반 사람들의 천당이 되지 못했을지 몰라도 아이들의 천당이 된 것만은 분명하다'라고 생각한 그는 베트남 아이들도 러시아 아이들처럼 건강하고 행복하게 살 수 있도록 해주고 싶어졌다고 밝혔다.[7] 어린이들에게 더 나은 세상을 만들어 주어야 한다는 결심을 굳게 한 그는 1945년 8월 16일에 열린 국민대회에서 참석한 모든 인민 대표들에게 이와 같이 말했다. "우리들의 임무는 어린이들이 배부르게 먹고, 따뜻하게 입고, 학교를 다닐 수 있게 해주는 것이다".[8]

호 찌 민에게 아동은 새 나라의 주인이며 미래였다. 그래서 베트남 어린이들이 '선진국'의 어린이들처럼 건강하고 행복하게 살 수 있도록 하는 것은 온 국민의 책임이라고 여겼다. 이러한 호 주석의 아동관은 당시의 아동문학 창작 풍토를 진보적인 방향으로 이끌었고, 또한 정부의 아동정책에도 긍정적인 영향을 주었다. 베트남 민주공화국 헌법에는 "국가는 어린이와 어머니들의 권리를 보호한다"라는 조항이 있는가 하면 정부는 어린이를 보호하는 기관을 따로 설치했다.

1945년 9월 8일에 정부는 문맹퇴치를 위한 독립적인 기관을 새로 만들었고, 6개월 내에 전국에서 각 동네, 각 마을마다 학교를 세워야 하고, 모든 일반 베트남 사람들이 1년 동안 무료로 하는 국어수업을 받아야 하고, 8살 이상 어린이들이 소학교를 다니는 것을 의무화시켰다. 다음 달에 호 찌 민 주석은 「문맹을 퇴치하자」라는 호소문을 발표하고 교육부는 "배우는 일, 가르치는 일, 공부하는 데에 도와주는 일 모두 애국적인 행동이다"라는 구호를 내세웠다. 이러한 노력의 결과로 단 1년 만에

---

7 쩐 전 디엔(Trần Dân Tiên), 『호 주석의 활동 인생에 관한 이야기들(Những mẩu chuyện về đời hoạt động của Hồ Chủ tịch)』, 문학출판사, 6쇄 출판, 1969, 60면.

8 『敬愛로운 호 아저씨(Bác Hồ kính yêu)』, 김동출판사, 1975, 64면.

200만 명은 문맹자 신세를 면할 수 있게 되었다. 게다가 여성부의 제의로 1950년부터 유아원과 유치원도 세우기 시작했다.[9] 이후 전쟁이라는 상황에서도 정부는 '아동은 나라의 미래'라는 각오로 항상 교육 분야(특히 초등교육)에 많은 관심을 기울였다.

결국 글을 배워서 스스로 작품을 읽을 수 있게 되거나 유아원, 유치원에서 선생님들이 읽어준 책을 통해 아동문학을 접할 수 있는 어린이들이 급증하게 되었다. 아동독자층의 이러한 증가 현상은 베트남 아동문학의 새로운 전기를 마련하는 데에 큰 원동력이 되었다.

2) 아동문학 창작 운동

이상에서 살펴본 것처럼 새 정부의 문맹 퇴치와 초등교육 의무화 정책 덕에 아동독자층이 급격히 증가할 수 있었다. 따라서 혁명 이전의 특수 계층만을 위한 신문, 잡지가 아니라 전국의 모든 어린이 독자들을 위한 신문, 잡지 등을 만드는 일도 그만큼 급해졌다.

이러한 분위기 속에서 베트남 민주공화국이 탄생된 지 한 달 만인 1945년 10월 1일에 『티유 싱(小生, Thiếu sinh)』이라는 아동 종합교양신문이 나오기 시작했다. 이 신문의 창간호에는 호 찌 민 주석이 어린이 독자에게 보내는 편지가 게재되어 있다. 편지의 내용 중에서 "드디어 어린이 신문이 나왔어요. 이 신문은 여러분 어린이의 것이기 때문에 여러분이 도와줘야 해요. 아직 글을 모르는 어린이에게 읽어줘야 해요"[10]라는 부분이 있었다. 그의 말대로 이 신문은 아동독자와의 호흡을 중요하게

---

9 부이 민 히엔(Bùi Minh Hiền), 『베트남 교육사(Lịch sử giáo dục Việt Nam)』, 하노이사범대학교출판부, 2008, 154면.

10 호 찌 민(Hồ Chí Minh), 「小生신문에게 보낸 편지(Gửi báo Thiếu sinh)」, 『小生(Thiếu sinh)』, 1호, 1945년 10월 1일자.

여겼다. 1946년 12월호는 어린이 '작가' 친구들의 창작품만 게재한 〈어린 작가들의 글과 그림〉이라는 타이틀로 특별 기획물이 나오기도 했다.

당시 이 신문 외에도, 아동문학 작품들은 『그우 구옥(Cứu Quốc, 救國)』이나 『혼 느억(Hồn Nước, 나라의 魂)』과 같은 일반 잡지에 게재되거나, 시리즈 형식의 책으로 엮어 〈항전의 꽃〉과 같은 이름으로 문예출판사에서 출판되었다. 그후에는 『아동(Nhi Đồng)』, 『소아문예(Văn nghệ Thiếu nhi)』, 『소년선봉(Thiếu niên tiền phong)』 등 아동잡지들이 이어서 새로 창간되면서 아동문학 창작이 더욱 활기를 띠게 되었다. 특히 1960년대 후반부터 아동문학 선집, 소년소설선집, 동시선집, 아동작가의 작품집 등이 많이 나오기 시작했다. 이러한 아동잡지의 출현과 선집 형식의 아동도서 출판은 지금의 시각에서 보면 창작의 기본 요건에 불과하겠지만 당시 작가들에게는 큰 힘이 된 것이 분명했다.

그러다가 드디어 1957년에 '김동'(Kim Đồng)[11]이라는 이름으로 최초의 베트남 아동도서 전문 출판사가 정식 설립되었다. 이는 베트남 아동문학사에 있어서 획기적인 '사건'이었다. 지금도 베트남 내에 가장 권위있는 출판사로 인정받는 김동출판사는 그동안 김동문학상의 시상, 현장학습 창작 캠프, 학술회의 등을 주최함으로써 당시 아동문학 발전에 많은 기여를 했다. 그후에 지방의 각 성(省)에 소재한 출판사들도 아동도서 편집실을 설치하여 아동도서 출판에 더욱 관심을 가지게 되었다.

게다가 베트남 문인협회나 각 출판사, 교육부, 여성부, 노동청년단, 문학원 등에 의해 아동문학 창작 운동이 수차례나 진행되고 창작 캠프도 여러 번 개최되었다. 이러한 분위기에 힘입어 문인협회의 아동문학상 이외에도 여러 종류의 아동문학상이 마련되었다. 이는 좋은 아동문학

11 김동은 월례 베트남 북부 산악지대에서 사는 소수민족 한 어린이의 이름이었다. 그 어린이는 일찍부터 혁명에 참가했는데 부대들 간의 연락을 담당하는 임무를 맡고 영리하게 잘해냈다. 하지만 어느 날 임무를 수행하는 도중에 프랑스군에게 총을 맞아 전사했다.

김동출판사에서 나온 아동도서들.

작품을 창작하는 데에도, 새로운 아동문학 작가를 발굴하는 데에도 중요한 영향을 끼쳤다.

3) 동화의 발전 양상

1940년대 초에 발표된 동화들이 독자들에게 좋은 반응을 얻어 계속 재판되거나 『귀뚜라미 표류기』와 같은 성공적인 장편동화가 여러 외국어로 번역되는 현상은 이 시기 동화의 성장에 좋은 영향을 가져왔다. 아동잡지들이 새롭게 출현하고 아동도서 전문 출판사가 설립되는 것도 동화가 발전하는 데에 적극적인 기여를 했다. 특히 1960년대 이후 '인문가품(人文佳品)'(1956년부터 『넌 반』(Nhân Văn, 人文) 신문과 『자이 펌』(Giai Phẩm, 佳品) 잡지에 문학, 예술을 계속 지도하려는 공산당의 정책을 비판하고, "문예를 문인에게"라는 의견을 내세운 문인들이 불이익 당한 사건)을 경험한 문인들은 당성, 민족성보다 아동심리를 중시하는 경향이 비교적 강한 아동문학에 귀환하는 현상도 동화 창작에 큰 힘이 되어 주었다.

이와 같은 여러 좋은 조건 속에서 성장하게 된 이 시기의 동화는 아동문학의 가장 중요한 장르로 자리를 잡았다. "1957년부터 1977년까지의 20년 동안 김동출판사에서 발간된 아동도서 중 동화가 40%에 달하는 통계가 나왔다."[12]는 언급에서 당시 동화의 활발한 출판 상황을 알 수 있다. 더욱이 현재까지도 여전히 재출판되면서 아이들에게 읽히고 있는 작품들이 많다는 사실은 더욱 자랑할 만하다.

응우엔 딘 티의 『야웅이의 설날』.

유년 독자를 위주로 창작된 이 시기의 동화 중 대표적인 작품으로는 또 호아이의 『무인도(Đảo Hoang)』(1957) · 『게으른 고양이(Con mèo lười)』 · 『숲길을 잃어버린 참새(Chim chích lạc rừng)』, 응우엔 딘 티(Nguyễn Đình Thi, 1924~2003)의 『야웅이의 설날(Cái Tết của Mèo con)』(1961), 응우엔 휘 뜨엉(Nguyễn Huy Tưởng, 1912~1960)의 『엄마를 찾아서(Tìm Mẹ)』와 『하느님의 외삼촌(Con Cóc là cậu ông trời)』, 쩐 타이 딕(Trần Thanh Địch, 1916~2007)의 『수닭(Gà Trống)』(1969), 비엣 링(Viết Linh)의 『네모난 계란(Quả trứng vuông)』(1970), 팜 호(Phạm Hổ, 1926~2007)의 『우렁이 성(省)의 꼬마 선녀(Nàng tiên nhỏ thành ốc)』, 하이 호(Hải Hồ)의 『꼬마 수탉 이야기(Truyện chú trống choai)』 등을 고를 수 있다.

이 시기의 동화는 옛이야기에서의 소재를 성공적으로 활용하는 경우가 많고, 이러한 작품들이 시간의 '실험'을 거쳐 오늘날의 독자에게도

12 응오 구언 미엔(Ngô Quân Miện), 「동화와 아동 마음 양육사업(Đồng thoại với việc bồi dưỡng tâm hồn các em)」, 『어린이를 위하여(Vì trẻ em)』, 김동출판사, 1979, 82면.

좋은 읽을거리가 되고 있다. 또한 동화 중간에 노랫말이나 시를 삽입한 부분도 이 시기 동화의 한 특징으로 분석할 수 있다. 그러나 단편동화의 화려한 발전과 달리 이 시기의 장편동화는 대체로 보면 이전의 시기와 이후의 시기에 비해서 큰 성과를 거두지 못했다.

4) 전쟁 배경 소년소설

항불전쟁, 항미전쟁과 농촌건설이라는 1945~1975 시기의 역사와 사회적 배경의 영향으로 인해 이 시기의 아동문학에서는 전쟁 배경의 소년소설, 농업합작사 건설 배경의 소년소설이 대거 출현하여 주요 장르로 자리를 잡았다.

어린 친구들의 직접적인 혁명 참가 활동을 소재로 하는 전쟁 배경 소년소설은 애국주의, 이상주의, 영웅주의, 집단주의를 강조하는 데에 효과적이다. 이들 작품들이 지닌 모험성의 적극적인 활용은 이러한 주제에 어린이들이 쉽게 다가갈 수 있게 해주었다. 대표적으로는 퐁 냐(Phong Nhã)의 「용감한 소년(Thiếu niên anh dũng)」, 또 호아이의 「브아 아 진(Vừ A Dính, 소수민족의 한 어린이 이름)」(1963), 응우엔 두언(Nguyễn Tuân, 1910~1987)의 「세우 마을의 꼬마 통신병(Chú Giao làng Seo)」, 호 프엉(Hồ Phương)의 「빨간 기발(Lá cờ chuẩn đỏ thắm)」, 부 가오(Vũ Cao, 1922~2007)의 「라이 부 강의 소년(Em bé bên bờ sông Lai Vu)」(1958), 부이 득 아이(Bùi Đức Ái, 1935~2014)의 「곧 가라앉을 배(Thuyền sắp đắm)」 등을 들 수 있다.

이러한 단편 소년소설 이외에도 베트남 아동문학사에서 최초로 등장한 이 시기의 유일한 전쟁 배경 장편 소년소설인 수언 색(Xuân Sách, 1932~2008)의 『딘 방 유격 소년단(Đội thiếu niên du kích Đình Bảng)』도 자주 언급되었다. 이전 시기의 소설에서 개인 주인공을 등장시켰다면 이 장편에서는 소년단이라는 집단적 주인공을 등장시켰다. 이것은 사회주의 계열 리얼리즘의 한 특징이기도 하다.

이들 전쟁 배경 소년소설에 나타난 당대 영웅적인 어린이상과 함께 전통시대에 존재했던 역사 속의 영웅적인 어린이상을 재현한 작품도 눈여겨볼 만하다. 이러한 작품들은 대체로 옛 시대의 민족적 어린이 영웅이라는 소재를 빌렸을 뿐, 이상에서 언급했던 전쟁 배경 소년소설과 크게 차이가 없다. 이 종류의 작품들 중에 황 다오 투이(Hoàng Đạo Thúy, 1900~1994)의 『람 선 이야기(Kể chuyện Lam Sơn)』 그리고 응우엔 휘 드엉의 『광중 이야기(Kể chuyện Quang Trung)』와 『금색 여섯 글자를 수놓은 기발(Lá cờ thêu sáu chữ vàng)』이 가장 인기가 있었다.

이 시기 소년소설의 또 다른 주제인 새 농촌건설에 관한 작품들도 많이 등장했다. 새 농촌 생활을 그리는 이들 작품에서 농업합작사의 우월성을 강조하고 부모를 합작사에 가입하도록 선전하는 의도를 엿볼 수 있는 동시에, 아동들이 새 사회의 진정한 주인임을 인식하게 만드는 면도 확인할 수 있다. 대표적으로는 또 호아이의 『흉악한 본성(Tính ác)』, 보 광(Võ Quảng, 1920~2007)의 『탕 꼬마(Cái Thăng)』(1961), 반 총(Văn Trọng)의 『세 아가씨 묘지의 비밀(Bí mật miếu Ba cô)』 등을 들 수 있다.

또한 많지는 않지만 러시아, 북한, 독일 등과의 우호 관계를 다루면서 각국의 영웅적인 어린이를 소개하는 책도 발간되었다. 응우엔 득 히엔(Nguyễn Đức Hiền, 1955~)의 독일 친구들과의 우정을 다룬 『베를린에 간다(Em đi Bá Linh)』, 응우엔 수언 생(Nguyễn Xuân Sanh, 1920~)의 북한 어린이를 소개하는 『박김소(Phác Kim Tố)』, 러시아와의 우호 관계를 그린 또 화이의 『갈매기(Chim Hải Âu)』 등이 그것들이다.[13]

13 번 타인(Vân Thanh), 『베트남 아동문학(Văn học thiếu nhi Việt Nam)』, 김동출판사, 2002, 44~46면 참조.

5) 동시와 이야기 동시의 모습

처음부터 주로 단행본, 선집, 시리즈 등의 형식으로 나온 이 시기의 소년소설, 동화와 달리 동시는 대부분 아동신문, 잡지에 발표되었다. 그래서인지 1950년대의 동시는 양으로 보면 굉장히 많은데 내용을 자세히 보면 거의 다 선전적이고 교훈적이며, 시의 형식을 보면 너무 쉽게 지어졌다는 느낌이 강했다.

1957년 김동출판사가 설립된 이후부터 문학성이 좀 더 강조된 것으로 보인다. 1950년대에 출판된 시들 중에서 가락이 살아 있는, 팜 호(Phạm Hổ)의 『어린 친구들(Những người bạn nhỏ)』과 『친구를 찾는 송아지(Chú bò tìm bạn)』(1957) 동시집에 수록된 몇 편의 동시 정도만 동시답다고 평가할 수 있겠다. 요새도 자주 인용되는 『어린 친구들』 중의 짧은 동시 한 편을 소개하도록 하겠다.

엄마 닭은 물었지
—자고 있나요?
병아리들 일제히
—잠들었어요![14]

1960년대에 들어서는 동시의 작품성이 더 향상되었는데, 그래도 이상(理想)주의와 집단주의의 한계는 여전히 남았다. 그나마 휘 건(Huy Cận, 1919~2005)의 『나의 두 손(Hai bàn tay em)』(1961)과 쩐 호앗(Trần Hoạt)의 『날아다니는 말(Chú ngựa bay)』(1968) 등은 그 울타리에서 약간 벗어나는 듯하다.

---

14 팜 호(Phạm Hổ), 「잠들었어요(Ngủ rồi)」, 『어린 친구들(Những người bạn nhỏ)』, 김동출판사, 1957.

이후 동시작가들이 점점 증가하면서 발표된 동시들 중에서 좋은 작품이 더 자주 눈에 띄게 되었다. 여러 동시작가들의 가장 우수한 작품을 모아 선집으로 만드는 일도 흔해졌다. 쩐 타인 딕(Trần Thanh Địch, 1916~2007)의 『고양이의 귀(Đôi tai mèo)』(1975)와 쩐 당 코아(Trần Đăng Khoa, 1958~)의 『마당과 하늘(Góc sân và khoảng trời)』이 1970년대의 대표 동시집으로 꼽을 수 있겠다.

그런데 이 시기에 발표된 이야기 동시는 의외로 많았다. 옛날이야기를 소재로 하는 『산신－수신(山神-水神, Sơn Tinh-Thủy Tinh)』이나 『락 지역의 용 임금님(Vua Rồng xứ Lạc)』 그리고 착한 어린이상을 그린 『늑대들 사이에서 들린 노래(Tiếng hát giữa bầy sói)』나 『'쯔엉 선' 산맥의 빨간 꽃(Hoa đỏ Trường Sơn)』 등이 바로 그것들이다.

10. 통일 베트남의 아동문학

1975년 4월에 분단 상태였던 베트남은 통일되었다. 당시의 베트남으로서는 가장 중요한 과제가 '사회 통합'이었을 것이다. 사회주의의 길을 걸어온 북부 베트남과 자본주의의 길을 가던 남부 베트남 사이에 문화, 사상, 경제 등 여러 면에서 차이가 많이 났는데 그 중에서도 사상의 차이는 가장 심각할 수밖에 없었다. 그래서 통일 직후에 영웅적인 항미전쟁과 사회주의의 이상적인 사회 질서 등이 특별히 강조되었다. '강국 미국을 이긴 작은 나라'의 영광은 직접 또는 간접적으로 자주 언급되었다. 최대강국과의 전쟁에서 승리했다는 쾌감이 사람들을 잔뜩 들뜨게 만들었다. 뭐든지 다 할 수 있을 것 같고, 곧 잘살 수 있을 것이라는 믿음도 대단히 컸다.

그러나 당시 세계의 정치적 상황과 사회주의 국가들끼리의 불화는 베트남에 부정적인 영향을 끼쳤다. 1979년에 베-중 국경지대에서 일어난 중국과의 전쟁은 길지는 않았지만 형제처럼 잘 맺었던 중국과의 우호관계를 깨뜨렸고, 따라서 베트남의 경제에도 좋지 않은 영향을 가져왔다.

이처럼 계속되는 전쟁 때문에 어려웠던 경제는 1980년대에 들어오면서 점점 더 심각하게 나빠졌다. 그것은 베트남이 처해 있었던 여러 가지

내·외적 원인들 때문이겠지만, 베트남에 대한 미국의 경제적 봉쇄정책이 중대한 역할을 했다고 할 수 있다. 미국의 이러한 정책에 따라 다른 나라들과의 원만한 수출입이 불가능해졌기 때문에 쌀과 사탕수수와 같은 농산품들이 넘쳐나도 기계, 약품, 생활용품 등은 쉽게 구할 수조차 없었다.

결국 전쟁만 끝나면 잘살 수 있을 것이라고 믿었건만, 시간이 지날수록 경제는 갈수록 어려워지기만 했다. 그런 상황에 빠지자 전쟁 때에는 '우리', '단체'를 먼저 생각하던 사람들이 이제 '나', '내 가족'을 우선시하게 되었다. 이러한 역사, 사회적 상황, 특히 이 시기 사람들의 보편적인 정서는 일반문학에, 그리고 아동문학에도 그 흔적이 짙게 드리워질 수밖에 없었다.

1) 동화의 지속된 강세

베트남이 통일된 1975년부터 도이 머이(Đổi Mới) 개방개혁정책이 시행되는 1986년까지의 시기에 베트남 아동문학은 그 전 시기와 마찬가지로 동화가 주요 장르였다. 당시 아동문학 창작운동이나 신문, 잡지의 아동문학상 공모 상황을 보면 동화의 두드러진 우세를 확인할 수 있다. 1983년에 베트남 문인협회, 문예잡지와 김동출판사가 함께 주최한 아동문학 창작운동을 예로 들어 동화 창작의 상황을 살펴보고자 한다.

1983년 당시 아동문학 창작 공모에 응모한 1,000여 작품 중, 다른 장르에 비해 동화가 가장 많았다고 한다.[15] 그 동화들 중에서 좋은 작품으로는 껌 터(Cẩm Thơ)의 「바닷물(Giọt nước biển)」, 득 반(Đức Ban)의 「참새와 해바라기(Chim chích và bông hướng dương)」, 반 비엔(Văn Biển)의 「피부색이 달라

15 번 타인(Vân Thanh), 『베트남 아동문학』, 앞의 책, 146면.

지는 꼬마 아가씨(Cô bé đổi màu)」, 응우엔 판 하익(Nguyễn Phan Hách)의 「감기에 걸린 바이올린(Cây vĩ cầm cảm lạnh)」 등이 있다.

물론 이와 같은 동화의 발전은 아동문학의 성장을 위한 좋은 징조라 할 수 있다. 그런데 다른 장르들이 비교적 저조한 양상을 보여 주고 있어서 장르들 간에 심각한 격차를 초래함에 따라 이를 비판하는 목소리도 높았다. 게다가 어린이 독자들을 의식하지 않은 채 부적절한 언어를 사용하거나 '사실에 뿌리박지 않은 지나친 상상력'을 펼쳤던 동화도 비판의 대상이 되었다. 딘 하이(Định Hải)는 1983년 동화 창작의 현상을 보고 "동화의 남발"[16]이라고 지적하기도 했다. 다소 심한 의견이긴 하지만 동화가 나아갈 방향을 바로잡는 데에 유익한 비판이 되었을 것이다.

이와 같은 아동문학 창작공모전은 새로운 작가들이 출현하도록 하는 데에 큰 역할을 했다. 이 시기에 발표된 동화의 현황만 살펴봐도 역시 신인 동화작가들과 그들의 신작들이 가장 큰 비중을 자치하고 있다는 사실을 알 수 있다. 그 중에서도 대표적인 작품으로 비엣 린(Viết Linh)의 『날아다니는 꿈(Giấc mơ bay)』(1976), 퐁 투(Phong Thu)의 『마법의 벽(Bức tường có nhiều phép lạ)』(1976), 수언 꾸인(Xuân Quỳnh)의 『들판의 봄(Mùa xuân trên cánh đồng)』(1981), 반 비엔(Văn Biển)의 『'용감'을 찾아서(Đi tìm lòng dũng cảm)』, 럼 티 미 자(Lâm Thị Mỹ Dạ)의 『땅의 아름다운 노래(Danh ca của đất)』(1984), 쩐 티엔 흐엉(Trần Thiên Hương)의 『늑대의 동굴로 들어간 사람(Người đi vào hang sói)』(1985) 등을 들 수 있겠다.

2) 전후 전쟁 배경 소년소설

전쟁이 끝나고 난 이후의 전쟁 배경 소년소설은 이전 시기에 비하면

---

16 번 타인(Vân Thanh), 『베트남 아동문학』, 앞의 책, 147면 재인용.

작품수가 많이 줄었다. 전쟁 중일 때처럼 어린이들에게 애국심, 투쟁의지, 나라의 새 주인에 대한 자각 등을 일깨워야 할 상황이 아니었기 때문에 이러한 양상은 당연한 결과이기도 했다. 그런데 전쟁이 끝났지만 전쟁으로 인해 입은 상처와 전쟁에 대한 기억이 남아 있었다. 이러한 전쟁 휴유증과 기억은 많지는 않았지만 여전히 창작되고 있었던 이 시기 전쟁 배경 소년소설의 원천이 되었다. 결국 전후의 전쟁 배경 소년소설은 '개인'에 대해서 보다 깊이 있게 표현하고, 전쟁에 대한 반성적인 접근을 시도하게 되었다.

풍 꼬안의 『격렬한 어린 시절』.

1970년대 말에 출판된 부이 민 꾸억(Bùi Minh Quốc)의 『당시의 '사기'[17](Hồi đó ở Sa Kỳ)』(1976), 보 꼬앙(Võ Quảng)의 『새벽(Tảng sáng)』(1976) 등과 같은 전쟁 배경 소년소설들은 소년들의 영웅적인 모습을 통해서 투쟁을 선전하는 의도보다 전쟁이라는 특수한 상황에서 어린이들의 불행한 생활에 중점을 두었다. 이와 같은 창작들이 계속되다가 드디어 1983년에 전후 전쟁 배경 소년소설의 '걸작'이 출현되었다. 풍 꼬안(Phùng Quán)의 『격렬한 어린 시절(Tuổi thơ dữ dội)』(1983)이 바로 그것이다. 전쟁에 참가한 소년단의 한 회원의 삶을 소재로 삼아 창작된 이 장편은 소년의 영웅적인 모습보다 희생적인 면모를 더 부각시켰고, 또한 주인공의 내면세계에 대한 묘사를 더 중시했다. 이는 현재까지도 독자들에게 읽히고 있는 비결이라고 할 수 있다.

17 베트남의 지명. 미국과 전쟁했을 때 전투가 격렬하게 일어난 지역.

그러나 전쟁 배경 소년소설은 앞에서 언급한 환경 변화에 따라 급격히 줄어들게 된다. 그 대신에 이 시기의 소년소설은 학교생활을 다루거나 어린이들(특히 도시 어린이들)의 내면을 깊이 묘사하는 작품들이 크게 늘어났다. 그리고 성공한 작품들 또한 대부분 단편이었다. 대표적으로는 부 레 마이(Vũ Lê Mai)의 「하늘과 새소리(Bầu trời và tiếng chim)」(1980), 투이 린(Thùy Linh)의 「나의 작은 해님(Mặt trời bé con của tôi)」(1983), 주이 카인(Duy Khán)의 「조용한 어린이 시절(Tuổi thơ im lặng)」(1984), 퐁 투(Phong Thu)의 「잎이 떨어지지 않은 나무(Cây bàng không rụng lá)」(1985) 등을 들 수 있겠다.

3) 연구 · 비평의 시작

1980년대에 들어서면서 그동안 연구와 비평을 창작보다 가볍게 여겨온 베트남 아동문학의 풍토가 달라지기 시작했다. 1980년 9월 22일에 전국아동문학학술회의가 최초로 개최되었던 것이 계기였다. 이 회의에서 발표된 47편의 논문은 주로 아동문학이 전면적으로 발전할 수 있도록 방향을 잡는 데에 집중되었다. 이후 아동문학 연구자들이 더 자세한 주제로 여러 학술회의를 개최했다. 예를 들면 위인전, 아동심리, 번역서의 영향, 동시의 발전 등과 같은 세부 주제로 학술회의를 진행하거나 보 고앙(Võ Quảng)과 같은 유명한 아동문학 전문 작가들에 대한 논의가 이루어졌다. 이러한 회의를 통해서 연구자들과 작가들이 아동문학 이론을 보다 더 잘 알 수 있게 되었고, 그것은 창작과 비평을 하는 데에 좋은 효과를 가져왔다.

이러한 비평 작업이 더 활성화되기 위해서는 국내외 저자들의 아동문학 이론서를 출판하는 일도 큰 의미가 있다고 본다. 1982년 한 해만 해도 여러 권의 이론서가 발간되었다. 『아동과 문학(Văn học với trẻ em)』(김동출판사)과 『어린이를 위하여(Vì tuổi thơ)』(새작품출판사) 그리고 『새로운 제도하의 아동서사장르(Truyện viết cho thiếu nhi dưới chế độ mới)』(사회과학출판사)가 바로 그 이론서들이다.

이 시기의 현장비평에서는 번역 출판된 것을 인용하는 것 이외에 외국어로 된 아동문학 이론서도 자주 인용되었다. 1956년에 중국 북경사범대학교 출판부에서 발간된 『아동문학의 특수성에 대하여』는 가장 많이 알려져 있고, 러시아의 아동심리에 관한 저서, 아동문학 이론서들도 자주 애용되었다.

이러한 아동문학 이론서들을 통해서 베트남 아동문학 비평의 수준도 높아지면서 신문, 잡지 등에서 아동문학에 대한 토론, 논쟁이 전개되기 시작했다. 가장 기본적인 문제부터 꼬집은 부 응옥 빈(Vũ Ngọc Bình)은 "아동문학은 우선 문학이여야 한다"[18]라고 말했다. 그리고 아동문학다운 작품은 "아이들에게 미(美)를 알게 해주는" 것으로 판단한 이 시기의 비평가들은 "여러 가지를 다루어서 두껍게 되었는데도 미적 감각 효과가 없는 한 권의 책보다 새소리나 아침의 풍경을 잘 묘사한 짧은 글이 더 낫다"[19]고 분명히 입장을 밝혔다.

또한 이 시기 동화의 상당수가 전래동화의 형식으로 창작되는 현상에 대해서 비평가들은 팜 반 동(Phạm Văn Đồng) 수상의 "사회주의를 건설하기 위해서 민족의 전통과 대중에서 출발해야 하다"는 말과 맑스(Marx)의 "사람은 과거 유산으로 역사를 만들다"는 말을 인용해서 설명하기도 했다. 이후 동화의 주인공은 대부분 동물들이라는 지적에 대해서도 아동문학 연구자들은 "어린이를 위한 작품에서 사회에 대한 내용은 일반 사람들이 알아야 할 사회를 탐구하려는 목적이 아니라 정서, 감정을 전달

18 부 응옥 빈(Vũ Ngọc Bình), 「작가라는 직업에 대하여(Nghĩ về nghề)」, 1979, 나중에 『어린이를 위하여』에 수록, 17면.

19 쩐 동 민(Trần Đồng Minh), 「아동을 위한 창작(Viết cho trẻ)」, 나중에 『어린이를 위하여』에 수록, 29면.

하는 것이 주목적이다"[20]라고 하면서 "동화에 등장하는 주인공은 대부분 동물이나 물건이지만 사실 모두 사람의 마음을 가지고 있다"[21]고 회답했다. 이러한 논쟁은 정기적으로 진행된 것은 아니지만 이 시기의 베트남 아동문학의 발전된 면모를 보여 주기에 충분했다.

20 응우옌 기엔(Nguyễn Kiên), 「주제의 중요성(Sự cần thiết của một đề tài)」, 나중에 『어린이를 위하여』에 수록, 34면.
21 응오 구언 미엔(Ngô Quân Miện), 앞의 논문, 86면.

11. 개방개혁 이후의 아동문학

1986년부터 베트남 정부가 도이 머이(쇄신) 정책을 전격적으로 시행하기 시작했고, 특히 1991년 12월부터 베트남에 대한 미국의 봉쇄 정책이 단계적으로 해제되면서, 미국과의 전쟁 이후 국제적으로 고립되었던 베트남은 드디어 세계 여러 나라들과 외교, 문화, 경제 등을 교류할 수 있게 되었다. 이에 무역이 자유로워짐에 따라 경제가 발전하고 국민 삶의 질이 높아지면서 1990년대 중후반부터는 물질적·정신적 여유가 생긴 부모들이 자녀의 문화 체험과 교양 함양에 더 많은 관심을 가지기 시작했다. 이로써 아동문학도 일대 전환을 맞이하게 되었다.

아이들의 독서 활동은 주로 학교 도서관이나 동네 도서관을 중심으로 이뤄졌는데 이제는 가정마다 자녀를 위해 책장을 마련하게 되었고, 자연히 책 판매 부수도 부쩍 늘어났다. 새로운 작가를 발굴하고 완성도 높은 작품을 발간하려는 출판사들의 공모도 늘었다. 어린이 독서 문화에 대해 부쩍 높아진 관심을 동력 삼아 눈에 띄게 달라진 베트남 아동문학은 2000년대 들어 역사상 전례 없는 변화를 빠른 속도로 겪고 있다.

1) 활기를 띤 동화 창작

이 시기의 베트남 아동문학을 살찌운 여러 흐름에서 가장 먼저 눈에 띄는 것은 동화의 활성화 현상이다. 2000년대에 들어 아동문학이 소년 중심에서 유년부터 청소년까지 독자를 넓히면서 자연스럽게 유년동화가 늘어나기 시작했다. 특히 2000년대 동화에서 가장 두드러진 특징으로 시공간의 확대를 들 수 있는데, 이는 의인동화나 옛이야기를 모티프로 한 동화, 그리고 꿈 혹은 환상과 함께 펼쳐지는 모험을 그린 작품들에서 골고루 나타나고 있다.

이전 시기의 전통을 이어받은 의인동화는 2000년대 들어서도 유년독자들에게 꾸준한 인기를 얻으며 발표되었다. 작가들은 가정에서 키우는 고양이나 토끼, 혹은 야생의 참새나 도마뱀 같은 동물들을 등장시켜 사람으로서는 보지도 들어가지도 못할 공간들을 탄생시켰다. 아동독자들은 쩐 득 띠엔(Trần Đức Tiến)의 『고양이로 살아가기(Làm Mèo)』(김동출판사, 2003), 까오 선(Kao Sơn)의 『참새의 모험(Cuộc phiêu lưu của Sẻ Nâu)』(김동출판사, 2007), 리 란(Lý Lan)의 『나와 까만 도마뱀의 비밀(Bí mật giữa tôi và thằn lằn đen)』(문예출판사, 2008), 하 하이 쩌우(Hà Hải Châu)의 『장난꾸러기 꼬마 토끼(Thỏ quậy Thỏ nhí)』(쨰출판사, 2010) 같은 작품에 등장하는 고양이, 참새, 도마뱀, 토끼와 함께 낯선 시공간을 여행하면서 간접경험을 할 수 있다. 그렇다고 의인동화가 아이들의 현실을 놓치는 것은 아니다. 작가들은 동물 주인공을 통해서 오늘날 아이들의 가정, 학교, 그리고 더 넓은 세상에서 일어나고 있는 여러 가지 문제들을

쩐 득 띠엔의 『고양이로 살아가기』.

이야기한다. 동물에 비쳐진 저학년 독자의 경험과 심리를 다루면서도 이 작품들이 그저 가볍게만 읽히지 않는 것은 아이들의 현실을 작품에 담으려는 작가 의식 덕분이다.

한편, 꿈이나 역할을 바꾸는 등 비현실적인 에피소드를 통해서 주인공의 내면이 성장하는 동화는 의인동화와는 다른 방식으로 상상의 공간을 창조해 낸다. 비엔 즈엉(Viễn Dương)의 『고향의 들녘에는 옛이야기 가득하고(Cánh đồng cổ tích)』(쨰출판사 2004)는 낯선 도시 생활에 적응하지 못한 두 자매에게 꿈속에서나마 고향 들녘에서 뛰노는 따뜻한 꿈나라를 선사하고, 응우옌 응옥 민 호아(Nguyễn Ngọc Minh Hoa)의 『꿈속의 별들(Những vì sao trong mơ)』(김동출판사, 2006)은 이혼 가정 아이의 고민과 상처를 꿈으로 감싸 준다. 공부 싫어하는 아이가 강아지와 역할을 바꿔 보내는 하루를 통해 값진 깨달음을 얻는 꾸에 흐엉(Quế Hương)의 『역할 바꾸기(Hoán đổi)』(쨰출판사, 2008), 장난감을 함부로 다루던 꼬마가 어느 날 장난감으로 변해 개구쟁이 두 아이에게 자신이 했던 것과 같은 일로 호되게 당하는 꿈을 꾸고 나서 버릇을 고친다는 응우옌 티 비엣 응아(Nguyễn Thị Việt Nga)의 『꼬마 '띠'의 꿈(Giấc mơ của Tí)』(쨰 출판사, 2009), 거짓말을 하거나 침을 아무 데나 뱉거나 쓰레기를 막 던지는 나쁜 버릇들을 가진 사람들만이 사는 나라로 끌려가서 고생하는 주인공을 다룬 쩐 득 띠엔의 『망가져 가는 왕국(Vương quốc tàn lụi)』(김동출판사, 2010) 등도 대표적인 작품이다. 스토리가 간단하고 교훈성이 짙은 편이지만, 등장인물의 심리 표현이나 동화의 공간 확장 측면에서 볼 때 이들 작품은 분명히 2000년대 베트남 아동문학의 바람직한 성과로 평가받을 만하다.

2000년대 말부터 독자들의 호응과 함께 부쩍 성장한 또 다른 동화 갈래는 마술의 요소를 지니고 있는 장편동화다. 최근의 장편동화는 옛이야기의 모티프를 가져와 다시 쓰는 이전 시기의 방식에다 현대적 시공간과 초월적 경험, 과학의 힘을 더해 창작되고 있다. 응우옌 녓 아인

(Nguyễn Nhật Ánh)의 장편 『랑비얀에서 생긴 일(Chuyện xứ Langbiang)』(김동출판사, 2004)은 우연히 마법 세계에 들어간 두 소년의 모험 이야기인데 출판 당시 큰 인기를 얻었다. 이밖에 마법에 걸려 사람을 해치게 된 어부 할아버지가 어느 날 무인도에서 만난 꼬마 여자 아이 덕분에 다시 선량한 인간으로 돌아오는 이야기를 흥미진진하게 펼쳐지는 쩐 호아이 즈엉(Trần Hoài Dương)의 장편 『바다의 공주(Nàng công chúa biển)』(김동출판사, 2009), 두 조각으로 깨진 것들을 모두 원상태로 돌려놓는 마법의 주문 '움바라' 때문에 벌어진 에피소드를 통해 이혼 가정 아이의 상처와 소망을 그린 꾸에 흐엉의 『움바라(Úm ba la)』(김동출판사, 2010)가 인기를 끌었다.

그러나 뭐니 뭐니 해도 장편동화 분야에서 가장 성공한 작가는 장편 『과거에서 온 친구(Người bạn đến từ quá khứ)』(쨰출판사, 2008)와 『수정 구슬(Quả cầu thủy tinh)』(쨰출판사, 2009), 단편집 『두 얼굴의 의사(Thầy lang hai mặt)』(김동출판사, 2009)를 낸 응우옌 티 빅 응아(Nguyễn Thị Bích Nga)일 것이다. 그녀의 작품에는 과거와 현재를 넘나들 수 있는 인물이 등장하기도 하고 순간 이동 버튼을 누르기만 하면 가고 싶은 장소로 눈 깜짝할 사이에 데려다 주는 신비로운 구슬이 나오기도 한다. 주인공들은 스스로 원해서든 아니면 우연히든, 베트남의 여러 유명한 장소나 흡혈박쥐 동굴, 소인국 같은 상상의 공간에 다녀오며 경험의 폭을 무한히 확장한다. 다만, 이와 같은 작품들에 그려진 시공간은 베트남 옛이야기보다 『해리 포터』를 비롯한 외국 판타지의 영향을 받은 것으로 보인다.

응우옌 티 빅 응아의 『수정 구슬』.

2) 발랄하고 섬세해진 소년소설

이 시기의 소년소설은 앞세대 리얼리즘 아동문학의 장점을 이어받는 한편 한계들을 극복하려고 부단히 노력했다. 나라와 민족 같은 커다란 이야기에서 벗어나 아이들 주변에서 흔히 일어날 법한 평범한 일상을 통해 등장인물의 심리를 그리는 최근의 소년소설 작품들은 독자들에게 이전과는 또 다른 감동을 전한다.

타인 번(Thanh Vân)은 주인공의 내면을 섬세하게 그리는 작가로 손꼽힌다. 그의 작품 『물은 어디로 흘러가는가(Nước chảy về đâu)』(쩨출판사, 2009)와 『수언 라 마을에서 인형을 만드는 꼬마(Thằng bé tò he Xuân La)』(김동출판사, 2009)은 모두 이혼 가정 아이들의 상처를 그리고 있다. 갑작스런 친구의 죽음을 맞닥뜨린 아이들의 심리를 그린 응우옌 티 비엣 응아의 『빨간 코 고양이(Mèo mũi đỏ)』(쩨출판사, 2009)도 주목받은 작품이다. '죽음'은 식민지 시기 및 전쟁 시기 소년소설에도 가끔 쓰였지만 대부분 사회의 어두운 면을 고발하는 목적으로 쓰이거나 인물의 영웅적인 면모를 드러낼 뿐 아동문학에서는 좀처럼 등장하지 않은 소재였다. 그런데 2000년대 들어 마음 깊은 곳의 죽음에 대한 공포와 떨림을 치밀하게 묘사한 소년소설이 등장한 것이다.

아이들 심리를 파고든 것과 더불어, 이 시기의 소년소설이 보여 준 가장 큰 변화는 아이들의 학교생활을 집중적으로 그린 점이다. 학교에서 일어나는 아기자기한 사건을 중심으로 '오늘 여기' 학생들의 모습과 일상을 생동감 있게 그려냈는데, 이들 작품의 유쾌하고 발랄한 분위기는 이전 시기 아동문학에서는 보기 드문 특징이다. 자 타오 린(Dạ Thảo Linh)의 『언덕 마을의 다섯 꼬마 호랑이(Ngũ hổ tướng xóm đồi)』(쩨출판사, 2000), 응우옌 투 쩐(Nguyễn Thu Trân)의 『나이 든 선생님(Ông thầy cũ kĩ)』(쩨출판사, 2002), 응우옌 녓 아인의 『만화경(Kính vạn hoa)』(김동출판사, 2003~2007, 전 54권)과 2010년 동

응우옌 녓 아인의 『만화경』(전 54권)

남아시아 문학상을 받은 장편 『나에게 어린 시절로 돌아갈 차표 한 장 주세요(Cho tôi xin một vé đi tuổi thơ)』(쨰출판사, 2008), 짱 타인(Trang Thanh)의 『띠 조이(Tí Chổi)』(김동출판사, 2010) 등이 대표적인 작품이다.

이들 작품의 주인공은 모두 개성 넘치는 인물로, 규칙 따위는 안중에도 없이 학교에서나 집에서나 끊임없이 사건 사고를 일으킨다. 장난기 많고 솔직하고 엉뚱한 주인공들은 주변 사람들과 좌충우돌한다. 그러면서도 자신의 정체성에 대한 고민을 놓지 않거나 미래를 위해 끊임없이 도전하며, 도움이 필요한 주변 사람에게 따스한 손길을 건네는 등 성숙해 가는 모습을 보이기도 한다. 이러한 인물들 또한 이전 시기와 구별되는 2000년대 아동문학의 특징을 대변한다고 할 수 있다.

그런데 다시 보면 이전의 작품에서 볼 수 없었던 아기자기하고 사실적인 일상 공간과 삶의 현장성을 보여 주는 장점은 획득했지만 유독 이런 작품들이 긴장감을 부여할 '갈등'을 놓치고 있는 것은 문제라 하겠다. 사실 갈등을 아예 없애 버리거나 너무 쉽게 해결하는 경향은 소년소설뿐만 아니라 이 시기의 동화에서도 눈에 띄는 한계이다. 더욱 아쉬운 것은 아동문학 비평가들이 아직도 발랄해진 소년소설의 모습에 흠뻑 빠져 있다는 것이다.

3) 새롭게 등장한 청소년문학

베트남 청소년문학은 2000년대의 산물이라고 해도 과언이 아니다. 전에는 청소년문학 장르가 따로 구분되지 않았기 때문에 청소년 독자들은 소년소설을 읽다가 어느 날 갑자기 일반문학 작품을 볼 수밖에 없었다. 그러나 1990년대 말부터 청소년을 위한 문학의 필요성을 인식하기 시작하면서 상황이 차차 달라졌다. 2000년 말, 호찌민 시립 라디오 방송국은 일요일 아침마다 7시부터 30여 분간 청소년문학 작품을 소개하는 프로그램을 신설하여 현재까지 유지해 오고 있다. 베트남 청소년문학을 연 중요한 사건이다.

2001년 말, 김동출판사는 홈페이지에 청소년문학 광고창을 새로 만들었다. 이곳을 통해 기성 작가, 신인 작가 그리고 대학생(특히 국문과 학생)들은 자신이 창작한 청소년문학 작품을 자유롭게 공유했다. 원고료는 없었지만 좋은 작품이라면 출판할 수 있는 기회를 얻을 수 있었다. 그때부터 청소년문학이라는 새로운 물결이 본격적으로 시작되었다.

초반에 라디오 방송국과 김동출판사 홈페이지에 보내온 작품들은 대부분 열정만 가득했는데 시간이 지나면서 창작 기법이 점점 세련되고 작품의 문학성이 높아졌다. 그 작품들을 놓고 인터넷 공간에서 진지하게 토론하는 일도 흔해졌다. 이렇게 3, 4년을 지내며 청소년문학은 더욱 성숙해지고, 소년소설과의 경계도 확실해졌다. 새롭게 등장한 청소년문학에 대한 연구자와 독자들의 관심도 날로 높아졌다.

2005년 12월 18, 19일에 안장(An Giang)성에서 '청소년문학 창작 현황'을 주제로 학술대회가 열렸다. 논문 20편이 발표되었고, 연구자와 창작자들이 인근의 중고등학생 수백 명과 만나 이야기를 나누는 자리가 마련되었다. 이 자리에서 실제 청소년의 고민과 관심을 독자와 창작자가 공유하고, 청소년문학이 이야기해야 할 것들에 대한 진지한 토론이 이루어졌다. 이후 청소년문학은 결손 가정, 빈부 격차, 입시 스트레스, 심지어 아편 중독 등 사회의 어두운 그늘에서 고통받는 청소년을 어루만져 주고 희망을 전하기 위해 노력하게 되었다. 어려운 상황에서도 좌절하지 않고 해결책을 모색하는 적극적인 주인공을 등장시킴으로써 독자에게 힘과 용기를 보내기도 했다. 그러한 노력의 결과로 2006년 이후 청소년문학은 대중적 인지도를 획득했다. 그야말로 '무'에서 '유'를 창조해낸 것이다.

이 시기 발표된 청소년문학의 가장 큰 장점으로 평가되는 것은 긴장감 있는 서사를 통해 시대현실을 사실적으로 짚어낸 점이다. 2000년대 들어 시장경제의 확대와 급속한 도시화로 산골에 사는 소수민족이나 농어촌 사람들은 오히려 경제적·문화적 어려움을 겪게 된 현실을 청소년 주인공의 시선으로 정확하고 현실감 있게 포착한 작품들은 이 시기 청소년문학의 자랑할 만한 성과다. 응우옌 투이 로안(Nguyễn Thúy Loan)의 『작은 모래알(Hạt cát nhỏ nhoi)』(김동출판사, 2004)과 응우옌 티 레 투(Nguyễn Thị Lệ Thu)의 『한밤중에 일어나서(Thức dậy lúc nửa đêm)』(김동출판사, 2007) 등이 바로 이러한 작품들이다.

끊임없이 새로운 소재를 찾아나서는 청소년문학은 일부 고등학생들의 아편 중독을 다루기도 했다. 아편 중독 문제는 다른 나라 청소년문학에서는 보기 드문 것인데, 과도기에 있던 베트남 사회의 어두운 현실과 그곳의 청소년만이 겪은 특수한 문제를 문학에서 끌어안아 해결책을 찾아내려는 시도가 돋보인다. 응우옌 흐엉(Nguyên Hương)의 『도시의 학생들(Học trò phố huyện)』(쩨출판사, 2005)은 청소년 아편 중독 문제를 정면으로 다룬 작품 중 하나다.

2000년대 들어 이혼률의 증가가 심각한 사회 문제로 떠오르면서 이혼 가정 청소년의 삶을 다룬 작품들도 많이 등장했다. 부 딘 장(Vũ Đình Giang)의 『말이 없는 우주(Vũ trụ câm)』(김동출판사, 2007)가 대표적이다. 부모의 이혼으로 큰 상처를 입은 주인공이 주변 사람과 소통하지 않고 혼자서 그 아픔을 끌어안은 채 집 안에서 홀로 지내는 내용인데, 이 작품에서는 이혼을 어느 한 가정의 문제가 아니라 사회적 문제라는 점을 진지하게 부각시키고 있다.

이처럼 급변하는 사회에서 청소년이 처한 현실을 다룬 작품 말고도, 어디에서나 그렇듯 청소년문학에서 빼놓을 수 없는 주요한 주제는 가슴을 두근거리게 하는 사랑이다. 청소년 시기에 흔히 느끼는 미묘한 감정, 우정인지 사랑인지 구별하기 어려운 감정을 섬세하게 묘사한 작품들도 꾸준히 발표되었다. 청소년이 되어 처음으로 느끼는 이성애 감정을 감성적인 언어로 아름답게 표현해낸 작품들 중에서 투이 안(Thùy An)의 『겨울의 햇빛(Mặt trời mùa đông)』(김동출판사, 2004), 응우옌 티 쩌우 장(Nguyễn Thị Châu Giang)의 『짧은 머리(Tóc ngắn)』(김동출판사, 2006)와 『세 소년과 한 소녀 그리고 나뭇잎들(Ba chàng trai, một cô gái và những chiếc lá)』(김동출판사, 2007) 등이 주목을 받았다. 이들 작품들이 큰 인기를 얻은 것은 두근두근한 사랑 이야기뿐만 아니라 요즘 청소년들의 몸짓과 말투, 행동을 실감나게 담았기 때문이다.

부록 1_생활동화

도둑놈

응우옌 공 호안(Nguyễn Công Hoan, 1903~1977)

『토요소설(Tiểu thuyết thứ bảy)』, 1932.9.17.

이번에 크게 맞아서 아마도 그 아이는 죽을 때까지 그런 짓을 다시 못 할 거야. 맞을 만도 했지. 누가 그런 아이를 불쌍히 여겨 주겠어? 머리에 피도 안 마른 것이 도둑질이라니, 누가 그런 짓을 시켰어?

사람들이 전부터 그를 가지고 서로 숙덕거리곤 했다.

"약삭빠른 녀석이야! 봐 봐, 배고픈 척해 가지고 구걸하고 다니는데, 게다가 얼굴과 몸에 진흙을 발라놓고 몸이 아픈 애처럼 비실거리지만 어느 집이 잠시라도 신경 덜 쓰기만 하면 그 기회를 놓치지 않고 바로 몰래 훔치고 번개처럼 달아난다니까!"

사람들은 다 그 아이를 싫어한다. 사람들은 다 그 아이를 경계한다. 아이가 가까이 다가오기만 하면 사람들이 그를 의심하며 자신의 물건을 챙기고 늘 그 아이를 배고픈 강아지로 여기곤 했다.

그러던 어느 날, 아이는 시장터에 여기저기 돌아다니고 있었다.

아이를 보자마자, 야채 파는 할머니는 바로 일어서서 야채 바구니를 들고 다른 곳으로 자리를 옮긴다. 정육점 주인 할머니는 지갑을 다시 확인한다. 국수를 파는 할머니도 돈을 넣은 작은 주머니를 만지작거린다. 배를 파는 할머니는 떡 가게 할머니를 손가락으로 툭 친다. 빵을 파는 누나는 고구마 장사 아줌마에게 눈으로 신호를 보낸다.

그들은 소곤거렸다.

"도둑놈."

아이는 무섭게 생기기는 했다. 머리는 까마귀의 둥지처럼 보이고 두 눈은 창백하게 보이고 주변을 슬그머니 흘긋 본다. 피부는 시꺼멓다. 얼굴은 잔금무늬 많은 오래된 도자기처럼 상처의 흔적이 많다.

허름한 양복 상의의 주머니에 두 손을 넣고, 아이는 몸을 따뜻하게 하려고 햇볕이 잘 드는 쪽으로 가서 서 있다.

아이는 국수 가게로 눈을 돌린다. 아이는 떡 가게로 눈을 돌린다. 아이는 고구마 바구니를 쳐다본다. 아마 아이는 먹고 싶어 하는 것 같다. 아이는 배고파서 먹고 싶어 한다.

아이가 계속 쳐다보는 것을 보고 할머니들은 내쫓지는 못하지만 속으로는 아이가 얼른 다른 데로 가면 좋겠다고 생각들 하고 있다.

아이는 한동안 가만히 서 있었다. 무료해지자 아이는 손을 내밀고 일부러 불쌍해 보이려고 애쓰지 않고 외워 놓은 말로 구걸하기 시작했다.

"할머니께 인사드립니다. 저는 배고프고 목이 마릅니다. 밥 한 그릇, 죽 한 그릇이라도 먹을 수 있게 돈을 좀 주시면 복을 받으실 겁니다."

아이가 말을 꺼내자 장사하던 할머니들은 또다시 자신들의 물건과 지갑과 돈을 넣은 작은 주머니를 만지작거렸다.

"다음에…… 지금은 다른 데로 가서 구걸해라."

아이는 하얀 이빨이 보이게 웃었다.

이게 또 뭐지?

아이는 왜 웃지? 그것을 아는 사람은 아무도 없다. 자신을 대놓고 무시하는 할머니들을 비웃는 것인가? 그냥 서 있는 김에 하는 구걸이라서 그런 것이다.

아이는 할머니들이 동전 소리를 들을 수 있게 일부러 주머니를 흔들었다. 참으로 약삭빠른 아이였다. 아이는 다시 가만히 서 있다. 아이는 또 쳐다봤다. 두 눈은 국수 육수를 끓이고 있는 냄비에 집중했다가 맛있는 떡에 돌렸다가 먹음직스런 고구마에 돌렸다. 아이는 침을 흘렸다. 아이는 너무 먹고 싶었다. 아이는 정말로 배고팠기 때문이다.

아이는 아침부터 구걸로 받은 것은 현금 6동 그리고 찬밥 한 그릇뿐이었다. 그 밥은 어제부터 고팠던 배를 채워주지 못했다. 그런데 어쩔 수 없다. 아이에게는 별 것도 아니었다. 어릴 적부터 끼니를 채우지 못하는 것에 익숙했다. 아이는 배고픈 것을 느꼈다. 그런데 통증을 느끼는 정도는 아니었다. 아이는 떡 파는 아줌마에게 가까이 가서 앉았다. 손을 밀어 한 입을 달라고 했다. 아줌마는 떡을 감싸며 가라고 내쫓았다.

"나는 오늘 아직 장사 시작도 못 했는데……."

아이는 국수 가게 쪽으로 이동했다.

"할머니, 한 그릇만 주십시오."

"장난해? 한 그릇에 돈이 얼마인데. 그만해라."

아이는 고구마를 만지며 미소를 지었다.

할머니는 아이의 손을 치우며 야단을 쳤다.

"한 대 때려 줄까 보다. 장난하지 마!"

배를 파는 할머니는 자신의 배와 같은 사치품을 아마도 아이가 손도 대지 못할 것이라고 생각하고 농담을 했다.

"배 한 개 줄까? 돈을 주면."

아이는 고개를 돌리며 웃었다.

그 할머니는 아이의 품에 감귤 껍질을 던져 주었다. 아이는 받아서 입에 넣고 씹어 먹었다. 뭐 좀 생각하다가 아이는 일어서서 주머니 속에 있던 돈을 세고 국수를 파는 할머니에게 말했다.

"할머니, 저에게 한 그릇 말아 주세요."

"네가 돈 있어?"

아이는 고개를 강하게 끄덕였다. 그리고 신나는 표정으로 주머니를 흔들었다. 할머니는 국수 한 그릇을 가득 말아 내밀었다. 아이는 먹기 시작했다. 후루룩 후루룩. 뜨겁다. 후루룩 후루룩. 맵다. 정말 맛있다.

사람들은 모두 안심이 되었다. 아이에게 더 이상 집중하지 않고 지나가는 자전거를 보고 자동차를 보았다. 사람들은 서로 농담하고 하하 호호 즐겁게 웃고 떠들었다.

5분…….

10분…….

갑자기 누군가가 소리를 질렀다.

"경찰관님, 저 도둑놈, 누가 좀 잡아줘요!"

장사하던 사람들은 무질서하게 사방으로 뛰어다니기 시작했다. 사람들은 물건에 걸려 넘어지고 상품들은 떨어지고 그릇들은 깨지고 다들 난리였다.

"걔 좀 잡아 봐라!"

아이는 화살처럼 뛰어 도망가고 있었다.

"어머나! 저기 있네. 도둑놈 좀 잡아줘요."

길을 가던 한 사람이 그 말을 듣고 아이를 뒤쫓기 시작했다. 길을 가던 또 다른 한 사람도 합류해 아이를 뒤 쫓았다. 3명, 4명, 6명, 7명…….

"도둑놈 잡아라!"

그러다가 수십 명이 되었다. 그리고 이제는 셀 수 없이 많은 사람들이 아이를 뒤쫓게 되었다. 다들 열심히 뛰었다. 적군을 잡는 것처럼.

사람들은 구경하러 거리로 몰려들었다.

아이 한 명은 뛰고 있었고 어른 몇백 명이 뒤쫓고 있었다. 다들 먼지투성이가 되었다.

그 할머니는 맨 끝에서 뛰고 있었다. 옷이 다 더러워졌다. 목도리도 너저분하게 되었다. 묶었던 머리는 풀려버렸다. 할머니는 얼굴을 들어 소리를 쳤다.

"경찰관님!"

사람들이 서로 물어봤다.

"누가 무엇을 잃어버렸죠?"

한 사람이 대답했다.

"걔가 저 사람의 돈주머니에 칼질 했대."

다른 한 사람이 말했다.

"저 사람의 주머니를 손댔다네. 조그만한 애가 간도 크지!"

몇십 명의 어른들이 도둑 아이를 뒤쫓는 사람들 속에 더 합류했다.

"도둑놈! 도둑놈을 잡아라! 경찰관님! 걔가 내 것 훔쳤어요."

"저 봐 봐, 경찰관님이 저기 오시네. 이번에 정말 큰일 나겠어."

경찰관은 힘을 주며 도둑 아이 쪽을 향해 자전거를 달렸다.

아이는 계속 도망쳤다. 정말 열심히 뛰었다.

그러나 쫓아오던 어른들도 역시 빨랐다.

할머니만 오리처럼 뒤뚱뒤뚱 따라 뛰고 있으면서 나오지도 않는 소리를 외치고 있었다. 할머니와 아이와의 거리는 점점 더 벌어졌다. 60이나 70미터 정도 될 것 같다.

"어머나! 어머나!"

사거리까지 뛰어왔다.

참으로 다행이다. 어떤 할아버지가 자신의 집에서 나오고 있었는데 소리가 들려서 앞뒤 모르는 채 일단 아이부터 잡았다. 아이가 도망치려고 밑으로 몸을 낮추자 미끄러운 땀 때문에 놓칠 뻔했으나 아이의 팔을 꼭 잡았다.

아이는 또 도망가려고 힘을 썼다. 힘이 센 할아버지는 아이를 땅바닥에 드러눕혔고 그 바람에 아이의 몸에 상처가 나고 피도 많이 흘렸다.

할아버지는 아이를 꽉 잡았다.

"앤 뭘 훔쳤어요?"

"목도리를 뺏었대요."

"퍽!"

누군가가 아이 배 쪽에 발길질을 날렸다.

"또 도망가 봐 봐."

"퍽!"

이번에는 가슴을 한 대 맞았다.

아이는 숨도 제대로 쉬지 못했다. 가만히 누워 있을 수밖에 없었다.

사람들이 가까이 몰려왔다.

"걜 꽉 잡아라!"

그러나 잡지 않아도 아이는 이제 더 이상 뛰지 못할 처지였다.

"퍽!", "퍽퍽!", "퍽퍽!"

"도둑놈! 이제 나쁜 짓 하지 마!"

아까부터 힘들게 아이를 뒤쫓은 대가를 받아내려는 듯 사람들이 빠짐없이 한 명씩 아이를 때렸다.

아이는 애원했다. 그러나 누가 불쌍히 여기겠어? 도둑놈을 풀어줄 사람이 어디 있겠어?

사람들은 아이가 더욱 얄밉게 보여 비오듯 더 많이 때렸다.

"맞아도 싸. 사람의 금귀거리를 뺏었대."

사람들이 더욱 많이 때렸다.

"13, 14살밖에 안 되는데 사람의 허리를 만져 돈을 훔치다가 사람을 때렸대."

사람들이 더욱 화가 났다. 아이에게 또 한 바탕 때려줬다.

아이는 너무 아팠다. 땅바닥에 누워 아무 말도 못 했다.

사람들이 아이의 주머니를 뒤졌다.

그러나 아이는 증거물을 어디에다 숨겨 놓은 듯했다.

"훔친 것 어디에 숨겼어?"

"무리로 다니나 봐!"

아이는 눈을 떠서 주변을 쳐다봤다. 사람들이 그를 또 때렸다. 손으로 때렸다. 발로 찼다. 그러다가 누군가가 외쳤다.

"때려죽이자!"

아이는 사실 거의 죽은 몸이 되었다.

사람들의 구두들, 매들, 주먹들, 몽둥이들 때문에 아이 온몸에 성한 구석이라곤 없었다. 이번에 죽지 않고 살아남아도 장애인이 될 것 같았다.

아이는 몸을 약간 움직였다. 눈살을 찌푸렸다. 그리고 배를 감쌌다.

사람들이 더 많이 몰려왔다. 길이 막혀 차가 다닐 수 없게 되었다. 도착한 경찰관은 아이의 팔을 잡아 일으키려 했다.

"가자! 경찰서에!"

아이는 힘이 없어 일어나지 못했다.

"힘없는 척하는 거야."

아이는 몸에다 뺨에다 또 맞았다. 당한 피해자가 멀리서 뒤뚱뒤뚱 뛰어올 때까지 기다리는 동안 사람들이 아이를 계속 때렸다.

할머니는 너무 힘들어 보였다. 제대로 걷지도 못했다. 소리도 제대로 내지 못했다. 도둑맞은 것을 아쉬워해서인 것 같았다. 힘이 다 빠진 것 같았다. 할머니는 목도리를 잃었을까? 금귀고리를 잃었을까? 돈을 잃었을까? 아이한테 많이 맞았을까? 할머니가 도착하면 알게 되리라.

"할아버지…… 할머니…… 그 아이를…… 좀…… 잡아…… 줘요!"

"풀어줘도 이제 도망갈 힘도 없을 거예요. 빨리 가보세요."

할머니는 계속 뛰어갔다. 계속 소리를 냈다. 계속 헉헉거리면서 숨을 쉬어가며 달렸다. 참으로 불쌍해 보였다.

할머니가 도착하자 사람들은 길을 비켜 주었다.

"맞아요. 그 아이가 맞아요."

할머니는 아이를 붙잡고 빰을 마구 때렸다.

할머니가 세게 때렸다. 그런데 아이는 아플 줄도 모르고 있었다. 아이는 이미 정신을 잃었기 때문이다.

막 때리다가 힘이 다 없어져서 할머니는 아이 옆에 넘어졌다.

"내 것 내놔! 내…… 거…… 내…… 놔!

아이는 숨도 쉬지 못하고 눈살을 찌푸렸다.

"걔가 할머니의 뭐를 훔쳤어요?"

"부디…… 이 아이를…… 경찰서로…… 데려다…… 줘요!"

"할머니는 뭘 잃었어요?"

그 할머니는 곧 죽을 사람처럼 없는 힘을 다해서 답했다.

"이 아이는…… 나의…… 국수를…… 먹었는데…… 돈 안 내고…… 도망간…… 놈이에요!"

부록 2

『전파』 신문에 실린 편집자의 인사말

부 딘 롱(Vũ Đình Long)

「인사의 말씀」, 『전파』, 1941.8.25.

『전파』는 행복한 어린이들의 신문이다.

『전파』의 모든 창작과 기사들은 이 하나의 목적에만 집중한다. 바로 교육이다.

교육, 그것뿐이다. 그런데 따분하지도 않고 딱딱하지도 않고 재미있게 교육시킬 것이다. 어린이 친구들은 놀면서 공부할 수 있게 될 것이다.

평소 아동교육에 대해 관심을 갖고 계시던 많은 기자님, 작가님들은 우리와 손을 잡을 것이다. 우리는 꽃이 필 세대를 위해 유익한 일을 하고 싶다.

어느 나라에서든 사람들이 다 그 '미래 세대'에 모든 희망을 거는 것이다. 어린이들의 머리가 아직 순수해서 지금 그들이 보고 읽는 것들은 그들의 마음과 정신에 평생 영향을 끼칠 것이다. 어떤 사람은 늙었는데도 자신이 어린 시절에 읽어서 기억에 남은 작품들, 그림들 혹은 장면들까지 생생하게 기억한다.

그래서 우리는 이 신문을 만드는 데에 아주 신중하다. 어린이들이 큰형을 믿고 의지하는 것처럼 『전파』를 믿고 의지할 수 있을 것이다. 그리고 어린 시절을 보낸 사람들은 이 신문을 통해 자신들이 보낸 지난날들의 모습을 찾을 수 있을 것이다. 그들은 다시 젊어질 것이다. 어린 시절의 나날들을 되살리며 사람들은 동심을 더 뚜렷하게 잘 느낄 수 있을 것이다. 그리하여 어린이들을 더욱 잘 '이해'해줄 수 있고 어린이들을 위한 보다 더 완벽한 교육을 해줄 수 있을 것이다.

예의와 교육을 중시하고, 어린이에게 애정이 있는 어른의 가정들은 분명히 『전파』의 친구가 될 것이다.

『전파』에는 신작 소년소설이 실린 부분 이외에 어린이들이 공부하고 세상을 알아가는 데에 유익한 기사들과 유머 코너도 마련되었다. 매호마다 전래동화 한 편 혹은 여행이나 모험, 유명한 인사에 대한 기사가 있을 것이다. 어린 친구들은 또한 여기에서 스트레스를 풀어줄 많은 수수께끼들 및 다양한 놀이에 대한 소개와 해설도 찾을 수 있을 것이다.

어린이들이 재미를 느껴 계속 읽고 싶어 하도록 신문의 대부분은 신작 소년소설을 위한 지면으로 활용된다. 다른 코너들은 작은 글씨로 준비되지만 이 신문에서 상당히 중요한 부분임에 틀림없다.

한가할 때 부모님들께서 자녀들이 『전파』를 읽는 소리를 듣고 혹은 신문을 펴서 놀이와 수수께끼 문제들을 자녀들에게 내주면 온 집안이 즐거워질 것이니 그만큼 행복하고 유익한 것이 더 없을 것이다.

참고문헌

제1부_한국의 아동문학

가와하라 카즈에, 양미화 옮김, 『어린이관의 근대』, 소명출판, 2007.
권영민, 『한국 계급문학 운동사』, 문예출판사, 1998.
김영순, 『한일아동문학 수용사 연구』, 채륜, 2013.
김윤식, 『한국근대문예비평사연구』, 일지사, 1982.
김재용, 『북한문학의 역사적 이해』, 문학과지성사, 1994.
김제곤, 『윤석중 연구』, 청동거울, 2013.
염희경, 『소파 방정환과 근대 아동문학』, 경진, 2014.
오오타케 키요미, 『근대 한일 아동문화와 문학관계사』, 청운, 2005.
원종찬, 『북한의 아동문학—주체문학에 이르는 도정』, 청동거울, 2012.
원종찬, 『한국 아동문학의 쟁점』, 창비, 2010.
원종찬 편, 『한국아동문학총서 1~50』, 역락, 2010.
이오덕, 『시정신과 유희정신』, 창작과비평사, 1977.
이원수, 『아동문학 입문』, 소년한길, 2001
이재복, 『우리 동화 바로 읽기』, 한길사, 1995.
이재철, 『한국현대아동문학사』, 일지사, 1978.
임종국, 『친일문학론』, 평화출판사, 1966.
정인섭, 『색동회어린이운동사』, 학원사, 1975.
조은숙, 『한국 아동문학의 형성』, 소명출판, 2009.
최명표, 『한국 근대 소년문예운동사』, 경진, 2012.
최명표, 『한국근대소년운동사』, 선인, 2011.
한국문인협회 편, 『해방문학20년』, 정음사, 1966.
한연, 『한중 동화문학 비교연구』, 한국학술정보, 2005.

제2부_일본의 아동문학

野口雨情,『童謡十講』, 金の星出版部, 1923.

西條八十,『家庭科學大系(72)兒童文學』, 文化生活研究會, 1927.

北原白秋,『緑の觸角』, 改造社, 1929.

長谷川誠一 編,『日本児童文学事典』, 河出書房, 1954.

猪野省三, 巖谷栄二, 管忠道, 熊谷 孝, 関英雄,『日本児童文学大系(1~5)』, 三一書房, 1955.

管忠道,『日本の児童文学』, 大月書店, 1956.

児童文学者協会, 坪田譲治,『児童文学入門』, 牧書店, 1957.

小川未明, 川端康成 監修, 古谷綱武, 山室静, 関英雄, 岡上鈴江, 船木枳郎 編,『現代児童文学辞典』, 宝文館, 1958.

福田清人, 滑川道夫, 鳥越 信, 編集『児童文学概論』, 牧書店, 1963.

加太こうじ, 上笙一郎,『児童文学への招待』, 南北社, 1965.

坪田譲治,『新修 児童文学論』, 共文社, 1967.

上野暸,『戦後児童文学論』, 理論社 , 1967.

関英雄,『新編児童文学論』, 新評論, 1968.

弥吉管一, 中西一弘, 大藤幹夫, 向川幹雄,『児童文学(物語編)―資料と研究』, 関書院新社, 1970.

鳥越信,『日本児童文学史研究』, 風濤社, 1971.

藤田圭雄,『日本童謡史』, あかね書房, 1971.

横谷輝, 大藤幹夫, 岡田純也,『日本児童文学史の展開(講座日本児童文学4)』, 明治書院, 1973.

猪熊葉子, 神宮輝夫, 続橋達雄, 鳥越 信, 古田足日, 横谷輝編集,『日本の児童文学作家1(講座日本児童文学6)』, 明治書院, 1973.

猪熊葉子, 神宮輝夫, 続橋達雄, 鳥越 信, 古田足日, 横谷輝編集,『日本の児童文学作家2(講座日本児童文学7)』, 明治書院, 1973.

日本児童文学学会編,『日本児童文学概論』, 東京書籍, 1976년

『日本児童文学別冊 復興期の思想と文学 資料·戦後児童文学論集1 1946~54』, 1979.

『日本児童文学別冊 日本児童文学100選』, 偕成社, 1979.
畠山兆子, 竹内オサム, 『日本児童文学史上の7作家-2 小川未明 浜田広助』, 大日本図書, 1986.
神宮輝夫, 『現代児童文学作家対談9 あまんきみこ, 安房直子, 末吉暁子 』, 偕成社, 1992.
『大正自由教育の光芒『芸術自由教育』別巻』, 久山社, 1993.
鳥越信, 『日本児童文学』, 建帛社, 1995.
三宅興子編著, 石川晴子, 石澤小枝子, 小野瑞江, 前川貞子, 山本道子, 『日本における子ども絵本成立史』, ミネルヴァ書房, 1997.
鳥越信編著, 『はじめて学ぶ日本児童文学史』, ミネルヴァ書房, 2001.
도리고에 신 엮음, 서은혜 옮김, 이선주 그림, 『일본 근대동화 선집1 도토리와 산고양이』, 창비, 2001.
도리고에 신 엮음, 서은혜 옮김, 마상용 그림, 『일본 근대동화 선집2 울어버린 빨간 도깨비』, 창비, 2001.
鳥越信, 『はじめて学ぶ日本の絵本史Ⅲ―戦後絵本の歩みと展望』, ミネルヴァ書房, 2002.
日本児童文学学会編, 『近代以前の児童文学』, 東京書籍, 2003.
『계간 북페뎀―그림책』 6, 한국출판마케팅연구소, 2004 겨울호.
野上暁, 『越境する児童文学―世紀末からゼロ年代へ―』, 長崎出版株式会社, 2009.
こぐま社の絵本研究会編, 『こぐま社の絵本研究』, こぐま社の絵本研究会発行, 2013.
藤沢衛彦編, 『児童芸術講座 2童謡編』, 児童芸術本究会発行. (간행 연도 알 수 없음)

제3부_중국의 아동문학
蒋 风, 『中国儿童文学发展史』, 上海: 少年儿童出版社, 2007.
蒋 风, 「中日儿童文学交流的回顾及前瞻」, 『集宁师专学报』 第2期, 1995.
张香还, 『中国儿童文学史(现代部分)』, 杭州: 浙江少年儿童出版社, 1988.
朱自强, 『“分化期”儿童文学研究』, 北京: 接力出版社, 2013.

朱自强,『儿童文学概论』, 北京: 高等教育出版社, 2009.
朱自强,『中国儿童文学与现代化进程』, 杭州: 浙江少年儿童出版社, 2000.
朱自强,『黄金时代的中国儿童文学』, 北京: 中国少年儿童出版社. 2014.
朱自强,『现代儿童文学文论解说』, 北京: 海豚出版社, 2014.
朱自强,「"童话"词源考—中日儿童文学早年关系侧证」,『东北师大学报』第2期, 1994.
朱自强,「中日儿童文学术语异同比较」,『东北师大学报』第5期, 1993.
方卫平,『中国儿童文学理论发展史』, 上海: 少年儿童出版社, 2007.
方卫平,《无边的魅力—方卫平儿童文学论集》, 上海: 少年儿童出版社, 2008.
王泉根, ,『中国儿童文学新视野』, 长沙: 湖南少年儿童出版社, 2009. .
王泉根,「三十年代中国儿童文学现象的历史透视」,『西南师范大学学报』第2期, 1997.
吴其南,『中国童话发展史』, 上海: 少年儿童出版社, 2007.
吴其南,『二十世纪中国儿童文学的文化阐释』, 北京: 中国社会科学出版社, 2012.
李利芳,『中国发生期儿童文学理论本土化进程研究』, 北京: 中国社会科学出版社, 2007.
许 萌,「在幻想与现实之间」, 兰州大学硕士论文, 2006.
張美紅,「中韩现代儿童文学形成过程比较研究」, 北京师范大学 博士论文, 2008.
姚 辛,『左联史』, 北京: 光明日报出版社, 2006.
郭沫若,『郭沫若全集 · 文学编 · 第10卷』, 北京: 人民文学出版社, 1985.
叶圣陶,『百年百部中国儿童文学经典书系稻草人』, 武汉: 湖北少年儿童出版社, 2006.
鲁 迅,『鲁迅全集』第10卷, 人民文学出版社, 2007.
鲁迅等,『从百草园到三味书屋-现代儿童文学选(1902～1949)』, 武汉: 湖北少年儿童出版社, 2007.
周作人,『周作人散文全集』, 桂林: 广西师范大学出版社, 2009.
张天翼,『张天翼儿童文学全集 (一券)』, 北京: 中国少年儿童出版社. 2002.
张天翼,『张天翼儿童文学全集 (二券)』, 北京: 中国少年儿童出版社. 2002.
张天翼,『张天翼儿童文学全集 (三券)』, 北京: 中国少年儿童出版社. 2002.
张天翼,『张天翼儿童文学全集 (四券)』, 北京: 中国少年儿童出版社. 2002.

陈伯吹,『百年百部中国儿童文学经典书系—直想飞的猫』, 武汉: 湖北少年儿童出版社, 2006.

제4부_베트남의 아동문학

Bùi Minh Hiền, 『베트남 교육사(Lịch sử giáo dục Việt Nam)』, 하노이사범대학교출판부, 2008

Đỗ Quang Hưng, 『1865-1945 베트남 신문. 잡지의 역사(Lịch sử báo chí Việt Nam 1865-1945)』, 하노이국립대학교출판부, 2000

Đinh Xuân Lâm, 『베트남근현대사(Lịch sử cận hiện đại Việt Nam)』, 세계출판사, 1998

Đinh Xuân Lâm - Trương Hữu Quýnh 공저, 『베트남 역사 인물 사전(Từ điển nhân vật lịch sử Việt Nam)』, 교육출판사, 2005

Hồ Chí Minh, 「小生신문에게 보낸 편지(Gửi báo Thiếu sinh)」, 『小生』(Thiếu sinh)』 신문, 1호, 1945년 10월 1일자

Nam Cao, 『남 까오 단편선집(Nam Cao truyện ngắn tuyển chọn)』, 문학출판사, 1995

Lã Bắc Lý, 『어린이문학(Văn học trẻ em)』, 교육출판사, 2002

Ngô Quân Miện, 「동화와 아동 마음 양육사업(Đồng thoại với việc bồi dưỡng tâm hồn các em)」, 『어린이를 위하여(Vì trẻ em)』, 김동출판사, 1979

Nguyễn Kiên, 「주제의 중요성(Sự cần thiết của một đề tài)」, 『어린이를 위하여(Vì trẻ em)』, 김동출판사, 1979

Trần Dân Tiên, 『호 주석의 활동 인생에 관한 이야기들(Những mẩu chuyện về đời hoạt động của Hồ Chủ tịch)』, 문학출판사, 6쇄 출판, 1969

Vân Thanh, 『베트남 아동문학 스케치(Phác thảo văn học thiếu nhi Việt Nam)』, 사회과학출판사, 1999

Vân Thanh, 『베트남 아동문학(Văn học thiếu nhi Việt Nam)』, 김동출판사, 2002

Vân Thanh - Nguyên An 공저, 『베트남 아동문학 백과서(Bách khoa thư văn học thiếu nhi Việt Nam)』, 백과사전출판사, 2002

Vũ Bằng, 『부 방 선집(Tuyển tập Vũ Bằng)』, 1권, 문학출판사, 2000

Vũ Ngọc Bình, 「작가라는 직업에 대하여(Nghĩ về nghề)」, 『어린이를 위하여(Vì trẻ em)』, 김동출판사, 1979

Tô Hoài, 『귀뚜라미 표류기(Dế mèn phiêu lưu ký)』, 김동출판사, 2010

Trần Đồng Minh, 「아동을 위한 창작(Viết cho trẻ)」, 『어린이를 위하여(Vì trẻ em)』, 김동출판사, 1979

『베트남 단편 선집(Tuyển tập truyện ngắn Việt Nam chọn lọc)』, 문학출판사, 1996

찾아보기

ㅇ